L'ÉTRANGE TUMULTE DE NOS VIES

de la même autrice
aux éditions Gallimard

LA VIE APRÈS
UNE HISTOIRE SIMPLE
LES CHASSEURS
LA FEMME D'EN HAUT
LES ENFANTS DE L'EMPEREUR
LA FILLE QUI BRÛLE
AVANT LE BOULEVERSEMENT DU MONDE

CLAIRE MESSUD

L'ÉTRANGE TUMULTE DE NOS VIES

Traduit de l'anglais (Canada)
par France Camus-Pichon

CHRISTIAN BOURGOIS ÉDITEUR

Titre original :
This Strange Eventful History

ISBN : 978-2-267-05519-1

Bien que ce roman ait été inspiré par l'histoire familiale de l'autrice, c'est une œuvre de fiction et les règles habituelles s'appliquent. Tous les personnages, événements, incidents, sont des fictions et reflètent l'imagination de l'autrice, et aucun ne devrait être pris pour la description littérale d'une personne, d'un événement ou d'un incident.

Pour ma famille

« Et chacun dans sa vie a plusieurs rôles à jouer,
Dans un drame en sept âges. »

William Shakespeare,
Comme il vous plaira
(Folio Théâtre, trad. J.-M. Déprats)

« Son existence, où il ne s'est rien, mais vraiment rien passé. Il ne s'est lancé dans aucune aventure, n'a été d'aucune guerre. Il n'a jamais connu la prison, n'a jamais tué. Il n'a pas fait fortune ni n'a perdu au jeu. Tout ce qu'il a fait, c'est avoir vécu en ce siècle. Mais cela a suffi pour donner à son existence – dans la manière de sentir et de penser – une *dimension.* »

Elias Canetti,
Notes de Hampstead
(Albin Michel, trad. Walter Weideli)

Prologue

Je suis écrivaine ; je raconte des histoires. En réalité, bien sûr, je veux sauver des vies. Ou simplement : je veux sauver la vie même.

Sept ans, m'avait dit la voyante, en cet après-midi d'été il y a déjà longtemps. Sept ans dans la Vallée de l'Ombre. La lumière du soleil traversant la fenêtre derrière sa tête nimbait d'or ses boucles rousses. Nous étions assises de part et d'autre d'une table de jeu dans le salon de sa maison rustique au toit pentu, à un kilomètre et demi du front de mer d'une station balnéaire de Nouvelle-Angleterre. Comme la plupart de ses clients, j'étais de passage. Alors que je lui disais être écrivaine, elle insista pour voir en moi une guérisseuse ; dès qu'elle eut prononcé le mot, je voulus que ce soit vrai. Ou bien : je pris conscience d'avoir toujours voulu que ce soit vrai, même si l'on nous affirme que la poésie ne fait rien advenir. Ce désir chez moi, vieux comme l'humanité, de donner du sens aux mots.

Un voyage de sept ans dans l'ombre de la Mort : à l'époque de sa prophétie, j'étais presque à mi-parcours, si l'on compte depuis le séjour en famille chez feu mes grands-parents à Toulon, en France, pour fêter le soixante-quinzième anniversaire de mon père – un travail d'organisation colossal, dit-on, une réunion qui fut aussi un délitement : mon père physiquement délabré ; ma mère, émaciée, en pleine confusion mentale ; ma tante décrivant des cercles concentriques autour de sa bouteille de whisky ; nos enfants, encore petits, turbulents sous le soleil méditerranéen. Mais le décompte aurait pu commencer plus tôt – à partir du moment où ma mère était devenue incapable de préparer un repas complet ; ou de celui, bien avant, où elle n'arrivait plus à se souvenir de l'anniversaire des enfants ; ou de celui, encore avant, où elle ne pouvait plus, même pendant une heure, s'occuper des enfants eux-mêmes... Mais si je commence par la fin et que je compte à rebours – *la fin* étant le dernier décès, celui de ma tante, suivant celui de ma mère, l'un et l'autre peu après celui de mon père –, alors la voyante du cap Cod a bien tenu ma main tremblante dans les siennes à mi-parcours.

Je suis écrivaine ; je raconte des histoires. Je veux raconter l'histoire de leurs vies. Peu importe où je commence, au fond. Nous sommes toujours au milieu ; où que nous nous tenions, nous n'avons qu'une vision partielle. Je sais aussi que tout est lié, les constellations de nos vies évoluant ensemble, dans l'harmonie et dans la discorde. Le passé tournoie avec le présent et en lui, et le temps tout entier existe au même instant, autour de nous. Le flux et le reflux, les harmonies et les dissonances – la musique se fait, que nous la décrivions ou non. Une histoire n'est pas linéaire ; c'est quelque de chose plus riche, qui forme des tourbillons et des remous, s'élève et retombe, se répète.

Ainsi cette histoire – celle de ma famille – a-t-elle beaucoup de débuts possibles, ou aucun : *Mare Nostrum* ; saint Augustin ; Abdelkader ; Charles de Gaulle ; mes grands-parents ; L'Arba ; mon père ; ma tante ; Zohra Drif ; ma mère ; Albert Camus ; Toronto ; Cambridge, Massachusetts ; Toulon ; Tlemcen, oh Tlemcen. Tous et chacun faisant partie de ce réseau vaste et complexe. Toute version n'étant que partielle.

Ou bien je pourrais commencer par ma naissance, ou par celle de mon père ou de son père avant lui, ou par celle de ma mère ou de ma grand-mère. Je pourrais commencer par les secrets et la honte, cette honte indicible qu'en racontant leur histoire je souhaiterais enfin effacer. La honte de l'histoire familiale, de l'histoire dans laquelle nous sommes nés. (Comment oublier qu'après avoir assisté à la naissance de son premier petit-fils, mon père, un vieillard à l'époque, trébucha sur une bordure de trottoir et tomba, une montagne à terre, et alors qu'il gisait là, le duvet blanc de son crâne presque chauve dans la boue du caniveau, il marmonna non pas : « À l'aide », mais : « Pardon, pardon, pardon » ?) Je pourrais commencer, bien sûr, par la solitude.

Ou par le fait que le propriétaire de notre pizzeria locale et ancien voisin est un Algérien ayant pour nom celui de la ville provinciale de ses ancêtres, la même que celle où ma grand-mère pied-noir enseigna à l'école de filles dans sa jeunesse, durant les années avant son mariage – de nombreuses années, dans son cas, puisqu'elle ne se maria qu'entre trente et quarante ans, âge auquel les femmes étaient alors jugées immariables. Peut-être même avait-elle eu comme élève la grand-mère ou l'arrière-grand-mère de mon voisin. Ou bien je pourrais commencer par le fait que mon grand-père en poste à Beyrouth avant-guerre comptait parmi ses amis libanais bien-aimés le grand-oncle d'une amie chère à mon cœur dans cette vie américaine près d'un siècle plus tard, amie dont la fille jouait avec notre fils depuis l'époque où ils étaient de petits enfants aux bras et aux jambes potelés. Ou bien je pourrais commencer par les anges lors du voyage de mon père vers la mort, les témoins de ses nombreuses vies qui apparurent, guides et sentinelles, le long de cet ultime chemin, pour le guider, lui sans domicile à la fin des fins, vers sa demeure éternelle…

Par où commence cette histoire importe moins que le fait *qu'elle commence*. Et si, comme j'ai fini par le comprendre, elle se déploie à l'infini, au lieu d'être une ligne droite ou un fil, alors par où je commence n'est que cela : non pas *le commencement* mais un simple moment, *une façon d'advenir*, *une embouchure…*

Partie I

Juin 1940

L'Arba, Algérie

François, adressant une lettre à son père, qui était loin, opta pour l'écriture scripte au lieu de l'anglaise : si jamais papa n'avait pas appris la nouvelle – il se trouvait en Grèce, après tout, et non en France –, François le mettrait au courant. Il écrivit avec application, en majuscules : LES ALLEMANDS ONT FRANCHI LES PORTES DE PARIS. C'EST AVEC CETTE NOUVELLE QUE MAMAN M'A RÉVEILLÉ CE MATIN.

François savait que Paris était le cœur de leur glorieuse nation, même sans jamais y être allé, bien sûr. À neuf ans à peine, il n'était que récemment rentré de Salonique – où son père était attaché naval au consulat de France – avec sa mère, sa tata Jeanne, et sa petite sœur Suzanne, surnommée Poupette – pour séjourner dans leur famille en Algérie, cet endroit que papa et maman appelaient « chez nous » ! Le jeune garçon avait vu des photos de Paris – les Champs-Élysées, la tour Eiffel, Notre-Dame – et quand maman avait parlé des « portes » de cette ville, il s'était représenté l'Arc de Triomphe. Mais l'idée lui vint ensuite que dans ce cas l'arc de triomphe était un arc de défaite ; ou, plutôt, l'arc du triomphe d'Hitler, chose très, très effroyable. Il ne dessinerait pas l'Arc de Triomphe dans sa lettre à papa, car cela attristerait tout le monde, papa compris. Or maman l'avait dit, ils devaient tous être joyeux pour papa, être la famille du sourire, parce qu'il se faisait sans doute tellement de souci pour eux, étant si loin, surtout au moment où, à cause de la guerre, ils ne pouvaient le contacter ni par téléphone ni par télégramme. Il aurait besoin de savoir qu'ils se débrouillaient bien, lui envoyaient amour et baisers – et des photos. Maman avait demandé à tata Paulette, la femme du frère de papa, de les photographier, maman, Poupette et lui, afin de pouvoir envoyer la photo à papa. Sur la première ils avaient tous l'air sérieux, et sur l'autre ils souriaient et faisaient des grimaces, mais sur les deux les oreilles décollées de François dépassaient bizarrement comme les anses d'une jarre et c'était gênant.

Ne devrait-il pas mentionner les Allemands ? Rien à voir avec une bonne nouvelle, ni avec la famille du sourire, mais c'était la vérité, non ? Et n'était-ce pas ça le plus important ? Ne mens pas, lui avait-on enseigné. Mais si la famille du sourire n'était jamais réellement heureuse, en fait ? Si maman était souffrante et toujours fatiguée, et s'il semblait n'y avoir de place pour eux nulle part, et pas d'argent et parfois pas assez à manger ? Étaient-ils censés faire croire à papa qu'ils se plaisaient à L'Arba et s'amusaient bien ?

Avant d'être obligés de partir, ils avaient vécu tous ensemble près d'un an à Salonique ; mais la France était en danger à cause de l'avancée rapide des Allemands en Europe, et quand papa les avait précipitamment mis dans le train à Salonique, l'Italie de Mussolini s'apprêtait à entrer en guerre aux côtés des nazis. Leur train avait dû traverser l'Italie – vite, vite, avant qu'ils ne soient officiellement l'ennemi –, puis la France jusqu'à Marseille, où ils avaient pris le bateau pour rentrer à Alger.

« Chez nous » ! Papa et maman parlaient depuis toujours de leur amour pour Alger, du fait que c'était une partie d'eux-mêmes, que Suzanne et lui l'adoreraient eux aussi, cette ville la plus belle sur terre, aux immeubles d'un blanc éclatant qui formaient un croissant autour de la Méditerranée scintillante. Mais quand ils y étaient arrivés, François avait à peine remarqué son apparence, seulement la chaleur qu'il y faisait. Aucun de leurs proches ne voulant les héberger, ils s'étaient retrouvés à des kilomètres de là dans la petite ville poussiéreuse de L'Arba, chez tata Baudry, la tante de son père ou de sa mère ou peut-être de feu sa grand-mère, mais surtout vraiment très vieille. Au moins elle était gentille.

Au dos de la feuille, François fit pour son père un dessin de la tranchée qu'ils avaient creusée la veille dans le jardin. Il ne pouvait dessiner la boue, ni la pluie de la nuit qui avait empli d'eau le fond de la tranchée, alors il se contenta de représenter celle-ci et utilisa beaucoup son crayon marron pour la colorier. Quand ils l'avaient creusée – maman et lui, en réalité, parce que tata Baudry était trop vieille et tata Jeanne trop malade et Poupette trop jeune pour se rendre utile ; et surtout lui, bien sûr, parce que maman avait vite eu l'une de ses migraines et dû rentrer s'allonger –, la tranchée paraissait énorme, bien assez grande pour qu'ils s'y cachent tous si les avions venaient. Mais le lendemain matin, après la pluie, on aurait dit qu'elle avait rétréci, et il s'aperçut qu'elle ne faisait qu'une fraction de la taille qu'il leur faudrait. Sans doute même était-elle trop petite pour Poupette et lui. Il se sentait découragé, et en colère ; mais maman lui assura qu'elle était tout de même formidable, une belle contribution à l'effort de guerre, et voulait-il bien s'installer devant la table et écrire à papa pour le lui dire, parce que papa, si loin à Salonique, défendant la France, voudrait tout savoir.

Maman fit asseoir Poupette à côté de lui et lui demanda d'écrire quelque chose elle aussi, une idée ridicule, parce qu'elle pouvait à peine écrire son prénom – de toute façon elle formait la moitié des lettres à l'envers –, et elle avait bien sûr fini par dessiner les chats, qui n'étaient même pas ceux de tata Baudry ; ils appartenaient à la dame du dessus, aux énormes bras blancs gélatineux, qui les grondait par la fenêtre presque à chaque fois qu'ils jouaient dans le jardin. Le premier était noir et blanc ; l'autre, une chatte écaille de tortue appelée Nanette, était difficile à dessiner, et Poupette la coloria en orange. Ce qui n'était pas ressemblant. François se borna à lui en faire la remarque et elle fondit en larmes, les yeux immenses derrière ses lunettes et les cils tout collés.

« Arrête les grandes eaux », souffla-t-il, ne voulant pas déranger maman, qui était une fois encore allongée dans la chambre de tata Baudry ; mais cela n'eut d'autre effet que de faire redoubler ses pleurs.

« Savais-tu », commença-t-il de sa voix de grand frère la plus aimable, essayant de la distraire, « que Nanette est forcément une chatte, parce que les chats écaille de tortue sont toujours des chattes ? »

Poupette s'apprêtait à rouler sa feuille de papier en boule. « Tu m'as dit qu'elle n'était pas du tout ressemblante. Pourquoi elle ne peut pas être une chatte orange ? Elle pourrait bien être une chatte orange. »

Il posa la paume sur le dessin. « Ton dessin est magnifique. Papa l'adorera. On ne va pas réveiller maman, et il n'y a plus de feuilles, alors s'il te plaît, s'il te plaît ne gâche pas celle-là. Tu ne vas pas gâcher ton cadeau pour papa ? »

Poupette fit non de la tête et fourra son pouce sale dans sa bouche. De son autre main elle tripota l'extrémité de sa natte blonde, puis l'enroula lentement sur elle-même, caressant chaque mèche. À ce geste il sut que l'orage avait été évité. Regardant à nouveau son dessin de la tranchée, il soupira : de même que celle-ci avait paru inadéquate à la lumière du matin, le dessin évoquait désormais une boîte marron plutôt qu'une tranchée. François se demanda s'il ne devait pas dessiner de l'herbe autour ; mais ce ne serait pas vraiment ressemblant, puisque le jardin se composait surtout de terre, une terre rougeâtre, avec quelques mauvaises herbes, et dans l'angle un carré surélevé pour le potager et au fond près de la clôture la cage des trois poulets. Rien qu'il puisse dessiner, en tout cas pas sur la feuille où il écrivait aussi sa lettre. S'il dessinait de l'herbe, juste pour différencier la tranchée de ce qui l'entourait, il serait coupable du même manque de ressemblance que Poupette quand elle avait colorié la chatte en orange.

Papa avait-il besoin de tout savoir avec exactitude ? Serait-ce malhonnête, autant qu'un mensonge, de dessiner quelque chose qui n'était pas là ? Il décida de laisser la tranchée seule au milieu de la page et d'expliquer à la place avec des mots. « Voilà, écrivit-il, c'est la tranchée que nous avons creusée, moi surtout. Mais il s'est mis à pleuvoir et maintenant tout est fichu. On risque de ne pas tous tenir. » Il s'interrompit, suçota son stylo. Sa sœur s'était laissée glisser de sa chaise et rejoignit discrètement le canapé où elle se pelotonna, la tête dans le giron tendu de serge noire de tata Baudry, et continua de sucer son pouce et d'enrouler sa natte, songeuse. François se rendait compte qu'elle agaçait tata Baudry, qui était en train de tricoter mais ne pouvait plus le faire, parce qu'elle aurait piqué Poupette avec son aiguille et que par ailleurs, la tête de Poupette lui pesait sur le bras.

François avait faim. Il savait que le croûton de la baguette du déjeuner était encore dans la huche à pain ; et il savait exactement combien de miel il restait au fond du pot dans le placard. Mais ce n'était ni Salonique ni Beyrouth, où ils avaient vécu plusieurs années avant la guerre, et où se trouvaient ses amis et ses souvenirs heureux. Là-bas, quand il rentrait chaque jour de l'école, Monica l'employée de maison ou tata Jeanne, la sœur invalide de maman qui habitait avec eux, tartinait de beurre et de confiture des toasts pour le goûter et l'incitait à en reprendre un s'il en avait envie, parce qu'il était un garçon en pleine croissance. S'il fermait les yeux, il se revoyait dans la cuisine à Beyrouth – Beyrouth était son rêve, bien plus que Salonique – avec Guy et Jérémy, ses meilleurs copains de classe, tous s'empiffrant, riant et projetant d'aller nager au club nautique, lui-même vantant peut-être les mérites du camp de vacances en montagne réservé aux familles d'officiers, où il pouvait s'éveiller à l'aube et contempler par la fenêtre la vallée jusqu'à la ville et à la mer au-delà, les joues et les avant-bras caressés par la fraîcheur de la brise avant l'ascension du soleil brûlant dans le ciel. Ces interminables journées d'été si libres, tous ces gosses de la Marine jouant, explorant, construisant leurs forts et mettant en scène leurs batailles, ne s'interrompant que pour le déjeuner pris ensemble, adultes et enfants, à de longues tables au réfectoire, servis par les marins en uniforme blanc, leurs grands plateaux ronds sur l'épaule comme si le service était une élégante chorégraphie, rythmée par le bruissement de leurs pantalons amples... et cette citronnade qu'il aimait tant, juste assez sucrée, sans trop de pulpe – nulle part ailleurs elle n'était aussi bonne. À son souvenir il en avait l'eau à la bouche ; mais ce n'était bien sûr qu'un souvenir. Ici il y avait des citrons mais pas de sucre, et le miel était trop précieux, expliquait maman, pour le gaspiller dans des boissons.

« Ici », c'était la France – l'Algérie, bien entendu, mais l'Algérie *était* la France – et c'était « chez eux », apparemment, et François aurait dû se sentir heureux et en sécurité, ou aussi en sécurité que l'on pouvait se sentir dans l'immédiat, déclarait maman, faisant allusion, il le savait, à la guerre. C'était le berceau de la famille, là qu'elle vivait depuis cent ans, lui répétait maman, et papa lui avait écrit exprès une lettre à lui seul pour dire combien il espérait que François aimerait Alger et s'y sentirait chez lui, parce que c'était leur pays, avait-il insisté, cette partie de la France d'où ils venaient, qu'ils continuaient à édifier et à améliorer. Jusqu'à présent, François ne lui trouvait pas une seule qualité.

Depuis qu'ils avaient quitté papa et Salonique, la vie ne se résumait qu'à une suite d'efforts, de peurs, de tentatives pour faire comme si de rien n'était et, devant maman et Poupette, comme s'il allait bien, au fond. Il se rendait compte que maman aussi faisait semblant, et alors dans quel *but* faisaient-ils ça ? Pour Poupette, sans doute, si froussarde et si impressionnable qu'il suffisait de froncer particulièrement fort les sourcils pour qu'elle se mette à pleurer. Parfois il ne pouvait s'en empêcher, même si ensuite il s'en voulait. Il regrettait que ce ne soit pas plus amusant de jouer avec elle ; trop petite, trop timide, elle n'avait jamais de bonnes idées, et tout en obéissant la plupart du temps à ce qu'il demandait (« Je serai le général, et toi mon soldat, entendu ? »), elle ne tentait jamais rien de courageux ou de difficile, comme escalader un mur ou grimper dans un arbre et sauter, ou construire correctement un fort à l'intérieur avec tout sauf des coussins, et chez tata Baudry, il n'y avait même pas la place de le faire, ni assez de coussins, d'ailleurs. Et l'appartement était si exigu, un simple deux-pièces, et si rempli de *choses* – des piles de cartons et des chaises cassées en plus des chaises normales, au moins trois chaises cassées, sans compter le fauteuil près de la fenêtre, à travers l'assise duquel on passait si l'on s'installait sans faire particulièrement attention, et un nombre déraisonnable de tables, comme dans un entrepôt, pas dans un appartement –, et il sentait mauvais, une odeur de poussière et de vieille dame, avec des relents de poisson. Maman chuchotait qu'il était crasseux et qu'ils devaient le nettoyer de fond en comble, mais chaque fois qu'elle essayait de déplacer, ranger ou laver quelque chose, tata Baudry, agitant ses bras vêtus de noir tel un poulet battant des ailes, protestait : « Mais non, mais non… vous êtes mes *invités* ! », ce qui voulait officiellement dire : « Vous n'avez pas à travailler tant que vous êtes sous mon toit », et signifiait en vérité : « Laissez mes affaires tranquilles, s'il vous plaît ».

Maman s'était néanmoins enfermée le premier jour dans la salle d'eau – un robinet d'eau froide, des toilettes à la turque, un sol carrelé, une fenêtre sale – et l'avait rageusement récurée, afin que Poupette n'ait au moins pas peur d'y entrer. Les interstices du carrelage n'étaient pas vraiment moins noirs, mais les carreaux semblaient presque blancs et la pièce sentait l'eau de Javel, une amélioration certaine.

Tata Baudry, qui fêterait bientôt son quatre-vingt-cinquième anniversaire, était toute petite, plus ou moins de la même taille que François, avec des cheveux clairsemés gris acier tirés en arrière pour former un chignon. Parce qu'il ne lui restait pas beaucoup de dents, et qu'elle ne portait son dentier que dans les grandes occasions, sa bouche se ratatinait facilement, faisant disparaître ses lèvres, et son menton remontait vers son nez. Elle avait la peau très brune, aussi brune que celle d'un Bédouin, et ridée, et des doigts boudinés aux jointures déformées par l'arthrose. Quand elle riait, on aurait dit qu'elle n'avait plus de voix, juste un trou noir dans la gorge à la place. Elle portait toujours une longue jupe noire et un chemisier noir à manches bouffantes, dont les poignets et le col étaient devenus marron roux au fil du temps. Même dans la chaleur caniculaire elle mettait cet ensemble, ou des robes qui malgré leur nombre se ressemblaient toutes. Ses pieds, rarement visibles dans leurs bottines noires usées, étaient minuscules, de la pointure de ceux de Poupette. Tata Baudry avait l'apparence d'une fée – ou d'une sorcière –, d'un personnage de livre de contes. Elle était si vieille que cela dépassait l'entendement de François : elle l'avait sûrement toujours été. Jusqu'à présent il considérait la sœur de maman, tata Jeanne, comme vieille, mais il se rendait compte qu'à côté de tata Baudry elle avait presque l'air d'une jeune fille, avec son abondante chevelure, ses joues bien en chair, sa bouche humide. Vieillir, avait-il conclu, c'était se dessécher, telles les feuilles en automne ou les fleurs pressées dans la bible de maman. Tata Baudry n'avait plus d'humidité en elle.

L'Arba était une ville ennuyeuse, et ce tout petit appartement plein d'objets faisait l'effet d'une cage. Pas d'école, pas d'activités, pas de matchs de foot. Parfois Poupette et lui, assis dans l'escalier de service, organisaient des courses de fourmis et de scarabées : il créait une double piste délimitée par des brindilles ou des cailloux, et chacun d'eux s'attribuait un insecte et le lâchait. Lors de sorties en ville pour des achats, il apercevait des enfants de leur âge, surtout indigènes, ainsi, récemment, que des Français comme sa sœur et lui, mais ils semblaient longer les rues derrière un écran et il n'avait aucun moyen de leur parler ou de les toucher. Une ou deux fois un garçon avait croisé son regard, et même, un jour, une jolie fillette avec des couettes châtains et une robe à carreaux et à col Claudine, mais on aurait dit que tous ces enfants, lui inclus, étaient tirés par leur mère tels des chiens en laisse. Comme si on les attendait quelque part. Et qu'ils risquaient de se contaminer s'ils s'arrêtaient pour parler.

Ils étaient venus à L'Arba pour quantité de raisons. L'une d'elles était la perspective angoissante de bombardements sur Alger – raison pour laquelle des mères et des enfants apparaissaient chaque jour plus nombreux dans la petite ville, fuyant la possibilité de quelque chose qui n'avait pas encore eu lieu. Des avions italiens avaient bien survolé Alger, comme s'ils préparaient un raid ; mais à présent qu'Hitler était à Paris, ce seraient peut-être ceux des Britanniques. Maman avait expliqué que ces derniers, si longtemps leurs alliés, seraient désormais dans l'autre camp. François s'y perdait un peu. Elle disait que les Allemands étaient encore l'ennemi – bien sûr que oui : les Boches avaient été les méchants non seulement dans ses cours d'histoire et dans la vraie vie, mais dans tous ses jeux, sauf quand Jérémy, Guy et lui jouaient aux cow-boys et aux Indiens, bien sûr. On ne pouvait pas soudain récrire l'Histoire. Les Britanniques étaient agaçants et avaient parfois besoin d'être remis à leur place – ils ne comprenaient pas Liberté, Égalité, Fraternité, parce qu'ils n'avaient jamais eu de révolution. Mais fondamentalement, ils savaient en général choisir le bon camp, comme le disait papa, et distinguer le bien du mal. Alors pourquoi bombarderaient-ils Alger ? Et à quoi ressemblerait un bombardement ? Avec son cousin Jacky, François avait joué à la Royal Air Force : ils couraient dans le parc en faisant l'avion, décrivant de grands cercles, criant « rat-tat-tat-tat » pour les tirs et imitant les bruits stridents des bombes qui tombent. Mais ils n'avaient jamais entendu une vraie bombe. Il était vaguement curieux, même s'il ne l'aurait pas avoué, car dès que quelqu'un prononçait le mot « bombe » devant Poupette, ses yeux devenaient énormes derrière ses lunettes et sa lèvre supérieure se mettait à trembler. C'était une poule mouillée.

Bien sûr, ils avaient aussi quitté Alger avant tout parce qu'ils n'avaient nulle part où s'installer. On aurait dit que personne ne les attendait lorsqu'ils étaient arrivés au port, épuisés, sans la valise de Poupette, et qu'ils étaient descendus péniblement du ferry, au roulis si violent que François avait vomi trois fois pendant la traversée de nuit. (Poupette, elle, avait vomi cinq fois.) Ce voyage était flou dans sa mémoire. Il avait eu peur à la gare de Milan, terminus du train de Salonique, parce qu'il voyait que maman avait peur, et que dans cette gare pleine de fascistes – qui avaient tout à fait l'air de gens normaux ; impossible de lire le mal sur leur visage – même l'insouciante tata Jeanne au regard myope fut gagnée par l'angoisse quand l'homme derrière le guichet déclara que leurs billets ne valaient rien, qu'il n'y avait plus de trains pour la France et que la frontière était fermée. Il affichait un mépris narquois et triomphal. Quant à maman, François ne lui avait jamais vu cette expression animale, traquée. C'était ça qui lui avait fait peur et, résolu à être encore plus fort, il l'avait prise par la main. Puis un petit porteur maigrichon s'était faufilé jusqu'à eux avec son chariot, il avait dit quelque chose en italien, maman avait hoché la tête et il avait doucement répondu dans le même français chantant que le cuisinier qui faisait les spaghettis au café italien de Beyrouth. Il avait chargé leurs bagages et les avait entraînés tous les quatre en silence à travers la foule dans le hall monumental, jusqu'à l'un des quais les plus éloignés. Il ne les avait quittés que lorsqu'ils furent en sécurité dans leur compartiment, leur avait souri et fait un signe d'adieu en partant. « Je n'ai même pas pu lui donner un centime, s'était lamentée maman, parce que changer des francs en lires est maintenant interdit ici. »

François mourait de faim mais n'avait rien dit. Il avait une envie pressante, mais n'alla aux toilettes qu'une fois le train en marche, parce qu'il savait que maman s'inquiéterait s'ils n'étaient pas tous ensemble. Il avait fait un nombre infini de parties de pierre, papier, ciseaux avec Poupette et lui avait lu *Les Fables de La Fontaine* jusqu'à ce qu'elle s'endorme, son pouce couvert de bave glissant de sa bouche entrouverte. À Marseille, il avait aidé en la portant sur son dos pour chercher un taxi – l'avait laissée le diriger à gauche et à droite en tirant sur ses oreilles, et ça l'avait déridée. Mais dans la bousculade sur le trottoir – tant de gens voulaient un taxi, et il en fallait un assez grand pour eux quatre plus leurs bagages –, quelqu'un était parti avec la valise de Poupette, ce qu'ils avaient découvert presque aussitôt, Poupette se mettant alors à sangloter – sa poupée préférée, Henriette, avec le visage et les mains en porcelaine, de vrais cheveux et une robe damassée, avait été soigneusement rangée dans sa valise entre ses culottes et ses chemises de nuit –, et ses sanglots semblèrent durer des heures.

Tous les quatre dans une seule chambre au Select, et les toilettes au fond du couloir. En pleine nuit, à nouveau pris d'une envie pressante, François s'était courageusement aventuré seul hors de la pièce sans réveiller maman. La moquette du couloir poissait légèrement sous ses pieds nus, et la lumière de l'applique sur le mur était faible et vacillante. Son cœur battait à tout rompre, plus fort encore quand il avait tiré sur la chaîne et que se déversa l'eau rugissante de la citerne au-dessus de lui. Il avait regagné leur chambre en courant et en retenant son souffle pour échapper aux assassins, aux monstres et aux mauvaises pensées. Maman et tata Jeanne ronflaient toutes deux, à contretemps, comiques, avec Poupette allongée entre elles dans le grand lit – il distinguait leurs silhouettes dans la lumière laiteuse venant de la fenêtre ouverte –, et il s'était recouché sur le lit pliant installé pour lui dans un angle, restant immobile pour calmer les battements de son cœur tandis que l'aube envahissait la pièce. Une si large part de son courage était invisible aux yeux du monde ; chaque journée s'emplissait de courage.

En gare d'Alger, où personne ne les attendait alors que maman avait envoyé la veille de Marseille un télégramme à oncle Charles, le frère de papa – on pouvait encore télégraphier à l'intérieur de la France –, ils avaient repris un taxi, cette fois jusqu'à l'appartement de Charles et de Paulette. Il y avait eu à bord du ferry une foule de gens qui rentraient, et de nouveaux arrivants qui fuyaient la France pour s'installer en Algérie chez des proches, ou même sans le moindre contact, tout le monde étant déjà au courant de la vitesse à laquelle les Allemands avançaient vers Paris. Sur le bateau, dans la file d'attente devant le café, il avait surpris ce propos d'une femme : « Je ne pense pas du tout que notre armée soit prête », son amie la faisant taire : « Ne pense pas des choses pareilles. On n'a d'autre choix que de les vaincre.

— Pourquoi sommes-nous sur ce bateau, alors ?

— Chut, répéta l'autre femme. Je prends le poisson. Et toi ? »

Il les avait revues toutes les deux dans la file d'attente pour les taxis, la première chargée d'une imposante boîte à chapeau cylindrique comme si elle allait à un mariage. Leurs postérieurs rebondis furent la dernière vision qu'il eut d'elles lorsqu'elles se hissèrent sur la banquette arrière d'une grande voiture noire.

Quand ils arrivèrent à l'appartement, son cousin Jacky leur ouvrit ; guère plus vieux que François – de dix-huit mois, s'avéra-t-il –, avec des taches de rousseur et un épi dans ses cheveux noirs et gras, il ressemblait vaguement à un singe. Il ne fit d'abord qu'entrouvrir la porte, comme par méfiance, même s'il paraissait savoir qui ils étaient.

« Maman », appela-t-il vers l'intérieur du logement sans tourner la tête. « Ce sont les cousins. Les cousins de papa.

— Fais-les entrer, fais-les entrer », entendirent-ils dans les profondeurs de l'appartement, mais le garçon simiesque les inspecta un moment des pieds à la tête, sans bouger, comme s'ils pouvaient être des cambrioleurs, avec un regard particulièrement soupçonneux envers François. Ce fut seulement quand sa mère surgit derrière lui, se séchant les mains avec un torchon, qu'il recula d'un pas et s'écarta pour les laisser entrer.

Comparé à la villa de Salonique ou à l'appartement de Beyrouth, le logement semblait petit, leur donnant la sensation d'être à l'étroit, les sols couverts de dalles hexagonales rouge sombre au lieu de marbre clair faisant paraître les murs encore plus proches. Tata Paulette les conduisit au fond d'un minuscule couloir jusqu'à la salle de séjour, où François eut une impression de bric-à-brac et de pénombre interrompue par un rai de lumière éblouissante sur le sol, venant du soleil au-delà du balcon. Les stores métalliques étaient baissés pour l'arrêter, mais pas complètement ; d'où son incursion exubérante.

Paulette, un petit bout de femme toute ronde aux épaisses lunettes, les embrassa promptement sur les joues, même Poupette, qui se débattit. Elle souleva un instant le menton de la fillette.

« À qui ressemble-t-elle, celle-ci ? Le garçon, c'est toi et son père, bien sûr ; mais celle-ci ?

— Elle ne ressemble qu'à elle », dit maman avec un sourire, et François comprit qu'elle n'aimait pas tata Paulette. Pas beaucoup. Il eut conscience que Jacky rôdait derrière eux dans le couloir ; quand il se retourna pour voir, celui-ci, se balançant dans l'encadrement de la porte, le fixa sans chaleur.

« Mon télégramme n'est pas arrivé ? » demanda maman, ne sachant si elle devait prendre un siège ou non. On lui avait assuré à Marseille qu'il serait distribué, mais ces temps-ci comment savoir ? Tata Jeanne, épuisée, s'assit sans y avoir été invitée, imitée par tata Paulette, et enfin par maman. Poupette s'empressa de la rejoindre, se blottissant comme un chiot. Seul François resta debout au centre de la pièce.

« Si, si, hier. C'est juste... que nous... » Tata Paulette leva les yeux vers son fils goguenard. « Ne reste pas planté là », lâcha-t-elle sèchement. « Va faire du café pour les voyageurs. Où sont tes bonnes manières ? » Elle se tourna vers maman, se forçant à sourire. « On est un peu en effervescence, c'est tout.

— Oui, les bulletins d'informations...

— Non, ce n'est pas ça. » Son regard se posa sur François, puis sur Poupette qui entortillait sa natte. « Les enfants pourraient aller aider Jacky à faire du café, suggéra-t-elle.

— Bien sûr », dit maman, et elle les chassa d'un geste, même si c'était une suggestion ridicule, puisque ni l'un ni l'autre ne savait faire le café.

François prit sa sœur par la main, et ils suivirent le son du moulin à café jusqu'à l'étroite cuisine, où Jacky ne sembla pas surpris de les voir.

« Alors vous êtes ces gosses huppés de la Marine. Ma chère ! lança-t-il par-dessus son épaule.

— Pardon ?

— Vous venez d'où, déjà ?

— De Grèce, répondit François. De Salonique. C'est en Macédoine. À trois trains et un bateau d'ici. » Poupette les dévisageait.

Jacky tapa sur un côté du moulin au-dessus de la cafetière, pour faire tomber toute la poudre de café. Un geste presque rageur. « Et vous êtes rentrés au pays juste à temps pour la guerre ?

— J'espère que non, dit François. J'espère qu'il n'y aura pas de guerre.

— Il y en a *déjà* une, de guerre, idiot. Et la France y est mêlée. Et au cas où tu ne serais pas au courant, on est en train de perdre. »

Jacky mit la cafetière sur le fourneau et alluma le gaz, qui produisit un chuintement. Poupette tressaillit. « C'est la fin de notre précieuse Marine, non ? »

François n'aimait pas Jacky, pas plus que sa mère n'aimait celle de ce garçon. Il avait entendu maman parler de Paulette comme d'une « pièce rapportée », ce qui signifiait qu'elle ne faisait pas réellement partie de la famille, que c'était un élément extérieur. Il comprenait aussi qu'elle était la deuxième femme d'oncle Charles et que celui-ci, instituteur, avait perdu la première des suites d'une maladie appelée mal de Pott (le malheureux, mais quel drôle de nom) et avait ensuite épousé Paulette, plusieurs années avant la naissance de François. À sa connaissance, on ne mentionnait pas le fait qu'il l'avait épousée en « secondes noces », mais François en concluait qu'oncle Charles n'avait pas suffisamment aimé sa première femme pour la maintenir en vie ; alors comment pouvait-il vraiment aimer la deuxième ? Et Jacky, ce garçon mesquin, l'était sans doute à cause des circonstances malencontreuses de sa naissance. François savait que Charles avait une autre famille auparavant – trois ou quatre enfants peut-être, maintenant adultes. Et au moins l'un d'eux à Paris. François croyait qu'il avait choisi Paulette au détriment de ses enfants, ce qui était presque criminel. Le père de papa et de Charles avait lui aussi abandonné leur famille, quand papa avait le même âge que François à présent. Charles était l'aîné de la fratrie de papa, de dix ans plus vieux que lui, mais cela n'excusait rien : il avait eu conscience des effets sur grand-mère et sur papa de ce départ du chef de famille – on ne prononçait jamais son nom – et savait donc que c'était une très, très mauvaise action. Ce qui rendait sûrement d'une façon ou d'une autre Jacky et sa mère presque complices d'un crime.

« Tu es catholique ? » demanda François. Il n'aurait pas vraiment pu dire pourquoi, seulement que c'était important pour ses parents.

« Je suis communiste, déclara Jacky. Comme mon père. On ne croit pas aux religions. C'est de la foutaise. »

François se tut quelques instants, mais Poupette eut un haut-le-corps. « Je vais tout répéter à maman, lança-t-elle. C'est terrible de dire ça.

— Répète ce qui te plaît à ta mère. » Jacky posa bruyamment les tasses à café sur un plateau. « Espèce de demi-portion. »

Ils ne passèrent qu'une nuit chez tata Paulette et Jacky. Oncle Charles n'était pas là. François glana quelques informations selon lesquelles son oncle aurait fait quelque chose de mal impliquant une femme – il entendit tata Paulette parler de « cette garce », alors qu'elle pensait qu'il n'écoutait pas – et n'avait plus le droit de vivre chez eux. Ils se livraient leur propre guerre. Après la première nuit, Maman les emmena chez les cousines Breloux, trois vieilles dames de la famille elles aussi, d'une manière ou d'une autre, mais si âgées que François saisissait mal le lien – on ne les appelait pas « tata », donc elles n'étaient pas leurs tantes ; c'étaient des cousines, mais des antiquités ! De qui pouvaient-elles être cousines ? Ces trois créatures d'un autre âge habitaient un appartement beaucoup plus vaste que celui de Paulette et de Jacky, et où tout – les tables, les chaises, le canapé – était couvert de napperons en dentelle blanche bien repassés. Il régnait un silence digne d'une église, et comme dans une église, une odeur de cire flottait dans l'air. Poupette et lui s'efforçaient de bien se conduire, mais alors qu'ils n'étaient là que depuis une semaine et qu'il poursuivait Poupette dans la salle de séjour, tous deux s'appliquant à ne pas glousser – les trois sœurs étaient dans leurs chambres ; l'interminable heure de la sieste touchait à sa fin –, Poupette fit tomber de la table basse une lampe en porcelaine. Elle se brisa en mille morceaux.

Maman se mettait rarement en colère contre eux. Bien qu'elle n'ait pas crié cet après-midi-là, elle prit l'air très sévère en poussant les éclats de porcelaine dans la pelle avec le balai. « Vous rendez-vous compte, les enfants ? Vous rendez-vous compte de ce que vous avez fait ? François, j'attends mieux de toi. »

Décevoir maman était la pire chose. Ils n'avaient aucune nouvelle de papa : Était-il encore à Salonique ? Était-il ailleurs ? En route pour les rejoindre ou dans la direction opposée ? Or en l'absence de papa, et suivant ses instructions, François était l'homme de la maison. C'était à lui de prendre soin de maman, et il avait failli à sa tâche.

Mais il ne comprit exactement ce qu'elle avait voulu dire que deux jours plus tard, quand, sous le regard désolé mais ferme de l'aînée des cousines Breloux, ils avaient refait leurs bagages, pour se rendre cette fois à la gare routière et prendre l'autocar bondé à destination de L'Arba. François avait dû s'asseoir sur les genoux de tata Jeanne, coincé contre le siège de devant et la vitre souillée avec, entre eux et l'allée centrale, un homme obèse, pas rasé, dont les cuisses allaient apparemment faire craquer les coutures de son pantalon, et qui sentait si fort la sueur que tata Jeanne recouvrit de son mouchoir humecté d'eau de Cologne la moitié de son visage, et que François respira par la bouche pendant tout le voyage.

Ils allèrent à L'Arba parce que le dernier mois d'école étant annulé dans toute l'Algérie, peu importait qu'ils soient ou non à Alger. Papa avait tenu à ce que François termine l'année scolaire, et passe dans la classe supérieure en septembre. À Salonique, il était le meilleur élève, et les institutrices de la Mission laïque l'avaient fait changer de classe en milieu de semestre. Papa voulait qu'il conserve cet avantage – qu'il ait un an d'avance sur ses camarades. Car encore mieux qu'être premier, il y avait le fait d'être à la fois le premier et le plus jeune. Papa avait expliqué avoir été lui-même le meilleur élève et le plus jeune, et il espérait la même chose de son fils. Ce fut donc une immense déception lorsque maman s'adressa à l'Inspection académique d'Alger – avant que Poupette et François n'aient cassé la lampe –, pour s'entendre dire que non seulement il n'y aurait plus classe à cause de la guerre, mais que sous aucun prétexte un élève de moins de dix ans ne pouvait s'inscrire en 5ᵉ. Ce qui signifiait que François, qui n'aurait neuf ans qu'à la fin du mois de juin, ne serait pas autorisé à le faire en septembre. Si par chance il y avait classe – quand maman rapporta la conversation, elle imita l'homme qui avait prononcé ce « *SI* » comme s'il était à la fois en capitales et en italiques –, alors François redoublerait sa 6ᵉ, voilà tout.

À leur arrivée chez tata Baudry, dans cet appartement de loin plus exigu et sinistre que celui de tata Paulette, et imprégné de la poussière rougeâtre qui flottait dans l'air de la commune et se déposait, telle de la poudre de cannelle, sur tout, y compris leur peau, maman avait d'abord eu l'intention de louer un logement distinct pour eux trois, modeste, un simple deux-pièces, chambre et salon, comme celui de tata Baudry, et de laisser tata Jeanne chez la vieille dame pour l'aider. Mais il devint vite évident qu'il ne restait rien à louer à L'Arba, et que dans le cas contraire ils n'en auraient pas eu les moyens. Des familles de la capitale, sans le père, avaient envahi la petite ville ; même les quartiers traditionnellement habités par des familles musulmanes étaient désormais constellés de visages à la peau blanche. Chez le boucher, on raconta à maman que trois cents enfants étaient logés dans l'école, dormant sur des lits pliants à l'intérieur des salles de classe, sous la surveillance d'enseignants eux aussi envoyés de la capitale.

Avec tant d'incertitude, les migraines de maman se firent plus fréquentes, un problème dans cet espace réduit. La nuit, tata Baudry et tata Jeanne dormaient dans la chambre, et maman, Poupette et François dans le salon – maman sur le canapé, les enfants sur des coussins à même le sol –, mais quand maman était souffrante, les deux autres femmes lui cédaient la chambre pour la journée et la soirée, s'entassant avec les enfants parmi les cartons et les meubles cassés durant ces après-midi étouffants et silencieux. Tata Baudry parlait de faire venir le médecin pour qu'il applique des sangsues afin d'atténuer ces migraines, mais maman s'opposait à cette idée.

François avait si faim qu'il redoutait de s'évanouir. Il cherchait comment trouver quelque chose à manger sans agacer ni inquiéter personne. Il décida de s'adresser simplement à la vieille dame.

Les yeux de tata Baudry étaient toujours aussi clairs dans son visage ridé, et elle comprenait les enfants, il le savait – sage-femme, elle pratiquait encore des accouchements en ville ou dans les fermes. Quand il lui demanda la permission de manger le croûton de la baguette, un sourire éclaira son regard, elle posa son tricot et sortit des profondeurs de sa jupe tirant sur le roux deux pièces de cuivre. « Mieux que le croûton, pourquoi ne pas aller vous acheter un pain au chocolat ? » suggéra-t-elle. Et, poussant doucement le corps de Poupette affalée près d'elle : « Emmène-la avec toi. Ça vous fera du bien de prendre l'air.

— Ce n'est pas trop cher ?

— Je vous l'offre. Inutile d'en parler à ta mère. Ce matin un couple berbère m'a apporté du *khobz* pour me remercier d'avoir mis son fils au monde le mois dernier, nous avons donc assez de pain pour le dîner et pour demain. Les pains au chocolat ne coûteront pas plus cher que la baguette de demain matin. Le Seigneur pourvoit. Allez. Amusez-vous un peu. »

François prit cette dernière exhortation comme une autorisation d'explorer le quartier. Poupette était une charge, mais elle ferait ce qu'il lui dirait. La boulangerie ne se trouvait qu'à deux cents mètres environ, au rez-de-chaussée d'un petit immeuble d'habitation. Les rues étaient très calmes, le calme de l'heure de la sieste, et il faisait aussi chaud que dans un four. On ne se serait pas douté qu'il avait plu durant la nuit ; même les trottoirs semblaient craquelés, presque ridés par la chaleur, comme les mains de tata Baudry. Poupette se laissait distancer, traînant les pieds.

« Dépêche-toi.

— Pourquoi ?

— On nous offre un cadeau, voilà pourquoi. Quand as-tu eu un pain au chocolat pour la dernière fois ?

— Je préfère un pain aux raisins.

— Tu n'es pas assez riche pour faire la difficile, nigaude. Voyons ce qu'ils ont. »

Ils étaient seuls dans la boutique avec la boulangère en tablier blanc et deux ou trois mouches bruyantes qui bourdonnaient contre la vitrine. Les présentoirs derrière le comptoir étaient quasiment vides : quelques baguettes torsadées, trop cuites, une unique part de pizza de forme carrée et trois friands. Il restait quatre ou cinq croissants et un seul pain au chocolat.

« Que veux-tu ? demanda-t-il à Poupette.

— Ils n'ont pas ce que je veux. »

François vit la boulangère pincer les lèvres.

« Que veux-tu dans ce qu'ils ont ? » Et puis : « Je suis désolé, madame, elle est encore petite.

— Il faut venir tôt le matin si vous voulez avoir le choix, dit la femme. Par ailleurs, il y a beaucoup de choses qu'on ne fait pas en ce moment. D'habitude nos pâtisseries sont au beurre, mais maintenant elles sont au saindoux. » Elle haussa les épaules.

« Nous allons prendre deux croissants, s'il vous plaît, et le pain au chocolat. »

Elle les enveloppa dans une feuille de papier kraft dont elle enroula adroitement les deux extrémités pour former un minuscule paquet. Après avoir payé, il restait à François une pièce avec laquelle il acheta une bouteille d'eau minérale. Elle venait d'une étagère et il savait qu'elle serait tiède, mais il savait aussi que les viennoiseries seraient desséchées.

Dehors, ils marchèrent jusqu'à la place et s'assirent en son centre au bord de la fontaine. Un filet d'eau glauque s'écoulait du bec de la fontaine, comme de la bouche d'un homme bavant dans son sommeil, et produisait un petit bruit mouillé qui évoquait au moins la fraîcheur. À l'ombre des arcades en face d'eux, un vieillard solitaire en djellaba blanche sur une chaise de bois les observait en s'éventant. François se sentit bizarre et ridicule, et regretta qu'ils ne portent même pas de chapeau – Poupette n'allait-elle pas attraper un coup de soleil ? Elle avait la peau si claire –, mais il ne voyait d'autre endroit où s'asseoir.

« Croissant ?

— Tu m'as promis un pain au chocolat.

— Tu m'as dit que tu ne les aimais même pas.

— Moins que les pains aux raisins. Mais je n'ai pas dit que je ne les aimais pas. »

François soupira. Il posa la bouteille d'eau à ses pieds et ouvrit le paquet sur ses genoux. « Bon, tu vois, on a deux croissants et un seul pain au chocolat. Je peux le partager en deux.

— Mais c'est le pain au chocolat que je veux.

— La moitié.

— Sans confiture, c'est sec un croissant, se plaignit Poupette.

— Voilà pourquoi j'ai acheté de l'eau. » François ferma les yeux. Elle était si agaçante. Pourtant, il ne voulait pas décevoir maman. Il ne voulait pas qu'elle le soupçonne d'avoir été égoïste ou puéril. « Et si tu commençais par une moitié du pain au chocolat ?

— Non, c'est lui que je veux. Donne-le-moi. S'il te plaît ? »

Il regarda son embêtante petite sœur, avec ses lunettes aux verres sales. « D'accord. » Il brandit le petit pain. « Tu peux l'avoir tout entier en échange de deux choses. La première, c'est que j'aurai les deux croissants, d'accord ? Tous les deux. » Ce n'était pas trop demander, ni même injuste, parce qu'elle ne mangeait pratiquement rien, alors que lui était affamé. « Et ensuite tu viendras en exploration avec moi. D'accord ? »

Elle tendit la main vers sa viennoiserie. « En exploration où ?

— Où je déciderai. D'accord ?

— D'accord », répondit-elle, sceptique. Et, la bouche pleine après avoir mordu dans le pain au chocolat : « Mais si je suis fatiguée, tu me porteras ?

— Rien de garanti. Je suis le général et tu es mon soldat, entendu ? »

De sa main libre elle se mit au garde-à-vous. « Bien sûr mon général. »

Une fois qu'ils eurent mangé, et bu la moitié de l'eau – « Pourquoi on ne peut pas la finir ? J'ai encore soif. — Parce qu'on risque d'en avoir besoin en explorant. — Tu ne peux pas la remplir à la fontaine ? — Non, idiote. Cette eau-là est bonne pour les animaux, mais elle nous rendrait malades. Elle pourrait, en tout cas. » – ils se levèrent, époussetèrent leurs vêtements pleins de miettes, et François désigna l'une des rues poussiéreuses partant de la place. Il l'avait choisie car, dans cette direction, les contreforts des montagnes s'élevaient à l'horizon : les explorateurs courageux escaladaient les montagnes, voilà où ils iraient. Il ne prit pas la peine de l'annoncer à Poupette, parce qu'elle se plaindrait que c'était trop loin avant même qu'ils se soient mis en route.

La rue était étroite et paisible. Des voix ou du mouvement leur parvenaient de temps à autre par les fenêtres ouvertes, mais ils ne virent personne, sauf deux chats endormis, enroulés sur eux-mêmes, et un petit chien blanc aux oreilles marron, qui fouillait tel un porc avec son groin dans les immondices derrière une camionnette bleue. Au moins la rue était-elle ombragée par les immeubles. Arrivés à son extrémité, ils se trouvèrent dans une artère beaucoup plus importante, et François choisit une nouvelle fois la direction des montagnes à l'horizon. Plusieurs voitures les doublèrent tandis qu'ils couvraient une distance qui commençait à sembler longue, et quand ils passèrent devant un groupe d'hommes arabes buvant du café à la terrasse d'un modeste établissement, François sentit sur sa sœur et lui leurs regards intrigués et se demanda s'il ne devrait pas faire demi-tour. Mais au même instant, Poupette se pendit à son coude avec ses doigts poisseux et gémit : « J'ai trop chaud. Rentrons maintenant. » Sa fragilité, si prévisible, l'agaça et il hocha la tête. « On fait une aventure, rappela-t-il. Tu as promis. Je t'ai donné tout le pain au chocolat et tu as promis.

— Mais François...

— Tu dois m'appeler "mon général".

— Tu es méchant.

— Patience. Encore quelques mètres. Ça va être incroyable. »

Il espérait ne pas mentir. Mais ils ne pouvaient capituler si vite. Poupette grogna, traîna les pieds à nouveau, alors il la prit par la main, même s'ils avaient tous deux trop chaud et les doigts gonflés, la sueur y produisant un bruit de succion. « Fais-moi confiance », dit-il.

Lorsqu'ils atteignirent la lisière de la ville sur la route d'Aumale, les trottoirs disparurent et la chaussée s'élargit. De part et d'autre, au lieu des immeubles, s'étiraient de longues rangées de grands platanes aux branches formant une ombrelle ininterrompue qui bruissait dans le vent brûlant. De chaque côté derrière les arbres, des étendues verdoyantes : d'abord les vignobles en rangs serrés, d'un vert étincelant sur la terre argileuse comme si on les avait lavés, aussi parfaits qu'un tableau, et puis, au-delà, les champs de blé mûr, ondulant tels des danseurs. Dans un pré plus éloigné, ils virent des ouvriers agricoles faucher le foin, et un camion, mais ils n'entendaient que le chant entêtant des cigales et les aboiements sourds d'un chien, au loin. Sans la chaleur du soleil, l'air semblait supportable, et François se retourna pour sourire à sa sœur. « C'est formidable, non ? »

Elle secoua la tête et fixa le sol, mais il lui donna un petit coup de coude. « Lève les yeux vers les arbres. Et sens cet air – ce parfum de verdure. »

À l'angle d'un deuxième vignoble sur la gauche – même François trouvait les vignobles interminables –, un chemin de terre partait de la route d'Aumale. Sans hésiter, François tourna pour s'y engager, entraînant Poupette derrière lui.

« Trop loin, geignit-elle. Je suis si fatiguée.

— Sois un bon soldat. On approche. »

Un moment après, ils distinguèrent un vague bruit d'eau, qui s'intensifia, et quand ils arrivèrent à l'extrémité du vignoble ils en découvrirent la source : une étroite rivière, en réalité un ruisseau, qui coulait au fond d'une ravine emplie de galets entre les racines et les rochers.

« Tu vois... on y est presque ! » C'était comme en rêve. Ils retirèrent leurs chaussures et traversèrent le ruisseau qui, délicieusement frais et doux, montait presque jusqu'aux genoux de François, et dont le tintement sur les galets rappelait celui d'un carillon. François serrait fort dans les siennes les mains de Poupette, les deux, parce qu'elle avait bien sûr de l'eau plus haut que lui – il lui avait d'abord fait rentrer le bas de sa robe dans sa culotte – et que les galets étaient glissants et inégaux sous leurs pieds. Escaladant tant bien que mal la rive opposée, ils se retrouvèrent à l'ombre argentée d'une vieille oliveraie, dans une clairière au sol herbeux, souple et moussu.

François s'y laissa tomber sur le dos, envoyant promener chaussures et chaussettes, et faisant signe à Poupette de l'imiter. L'air était empli du gazouillis des syrrhaptes au bord de l'eau, et du chant incongru, saccadé, d'un engoulevent à collier roux caché quelque part dans les branches des oliviers. Le vide brûlant du ciel était redevenu d'un bleu éclatant tandis que le soleil baissait, déclinant vers l'ouest. Un trio de nuages blancs et boursouflés dérivait au-dessus d'eux.

« Regarde, regarde, les agneaux blancs qu'on a vus du train en quittant Salonique ! » François faisait allusion à un troupeau de moutons aperçu par la fenêtre, dans une plaine similaire à celle où ils se trouvaient.

« Ne dis pas ça. » Poupette baragouinait, le pouce fermement planté dans sa bouche.

« Pourquoi pas ? C'est mignon.

— Pas du tout. Ça signifierait que les agneaux sont morts à cause de la guerre et qu'ils sont au paradis. Et que les Allemands ont peut-être aussi tué papa. »

L'engoulevent émit un rire rauque.

« Ne sois pas stupide. Ce ne sont pas vraiment les mêmes agneaux. C'est juste une façon de parler. » François ferma les yeux pour qu'elle ne les voie pas s'emplir de larmes. Il referma ses doigts sur l'herbe moussue, se cramponnant à la terre comme si sa vie en dépendait, comme s'il risquait de basculer dans ce ciel immense. « Papa est très fort, déclara-t-il à sa sœur. Aucun de ces sales Allemands ne va le tuer. De toute façon, il est en Grèce et là-bas il n'y a pas d'Allemands. Il est probablement à mi-chemin entre Salonique et chez nous, maintenant. » Il s'interrompit. « Et alors maman n'aura plus de migraines, et il y aura beaucoup à manger – tu pourras avoir un pain aux raisins quand tu voudras. Et on trouvera une belle villa neuve rien que pour nous à Alger, avec vue sur la mer, pour pouvoir faire signe à tous nos amis de Beyrouth et de Salonique. Et on sera tous ensemble, et la France tuera tous les *boches*, bon, peut-être avec l'aide de l'Angleterre, et ensuite on gagnera la guerre, on retournera à Beyrouth et on vivra heureux pour toujours. »

Les syrrhaptes gazouillaient, l'engoulevent lançait son rire moqueur. Le pouce baveux de Poupette glissa de sa bouche et sa tête s'inclina vers François, la joue tout contre l'herbe, ses yeux d'un bleu délavé clignant derrière les verres épais de ses lunettes avant de se fermer. Mon général. Il allait devoir la porter sur son dos jusqu'à chez eux, tout le long du chemin, sans se plaindre.

Juin 1940

Salonique, Grèce

Le vendredi 14 juin 1940, jour où les Allemands conquirent Paris, Gaston Cassar, l'attaché naval français à Salonique, devait assister, avec son collègue monsieur le consul Clouet, à une soirée au domicile du consul de Roumanie.

Quand l'invitation était arrivée, plus d'un mois auparavant, la famille de Gaston, sa femme, Lucienne, et les enfants, François, huit ans, et la petite Suzanne, six ans à peine, vivaient encore avec lui dans la villa de location du 175 rue Reine-Olga, ainsi que tata Jeanne, la sœur aînée et invalide de Lucienne. Le 21 mai, il les avait tous mis dans le train – pour leur faire retraverser la Grèce, l'Italie, la France, et prendre le bateau vers l'Algérie, en Afrique du Nord, sur l'autre rive de la Méditerranée, d'où ils venaient et où ils seraient *en sécurité*. Depuis leurs adieux à la gare, Gaston n'avait eu aucune nouvelle : alors que le chaos de la guerre s'insinuait dans la vie de tous, les échanges transfrontaliers se réduisaient et aucune lettre ne lui était parvenue, pas même un télégramme. Il s'inquiétait, cédant au désespoir, voire à la panique, mais en bon officier de la Marine, il savait que son devoir envers son pays – sa pauvre France bien-aimée – l'emportait sur tout.

Avant son affectation à Salonique, Gaston avait passé quatre ans comme attaché naval au consulat de Beyrouth toute proche – ce qui n'était pas rien pour un officier issu d'un milieu aussi modeste que le sien. Ses supérieurs l'avaient envoyé du Liban vers la Grèce en septembre 1939, après le début de la guerre, pour qu'il soit leurs yeux et leurs oreilles, en fait pour espionner : que pouvait bien tramer l'Italie fasciste en Albanie, voulaient-ils savoir. Et dans la mer Égée ? Quels espions en puissance se rassemblaient dans le port macédonien de Salonique, d'une importance stratégique depuis l'Antiquité ? Gaston avait d'abord pensé qu'il s'agissait, sinon d'une promotion, au moins d'un rôle significatif pour les services de renseignement de la Marine. À présent, toutefois, alors que s'effondrait le monde qu'il connaissait – les Allemands défilaient dans les rues de Paris ! –, il se sentait inutile, coincé dans ce trou perdu sans intérêt, tout seul sans sa chère Lucienne et les enfants pour le ramener au réel.

Lorsqu'il se fut habillé, le matin du 14 juin – Gaston prenait grand soin de son uniforme blanc bien repassé, aux boutons étincelants –, la nouvelle de l'humiliation de la France était connue de tous. Les deux domestiques de sa villa de location le traitaient avec un respect lugubre, les yeux baissés. Il parcourut à pied la courte distance le séparant de son bureau, honteux – comment ne pas l'être ? – et pourtant plein de défiance. Quelque part, il devait bien y avoir de la place pour la résistance.

Au consulat, où les hautes fenêtres ouvraient sur le jardin et où une profusion de chants d'oiseaux couvrait le bruit de la circulation automobile, Cotigny, son second, lui apporta un double expresso et un verre d'eau.

« Clouet ? » Gaston avait remarqué que la porte donnant accès aux bureaux du consul était fermée.

« Absent, monsieur. Madame Turner » – la secrétaire de Clouet – « a téléphoné pour dire que le consulat est officiellement fermé, aujourd'hui.

— Ah bon ? » Gaston réprima un sourire. « Et pourtant nous sommes là, vous et moi. Nous n'avons pas cessé d'exister.

Nous n'avons pas cessé d'être français. La France n'a pas disparu de la planète.

— Si j'ai bien saisi – j'ai pu me tromper –, le consul souhaite sans doute comprendre où nous en sommes. Enfin, en tant que service diplomatique, que… où la France en est…

— Tout à fait. Le consul souhaite y voir clair. » Clouet se planquait, bien sûr, se défilant devant ses responsabilités au moment crucial comme il l'avait amplement prouvé à chaque autre moment menant à celui-ci. Alors même qu'il était essentiel de soutenir la France, Clouet s'éclipsait. Gaston aurait volontiers exprimé son indignation, mais pas devant Cotigny.

« Quel est l'ordre du jour ?

— Monsieur le consul avait un déjeuner avec deux hommes d'affaires français – dans le textile –, mais voilà déjà trois jours qu'il est annulé. Je crois qu'ils sont restés à Athènes. Et il y a le cocktail de ce soir à la résidence du consul de Roumanie.

— Il est maintenu ?

— À ce qu'on en sait.

— Clouet n'y assistera pas ?

— Si le consulat est fermé aujourd'hui, monsieur, on peut sûrement supposer qu'il ne sera pas présent. »

Gaston but son café d'un trait et s'essuya la bouche avec la serviette de lin blanc posée sous la tasse. Dessus était brodée leur devise nationale, les trois célèbres mots. Quelqu'un avait ourlé la serviette ; quelqu'un d'autre l'avait repassée. Tant de vies entre leurs mains. « Je ferais donc mieux d'y aller.

— À votre convenance, monsieur.

— Nous représentons une nation, notre nation. Elle est en crise. Raison de plus pour faire honneur à son nom. »

Cotigny acquiesça de la tête, s'apprêtant à se retirer.

« Vérifiez juste pour moi que ce cocktail a bien lieu, d'accord ? Je n'ai pas envie de débarquer et de l'interrompre en famille, ce couple odieux. »

Gaston se méfiait depuis longtemps de Radu et Cristina Mazilescu, le consul roumain et sa femme, avec qui il avait dîné lors de diverses soirées au cours de l'année écoulée. Ils affichaient ostensiblement leur amour de la France et de tout ce qui était français, mais la Roumanie était connue pour ses sympathies envers les puissances de l'Axe – selon Gaston elle cherchait à gagner les faveurs de l'Allemagne. Lors de précédents cocktails, quand certains s'étaient inquiétés de l'avancée de l'Allemagne en Europe, Mazilescu n'avait rien dit, gardant au sein du cercle de diplomates un silence sinistre dans son costume croisé bleu marine, agitant son fume-cigarette ridicule en ébène comme s'il incarnait un comte français dans un film hollywoodien. Il ne lui manquait qu'un monocle.

Pour Cristina, son épouse, Lucienne et lui avaient un peu plus d'indulgence. Lucienne, toujours généreuse, l'avait décrite comme chaleureuse, mais Gaston voyait surtout en elle une ravissante idiote. Sa chevelure blond platine et les effluves fleuris qu'elle laissait dans son sillage faisaient simultanément d'elle, pour Gaston, un objet de désir et de dégoût. Il se méfiait d'elle. Le couple n'avait qu'un enfant, un garçon blond au teint blême du même âge que François, entrevu lors de représentations à l'école et qui se distinguait par ses grands yeux pâles et mélancoliques – ce qui confirmait le manque de substance de Cristina : elle avait sans nul doute préféré conserver sa jolie silhouette plutôt que de se consacrer entièrement à la vie de famille.

En temps normal, Gaston, bien que n'étant pas consul lui-même, aurait fait aux Roumains une faveur en assistant à leur stupide soirée. Mais ce jour-là – il avait pris un second bain le soir avant de sortir, et astiqué à nouveau les boutons de sa veste, ciré ses chaussures et gominé ses cheveux bouclés –, ce jour-là, sa venue chez les Mazilescu prenait une autre signification. Il allait ostensiblement les gratifier de sa présence en tant que Français. Il se rendait chez eux à la place de Clouet, qui refusait d'endosser cette responsabilité. Peut-être même y avait-il une certaine sagesse à se faire représenter par un officier subalterne. Mais le véritable rôle de Gaston, au su de tous, était en quelque sorte de sauver la face, de souligner aux yeux des vainqueurs qui seraient là – le consul allemand assisterait sûrement à cette soirée – que la France n'avait pas peur ; que la France n'avait pas honte. Que la France, malgré ses blessures, restait fidèle à elle-même. Ces blessures n'étaient pas mortelles.

Oui, se disait-il en montant les marches, les mains tremblantes contre ses hanches, tandis qu'un valet de pied en livrée, à la moustache broussailleuse, lui ouvrait la porte de la villa, oui, il s'acquittait au mieux de son horrible devoir. Il était convaincu de bien agir. Il regrettait seulement que sa Lucienne bien-aimée ne soit pas près de lui, les doigts entrelacés avec les siens.

« Bonsoir, madame », dit-il, s'inclinant devant son hôtesse pour lui faire le baisemain. « Même difficile pour nous, c'est une bonne journée pour vous, j'imagine ? »

Cristina Mazilescu se tenait seule dans le hall, vêtue de satin noir, un camélia rose dans son chignon blond platine. Lorsqu'il se redressa, elle le prit par le bras et l'entraîna non pas vers le salon d'où émanait le brouhaha des voix, et où il reconnaissait déjà de dos la tête aux cheveux frisés du consul italien, mais dans la direction opposée, à l'intérieur de la salle à manger au papier peint vert jade à motifs damassés, encore dans la pénombre, puis sur un balcon de pierre qui surplombait la pelouse d'un jardin orné d'une fontaine au ruissellement discret. Le salon donnait lui aussi sur un balcon, et par ses portes ouvertes les bruits de la soirée flottaient jusqu'à eux.

« J'ai juste quelque chose à vous dire. » Les lèvres rouges de Cristina se réduisirent à une ligne mince ; elle semblait au bord des larmes. « Je vous attendais.

— Moi ?

— On nous a prévenus cet après-midi que le consul ne serait pas là mais que vous, mon commandant, le remplaceriez. Alors oui, je vous attendais.

— Mais, madame, cela ne paraît-il pas bizarre... » Si n'importe qui sortait fumer sur ce balcon, ils auraient tous deux l'air engagés dans un tête-à-tête compromettant.

— Nous n'en aurons pas pour longtemps. Mais il faut que je vous parle. »

Gaston se tenait aussi loin d'elle que le balcon le permettait, bras croisés sur la poitrine, une défense minimale.

« Je sais... nous savons tous deux, Radu et moi... ce que vous pensez. Ce que vous devez penser de nous. Vous savez, bien sûr, que nous dînons avec le consul allemand... » Gaston ferma un instant les yeux, en signe d'acquiescement. « ...et comme vous vous en doutiez sans doute, il est là. »

Évidemment : elle était déterminée à éviter un éclat. Voilà pourquoi elle l'avait emmené à l'écart. À nouveau il regarda le balcon voisin, la lumière jaune qui jaillissait des fenêtres.

« Alors vous pensez sûrement que c'est ce que nous désirons. » Elle avança d'un pas, se pencha vers lui, reprit la parole à voix basse mais avec ardeur : « Ce sera peut-être mon unique chance d'expliquer – et peut-être cela ne changera-t-il rien pour vous, mais pour moi, pour nous, si. On s'est rencontrés encore étudiants à Paris, Radu et moi. On n'y est pas seulement tombés amoureux l'un de l'autre. Votre culture, votre histoire, votre pays : nous les considérons aussi comme les nôtres. » Elle s'interrompit. « Nous ressentons exactement la même chose que vous au sujet des Allemands, de *lui*... » Elle désigna d'un geste élégant du bras la soirée derrière elle, et son camélia trembla. « Nous avons honte, vraiment *honte*. Mais nous représentons notre gouvernement, Radu, en tout cas ; nous recevons des ordres de Bucarest, et notre opinion ne compte pas. Nous faisons notre travail, comme vous. Nous défendons la ligne officielle, sinon nous démissionnons et risquons la prison, ou pire. »

Gaston mesura ce dilemme, vaguement conscient qu'il serait peut-être tôt ou tard confronté au même.

« En ce qui nous concerne, reprit-elle, cette tragédie n'en est pas seulement une pour vous et pour la France, qui nous est si chère. C'en est une pour nous... pas pour nous deux, je veux dire, pour la Roumanie. Votre triomphe, vos succès... pour notre pays, c'était l'unique espoir. Et maintenant ? » Une larme étincela sur sa joue lisse.

Mais il voyait, derrière elle, du mouvement par la fenêtre du salon, et entendit deux voix parler haut et fort. Il recula d'un pas, se réfugiant dans la pénombre de la salle à manger.

« Nous allons attirer l'attention, madame. On va remarquer votre absence.

— En effet. » Le suivant à l'intérieur, elle sécha sa joue du dos de la main, tira sur sa robe, et le devança dans le hall où elle changea brusquement de ton, déclarant d'une voix assez sonore et cassante pour être entendue : « Bien sûr que je dirai à mon mari que vous êtes venu nous saluer. Très aimable à vous. Nous comprenons que vous ne pouvez rester. Je suis sûre que vous avez beaucoup à faire. » Elle le poussa quasiment dehors et, tandis que le valet de pied refermait doucement la porte derrière lui, Gaston eut à nouveau un sentiment de honte, pour sa nation et pour lui-même : mis dehors par les Roumains ; imaginez ! Et parce qu'il avait beaucoup à faire, pas moins – alors qu'en réalité il retournait vers sa villa déserte, manger un œuf dur et un morceau de fromage avec du pain de la veille à la table de la cuisine, sous la faible lumière jaune soufre du plafonnier, en écrivant une fois encore à Lucienne. Une lettre qu'il enverrait aux bons soins de son frère Charles, à Alger, sans savoir si Lucienne serait là pour la recevoir, ni même si elle et les enfants étaient bel et bien à Alger.

Tellement souvent il devait se fier à la providence. Tellement souvent, à cette période, il devait vivre comme si… comme si sa vie avait du sens, alors que non. La belle ville de Salonique lui fit horreur ce soir-là, et leur élégante villa où il se retrouvait seul, et le mobilier raffiné qu'ils avaient choisi et acheté comme pour feindre de croire – non, voulant vraiment croire – que la catastrophe n'arriverait pas jusqu'à eux. Tout lui faisait horreur.

Jamais Gaston n'aurait dû emmener sa famille de Beyrouth à Salonique, mais il ne se voyait pas vivre sans eux. Lucienne ne semblait pas effrayée, et ils avaient choisi ensemble la villa qu'ils louaient, émerveillés de pouvoir s'offrir tant d'espace et de confort, charmés par monsieur Hernandez, leur aimable propriétaire, marchand juif prospère qui habitait avec son épouse un manoir à proximité. Durant les mois d'hiver, malgré cette guerre lointaine, Gaston avait aimé longer à pied chaque soir le grand boulevard pour rentrer, quittant le front de mer clinquant pour rejoindre la maison où les enfants jouaient l'après-midi dans le jardin ombragé et parfumé, sous l'œil de leur tata Jeanne vieillissante qui tricotait près de la fenêtre ouverte.

Chaque jour il attendait avec impatience, comme autant de cadeaux, l'étreinte de la petite Suzanne qui lui sautait au cou avec l'agilité d'un singe, ses jambes maigres lui enserrant la taille quand il la soulevait, la tiédeur de ses petites mains délicates lui caressant la joue entre deux baisers, les fins cheveux blond pâle échappant à ses tresses pour danser dans la lumière autour de sa tête. François restait toujours timidement en retrait derrière sa sœur, le regard à la fois hésitant et plein d'espoir : il quêtait si fort l'approbation de son père. Quand il avait une bonne note à annoncer, il se rapprochait, tout sourire, écartant de ses yeux une mèche de cheveux bruns. Gaston attendait tant de et pour ce garçon, son fils et son héritier, son propre avenir ; François le comprenait, et redoutait de décevoir son père, et sa peur même décevait Gaston. Même si cette déception était une forme d'amour.

Gaston aimait surtout, et attendait avec une impatience particulière, le moment où il voyait Lucienne, son épouse bien-aimée, souvent de dos, à son bureau ou debout près de la table de la salle à manger, ou même devant l'évier de la cuisine : il admirait ses formes, les lignes de sa nuque, et s'approchait d'elle avec un frisson de plaisir pour poser la main au creux de ses reins, percevant la courbe de ses fesses, la promesse d'Éros sous la cretonne et la soie superposées avec soin, et le bruissement des étoffes s'il bougeait l'index...

À l'époque, pourtant, durant ces mois de septembre à mai, il ressentait déjà de la crainte, par vagues. Une nausée croissante. Les nouvelles du vaste monde, toujours plus sombres, pénétraient dans leur enclave : non seulement la progression implacable de l'Allemagne, mais aussi l'appréhension causée par le manque désespérant de préparation du commandement français. Cherrière, son supérieur à Beyrouth, lui avait dit au début du printemps qu'à Paris, les autorités évoquaient franchement la nécessité d'un compromis si les Allemands poursuivaient leur avancée. Déjà, l'armée française anticipait la défaite. Gaston sentait jusque dans ses doigts son cœur battre plus vite au souvenir de la voix rauque de Cherrière, de cette lassitude presque désabusée qui pointait sous sa détermination habituelle – avant même l'entrée en guerre de la France. À la mi-mai, quand Gaston avait reçu l'invitation du consul de Roumanie, les nouvelles en provenance de points plus au nord s'aggravaient : après l'attaque initiale de la Belgique et des Pays-Bas, les Allemands n'avaient mis que quatre jours pour atteindre le nord de la France, et le 14 mai ils s'y étaient retranchés, avec Paris en ligne de mire.

Depuis le début du mois de mai, Gaston concentrait ses craintes et son désarroi sur le sort de sa famille. Pourquoi, se demandait-il sans cesse, l'avoir emmenée avec lui à Salonique, au lieu de l'installer à Alger avec son frère ou ses tantes ? Les enfants comme la sœur invalide de Lucienne, tata Jeanne, sujette à des crises d'épilepsie imprévisibles et d'une gravité inquiétante. Lucienne et lui se sentaient chez eux à Alger ; ils adoraient cette magnifique cité où ils avaient tous deux grandi, et leurs parents et grands-parents aussi. Elle avait laissé sur eux son empreinte, faisait partie intégrante d'eux, et même s'ils n'avaient nulle part où vivre sur place (la Marine les déplaçait d'un lieu à l'autre depuis leur mariage), Alger était le port d'attache où ils projetaient, depuis toujours, de retourner. S'il avait accepté d'être séparé de la femme qu'il aimait et de leurs enfants, Gaston aurait pu les y installer correctement dans un appartement avant que le monde ne plonge dans la crise. Mais il croyait ne pas pouvoir vivre sans eux – sans elle, Lucienne. Et qui aurait pu prévoir, l'automne précédent, la rapidité de la progression des Allemands à travers l'Europe ?

À partir de la première semaine de mai, il était devenu évident que Lucienne, tata Jeanne et les enfants devaient rallier l'Algérie au plus vite, par le train jusqu'en France, jusqu'à Marseille, puis prendre le ferry pour Alger. L'Italie de Mussolini se préparait à entrer en guerre d'un jour à l'autre après avoir fait alliance avec l'Allemagne ; et quand cela se produirait, les voyages seraient impossibles entre la Grèce et la France. Il fallait que les femmes et les enfants évacuent d'urgence.

Gaston aurait bien quitté Salonique, lui aussi. Tout en sachant que la France risquait de capituler, il voulait prendre part aux combats, sauver l'honneur et, au besoin, mourir pour son pays. En même temps, il n'avait d'autre envie que de monter dans le train avec sa femme, de sentir son corps contre le sien quand elle nichait sous son menton sa tête brune, et de savoir qu'ils seraient ensemble, inséparables, pour toujours.

Lucienne, tata Jeanne et les enfants étaient partis de la gare de chemin de fer près du port marchand le 21 mai en fin de matinée. Ce jour-là il faisait chaud même avant midi, et dans le taxi – qui traversait la ville, dépassait l'immense cimetière juif aux stèles de marbre blanc étincelantes, et la tour Blanche, cylindre immuable à la couronne crénelée, puis longeait le front de mer où résonnait inlassablement contre le remblai le ressac de vaguelettes scintillantes, avec à l'horizon, tel l'œil de l'éternité, le mont Olympe, séjour des dieux, orné de brumes impassibles – Gaston, jetant un regard distrait sur toutes ces choses, contemplait sa femme, pour tenter de mémoriser le moindre détail de sa personne. Elle était assise en silence près de lui, les joues rouges, la sueur perlant sur son petit front après les préparatifs exténuants du départ, les mains serrées sur ses genoux, autour du mouchoir en lin tout froissé avec lequel elle séchait, périodiquement, ses tempes ou la commissure de ses paupières. Ils avaient pris un taxi rien que pour eux deux ; tata Jeanne et les enfants suivaient dans un autre. Grâce à cela, malgré la présence du chauffeur, il caressa les cheveux de Lucienne, sa joue.

« Aïni », dit-il, tremblant presque. Puis plus rien. Toute son émotion dans ce petit nom tendre. Elle et lui savaient que c'était le moment de leurs vrais adieux, plutôt que dans le chaos de la gare avec les enfants et leur tante Jeanne, aux hanches généreuses et aux mollets robustes, presque aveugle derrière ses lunettes, presque un troisième enfant.

« Aie confiance », répondit sa femme, lui prenant la main entre les siennes sur ses genoux, geste intime que le chauffeur ne pouvait voir dans son rétroviseur. Tous deux savaient qu'à partir de cet instant tout était incertain : la date ou même la possibilité de leurs retrouvailles ; où et comment celles-ci auraient lieu ; ce que le sort leur réservait, à eux et aux enfants – si jeunes, ces derniers, tout en eux une promesse. Même la suite de leur existence semblait incertaine, et la distance entre Salonique et Alger planait, énorme et périlleuse, une odyssée.

L'animation de la gare fut en fait une bénédiction : la panique manifeste des gens qui se bousculaient, les échos insistants des haut-parleurs, le jet de vapeur des locomotives tandis que Gaston et les siens suivaient bruyamment sur le quai le porteur, obèse et moustachu, dont la casquette portée en arrière, visière vers le ciel, donnait une impression de désinvolture. Cette folie ambiante rassérénait Gaston, le rendait plus calme. Ça, il savait faire : afficher l'aisance et l'aplomb nécessaires qui étaient – il voulait tellement enseigner cela à son fils – la noblesse trompeuse d'un chef. Il resta à l'entrée de leur compartiment, une fois les bagages chargés. (Comment pouvaient-ils avoir autant de bagages ? Comment se débrouilleraient-ils, pour changer de train ? Comment, tout simplement, se débrouilleraient-ils ?) L'un après l'autre, ils l'étreignirent et l'embrassèrent, Suzanne et tata Jeanne en larmes ; François, dans le rôle du petit homme, sachant ce que voulait son père, échangea une poignée de main avec Gaston et chuchota solennellement : « Je veillerai sur tout le monde, je te le promets. »

Et Lucienne : ces yeux qui étincelaient comme la Méditerranée. Son sourire était triste et affectueux, et même lorsque Gaston s'attarda à l'extérieur du train, sur le quai, que les enfants se pressèrent à la fenêtre avec elle en agitant la main, elle lui souriait, elle souriait pour lui, elle, la seule personne à le comprendre pleinement et véritablement, jusqu'au bout elle sourit, jusqu'à ce qu'il ne puisse plus les distinguer.

Il avait pensé, en cet après-midi de la fin mai, qu'il risquait de ne pas tenir. Il aurait souhaité être dans ce compartiment avec eux – il revoyait si nettement les sièges tendus de veloutine prune, leurs accoudoirs bombés au bois couvert d'éraflures et leurs têtières autrefois blanches, les grains de poussière en suspension dans les rayons de lumière venant de la fenêtre, et cette matrone grecque, teint cireux et tailleur noir, qui partageait le compartiment avec eux, à sa place à *lui*, celle qui aurait dû être la sienne, s'ils avaient voyagé en famille comme il l'aurait fallu.

Il avait regagné à pied la villa, tiré les stores, et s'était allongé sur le lit, sous leur crucifix et leur chapelet, non pour dormir mais pour écouter et imaginer, pour voyager avec eux, pour avoir à l'oreille la plainte grinçante du train sur les rails, voir à travers la vitre d'abord les vergers du delta, les rangées d'arbres fruitiers vert tendre juste après la floraison, puis les contreforts des montagnes, le vert plus sombre des conifères, la terre qui se dérobait à mesure qu'ils prenaient de l'altitude. À présent ils devaient se rendre au wagon-restaurant, Suzanne ayant séché ses larmes. Peut-être François la tenait-il par la main ? Peut-être, et même sûrement, non ? Ses larmes séchées, le moment des adieux était oublié ; elle scrutait le menu, l'éloignant, le rapprochant et l'éloignant à nouveau, tout à son effort pour le déchiffrer. Et Lucienne : Aïni.

Il était resté allongé sur le dos jusqu'au crépuscule, en costume, n'ayant retiré que ses chaussures. Il entendait, comme au loin, Maria, la cuisinière, préparer son dîner solitaire, appelant de temps à autre Eleni, qui faisait le ménage, dans cette langue grecque qu'il comprenait à peine ; enfin il entendit la porte d'entrée claquer une fois, et peu après une fois encore, le laissant seul dans la maison. Mais il n'était qu'à demiconscient de ce mouvement autour de lui, parce qu'en réalité, allongé dans cette lumière crépusculaire, il voyageait, voyageait avec les siens, au long des rails tout en haut des montagnes, parce qu'il ne voulait pas les laisser partir.

Les trois semaines entre leur départ le 21 mai et la défaite de la France le 14 juin se révélèrent presque insupportables. Gaston se réveillait chaque jour peu après l'aube au son des jacasseries gutturales des pies et de leurs bruissements dans le laurier-rose de l'autre côté de la fenêtre. Chaque jour il éprouvait la même sensation de chute : l'exubérance de son moi au réveil plongeait rapidement, tel un nageur émergeant des profondeurs pour reprendre son souffle, mais découvrant à la surface de l'eau une fumée irrespirable. Lui toujours soigné devait se forcer à se raser, à se regarder dans le miroir pour se donner un coup de peigne, à rajuster son uniforme ou à cirer ses chaussures. C'étaient ses habitudes quotidiennes, répétées sans effort jusqu'alors ; or, à chaque fois désormais il se demandait : Pourquoi ? Pourquoi ? Pourquoi était-il là, dans cette villa spacieuse mais lugubre où, l'espace de certains moments étranges, il entendait les voix des enfants au jardin ou entrevoyait tata Jeanne tricotant dans le fauteuil marron à l'angle de la pièce, ses bras massifs bougeant à peine tandis que ses aiguilles cliquetaient, avant de se frotter les yeux et de reconnaître qu'il n'y avait rien ? Que faisait-il là ? À quoi bon, sans Lucienne ?

Il n'exprimait sa sensation de malaise que dans les longues lettres qu'il écrivait chaque soir à sa femme, et mettait dans la valise diplomatique sans savoir quand ni si Lucienne les recevrait. Il lui écrivit à l'hôtel Select de Marseille, où ils devaient passer la nuit tous les quatre ; il lui écrivit chez son frère Charles à Alger ; il lui écrivait chaque jour. Il n'avait aucune nouvelle en retour.

Au bureau, il feignait la patience, espérant recevoir de ses supérieurs des ordres qui l'arracheraient à Salonique et le rapprocheraient de la guerre, le rendraient utile. Il consacrait ses journées à rédiger des rapports contenant des analyses de la situation locale, pendant que Clouet, le consul, semblait essentiellement préoccupé de brasser des documents, d'expédier les affaires courantes, et de réduire les dépenses au minimum. Gaston éprouvait de la répulsion pour l'homme, chez qui il décelait de la peur et de la faiblesse. La quarantaine, ses enfants presque adultes, il paraissait surtout soucieux de protéger sa réputation et ses perspectives de carrière… Gaston, voulant échapper à ce consulat perdu et retourner à Beyrouth, envoya une note à Cherrière, son supérieur là-bas, pour demander une mutation. Il n'obtint pas de réponse. Un terrible silence. Telle était la teneur de ses journées, ce sentiment d'être devenu, pire qu'inutile, invisible, comme s'il avait été effacé du monde ou que le monde se fût effacé autour de lui.

Dans l'intervalle, il tentait de se remonter le moral en passant du temps avec ses amis sur place, deux Grecs – Alexandros Zannas, le directeur de la Croix-Rouge, et Sotirios, son frère cadet – et un réfugié polonais, Maliszewski, qui travaillait officiellement comme interprète pour Alexandros, mais aidait en fait, secrètement, d'autres réfugiés à fuir sa patrie occupée par les nazis. Formant un trio avisé et sympathique, ils invitaient Gaston à prendre un verre avec eux, ou même à dîner, et à écouter les bulletins de la BBC radiodiffusés depuis Londres.

Gaston gardait espoir grâce à la sagesse de ces amis, dont il écoutait attentivement les avis. Il écoutait aussi son élégant propriétaire, qui s'arrêta à la villa pour l'apéritif quelques jours après le départ de Lucienne. Monsieur Hernandez appartenait à la vaste et florissante communauté juive dont dépendait la prospérité de Salonique. Gaston avait au moins eu la présence d'esprit de demander à Maria de préparer des amuse-bouche sans fruits de mer ni porc ; et il avait mis au frais une bouteille millésimée de Veuve Clicquot pour son invité.

Monsieur Hernandez vint seul, et à pied. Son épouse et lui habitaient une villa plus somptueuse à moins d'un kilomètre dans la même avenue. Ils avaient reçu Gaston et Lucienne deux fois, la première pour un dîner de huit convives, la seconde pour une soirée de Nouvel An. Lucienne, qui aimait les belles choses, s'était extasiée sur le goût exquis de leurs hôtes, le raffinement parisien de la marqueterie de leurs dessertes et des dorures de leurs chaises, l'éclat parfait des lustres (« Imagine, avait-elle murmuré, les domestiques doivent astiquer chaque pendeloque de cristal ! ») et les immenses tapis orientaux aux motifs sophistiqués – turcs et persans – qui recouvraient quasiment le marbre des sols. « Comme à Versailles », avait-elle déclaré alors qu'ils rentraient à pied chez eux.

« Distingué » était le mot qui venait à l'esprit de Gaston en pensant à Hernandez. Sa tête avait une forme élégante, ses grands yeux noirs une frange de longs cils. Le rouge de ses lèvres contrastait avec sa peau olivâtre. Mince, presque menu, il s'habillait à son avantage – dans du drap de laine bien coupé –, et pourtant émanait de ses mains velues et de son menton ombré par la barbe, ainsi que de ses gestes autoritaires, une masculinité rassurante. Il portait toujours un nœud papillon imprimé plutôt qu'une cravate, affectation désuète que Gaston trouvait séduisante. Mme Hernandez, toujours belle à plus de quarante ans, suivait la mode parisienne. Gaston, qui ne voyait aucun mal à se contenter de regarder, avait admiré la finesse de ses chevilles au-dessus de ses escarpins en vachette, et le scintillement de la rivière de bijoux ornant son décolleté. Non, Hernandez n'aspirait pas à la notabilité provinciale mais au cosmopolitisme. Et cette culture ! Il parlait au moins cinq langues couramment, dont un français magnifique, quelque peu désuet comme son nœud papillon, mais si élégant.

« Que dit la rumeur, au consulat ? » La silhouette d'Hernandez debout à la fenêtre, flûte de champagne à la main, se détachait dans les derniers rayons du soleil.

« Pas de rumeur aujourd'hui.

— D'après notre dernier bateau à rentrer au port, les Italiens sont en manœuvres dans le Dodécanèse. »

Gaston acquiesça. « Rien de nouveau. C'est en partie ce qu'on m'a envoyé suivre il y a neuf mois.

— Vous les avez surveillés de près ?

— Difficile à faire, en pratique. Ils ne sont pas encore entrés en guerre. Vos officiers de la marine marchande sont mieux placés que moi pour le faire.

— Ce n'est qu'une question de temps, précisa calmement Hernandez.

— Raison pour laquelle j'ai fait partir Lucienne et les enfants.

— Vous allez partir vous aussi ?

— Pas tout de suite.

— Les choses se présentent mal pour la France. Mais peut-être pouvez-vous me rassurer.

— Ah. » Un silence. « Je le souhaiterais.

— Savez-vous... » Contre toute attente, Hernandez s'était assis sur l'accoudoir du canapé tendu de suédine, dont l'achat avait tant ravi Lucienne – pouvait-il ne dater que de huit mois ? « ... que Rosa a un passeport perse ? » Rosa était l'épouse d'Hernandez. « Curieux, non ? Ce n'est pas une immigrante – ses parents, grands-parents et ancêtres depuis plus d'un siècle, peut-être même plusieurs, sont tous nés à Salonique. Enfin, tous sauf un, il y a trois ou quatre générations – un arrière-arrière-grand-père émigré d'Ispahan... »

Gaston passait machinalement le pouce sur le rebord de sa flûte de champagne. Celle-ci, en cristal, émit une complainte aiguë et mélancolique. Il cessa aussitôt, gêné.

« Vous vous demandez où je veux en venir. Je comprends. Ce que je veux dire, c'est que Rosa a des papiers qui lui – nous – permettraient de rallier la Perse, bien qu'elle n'y soit jamais allée, et ne projette pas de s'y rendre. Elle s'est cramponnée à ces papiers, à ce privilège, si vous préférez, comme à une assurance-vie. Pour le cas où elle *devrait* partir – où nous devrions le faire. » Hernandez se pencha en avant pour confier : « Et cela, mon ami, vous le découvririez dans presque chaque famille de ma communauté. Ça remonte à des siècles : la mère de Rosa avait ces papiers, et son père avant elle, et le père de son père auparavant. Je ne possède pas de double passeport uniquement parce que je suis salonicien de souche par les deux branches de ma famille, depuis bien avant que les nationalités aient une existence écrite. » Les yeux d'Hernandez reflétaient la lumière de la lampe ; la nuit tombait derrière lui. « Mais notre peuple a toujours compris l'incertitude, et vécu avec elle. Nous sommes sur nos gardes. Nous vivons toujours comme si nous risquions de devoir partir d'un moment à l'autre. »

Gaston se représenta le hall d'entrée de leur manoir, l'opulence de son mobilier, l'imposant lustre aux pendeloques étincelantes. Hernandez sembla le devancer : « Vous pensez à nos biens, à la compagnie – six bateaux, quatre entrepôts, trois cent soixante-trois employés –, aux tombes de nos ancêtres, et vous vous demandez de quoi je parle. Mais souvenez-vous, nous autres juifs sommes venus ici comme réfugiés, chassés d'Espagne en 1492, réinstallés selon le bon vouloir – et les caprices – du sultan ottoman. Raison pour laquelle nous sommes si nombreux à avoir des noms espagnols… oui, je vois que vous le savez. Voici où je voulais en venir : cinq cents ans ne suffisent pas à nous faire oublier que nous sommes des exilés, que même là où nous nous sentons le plus chez nous, nous risquons d'avoir à partir…

— Projetez-vous de le faire maintenant ? Iriez-vous en Perse, vous servant des papiers de votre épouse ? »

Hernandez parut surpris. « Non, non… à moins que vous ne disiez…

— Je n'ai aucune information que vous n'ayez pas. Nous pouvons garder espoir, même pour la France.

— Mussolini n'est pas Hitler, dit Hernandez. Ils ne se valent pas. Et les Allemands ne s'intéressent pas à ce modeste trou perdu.

— C'est un trou perdu assez stratégique, comme vous le savez.

— Et loin de Berlin.

— Certes.

— Si nous étions seulement à Prague… ou à Budapest…

— Nous sommes à mille kilomètres de Budapest », précisa Gaston, à qui on avait un jour demandé de calculer cette distance. « Dans l'immédiat…

— Oui, dans l'immédiat. Mais notre Raphael n'est pas dans un internat en Angleterre sans raison.

— Parce que les meilleurs internats français étaient complets ? Ou parce que vous avez une préférence pour les tailleurs londoniens ? plaisanta Gaston.

— Parce que Rosa et moi faisons confiance aux Britanniques.

— Ah. » Gaston sourit. « Moi aussi ; mais vous savez, je m'interroge sur nombre de leurs décisions, surtout concernant cette partie du monde… cette violence…

— Mais Balfour, intervint Hernandez. Et la promesse de la Palestine.

— Oui, bon. Je suppose.

— Raphael est en deuxième année à Winchester. Il s'est habitué. Nous ne l'aurons pas à la maison cet été.

— C'est votre fils unique ? » Gaston savait que oui. Lucienne lui avait expliqué : il y avait eu des complications à la naissance, d'où l'impossibilité d'avoir d'autres enfants.

« Rosa est anéantie. Mais le directeur d'études s'est arrangé pour qu'il aille chez un autre élève – un baronet de la petite noblesse du Cumberland, apparemment.

— Le pays de Wordsworth, fit observer Gaston.

— C'est vrai ? Je suppose que oui. La poésie britannique n'a jamais eu mes faveurs.

— Comment le pourrait-elle, comparée à la poésie française ?

— Que pensez-vous de Valéry, comme poète ? »

Leur conversation s'orienta vers la gloire de la poésie pure, l'héritage de Mallarmé et de Rimbaud, et la question de savoir si « La Jeune Parque » était un pont entre une époque et la suivante, ou une impasse moderniste. Gaston préférait à Valéry les Symbolistes, et, dans la génération suivante, Claudel pour sa foi et Gide pour son goût des nourritures terrestres – encore que Gide, bien sûr, n'était pas poète.

Le lendemain de la défaite de la France, un samedi, Gaston se souvint de sa conversation avec Hernandez. Il se demanda s'il ne devait pas appeler son propriétaire – mais que dirait-il ?

Rien n'avait changé sur place à Salonique : Budapest était toujours à mille kilomètres, et Paris au moins deux fois plus loin. Le simple fait de téléphoner – le jour de Shabbat, pas moins – serait source d'inquiétude pour Hernandez, comme si Gaston l'incitait implicitement à faire ses bagages et à fuir : une folie. Au lieu de quoi celui-ci appela chez les Zannas et passa dans l'après-midi, après l'heure de la sieste, prendre le café dans le jardin de l'immense villa de la famille d'Alexandros. Les deux frères étaient là : Alexandros, l'aîné, massif et moustachu, avec un tic nerveux presque musical qui lui faisait périodiquement incliner et renverser en arrière sa belle tête classique et agiter les doigts, alors que ses vigilants yeux noirs de hibou restaient immobiles ; et Sotirios, plus petit, plus brun, au torse mince, jamais sans une cigarette, aux doigts courts aussi tachés de jaune par la nicotine que ses dents de travers. Quand Sotirios riait, un grondement émanait du tréfonds de son être comme à l'approche d'un orage ; il semblait toujours à Gaston que ces profondeurs intérieures supposées étaient d'une taille supérieure à celle de l'homme lui-même. Et Sotirios riait souvent, même dans les moments les plus sombres, ce dont Gaston lui était reconnaissant.

Maliszewski, le réfugié polonais, se joignit à eux. Lui aussi fumait cigarette sur cigarette, qu'il tenait curieusement entre le majeur et l'annulaire. Gaston tombait toujours avec une surprise renouvelée sous le charme de ses traits quelconques, de ses larges joues plates, de ses cheveux sans couleur distincte, avec une raie au milieu et plusieurs épis. Ses vêtements n'étaient jamais à sa taille – il perdait son pantalon, flottait dans ses chemises – et Gaston se demandait si son ami avait été gros ou si, maigre depuis toujours, il comptait sur la générosité d'autrui pour se vêtir, s'accommodant d'habits trop grands pour lui.

Maliszewski, ainsi que Gaston, vivait à Salonique comme dans une salle d'attente. Il avait fui Varsovie en octobre de l'année précédente, peu après l'invasion allemande, et avait rejoint, à pied pour l'essentiel, la Macédoine en traversant la Roumanie et la Bulgarie. La dernière étape, par la montagne en hiver, avait été épouvantable – s'était-il borné à laisser entendre. De quelques années plus jeune que Gaston, à peine plus de trente ans peut-être, il n'avait ni femme ni enfants. Il avait été fonctionnaire et vécu avec sa mère, qui l'avait encouragé à partir car ses sentiments antifascistes étaient bien connus. Gaston se demandait s'il n'y avait pas autre chose – si, sans femme ni enfants, il n'aimait pas les hommes, après tout –, mais il n'avait jamais posé la question, pas même à Lucienne. Par miracle, avec des ressources minimales, Maliszewski avait parcouru beaucoup de terres inhospitalières entre la Pologne et la Grèce et, avec l'aide d'un réseau antifasciste, était entré en contact avec les Zannas. Son ambition avait été, dès le départ, de contourner l'Europe du Sud et de se diriger vers le nord pour rejoindre le gouvernement polonais en exil à Londres ; mais Salonique, tel un roncier, l'avait retenu.

La consigne venue de Londres était qu'il ne devait pas bouger pour le moment : il était surtout utile comme intermédiaire. Alexandros Zannas, bien sûr, l'employait officiellement comme interprète – outre le polonais, il parlait russe, et se débrouillait très bien en anglais et en français –, une façade pour ses tâches plus importantes. Chaque semaine ou tous les quinze jours au plus, il recevait un message radio l'avertissant de l'arrivée imminente de ce qu'il appelait « un groupe ». Il pouvait en fait s'agir d'un seul individu ; d'ordinaire, c'étaient trois personnes maximum ; une seule fois, en mars, une famille entière avait pris le risque, deux parents, deux enfants de moins de dix ans et un bébé, ce dernier si petit et aux pleurs si grêles que Maliszewski se demanda, devant Gaston, s'il n'était pas né en route. Ces groupes étaient formés de Polonais comme lui, souvent de juifs polonais, en tout cas de Polonais ayant besoin de fuir. Tous, sans exception, arrivaient exténués et muets, encore morts de peur et parfois de désespoir, toujours sans les papiers qui leur donneraient le droit de rester. Il avait pour rôle de les nourrir et de les loger, discrètement, jusqu'au moment où il serait prévenu, quarante-huit heures à l'avance, de l'arrivée du bateau reliant clandestinement Le Pirée à Alexandrie ; il empruntait alors une voiture des frères Zannas – et déposait de nuit ceux dont il avait la charge au port à l'extérieur d'Athènes. Il s'enorgueillissait de ce que tous, depuis sa propre arrivée en décembre 1939, avaient atteint sains et saufs le territoire britannique. Mais lui-même mourait d'envie de les suivre.

Ce 15 juin, un samedi, il devait accompagner, après la tombée de la nuit, un jeune rabbin et son épouse originaires de Katowice, ainsi qu'un vénérable professeur de l'université de Cracovie. Celui-ci, non pas juif mais ouvertement catholique, résidait depuis deux semaines avec Maliszewski ; les deux hommes étaient logés par une éminente famille juive, des amis de monsieur Hernandez.

« Je le jure… » racontait Maliszewski, tandis que Gaston prenait place dans l'antique fauteuil en rotin le plus proche du bosquet d'oliviers, « ce vieux professeur, un historien, ne veut manger que des livres. Je dois lui rappeler de lever le nez de ses chères études et de me rejoindre même pour un bol de soupe. Je voudrais lui dire : “Ouvrez les yeux et regardez autour de vous, l'ami. La *voici*, l'Histoire…” Mais il travaille depuis plus de dix ans à son grand œuvre, quelque chose sur les bibliothèques des monastères au Moyen Âge…

— Le Moyen Âge… interrompit Sotirios avec un rire grasseyant.

— Comme maintenant, ajouta Alexandros. L'âge le plus noir.

— Un livre sur d'autres livres, fit observer Gaston. Sur l'importance de sauver les livres quand tout le reste brûle, ou semble perdu… »

Maliszewski ne l'écoutait pas. « Mais sa valise ne contenait que des livres et des documents, comprenez-vous ! Un mouchoir, peut-être, une paire de chaussettes de rechange, rien d'autre.

— Plus précieux que des bijoux...

— Mais moins utiles, répliqua Maliszewski. Tu connais mon attachement au savoir... mais honnêtement...

— Il pense finir son livre à Londres, suggéra Alexandros. Et pourquoi pas ?

— Inch'Allah, soupira Gaston. Réfléchis-y, pourtant : c'est son espoir, sa raison de vivre. S'il avait quitté Cracovie sans son manuscrit, il n'aurait sans doute pas éprouvé le besoin de partir.

— De la folie. » Maliszewski hocha la tête. « De la folie pure.

— Chacun de nous trouve sa voie à sa façon. » Gaston savait que, tel ce professeur fervent catholique, il semblait dévot, voire moralisateur, pour un athée comme Maliszewski ; mais cela ne l'arrêta pas. « Chacun de nous, tôt ou tard, doit se poser la question de savoir ce qui fait que la vie vaut d'être vécue. Pour certains d'entre nous...

— Crois-tu, intervint Alexandros, que ce soit le bon jour pour s'interroger sur l'utilité de l'existence ? »

Gaston, échaudé, contempla vers le fond du jardin la brume dorée qui s'étendait au-delà, sur la mer, puis ferma les yeux.

« L'effet de cette tragédie est dévastateur », dit Maliszewski. Il parlait de la France. Une évidence.

« Ça peut difficilement être pire. » Sotirios prit une nouvelle cigarette. « Désolé, Cassar.

— Et je sais ce qu'on ressent, ajouta Maliszewski. On est dans le même bateau, maintenant. »

Le premier mouvement de Gaston fut de protester : comment pouvait-on comparer le moins du monde la France, glorieux empire et puissance mondiale, fille aînée de l'Église catholique romaine, avec la malheureuse Pologne, un ballon usé que se renvoyaient depuis des siècles l'Allemagne et la Russie ? Mais Maliszewski n'avait pas tort. Même à l'ombre, Gaston sentit la sueur picoter ses pores, la panique le gagnant sous l'effet de la chaleur.

« Ouzo ? » demanda Alexandros. Une domestique, jolie mais à la peau sombre et aux chevilles épaisses, descendit de la terrasse d'un pas lourd avec un plateau où étaient posés une bouteille et des verres : le café fit place aux cocktails. « Après avoir bu un verre, on passera au salon. » Avec un mouvement plongeant du menton, Alexandros regarda sa montre ; il faisait allusion à leur bulletin d'informations diffusé chaque soir par la BBC. « Ce sera l'heure pile. » Il saisit son avant-bras pris d'un tremblement, et le déplaça de l'accoudoir à ses genoux comme s'il s'agissait d'un enfant turbulent. « Sotirios, tu fais le service. »

Plus tard, seul dans la pénombre de la villa, allongé nu sous le crucifix, le ventilateur tournant faiblement au-dessus de lui, Gaston, qui écoutait une averse crépiter soudain sur la chaussée et sur les feuilles vernissées derrière la fenêtre, sentit à nouveau des sueurs froides suinter par tous ses pores, et son cœur tambouriner dans sa poitrine – une telle sensation de chute qu'il faillit crier ; il entendit intérieurement l'écho de son cri mais ne le laissa pas s'échapper. Il se pelotonna dans le drap, voulant que la nuit s'achève, affreusement conscient de la moitié vide du lit normalement occupée par Lucienne. Sans sa femme, chacune de ses journées se déployait devant lui telle une étendue désertique. Lucienne était – ou il avait fait d'elle – la source, pour lui, du sens. Comment pouvait-il savoir que penser ou dire, sans son écoute patiente et ses sages conseils ? Qu'éprouvait-elle ces temps-ci, recevant les mêmes nouvelles que lui – encore qu'à Alger, elle pouvait très bien capter d'autres bulletins d'informations, n'ayant pas accès à la BBC – qui savait de quoi elle entendait parler ou pas ?

Qui savait même où elle était – elle avait prévu de séjourner chez Charles, son frère à lui, mais il se pouvait qu'en l'absence de place pour eux quatre, il les ait envoyés chez l'une des tantes, tata Titine ou tata Baudry – et que pouvait-elle penser, quel souci elle devait se faire pour lui, et pour l'argent également, elle ne devait pas avoir grand-chose d'autre que ce qu'elle avait emporté, et elle avait peut-être dû dépenser tout ou partie en pourboires et autres frais imprévus durant le trajet… le compte à Alger était quasiment vide – Charles aurait-il les moyens de les nourrir ? La petite Suzanne ? François toujours affamé ? Lucienne enseignerait-elle ? Y avait-il même des écoles ouvertes, ou y en aurait-il ? Que se passerait-il à Alger une fois la France officiellement tombée aux mains des Allemands ? Les Britanniques, leurs alliés encore aujourd'hui, bombarderaient-ils la ville ? Y avait-il des abris, ou s'employait-on à renforcer les sous-sols ? Et s'il s'était déjà passé quelque chose ? S'il était arrivé quelque chose dès le voyage, et que Lucienne, Jeanne et les enfants ne soient jamais arrivés au pays ? Mais il l'aurait sûrement appris à ce stade ? Alors pourquoi, depuis maintenant plus de trois semaines, *rien* ? Aucune nouvelle depuis leur départ.

Il revoyait Lucienne lors de ce premier printemps où, amoureux, ils étaient allés ensemble au sanctuaire soufi de Tlemcen. De retour de l'université, il avait menti à sa mère, prétendant rendre visite à un copain de lycée qui s'était installé là-bas, au lieu de quoi il retrouva Lucienne, un rendez-vous clandestin, sur le quai de la gare de Sidi Bel Abbès. Il revivait exactement le moment où il la vit, lui penché à la fenêtre alors que le train entrait en gare, elle tenant sa valise devant elle à deux mains, la tête légèrement inclinée, clignant des yeux sous le soleil printanier. La brise sur le visage de Gaston à l'arrêt du train était tiède et glaciale à la fois, et le sifflet de la locomotive sonna à ses oreilles comme un cri de jubilation. La robe en soie jaune de Lucienne virevoltait au vent autour de ses mollets, dépassant telle de l'écume sous son manteau bordeaux à gros boutons. Son chapeau-cloche assorti, enfoncé comme un casque jusqu'à ses joues rondes, cachait ses magnifiques boucles brunes, et leur seule pensée lui donnait envie de les caresser. Et ses yeux ! Il voulait voir ses yeux, fermés pour se protéger de la lumière aveuglante – oh, cette impatience. Il leva le bras et agita la main, l'agita encore, alors qu'il avait presque rejoint Lucienne, et la simple vue de sa silhouette, de son menton baissé, réjouissait tout son corps, l'électrisait telle une décharge. Il avait su, en ce matin de printemps, que Lucienne serait la femme de sa vie. Elle l'électrisait encore, il l'adorait encore ; l'intérieur pâle et doux de son poignet, fileté de veines, le creux de sa clavicule, son parfum, bergamote et sueur suave mêlées : où était son parfum ? Ils étaient deux animaux, faits l'un pour l'autre ; pourquoi ne le sentait-il pas, ce parfum de son Aïni bien-aimée ?

Sa propre sueur séchait sur lui comme une carapace, et le léger courant d'air du ventilateur le fit grelotter. Il se leva, éteignit l'appareil, alla dans la salle de bains se rincer le visage. Au-dehors la pluie diminuait. Debout à la fenêtre dans l'obscurité de la salle de séjour, nu, il contemplait le feuillage luisant, les reflets du goudron mouillé derrière la grille. Il avait besoin d'un ancrage. Lucienne était son ancre, mais à présent il ne devait compter que sur lui-même.

Il se considérait comme quelqu'un de fort, mais sa force lui faisait parfois défaut. Qui, hormis Lucienne, pouvait lui servir de roc ? Dieu, bien sûr ; oui, bien sûr, Dieu ; même s'il lui arrivait de penser que sa foi en Dieu était en réalité une foi en Lucienne et en sa foi à *elle*. L'idée l'effleura qu'il était au fond quelqu'un de très faible, rien de plus qu'un brin d'herbe flottant au vent. Il baissa les yeux vers ses bras et jambes nus, sa peau nacrée dans la pénombre, ses poils noirs pareils à un gribouillis sur son ventre et ses cuisses. Ses hanches étroites, quoique moins qu'autrefois ; son pénis qui pendait, inutile ; la robustesse de ses jambes ; ses pieds larges, plats : n'étaient-ils pas eux-mêmes un ancrage ? Un homme est un animal ; lui, à trente-quatre ans, un animal dans la force de l'âge, plein d'énergie, avec un minimum de sagesse, et imprégné d'élan vital, que faisait-il coincé là, loin des combats, émasculé, un eunuque relégué à l'écart de la guerre, dépendant des ordres de Beyrouth, en suspens ? Avait-il peur de mourir ? Bien sûr – mais encore plus peur de faillir à son devoir.

Peut-être la Marine pourrait-elle d'une façon ou d'une autre continuer le combat. Peut-être pourrait-elle rejoindre les Alliés et livrer bataille. Si seulement il pouvait remonter à bord d'un bateau. Dans la matinée il télégraphierait de nouveau à Beyrouth pour obtenir une mutation – comme si on l'écouterait, comme si on aurait le temps de lui répondre. La France était défaite – mais il pouvait sûrement trouver encore un ancrage dans sa vocation, dans la Marine. Il était au bord des larmes. Que suis-je ? demanda-t-il au salon désert, à la nuit ruisselante. À quoi je sers ? Et la litanie qu'il avait plus d'une fois récitée avec Lucienne lui revint : Je suis méditerranéen, je suis latin, je suis catholique, je suis français. Telles étaient donc ses ancres ; ces choses, immuables *a priori*, le définissaient, et devaient déterminer ses actes.

Le dimanche à midi, en réponse à sa requête, il reçut enfin un télégraphe de Cherrière à Beyrouth, le rappelant au Liban. Il pouvait prendre deux ou trois jours pour fermer boutique mais devait s'assurer d'avoir dès que possible une place sur le bateau au départ d'Athènes. Clouet fut envieux, Gaston s'en rendit compte, quand il l'appela pour l'informer : au moins Beyrouth était, sinon pleinement la France, sous mandat français ; au moins, là-bas, quoi qu'il arrive, on se sentirait solidaire du sort de la nation.

Les dernières journées à Salonique s'avérèrent simultanément survoltées et alanguies, voire à la dérive. Le chaos émanait de la France tel un gaz ; le gouvernement s'était replié à Bordeaux et tentait de se ressaisir. On discutait des termes d'un armistice. Tard ce dimanche-là on apprit que le maréchal Pétain s'était attribué le rôle de Premier ministre, avec le général Weygand comme ministre de la Défense et l'amiral Darlan à la tête de la Marine. Le gouvernement resterait-il en France ou se réfugierait-il à Alger ? Trouverait-il un moyen de conserver un semblant d'autonomie ? La conversation dans le jardin d'Alexandros Zannas en ce dimanche soir tournait autour de ces incertitudes. Maliszewski, pas encore rentré de son déplacement au Pirée, ne les rejoignit pas, ce qui inquiétait Gaston. Sotirios, avec son rire d'asthmatique, ironisa sur le fait que Metaxas, le Premier ministre grec, n'avait pas le temps de s'occuper des Polonais, mais Gaston ne goûta pas cet humour. Tout était en chute libre.

« Et les antécédents de Pétain ? interrogea Zannas. Ça signifiera quoi ?

— L'ordre, reconnut Gaston, ce qui est préférable au chaos, surtout dans la défaite. Mais au-delà…

— Un repli à Alger ? » demanda Sotirios, faisant tournoyer l'ouzo laiteux dans son verre. Les derniers rayons de soleil filtraient à travers le jardin, dansant sur la bougainvillée, sur les oliviers, sur le visage de Sotirios, sur son verre. Tout était comme avant ; tout était différent.

« Non, je n'y crois pas. Le bruit court que Weygand plaide depuis une semaine déjà pour une trêve avec les Allemands.

— Je vois. »

Les trois hommes se turent quelques instants.

« Des nouvelles du pays ? » s'enquit Sotirios.

Gaston fit non de la tête, l'absence de Lucienne était une douleur constante, lancinante. « J'espère que dès que je serai à Beyrouth, la communication sera plus facile.

— Elle devrait l'être. Quand pars-tu ?

— Cette semaine, je suppose. Quelques affaires à régler. Le mobilier…

— Ce magnifique buffet ! »

Gaston grimaça.

« Non, je suis sincère, insista Sotirios. Que le monde soit en feu n'empêche pas ce buffet d'être magnifique. Que feras-tu de tout ça ?

— Au garde-meubles, sans doute. Quels bateaux traversent la Méditerranée actuellement ?

— Eh bien, celui pour Alexandrie a dû prendre la mer avant l'aube, répondit Alexandros, leur rappelant à nouveau l'absence de Maliszewski.

— Plaise à Dieu que le professeur et le rabbin boivent bientôt des gin-tonics sur l'autre rive.

— Quand rentre-t-il, alors ?

— Peut-être a-t-il déjà un nouveau groupe sur les bras, dit Alexandros. Impossible de le savoir. Tant de choses impossibles à savoir.

— Le problème, c'est de ne rien savoir. » Gaston se couvrit le visage de ses mains.

« "Le malheur n'est pas à son comble / Tant qu'on peut dire : 'C'est là le comble'" » suggéra Alexandros en anglais. « C'est de Shakespeare : *Le Roi Lear*[1]. Ça m'aide à relativiser.

— Tant qu'on a un souffle de vie… » Sotirios eut un rire amer. « Même si je ne respire pas très bien. » Il alluma une nouvelle cigarette.

« Je ne partirai pas sans dire au revoir », assura Gaston, se levant de son fauteuil en rotin. Avec le crépuscule, le jasmin planté le long du mur embaumait l'air vaguement salin. « Restez assis. Voilà comment j'aime penser à vous deux, à nous : dans cet agréable jardin. Ces après-midi, nos conversations sont ce qui me manquera le plus.

— Pas de sensiblerie. » Sotirios se leva. « Regarde, tu m'as fait lever, espèce d'égoïste. Tu n'es pas encore parti.

— Pas encore. »

En l'occurrence, Gaston ne revit pas Sotirios avant son départ. Quand il eut informé Hernandez de son rappel à Beyrouth, et vendu à son propriétaire plusieurs meubles

1. Trad. J.-M. Déprats, éd. Gallimard, 2012.

auxquels il tenait moins ; qu'il eut donné leur congé avec une prime à Maria et à Eleni, rangé son bureau, et fait officiellement ses adieux à Clouet et au personnel du consulat ; qu'il eut invité Cotigny à déjeuner le mercredi ; qu'il eut organisé avec les religieuses de la Mission laïque le déménagement et l'envoi au garde-meubles du mobilier restant, puis préparé et expédié avec son chauffeur les énormes valises en prévision du transfert vers Athènes, ne gardant qu'un sac de voyage : alors il appela Alexandros et proposa de prendre un verre avec lui et Maliszewski à la terrasse du Méditerranée Palace, pour conclure sa vie à Salonique là où elle avait commencé, où il avait passé avec sa famille leurs deux premières semaines, bien des mois auparavant.

C'était le jeudi 20. Il devait embarquer pour Beyrouth le lendemain soir. Le serveur le reconnut et leur apporta, à lui et à Alexandros, une bouteille de rosé de Kavala sans qu'ils aient à commander, comme s'il savait que c'était la dernière fois. Tout autour d'eux l'animation du front de mer continuait : les affaires, le commerce, les femmes avec leurs courses. Tellement étrange.

« Je voulais te demander, dit Gaston après qu'ils eurent trinqué à la santé de chacun, si tu as entendu les informations à la radio mardi.

— Tu parles de ton compatriote ? » Alexandros avait, bien sûr, écouté le discours.

Gaston était dans un café derrière la Rotonde, seul, quand le patron avait monté le son de la radio.

« Moi, général de Gaulle », avaient-ils entendu, en français, et répété sans fin, avait-il semblé à Gaston : « moi… moi… moi… »

Il avait tendu l'oreille mais, curieusement, avait à peine saisi ce qui était dit. Cette voix le heurtait – son assurance, un certain orgueil, presque de l'autosatisfaction, voire de l'arrogance. Comme si ce jeune général – que Gaston connaissait de réputation et appréciait peu – s'était soudain consacré lui-même, avait décidé de se faire roi.

« Moi, général de Gaulle… j'invite tous les militaires français de l'armée de Terre, de la Marine et de l'armée de l'Air, j'invite tous les ingénieurs et les ouvriers spécialistes de l'armement qui se trouvent en territoire britannique ou qui pourraient y parvenir, à se joindre à moi », disait-il. « J'invite les chefs, les soldats, les marins, les pilotes des forces françaises, de la Marine et de l'armée de l'Air, où qu'ils se trouvent, à se mettre en rapport avec moi. J'invite tous les Français qui veulent rester libres à m'écouter et à me suivre. »

Gaston comprenait le besoin d'avoir un chef pendant cette crise – l'ordre, comme il l'avait expliqué à ses amis, était grandement préférable au chaos, et pour faire régner l'ordre, une forte autorité était nécessaire. Mais cet appel, depuis Londres… de Gaulle s'était enfui, non ? Cette autorité, il la voyait un peu comme le gouvernement polonais en exil, était-ce bien cela ? Ces hommes pleins de noblesse que Maliszewski aspirait tant à rejoindre et à servir. Mais d'où de Gaulle tenait-il ce *droit* ? L'écoutant, Gaston avait lutté contre son hostilité – immédiate, viscérale – à l'emphase du général, à sa voix, à ses propositions. En tant que militaire, engagé pour servir la nation, comment pouvait-on s'enfuir ? Abandonner son poste ? Cela n'avait pas de sens. S'attendait-il à ce que les simples soldats s'empressent de traverser la Manche tels des rats quittant le navire ?

Mais Gaston doutait aussi de son impulsivité : peut-être de Gaulle avait-il raison. Ce qui comptait, c'était de combattre les nazis d'Hitler. Le pire ennemi était désormais sur le sol français – et chacun savait que les fascistes avaient également des soutiens parmi les Français. Même des gens que Gaston avait connus à l'université, certains même dans la Marine. La grande honte pour la France était d'être envahie, comme par un virus, par les Allemands et leur vision mortifère du monde, si contagieuse ; or de Gaulle proposait un moyen de continuer le combat, ouvertement et franchement : n'était-ce pas une bonne chose ?

Inlassablement, Gaston avait pesé en son for intérieur le pour et le contre de toutes les options possibles durant les quarante-huit heures écoulées depuis la diffusion de cet appel. Il avait étudié le choix qui s'offrait à lui, en marchant, en faisant ses bagages, en déjeunant avec Cotigny, bien qu'il n'en ait pas dit mot à son second. Il regrettait par-dessus tout de ne pouvoir en parler à Lucienne : la nuit il s'adressait à voix haute à son oreiller intact, comme si elle était allongée à côté de lui, même s'il n'y avait qu'une odeur de lessive. Comment pouvait-il savoir que faire sans connaître son avis ? Il pensait à eux deux comme étant reliés par un fil invisible, toujours unis, un seul cœur dans deux corps. Les deux moitiés du *Banquet* de Platon, qui s'était trouvées en même temps que le sens de leur existence. Comme il aimait le dire à leurs amis, la seule fois où ils s'étaient disputés datait de sa tentative pour apprendre à Lucienne à conduire, dans les collines au nord de Nice, au début de leur mariage ; après le deuxième échange houleux, elle avait posé sur la main de Gaston la sienne, à la paume fraîche malgré la chaleur dans la voiture, et avait dit avec ce sourire digne de la Joconde : « *Basta, chéri*. Ça suffit. Je n'ai pas besoin de conduire. J'ai du mal à passer les vitesses et je vois que ça va t'énerver, de même que ça m'énerverait si tu essayais de monter des blancs en neige pour faire un soufflé dans ma cuisine. Heureusement tu n'as pas besoin de faire un soufflé, et je n'ai pas besoin de conduire une voiture. L'harmonie entre nous est beaucoup plus importante. »

Ce n'était peut-être pas vrai au sens strict – en douze ans de mariage, bien sûr, ils avaient eu des différends, même s'il croyait ne jamais avoir haussé le ton avec *elle* – mais en substance c'était la vérité. Or, sans connaître son opinion – s'était-il déjà trouvé en pareille situation ? – il ne pouvait connaître totalement la sienne propre. Il n'en souffla pas mot à Alexandros ni à Maliszewski : il les respectait tous deux profondément, et il voulait surtout savoir ce qu'eux pensaient.

Alexandros et Gaston passèrent en revue le contenu de l'appel de de Gaulle : le fait que depuis Londres il ait exhorté ses compatriotes français à venir le rejoindre, à former une armée des forces françaises libres hors de France pour combattre Hitler.

« Comment peut-on refuser ? demanda Alexandros.

— Ce n'est pas si simple, hasarda Gaston. En premier lieu tu es un civil – mais si tu étais officier ? Un militaire – peu importe quelle arme il sert – n'est pas son propre maître. On ne choisit pas quelles batailles mener, parce qu'on a fait don de notre vie à notre pays. Que ferais-tu à ma place, Zannas ?

— J'ai appris qu'à moins d'être à ta place, je ne peux me risquer à te répondre. Tu es loin de chez toi, et même chez toi – Alger –, c'est loin de Paris. Tu es encore plus loin de Londres. Le sort de ton gouvernement reste incertain, non ?

— Pétain a formé son cabinet.

— Mais enfin, certains députés ne pourraient-ils encore se replier à Alger ? Ne pourrait-il y avoir *là-bas* un gouvernement en exil ?

— Chaque jour ça paraît moins probable.

— Je vois.

— Et la Marine ?

— Pas un mot encore sur notre sort. Les termes de l'armistice ne sont toujours pas clairs.

— Mais ton espoir, je pense…

— Oui, mon espoir est que la Marine, ou du moins ceux d'entre nous qui sont hors de France, un nombre substantiel, que nous puissions continuer le combat.

— Ce n'est pas une chimère ? demanda Maliszewski.

— Pas plus que de Gaulle.

— De Gaulle pourrait peut-être prendre le commandement de la Marine ? proposa Alexandros. Je ne plaisante qu'à moitié.

Il a besoin d'hommes qui le suivent ; et la Marine a peut-être besoin d'un homme pour la commander.

— Pas de Gaulle, répondit Gaston, avec plus de véhémence qu'il n'aurait souhaité. J'ai confiance en Darlan. Vraiment. C'est un homme exceptionnel, respectable, et intègre. » Il garda un instant le silence. « Il y a une composante humaine dans tout cela...

— Bien sûr que oui, approuva Alexandros.

— Il faut avoir confiance en un chef.

— Absolument.

— Si je pouvais en parler avec Lucienne...

— Oui. » Alexandros comprenait : il avait une épouse, et des enfants. « C'est extrêmement difficile d'être séparés dans un moment pareil.

— Imagine à quel point un appel téléphonique pourrait changer les choses. Mais je ne sais même pas où elle est. Où ils sont. »

Alexandros posa la main sur la manche de Gaston. « Ne t'en fais pas, mon ami. Ou essaie, en tout cas. Pense aux soins attentifs que Maliszewski prodigue à ceux dont il a la charge. De braves gens auront offert aux tiens du réconfort en chemin.

— Inch'Allah. » Mais qui savait, en réalité ?

Prendre le temps de se décider était, bien sûr, une décision en soi. Gaston le comprenait, de même qu'il comprenait qu'Alexandros aurait aussitôt pris le parti de de Gaulle. Mais son ami mesurait également à combien d'égards la situation de Gaston n'était pas si simple. Il ne saisissait pas ce que pourrait signifier, en pratique et à ce moment précis, de rejoindre de Gaulle – de déserter la Marine et de traverser en civil l'Europe jusqu'à l'Angleterre, entassé pour finir dans quelque canot pneumatique sur la Manche en pleine nuit, si toutefois il arrivait jusque-là. Cette idée semblait grotesque – elle était littéralement inimaginable – et à plus forte raison quand chaque cellule de son corps animal réclamait à cor et à cri que sa famille et lui soient réunis, qu'il atteigne Beyrouth avant tout, puisse contacter sa bien-aimée, entendre sa voix, peut-être même envisager des retrouvailles...

Avec le temps, il y aurait sans doute un autre moment, une ouverture qu'il pourrait saisir lucidement. Assis à la petite table avec ces précieux amis, devant la mer à l'ombre du mont Olympe, affrontant tout à la fois l'Histoire et sa propre insignifiance, Gaston prit correctement conscience, comme jamais auparavant, de ce qu'avait pu représenter pour Maliszewski le Polonais de quitter tout ce qui lui était familier, sa vie à Varsovie, sa mère, ses amis d'alors et son identité, pour entreprendre un indicible voyage exténuant, sans savoir où il allait, d'un jour à l'autre ou en fin de compte, et se retrouver sur cette place éblouissante, au soleil et apprécié dans l'immédiat, mais sans certitude sur ce que réservait le lendemain. C'était, bien sûr, une métaphore de la vie même ; la trajectoire de Maliszewski était seulement plus extrême dans son isolement. Gaston comprenait au plus profond de lui-même, avec une sorte de fatalisme, qu'il prendrait le bateau pour Beyrouth et suivrait la voie qui se présenterait. Il ne pouvait pas plus fuir vers l'Angleterre que battre des ailes et s'envoler.

Des années plus tard, lorsque tout serait derrière lui, il correspondrait avec Alexandros, même s'ils ne devaient jamais se revoir. Alexandros et Sotirios entrèrent dans la Résistance grecque, et Sotirios mourut d'une maladie pulmonaire dans un camp de concentration italien, tandis que son frère aîné rentra aider à reconstruire leur patrie après la guerre. Alexandros redevint, dans ces années-là, le directeur de la Croix-Rouge pour la Grèce. Maliszewski, à l'approche des nazis, s'était glissé au Pirée à bord d'un bateau en partance pour Alexandrie. Après son arrivée là-bas, Alexandros avait eu de ses nouvelles ; pour lui l'étape suivante, avait-il expliqué, était l'Afrique du Sud, hors de la zone de guerre, toujours avec l'espoir et l'intention de gagner Londres et de participer au gouvernement polonais en exil. De monsieur et madame Hernandez, on n'eut plus jamais de nouvelles. Après la guerre, on ne put trouver d'eux aucune trace.

Une fois à Beyrouth, Gaston reçut une lettre de Cotigny, avec qui il n'avait jamais évoqué son choix, mais qui avait déduit de ses actes – de son simple départ pour Beyrouth – quelle direction il prenait. Le 1er juin 1940, Cotigny avait écrit :

> Je ne cache pas que je suis dans un tout autre état d'esprit... Je suivrai mon premier mouvement, qui était, comme vous devez le savoir, de chercher à poursuivre le combat avec nos Alliés, par tous les moyens en mon pouvoir... En France, voyez-vous, nous aimons les paroles, et je crois que le maréchal Pétain n'est qu'un écran de fumée dissimulant une foule de politiciens minables. Finalement, il « sauve » quoi, ce gouvernement Pétain ? J'aimerais le savoir... La Grande-Bretagne est la seule lueur à l'horizon, et aussi longtemps qu'elle brille, la guerre n'est pas perdue, l'espoir n'est pas mort, et la France renaîtra. Nous sommes entrés en guerre contre un régime d'oppression qui nie les libertés individuelles et, plus que cela, qui cherche à détruire notre mode de pensée. Nous ne pouvons devenir les alliés passifs ou consentants de ce régime. Nous devons lutter jusqu'au bout, et si le sort est définitivement contre nous, alors nous disparaîtrons. Mais nous ne devons jamais nous soumettre. La Grande-Bretagne fera tout pour réussir, parce qu'elle aussi se bat pour son existence même. Je vais donc rallier Londres, et de Gaulle.

Gaston relut au moins une douzaine de fois la lettre de Cotigny. Sachant que son aide de camp détestait écrire – excellent dessinateur, il adorait établir des cartes, mais rédiger des phrases lui faisait horreur –, il comprit par quelle passion il était mû. Cotigny était prêt à sacrifier sa vie à Salonique pour se battre. Mais à peine Gaston était-il arrivé à Beyrouth et avait-il rejoint la terrasse du St Georges qu'il fut entouré d'amis, si nombreux, des hommes comme lui, perdus sans leur femme et leurs enfants, et grandement rassurés d'avoir la compagnie de leurs semblables – Melchi, Durand-Gasselin, Dalet, Princzon, Largent. Il fut hébergé chez son vieux copain Imbert, dans la chambre de ses fils, puisque madame et les enfants s'étaient retirés en montagne pour échapper à la chaleur. Il écrivit à Lucienne – de qui il avait enfin des nouvelles, une ribambelle de lettres esquissant un tableau des semaines écoulées – que Beyrouth offrait l'aspect surprenant d'une ville sans femmes, et néanmoins très animée. Cette animation lui ouvrait les bras et l'incluait, le stimulait, chassait ses incertitudes et son désespoir. Ses amis de Salonique semblaient désormais bien loin, tout comme les brumes du mont Olympe, et l'heure du choix.

Partie II

Janvier 1953

Amherst, Massachusetts

Ils avaient beau savoir d'instinct qu'elle ne pourrait être sauvée, ils gardaient espoir. Mouret, le visage sombre, se tenait près de François ce mardi matin dans la lumière grise, ouatée, leur haleine embuée se confondant avec la fumée de cigarette de François, leurs jointures et leurs narines à vif alors qu'ils la contemplaient, enchaînée pour être tractée par la dépanneuse.

Ils étaient revenus de voyage depuis une bonne semaine – Broussard, le Troisième Mousquetaire, avait pris le bus pour rentrer à Williams le lendemain matin de leur retour – et ils l'avaient garée à Kendrick Place, à l'écart de la route principale pour qu'elle ne risque pas d'être enlevée quand la neige se mettrait à tomber. Il était vrai qu'après le blizzard, ils l'avaient laissée enfouie quelques jours. Lorsqu'ils étaient venus avec les pelles empruntées à Theta Delt, leur résidence universitaire, Mouret, qui s'intéressait aussi à l'Antiquité, déclara qu'elle ressemblait à un tertre funéraire grec, un tumulus – comme si, en creusant, on exhumerait des coffrets, des plats et des boucliers dorés, ou des couronnes filigranées au lieu d'une vieille bagnole poussive couleur bistre, avec son long capot carré aux yeux d'insecte et au nez retroussé, son arrière profilé et son aile gauche cabossée. Tandis qu'ils la dégageaient, François pensait qu'au fond, elle n'était à sa façon pas si différente d'un tombeau empli de trésors, désormais dépositaire de fantastiques expériences américaines qu'il n'aurait jamais pu imaginer.

M. Chapin, le garagiste, ne put se déplacer que tôt le matin du mardi, avec sa dépanneuse cliquetante et sa veste de bûcheron écossaise. Sur ses jambes arquées, il s'affairait autour de la Plymouth, déployant ses lourdes chaînes. Les deux Français attendaient à proximité, résignés et respectueux, l'air funèbre : elle avait émis des sifflements sonores et occasionnellement de la fumée durant la dernière étape de leur retour du sud, par la Pennsylvanie et New York, et ils savaient qu'outre un retard à l'allumage, elle avait un problème de courroie de ventilateur.

Quand François appela le garage deux jours plus tard depuis le téléphone payant de la résidence universitaire (situé près de l'escalier de service dans un placard à balais éclairé par un hublot), Chapin débita une liste de vices cachés que François comprit à peine. Il saisit toutefois qu'en dehors d'une batterie à plat elle avait un châssis fissuré, raison pour laquelle, lui expliquait Chapin, elle ne valait pas les efforts ni l'argent nécessaires pour la réparer. Elle était fichue.

François reposa doucement le combiné sur son support et regagna la salle de séjour où Iklé, Rob et Kaz passaient le nouvel album de Thelonious Monk, tous trois penchés au-dessus du haut-parleur comme si c'était l'oracle de Delphes.

« Quoi de neuf, mon frère ? » Iklé, qui fumait ostensiblement la pipe tel un vieillard, leva les yeux avec un sourire bienveillant.

« La Plymouth est morte. » François les rejoignit, même s'il se sentait au bord des larmes.

« Tuile majeure. Mes condoléances. » Iklé lui tapota le bras.

« C'était une brave fille, compatit Kaz, soulevant le saphir au-dessus du vinyle. On n'ira sans doute pas en Californie au printemps, finalement.

— Sans doute pas.

— Stiff nous prêtera peut-être sa Roadmaster ? »

François eut un rire de gorge vaguement moqueur. Stiff, un étudiant en économie, à l'écriture appliquée et aux chemises impeccablement repassées, ne prêterait sa Roadmaster à personne.

Les trois copains, aimables mais préoccupés, retournèrent à leur album. Kaz abaissa le saphir avec une précision si parfaite qu'il ne tressauta ni ne grésilla, et la musique des doigts sauvages de Thelonious s'épanouit à nouveau autour d'eux.

François, allongé sur son lit, regardant le givre recouvrir l'intérieur de la vitre près de sa tête, se remémorait les samedis soir de l'hiver 1949, tout aussi glacial, où Gardel, Servier et lui se pressaient de quitter leur dortoir pour aller au Caveau de la Huchette écouter Sidney Bechet et son saxo soprano aux notes flûtées, la cave voûtée si bondée que la fumée et la vapeur mêlées planaient au-dessus d'une masse de corps – cette jubilation, ce fil langoureux, viscéral de la musique qui lui tirait des émotions de la poitrine presque contre son gré. « L'Amérique », pensait-il alors, durant ce sombre hiver dans le Paris de l'après-guerre, affrontant l'épreuve d'être interne au lycée Louis-le-Grand, si brutale : les lits de fer alignés sur toute la longueur de cette monumentale salle glacée, qui empestait néanmoins la sueur ; les miaulements des chats dans la ruelle la nuit ; la faim qui le tenaillait en permanence ; et les pieds toujours froids, toujours mouillés, parce que le premier jour l'humidité du nord avait traversé les minces semelles en cuir de son unique paire de chaussures et qu'elle était restée, dès lors, une constante. Pendant ces mois sinistres, c'était surtout la lumière méditerranéenne, son intensité, qui lui avait manqué au fil des brèves et mornes journées oppressantes de l'hiver parisien. Écoutant Bechet, il se disait : « L'Amérique ! *Là-bas*, je veux aller là-bas. »

Et voilà qu'il y était, là-bas, à l'ouest du Massachusetts, dans une résidence universitaire délabrée aux briques tachées, à deux cents mètres du square du village et du campus, les sonorités d'un jazz totalement différent flottant dans la cage d'escalier. Au bout d'un semestre de sa vie américaine, à l'approche de la reprise des cours, il se sentait comme un raisin sec sur un gâteau, un corps étranger. Mû par une fascination sans fin, par des vagues de désir, il se sentait aussi très seul. Avec Mouret et Broussard, au moins partageait-il une langue et une culture, or, même à leurs yeux il était un étranger, il le savait, un Africain blanc des colonies (pour l'essentiel), originaire d'un de ces mystérieux territoires sur l'autre rive de la Méditerranée. Et aux yeux des étudiants américains de sa résidence, de sa « fraternité », comme ils disaient ? Il était complètement indéchiffrable.

Il voyait encore sur le dos de ses mains les effets du soleil du sud – Miami ! Key West ! La Havane ! –, un hâle rendu plus apparent par ses manchettes blanches… était-ce Stiff ou Rosie qui, à sa vue, avaient lancé : « Hé ! Marchand de tapis ! Tu les montres enfin, tes couleurs arabes ? » Il s'était esclaffé, bien sûr, avec le même rire vaguement moqueur qu'au sujet de la Roadmaster plus tôt, pour suggérer qu'il avait, dans le cas de ses « couleurs arabes », le sens de l'humour lui permettant de s'intégrer à sa nouvelle fratrie, dont les membres n'avaient d'ailleurs pas la moindre idée de ce dont ils parlaient. Ils s'en tenaient sûrement à leur première impression ; seul le gentil Kaz, qui, quand ils n'étaient que tous les deux, prenait soin de l'appeler « François » avec son plus bel accent français, plutôt que « Frank », diminutif adopté d'emblée par le groupe et devenu, à tous égards, son prénom – seul Kaz avait peut-être une vague notion de ce qu'étaient les colonies françaises d'Afrique du Nord, du fait que beaucoup d'Algériens étaient berbères et non arabes, et que François n'était pas plus algérien que Stiff Childs n'était navajo.

Mais il avait également fini par comprendre que ce théâtre au sein de sa fraternité universitaire américaine, ce bizutage, comme on l'appelait, était conçu pour couvrir de honte chacun des membres, les rendre mutuellement vulnérables et donc mutuellement dépendants : Stiff – le Coincé – avait-il choisi son surnom ? À l'évidence non, mais il l'assumait avec le sourire, comme Rosie, plus ou moins – bien qu'être gratifié d'un prénom féminin constituait en quelque sorte une pique plus blessante, François le voyait bien, et plus gênante, puisque de même que Frank était l'unique étranger de la fraternité, Rosie, Rosenstein pour l'état civil, en était l'unique juif. À ce moment de l'année, François comprenait aussi qu'avant son arrivée personne ne voulait de lui – combien d'entre eux, après quelques bières, lui avaient avoué en lui donnant une claque sur l'épaule : « Tu sais que tu es un chic type, Frank ? Réellement. Mais tu n'as pas idée à quel point on était inquiets... » Et ils démarraient, racontant l'histoire du nouveau programme pour les étudiants étrangers – sept en tout cette année-là, lui compris, Mouret étant l'autre Français –, et l'annonce faite par le doyen en mai de l'année précédente – « De but en blanc, tu te rends compte ? » – d'attribuer tous les ans à chaque fraternité un étranger – « Sans même demander notre accord ! » – qui partagerait la vie commune.

« Il faut que tu comprennes, Frank, poursuivaient-ils toujours, l'intérêt d'une fraternité, c'est de former une famille, d'être frères pour la vie, mais contrairement à la famille dans laquelle tu nais – ou qui t'est imposée –, celle-là, tu la choisis. Tu piges ? Donc, par principe, en soi, ce n'est pas sympa de nous envoyer quelqu'un qu'on n'a pas choisi, d'accord ? » Inévitablement, le frère un peu ivre s'attendrissait et prenait François par l'épaule, signe d'une émotion intense. « En tout cas, Frank, si on nous avait donné le choix, c'est toi qu'on aurait choisi. »

Vraiment, que répondre à ça ? Lors de la fête de Noël, juste avant qu'ils se séparent pour les vacances, Rob Turner lui avait confié leur conclusion : « Jamais il n'y a eu et jamais il n'y aura un Froggy comme notre Frank. » Et là encore, bien que flatté, François avait eu ce petit rire guttural, cette fois pour exprimer autant l'autodénigrement (« Je ne suis qu'un Froggy comme les autres ») que la reconnaissance (« Ah, merci les gars »), cette dernière surtout. Tellement simple : ces hommes, ces frères américains, étaient de braves types, sans ironie ni malice – quoique tout aussi dépourvus de vision et de compréhension du monde –, et ils voulaient être aimés. Comme des enfants. Et comme avec des enfants, on s'amusait bien avec eux, en vivant au présent, libre.

Il ne lui échappait pas, malgré tout, que c'était lui qui avait été désigné pour être le colocataire de Rosie. Toujours allongé, il voyait, de l'autre côté du parquet couvert d'éraflures, le lit défait de Rosie, entouré de piles de livres, formant des tours d'inégale hauteur pareilles aux ruines d'une forteresse. Rosie Rosenstein, fils génial d'un commerçant de Holyoke, qui, pas plus que les autres, ne voulait du Froggy – ou de l'Arabe, ou de ce pour quoi ils le prenaient –, s'était retrouvé à devoir cohabiter avec lui. Et il l'avait fait sentir à François, durant cette première semaine de septembre où il s'était moqué de son accent et de son anglais – incitant François à se promettre d'éradiquer toute trace d'accent français avant juin 1953 (promesse qu'il tiendrait, ne se trahissant au cours des années suivantes que par la prononciation trisyllabique de *nuisance* ou le « o » un peu trop ouvert de *monk*). D'ailleurs François se méfiait encore de Rosie, « aussi susceptible qu'une fille » d'après Stiff, et facilement agacé par le chahut et la frivolité. « Mais Rosie fait son droit à Harvard », disait-on à la résidence, « il nous défendra devant la justice, et subviendra à nos besoins quand on sera vieux ».

Rosie, Kaz, Stiff, Iklé, Rob, et les autres : était-il heureux parmi eux ? Il ne s'ennuyait jamais, en tout cas. Même s'il avait, souvent, l'impression d'être un anthropologue essayant d'assimiler les coutumes locales, et de leur trouver du sens. Il se redressa, alluma une cigarette et ouvrit la fenêtre blanche de givre, laissant entrer des rafales aux senteurs de neige : Rosie détestait qu'il fume dans la pièce, lui avait demandé de ne pas le faire, et en outre le règlement l'interdisait. Mais il était français, non ? C'était pratiquement son rôle officiel, de fumer – tous regrettaient juste qu'il ne fume pas des Gitanes.

Comment se débrouillerait-il pour emmener Joan à New York, sans la Plymouth ? Étrange, ce monde d'universités pour filles ou pour garçons, avec des règlements au lieu de parents. Mouret et lui plaisantaient sur les « rituels amoureux locaux » – complexes et obscurs, comparés à ceux de leur pays, d'autant qu'aux États-Unis semblait miroiter la promesse de faire l'amour. Était-ce vrai ? Ou ne s'agissait-il que d'une illusion ?

Joan, originaire d'Albany dans l'État de New York, était en première année à Smith College, un peu plus loin sur la route de Northampton. Avant les vacances de Noël, ils étaient quelquefois sortis ensemble, deux dîners à Northampton, avec un long baiser à la fin du second, puis un film durant lequel elle lui avait permis de mettre la main sous son pull et de lui caresser les seins dans l'obscurité. Il la connaissait mal, au fond – elle avait ce ton supérieur, badin, qu'elles adoptaient toutes, comme dans un dessin humoristique du *New Yorker* – mais elle était jolie, avec de grands yeux noisette, et il voyait qu'il lui plaisait. Elle le trouvait sympa, pour la simple raison qu'il était français – elle étudiait le français, après tout. Elle admirait ses cheveux, ses vêtements, son accent. Elle lui envoyait des cartes postales griffonnées à la hâte, avec des dessins de martinis et de cigarettes. La suggestion d'aller ensemble à New York pour le week-end venait d'elle.

Cette perspective enchantait François autant qu'elle le terrifiait. Il se savait séduisant, mais gauche. Timide. Farouche, lui disait parfois sa mère ; trop émotif, brusque et impatient. Ses efforts pour se contenir visaient en partie à ce que personne ne s'aperçoive de rien, pour qu'il ne soit jamais vulnérable. Seuls les membres de sa famille savaient, et seulement parce qu'ils ne pouvaient l'ignorer, l'ayant vu désarmé, enfant. Les hommes ne doivent pas être faibles ; la faiblesse était une honte. Il voulait être ce que Joan croyait qu'il était, ce séducteur français sûr de lui ; il redoutait qu'elle ne découvre la vérité, son moi sensible, maladroit. Il n'avait encore jamais fait l'amour, pas jusqu'au bout – il avait laissé passer sa chance à Cuba, imbécile qu'il était – or il percevait que Joan irait jusqu'au bout, peut-être l'avait-elle déjà fait. Elle était si pleine d'assurance, mais dans les cours d'anthropologie donnés par l'Amérique, il apprenait qu'il pouvait aussi ne s'agir que d'un verni. Qu'elle veuille qu'il ait confiance en lui, prenne les devants, c'était certain. Et terrifiant.

D'où le dilemme à résoudre d'urgence, cette semaine-là : voyager en bus ou emprunter la voiture d'un autre étudiant (pas celle de Stiff), ou bien reporter le projet quelque temps, voire indéfiniment, et renoncer aussi bien à l'enchantement qu'à la terreur. La possibilité de faire l'amour se profilait non pas durant leur séjour à New York proprement dit – Joan devait être hébergée par son oncle et sa tante dans l'Upper East Side, et François avait réservé une chambre pour une personne (avec supplément) au YMCA de la 63ᵉ Rue Ouest –, mais durant le voyage aller et retour. Il revoyait si nettement ses avant-bras ronds et doux aux petites mains délicates, sa lèvre supérieure rappelant la forme d'un arc, et son épaisse chevelure lisse aux reflets mordorés, assouplie aux extrémités avec un fer à friser. Il avait surtout envie de toucher sa peau pâle, de sentir la chair tendre de ces avant-bras, et de faire coulisser son élégant bracelet d'or sur son poignet à l'os saillant. Envie de glisser les doigts dans sa chevelure et de suivre la ligne de son cou, là où elle déposait quelques gouttes de ce parfum d'une suavité écœurante, peut-être même d'effleurer des lèvres sa clavicule – il se rappelait la peau nue de sa taille sous la caresse de son index, ses mamelons dressés... Mais inutile d'imaginer tout cela s'ils prenaient le bus, emmitouflés dans leurs parkas, à l'étroit sur ces sièges qui vous brisaient le dos... Lors du repas auquel l'avait convié la tante de Joan – un dîner tout simple, avait dit Joan –, il ne pourrait faire moins que respecter les convenances et ne l'embrasserait sans doute même pas sur la joue ; et s'ils parvenaient à dîner au restaurant le soir suivant, il n'y aurait alors que le froid de l'avenue en cette fin janvier dans lequel s'attarder. Le règlement du YMCA était aussi strict que les convenances de l'oncle et de la tante de Joan. La Plymouth avait laissé tomber François.

Il se sentait à la fois désespéré et soulagé. Il appellerait la résidence de Joan pour laisser un message, prévenant qu'il ne pourrait finalement faire le voyage. À quoi bon ? Il allait devoir écrire pour annuler la réservation de la chambre ; mieux valait poster le mot avant dix-sept heures. L'occasion se représenterait – forcément. Il fallait juste qu'il s'organise mieux. Que disaient les Américains, toutefois ? À la troisième tentative, tu es éliminé. Il écrasa le mégot de sa cigarette dans la rainure sale de l'huisserie et le jeta au-dehors, où il souilla la congère immaculée en contrebas.

Il détestait le froid ; et en cet instant l'université aussi, et Theta Delt, et les notes médiocres du premier semestre qu'il s'attendait à recevoir dans sa boîte aux lettres en fin de semaine, sous enveloppe en papier kraft, dactylographiées avec soin sur du papier à en-tête de son *college* et signées par le responsable de la scolarité. Il faudrait qu'il écrive à ses parents et à sa sœur, songea-t-il, conscient de la présence à l'angle de son bureau d'une petite pile d'enveloppes bleues « par avion », de leurs timbres algériens, exotiques pour les membres de sa fraternité, arrachés de l'enveloppe pour la plupart, laissant telle une plaie ouverte la feuille blanche de la lettre partiellement visible. Ses proches lui manquaient sans cesse ou presque, malgré lui. Il aurait voulu ne pas avoir besoin d'eux, être libre – libre de leur inquiétude permanente, insistante, de leur religiosité assommante, de leur désuétude. Il voulait être neuf, partie prenante de ce monde de l'après-guerre, en pleine renaissance, partie prenante de la technologie, du progrès, du potentiel mondial de l'Amérique. Mais trop souvent, sur place, il se sentait à la dérive, comme s'il errait sans but sur la lune.

Il puisait du réconfort dans l'agréable écriture ample et franche de sa mère ; dans les hampes de celle de son père, parfois irrégulière désormais à cause de son état de santé ; et dans celle, imprévisible, de sa sœur. Suzanne avait curieusement troqué son surnom, Poupette, contre « Juju », et modifiait d'un mois à l'autre la taille et la forme de son écriture. Elle traversait alors une période miniaturiste, comme pour tenter de faire tenir sur chaque feuille de papier pelure autant de mots que c'était humainement possible. Rosie, toujours sans pitié, avait jeté un coup d'œil pendant que François lisait une de ses lettres et déclaré : « J'espère que ce n'est pas ta petite amie. Ce genre d'écriture minuscule signifie qu'elle est gravement instable. »

François s'était contenté d'acquiescer de la tête, toujours aussi réservé, bien que l'exactitude du commentaire de Rosie l'ait indigné.

Plus tard ce soir-là, dans la chambre de Mouret, il tenta d'expliquer ce qu'il en était de sa sœur. Mouret au nez d'empereur gaulois, l'air bien peigné et tiré à quatre épingles même étendu de tout son long sur son lit, bras croisés sous la tête, chaussettes aux pieds et chevilles posées symétriquement l'une sur l'autre, écoutait les yeux fermés, ce qui était énervant. Il ne dormait pas, François le savait ; c'était sa façon d'écouter. Lui aussi avait une sœur cadette, et même trois, à proximité d'Avignon, où elles étaient à cette heure couchées et endormies, des papillotes dans les cheveux en guise de bigoudis : Madeleine la rebelle, Emmanuelle la paisible, Marie-Hélène la petite dévote. Mouret les avait parfaitement décrites, ainsi que sa famille bourgeoise et pieuse. François voyait tout si précisément qu'il pouvait presque s'insérer dans le tableau, entendre le bruit de ses pas sur le gravier, sentir sous ses doigts le grès des balustrades de la maison de maître de Mouret, avec ses longs volets bleus, sa vaste terrasse carrelée, ses vignobles verdoyants impeccablement entretenus qui s'étendaient en rangs serrés à perte de vue. Oui, tout cela sans avoir découvert le Vaucluse en vrai sauf à toute vitesse depuis le train Mistral, une compréhension de sa propre francité qu'il avait acquise par osmose, grâce à la littérature, au cinéma et aux manuels scolaires, comme Camus qui n'avait pendant si longtemps jamais vu la neige.

Mais comment Mouret pouvait-il se représenter le monde de François, dont il n'avait eu aucune photo sous les yeux et sur lequel il n'avait entendu aucun récit ? L'Algérie figurait à peine plus nettement dans la conscience des Français que Porto Rico ou l'île de Guam dans celle des Américains. Mouret écoutait pourtant bel et bien François décrire l'immeuble de Bab El Oued où vivait sa famille, distant d'une centaine de mètres du front de mer, la cage d'escalier dans la pénombre de laquelle flottait l'odeur du dîner des habitants (poisson le vendredi), et l'explosion de lumière en pénétrant dans leur appartement au dernier étage, avec sa terrasse qui surplombait les autres toits, face à l'immense océan d'un bleu électrique, tantôt azur, tantôt ardoise, ou aux reflets argent et or mêlés, mais toujours et avant tout une formidable source de luminosité, une promesse, une richesse en soi qui ne requérait aucun avoir à la banque.

Cela, François ne pouvait l'exprimer avec des mots ; pas plus qu'il ne pouvait faire confiance même à ce brave Mouret pour comprendre. Qu'ils ne s'étaient jamais considérés comme pauvres – à court d'argent, oui, parfois douloureusement, surtout pendant la guerre, lorsque papa disparaissait pour de longues périodes et que le versement des salaires de la Marine était si erratique : ils s'étaient passés de chauffage, mais jamais de nourriture, puisque tata Baudry pensait toujours à leur envoyer des colis de L'Arba, et que les cousins veillaient à leur offrir chaque semaine le déjeuner dominical. Ils avaient pris des locataires, l'un remplaçant l'autre, trois durant l'année la plus difficile, jusqu'à la fin de l'hiver 1941-1942, où François et Suzanne avaient libéré leur chambre pour ces nouveaux occupants, deux étudiants et un homme, et où ils avaient dormi à côté de la gélatineuse et asthmatique tata Jeanne dans son lit moelleux et haut sur pieds, à l'odeur écœurante de poussière et de fleurs fanées. Suzanne, reléguée dans le creux au centre du matelas, avait beaucoup éternué cet hiver-là, souffrant d'allergies, et ce fut sûrement la même année que maman l'emmena pour la première fois chez l'oto-rhino-laryngologiste à cause de ses végétations, si bien qu'en prévision d'une opération des sinus de Suzanne – la première d'une longue série – elle s'était mise à donner le soir des cours particuliers de français et d'histoire pour gagner un peu d'argent, et même tata Jeanne avait accepté des travaux de ravaudage. Aucun doute, ils avaient manqué d'argent, mais comment expliquer qu'ils aient pu se considérer comme des gens de valeur, voire privilégiés, et riches – oui, ils s'étaient considérés comme riches.

Mais Suzanne… François tentait d'expliquer à Mouret qu'il s'inquiétait pour elle, qu'ils s'inquiétaient tous et se sentaient responsables d'elle, et qu'il ne pourrait jamais dire si leur inquiétude ne faisait pas en réalité que la rendre encore *plus* instable, un cercle vicieux dont il semblait parfois qu'elle ne sortirait jamais. Enfant, déjà, elle était fragile et angoissée, ses bras et jambes pareils à des brindilles, ses yeux bleu pâle énormes, comme ses oreilles – il l'avait traitée d' « éléphant » un jour où il était d'humeur particulièrement cruelle –, ses cheveux d'un blond presque blanc tressés en couronne autour de sa tête. Insectes, bruits soudains, obscurité, rester seule même une minute : tout l'effrayait et la faisait pleurer, de sorte que tous, lui inclus, son frère aîné exaspéré, faisaient ses quatre volontés.

Étrange que de cette fragilité apparente soit née, en somme, une volonté de fer ; or Suzanne avait influé sur le cours de leurs journées de manière aussi impérieuse que n'importe quel patriarche. Lorsqu'elle se sentait trop mal pour aller à l'école

– à cause de maladies souvent nébuleuses : asthme, allergies, fatigue générale –, maman la gardait chez eux et la choyait, se procurant miraculeusement des os à moelle pour un bouillon de bœuf, empilant sous sa tête pâle des oreillers rebondis. Quand elle fut terrifiée par les bombardements – l'école était de toute façon provisoirement fermée –, maman l'emmena à L'Arba et la laissa plusieurs mois chez tata Baudry, où – comment aurait-on pu le prévoir ? – le passage d'un nuage de criquets causa chez Suzanne un nouveau traumatisme à vie, insurmontable : le bourdonnement et le claquement de leurs élytres, la solidité de leur carapace, et leur nombre, incalculable, indivisible, écrasant.

Lorsque maman partit en hiver passer deux mois du congé à terre de papa avec lui à Toulon, avant son embarquement sur le *Dumont d'Urville*, Suzanne fut confiée aux cousines Breloux, bénéficiant de sa propre chambre dans leur luxueux appartement du centre-ville, nourrie de semoule au lait et d'omelettes d'œufs frais, tandis que lui, onze ans à peine mais considéré comme trop bruyant et masculin pour leur environnement exclusivement féminin, fut laissé seul avec la vénérable tata Jeanne qui, affaiblie par sa maladie, pouvait avoir des convulsions à tout moment, de sorte qu'en vérité il veillait sur elle plutôt que l'inverse.

Quand, plus tard, en août alors qu'approchait la fin de la guerre, on les envoya sur la côte dans ce camp de vacances géré par l'État – un mois barbare, inoubliable, de liberté non surveillée, où ils dormaient bercés par le balancement des pins maritimes, sur des lits pliants dans de longues tentes que le vent de l'océan gonflait telles des voiles ; où ils couraient à l'aube sur le sable, libres, en meute comme des chiens, s'éclaboussant des heures durant dans la mer sous le soleil implacable, si bien qu'en rentrant chez lui, à la fin du mois, François était maigre comme un prisonnier, la peau couleur d'une ecchymose, les yeux creusés par des cernes, et ses cheveux, récemment rasés pour combattre une infestation de poux découverte dans la literie, pareils à un nimbe noir sur son crâne – oui, de ce mois à la fois glorieux et sans gloire (maman avait dit, à son retour, qu'elle le reconnaissait à peine) Suzanne ne vit que quatre jours, dont seule la terreur lui resta plus tard en mémoire, la terreur à l'état pur : les bruits nocturnes, le vent dans les tentes et dans les branches des arbres, avec le rugissement de la mer en contrebas ; les autres filles, toutes plus grandes et robustes qu'elle, à la voix forte, méchantes pour une poignée d'entre elles, raillant sa lenteur à la course, sa démarche en canard, les verres épais de ses lunettes qui rendaient flous ses yeux immenses – et ses oreilles, elles s'étaient même moquées de ses oreilles, les monstres ! Quatre jours seulement, avant qu'elle ne marche sur une guêpe qui lui laissa le pied enflé comme une aubergine, la peau prête à éclater, et que de l'infirmerie on appelle maman pour lui demander de récupérer sa fille, mais aussi de l'accompagner à la clinique afin de faire examiner de près l'intensité spectaculaire de cette réaction.

« Tu vois ? » demanda François à Mouret, tous deux amortis par le whisky, François affalé sur le fauteuil écossais près du radiateur, plus au chaud dans la chambre de Mouret, en ce mois de janvier enneigé au Massachusetts, qu'il ne l'avait jamais été dans l'appartement de Bab El Oued malgré la douceur des hivers méditerranéens. « Et maintenant elle vient d'entrer à l'université, alors je m'inquiète.

— À quel sujet, au juste ? Peu probable qu'elle se fasse piquer par une guêpe dans l'amphi, non ? »

François eut un petit rire, Mouret aussi, mais François se sentit coupable et se tut. Comment expliquer qu'il la portait, depuis longtemps et avec le sentiment qu'il la porterait toujours, et qu'il aspirait à se libérer de ce fardeau, tout en l'ayant accepté des années auparavant telle une condamnation à perpétuité ? Elle était faible et il était fort. Plus elle avait pleurniché, hésité, refusé la difficulté, plus il avait, en retour, fait de lui-même ce type stoïque, solide et indomptable : « Surprends-les ! », « *Cave adsum* », ne montre aucune faiblesse, sois un mur, un roc, garde tout à l'intérieur, toujours. Sa mission était de triompher, d'être le meilleur dans tout ce qu'il entreprenait – et de n'entreprendre que ce dans quoi il pourrait exceller –, raison pour laquelle, bien sûr, le temps passé en internat à Paris ne pouvait être évoqué, même Sidney Bechet pouvait à peine l'être, mais certainement pas ces longs mois sombres, destructeurs, qui avaient failli – non, qui l'avaient *bel et bien* brisé. À Mouret, il dit : « Qui sait ? Elle se fera peut-être piquer par une guêpe. Le problème, c'est que je ne suis pas là. J'ai chargé mon meilleur copain de veiller sur elle – elle suit mes traces, d'accord ? Elle a choisi de faire du droit.

— Ça t'emmerde, je pense ?

— Un peu. Comme si elle prenait ma place. Accaparait mes amis. Donnait son avis sur mes professeurs. "Oh, celui-ci, je l'adore", "Oh, celui-là est trop sévère, mais il sait que je suis ta sœur..." Sauf qu'à tout moment ça peut mal tourner. Et alors ce sera fichu, sans doute pour elle comme pour moi.

— À moins que ce soit fichu quoi qu'il arrive ? »

François se redressa à moitié. « Comment ça ? »

Mouret ouvrit un œil assez intelligent pour soutenir le regard de François. « Ça peut être pire si elle aime le droit, si elle s'adapte, si elle prend vraiment ta place... »

À ces mots, François ne put qu'émettre son ricanement familier, comme pour répliquer : « Quelle idée absurde ! » et : « Quand bien même, qu'est-ce que ça change ? » Au lieu de quoi il répondit : « Je sais que Servier l'a envoyée promener.

— Le fameux copain ? Il te l'a dit ?

— Non... il n'écrit pas. Il est comme moi : pattes de mouche illisibles, mieux à faire. Non, non... c'est elle qui me l'a dit. Elle est furieuse contre lui.

— Parce qu'il lui plaît. » Pour Mouret, ce n'était pas une question.

« Comment tu as deviné ?

— J'ai des petites sœurs moi aussi, cher ami. Parfois je pense qu'on sert principalement à ça, à les présenter aux célibataires éligibles parmi lesquels sélectionner un conjoint. »

François ne se voyait pas présenter sa petite sœur, ce paquet de nerfs, comme un bon parti pour une histoire romantique. « À propos, j'ai écrit pour annuler mon voyage à New York avec Joan. Sans la voiture… »

Mouret soupira. « Je sais, je sais. Cette Pamela, celle de Skidmore, veut qu'on aille là-bas pour leur bal d'hiver dans deux semaines… tu devais jouer les chevaliers servants pour Jane, sa colocataire. Mais sans la Plymouth… »

François haussa les épaules, leur resservit à chacun un whisky – le dernier, se promit-il.

« C'était la Plymouth notre meilleure copine », déclara-t-il. Il savait que Pamela plaisait à Mouret de la même façon que Joan lui plaisait à lui : une allure générale plus qu'un charme singulier, et ils seraient aussi heureux avec une autre. Cette voiture, en revanche, ils l'avaient adorée, et elle leur manquerait beaucoup.

« Broussard est prévenu ? demanda Mouret.

— Tu l'as fait ?

— Il la voulait pour Montréal, le mois prochain.

— On devait y aller ensemble.

— Oui, eh bien voilà. »

Leurs projets se réduisaient en cendres. François se leva, un peu chancelant, et, après mûre réflexion il posa sur la commode de Mouret son verre, subtilisé dans la salle à manger de la résidence. Il décrocha sa parka de la patère au dos de la porte et tira son écharpe de l'intérieur d'une manche.

« "*Hurry up please its time*" – "Messieurs on va fermer[1]" », récita-t-il en anglais. Ils avaient tous deux lu T.S. Eliot. Mouret

1. *La Terre vaine*, trad. Pierre Leyris, éd. du Seuil, 2006.

passa de la position allongée à la position assise, les deux pieds sur le sol.

« Je parie que tu resteras là », lui lança François, soudain certain de cet autre fossé entre eux (il avait raison, d'ailleurs : son ami resterait, épouserait une Américaine, et deviendrait professeur de littérature française à l'université de Chicago où les hivers étaient, si cela se pouvait, encore plus longs et rigoureux que dans l'ouest du Massachusetts – abandonnant pour toujours la douce lumière dorée d'Avignon et ses trois adorables sœurs).

« Pas toi ? » Mouret pensait apparemment que cela allait de soi pour eux deux.

« J'ai besoin de lumière. » François revoyait l'or du soleil inonder la mer, l'éclat de ces journées, même en hiver, qui lui manquait soudain tellement. Sa mère, son pays. Mais, se dit-il, tu ne dois pas te sentir trop attaché à un lieu, pas plus qu'aux gens hors de ta propre famille. La loyauté absolue doit être limitée. Le triomphe naît de la continence, et de la retenue.

De retour à pied vers Theta Delt dans la nuit glaciale, la lune presque pleine éclairant telle une immense lampe bleue la pelouse enneigée, au point que l'ombre des arbres s'y détachait, François revivait sa dernière aventure inavouable, récent échec dont le souvenir le brûlait encore. S'il pensait à sa mère ou à sa sœur, c'était presque insoutenable ; elles auraient été horrifiées. Mais si, au lieu de cela, il se représentait Hemingway, Boris Vian, ou même Jean Marais jouant à être *n'importe qui*... alors l'espace d'un instant, d'un instant seulement, il se voyait lui aussi en proie au désir vorace de vivre une vie sans règles, ni honte.

La Havane. Il avait à peine avoué à ses parents y être allé, deux lignes seulement dans la longue lettre qu'il leur avait envoyée sur le voyage en Floride. Cette descente vers le sud par la côte dans la Plymouth, lui, Broussard et Mouret, grisés tous les trois, le temps se réchauffant peu à peu jusqu'à l'arrivée soudaine de l'été. Ils portaient des lunettes noires, gardaient la cigarette aux lèvres, allumée ou pas, et François acheta un blouson de cuir bon marché, pour avoir l'air de Brando dans *L'Équipée sauvage*. L'Amérique défilait à toute vitesse, étrange et lumineuse, aussi délicieuse pour eux que le surréalisme de Buñuel : des tableaux vivants logés dans sa mémoire, telles des scènes vues en rêve, inoubliables, séduisantes, gênantes.

De la Caroline du Nord à celle du Sud, ils avaient longé sous le crachin des rangées de maisons au toit métallique, fauteuil à bascule sur la terrasse. À peine un visage blanc, des terres cultivées, une succession d'élevages de porcs en bordure de route – il avait mentionné ces derniers dans son journal, entre les champs de maïs : qui pouvait savoir que ces animaux existaient en autant de couleurs ? Des rouges, des bruns, des blancs, des tigrés, des roses, des noirs, gros comme des citernes, leur dos massif brillant de pluie. Il en avait vu des troupeaux se bousculer, mais sans entendre le moindre son à travers le pare-brise ruisselant et à cette vitesse : un spectacle porcin muet, seulement ponctué par les rafales puant le lisier qui filtraient par les grilles d'aération de la Plymouth. Riant de dégoût, ils avaient tous trois allumé une cigarette pour masquer l'odeur – de toute façon, elles valaient moitié moins cher dans le sud.

Après le maïs et les cochons vinrent les prés à perte de vue, délimités, ainsi que les ranchs, par des kilomètres de clôtures blanches, et parsemés de vieux chevaux immobiles comme dans une peinture russe. Au loin, entre des groupes d'arbres sombres drapés de mousse espagnole fantomatique, se dressait un édifice isolé – église aux bardeaux blancs, lumineuse et accueillante, ou bicoque délabrée au toit rapiécé, couvert d'herbe, sous le porche en bois de laquelle fumait un homme noir au visage sévère.

Même après la pluie, l'air était saturé d'humidité et la végétation abondante, envahissante. Un temps, la route fut de chaque côté bordée d'arbres à la fois magnifiques et sinistres :

ils roulèrent sur plusieurs kilomètres comme dans un tunnel d'ombre, les longues branches se rejoignant au-dessus de la voiture, pareilles à des bras de géants. À Charleston, ils s'arrêtèrent dans un restaurant chinois où les seuls clients étaient une famille de sourds-muets dont les mains, tels des oiseaux, s'agitaient au-dessus de leur soupe fumante. Le jeune serveur, aux manches trop courtes et pas très propres, apporta leur commande sur un plateau bosselé et se retira dans la cuisine sans un mot, le claquement de la porte à double battant derrière lui laissant la salle dans un tel silence que les trois Français n'osaient pas échanger une parole, expérience empreinte d'un mystère presque sacré. Après avoir repris la route, ils mirent la radio à fond et crièrent des jurons français par les fenêtres. Mais ils avaient auparavant utilisé les toilettes publiques sur la place de la ville, et François avait remarqué la pancarte sur la porte, tristement célèbre – c'était bien le sud – et qu'il voyait pour la première fois : *Whites Only* – Réservé aux Blancs.

Une fois qu'ils eurent changé d'État et pénétré en Floride, le soleil devint un ballon brûlant, la mousse espagnole fantomatique fit place aux palmiers bordant des lagons turquoise. Ils passèrent une nuit à St. Augustine, où, sur une petite place agrémentée de massifs de coquelicots et de décorations lumineuses de Noël, il acheta une poupée amérindienne en robe de jute brodée de perles avec son *papoose*, et des maracas peintes à la main pour sa sœur et ses parents qui ne viendraient jamais jusque-là ; quand ils prirent en terrasse leur petit déjeuner, pain beurré et café au lait, à une table en fer forgé sous un auvent rouge battant au vent, il fit observer à Mouret et à Broussard qu'ils auraient aussi bien pu être à Nice. Il se sentait, pour la première fois, physiquement chez lui aux États-Unis : la lumière, la chaleur, l'odeur salée de l'océan. Mais cet immense pays se révélait toujours plus inconnu, toujours plus neuf.

Sur la route principale, lorsqu'il ne conduisait pas, il avait plaisir à noter dans son petit carnet, de son écriture rendue encore plus illisible par le roulis de la voiture :

All-U-Can

Hi-way

4-Sale

Thru

Cet anglais américanisé l'enchantait – son énergie, sa liberté, son insouciance.

« Tu es le nouveau Tocqueville », blagua Mouret, ses doigts velus pianotant sur la bakélite du volant. La moquerie était affectueuse mais piqua François au vif, et le réduisit brièvement au silence.

Ils passèrent Noël à Miami, trois dans la même chambre, suant à grosses gouttes. Au début ils se baignèrent dans l'océan, à quelques centaines de mètres de leur hôtel rose, puis finirent par payer le supplément pour prendre une douche, afin d'être propres à Noël. Était-ce son idée à lui ou celle de Mouret – sûrement pas celle de Broussard – d'assister à la messe de minuit en l'église de Gesù dans le centre-ville ? Curieusement, même un impie obstiné comme lui sentait qu'il le devait à sa mère : Noël n'était pas Noël sans la messe de minuit. Ils avaient imaginé sortir après, s'arranger pour aller boire du rhum sur le front de mer aux petites heures de la nuit, mais le service religieux se révéla interminable, tout en litanies, encens et chasubles dorées. L'église, tel un décor de cinéma, semblait repeinte de frais, et ils avaient été guidés vers leurs sièges – près de la travée centrale, coincés entre deux robustes taties à voilette noire – par l'un des nombreux placeurs en veste de smoking blanche, comme si la messe de minuit était réellement un spectacle, un film hollywoodien. Seul Mouret communia, François ayant toutefois conscience de la déception qu'aurait éprouvée sa mère quand il resta résolument à sa place, les bras croisés. Au bout du compte il s'en voulut de tout cela, de ce rituel qui n'était pas une consolation mais une parodie, et de leur délivrance finale, exténués dans une ville endormie, prête pour le matin de Noël. De retour dans leur chambre, l'absence de moustiquaire métallique aux fenêtres les condamnant à choisir entre la sueur et les moustiques, ils allumèrent la lampe et burent la flasque de whisky gardée dans la boîte à gants depuis Washington D.C. Ils n'avaient qu'un verre pour trois – trouvé sur le lavabo des toilettes au fond du couloir ; Mouret l'avait soigneusement rincé à l'eau chaude – et François fut certain, chaque fois qu'ils se le passaient, que Broussard buvait plus que sa part. Ils plaisantèrent sur ce Noël qui s'avérait si insolite et dont ils se souviendraient toute leur vie, mais c'était le premier que François fêtait loin de chez lui, et il en fut secrètement un peu malheureux.

Leur baignade dans l'océan le lendemain matin l'arracha à sa mélancolie – le long ruban de sable blanc n'accueillait qu'une population clairsemée, et le scintillement des vagues l'enchanta. Ils avaient déjà rendu la clé de leur chambre et durent remettre derrière une cabine de plage leurs vêtements fripés, saupoudrés de sel et de sable, avant de remonter dans la voiture.

Broussard et François déposèrent Mouret, les cheveux encore humides, à l'aéroport pour son vol vers La Nouvelle-Orléans où il devait séjourner dans le manoir d'amis de sa famille, des expatriés fortunés. Il avait invité ses compagnons de voyage à se joindre à lui – s'ils apportaient un smoking, ils pourraient escorter deux jeunes et belles débutantes au bal du Midwinter Cotillion, étrange survivance du passé où s'affichait la haute société de La Nouvelle-Orléans. Mais Broussard et François avaient décliné, se refusant à devoir parler de tout et de rien à table, engoncés dans une tenue de soirée lors d'un dîner chic. Aucune fille, si jolie fût-elle, ne méritait qu'ils s'infligent ça. Ils auraient pu opter pour Mardi gras, mais en décembre, c'était Hemingway ou Bogart qu'ils voulaient être :

leurs pans de chemise battant au vent, une flasque dans la poche de leur short, clignant des yeux à cause de la lumière crue. Aussi, après avoir déposé Mouret, continuèrent-ils vers le sud – « Plus que deux mousquetaires, maintenant », fit observer Broussard, carte sur les genoux pendant que François conduisait, tous deux avec une barbe de la veille et leurs lunettes noires, le blouson de cuir abandonné sur la banquette arrière.

« Pour quelques jours. »

Mouret avait promis de les rejoindre à Miami avant le Nouvel An – 1953 ! –, après quoi ils remonteraient vers le nord. Le projet, pour l'heure, c'étaient les Keys, puis Cuba, et tandis qu'ils roulaient face au soleil, François se souvint du roman de Paul Bowles qu'Iklé lui avait offert pour Thanksgiving : ironique, sûrement, que l'Américain d'*Un thé au Sahara* s'aventure dans le désert cher à François pour une quête existentielle, extrême et sans retour, alors qu'ici lui-même – et Broussard à sa façon, deux Français – s'aventurait pareillement sous ces tropiques américains qui lui étaient étrangers : roulant droit devant lui, plein sud, comme un fil se déviderait, la possibilité du retour de moins en moins certaine. François voulait voir le monde, le dévorer. La question était : Jusqu'où pouvait-on aller ? Et que trouverait-on au bout de la route ? Soi-même, sûrement : son propre moi existentiel.

Il n'en parla pas à Broussard qui, les pieds sur le tableau de bord, s'affairait avec la radio – stations plus difficiles à capter, parasites sur toute la fréquence – et tendait les doigts par la fenêtre ouverte pour sentir la fraîcheur des embruns.

La péninsule devenait toujours plus étroite, la lumière plus intense. Leur longue pointe de terre, ou de sable, était bordée de part et d'autre par une eau verte – vraiment verte, ce vert bleuté des mers du Sud, comme le père de François le lui avait décrit dans une lettre, se rappelant son premier voyage dans la Marine vers les deux Amériques à la fin des années 1920, une vie entière auparavant. Sur un côté, l'étendue verte et mouvante fut un temps semée d'îlots minuscules, vision des îles désertes digne d'un dessinateur humoristique, simples monticules émergeant de l'eau, chacun couvert de buissons ondulant au vent telles d'épaisses mèches de cheveux.

Quand ils atteignirent le Seven Mile Bridge à Marathon, François, étreint par un accès de panique, lutta contre l'envie de donner un coup de volant et de précipiter la Plymouth dans cette mer d'huile verte. Le pont, au revêtement mal réparé formant des bosses sous leurs pneus, n'en finissait pas, et autour d'eux l'eau les aveuglait tandis que leur mince ruban d'asphalte se déroulait vers l'éternité. Contraints d'arrêter la voiture à l'ouverture de la travée tournante pour laisser les bateaux franchir Moser Channel, ils sortirent se dégourdir les jambes et fumer au milieu des familles – pères bedonnants en chemise à manches courtes, épouses aux lunettes œil de chat, foulard sur les cheveux, comptant et recomptant leurs gosses hyperactifs aux cris emportés par le vent – et des pêcheurs voûtés à la peau tannée, solitaires, fronçant les sourcils à la vue des touristes.

Broussard s'émerveilla de la légèreté de la rambarde. « Tu pourrais basculer dans le vide sans le vouloir », dit-il, inclinant dangereusement son torse dégingandé. François, en bon fils de ses parents, faillit s'écrier : « Arrête ! », mais il se ravisa.

« Tu crois qu'ils ont beaucoup de suicides, ici ? » demanda Broussard, se raclant la gorge et envoyant dans l'eau un crachat en forme de méduse, avant de se redresser au passage d'un vol de pélicans gris.

« Sacré bout de chemin à faire pour ça. » Même si François se sentait attiré, comme par un aimant. « Remontons dans la voiture. »

Lorsqu'ils arrivèrent à Key West, François en avait assez de l'océan et des pancartes pour la location de bateaux, la vente de crevettes vivantes et d'appâts ; assez des cabanes crasseuses le long du rivage et des pontons branlants, de leurs bittes d'amarrage pareilles aux chicots d'un cadavre, donnant l'impression d'un monde soumis aux assauts incessants de l'eau et de la lumière – non pas la promesse de sa Méditerranée bien-aimée perçue plus au nord, mais quelque chose de plus extrême, presque effrayant.

La ville – les terres s'élargissant pour former un quadrillage de rues, d'où la plupart du temps l'eau n'était pas visible – lui offrit l'expérience du soulagement à l'état pur. Que les maisons bien entretenues, blanches ou aux couleurs vives, évoquent un passé de conte de fées lui plaisait d'une certaine façon, mais ne lui suffisait pourtant pas : comme les placeurs dans leur veste de smoking à l'église de Gesù, elles lui firent l'effet d'un spectacle, d'un décor de film. Le film de quelqu'un d'autre. Malgré son soulagement, il ne tenait pas en place, impatient de reprendre son souffle et de continuer, encore plus loin, pour en voir toujours plus. C'était toutefois une bénédiction de se trouver sur la terre ferme, ou d'en avoir l'illusion. Il avait vu *Key Largo* au cinéma à Paris durant cette année innommable, et se souvenait parfaitement des personnages prisonniers dans l'hôtel alors que l'ouragan faisait rage. Qu'étaient ces Keys, sinon une immense plage, version en plus grand des îlots sablonneux dépassant des eaux le long du trajet ? Chaque trace d'humanité lui semblait aussi fragile que l'unique buisson ondulant sur un de ces îlots, attendant d'être détruit par les éléments.

Broussard, apparemment, n'éprouvait rien de tel : dès qu'ils eurent garé la voiture, plus enjoué que jamais, il esquissa dans l'air salin, de ses bras et jambes osseux, une petite danse sur l'asphalte.

« On y est arrivés, chantait-il, on y est arrivés ! Tout au bout de cette foutue terre ! » Par jeu, il donna à François une claque sur l'épaule. « Une fois qu'on aura déposé nos affaires, je veux voir où l'Atlantique et le golfe du Mexique se rencontrent. Je veux mettre un pied dans l'un, puis dans l'autre.

— Un bon projet. Ça nous prendra environ dix minutes.

— Ce n'est que le début, mon ami. On va se plaire ici. Ni costume, ni cravate… pauvre bouffon de Mouret, tant pis pour lui. Elle est *ici*, l'Amérique, non ?

— Certes. » François sortit du coffre leurs deux sacs de voyage et lança le sien à Broussard plus agressivement que nécessaire. Mouret lui manquait. Broussard attrapa son sac.

Après deux jours au motel Key Wester – deux étages de stuc rose écaillé, des volets verts aux fenêtres, le bâtiment aussi long qu'un train, surplombant une pelouse où serpentaient des sentiers blancs gravillonnés autour d'une piscine d'un bleu électrique, avec le ressac apaisant de la mer audible depuis leur chambre, et des parasols miniatures en papier dans les boissons servies au bord de la piscine –, François plaida sa cause pour Cuba. Il avait vu *Week-end à La Havane*, beaucoup plus drôle que *Key Largo*, à l'affiche du Majestic à Alger un jeudi après-midi où il séchait son cours sur le droit de la propriété : comme l'actrice du film, dont la croisière se termine de manière inattendue en Floride, il avait soudain désespérément envie de voir le Paris des Caraïbes.

« Il n'y a que quarante minutes de vol », fit-il valoir.

Broussard, près de la piscine, exposant au soleil sur les coussins d'une chaise longue son torse nu dont on pouvait compter les côtes, parut à peine entendre.

« Un autre monde. À quarante minutes d'ici. Une culture différente. Rien à voir avec celle-ci. Vivante, imprégnée d'histoire. Des cafés, des gens qui dansent ! Marre des mouettes, du ciel bleu, et du plastique américain.

— Moi *j'aime* le plastique américain, mon ami. Si c'est ça le plastique américain, je suis preneur. On se croirait dans un film.

— Tu ne l'as pas assez vu, ce film ? Le projet, c'était d'aller ensuite à La Havane. Il paraît que c'est là que les filles sont les plus jolies… la beauté latino. »

Broussard se redressa juste assez pour boire à petites gorgées son punch dans un verre tiki, et désigna de la tête une blonde en bikini qui trempait délicatement la pointe des pieds dans la piscine. « Je les trouve très bien, les filles d'ici », dit-il, puis il se rallongea et ferma les yeux. « Vas-y… vas-y si ça te chante. Je suis fatigué. Je suis heureux là. Je n'ai besoin ni d'alibis pédagogiques genre bourse Fulbright, ni d'un cours d'histoire avec cathédrales et musées pour me sentir comblé. Tout ce que je veux… » Il eut un geste ample du bras, mais à l'aveugle, les yeux toujours fermés. « … Je l'ai ici même. Je suis notre ambassadeur de France à Key West. Je me ferai un plaisir de rédiger mon rapport culturel plus tard. Tu pourras tout me raconter sur La Havane. »

Ainsi François se réveilla-t-il seul, quarante-huit heures plus tard, à midi, dans une chambre de l'Ingleterra à La Havane, au son des coups de klaxon et des crissements de freins. Et à celui, moins assourdissant, mais aussi impérieux, de la femme de chambre qui frappait avec insistance à la porte. La pièce était dans la pénombre, des grains de poussière flottaient dans les rais de lumière. Le ventilateur de plafond, à une hauteur impossible au-dessus de sa tête, battait doucement l'air. François saisit sa montre sur la table de chevet : la chambre devait être libérée, ou aurait dû l'être, à onze heures ; son vol de retour était à quinze heures.

Une seule nuit à La Havane, et il avait dormi toute la matinée du lendemain. Bien sûr, il avait de violents maux de tête. Bien sûr, son paquet de cigarettes était vide. Son portefeuille aussi, il le savait. Dieu merci, il avait caché dix dollars avec son passeport dans la table de chevet, entre les fines pages de la bible des Gédéons. Il pourrait rejoindre Broussard et, s'il le fallait, lui emprunter de l'argent ainsi qu'à Mouret, quand ils le récupéreraient à Miami – Mouret serait le bon interlocuteur, ne lui donnerait pas le sentiment d'être une merde. François, économe, n'avait encore jamais eu à emprunter. Dieu merci, il avait de l'aspirine. Il ne se risquerait pas à s'offrir un petit déjeuner ou un déjeuner, ni aucun repas. De toute façon, il le vomirait sans doute. Mais ce serait peut-être de la bile qu'il vomirait, s'il ne mangeait rien – il sentait son estomac protester, noué par des crampes. Il fallait qu'il prenne une douche.

« Dix minutes », lança-t-il en anglais à la femme de chambre. Il n'ouvrit pas la porte, sur laquelle il s'était par miracle souvenu d'accrocher le panonceau « *No molestar* » – « Ne pas déranger » – parce qu'il ne voulait pas voir son visage réprobateur. « Dix minutes, et je libère la chambre. »

À peine plus de vingt-quatre heures à Cuba, finalement. Sans Broussard avec qui partager les frais, le coût du séjour était au-dessus de ses moyens ; et il n'avait pas encore perdu ses économies. Arrivé avant l'aube le 28, il s'était assis dans un café tandis que la ville s'éveillait autour de lui – chansons des vendeurs à la sauvette installant leurs étals, et parmi eux ces marchands de jus d'oranges pressées, au chariot plein d'agrumes comme autant de balles de tennis, qui lui rappelaient fortement son pays. D'imposants groupes de policiers et de soldats en uniforme, pistolet à la ceinture, plus d'hommes armés qu'il n'en avait jamais vu, se mêlaient aux passants toujours plus nombreux.

Longeant le Paseo aux arcades monumentales, dépassant statues et cafés, il écarquillait les yeux devant cette foule exubérante qui affluait : hommes et femmes de toutes couleurs, noirs, métis, blancs, main dans la main ou bras dessus bras dessous, riant, se chamaillant, couples combinant toutes les races, et leurs enfants arc-en-ciel, une réalité si différente du sud des États-Unis, et de sa propre patrie. Cette liberté – purement imaginaire pour lui jusqu'alors – l'impressionnait peut-être plus que tout : la vitalité, la présence de ces gens qui jouissaient simplement de la vie quotidienne, du fait *d'être là*. Même ceux aux dents abîmées ou à la peau malsaine étaient habillés comme pour une fête, les femmes en robe cintrée à manches bouffantes, les hommes en chemise blanche et pantalon à plis, cheveux noirs soigneusement gominés et chaussures bien cirées.

À midi, malgré un deuxième café, il dormait debout, chancelant, pas rasé, n'ayant pas fermé l'œil de la nuit. L'hôtel Ingleterra avait soudain surgi devant lui, plutôt vétuste, et François entra dans l'immense hall dallé pour s'enquérir du prix de la chambre la moins chère, avec la salle de bains au fond du couloir, qu'il régla d'avance en liquide – sage précaution, s'avéra-t-il. Il sombra dans un sommeil de plomb, jusqu'au crépuscule ; il était venu pour la vie nocturne, après tout. Peut-être avec une fille en prime, espérait-il.

Le plus petit des deux portiers suggéra la *finca*. « Une seule nuit ? Les casinos sont les mêmes dans tous les pays, et pour voir des filles danser vous pouvez aller à Paris. Mais cet endroit, c'est le vrai Cuba ! » D'un air complice il posa la main sur le revers de la veste fripée de François. « Et vous pourrez parier sur les combats de coqs, si vous demandez Jorge, le gros serveur. »

Le taxi le déposa à la *finca*, tout au bout d'une route gravillonnée, entre deux champs plongés dans l'obscurité où il distinguait çà et là une vache pâle. Les lieux se révélèrent pittoresques à souhait : un ensemble de bâtiments trapus au milieu des arbres, dont une grande terrasse de restaurant animée, tendue de guirlandes lumineuses. D'un côté, avec les bois sombres en toile de fond, un orchestre jouait sur une estrade couverte au pied de laquelle s'étendait une piste de danse.

La jolie serveuse à la peau bistre, à la lèvre supérieure ornée d'un grain de beauté sexy peut-être ajouté avec du khôl, et à la poitrine opulente et ferme nichée dans un corsage de coton blanc ruché (elle fit à François l'effet d'un mets délicat présenté avec art sur une assiette par un chef), l'escorta jusqu'à une table en lisière de la piste de danse, d'où il pouvait observer des femmes d'âge mûr haletant au rythme de la salsa, leur mari au crâne dégarni les faisant tournoyer parmi des couples plus jeunes et plus sensuellement enlacés. Autour de lui il remarqua d'autres hommes seuls, la plupart d'âge mûr, installés à de petites tables comme la sienne, rejoints par des femmes pour certains, toutes aussi plaisamment vêtues que sa serveuse, et aussi jeunes. Une évidence : il n'avait pas eu tort d'espérer, même si ces femmes étaient sûrement payées pour ça. Un de ces couples dansait à moins de deux mètres de lui, les mains de l'homme se promenant sur le satin moulant les fesses de sa cavalière. François, toujours le fils de sa mère, ne s'était pas imaginé devoir payer.

Beaucoup de tables du restaurant étaient longues et entourées de familles bruyantes, toutes générations confondues, les plus jeunes enfants se prélassant sur les genoux de leur grand-mère pendant que leurs aînés s'élançaient vers le parking pour jouer à chat entre les voitures. On apportait sans cesse à ces grandes tablées des plats abondamment garnis de bœuf, de poulet, de porc et de riz, ainsi que des bouteilles de bière et de vin. Tout le restaurant sentait la viande grillée.

François commanda du porc, du riz et des haricots, un whisky, puis une bière, puis une deuxième, et une troisième. Dans un premier temps il but très vite : il avait besoin de se donner du courage pour demander si une fille pourrait se joindre à lui. Or à chaque verre, cette possibilité semblait s'éloigner. À Amherst ou à Paris, l'alcool l'aidait à combler le fossé entre le monde extérieur et lui, mais là, seul, perdu dans son rêve havanais, le contraire se produisait. Il avait la sensation de se replier sur lui-même, devenant de moins en moins visible, presque désincarné. Quand la serveuse posa sa tasse d'expresso sur la table, il eut envie de lui caresser l'avant-bras, en suspens quelques instants devant lui. Au lieu de quoi, incapable de bouger, il leva les yeux, discrètement, vers sa poitrine dans ce nid de coton froufroutant. La honte que lui inspirait son désir l'assaillit, et la honte d'avoir honte.

Finalement, ivre et désemparé, il mentionna Jorge. Les familles partaient, la piste de danse se vidait, et sa vision périphérique devenait floue, comme si la focale d'un appareil-photo se resserrait.

« Vous ne voulez pas de compagnie ? » finit par lui lancer la jolie fille. Mais il décela de la pitié dans son ton et son expression. Pourquoi ne pas avoir posé la question plus tôt ? eut-il envie de dire. À ce stade d'ébriété, et luttant contre la lointaine pulsation de son désir, la réponse ne pouvait être que négative : sa mère restait, malgré tout, trop présente à son esprit. Il n'y arriverait pas.

« Non merci, pas de compagnie. On m'a conseillé de demander Jorge. »

Elle acquiesça de la tête, sans un sourire, et lui apporta une bière et un whisky supplémentaires, bien qu'il eût déjà payé l'addition. Quand elle le servit, il huma avec regret son parfum citronné.

Jorge, aussi grand que gros, avait un nez ressemblant à une carotte. « Bien sûr, amigo, tu es venu pour le tournoi – tu aurais dû le dire tout de suite. L'entrée coûte trois dollars… » – presque autant que son repas déjà cher, ce qui le laisserait avec moins de quatre dollars en poche – « … plus cinquante cents minimum par pari et par combat. La maison offre les boissons. »

Après avoir fait tout ce trajet et n'ayant pu convaincre une fille de le suivre, François, pour sauver la face, devait accepter.

Les combats de coqs avaient lieu dans une vaste grange derrière les cuisines, avec des gradins autour d'un sol en terre battue protégé par un grillage. Cet espace clos, étouffant et enfumé, amplifiait les bruits, ceux des volailles comme des humains. Des rangées de parieurs se penchaient en avant sur les bancs ou se pressaient contre le grillage, les yeux exorbités, la peau luisante de sueur, dans le nuage de fumée des mégots qu'ils gardaient aux lèvres, oubliés. Alors que François se faufilait jusqu'à l'extrémité d'un banc, deux hommes entrèrent dans l'arène par des portes opposées, chacun tenant un coq qui se débattait – le premier au plumage roux, l'autre à dominante ocre, tous deux avec leurs crêtes cramoisies ridiculement de travers telles des couronnes bancales, leurs serres munies d'éperons dorés pouvant tuer, et, fixé à leur bec, un appendice tranchant comme une lame de rasoir. Chaque homme caressait son oiseau, avec tendresse semblait-il, et paraissait lui murmurer des encouragements.

Un adolescent à cheveux longs en tablier bleu empli d'argent donna une tape sur le bras de François et encaissa son pari – cinquante cents sur le roux, apparemment plus robuste –, puis se fraya un passage le long de la rangée dans une indifférence quasi générale : tous les yeux, toute l'énergie, toute l'attention – tout l'Éros, en fait ; à moins que ce ne soit Thanatos ? – étaient tournés vers ce moment de silence dans l'arène, ce calme d'avant le combat.

La voix d'un arbitre s'éleva ; les oiseaux furent lâchés dans la poussière et se ruèrent l'un sur l'autre, vifs mais gauches, poussant des cris stridents et se battant bec et ongles, pendant qu'autour d'eux les parieurs criaient eux aussi, lançant des exhortations et des huées. Quelques minutes plus tard – deux ? trois ? – le coq roux gisait éviscéré sur le sol, perdant des quantités d'un épais sang écarlate. Son propriétaire le souleva dans ses bras, enveloppé d'une couverture tel un bébé, alors qu'un autre adolescent s'avançait pour saupoudrer de sciure la flaque rougeâtre. François prit conscience que la puanteur à ses narines, assez forte pour lui lever le cœur, était moins celle de la fumée, de la sueur et de la terre battue que celle du sang. Il aurait pu choisir cette fille au parfum sucré, et voilà ce qu'il avait préféré.

Un petit verre de rhum apparut sur un plateau, en même temps que d'autres circulaient le long de la rangée comme pendant la Communion. François avait à peine vu ce qu'était devenu le vainqueur mordoré, lui aussi blessé jusqu'au sang – combattrait-il à nouveau, ce soir-là ou un autre ? Après tout, si brefs étaient les combats, si rapides les feintes et les entailles sanglantes, si vite ces oiseaux, choyés par leurs maîtres pleins d'espoir, attaquaient et tombaient dans l'arène. Combien de fois ce gosse en tablier bleu apparut-il, paume tendue pour recevoir les cinquante cents de François ; deux fois celui-ci gagna et empocha un dollar, mais malgré son cerveau embrumé par l'alcool, il savait que pour lui le tournoi cesserait seulement quand l'adolescent – croisant son regard sous sa tignasse, François ne vit dans ses yeux que de l'ennui, une sorte de vide – lui aurait pris son dernier cent. Ou quand lui-même serait ivre mort sous l'effet du rhum, dans quelque ordre que ce soit.

Sous la douche à midi le lendemain, il tenta de reconstituer le reste. Il était arrivé au moment où, les poches vides, il avait dans un sursaut de dignité quitté la grange en titubant. Oui, peut-être avait-il vomi sur le parking, éclaboussant d'un liquide ambré le gravier entre deux voitures avant de fumer sa dernière cigarette – le paquet, venant d'une cartouche achetée à bas prix en Caroline du Nord ou du Sud, n'était pas entamé à son départ de l'hôtel – et de se demander comment rentrer.

Un homme entre deux âges l'avait reconduit. Sans doute un employé de la *finca* – comment savoir ? François se rappelait une moustache, le lin blanc d'une manche, le bruit du vent par la vitre ouverte. L'homme parlait peu l'anglais, et encore moins le français ; il ne s'attendait pas non plus à être payé, et, devant l'Ingleterra, il était descendu de voiture pour accompagner François jusqu'à la porte et sonner le portier de nuit.

Logique, pensa François, enfilant la chemise propre qu'il se félicitait d'avoir apportée – l'ancienne sentait la fumée et la bile, malgré l'absence de taches visibles –, que ces gens veillent à ce que les touristes rentrent sains et saufs. Impossible de continuer à les dépouiller si on les découvrait à l'aube, errant à travers un champ de canne à sucre, parce qu'ils n'avaient plus de quoi payer un taxi pour regagner la ville. Du point de vue du restaurant, cette course en taxi faisait partie des coûts incompressibles. Quant à lui, il avait laissé passer sa chance : il aurait pu payer pour faire l'amour, au lieu de quoi il s'était fait avoir par Jorge et ses combats de coqs. Toute la honte était pour lui, et une fois de plus il n'en dirait rien aux autres. Encore un coût incompressible.

Ces deux mots lui trottaient toujours dans la tête au motel Key Wester, à Miami avec Broussard, et durant le long trajet de retour vers le nord avec Broussard et Mouret, lequel, après son franc succès avec sa débutante de La Nouvelle-Orléans, était invité à revenir dès qu'il le souhaiterait. Ils lui trottaient toujours dans la tête quand ils firent étape chez les Mennonites de Pennsylvanie ; quand Chapin emmena la Plymouth ; lorsque lui-même endura la fin de cet hiver rigoureux où chaque jour la lumière d'Alger, les senteurs de l'appartement de la rue Guillaumet, la main de sa mère sur son front telle une bénédiction lui manquaient davantage. Le retour au pays – ce pays aussi évanescent qu'un mirage – était un coût incompressible.

Février 1953

Alger, Algérie

Suzanne aurait dû réviser en vue de son examen de droit romain – *jus personarum*, le droit des personnes, incluant la condition de l'esclave et le statut du citoyen –, mais comment pouvait-elle se concentrer là-dessus, ou sur l'oral à venir avec Lamosse, qui couvrirait les institutions publiques de la Gaulle des Francs ainsi que les origines du système féodal, alors qu'elle ne pensait qu'à sa tenue pour le bal masqué du dimanche soir suivant ?

Avec l'aide de maman et, en théorie du moins, celle de tata Jeanne, elle cousait sa robe taillée dans ce twill bleu marine porté par les plaisanciers, et trouvé au fond d'une malle du sous-sol, même si après trois lavages l'étoffe sentait encore le renfermé. Le bal avait pour thème « 1900 », d'où la longueur de la jupe, l'encolure fantaisie et les mancherons. Maman avait proposé un jabot en dentelle et un ruban orné de rosaces, elles aussi en dentelle, d'un bleu plus pâle, autour de l'encolure et du volant de la jupe ; elle avait acheté de la dentelle blanche faite à la machine, ainsi qu'une paire de gants de coton montant jusqu'au coude – le temps lui manquait pour confectionner elle-même la dentelle, et tata Jeanne et elle s'étaient plaintes que de toute façon, leurs yeux n'y voyaient plus assez –, puis elle avait teint dentelle et gants dans un seau d'indigo sur le balcon. La rambarde était à présent festonnée par le résultat mis à sécher. Dès que Suzanne levait le nez de ses manuels de droit, elle voyait ces dentelles onduler par la fenêtre, fantomatiques au crépuscule.

Maman insistait sur sa capacité à faire des rosaces, à tendre l'étoffe afin qu'elle tombe avec élégance, avantageant la silhouette de Suzanne (pour ne pas donner l'impression, comprenait celle-ci, qu'elle avait la taille boudinée, des rondeurs, ou les bras pareils à des jambons) – oui, maman promettait toutes ces choses avec une si calme assurance, mais était-ce vrai ? Le pouvait-elle ? Certes, elle tricotait magnifiquement et, même avec des lunettes désormais, ourlait une jupe à si petits points qu'ils étaient à peine visibles, mais cette robe exigeait un talent différent. Suzanne s'interrogeait et ne pouvait s'empêcher de ressasser, avec un mélange d'excitation et d'appréhension. Elle s'était acheté des bas de soie, une paire d'escarpins bleu marine aux talons pas trop hauts, avec lesquels elle pensait pouvoir danser, et son masque serait prêt pour qu'elle aille le chercher le vendredi après-midi. Elle avait opté pour un loup en velours, bleu marine lui aussi et à paillettes, avec un plumet sur le côté, et retenu par des liens plutôt que par un élastique.

Anne Marie Marconi, une de ses nouvelles grandes amies à la faculté, avec Marie José, l'avait invitée à passer le week-end dans sa famille à Rivet, afin d'aller d'abord voir, le dimanche après-midi, les danseurs sur glace à Boglioni – leur spectacle faisait fureur – et de partir plus tard de la demeure des parents d'Anne Marie pour le bal. Son père, pneumologue au sanatorium, était un notable, et ils habitaient une somptueuse villa entourée de palmeraies luxuriantes, où Suzanne avait déjà déjeuné un dimanche d'octobre. Le bal aurait lieu dans le centre d'Alger, à seulement vingt minutes en bus de la rue Guillaumet, et il semblait étrange en un sens de s'y rendre depuis une maison située en dehors de la ville, aussi loin en réalité que chez tata Baudry à L'Arba, mais cela rappelait un peu Tolstoï, et quel amusement, bien sûr, d'être ensemble, d'abord pour ce spectacle des Folies sur glace (à Alger, imaginez !), puis pour se déguiser, et pour bavarder tard dans la nuit au retour.

Curieusement, songeait Suzanne, ce serait son premier bal officiel, auquel ni ses parents ni son frère n'assisteraient : tous les autres dataient des soirées entre polytechniciens ou officiers de la Marine auxquelles allait son père (comme celle de l'automne dernier avec les officiers turcs, dont Mehmet, qui l'avait surprise par sa blondeur, s'était montré si attentionné toute la soirée, deux heures de conversation en anglais, leur unique langue commune, et qui avait gentiment demandé, à la fin, s'ils pourraient correspondre). Une seule fois, en juin de l'année précédente, François l'avait emmenée avec lui, six semaines avant son départ pour les États-Unis, à un bal à la fac ; mais il l'avait laissée avec une autre lycéenne, comme elle tout juste bachelière et comme elle accompagnée de son frère aîné – une fille bien en chair et sans charme qui lui semblait être un reflet peu flatteur d'elle-même –, et elle avait à peine revu François jusqu'à l'heure du retour.

Cette soirée serait différente. D'une part, Suzanne était à présent étudiante, en droit, montant le majestueux escalier de la rue Michelet et se glissant au fond des amphis pleins de tumulte, consciente, avec la désagréable madame Bosquet ou l'adorable monsieur Breton, ou avec Boulours, tantôt désagréable tantôt adorable, d'être un peu le fantôme ou l'émissaire de François, d'assister à des cours auxquels il avait assisté, et d'accéder pour la première fois, sans trop pouvoir l'exprimer, à une vie qu'elle considérait auparavant comme mythique, hors d'atteinte : la vraie vie, adulte, séduisante, de son frère aîné. Jusqu'alors, elle n'avait jamais aimé l'école – n'avait jamais réussi à s'y intéresser vraiment. À quoi bon ? s'était-elle toujours demandé. Elle n'était pas spécialement bonne élève, et elle était une fille. Elle préférait le piano – elle pouvait jouer des heures durant, et se *savait* une bonne pianiste, aux doigts presque trop rapides pour que ses yeux puissent suivre, avec une relation viscérale, intuitive à son instrument –, voilà d'ailleurs ce qu'elle avait répété, qu'elle était incapable de *réfléchir*, elle ignorait ce que *c'était* que réfléchir, elle pouvait faire des choses, comprendre des choses, mais pas les analyser. Elle avait cru (à moins qu'on le lui ait enseigné, comment en être sûre ?) que c'était ce qui distinguait les hommes des femmes. Pas toujours, bien entendu – il y avait des exceptions, comme Marie Curie –, mais la plupart du temps. À ceci près que désormais, étudiant le droit, elle se rendait compte que les mots lui parlaient davantage que n'importe quoi d'autre à l'école auparavant. Elle ne trouvait pas la réponse aussi vite que les étudiants les plus brillants, mais parfois si. Jamais elle n'aurait levé le doigt en cours, mais sur une copie d'examen, dans une dissertation, ou lors d'un oral en tête-à-tête, elle découvrait qu'elle pouvait montrer ce qu'elle savait. La fac, comme ce bal masqué imminent, suscitait en elle de l'appréhension et de l'excitation à parts égales.

Dans la cuisine, maman allait et venait, préparant le dîner. Tata Jeanne, qui tricotait dans son coin, avait entendu l'eau couler, les vibrations de la tuyauterie, et s'apprêtait à se lever. Elle rappelait à Suzanne le vieil épagneul noir de l'oncle Charles, qui, à la fin de ses jours, tendait son museau grisonnant et agitait la queue, mais ne pouvait, malgré toute sa bonne volonté, soulever sa carcasse de la couverture où il était couché près du poêle.

« Ne bouge pas, tata », dit-elle avec autorité, rangeant son stylo à l'intérieur de son cahier et déplaçant la pile de manuels à côté du fauteuil de son père – il ne reviendrait que trois jours plus tard. « J'y vais. »

Tata Jeanne ne protesta pas, se contenta de sourire avec un regard résigné par-dessus ses lunettes, et retourna à son tricot. Le son de la radio que maman venait d'allumer pour écouter les actualités leur parvint à toutes les deux.

« Tu en as appris davantage sur cette tempête ? demanda tata Jeanne.

— C'est sans doute l'heure du bulletin d'informations. »
Suzanne se dirigea vers la porte.

« On l'a bien appelée la tempête du siècle ? Non, la tempête du millénaire.

— Sûrement pas du millénaire.

— Catastrophique, en tout cas.

— Certainement. »

Cette énorme tempête s'était abattue, dans la nuit du 31 janvier au premier février, sur les côtes de l'Angleterre, des Pays-Bas et de la Belgique, inondant champs, routes et villes, submergeant les digues, détruisant des milliers de maisons. Il y avait beaucoup de disparus et de morts, des milliers aussi sans doute. Suzanne préférait ne pas y penser, cela se passait à plus de mille cinq cents kilomètres, après tout, et ses nerfs n'y résisteraient pas ; elle ne pouvait s'inquiéter pour les orphelins néerlandais, ou pour les mamies anglaises de l'âge de tata Baudry qui n'avaient rien à manger ni nulle part où dormir – dès qu'elle commencerait, elle ne pourrait plus s'arrêter. Elle se retrouverait éveillée à trois heures du matin, claquant des dents.

Tata Jeanne, par contraste, se délectait des catastrophes : à chaque accident d'avion ou de bus, à chaque tremblement de terre ou avalanche, même lointains, elle se montrait avide de précisions, suivait le bilan des morts et des blessés aussi méthodiquement qu'elle comptait les mailles de son tricot. Elle rappelait madame Defarge au pied de la guillotine, ou l'une des Parques, tricotant au lieu de filer, et observait avec bonne humeur tous ces drames comme s'ils apparaissaient dans un film en matinée un samedi. Alors que sa tante quittait la pièce, Suzanne entendit : « S'il y a un nouveau décompte des morts, ne manque pas de venir me le dire. »

À la radio, en fait, le présentateur évoquait longuement les futures élections, un discours que Soustelle avait prononcé ou allait prononcer, les sondages fluctuants, la composition possible du conseil. Sans consulter maman, Suzanne éteignit le poste : le droit romain présentait pour elle un intérêt insoupçonné, mais elle ne supportait toujours pas la politique, ces gros hommes ennuyeux en costume, avec leurs cheveux gominés rabattus sur leur crâne dégarni, ou les jeunes militants pleins d'ardeur à l'université, qui manifestaient pour l'indépendance de l'Algérie.

« Ton père voudra connaître les dernières nouvelles. » Mais maman, debout devant l'évier pour éplucher des pommes de terre, ne se retourna pas. Suzanne remarqua les racines argentées dans la chevelure de sa mère, signe de vieillissement et presque toujours dissimulées avec art – « un an de plus, un soin de plus », répétait-elle. Mais papa était absent depuis dix jours et elle avait dû économiser l'argent du ménage, repoussant le plus longtemps possible sa visite chez la coiffeuse. Suzanne en fut soudain émue – c'était sans doute à cause des bas, de la dentelle, des gants et du loup. Maman était la gentillesse incarnée, « une sainte laïque », disait papa.

« Tu veux bien effiler les haricots verts, ma chérie ? » Cette fois elle se retourna et lui tendit la passoire cabossée. Elle avait l'air fatiguée, les poches sous ses yeux plus marquées que d'habitude. « J'aurais bien fait des pommes au four pour le dessert, mais nous n'en avons que deux. Toi et moi pourrions en partager une, non ? Et réserver l'autre à tata Jeanne ?

— Bien sûr. J'éviderai les pommes quand j'aurai fini avec les haricots. On a des raisins secs, alors ?

— Quelques-uns. Suffisamment. Et peut-être un peu de calvados à mettre dans le sucre. »

Papa et maman se lamentaient souvent sur le peu que tata Jeanne pouvait attendre de l'existence, sur les rares plaisirs qui lui restaient, mais Suzanne pensait que sa tante invalide, compte tenu de ses infirmités, menait une vie assez agréable, au chaud, bien nourrie et bien entourée. Elle vivait avec eux depuis que Suzanne était toute petite, avant même Beyrouth, et que leur sœur aînée, à maman et à elle – longtemps directrice de l'école normale de filles de Constantine – était subitement morte dans sa baignoire quelques mois seulement après avoir pris sa retraite. Cette tante prénommée Fée avait huit ans de plus que tata Jeanne, dont elle s'était si longtemps occupée, et tata Jeanne, elle, douze ans de plus que maman. Suzanne avait fini par comprendre qu'en plus de Marie-Thérèse (jamais mentionnée, cadette de Fée, aînée de Jeanne, et décédée avant la naissance de Suzanne), il y avait eu entre les deux sœurs des fausses couches et des enfants morts en bas âge, l'un d'eux encore presque bébé (la diphtérie !), de même qu'elle avait fini par comprendre – suite à une indiscrétion de tata Jeanne – qu'il y avait eu des fausses couches dans sa propre génération, trois avant François, et un bébé mort-né après elle. Époque à laquelle, avait-elle calculé, maman était sans doute déjà vieille, puisqu'elle avait quarante et un ans à la naissance de Suzanne.

Or aujourd'hui, maman, franchement âgée, soixante et un ans bientôt, s'occupait encore de sa sœur aînée. Comme à une enfant, papa et maman cachaient à tata Jeanne tous les soucis concernant la famille et leur propre santé. Maman avait confié à son amie Aline que papa était épuisé nerveusement – elle avait baissé la voix dans la salle de séjour, pensant que Suzanne, de sa chambre, n'entendrait pas ; mais Suzanne n'était pas surnommée « oreilles d'éléphant » pour rien. Et il y avait maman elle-même, les examens de ces derniers mois, les consultations chez le neurologue pour tenter d'identifier la cause de ses malaises, et s'ils avaient ou non un rapport avec ses terribles migraines. Rien de tout cela ne devait être révélé à François, à aucun prix. Il devait pouvoir profiter de son aventure américaine l'esprit libre – il l'avait bien mérité, ils en étaient tous d'accord – et il allait mieux à présent, tellement mieux. Il s'agissait là d'une autre façon de veiller sur autrui, Suzanne en avait pris conscience, même si elle n'y arrivait pas : faire comme si on allait bien, comme si tout allait bien.

Le nouveau traitement de maman semblait agir, un peu en tout cas, ce qui était déjà ça : quand Suzanne écrivait à François désormais, au moins n'avait-elle pas l'impression de lui mentir. Mais maman avait bien dû prendre sept ou huit kilos, ce qui la désespérait, Suzanne le savait. Elle disait toujours qu'être désirable pour son mari faisait partie du métier d'épouse, et cela signifiait, entre autres obligations comme les visites hebdomadaires chez la coiffeuse, ne pas grossir. Raison pour laquelle, bien sûr, il était dommage que Suzanne soit d'emblée trop grosse. Aucun homme ne lui accorderait un regard tant qu'elle aurait des kilos en trop – sauf Mehmet, peut-être : on avait sans doute une idée différente de la beauté en Turquie. Voilà pourquoi Servier pensait pouvoir la snober comme il l'avait fait.

Elle effila les haricots, évida les pommes, tourna le bœuf dans sa sauce au vin sur le fourneau. Elle était sur le point d'agir, elle le sentait – au sujet de son poids. Pas à temps pour ce bal, de toute évidence – la robe serait comme elle serait. Mais quand il ferait plus doux, avait-elle décidé – elle ne supportait pas le froid et avoir faim la rendait frileuse –, elle sauterait le déjeuner, voire le petit déjeuner. À présent qu'elle était si souvent à la fac, maman ne saurait pas ce qu'elle mangeait ou non. Suzanne fumait depuis peu, même si ses parents n'étaient pas encore au courant, et maman désapprouverait sûrement, puisqu'elle considérait les fumeuses comme des femmes « faciles ». Anne Marie fumait ; logique, donc, que Suzanne s'y soit mise – avec joie : l'élégance de la cigarette, entre l'index et le majeur, donnait une certaine classe à ses mains carrées. Fumer lui offrait quelque chose sur quoi se concentrer, qu'elle attendait impatiemment et dont elle pouvait parler, ou, mieux encore, qui la rapprochait de parfaits inconnus, lui permettait de se joindre à un groupe et d'engager la conversation. Le temps s'arrêtait quelques minutes et une petite fenêtre de possibilités s'ouvrait, voire celle d'un flirt. Suzanne se sentait moins angoissée, plus à l'aise en société, et cette brûlure au fond de sa gorge l'apaisait, changeait le goût des choses, calmait son insatiable appétit, surtout pour les sucreries qui causaient sa perte. Elle adorait les pâtisseries, les croissants, les pains aux raisins, le gâteau au chocolat que maman confectionnait les jours de fête et servait avec de la crème anglaise, tout comme elle adorait les glaces l'été ; même quand elles étaient de mauvaise qualité, avec un goût aqueux et des cristaux de givre, elle les adorait, croquant le cornet gaufré, vaguement sucré, un peu détrempé là où la crème glacée avait fondu – et le chocolat, elle l'aimait presque sous toutes ses formes, elle n'avait pas besoin de choisir, comme certains, entre le noir et celui au lait. Elle revoyait encore sa première barre de chocolat, à la fin de la guerre, cadeau d'un soldat américain, au printemps 1944 probablement, elle devait avoir dix ans, presque onze, dans cette rue où elle rentrait à pied de l'école avec Josiane qui vivait à deux maisons de chez elle, et où un trio d'Américains en uniforme avait brusquement surgi – elles étaient toutes deux sur leurs gardes – pour leur tendre à chacune une barre de chocolat au lait enveloppée dans du papier argent. La sensation de ce chocolat fondant sur la langue ! Suzanne se souvenait de la coupe en brosse du soldat, à travers laquelle brillait le soleil déclinant de l'après-midi, même le cuir chevelu du jeune homme brillait, ainsi que l'éruption de boutons d'un rouge agressif en travers de sa joue – c'était bien avant son propre combat contre l'acné, et elle avait trouvé ça repoussant. Mais il leur avait fait un clin d'œil et un sourire, et avec Josiane elles s'étaient esclaffées quand il avait demandé : « *C'est bon, non ?* », parce qu'en fait il avait dit : « Say bong », et que son accent leur semblait si drôle. Papa, apprenant l'épisode, avait été furieux, bien entendu. Dire que ces écolières avaient accepté un cadeau de la part d'inconnus, d'Américains prêts à flirter !

Il vint à l'esprit de Suzanne que maman avait suggéré de partager une pomme au four avec elle non seulement pour faire plaisir à tata Jeanne, mais pour réduire la consommation de sucre de la mère et de la fille, sans les en priver complètement. Quand il ferait plus chaud, même à peine, elle renoncerait à la fois aux sucreries et au déjeuner : fumer une cigarette pourrait combler ce vide. Mais pas ce soir-là.

Après le dîner, dans sa chambre – celle que François et elle avaient partagée, enfants, et libérée pour les locataires ; celle qu'elle libéra de nouveau quand François atteignit l'âge de la puberté (que ses parents évoquaient avec un sourire triste sous le nom d'« *âge ingrat* »), afin qu'il puisse dormir seul tandis qu'elle partageait la chambre de tata Jeanne ; et celle qu'elle ne s'était réappropriée qu'en août de l'année précédente, la semaine suivant leur retour du Havre où ils avaient assisté au départ de François, en pleine tempête, pour les États-Unis. C'était donc sa chambre à elle, tout en étant le fantôme de sa chambre à lui, avec ses livres encore alignés sur les étagères, certains de ses vêtements encore accrochés dans l'armoire, et quand il reviendrait pour de bon – en admettant qu'il revienne, même si elle savait que maman n'y croyait pas, pas vraiment, parce que « les fils quittent le nid », répétait-elle, sous-entendant que les filles ne le quittaient pas –, quoi qu'il en soit, en admettant qu'il revienne, elle retournerait dormir dans la chambre de tata Jeanne, et un jour elle avait d'ailleurs dit pour plaisanter à Marie José et à Anne Marie, non sans méchanceté, qu'elle n'aurait véritablement une chambre à elle qu'à la mort de tata Jeanne.

Elle s'était sentie si coupable après cette plaisanterie qu'elle s'en était confessée, et le Père Denelain lui avait demandé non seulement de réciter des « Je vous salue Marie », mais aussi de faire pénitence en portant une attention particulière à sa tante, raison pour laquelle, prise de remords, elle avait offert aux pieds rugueux et couverts de cors de tata Jeanne une pédicure biblique, les plongeant dans de l'eau salée tiède, frottant leurs voûtes plantaires et leurs talons avec une pierre ponce, coupant délicatement leurs ongles épais et jaunis ainsi que leurs cuticules, avant de sécher et d'envelopper chacun dans une serviette-éponge tel un nourrisson. « Digne du Christ Lui-même, mon lavage de pieds », avait-elle ensuite blagué devant ses amies ; elle ne confessa pourtant pas ce blasphème au Père Denelain, à la fois parce qu'il semblait trop outrageant et parce qu'elle était incapable d'affronter une nouvelle pénitence.

Pour l'heure, cependant, c'était sa chambre, et elle dormait non pas dans le lit une place près de la fenêtre, qui avait été celui de son frère – cela lui aurait fait l'effet d'une autre sorte de blasphème – mais dans le lit jumeau, celui de son enfance ; même si, s'asseyant pour écrire une lettre à François, ce fut sur le sien à lui qu'elle choisit de s'installer, adossée à la tête de lit ouvragée, posant son bloc-notes aux feuilles de papier pelure sur son manuel de droit maritime de deuxième année, lui-même posé sur ses genoux repliés. Elle écrivait tout petit à cette période, en lignes serrées et régulières, si bien que de loin ses pages paraissaient couvertes d'encre ; elle avait pris l'habitude de signer « Ta Juju », allusion à l'ancien surnom « Junior » donné par son frère pour lui rappeler qu'elle était sa cadette, et le surnommait, lui, depuis sa lettre sur son voyage de Noël, « Frank de Floride », ce qui, elle au moins, l'amusait.

Que lui dirait-elle ? Elle s'était déjà plainte de son copain Servier, et ne voulait pas recommencer – même si la veille encore il l'avait ignorée quand il était passé avec son petit groupe du conseil des étudiants, sa mèche brune lui retombant sur l'œil droit. Si elle l'évoquait trop souvent par écrit, François soupçonnerait que Servier lui plaisait, mais lui plaisait *vraiment*, au point de savoir quels cours il suivait, qui il fréquentait, à quelles heures il était dans les cafés les plus proches du campus. François pouvait être impitoyablement taquin, et Servier, bien sûr, n'aurait jamais un regard pour elle – sauf un jour, peut-être, si elle était mince, or si elle l'était, il ne serait sans doute pas seul à la regarder. Les cousines ne disaient-elles pas toujours qu'elle avait la plus belle chevelure blonde, et les yeux du bleu le plus stupéfiant ? Elle-même avait beau trouver ces derniers pâles et larmoyants, et rêver d'avoir ceux de sa mère, tout le monde n'était pas attiré par les mêmes traits physiques et... peut-être que si elle maigrissait, qui pouvait savoir ? Aie confiance en Dieu, répétait maman, Il a un dessein pour chacun de nous.

Elle ramena son esprit vers la tâche en cours. Servier mis à part, quoi d'autre ? Elle pouvait tenter de raconter à François les efforts de son ami, en tant que représentant du conseil des étudiants, pour associer à l'élaboration du cursus en droit ce jeune musulman séduisant, Mohamed... quel était son nom de famille, déjà ? Benyahia, c'était ça. François le connaissait depuis le lycée ; il avait été élu à l'union des étudiants musulmans, dont Servier s'efforçait de convaincre les membres de rejoindre le conseil, afin qu'étudiants musulmans et français travaillent ensemble... or la résistance venait à présent des communistes – la plupart des jeunes musulmans étaient nationalistes, ces derniers temps, et avaient le soutien du Parti communiste algérien. Mais Benyahia n'était pas communiste – Servier pensait avoir davantage de chance avec lui. Tout cela intéresserait François, à coup sûr, mais elle avait du mal à suivre – tout ce qu'elle savait, c'était que les musulmans prononçaient des discours passionnés, voire agressifs, à propos desquels la jolie Anne Marie levait les yeux au ciel, et déclarait en gloussant : « Les indigènes s'agitent. »

Non, Suzanne écrirait à la place sur quelque chose qui lui tenait réellement à cœur : le bal masqué, sa robe (maman confectionnait à l'instant même les rosaces, en écoutant son feuilleton radiophonique hebdomadaire avec tata Jeanne dans la salle de séjour), et les Folies sur glace, bien entendu – le tout encore à l'état de projet, alors que dans sa lettre de la semaine suivante elle pourrait lui raconter ce qui s'était passé. Imaginez, le temps était une chose étrange, et dès le mardi ce qu'elle attendait avec tant d'impatience – rien que d'y penser elle avait le trac et en tremblait presque – serait derrière elle. Alors oui, elle décrivit les préparatifs pour les jours à venir, le retour jeudi soir de papa, qui atterrirait à l'aéroport d'Alger-Maison Blanche après ses réunions à Paris et repartirait le dimanche, avant même les Folies sur glace et le bal, vers les puits de pétrole dans le désert tout au sud, emmenant probablement madame Dechel en voiture avec lui pour qu'elle passe quelques jours avec son mari. Elle évoqua la violente tempête en Grande-Bretagne et aux Pays-Bas – en aurait-il entendu parler, au Massachusetts ? Sûrement que oui, avec autant de disparus et de morts, de même qu'en Europe on entendait parler des inondations et de la famine à Bangalore. L'Europe comptait-elle aux yeux des Américains ? Difficile à dire, mais un peu au moins, étant donné le temps qu'eux, les Européens, elle et ses amies par exemple, consacraient à voir des films américains, à lire des auteurs américains ou à écouter de la musique américaine. T'arrive-t-il de penser à nous ? lui demanda-t-elle ; mais il lui semblait déjà connaître la réponse.

Il restait deux choses dont elle tenait à lui faire part. La première s'était réellement produite ; la seconde, elle l'avait en tête, la plupart du temps, et il lui faudrait sans doute du courage pour l'évoquer par écrit, mais ce soir elle le ferait. D'abord, toutefois, cet étrange incident, datant du vendredi précédent. Si elle devait garder auprès de François le secret sur les soucis de papa et maman, alors en échange elle pouvait certainement partager avec lui ce sur quoi elle était déterminée à garder le secret auprès d'eux.

En fin de matinée ce vendredi-là, à la sortie du cours de Boulours – une bonne journée, pour lui : il s'était montré assez drôle et l'une de ses plaisanteries avait fait hurler de rire tout l'amphi –, elles avaient dévalé, Marie José, Anne Marie et elle, les nombreuses marches à l'entrée du bâtiment principal pour aller prendre un café à l'Otomatic avant leur cours suivant. Encore hilares, elles marchaient joue contre joue telles des conspiratrices, Anne Marie au milieu. C'était toujours elle le centre d'attraction, la plus jolie avec ses boucles brunes lui encadrant si élégamment le visage, et son nez légèrement retroussé. Suzanne et Marie José étaient toutes deux plus rondes et plus ordinaires – parfois, prise d'un accès de doute sur elle-même, Suzanne se demandait si Anne Marie ne les avait pas choisies pour paraître la plus belle. La vérité était qu'elles se faisaient mutuellement rire, d'où leur étroite amitié – elles riaient si fort qu'elles en tombaient de leur chaise, ou que leur café sortait par leurs narines, et Marie José avait un jour confessé à Suzanne (mais, de manière significative, pas à Anne Marie) avoir ri au point de faire pipi dans sa culotte. Un tout petit peu, mais quand même. En tout cas, elles riaient tandis qu'Anne Marie leur parlait de Leyris, le séduisant deuxième-année Leyris au regard ténébreux et aux joues hâves, toujours fringant dans son trench-coat, une cigarette aux lèvres, qui arrivait en retard et l'air pressé en cours, ou sortait avant l'heure comme si des choses plus importantes l'appelaient ailleurs, mais ce matin-là il avait surgi derrière elle alors qu'elle vérifiait les annonces sur le panneau d'affichage avant le cours de Boulours et, debout près de son épaule si bien qu'elle le voyait à peine du coin de l'œil et dut se retourner lorsqu'il lui adressa la parole, et il était là, le visage tellement près du sien, impossible de ne pas le regarder, avec ses longs cils recourbés et ces yeux tristes de star du cinéma italien, et il avait demandé : « On s'est rencontrés où ? », ce qui ressemblait aussi à une réplique de film italien parce qu'ils ne s'étaient *jamais* rencontrés, c'était bien plus banal que ça et il devait le savoir – « Oh mon Dieu, il flirtait, et quel flirt ! » s'écria Marie José, ravie, penchée vers Anne Marie, bouche bée comme si le récit de son amie était la manne même, pendant que Suzanne répétait, couvrant la voix de Marie José : « Tu lui as dit quoi ? Tu lui as dit quoi ? »

Or elle n'entendit jamais la réponse d'Anne Marie parce qu'elle fut soudain projetée en l'air, ses pieds se dérobèrent sous elle, et elle atterrit lourdement sur son coccyx. Difficile de mettre des mots sur cette expérience ; tous ces sentiments, ces sensations, étaient si vifs, cet effondrement du temps, cette confusion – elle pouvait à présent dire que c'était ainsi qu'elle imaginait l'attaque d'un requin, une énorme force brute qui vous dévore subitement, à ceci près que là, bien sûr, ce n'était pas un requin mais une voiture. Et en ces mêmes instants fragmentés où elle sentait des élancements monter de son coccyx le long de sa colonne vertébrale, puis les gravillons du trottoir lui rentrer dans les paumes alors qu'elle tentait de se redresser, au lieu de quoi elle se retrouva à quatre pattes, rampant tel un animal vers le muret de pierre en bordure de la chaussée, dans des relents d'essence, un nuage de gaz d'échappement, et les cris de Marie José devenant des hurlements – « comme ceux d'un cochon qu'on égorge », s'esclafferaient-elles à peine quelques heures plus tard –, en ces premiers instants, entre les hurlements de Marie José et le calme inquiétant d'Anne Marie, Suzanne se demanda si elle n'était pas défigurée, n'avait pas perdu un membre ou au moins un doigt, ou… que s'était-il passé ? Que venait-il de se passer ?

Dans toute cette intensité, tous ces débris de pensées et de sentiments, elle vit la voiture redescendre du trottoir et longer la rue comme si de rien n'était, et sur le siège du passager, vitre baissée, tête retournée pour regarder la scène avec un sourire amusé, oui, amusé, se trouvait, elle l'aurait juré, cette fille qu'elle connaissait de vue, non seulement depuis la fac, où elle l'avait aperçue deux ou trois fois, mais – elle avait changé de coiffure, et pourtant – n'était-ce pas, l'air si familier, cette élève du lycée, cette pensionnaire, en classe elle ne parlait jamais, tellement timide et sérieuse, une jeune Berbère provinciale, jolie, toutefois, et intelligente – comment s'appelait-elle ? Était-ce seulement elle ? Dans un premier temps elle aurait juré que oui ; elle avait l'impression que cette fille avait d'abord été amusée, puis sous le choc en voyant son visage, comme si tout ça était pour rire, voire comique, et qu'elle n'ait mesuré la portée de l'incident qu'en reconnaissant Suzanne.

Voilà l'histoire que reconstitua Suzanne à partir de ces fragments, plus tard. Que cet homme et cette femme, cette jeune fille, en réalité, si c'était bien son ancienne condisciple – Zohra, oui, Zohra, ce prénom lui revenait en mémoire alors même que ses certitudes s'évaporaient : peut-être n'était-ce pas elle ?... Quelle importance ? Quoi qu'il en soit, Suzanne avait refusé de porter plainte, Marie José eut beau le lui conseiller, dire qu'il le fallait. Non, objecta Anne Marie, un accident malheureux, mais tu vas bien, en fait, simple moment de distraction du conducteur, ils flirtaient sans doute dans la voiture et puis – qui en avait vu assez pour aller plus loin ? Elles avaient eu un tel choc, toutes les trois...

Mais voilà, Suzanne écrivait à son frère : la voiture, une 2 CV bleue, l'avait attaquée par-derrière comme un requin, elle était montée sur le trottoir et s'était fait les dents, en quelque sorte, avant de replonger dans l'océan, de reprendre sa route – mais *cette voiture n'allait pas vite* –, elle aurait vraiment pu la blesser si elle était allée vite, non ? C'était parfaitement calibré – la vitesse, le silence, la soudaineté –, comme si le conducteur avait tout prévu, peut-être pour rire, mais peut-être pour la terrifier, la terroriser, si vous préférez, pour lui faire peur de simplement longer la rue en riant avec ses amies. Pour lui faire peur d'exister. Pourquoi quelqu'un ferait-il ça ? Et à Suzanne, qui n'aurait pas fait de mal à une mouche ? Qui était ce conducteur ? Elle n'en avait aucune idée : elle n'avait vu que le dos de sa tête, et encore, eu l'impression qu'il était brun, mais cette fille, s'il s'agissait de Zohra, eh bien...

Elle s'était hissée sur le muret pendant qu'Anne Marie lui ramassait son sac à main et son cartable qui, mal fermé, s'était vidé de son contenu dans le caniveau. Suzanne percevait les allées et venues d'autres étudiants, lui demandant dans un murmure si ça allait : « C'est pas grave… », répétait-elle, « … ça va aller, c'est pas grave. » Et elle était sincère – elle avait encore ses bras et jambes et tous ses doigts, et apparemment elle ne saignait même pas. Marie José proposa de courir au bout de la rue Michelet lui chercher un café à l'Otomatic – c'était là qu'elles allaient, de toute façon –, et en son absence, avant qu'Anne Marie n'ait rassemblé ses livres, ses stylos et même sa gomme bleue et rose – qui avait rebondi jusque dans une flaque –, Suzanne, assise seule sur le muret, le coccyx douloureux, mais ne mesurant pas encore à quel point elle avait mal, se mit à trembler de tout son corps, des pieds à la tête, de manière incontrôlable, comme une feuille morte en pleine tempête, sans pouvoir s'en empêcher.

Anne Marie, voyant cela, se précipita auprès d'elle, referma les bras sur elle, son parfum si suave, ses adorables boucles noires chatouillant la joue de Suzanne, et elle l'étreignit, on pourrait dire qu'elle l'étouffait, jusqu'au retour de Marie José avec le café, qui mit définitivement fin à ce moment. Suzanne n'y fit pas allusion dans sa lettre à François – à ce soulagement et à ce sentiment de sécurité qu'elle avait éprouvés dans les bras de son amie, même si ce n'étaient pas des bras d'une force particulière ! – mais se contenta de dire qu'elle avait tremblé de tous ses membres, sans pouvoir s'arrêter.

Et cette histoire ne deviendrait bien sûr une histoire à part entière que quelques années plus tard, quand les troubles battirent leur plein, alors que Suzanne n'était plus à Alger – aucun d'entre eux ne s'y trouvait plus, François étant à Paris, elle à l'école hôtelière de Lausanne, et papa et maman au Maroc, où les troubles les rattrapèrent malgré tout –, mais ce fut à ce moment-là seulement, après septembre 1956 où Zohra Drif avait fait sauter le Milk Bar, et quelques mois plus tard, fin janvier 1957, presque quatre ans jour pour jour après que la 2 CV eût projeté Suzanne dans les airs, lors de l'attentat à la bombe contre l'Otomatic où Marie José avait couru lui chercher un café revigorant – et contre le Coq Hardi et la Cafétéria en même temps que contre l'Otomatic, totalisant quatre morts et cinquante blessés en un seul après-midi –, une fois seulement que toutes ces choses se furent produites, telle une éclosion de fleurs mortifères, Suzanne affirma qu'elle avait réellement vu Zohra Drif dans la 2 CV ce fameux matin, qu'elle avait été délibérément visée par le conducteur qui était tout sauf distrait, que c'était la première salve de l'insurrection, et qu'elle, Suzanne, avait eu de la chance de s'en tirer avec uniquement des bas déchirés et la peau constellée d'ecchymoses.

Hors de question d'en parler à maman ou à papa, ni sur le moment ni quatre ans après, ni plus tard. Elle n'avait pas non plus tout raconté à François – rien, à l'époque, sur Zohra, car comment être sûre ? Elle était alors en état de choc ; et rien, bien entendu, sur l'effet de l'étreinte d'Anne Marie. Non, elle avait évoqué cette voiture surgissant de nulle part, elle-même renversée sur la chaussée, ces tremblements incontrôlables, et la nécessité de garder le secret, qu'elle avait soulignée : « sous aucun prétexte papa et maman ne doivent apprendre ce qui s'est passé. Ils ont assez de soucis comme ça. »

Ce qui, se reprocha-t-elle ensuite, en révélait davantage sur eux qu'elle n'aurait dû se le permettre. Mais François était lui-même si secret qu'il comprendrait forcément. De sa vie à lui, elle savait juste qu'il y avait beaucoup de choses qu'il ne révélait pas, et que cela durait depuis des années. Il était devenu un mur, pour le meilleur ou pour le pire.

D'où l'autre partie de sa lettre. Elle voulait abattre ce mur. Elle se sentait assez adulte désormais – étudiante, en faculté de droit, marchant sur les traces de son frère mais créant sûrement, à présent, les siennes propres – pour aborder leur relation, tenter d'être aussi présente pour lui, comme sœur, qu'il l'avait toujours été, pour elle, comme frère. Elle gardait en son cœur ce souvenir d'il y avait tant d'années à L'Arba, pendant la guerre, alors qu'ils venaient d'arriver de Grèce. Était-ce un pique-nique ? Elle ne revoyait aucun aliment. Comment deux jeunes enfants s'étaient-ils aventurés, seuls, si loin de la ville ? Il faisait très chaud, elle avait eu si soif que la sensation lui restait en mémoire, et quand elle s'était éveillée de sa sieste – sur la mousse, sous des arbres emplis d'oiseaux, près d'un ruisseau – elle avait pleuré à la perspective de l'interminable retour. Elle suçait encore son pouce à l'époque – raison pour laquelle elle avait les incisives saillantes, du moins le lui avait-on dit – et se souvenait du goût de son pouce et de la texture de la peau détrempée par la bave. Comme s'il s'y attendait depuis le début, François l'avait fait grimper sur un rocher, et, de là, sur son dos, lui maintenant les jambes autour de ses hanches, les chaussures poussiéreuses de sa sœur battant contre ses genoux et ses mollets, ses bras à elle autour de son cou à lui, sa tête posée sur sa nuque tiède. Il ne s'était pas plaint, même quand il trébucha et faillit tomber avec elle sur le gravier du bas-côté. Avant qu'ils n'atteignent la lisière de la ville, le conducteur d'un camion s'était arrêté pour demander s'ils voulaient monter, et François avait secoué la tête avant de répondre, très poliment : « Non merci, monsieur », et de se remettre à marcher, remontant Suzanne un peu plus haut sur son dos.

« Je voulais te raconter ces choses depuis longtemps, écrivit-elle, jamais je ne pourrai te dire à quel point je t'aime et je t'admire, à quel point c'est formidable de t'avoir comme frère aîné. Tu n'as pas eu la meilleure part, pourtant – une petite sœur, ce n'est pas très intéressant. J'aimerais pouvoir être plus que ça. Je ne pense pas que tu ne m'aimes pas – je ne le pense pas une seconde. En revanche, tu me regardes de haut. Et tu m'as parfois semblé solitaire ou malheureux. Tu réfléchis trop. Mais je n'ai jamais osé t'en parler – tu paraissais toujours un peu froid ou intimidant. Tu es un bien trop bon grand frère pour moi, voilà le problème. Il t'aurait fallu une sœur qui puisse suivre tous tes soucis, toutes tes discussions, une sœur avec laquelle tu aurais eu envie de discuter de ta vie. Or j'en suis incapable. Ce qui doit te peiner. Sache, pourtant, qu'aussi longtemps que je vivrai, je serai prête à faire n'importe quoi pour toi. Je n'ai pas l'habitude de me vanter, mais je crois que peu de sœurs aiment et admirent leur frère comme je t'aime et t'admire. Je regrette tant de ne pas être quelqu'un de remarquable. Peut-être dans une autre vie. »

Elle s'interrompit, relut ce qu'elle avait écrit, se demanda si ce n'était pas trop sentimental – François blaguait à tout propos. Elle ne voulait pas que sa lettre soit un sujet de moquerie ; c'était son cœur, sur cette feuille de papier. Elle décida de conclure par une blague de son cru, pour prendre les devants, montrer qu'elle aussi avait le sens de l'humour, qu'elle pouvait rire d'elle-même. « Sois gentil, écrivit-elle, si tu rencontres des idées noires dans les mois à venir, sois comme Servier avec moi et ne dis pas bonjour, contente-toi de passer ton chemin. » On t'aime, écrivit-elle, et on pense tout le temps à toi. Il croyait que, parce qu'il ne lui faisait pas de confidences, elle ne le connaissait pas, mais il se trompait. Elle pouvait lire entre les lignes. Elle ajouta un petit post-scriptum : « Demain c'est la Chandeleur, et on va chacune se faire une crêpe, tata Jeanne, maman et moi, avec une pièce dans la main. Peut-être qu'alors on sera riches toute l'année ».

Plus tard, au lit, lumières éteintes et rideaux tirés, la chambre aussi noire que dans un four, elle pensa à Marie et à Joseph emmenant l'Enfant Jésus au temple à Jérusalem pour son rite de purification, quarante jours après sa naissance, et, trop pauvres pour acheter un agneau, offrant deux tourterelles, le don requis pour ceux vivant dans la pauvreté, suivant ce qui était écrit dans la loi : « Tout mâle premier-né sera consacré au Seigneur », et le Christ, le premier-né, fut présenté comme une lumière dans les ténèbres. Quelle place restait-il à une petite sœur ? se demanda-t-elle. Quelle lumière dans les ténèbres pouvait-elle être ? Alors elle porta ses pensées sur les rosaces en dentelle que maman avait passé la soirée à confectionner – peut-être sa robe de bal serait-elle magnifique, après tout.

Février 1953

Ghardaïa, Algérie

Réveillé à l'aube par l'appel du muezzin, Gaston s'habilla dans la petite chambre spartiate mise à la disposition des employés de la société SiF Alger en visite à Ghardaïa. La pension en comptait plusieurs autres, toutes aussi froides en hiver malgré les tapis berbères sur le sol et sur le lit bas, ayant pour seules fenêtres des fentes dans la pierre blanchie à la chaux, à travers lesquelles le soleil hivernal lançait des éclairs sur les murs ; au moins ces murs étaient-ils épais, car son collègue Dechel, le directeur local, occupait avec son épouse la chambre voisine. Gaston était descendu d'Alger en voiture avec Madame, près de dix heures durant lesquelles elle ne l'avait pratiquement pas bouclée. Dieu merci, elle était agréable à regarder.

Madame Dechel venait spécialement pour une visite conjugale auprès de son mari, qui passait des semaines d'affilée seul dans la lointaine Ghardaïa. Dechel était le subordonné de Gaston, directeur général pour l'Algérie, lui-même devant rendre des comptes aux dirigeants parisiens. SiF Alger, nouvelle venue dans le secteur, était une petite compagnie pétrolière engagée, comme beaucoup d'autres à l'époque, dans des forages à travers le Sahara. Elle ne possédait que deux sites en cours d'exploitation, le premier à l'extérieur de Ghardaïa et l'autre à Guettara, près de deux cents kilomètres plus loin. Ces derniers temps, elle battait de l'aile : Gaston avait dû gérer une série de désastres, allant des pannes de matériel à un accident mortel entre deux voitures. À peine sorti du rappel à l'ordre des dirigeants parisiens, il avait fait ce trajet ardu dans le désert pour ce qui était censé représenter un tournant : une équipe de cameramen français, impatients de répercuter les découvertes pétrolières nationales, s'apprêtait à filmer les opérations à Ghardaïa pour le journal télévisé. Que cela puisse sauver la situation pour Gaston restait à prouver.

Tandis qu'il s'habillait, un bouton se détacha de son pantalon, disque d'écaille polie entre ses doigts, encore avec le fil. Les choses pouvaient-elles vraiment être pires ? Les larmes lui montèrent aux yeux, mais il les retint. Il chercha dans sa trousse de toilette les quelques épingles à nourrice attachées ensemble et placées là par Lucienne, justement pour parer à ce genre d'éventualité : au moins ne perdrait-il pas son pantalon devant l'équipe de tournage. Pourquoi fallait-il que ce bouton ait lâché maintenant ? Gaston flottait dans son pantalon. Il avait dû maigrir de cinq kilos ou presque depuis avant Noël ; il pouvait à peine avaler quoi que ce soit, tout avait un goût de sciure, et de surcroît il dormait mal, ses soucis lui vrillant le cerveau comme une perceuse.

Être si souvent sur la route n'arrangeait rien. Il n'avait passé que deux nuits chez lui entre sa semaine à Paris et ce voyage. Quand il était séparé de Lucienne, tout semblait pire. Sa simple présence l'apaisait : l'entendre travailler calmement dans la cuisine ou monter l'escalier extérieur à l'appartement, l'écouter au lit respirer dans l'obscurité lui donnait un sentiment de sécurité, même quand il se tourmentait. Elle croyait vraiment que tout s'arrangerait ; elle croyait vraiment à sa richesse et à sa réussite. Ses échecs étaient pour elle passagers, insignifiants. Matin et soir, elle lui couvrait le visage de baisers et lui caressait les cheveux, comme s'ils étaient de jeunes amoureux. « Aïni, disait-elle, tu es toute ma vie. » Mais une fois seul – durant la nuit noire, sinistre, qu'il venait de passer dans sa petite cellule à Ghardaïa –, le doute et l'appréhension l'assaillaient avec autant de férocité que dans sa jeunesse. Peut-être même avec encore plus de férocité.

On aurait pu croire qu'Aurélie Dechel serait une distraction bienvenue, avec sa chevelure ondulée de fausse blonde nouée en un chignon souple, et cette façon de vous regarder à travers ses cils dans la voiture, elle et lui assis côte à côte sur la banquette arrière, López, le conducteur déshonoré, étant au volant – une ironie en soi, bien sûr : lui confier leur vie quelques semaines seulement après la catastrophe ! –, et pourtant Gaston avait eu le plus grand mal à écouter son bavardage, comme si ces lèvres maquillées avec soin, sans cesse en mouvement, n'émettaient pas le moindre son. Il avait fini par invoquer la fatigue et fermer les yeux un moment, mais sous ses paupières, bien entendu, aucun repos.

Ce matin-là il prendrait le petit déjeuner avec les Dechel – leurs hôtes mozabites faisaient un excellent café, versé en hauteur dans de petites tasses, et le pain, les dattes et les olives étaient toujours délicieux –, avant de prendre la route vers les puits de pétrole. À ce qu'il avait compris, les moteurs des derricks numéro 2 et 3 fonctionnaient à nouveau depuis le mercredi précédent, et le débit du numéro 3 était suffisant pour satisfaire les journalistes : « DU PÉTROLE ENFIN DÉCOUVERT DANS LE SAHARA FRANÇAIS ! » annonçaient les gros titres. Gaston savait, comme Dechel, comme Martinez le contremaître et Bourriane son second, natif de la région, qu'il s'agissait dans l'immédiat d'un simple filet ; mais filmé sous un certain angle il pouvait ressembler à un jaillissement, à défaut d'un flot ininterrompu, et c'était ce que les journalistes de la télévision métropolitaine attendaient si impatiemment de titrer : « LA FRANCE TROUVE DU PÉTROLE SUR NOTRE TERRITOIRE : L'AVENIR EST ASSURÉ ! » Les Français, qui avaient déjà quinze ans de retard sur les Britanniques en Arabie saoudite, étaient encore ralentis et découragés par ce que Hole, l'ancien consul britannique à Salonique, avait plus tard appelé à Alger, avec son ironie si particulière : « Votre guerre malheureuse ». La France avait besoin d'une bonne nouvelle.

Désormais, Gaston plaçait peu d'espoirs dans cette aventure pétrolière. Un euphémisme. Pourquoi avait-il dit oui, deux ans plus tôt ? Il lui fallait un emploi – travailler dans les assurances lui faisait horreur – et à l'époque le secteur semblait si prometteur : une ruée non pas vers l'or, mais vers l'or noir. Doisneau, un vieil ami de Beyrouth, membre du conseil d'administration de SiF, l'avait convaincu. Ils se connaissaient depuis avant la guerre ; leur amitié était réelle. Mais à présent, c'était surtout Doisneau qui n'y croyait plus – en lui, Gaston, et non en ces inutiles puits de pétrole. Or comment *lui*, Gaston, qui n'était jamais qu'un homme d'affaires, pouvait-il être responsable de ces derniers, domaine des scientifiques et des ingénieurs, pendant que Doisneau et les autres levaient des fonds à Paris, organisant d'interminables déjeuners dans les salons privés de grands restaurants près de la Comédie Française ?

Encore la semaine précédente, Gaston était présent à l'un d'eux, brossant pour son auditoire le tableau de SiF Alger le plus optimiste possible sans mentir effrontément. Une douzaine d'investisseurs aux costumes en drap de laine – sombres pour la plupart, sauf celui du dandy, à motif Prince de Galles rouge sang – avaient froissé les serviettes de table amidonnées et dégusté du bon bordeaux dans des verres en cristal pour arroser leur bœuf bourguignon, tandis que lui avalait de la Badoit et se raclait nerveusement la gorge, désespérant de pouvoir dissimuler ses doigts tremblants. Il avait qualifié de prometteur le nouveau forage à Guettara, alors qu'en réalité le trépan s'était le mois précédent enrayé sous terre : ils comptaient tomber sur un gisement de pétrole à trois cent cinquante mètres de profondeur et touchaient presque au but, à trois cent trente-neuf mètres, quand l'engin avait lâché lors de la remontée. Premier désastre, à trois cent dix mètres. Avec beaucoup d'efforts et à grands frais, ils avaient pu le ramener à soixante-dix mètres de la surface, sans moyen évident de le hisser plus haut. Il s'était brisé en plusieurs morceaux, l'un deux apparemment impossible à récupérer. À lui seul, ce trépan perdu valait cinq millions de francs. Gaston avait informé les trois dirigeants la veille du déjeuner ; sauf Doisneau, ils avaient insisté sur le fait que c'étaient les risques inhérents à ce genre d'entreprise et qu'ils croyaient toujours en Gaston. Mais Doisneau, le sémillant Doisneau, avait pris son air des mauvais jours, lèvres pincées, sourcils froncés formant une barre au-dessus de ses yeux. Il n'avait offert aucune absolution, aucun encouragement. Et franchement, Gaston ne pouvait lui donner tort : le site de Guettara semblait de plus en plus condamné, la malchance ajoutée aux erreurs de calcul risquant de couler la compagnie.

Si seulement le trépan brisé avait été l'unique catastrophe. Or, déjà, il y avait eu à la fin de l'automne les trois moteurs de remplacement noyés, rapportés d'Alger en voiture par Martinez pour les trois pompes de Ghardaïa ; cet imbécile avait négligé de vérifier avant de prendre la route que les moteurs avaient été vidés de leur huile. Sur les routes accidentées du désert, au fil des cahots, ils avaient été noyés sans espoir de réparation. Une perte moindre qu'à Guettara, mais significative, et entièrement due à une erreur humaine, celle-là. Quand vous étiez directeur général – le titre de Gaston –, c'était aussi vous le responsable. Vous étiez autant un imbécile que Martinez, qui n'avait même pas été viré, parce qu'on ne trouvait personne ayant l'expérience requise – on forait trop de puits en même temps, tous les ouvriers expérimentés étaient employés ailleurs. Gaston avait suggéré d'octroyer une promotion à Bourriane, ce Mozabite natif de Ghardaïa. Il n'avait pas de diplôme officiel, et s'obstinait à porter son boubou et sa calotte blanche, sauf sur le site où il mettait une combinaison comme tout le monde, mais il connaissait mieux le terrain et ses trésors qu'eux tous réunis. À ceci près que la direction parisienne ne voulait pas en entendre parler.

Gaston aurait pourtant pu tout régler, sans l'accident. Comment se faisait-il que López, le conducteur, ait gardé son emploi ? Sa femme était plus ou moins de la même famille que la femme du cousin de l'épouse de Doisneau, quelque chose comme ça. Il existait une raison, avait-on dit à Gaston, pour laquelle on ne pouvait pas licencier López, mais cela nuisait à l'image de la compagnie. La direction avait accepté de payer – ce qui aurait dû suffire –, mais Gaston était tourmenté par sa conscience : l'argent ne pouvait remplacer une vie.

Durant la deuxième semaine de décembre, López conduisait l'un des camions de Ghardaïa vers le site des forages, pour la livraison bihebdomadaire de provisions destinées aux ouvriers hébergés sur place. Il y avait eu une tempête de sable – toute personne ayant séjourné dans le désert savait ce qu'il en était. On pouvait d'ailleurs se demander ce que López faisait sur la route ; mais il livrait le ravitaillement, bon sang ! On ne pouvait demander à ces hommes de travailler – un travail harassant – sans manger ! Et même s'il refusait de l'admettre, López, avec sa bouille joviale et sa moustache ridicule, n'avait sans doute pas fait assez attention, parce qu'il devait supposer – ce n'était pas déraisonnable – qu'il n'y aurait aucun autre véhicule sur la route ce matin-là. Et l'on avait établi, heureusement, que la camionnette venant en sens inverse roulait tous feux éteints – comment ses occupants avaient-ils pu être si stupides ? À moins que leurs phares n'aient été en panne ?

Gaston se représentait le tourbillon gris, brouillard tumultueux composé non pas d'air mais de grains de sable, cinglant et engloutissant tout, et, malgré les fenêtres et les grilles d'aération fermées, ce sable qui s'insinue par des fentes invisibles, çà et là autour des pieds, voire des genoux de López au volant avec un keffieh autour du visage, sauf sur les yeux, pour éviter d'étouffer, et se pressant maintenant car la tempête s'intensifie depuis un kilomètre, mais il a calculé sur l'odomètre la distance jusqu'à l'embranchement, il aperçoit le panneau bleu à l'éclat intermittent dans les ténèbres monochromes et donne un coup de volant, c'est un gros camion, après tout, et comme il roulait lentement il appuie aussi sur l'accélérateur, entendant presque la tonalité plus grave du moteur, couverte par le rugissement constant de la tempête. Et le camion tourne, lourdement, à une certaine vitesse…

Deux hommes dans la camionnette impossible à voir. Deux Marocains, employés sur le site de forage suivant, dix kilomètres plus loin – encore une compagnie minable. La collision projeta López dans le pare-brise, mais par chance la vitre, même étoilée comme une toile d'araignée, ne vola pas en éclats. Il s'en tira avec quinze points de suture en travers du front, du cuir chevelu aux sourcils, et avec le nez et trois côtes cassés, dont on savait qu'il souffrait toujours sept semaines plus tard. Le torse encore couvert de bandages sous sa chemise comme celui d'une momie, il se bornait à répéter : « Ça va aller, patron », comme si le seul moyen de se faire pardonner était d'encaisser la douleur physique. Il s'était porté volontaire pour aller chercher Gaston à Alger – et madame Dechel en même temps –, l'emmener ensuite à Guettara et le reconduire à Alger, une performance, alors que ses côtes le faisaient grimacer à chaque nid-de-poule.

Mais López, lui, avait eu de la chance. L'un des Marocains était resté cinq jours dans le coma à la petite clinique de Ghardaïa avant d'y mourir ; le plus jeune, dix-neuf ans seulement, le même âge que Suzanne, avait perdu son avant-bras droit, il resterait défiguré, et, pire, il souffrait d'un traumatisme crânien. Les médecins ne se prononçaient pas sur son éventuel degré de guérison.

SiF Alger payait les frais médicaux, cela allait sans dire, et avait pris à sa charge les obsèques du mort. Gaston avait toutefois insisté – à l'instigation de Lucienne, son guide sur le plan moral ; était-ce aussi cela qui avait irrité Doisneau ? – pour qu'ils versent en plus une somme d'argent à chaque famille.

Était-ce un dédommagement pour la vie abrégée, ou pour la vie gâchée ? L'argent ne compensait rien, mais les prières non plus, et grâce à lui, au moins, on pouvait manger.

Voilà ce qu'étaient ces jeunes gens, le premier célibataire, le second décédé, laissant chez lui à Figuig une femme et un fils de trois ans : des soutiens de famille, subvenant aux besoins de leurs proches qui les avaient perdus à jamais. Gaston avait convaincu le trio parisien de la nécessité d'une compensation, pas au nom d'une exigence morale, mais en invoquant les plaintes en justice qu'un refus pourrait entraîner, et la mauvaise publicité susceptible de ternir la réputation de la compagnie. Cet accident mortel avait été relaté dans les journaux, après tout. Des frais supplémentaires, considérables, toujours pas chiffrés – les avocats vérifiant certains éléments –, sans parler du caractère tragique de l'épisode.

À neuf heures, Dechel et lui, sur le site avec Martinez et Bourriane – ce dernier au moins vêtu d'un costume gris digne de ce nom, mais qui, même repassé, lui allait mal, avec ses manches trop courtes et sa carrure trop large –, se préparaient à rencontrer l'équipe de tournage. Une douzaine d'ouvriers, les plus présentables physiquement (ceux qui avaient le plus de dents !), avaient été sélectionnés dans leurs équipes respectives afin qu'ils rencontrent les journalistes, et on les avait munis pour la matinée de casques disparates, en réalité des casques coloniaux pris dans le stock limité de la réserve jouxtant le bureau de Martinez. Une sorte d'estrade en bois à l'intention des visiteurs, avec un auvent pour les protéger du soleil, avait été installée près du derrick numéro 3, celui qui extrayait le plus de pétrole, même si cela ne voulait pas dire grand-chose. Les jours précédents, Martinez avait mis de côté plusieurs barils de pétrole qui alimenteraient discrètement un tuyau pour augmenter, au moment opportun, le débit réel et accroître l'impression d'abondance. Il avait eu la prudence de prévoir une quantité suffisante, au cas où l'équipe aurait besoin de plusieurs « prises » pour filmer le moment crucial. Donner l'illusion d'un jaillissement de pétrole pour les caméras nécessitait une organisation soignée.

Ils ne l'avaient pas caché à l'équipe. Gaston et les journalistes en avaient discuté, quand ils s'étaient rencontrés à Paris. Gaston avait expliqué que le débit était irrégulier, ce qui pourrait compromettre le tournage, mais si les cameramen voulaient... *Oui, oui*, avait été la réponse, avant même qu'il n'ait pu expliquer le projet. Les ouvriers avaient donc mis l'estrade en place, puis, caché à la vue de l'autre côté du puits, le stock de barils et le tuyau qui les reliait au forage principal, à seule fin de réaliser un gros plan. Ce n'était pas un mensonge – Gaston n'y aurait jamais consenti –, mais ce n'était pas non plus tout à fait la vérité.

Au mess, le cuisinier et sa brigade disposaient des plateaux de croissants et de *makroud*, la spécialité locale, de petits losanges fourrés avec de la pâte de dattes, puis trempés dans du miel et de l'eau de fleurs d'oranger. Les visiteurs parisiens se régalaient toujours de ce qu'ils considéraient comme des douceurs exotiques et adoraient entendre dire qu'il s'agissait de pâtisseries typiques du désert du Mzab, alors que les propriétaires de la plupart des épiceries fines d'Alger étaient bien sûr mozabites, et que leurs femmes préparaient des plateaux de *makroud* destinés à la vente presque partout dans les grandes villes – y compris, Gaston le savait, à Marseille ou à Paris.

Il leva les yeux pour voir Dechel émerger du bureau principal, hochant la tête. Même les sourcils froncés, il avait l'air moins lugubre que d'habitude après sa nuit conjugale avec la blonde et volubile Aurélie. Ils ne passaient en général que trois ou quatre nuits ensemble chaque mois, à Alger ; elle descendait rarement dans le sud.

Si cette brève bande d'actualités s'avérait une réussite – si les réactions en France étaient positives –, le bruit courait que le ministre français de l'Industrie se laisserait peut-être convaincre de venir de Paris en visite officielle, dès la mi-mars, même. Pour Gaston et pour la compagnie, bien entendu, les effets seraient mitigés : le gouvernement s'intéresserait très certainement aux principaux forages de l'autre côté de Ghardaïa et ne citerait sans doute même pas le nom de SiF Alger. Doisneau et les autres à Paris s'étaient débrouillés pour persuader les journalistes de faire le voyage – ils avaient pris contact par l'ami d'un ami, et franchement, là aussi quelqu'un avait pu exagérer certains aspects de l'entreprise.

Dechel hochait toujours la tête. Il ramena une fine mèche de cheveux derrière son oreille. « Ils auraient dû nous prévenir hier soir. Ils auraient pu téléphoner à Ghardaïa, mais apparemment ils n'ont chargé quelqu'un d'appeler qu'il y a une heure. Un membre de leur équipe, Dieu sait comment, s'est cassé une dent hier et a dû voir d'urgence un dentiste à Alger. Ils n'ont donc pris la route que ce matin à quatre heures. Ils ne seront pas là avant midi.

— Midi ? » Gaston sentit monter l'agacement. Tout ça, ce spectacle stupide, jouer les singes savants devant la presse, faire comme si les puits étaient plus viables qu'en réalité, comme si eux-mêmes n'étaient pas au bord de la faillite, écrasés sous le poids des dettes, de la malchance, de l'inexpérience : une mise en scène risible, dont à sa grande honte il était complice. Et il fallait garder la pose trois heures de plus ? Ils s'étaient fait avoir. La nouvelle France, reconstruite et cosmopolite : une farce. Les mêmes mensonges, la même corruption et la même incompétence avaient causé l'enlisement de la nation dans les années 1930, conduisant inexorablement vers la guerre. Et maintenant ?

Mais extérieurement il ne laissa paraître qu'un haussement de sourcil – il n'avait pas été capitaine de vaisseau pour rien – et se força à sourire. « Il est temps de déguster l'excellent café de Mohamed et de goûter aux *makroud*, non ? » Il désigna le mess. « Et on peut sûrement remettre ces hommes deux heures et demie au travail, pour éviter que la journée entière soit perdue.

— Oui, bien entendu. »

Dechel claqua aussitôt des doigts à l'intention d'un contremaître et s'adressa à lui en arabe ; Gaston ne comprit qu'en partie ce qu'il disait. Il expliquait aux ouvriers qu'ils allaient devoir se changer avant de reprendre le travail. Il leur promettait qu'il y aurait assez de pâtisseries pour tout le monde. Ils n'eurent pas un sourire.

À Paris, la semaine précédente, Gaston avait fait son rapport et assisté aux réunions de la direction dans les locaux de SiF Alger, des réunions en petit comité au cours desquelles il avait offert trois fois sa démission, mais sauf Doisneau, les autres directeurs avaient insisté, avec conviction, même, pour qu'il reste au moins six mois de plus. Il avait accepté avec réticence, malgré sa certitude qu'au bout de six mois il partirait, quoi qu'il arrive. Durant son bref séjour chez lui avant de prendre la route pour Ghardaïa, Lucienne, pour lui la voix de la sagesse, avait dit qu'il le fallait ; si terrifiant que cela puisse sembler, financièrement parlant ils se débrouilleraient. Grâce à Dieu, ils s'en étaient toujours sortis d'une façon ou d'une autre.

Dans ce but, après les réunions au siège de SiF Alger, Gaston s'était discrètement arrangé pour voir Rondot, une vieille connaissance. Ils s'étaient rencontrés lors de dîners à Beyrouth dans les années 1930, du temps où Rondot travaillait pour l'Iraq Petroleum Company. Il était désormais cadre dirigeant à La Française des Pétroles, la plus importante compagnie pétrolière française, et Gaston un demandeur d'emploi. Rondot avait su tirer d'un palmarès universitaire notablement moins impressionnant que celui de Gaston une réussite retentissante. En prime il était sûrement bien payé. Surtout, il était partie prenante d'une industrie d'avenir, la plus essentielle et la plus prometteuse. Pour Rondot, pas de petite entreprise chancelante. La Française des Pétroles avait vingt-cinq licences, rien que pour le Sahara.

Alors qu'ils étaient assis devant un apéritif au café de Flore, sur le trottoir opposé du boulevard où se trouvait son hôtel, Gaston enviait franchement Rondot qui, manipulant une pièce d'un franc, la faisant apparaître et disparaître tel un magicien de rue, lui laissa entendre avec courtoisie que sans parler couramment anglais, il ne trouverait d'emploi dans aucune grande compagnie.

« Mais je lis parfaitement l'anglais… j'ai juste un problème d'accent à l'oral. » Gaston sourit de lui-même avec humour, tentative pour montrer une estime de soi sous-jacente.

Rondot eut un hochement de tête, lui donnant le sentiment d'être d'une lâcheté pathétique. « Tu n'imagines pas, mon ami… les Britanniques, les Américains, ils sont partout dans cette industrie, elle est entre leurs mains. Qu'était l'Iraq Petroleum Company il y a tant d'années, après tout ? Même notre projet algérien est le résultat d'un partenariat significatif avec Shell – et que sais-tu des Néerlandais ? As-tu *jamais* rencontré un Néerlandais capable de parler français ? Pour eux, c'est presque une question de principe, de solidarité avec leurs cousins belges. Non, c'est de bout en bout le règne du chewing-gum et de Churchill. » Rondot fit à nouveau tournoyer sa pièce infernale. « On a perdu la guerre, mon ami. C'est très bien pour de Gaulle de prétendre le contraire, et qui peut nous en vouloir d'avoir envie de le croire ? Mais derrière les belles paroles, les faits sont là : les dépouilles vont aux vainqueurs. L'avenir est au pétrole, et à la langue anglaise. »

Sur ces mots, ils haussèrent tous deux les épaules, presque par jeu, et Rondot lui donna une claque sur l'épaule en partant, mais Gaston fut submergé par le regret. De retour dans son petit hôtel sous les combles, il écrivit un mot à François, réaffirmant que son fils, parti étudier un an aux États-Unis, était au bon endroit : « C'est l'avenir. Il sera indispensable de parler couramment anglais, assura-t-il. Cela te donnera une longueur d'avance. »

Pour sa part, il en était réduit au désespoir. Presque cinquante ans écoulés depuis sa naissance, un demi-siècle : il était vieux. Ses triomphes – il y en avait eu quelques-uns – paraissaient si lointains. Il avait si longtemps cru qu'ils le conduiraient où il voulait aller, où il était destiné à être. Mais le monde s'était transformé autour de lui, et il semblait incapable de s'adapter. Comme s'il avait appris à jouer du violon – non seulement à savoir en jouer, mais à faire chanter l'instrument –, et que le chef d'orchestre l'eût soudain appelé, au milieu de la symphonie, à passer du violon au basson.

Il avait si souvent dû changer d'instrument ! De Salonique, retour à Beyrouth durant l'été 1940 ; de là, après quelques mois, on l'avait envoyé à Istanbul, puis affecté un an sur un navire escortant des convois de ravitaillement, surveillant le passage entre Casablanca et Dakar. Début 1943, une fois que la Marine et toute la France d'outre-mer eurent rejoint les Alliés contre l'Allemagne, il fut rappelé à Alger pour aider à diriger les services de renseignement de la Marine, supervisant des missions sous-marines à haut risque en vue de l'infiltration d'espions à Marseille et à Toulon, et de l'exfiltration de capitaux en lieu sûr, en Afrique du Nord. *Là*, au moins, tous les Français s'unissaient enfin dans un but commun : libérer la France. Mais Gaston avait vite pris conscience que les hommes arrivés depuis peu du Caire, ou du Tchad, se méfiaient de lui, parce qu'il était retourné à Beyrouth en 1940, qu'il était resté sous les ordres de la Marine française après le jour fatidique du discours de de Gaulle, entendu à Salonique trois ans plus tôt. *Parce qu'il n'avait pas, d'emblée, suivi de Gaulle. Parce qu'il n'avait pas fui à Londres.* Les autres semblaient garder le secret sur certains sujets vis-à-vis de son équipe, la laisser à l'écart. Chaque fois qu'il découvrait les omissions « par inadvertance » d'un collègue, ou qu'il passait devant le bistrot local où était réuni un groupe dont il aurait logiquement dû faire partie, il endurait en silence sa souffrance, tel du sel versé sur une plaie.

Il avait souffert, certes, mais s'était rallié, parce qu'en fait, malgré le doute et la suspicion, ils travaillaient bel et bien *ensemble* et obtenaient des succès, des triomphes d'abord isolés, puis en cascade. De nouveau nommé à l'état-major de la Marine, à Paris pendant le rigoureux hiver de 1944-1945 pour préparer la paix de l'après-guerre, il fut habité par un regain d'espoir, revigoré et joyeux – à l'idée de servir les amiraux, de concert avec les Américains ! Il se souvenait encore du défilé de la victoire pour de Gaulle – partout des fanions et des drapeaux tricolores, sur des mâts, aux fenêtres des immeubles et dans les mains des gens, les boulevards envahis par la foule acclamant les vainqueurs le long du défilé, tandis qu'ailleurs, dans les petites rues adjacentes, tout était aussi calme que le dimanche à l'aube, parce que tout le monde, absolument tout le monde, était rassemblé pour voir passer le grand sauveur. Gaston avait pris une journée de congé, tous l'avaient fait, et il avait déambulé seul dans les rues, se faufilant entre les masses de spectateurs, embrassé sur les deux joues par des concitoyens exubérants, plusieurs fois aspergé de champagne et de bière, assourdi par les cris de joie, les pétards et les coups de klaxon, avec le sentiment que même s'il s'était trompé, ce jour de juin 1940 à Salonique (mais quelle autre décision aurait-il bien pu prendre, Lucienne étant injoignable à Alger ?), dans le grand courant de l'Histoire tout avait néanmoins bien fini, il ne pouvait en être autrement sous le regard vigilant de Dieu, et voilà qu'ils étaient, lui comme eux *tous*, une fois de plus unis et fidèles : la France se reconstruirait, et retrouverait son statut, même s'il faudrait peut-être quelques décennies. Inch' Allah, il vivrait assez longtemps pour le voir, et pour y participer, en tout cas son fils si brillant y participerait ; quant à sa fille, l'adorable et fragile petite Suzanne (à peine douze ans au printemps 1945), elle épouserait peut-être un diplomate ou un homme politique, voire un capitaine d'industrie, qui pouvait savoir, et alors elle y participerait elle aussi, à cette grande renaissance...

Et chaque nouveau poste en entreprise depuis qu'il avait quitté la Marine après la fin de la guerre (il y en avait eu quatre) apparaissait sans doute aux yeux du monde extérieur comme un progrès, ou du moins, voulait-il croire, pas comme un échec. Seule Lucienne connaissait parfaitement le coût de ces emplois pour lui. Il s'était plié aux pires contorsions, croyant à chaque fois contre tout espoir que tel nouveau rôle le ferait progresser, lui ouvrirait des portes, lui offrirait l'opportunité d'être partie prenante de « la nouvelle France », de cette renaissance – or il se retrouvait une fois encore au même point, SiF Alger n'étant qu'un navire de plus prenant l'eau ; et quoi que devienne la France – bien qu'il lui eût consacré toute sa vie – elle n'avait apparemment pas de place pour lui. Apparemment les imposteurs et les escrocs – même ces journalistes, sur le point de tourner des images qui raconteraient une belle histoire plutôt que la vérité – étaient une fois encore au premier plan.

Lui, il voulait être écrivain, bon sang ! Il était – se considérait comme tel – un intellectuel. Il devait subvenir aux besoins de sa famille, bien sûr (aurait-il toujours la charge de tata Jeanne ? Suzanne trouverait-elle un mari ?) : il avait depuis longtemps renoncé à ses rêves de grandeur, même s'il gardait ses deux manuscrits, le roman et le recueil de nouvelles, dans le tiroir de sa table de chevet. Dieu lui enseignait, toujours, à être moins fier. Et pourtant il ne pouvait s'empêcher de l'*être*, fier, lui, le plus jeune fils d'une institutrice abandonnée par son mari, elle-même fille de parents illettrés. Il avait élevé un fils qui étudiait à Amherst College aux États-Unis grâce à une bourse Fulbright – le seul étudiant venant d'Algérie. *Le seul.* Ce n'était pas rien. Avait-il raté sa vie ? Non, il était tout de même fier, et son amour – leur amour, à Lucienne et à lui –, cela était sans doute le chef-d'œuvre de sa vie. *Cela*, sans doute, qu'il n'avait pas accompli seul et n'aurait pu accomplir seul, faisait que toutes ces absurdités, ces *conneries*, valaient la peine. Que disait toujours Lucienne ? Aie confiance en Son dessein. Il a un dessein pour chacun de nous. Mais aussi, cette riposte : le Seigneur aide ceux qui s'aident eux-mêmes. Indubitablement.

Il ignorait encore qu'avant la fin de l'année, il subirait une transformation de plus, basé au Maroc, en tant que dirigeant d'une compagnie minière française extrayant du phosphate dans le bassin des Ouled Abdoun, près de Khouribga, un poste qui lui réserverait une nouvelle série de crises et de soucis. À la fin de l'année 1954, Lucienne le rejoindrait dans la maison fournie par la compagnie à Rabat, où ils feraient l'acquisition d'une brebis noire baptisée Fiamma pour leur tenir compagnie, laissant aux enfants l'appartement familial de la rue Guillaumet pour terminer leurs études à Alger, pendant que tata Jeanne, la pauvre, allait finir ses jours en maison de retraite chez les sœurs.

Gaston s'était aventuré bien au-delà des derricks en direction de la route. Ses chaussures cirées étaient ternies par le sable. Il sentait contre son ventre l'épingle de nourrice fermant la ceinture de son pantalon, encore un vice caché. Il entendait derrière lui, comme au loin, le murmure métallique et rythmé des pompes, et les cris occasionnels d'un homme à l'autre. Il ne se retourna pas pour voir où était allé Dechel – vraisemblablement au mess, où il le rejoindrait bientôt. Le paysage désertique et lunaire se déployait devant lui, apparemment infini sous le ciel éclatant. L'air vif sentait… quoi ? Il connaissait si bien cette odeur à présent, mais ne pouvait la comparer à rien d'autre : minérale, sèche, antique. L'air avait l'odeur de l'Antiquité. À l'horizon, Gaston détecta le tourbillon de poussière qui annonçait du mouvement : trop tôt pour la camionnette avec l'équipe de tournage ; peut-être un véhicule se dirigeant vers le forage suivant, auquel il pensait désormais comme à celui des Marocains – le forage du mort. Dans la direction opposée apparut soudain, sur une dune, un Bédouin solitaire à dos de chameau, tirant un second chameau, chargé de provisions. Ces animaux imposants avançaient pesamment, agitant leur long cou et mastiquant nonchalamment, aussi antiques que l'air. Le nomade enturbanné leva le bras à la vue de Gaston, qui le salua en retour, et regarda quelques instants la petite caravane progresser sur la route à son allure éternelle, majestueuse, vers la camionnette qui approchait dans son nuage de sable. Puis il fit demi-tour pour revenir sur ses pas dont les traces disparaissaient déjà, et s'atteler aux tâches de la journée.

Partie III

Décembre 1962

Toronto, Canada

Mère attendait dans le hall d'entrée, parée de son vison argenté, pas moins, tandis que Barbara emplissait la thermos d'une vichyssoise qu'elle avait passé la matinée à préparer. Elle avait déjà confectionné un sandwich au thon – sur du pain de mie blanc, sans croûte, comme il les préférait – et l'avait enveloppé dans du papier sulfurisé. Elle était presque prête.

« Deux minutes », lança-t-elle à Mère qui ne répondit pas, se recoiffant sans nul doute ou cherchant un gant manquant, mais ce silence fit à Barbara l'effet d'une critique. Lenore n'était rien moins que redoutable. Peu importait qu'elle ne mesure qu'un mètre cinquante-sept et que Barbara la domine du haut de son mètre soixante-quinze ; auprès de Mère, sa fille se sentait toute petite.

Comme chaque jour, elles se rendaient au Toronto General Hospital pour porter à Père son déjeuner – s'il mangeait quoi que ce soit, c'était la nourriture qu'elles lui apportaient (et même s'il mangeait, cela ne garantissait nullement qu'il garderait son repas) – et ce jour-là c'était au tour de Barbara de préparer la soupe. Mais elle avait également suggéré, pendant le petit déjeuner, que peut-être, au lieu de rester à l'hôpital jusqu'à vingt heures elle pourrait partir plus tôt pour aller avec Charley à la fête donnée par Connie. Mère n'avait dit ni oui ni non, seulement : « Fais ce que tu penses être le mieux, ma chérie », d'un ton plus las qu'autre chose, dont Barbara savait qu'il exprimait autant la déception et le dédain que la tristesse – et, bien sûr, la lassitude avant tout. Si elle allait à cette fête – de même qu'elle était allée quelques jours plus tôt à un dîner organisé par Disey – Mère rentrerait seule dans une maison vide, mangerait seule un œuf brouillé, et resterait ensuite allongée sur son lit dans l'obscurité sans dormir jusqu'à ce que Barbara tourne la clé dans la serrure au rez-de-chaussée et entre à pas de loup. Tout cela alors que Barbara avait vingt-neuf ans et qu'elle était mariée depuis cinq ans et demi.

Parfois elle pensait que sa mère ne la croyait pas vraiment mariée, elle, Barbara, et considérait que sa fille jouait les adultes aux yeux du monde extérieur, mais qu'à la maison, derrière des portes closes, elles pouvaient cesser de faire semblant et continuer comme avant. Cette attitude – si condescendante, s'était plainte Barbara à Charley un jour où elles prenaient un verre au King Edward – l'indignait, mais semaine après semaine, il lui arrivait aussi de se demander si Mère n'avait pas mis le doigt sur quelque chose. Cela s'était déjà produit l'année précédente, quand elle avait quitté l'Europe pour revenir quelque temps à Toronto, au début de la maladie de papa : ce sentiment d'un détachement progressif de sa « vraie » vie d'adulte sur un autre continent, au fil des semaines puis des mois qu'elle avait passés chez ses parents, loin de son mari. Cela n'avait pas été sans dommage pour son couple.

Cette fois, quand elle avait quitté fin septembre Genève, où François venait d'entrer à l'école de commerce, elle avait juré – non seulement à François mais à elle-même – qu'elle ne laisserait pas cela se reproduire. Et pourtant ça y était. D'après Charley, qui aimait bien Lenore mais la surnommait derrière son dos « le Sergent-major », la mère de Barbara infantilisait sa fille, quoique par amour : « Elle se sent seule, tu es fille unique, et elle ne supporte pas de te laisser partir », avait ajouté Charley, promenant d'un air songeur l'index sur le rebord de son verre de martini, peut-être dans l'espoir qu'il soit en cristal et chante ; mais il n'était pas en cristal et ne chanta pas.

« Elle croit que je lui appartiens, tu veux dire, et elle ne supporte pas que j'aie ma propre vie », avait répondu Barbara. Lorsque le trio de jazz dans un coin de la pièce se remit à jouer et rendit foncièrement impossible toute conversation suivie, elle eut le sentiment qu'elles étaient sans doute dans le vrai toutes les deux. Ça changeait quoi, au fond ? Le résultat était le même.

Mère les conduisait vers le centre-ville dans la Jaguar, « la Jag de papa » pour Barbara – deux ans seulement, capot d'une ravissante couleur taupe, sièges de cuir crème, et tableau de bord en ronce de noyer. La voiture de Mère était la Wolseley, jusqu'à ce que papa ait dû retourner à l'hôpital. Lenore portait ses gants gris perle en chevreau, assortis à son vison et à ses cheveux argentés (soigneusement permanentés la veille au salon à l'angle de Bloor Street et de Runnymede Road), et le foulard Hermès à bordure bleu marine, maintenu autour de son cou par une broche en strass, que lui avaient offert Barbara et François quand papa et elle étaient venus en visite à Paris au mois d'avril. Elle n'était sans doute pas belle, était sans doute trapue et désormais empâtée (même si elle racontait que dans sa jeunesse elle avait les poignets si minces que papa n'osait pas lui donner le bras de peur qu'ils se brisent), mais elle avait tout d'une grande bourgeoise : c'était essentiel selon elle aux yeux de l'hôpital, et chaque jour elle se mettait sur son trente et un pour que, la voyant arriver dans le hall, longer le couloir jusqu'au bureau des infirmières, ou rencontrer le Dr Ogryzlo devant la chambre d'Harold, tous sachent, du vigile à l'infirmière en chef et à ce médecin étranger qui tenait la vie de son mari entre ses mains, qu'elle était, qu'elle et lui étaient des gens importants, d'un rang élevé, et devaient être bien traités, avec tous les égards. Que la vie de Père devait être sauvée.

Dans la voiture, Barbara observait sa mère (yeux gris-bleu fixés sur la route, écarquillés derrière ses lunettes œil-de-chat bordées de strass), sans bouger elle-même, la thermos de soupe et le sandwich au thon, ainsi que les serviettes de table et les couverts, dans un cabas sur ses genoux.

Étrange, vraiment étrange, de rouler assise près de sa mère sur Lakeshore Boulevard vers le centre-ville, le long de la promenade bordée de congères noires de suie au-delà desquelles le lac fumait et grondait tel un chaudron de sorcière, comme elle avait roulé assise près de sa mère sur cette route à quinze ans, le corps anguleux et les genoux osseux, comme si dans l'intervalle elle n'avait jamais été embrassée, et encore moins léchée, caressée et comblée par la langue, les mains, le corps d'autrui, comme si elle était la même vierge timide aux incisives saillantes plutôt que la vraie femme sophistiquée, désirée et aimée qu'elle pensait être devenue. Et papa, lui non plus ne le voyait pas, il ne le supporterait pas – elle seule, Barbara, semblait le savoir.

Le fait d'avoir un enfant atténuerait-il ou aggraverait-il cette étrange distorsion entre qui elle était et comment on la percevait ? Serait-elle de taille à avoir un enfant ? Depuis des années elle refusait, insistait pour qu'ils prennent toutes les précautions – François était un éternel étudiant, bon sang ; ils n'avaient pas d'argent ; ils acceptaient encore l'un et l'autre des prêts de leurs parents respectifs dont personne, pas même eux, ne croyait réellement qu'ils les rembourseraient. Mais dans moins d'un an elle serait trentenaire – elle avait eu vingt-neuf ans un mois plus tôt, son premier anniversaire loin de François depuis novembre 1956 – et l'on ne pouvait sans cesse remettre à plus tard. Autour d'elle, ses anciennes copines de lycée tombaient comme des quilles au bowling – d'abord Marnie et Bud (il avait le même âge que le reste du groupe mais était chauve comme un œuf, ce qui lui donnait une étrange ressemblance avec les bébés), puis Eleanor et John, à Brasilia, pas moins (Eleanor était évidemment revenue pour la naissance, mais elle avait à présent regagné, avec son nourrisson agité, l'inimaginable hémisphère Sud), et ensuite Judy, et Disey, et même Connie qui donnait une fête ce soir-là, ainsi qu'Ellie et Ed qui, comme Marnie et Bud, en étaient déjà à leur *deuxième* – et n'avait-elle pas entendu dire que Sunny, tout là-bas à Hamilton, allait accoucher ? Comme on pouvait s'y attendre, seule Charley portait encore haut les couleurs du célibat, elle, l'ambitieuse de leur petite bande, qui gravissait les échelons au Toronto City Ballet, avec cocktails et bals de rigueur, sans oublier le sexe, en faisant attention, notez bien, mais à la connaissance de Barbara elle avait au moins trois amants : une femme moderne à tous points de vue, même si elle pouvait prendre le thé l'après-midi avec Mère et parler comme une vieille aristocrate, même si on lui aurait donné le bon Dieu sans confession. Or elle aussi, depuis qu'elle fréquentait Bobby… Barbara aurait-elle dû épouser ce dernier tant d'années auparavant, quand il était si amoureux d'elle ? Impossible de le voir sous cet angle à l'époque, et trop tard pour y penser maintenant, mais depuis que Charley était avec Bobby, même *elle* semblait trouver les bébés, certains d'entre eux du moins, mignons, voire adorables, disant que ce n'étaient pas tous des homoncules – quelle était déjà l'expression employée par Liz Taylor dans *La Chatte sur un toit brûlant* ? Des « monstres sans cou » ; les enfants étaient des monstres sans cou, blaguaient-elles quelques années plus tôt – et maintenant regardez-les toutes : chargées de famille, l'une après l'autre. Tels des lemmings se jetant du haut de la falaise.

Mère s'arrêta dans l'allée de l'hôpital, prête à confier la Jag au voiturier habituel. Il les connaissait bien désormais : il savait que Mme Fisk donnerait un bon pourboire s'il faisait vite, et il s'y employait.

« Ne renverse pas cette soupe », déclara Mère en descendant de la voiture, puis, à l'adresse du voiturier : « Bonjour, cher Gregory, c'est toujours un plaisir de vous voir. Vous tenez bon ?

— Il fait un froid de chien, mais avec mes cache-oreilles... »

Lenore eut un sourire indulgent, ce à quoi Barbara avait rarement droit ces derniers temps. « Nous aurions tous l'usage d'une paire d'aussi bonne qualité que les vôtres. Nous serons de retour, oh, pour vingt heures.

— Comme d'habitude, madame. Si vous pouvez, appelez simplement dix minutes avant... »

Mais elle s'éloignait déjà, laissant Barbara se débrouiller avec le déjeuner et récupérer, sur la banquette arrière, le sac de toile empli de livres et de magazines sur papier glacé qui constituaient la distraction de la journée, ainsi que le bloc de papier pelure sur lequel elle pourrait, mais ne le ferait sans doute pas, écrire une lettre à François. Elle ne supporterait pas que sa mère regarde par-dessus son épaule ou demande l'air de rien ce qu'elle trouvait à raconter à son mari. Mère donnait toujours l'impression de mettre des guillemets à ce mot, en parlant ainsi de François. La vie adulte de Barbara paraissait peut-être absurde à ses parents, reléguée comme elle l'était en quelque sorte de l'autre côté de l'océan, où elle n'avait la plupart du temps aucune réalité pour eux (François, agacé, disait parfois qu'ils ne croyaient vraiment à l'existence de rien ni de personne en dehors de la ville de Toronto ou, au prix d'un gros effort d'imagination, en dehors de l'Ontario. Ils ne croyaient même pas vraiment à l'existence du Québec, et encore moins de l'Europe. Un miracle, répétait-il, qu'ils aient laissé Barbara traverser l'Atlantique), mais Barbara trouvait sa vie bien réelle, et empreinte d'émotions intenses : cette vie, lui, eux, Genève, c'était son secret.

Dès la première fois où elle avait vu François dans un bus à Oxford, en cet été 1955, alors qu'ils étaient tous deux inscrits à un cours d'été, il l'avait fait vibrer. Physiquement. Charley comprenait – quand elle l'avait rencontré, elle avait roucoulé : « Ce qu'il est sexy ! » À leur premier rendez-vous – ils avaient organisé une sortie à quatre avec Gloria Steinem, la séduisante

Américaine inscrite au même cours qu'elle, et son petit ami texan –, ils avaient étendu un plaid à carreaux entre un saule et un buisson d'aubépine au bord de la Tamise, et François était si mal à l'aise, assis par terre dans son beau pantalon, alors que le Texan, installé en tailleur et plus souple, semblait tout à fait dans son élément. Barbara avait taquiné François. « J'ai horreur des pique-niques, avait-il confié, je ne suis là que pour toi. » Et de l'index il lui avait effleuré l'avant-bras. Plus tard, quand il s'était mis à pleuvoir – évidemment –, les deux autres avaient retraversé la prairie en courant, le plaid au-dessus de la tête, et François avait embrassé Barbara sous le saule. Ah, cette odeur bien à lui qu'elle avait alors découverte et tant aimée, et celle, entêtante et verte des hautes herbes de l'été sous la pluie, qui diffractaient la lumière autour d'eux, et quand ils avaient regagné St. Hilda's College – trempés, vêtements collés au corps, doigts entrecroisés –, ils étaient hors d'haleine, hilares, changés.

Et ils ressentaient la même chose depuis, comme s'ils devenaient inséparables quand ils étaient ensemble, au point qu'il lui manquait alors qu'il était allongé près d'elle sur le lit, de même qu'elle avait parfois envie d'une cigarette alors qu'elle en fumait déjà une. Mais quand ils étaient séparés, au bout d'un certain temps elle avait de plus en plus de mal à se souvenir de ce sentiment d'urgence, de ce désir intense ; ils lui faisaient l'effet d'un rêve, d'une autre vie que la sienne. Tout en lui était si éloigné du monde de Toronto qu'elle connaissait, si irréconciliable. Raison pour laquelle ses parents s'étaient si farouchement opposés à ce mariage ; et pour laquelle lui, en retour, avait fini par se méfier d'eux, voire par les détester.

Et parce que les relations de François avec eux étaient si conflictuelles, elle se sentait le devoir de tous les protéger les uns des autres, non seulement de protéger François d'eux, mais aussi eux, et leur petite vie pleine de satisfactions, de sa causticité à lui. Elle ne lui rapportait pas les piques de sa mère, ou presque jamais. Elle ne lui disait pas que celle-ci l'avait un jour traité de « bon à rien » alors qu'il était en année de licence à Harvard. Elle ne lui avait jamais parlé de cette horrible lettre de Lenore – les lettres, vraiment... – datant du mois qui avait suivi leur mariage et répondant à Barbara, laquelle avait écrit en plein désarroi sur la difficulté d'atterrir en France et de commencer une nouvelle vie, seule... Durant cette impossible première année, songeait-elle parfois, l'unique chose qui l'avait retenue de prendre ses jambes à son cou et de rentrer à la maison avait été cette première lettre traumatisante, où sa mère lui expliquait que comme on faisait son lit on se couchait, qu'elle avait choisi de manière précipitée et stupide contre l'avis de ses parents, lesquels se lavaient les mains de son sort. Elle avait réitéré ses lamentations sur le fait que François était encore étudiant à plus de vingt-cinq ans, sans revenu ni profession visibles, en plus d'être un véritable étranger, un Français comme ces braillards de Québécois qui venaient de créer un parti séparatiste, et un catholique en prime, comme l'épicier italien aux jambes arquées, en haut de Bloor Street. Plus bizarre encore, il venait d'*Afrique* ! Avec un nom pareil – désormais le sien à elle, Barbara, avait souligné sa mère une fois de plus –, était-il seulement un vrai Blanc ? Et on n'avait même pas vu à quoi ressemblaient ses parents – leur lettre laissait-elle entendre qu'ils l'étaient réellement ? –, partis faire Dieu sait quoi au fin fond de l'Amérique du Sud sans même avoir les moyens d'assister au mariage. Alors, qu'espérait Barbara ? Et moins d'une semaine après son départ, sa mère avait vidé sa chambre de tous ses effets personnels et jeté, *aux ordures*, toutes ses lettres et ses journaux intimes, afin de faire de la place pour Luke Whitworth, l'ex-petit ami de Barbara, dont la famille s'était installée à Kitchener, et qui serait leur locataire l'année suivante le temps de terminer ses études de droit. Des années plus tard, il y avait encore de quoi être perplexe.

Papa n'avait pas l'esprit de vengeance ; il n'aurait rien fait sciemment ; Mère, en revanche, quand elle s'était prêtée à cela et avait jeté par-dessus bord, avec la plus grande brutalité, l'enfance de Barbara (sa seule concession étant d'avoir gardé au sous-sol dans une boîte les photos venant de sa chambre), savait parfaitement ce qu'elle faisait et à quel point sa fille unique en serait profondément blessée.

En de telles circonstances, cette guerre à la fois ouverte (contre Barbara) et larvée (contre François) avait pour but la destruction de leur mariage. Barbara n'en avait jamais douté : en 1957, Mère aurait voulu que sa fille accoure en larmes à la maison afin de pouvoir déclarer avec jubilation : « Je te l'avais bien dit. » Barbara avait alors décidé, avec une détermination sans faille depuis, de ne pas offrir à sa mère cette satisfaction. Dieu savait que c'était difficile, presque impossible parfois – quand François se laissait aller à ses accès de mauvaise humeur, quand il était fatigué, stressé et difficile, ou simplement quand le snobisme des Français semblait insupportable –, mais Barbara ne cédait pas.

Et puis l'automne précédent, et cet automne à nouveau, papa l'avait fait revenir à la maison, non pas de force mais dans sa faiblesse, non par des stratagèmes et des calculs, mais sans détour, par nécessité et par amour. Il était si malade. Elle savait que sa mère la considérait secrètement comme « la fille de son père », et c'était vrai : il était celui qui la chérissait, après tout, lui disait qu'elle était belle et intelligente, et qui prenait son parti lors des récriminations incessantes de Mère. Et il était celui qui savait rire et s'amuser. Mère se demandait sans nul doute si Barbara ferait de pareils sacrifices pour elle (Barbara se le demandait elle aussi, parfois). Mais l'essentiel était qu'à présent elle se trouvait là, et depuis pratiquement deux mois, qu'elle secondait Mère chaque jour (ou presque), à la maison et à l'hôpital.

La chambre individuelle de papa donnait sur University Avenue ; la baie vitrée emplissait la pièce de lumière, une lumière d'un blanc éclatant en cette journée d'hiver, malgré la condensation embuant la vitre le long de l'appui de fenêtre. Ils entendaient, faiblement, en même temps que les bips des appareils, la susurration de la circulation automobile sur l'asphalte boueux de l'avenue. À leur arrivée, papa était assis, adossé à des oreillers, sa tête majestueuse tournée vers la lumière du dehors. Elle vit, l'espace d'un instant, avant qu'il ne « fasse bonne figure » en s'apercevant de leur présence, ses traits affaissés et empreints de désespoir, sa lèvre inférieure pendante. Mais le joyeux « Harold chéri ! Nous voici ! » de Mère servit d'élément déclencheur, et il releva les sourcils, ainsi que la commissure de ses lèvres. Il afficha son enjouement d'autrefois, ou essaya.

« Quelles sont les surprises du jour, mes beautés ? » Un filet rauque sortit de sa gorge, plus du tout la voix grave de stentor que Barbara avait toujours connue. Son corps naguère imposant, celui d'un géant par la taille et la robustesse, gisait, à présent dévasté, amas de monticules sous le drap bleu pâle, sauf ses bras d'une maigreur nouvelle, couverts de bleus, de pansements, et reliés par le coude à la vaste machinerie de l'hôpital – il était littéralement attaché au mur par les perfusions et appareils de monitoring –, ses bras aux mains luisantes, enflées, tachetées, et un pied, lui aussi enflé et luisant, aux orteils violacés, trônant comme un haggis immortel. Barbara ne supporta pas ce spectacle et fixa des yeux le cher visage de papa, les plis parcheminés de ses joues à la peau flasque, son teint livide, ses sourcils en bataille. Une gentille infirmière avait peigné ses cheveux hirsutes, par égard pour sa femme et sa fille, mais comme souvent personne n'avait proposé de l'aider à se raser ; Mère le ferait, en douceur, mais seulement après le déjeuner. Comme si c'était elle l'infirmière en chef, elle veillait avant tout à ce qu'il ait mangé correctement. En cet instant, des poils de barbe argentés étincelaient vaguement sur ses maxillaires dans la lumière, et le père solide et indomptable de Barbara ressemblait plus que jamais à l'un des mendiants qui affluaient le dimanche, paumes tendues vers les paroissiens, devant l'Église unie du centre-ville.

« Comment s'est passée ta matinée ? demanda Mère, embrassant sa joue blême. Tu avais l'air perdu dans tes réflexions.

— Je ne réfléchissais pas, mon amour. Je ne pensais qu'à vous deux. » Il marqua une pause pour se racler la gorge, laborieusement, à plusieurs reprises, comme dans l'espoir de redonner du coffre à sa voix. « Ce n'est pas tout à fait vrai. Je pensais à ce congrès annuel à Ottawa, le mois prochain. »

Mère, occupée à étendre la nappe en lin bien repassée sur la table de lit, à disposer dessus l'assiette à pain en porcelaine apportée de la maison, et le bol et la cuiller pour la vichyssoise, ne s'interrompit pas. « Dans un mois tu seras d'aplomb, chéri. Nous irons ensemble à Ottawa en voiture. »

Barbara, debout près de la fenêtre, à les observer en s'efforçant de ne pas être dans le passage et ne sachant trop, comme d'habitude, que faire de ses mains, se demanda si Mère croyait à ses affirmations. Quand Lenore se mettait quelque chose en tête, difficile à dire : elle avait une force de caractère considérable. Soit elle y croyait, soit elle croyait qu'y croire en ferait une réalité. Sur quoi, déjà, Ian, le jeune philosophe ami de Bobby, avait-il disserté lors de ce dîner chez Disey ? La fonction performative, non ? Dire, c'est faire. Dernière théorie en date d'un philosophe britannique quelconque. Ian préparait bien son doctorat là-bas, à Cambridge ? Et Bobby avait décrété qu'ils pourraient donc tous se retrouver à Paris ou à Genève ; mais Barbara, même si ce type lui avait bien plu, avait aussitôt deviné qu'il taperait sur les nerfs de François... Quel était le titre du livre en question ? *Quand dire, c'est faire* – oui, c'était ça, d'où le côté amusant de l'épisode. Mais en réalité Bobby n'avait pas dit grand-chose. J.L. Austin. Oxford, et non pas Cambridge comme Ian. Il était mort peu de temps auparavant, encore jeune, apparemment. Ian avait expliqué que le livre était un recueil de ses conférences à Harvard, avant que François n'y soit étudiant. Non pas qu'ils y auraient nécessairement assisté, mais ils auraient pu, aimait-elle à penser. Ian avait ajouté qu'au sein des cercles philosophiques britanniques, ça ne se faisait pas de publier de son vivant – tellement bizarre.

Mère venait de verser la soupe dans le bol de porcelaine et papa émettait des bruits approbateurs, mais il ne prit pas la cuiller. Elle avait aussi déballé le sandwich et l'avait posé sur l'assiette, décorée ainsi que le bol d'une frise de petites fleurs roses, comme s'ils déjeunaient dans la véranda surplombant le jardin, plutôt que dans cet étrange endroit froid et blanc. Deux infirmières passèrent dans le couloir en bavardant, et la plus âgée – l'infirmière en chef Macintosh, une femme douce et austère qu'ils connaissaient bien à présent – glissa la tête dans l'embrasure de la porte : « Encore une petite fête, monsieur Fisk ? Ne laissez pas ces dames vous épuiser. Je reviens dans trois quarts d'heure pour votre perfusion, d'accord ?

— Est-ce bien nécessaire ? » Il sourit avec tristesse.

« Ne sois pas ridicule, Harold, ça te fait un bien fou. On le voit tous. » Barbara était incapable de regarder son effroyable pied, ou ses mains, d'ailleurs. Les infirmières s'étaient éloignées.

« Allons, un effort, chéri. » Mère prit la cuiller à sa place et approcha de ses lèvres une cuillerée de soupe crémeuse, se penchant pour souffler dessus, doucement, au cas où elle serait trop chaude, même s'ils savaient tous trois que cette thermos maintenait les liquides tièdes plutôt que brûlants. « À la tienne ! » lança-t-elle, et papa ouvrit docilement la bouche, tel un enfant ou un oisillon.

Barbara vit sa grande langue couverte d'une pellicule blanche. Il avala avec difficulté.

« Encore une », dit Mère. Il rouvrit la bouche, même si Barbara se rendait compte qu'il n'en avait pas envie. Avec un peu de chance il arriverait à la moitié du bol avant de capituler.

Avec un peu de chance, peut-être mangerait-il aussi quelques bouchées du sandwich – mou sans la croûte et assez insipide, mais nourrissant. Autrefois, Mère voulait devenir nutritionniste, du temps où elle supposait qu'elle irait à l'université, avant la mort de son propre père qui n'avait laissé que des dettes, l'obligeant à quitter le lycée à seize ans pour devenir secrétaire. Combien de fois avait-elle raconté cet épisode à Barbara pour bien lui faire comprendre quelle chance elle avait ! Mais elle veillait toujours à ce qu'ils aient des repas sains.

La veille, papa n'avait rien pu garder de son déjeuner. La soupe – du minestrone – était remontée sitôt la dernière bouchée avalée, et il n'avait même pas touché au sandwich. C'était son nouveau traitement qui lui donnait des nausées, celui dont la perfusion dans son malheureux corps, par un cathéter inséré dans son bras, lui prendrait trois heures cet après-midi-là, comme elle lui avait pris trois heures chaque après-midi ces neuf derniers jours. L'infirmière Macintosh suspendrait la poche de liquide clair, visqueux, au crochet en S du pied à perfusion près du lit, et raccorderait le cathéter à un port déjà implanté dans son coude. Barbara ne supportait pas davantage de regarder ce goutte-à-goutte régulier qu'elle ne supportait de poser les yeux sur les mains et les pieds de son père, aussi préféraient-elles, Mère et elle, sortir à l'arrivée de l'infirmière Macintosh déjeuner de leur côté, et le laisser subir cette épreuve sans témoins. Mère avait assuré que de toute façon papa préférait cela, qu'il s'endormait parfois tout simplement et avait ensuite plus d'énergie – si l'on pouvait parler d'énergie – pour la seconde partie de leur visite, de seize heures à dix-neuf heures trente. Après tout, il était déjà fatigué quand elles arrivaient à midi, parce qu'il passait chaque matin trois heures dans un bain bouillonnant. L'idée était que l'eau tiède lui assouplirait la peau, et sans doute était-ce le cas. Sans doute, songeait Barbara, mais elle n'en disait rien à sa mère, était-ce la seule chose qui marchait – comment aurait-il pu en être autrement, après une telle durée dans l'eau ? Il lui suffisait à elle de rester dix minutes dans la baignoire à la maison pour se friper comme un pruneau ; et ce traitement horrible, effrayant, à cause duquel il se sentait si mal – un traitement expérimental, tous le disaient franchement –, sans doute n'était-il pas du tout bénéfique.

Papa secoua la tête, l'air contrit. Mère remit la cuiller pleine dans le bol de soupe.

« Eh bien repose-toi un peu, chéri. Nous avons l'éternité devant nous. C'est Barb qui a fait la soupe aujourd'hui – elle est bonne, n'est-ce pas ?

— Ma préférée. » Il s'efforçait d'avoir le regard enjoué, par égard pour elle, pour elles deux. « Délicieuse. »

Il fallait qu'elle réponde quelque chose – qu'elle lui change les idées. Elle raconterait une anecdote, et pendant ce temps-là, peut-être Mère pourrait-elle lui faire avaler une ou deux bouchées de thon.

« Tu vas adorer, papa », commença-t-elle, s'éloignant de la fenêtre et prenant seulement conscience qu'il y faisait plus froid, que l'hiver s'insinuait, avec cette lumière blanche, à travers la baie vitrée. Elle posa les mains sur la barre métallique au pied du lit, découvrant sous ses yeux le pied offensant, et l'autre, non moins inquiétant, tout près du premier mais caché par la couverture, tous deux gonflés d'eau sous leur peau durcie et asphyxiée : le corps se transformait en une carapace, une prison fatale.

« Ce matin au téléphone, j'ai eu Arthur, un ami de François du temps où ils étaient à Harvard – lui, bien sûr, est encore là-bas, à Cambridge, Massachusetts, et il appelait parce qu'il va en France au Nouvel An, et il espérait qu'on pourrait peut-être… bon, peu importe, c'est secondaire. Il m'a parlé d'un autre ami à lui, un Britannique qu'on a rencontré à Harvard – il est canadien, en fait, de Colombie-Britannique, mais en réalité il a grandi pour l'essentiel au Massachusetts, à moins que…

— Barbara, tu t'égares, coupa Mère. Et ton anecdote ?

— Oh, mais elle est excellente… » Mère le savait déjà, parce que Barbara la lui avait racontée aussitôt après avoir raccroché. Elle avait détaché un petit bout de sandwich et tentait de le glisser dans la bouche de papa. Aucun signe pour l'instant qu'il risquait de vomir ; Barbara avait le sentiment de leur éviter de penser à d'éventuels vomissements – une sorte de récit anti-performatif. Cela aurait fait rire François. « Si, vraiment… donc cet ami d'Arthur, il s'appelle Hemming, John Hemming, et il avait décidé de remonter l'Amazone, pour l'explorer, tu sais, avec deux copains… enfin, ils sont anthropologues. Je ne sais pas trop s'il a son doctorat ou si c'étaient des recherches pour sa thèse, mais…

— Barb, l'anecdote.

— Oui, donc ils se sont pas mal éloignés de la civilisation, en remontant le fleuve, et ils ont manqué de nourriture, tu comprends, le voyage durait plus longtemps que prévu, alors ils se sont concertés, ils ont chargé John de retourner chercher à manger, voire des secours, et en son absence les membres d'une tribu amazonienne ont surgi de la jungle, attaqué les deux autres et tué l'un d'eux d'un tir de flèche. Tu imagines ?

— Et qu'est devenu le malheureux encore vivant ? Ils ne l'ont pas fait bouillir dans une marmite pour le dîner, tout de même ? » Papa blaguait.

« Ne sois pas ridicule. Bien sûr que non. Il est resté en vie pour raconter l'histoire. Voilà comment on sait ce qui est arrivé. Mais l'essentiel, vois-tu, c'est qu'il s'agissait d'une tribu inconnue. Personne n'était jamais entré en contact avec ces gens.

— Comment ça, personne ? » Papa plaisantait à nouveau. « Ils avaient sûrement eu des contacts entre eux ! »

C'était formidable quand il prenait les choses avec humour – un reflet de son ancien moi. Il mâchouilla un peu de thon, mais refusa d'un geste la vichyssoise : il n'en voulait plus, malgré le travail qu'elle avait coûté à sa fille.

« Et maintenant John, John Hemming, va écrire un livre sur tout ça…

— Mais il n'était même pas là ! ironisa papa.

— Bon, d'accord, il n'était pas là quand les hommes de la tribu ont tiré les flèches. Dieu merci. Mais il était là juste avant et juste après, et avec son collègue, celui qui a survécu, ils ont fait une découverte vraiment importante.

— Conclusion : ne pas débarquer dans une tribu amazonienne sans avoir été annoncé.

— Oh, ce que tu peux être bête. » Mais elle était ravie. « Et jamais tu ne trouves extraordinaire que moi, Barbara, ta fille, née et élevée à Toronto, je connaisse un homme qui a remonté l'Amazone en canoë ? Ni que je me sois promenée parmi les ruines romaines de Volubilis, près de Meknès au Maroc, quand les Cassar vivaient à Rabat ? Ni que François et moi ayons vécu à Ankara, en Turquie, pendant des mois ?

— Bien sûr qu'on trouve ça extraordinaire. Un peu plus qu'on ne le souhaiterait, franchement, répliqua Mère d'un ton acerbe.

— Quand j'avais ton âge, je n'étais pas allé plus loin que la fonderie de Perth Amboy dans le New Jersey, où j'ai travaillé trois étés de suite pour payer mes études quand mon père a été ruiné. Ensuite il y a eu la Grande Dépression et aucun de nous n'allait plus nulle part. » Certes, papa était simple juriste et non avocat, faute de moyens pour l'envoyer préparer le barreau. Edward, son frère aîné, avait pu le faire ; il avait décroché son diplôme et ils avaient travaillé ensemble toute leur vie jusqu'à la faillite quatre ans plus tôt. Mère attribuait la maladie de papa à cette rupture : « Elle a brisé ton père, vraiment », avait-elle déclaré avec amertume un soir, alors qu'elles rentraient de l'hôpital en voiture. À présent papa voulait se réconcilier avec oncle Edward, et même si elles n'en parlaient pas, Barbara savait que Mère s'en inquiétait, au cas où cela signifierait que papa se sentait mourir.

« Maintenant c'est différent. » Barbara voulait qu'ils voient les choses à sa façon. « Le monde rapetisse et on est tous internationaux.

— Bien sûr, ma chérie. » Mère emporta l'assiette et le bol de papa dans le lavabo du coin toilette derrière un rideau près de la porte, où Barbara l'entendit faire la vaisselle sans la voir. « C'est le meilleur des mondes. » Elle réapparut, séchant l'assiette avec un essuie-mains propre venant de la pile sous le lavabo. Il y en avait toujours en quantité, à cause des vomissements.

« Et pas seulement pour ma génération. » Barbara, consciente d'avoir peu aidé, s'avança pour enlever de la table de lit la nappe en lin et secouer les miettes au-dessus de la corbeille à papiers. Levant les yeux vers son père, son expression la toucha au cœur : une résignation attendrie et quelque chose ressemblant à de l'envie, comme s'il aspirait à ce qu'elle ait dit vrai, aspirait à pouvoir se lever de son lit d'hôpital pour parcourir le monde, même s'il ne le referait jamais.

Il approcha sa main violette à la peau craquelée pour lui caresser la joue, et à ce contact rugueux elle ferma les yeux. Elle espéra qu'il y voyait de l'amour, qui était bien là, et non de la répugnance, également présente (à sa grande honte), ou de la tristesse (qui dominait, douloureux picotement sous ses paupières).

« Je t'aime, mon cœur », murmura-t-il, comme si Mère n'entendait pas, alors qu'elle n'était qu'à un ou deux mètres.

« Moi aussi je t'aime, papa. » Elle se pencha pour embrasser sa joue hérissée de sa barbe de deux jours. Il sentait à la fois le savon, une lotion hydratante sans parfum ayant son propre parfum – de lanoline, peut-être ? –, et un peu le thon. Mais dessous il avait cette vague odeur – douceâtre, un peu écœurante –, familière seulement depuis sa nouvelle hospitalisation, et qui la glaçait jusqu'à l'os.

Plus tard, à leur retour après vingt heures trente, elle et Mère ressortirent pour promener Nicky autour du pâté de maisons. Le froid sibérien, à couper le souffle, leur gelait la gorge et les narines. Le cocker produisit des couinements déchirants jusqu'au moment où, s'apercevant qu'ils avaient fait plus de la moitié du chemin, il agita de soulagement son bout de queue à la perspective de rentrer.

« Le Dr Ogryzlo ne dit toujours pas à quelle date papa pourra revenir à la maison pour Noël. » La voix de Mère était calme, la nuit glacée encore plus. Leurs semelles crissaient sur la neige compacte. La lune baignait les maisons dans une lumière bleue.

« A-t-il précisé quand il prendra une décision ? »

Mère hocha la tête. « Ils semblent penser que le traitement a un effet bénéfique. Mais certains organes sont déjà lésés. Ses poumons, son cœur...

— Il faut qu'il soit capable de prendre un peu d'exercice. » Barbara avait dit cela sans savoir si elle y croyait. Comment pourrait-il bien prendre de l'exercice, lui, un sac d'os sur des pieds bouffis, inutilisables ? « Il faut qu'il reprenne un peu de poids, rectifia-t-elle. Il est devenu affreusement maigre. »

Mère émit un son dubitatif, puis conclut : « Tout se tient. Il faut qu'ils le remettent en mouvement, mais ses pieds... il faut que la peau s'assouplisse. Il faut que ce traitement fonctionne. »

Pendant quelques instants, elles n'entendirent que le crissement de leurs chaussures et le cliquetis des médailles de Nicky.

« Moi je crois qu'il fonctionne, pas toi ? » demanda Mère.

Elle se retourna vers Barbara, et Barbara sut ce qu'elle avait besoin d'entendre. « Si, répondit-elle. Si, absolument. »

Lors de cette première longue hospitalisation de l'année précédente – au Western Hospital où il était également retourné à l'automne –, personne n'avait pu découvrir ce qui n'allait pas chez lui. Il ne fallait surtout pas mentionner cet hôpital devant Mère. Dieu merci, il y avait eu le mari d'Ellis, Ed, dont le père, médecin au General Hospital, obtint leur premier rendez-vous avec le Dr Ogryzlo. Même lui, le meilleur rhumatologue du Canada, disait-on, avait mis largement plus d'un mois pour se risquer à faire un diagnostic. Sclérodermie : une sclérose de la peau. Maladie auto-immune. Extrêmement rare, et douloureuse. Le Dr Ogryzlo avait presque cinquante ans et il n'avait jamais vu un seul cas auparavant, sauf dans les manuels de médecine. La peau durcissait jusqu'à former une carapace, et quand une partie assez importante ne respirait plus, votre corps s'atrophiait dessous – tout l'organisme s'effondrait. Parfois cette induration se produisait seulement par endroits, puis s'arrêtait. Parfois elle s'étendait, progressant comme la marée montante. Pour Harold Fisk, il fallait traiter à la fois ce qui était déjà abîmé et tenter de stopper la progression.

L'année précédente, devant ses douleurs articulaires, son épuisement et ses maux de tête, les médecins du Western Hospital lui avaient dit qu'il souffrait d'arthrite et de stress. Il était resté deux mois là-bas ; on lui avait prescrit des anti-inflammatoires et des massages, et tout le monde avait pensé – même lui ! – qu'à la fin il allait beaucoup mieux. Avec Mère ils avaient même projeté, puis effectué leur voyage à Paris en avril. Mais une fois sur place, Barbara avait compris que tout n'allait pas si bien. Il était déjà très maigre, et sa démarche s'était modifiée : on aurait dit que ses chaussures lui serraient les pieds à chaque pas, et ses mains étaient devenues rugueuses et d'un mauve bizarre, même s'il avait souvent le bout des doigts tout blanc. Elle avait interrogé Mère un soir, alors qu'elles faisaient la vaisselle avenue Franco-Russe pendant que papa et François fumaient à table en prenant leur café, et les yeux de Lenore avaient lancé des éclairs en guise d'avertissement : « Ton père va très bien, ma chérie. Il travaille trop, c'est tout. Et un voyage pareil, eh bien c'est exténuant. Ce qu'il lui faut, c'est trois semaines aux Bermudes, comme on l'a fait il y a quelques années – ça, c'était vraiment du repos ». Elle poussa un soupir. « Ce Lantana Club... Mais ton père mourait d'envie de te rendre visite et de voir où tu vis, alors voilà. » Après quoi elles n'abordèrent plus le sujet.

Barbara et François venaient d'emménager dans leur appartement à Genève en septembre, et ils commençaient à faire la connaissance des autres étudiants de l'école de commerce – ils étaient là depuis à peine un mois – quand Mère envoya un télégramme annonçant que Père avait de nouveau été hospitalisé. Il s'était écroulé au bureau, et Sheila, madame Carrington, sa secrétaire, avait dû appeler une ambulance. On le reconduisit au Western Hospital, parce que c'était là qu'il avait été soigné auparavant ; mais grâce à Ed, il fut transféré en moins d'une semaine, et à l'arrivée de Barbara le 8 octobre (jour précis de sa propre mort cinquante ans plus tard, ainsi que celui de la naissance de son deuxième enfant, quatre ans plus tard), il se trouvait déjà dans sa spacieuse chambre individuelle du General Hospital, recevant régulièrement la visite non seulement du Dr Ogryzlo et de son équipe, mais de plusieurs groupes d'internes impatients de voir ce spécimen rare.

Toute cette attention ne lui remontait pourtant pas le moral. Bien au contraire. La plupart du temps, même Barbara ne parvenait pas à le dérider, raison pour laquelle les blagues de son père sur Hemming explorant l'Amazone pouvaient représenter un triomphe. Chaque jour ou presque il restait morose, sauf quand il questionnait sa femme et sa fille sur le monde extérieur, tel un naufragé sur une île déserte. Au fil du temps, même ses centres d'intérêt quotidiens perdaient de leur attrait, comme s'il les laissait derrière lui. Le week-end précédent, il n'était même pas arrivé à se passionner pour la finale spectaculaire de la Grey Cup de football canadien, jouée cette année-là au parc des Expositions entre les Tiger-Cats de Hamilton, son équipe bien-aimée, et les Blue Bombers de Winnipeg, et interrompue, pour la première fois de son histoire, au milieu du match à cause du brouillard. « Le problème, c'est ce qu'on ne voit pas », avait déclaré le commentateur à la radio, et Barbara s'était dit : « Comme c'est vrai. »

Et François, de l'autre côté de l'océan, semblait ne rien comprendre du tout – pourquoi elle avait dû partir, il l'avait compris, l'avait encouragée, mais à présent il pensait apparemment, comme l'an passé, qu'elle s'attardait – sous de faux prétextes – à Toronto parce qu'elle s'y amusait davantage qu'avec lui. Et sans doute y avait-il eu l'an passé une once de vérité dans cette critique, mais pas cette fois. Si seulement elle pouvait lui montrer une photo de papa sur son lit d'hôpital, ou lui diffuser un enregistrement de sa voix rauque et affaiblie... mais la semaine dernière encore il avait écrit depuis sa chambre d'hôtel à Rotterdam cette horrible lettre si mesquine, lui reprochant de ne pas savoir ce que c'était que la vie de couple...

Or, au moment même où elle était tentée de lui en vouloir, elle se souvint de la lettre de l'automne précédent, celle qui lui avait littéralement déchiré le cœur. François répondait à l'une des siennes, où elle s'était efforcée de minimiser cette fameuse once de vérité et lui avait dit qu'il ne pouvait comprendre l'effet sur elle d'un séjour chez ses parents – le simple plaisir d'être chez elle ! –, puisqu'il n'avait *pas* de chez-lui. Ce qui était vrai : ses parents et sa sœur habitaient Buenos Aires depuis des années, et il n'y avait jamais mis les pieds, ni avec Barbara ni sans elle. Au lieu de quoi les Cassar leur avaient rendu visite à Paris, et parce qu'il n'y avait pas de place pour eux dans l'appartement de l'avenue Franco-Russe (même s'ils en étaient propriétaires, François et Barbara ne faisant que l'occuper), ils étaient descendus à l'hôtel Madison, à Saint-Germain-des-Prés, où monsieur Cassar avait apparemment vécu plusieurs années vers la fin de la guerre, et sans doute était-ce alors pour eux ce qui se rapprochait le plus d'un chez-soi.

Mais la tristesse dans la réponse de François lui avait fait regretter son ton enjoué. Il disait que oui, bien sûr, il était désormais vrai qu'il n'avait pas de chez-lui, de patrie ; elle n'existait plus – assez pour faire comprendre à Barbara qu'il parlait de l'Algérie française, déjà perdue pour eux à jamais en 1961, même si le pays n'avait finalement conquis son indépendance que l'été précédent, en juillet 1962, avec le départ des Français et des harkis, un exode massif. François ajoutait que lors de leur rencontre, pendant l'été 1955, et de leur mariage, pendant l'été 1957, il avait absolument un chez-lui, et ce depuis qu'il était petit garçon – il parlait d'Alger, bien entendu, mais peut-être plus précisément de l'appartement de la rue Guillaumet dans cette ville qu'elle n'était jamais allée voir, et dont le contenu restait, six mois après l'indépendance algérienne, en suspens. Tout avait au moins été mis dans des cartons et entreposé quelque part, grâce aux enfants d'un frère de monsieur Cassar, qu'elle n'avait pas rencontrés, mais tout de même, leurs biens étaient détenus pour une durée indéfinie dans ce qui était devenu un pays étranger.

François expliquait qu'il avait spontanément, délibérément, tourné le dos à ce chez-lui pour la choisir elle, Barbara, et la vie qu'ils construiraient ensemble en allant de l'avant – on ne pouvait de toute évidence attendre d'elle qu'elle s'installe à Alger ; il leur fallait se créer ensemble un nouveau chez-eux dans un nouveau lieu. C'était ainsi qu'il avait vu les choses, et pourtant Barbara semblait pouvoir rester loin de lui plusieurs mois d'affilée sans problème. Comment pourraient-ils créer un chez-eux concrétisant leur union, s'ils ne le faisaient pas ensemble ?

Elle s'était bien sûr sentie à la fois offensée et exaspérée – pourquoi ne comprenait-il pas que s'amuser avait son importance, et que leur vie à Paris (ou à Genève désormais), quoique passionnante pour lui à cause de son travail, ne l'amusait tout simplement pas autant qu'aller, eh bien, en voiture avec Bobby et Charley à un dîner chez Disey –, mais elle avait également été triste, triste pour lui en proie à la solitude sans elle, et triste pour lui que son étrange arrière-plan familial, ce chez-lui insolite et provisoire auquel il faisait à présent allusion mais qui lui paraissait à elle tout aussi chimérique qu'un mirage dans le Sahara, se fût évanoui en le laissant déraciné.

En un sens, il était comme Adele, son amie au lycée, une originale dont la famille était venue de Budapest à Toronto juste avant la guerre : Adele n'était plus exactement hongroise, mais certainement pas canadienne. Elle était juive, sa famille appartenait donc à une communauté. Mais elle était étrangère, s'était toujours sentie étrangère, et quand Barbara lui rendait visite chez elle, madame Herzl préparait des ragoûts lourds et peu familiers, dont les riches senteurs imprégnaient les rideaux sombres et les tapis sophistiqués ; l'accent de la mère d'Adele lui donnait toujours envie de pouffer de rire, proche de celui de la femme de ménage de ses parents – Rosa était une demandeuse d'asile ukrainienne, de même que les Herzl étaient des réfugiés hongrois, le tout se chevauchant un peu dans la tête de Barbara, sous le nom d'Europe de l'Est, désormais derrière le Rideau de Fer.

Sur le mur de la salle de séjour des Herzl se trouvait le portrait d'une dame en corsage victorien rouge vif, assise devant un papier peint à motif fleuri rouge et jaune, un grand tableau coloré, mais sans joie ; cette femme qui ne souriait pas, le front soucieux, avait un large visage rose, des yeux en amande, un nez rouge, des cheveux noirs noués en chignon au sommet de son crâne. Ce tableau semblait toujours résumer, aux yeux de Barbara, les bizarreries d'Adele, sa difficulté à s'intégrer, source pour elle d'attendrissement mais aussi d'un certain agacement, comme si elle avait le devoir de veiller constamment sur son amie, alors qu'elle aurait parfois voulu l'oublier quelque temps.

Face à Adele, Barbara ressentait au fond la complexité de sa propre situation : elle avait fait sa seconde à Humberside

Collegiate. Puis, grâce au succès de certains brevets déposés par papa et oncle Edward, il y avait soudain eu de l'argent – pour la maison, pour changer de voiture, pour le diamant de Mère (elle n'avait jamais eu de bague de fiançailles digne de ce nom quand ils étaient jeunes), pour son vison argenté et un superbe manteau en fourrure de castor ; ainsi que pour l'inscription de Barbara à la Bishop Strachan School for Girls, un lycée de filles privé, dans le quartier chic de Forest Hill, avec un nouveau cercle d'amies – Charley, Ellie, Trish, Disey – qui habitaient toutes d'immenses villas dans des banlieues huppées, où aucune d'elles n'utilisait la même salle de bains que ses parents ! Elle s'était vite adaptée – qu'elle fût grande et jolie ne nuisait pas, mais elle apprit quelle musique, quels livres et quels films aimer, quelles blagues faire, et quels vêtements porter, même si les siens, œuvre d'une couturière, n'avaient pas d'étiquettes au nom de marques prestigieuses –, et en première, quand Adele fit son apparition, Barbara eut l'impression que ses amies avaient plus ou moins oublié qu'elle n'était pas vraiment des leurs et l'avaient complètement adoptée (même si seules Charley et Trish acceptaient de prendre le métro jusqu'à Runnymede pour venir chez elle, sa propre maison étant à la fois éloignée, et inhabituellement modeste par rapport à leur monde) ; raison pour laquelle Barbara, qui trouvait Adele *sympathique*, se sentit aussitôt des affinités avec elle en même temps qu'une responsabilité – inutile de le dire, Adele ne savait ni quels vêtements porter ni quelles blagues faire, mais dans la bande de copines de Barbara aucune ne levait le petit doigt pour la nouvelle élève, et franchement, Barbara aurait assez souvent préféré pouvoir s'en dispenser. Mais Adele vivait comme elle dans le West End, et elles prenaient presque tous les jours le métro ensemble pour rentrer chez elles ; impossible d'y échapper.

Or, voilà que mystérieusement, absurdement, aveuglée par l'amour – à moins que ce n'ait été par le désir ? –, elle avait au bout du compte épousé quelqu'un qui, dans son rapport au monde connu – à Toronto, certainement, mais peut-être à tout autre lieu, même Paris ou Londres – serait toujours, comme Adele à Bishop Strachan, en porte-à-faux, dans une position inconfortable. Et cela signifiait, finissait-elle par comprendre, mener une existence inconfortable avec lui, ce qu'elle n'avait en réalité pas prévu. Rien d'étonnant à ce qu'il rêve de vivre aux États-Unis, une abomination pour son moi canadien à elle (en plaisantant, elle lui avait dit un jour : « Pense à ton opinion de Français sur les Britanniques, avec qui vous êtes en guerre depuis mille ans, et c'est au fond l'opinion que nous autres Canadiens avons des Américains) ; mais il avait adoré étudier à Amherst, son premier contact avec l'Amérique, et il avait plus récemment adoré leur vie à Cambridge, Massachusetts, pendant son année de licence ; en fait, elle avait parfois le sentiment que sans ses propres récriminations, il habiterait encore ce petit appartement d'Emmons Place, glacial et sans ascenseur, avec l'excellente boucherie Savenor au coin de la rue, qu'il aurait terminé sa thèse – il avait effectué toutes les recherches, après tout – et serait même volontiers devenu l'un de ces professeurs ennuyeux à veste de tweed, sirotant leur xérès dans un bureau lambrissé. Encore que le choix qu'il avait fait à la place ne lui semblait pas plus intéressant dans l'immédiat – et à lui non plus, d'ailleurs ; au contraire –, mais au moins avait-il la perspective de bien gagner sa vie ensuite. Il avait enfermé toutes ses notes et les quelque quatre-vingts pages dactylographiées de sa thèse sur la situation politique en Turquie dans une magnifique valise en cuir que Mère et papa lui avaient offerte pour son trentième anniversaire en juin 1961, l'avait rangée près du lit à Paris puis à Gardanne et maintenant à Genève, et affirmait dans ses lettres, de l'automne précédent comme de celui-ci, qu'il y travaillait lorsqu'il était seul et finirait par la terminer, et elle faisait semblant de le croire avec force murmures approbateurs.

Voilà plus d'un an qu'il avait pris ce poste chez Pechiney, le géant français de l'aluminium, pendant qu'elle était à Toronto avec ses parents. C'était l'une des choses qui l'avaient le plus contrarié, de devoir trouver seul un appartement à Gardanne, à l'extérieur d'Aix-en-Provence, et d'y emménager – il prétendait que c'était parce qu'il aurait voulu qu'ils le choisissent ensemble, mais pour l'essentiel, en réalité, la solitude le déprimait et tout lui demandait un effort. Puis Pechiney avait proposé de lui financer une année d'école de commerce au CEI de Genève, étrange tentative novatrice, utopique, mais à laquelle participaient au moins quelques Canadiens – les Riley, avec leur ribambelle d'enfants en bas âge, et les Mowbray, et les Schultz, un couple franco-canadien comme Barb et François, à ceci près que lui était canadien et elle française –, et peut-être cela marquerait-il le début de leur vie de couple nomade mais unie telle que la rêvait François quand il lui écrivait.

Peut-être. En son for intérieur elle ne pouvait toutefois dire si elle était vraiment prête pour ce grand saut. Accepterait-elle d'aller à l'autre bout de la Terre avec lui, sans se plaindre ? Oh, elle avait parfois le sentiment de n'avoir tout bonnement pas assez réfléchi. Et il était trop tard à présent. Bien sûr qu'elle l'aimait et le désirait – le simple contact de l'index de François se posant au creux de son poignet accélérait les battements de son cœur –, mais tout cela suffisait-il ? À moins que Mère et papa n'aient eu raison d'essayer de la dissuader, disant que l'on n'épouse pas seulement une personne, on épouse sa famille, et par extension tout son univers, or quels étaient les paramètres de son univers, en somme ? Elle était de temps à autre effrayée par l'absence de contraintes, comme si le sol même se dérobait sous ses pas. En tout cas, elle ne pouvait abandonner Mère et papa dans l'immédiat, pas avant que papa n'aille mieux, ne se lève et ne marche à nouveau, n'ait retrouvé son propre lit – et si le Dr Ogryzlo ne voulait même pas donner une date de sortie pour Noël, alors où en était-on ? Mais papa, même dans son état effrayant, gardait son grand cœur, il la savait écartelée entre deux mondes, et avant qu'elle et Mère n'aient quitté l'hôpital ce soir-là, il avait fait asseoir sa fille au bord de son lit pour lui dire que Mère et lui en avaient discuté, et qu'ils aimeraient offrir à François le billet pour venir passer Noël, afin qu'ils puissent être tous réunis.

« Oh, papa », avait-elle répondu, le souffle court, consciente de la dépense et des tensions entre Mère et François, se demandant si c'était seulement, en fait, un cadeau dont elle, Barbara, avait envie ; consciente, aussi, que sans cela, François resterait seul à Genève une quinzaine de jours sans doute, puisque l'école serait fermée et la plupart des étudiants repartis chez eux. Les responsables de l'école, Haenni ou Hawrylyshyn, le prendraient peut-être en pitié et l'inviteraient pour Noël, ou plus vraisemblablement pour Boxing Day le lendemain, mais ce serait une longue période solitaire et il la redouterait. « Oh, papa », avait-elle répété, ajoutant : « Merci, merci. » Elle avait courageusement pris entre les siennes sa main à la peau durcie et l'avait portée à ses lèvres – avait-il senti son baiser, ou bien cette peau morte l'empêchait-il d'éprouver la moindre sensation ? Impossible de poser la question, bien sûr. Pourquoi y avait-il tant de non-dits ou de choses indicibles ? Que se passerait-il si l'on disait tous ce qu'on avait réellement sur le cœur ?

À présent, allongée sur le lit une place de son enfance – celui-là même où Luke Whitworth, son ex-petit ami, l'avait remplacée quand elle et François étaient partis pour la France sur le *Queen Mary* après leur mariage –, elle réfléchissait au défi qui l'attendait : convaincre François, lors d'un échange téléphonique entrecoupé de parasites, que venir à Toronto pour Noël représentait véritablement un cadeau pour lui, pour eux en tant que jeune couple, et non une capitulation. Autrement dit, que s'il acceptait, cela ne signifierait pas que les parents de Barbara avaient en quelque sorte gagné et que lui avait perdu. Elle savait que telle serait sa première réaction

– elle le connaissait suffisamment à ce stade – et l'espace d'un instant elle envisagea de jouer l'atout qu'elle avait en main. Il lui suffirait de lancer : « Tu ne comprends donc pas que papa est mourant ! », et François viendrait sans rechigner. Mais elle ne pouvait se faire à elle-même cet aveu, et encore moins le lui faire à lui, et redoutait tant qu'il ne porte malheur – ne devienne réalité comme l'énoncé performatif de la philosophie de J.L. Austin – qu'elle se savait incapable de le formuler, à voix haute ou intérieurement, et elle bannit cette pensée.

Janvier 1963

Buenos Aires, Argentine

Avec la nouvelle année, un nouvel emploi : elle deviendrait agent de voyages. Six mois avant ses trente ans, en plein été à Buenos Aires, Suzanne jouait au golf avec Fanchette et Estelle au Jockey Club, ainsi qu'avec Antoinette, la petite sœur d'Estelle venue de Paris en visite, accompagnée de son nouveau mari uruguayen. Seule Fanchette était née là : son père, l'amiral, fréquentait les Argentins en vue, d'où la carte du Jockey obtenue par piston pour sa famille – c'était le club de tous les présidents du pays, et Suzanne avait entendu dire que la liste d'attente, toujours longue, s'envolait depuis que le Jockey avait organisé la Coupe du monde de golf l'année précédente.

Fanchette était la plus grande et la plus impérieuse, et de deux ou trois ans leur aînée, il paraissait donc logique qu'elle décide de tout. Elle avait le physique qu'il fallait, visage de chouette au nez aquilin et chevelure fournie déjà grisonnante. La portée de son swing compensait plus ou moins son drive puissant mais imprécis. Elle possédait aussi un élégant jeu de clubs à poignée rouge dans un sac en cuir couleur caramel. Malgré son autoritarisme agaçant, elle et Estelle étaient devenues les plus proches amies de Suzanne à Buenos Aires ; le golf comptait parmi leurs activités préférées.

Avant son arrivée en Argentine, Suzanne n'y avait jamais joué ni même pensé. Mais les jeunes Françaises de leur âge – des femmes ! – semblaient toutes s'y adonner, et le temps – ni trop chaud ni trop froid – était propice. Et puis Fanchette l'avait prise sous son aile. C'était l'impression qu'avait eue Suzanne.

Elle était allée à Buenos Aires rejoindre définitivement ses parents à la fin de l'année 1959 : voilà déjà plus d'un an qu'ils y étaient installés, depuis que papa, désireux de quitter son poste au Maroc, avait contre toute attente accepté un emploi en Argentine. Suzanne, qui habitait Paris dans l'appartement que possédaient ses parents, avait laissé celui-ci quelques mois après que François et Barbara l'eurent abandonnée pour aller vivre aux États-Unis, où François avait décroché une bourse d'études moyen-orientales à Harvard. En arrivant à Buenos Aires, elle avait découvert avec surprise l'importance de la communauté française, et le nombre élevé de gens du même âge qu'elle.

Inutile de le dire, au départ elle n'avait pas été dans le meilleur état d'esprit – meilleur qu'à son premier séjour avec papa et maman en 1958 après son hospitalisation, mais toujours pas satisfaisant. Il avait fallu du temps pour trouver la juste dose de lithium, mais à présent elle n'y pensait presque plus. Au début, elle jouait du piano chaque jour pendant des heures, longeait à pied les magnifiques boulevards main dans la main avec maman, et allait fréquemment à l'église. Sinon, elle quittait rarement la propriété familiale dans la banlieue de Vicente López, une immense maison à plusieurs pignons et aux fenêtres à vitraux entourée de hauts murs de pierre, avec un vaste jardin verdoyant, en friche, contenant plusieurs arbres vénérables dont un majestueux jacaranda qu'elle adorait, et un garage séparé, surmonté d'un appartement où la gouvernante, Señora Inés López, vivait avec Alberto, son mari, qui de temps à autre lavait la voiture et mettait un costume pour conduire papa et maman à des soirées.

C'était de loin le cadre de vie le plus somptueux que ses parents aient connu. Papa avait été nommé directeur d'une importante usine de porcelaine qui appartenait, ainsi que divers autres actifs, à une famille franco-italienne établie de longue date en Amérique latine, une branche en Argentine et une autre dans l'Uruguay voisin. Papa aimait enfin son travail – il appréciait particulièrement le rythme latin des journées, les longs déjeuners et la sieste avant de retourner au bureau jusque tard dans la soirée. Il appréciait aussi ses collègues – la plupart des cadres étaient français ou italiens, et il parlait bien sûr italien sans difficulté. Son espagnol, en revanche, était rudimentaire, et la pauvre maman avait seulement appris le peu qu'il lui fallait pour communiquer avec la Señora López au sujet des menus et du ménage. Lors de son premier séjour avec eux, Suzanne s'était à peine sentie dans un pays hispanophone (ayant grandi en Algérie, après tout, elle n'avait jamais parlé plus de quelques rudiments d'arabe, bien que les employées de maison aient été des Berbères au français approximatif). Même à l'église, maman et elle assistaient à la messe du matin en français à la Basílica San Pilar de Recoleta, où Suzanne pouvait fermer les yeux, écouter la mélopée familière de l'évangile chanté, humer les vapeurs d'encens, sentir la tiédeur de la cuisse de sa mère contre la sienne, et se croire à Rabat ou à Alger – pas à Paris, non, mais à Paris, quoi qu'il en soit, elle n'était pas et n'avait jamais été chez elle.

Fanchette et Estelle s'impliquaient beaucoup au sein de la congrégation française. Fanchette partageait la responsabilité des arrangements floraux avec une grand-mère ayant deux fois son âge – mais ce n'était pas là que Suzanne lui avait parlé pour la première fois. Non, elles s'étaient rencontrées lors d'un thé avec leurs mères, papa et maman ayant bien sûr des rapports amicaux avec les parents de Fanchette – même si demeuraient, inévitablement, des relents de l'ancienne hiérarchie de la Marine et, de la part de papa, une réserve liée à la guerre. Fanchette portait en elle la condescendance de ses parents exilés, leur élitisme et leur snobisme, voire leur religiosité – deux de ses sœurs étaient nonnes, l'une dans le silence monastique des Clarisses de Syrie –, et comment Suzanne, même avec un crucifix béni par le pape et orné d'un chapelet au-dessus de son lit virginal, pouvait-elle espérer rivaliser, son unique frère ayant failli en prenant pour épouse une protestante canadienne ?

À côté de la redoutable Fanchette, Estelle n'était que joie, rappelant à Suzanne l'esprit de sa chère Marie José, amie proche à Alger, qui, bien avant l'indépendance de l'Algérie, avait accepté un poste de professeure de français dans un *gymnasium* de Stuttgart. (« Mais tu *ne peux pas* ! C'est l'Allemagne ! » avait protesté Suzanne. « Il faut bien que quelqu'un leur apprenne à rire, avait répondu Marie José avec un clin d'œil. Je n'ai jamais vu la neige, je ne supporte pas les saucisses ni la bière, et, toi mise à part, je n'ai jamais beaucoup aimé les blondes, donc c'est sans doute une très mauvaise idée. Mais ça paye bien, et on doit tous tourner la page un jour, pas vrai ? »)

Estelle et Antoinette avaient grandi en Argentine, même si leurs parents étaient français, et elles parlaient espagnol sans effort, parfois spontanément, entre elles. La brune Estelle était l'aînée, plus grande et robuste que sa sœur nonchalante et réservée, quoique bien moins autoritaire que Fanchette. Elle avait les deux incisives supérieures écartées et un sourire malicieux, comme si elle s'apprêtait toujours à vous faire marcher, mais en vérité elle était très gentille. Un garçon manqué, disait-elle d'elle-même, alors que sa sœur et elle étaient des femmes adultes. Et contrairement à Fanchette, qui donnait au célibat l'apparence d'un choix dicté par la piété, Estelle faisait comme si elle restait sans mari à trente ans pour s'amuser.

« J'ai déjà trois frères, et maintenant un beau-frère en prime » plaisanta-t-elle cet après-midi-là au Jockey, faisant allusion à Jean-Marc, le mari courtois et sympathique d'Antoinette. « J'ai dû apprendre au berceau comment défendre mes intérêts, et la règle numéro un est de tenir les garçons à distance.

— Allons. » Fanchette haussa un sourcil broussailleux. « Tu ne vas pas dire que tu refuserais un parti aussi charmant que Jean-Marc ? »

Antoinette rougit de manière irrésistible comme si le compliment lui était destiné.

« C'est le mari idéal pour ma sœur idéale. » Estelle prit Antoinette par le cou et lui planta un baiser sur la joue, son teint olivâtre et ses lèvres rouges contrastant avec la pâleur semée de taches de rousseur d'Antoinette. « Et si jamais je rencontre le mari idéal pour moi... on verra. Je ne promets rien. »

Suzanne était trop âgée désormais pour tomber de sa chaise en riant comme autrefois à l'université, mais au moins était-elle capable de rire. Après avoir quitté Alger en 1956 pour faire une école hôtelière en Suisse, elle avait traversé une période noire si prolongée – à partir de son stage à l'école, en réalité, lorsque le délégué libérien d'un congrès politique lui avait saisi un sein d'une main et plaqué l'autre main sur le pubis, dans la salle de bains de la suite où elle faisait le ménage au Grand Hôtel de Berne. Elle n'avait parlé de cette agression à personne d'autre qu'à un prêtre inconnu dans un confessionnal à Lausanne une semaine plus tard. Et puis le mariage de François en 1957 : elle avait tenté, tentait encore, de toutes ses forces, d'aimer Barbara comme une sœur ; elle priait constamment pour y parvenir, mais se sentait surtout seule et abandonnée par son frère. Et ensuite, bien sûr, ce fiasco parisien... dire qu'elle était tombée éperdument amoureuse d'Émile Rodier, son patron, un homme marié, qu'elle avait si mal caché ses émotions et qu'il avait cyniquement joué avec elle, lui posant la main sur le genou, la laissant battre des paupières et flirter avec lui au déjeuner, la faisant rougir jusqu'aux oreilles devant des collègues, ne voulant que se moquer d'elle, au fond... Enfin, pour ajouter au chagrin et à la honte, la situation en Algérie qui empirait sans cesse, et la sensation qu'elle avait eue pendant des semaines, des mois, d'arpenter les rues de Paris dans un nuage de déshonneur, objet de dérision au bureau à cause de Rodier, et en société par le simple hasard de sa naissance, le fait qu'étant pied-noir elle se sentait vue par les métropolitains autour d'elle comme une menace pour leurs vies faciles. Un désagréable rappel du passé, une souillure.

« Mais comment ça, mademoiselle, vous parlez si bien le français ! » avait-elle entendu plus d'une fois, comme si ces grossiers Parisiens pensaient, peut-être, que tout le monde à Alger ne parlait qu'arabe ? Elle les avait certainement entendus dire, lors de dîners : « Au diable les pieds-noirs, on n'a rien à voir avec eux » – alors qu'ils avaient tous le même passeport ! Elle les avait entendus se plaindre des harkis, ces courageux Algériens qui avaient tout risqué, tout perdu pour la France, et qu'ils traitaient de bougnoules... or il s'avérait que la France était non seulement indifférente mais foncièrement ingrate, inhospitalière : comment réconcilier le fait d'être française et en même temps de ne pas l'être ?

Après le coup d'État des généraux à Alger en mars 1958, il fut douloureusement clair pour Suzanne, au moins, qu'il n'y aurait jamais de retour en arrière, ni d'avenir en Algérie pour elle-même ou pour sa famille... Alors seulement elle prit conscience à quel point elle avait éprouvé le désir, sans le savoir, de retrouver un jour leur cher appartement, la lumière changeante de la mer depuis le petit balcon, les bruits faits par sa mère s'activant dans la cuisine, et les voisins qui s'appelaient, récriminaient, ou battaient leurs tapis dans la rue en contrebas : ce sentiment de bien-être insouciant et de sécurité de se savoir *chez-soi*, qui désormais ne reviendrait plus. Mais à l'époque, bien sûr, François était déjà parti depuis longtemps, jamais il ne serait retourné vivre là-bas, pas avec Barbara ; cependant que papa et maman avaient opté pour Buenos Aires et organisaient leur déménagement transatlantique. Même eux semblaient accepter avec calme le fait que le monde et la vie qu'ils avaient connus avaient définitivement pris fin – ils n'abordaient plus le sujet que sous forme d'apartés mélancoliques de temps à autre, invoquant souvent Dieu et Ses desseins invisibles, que Suzanne essayait de son mieux d'accepter.

C'est alors qu'elle avait perdu espoir, un certain temps. Elle avait perdu foi en l'avenir. Elle revoyait ces deux années, entre 1954 et 1956, qu'elle et François avaient passées ensemble dans l'appartement de la rue Guillaumet après son retour à lui des États-Unis, terminant côte à côte la préparation de leur diplôme de droit, comme les jours heureux de leur jeunesse. Dès que François était avec elle, même Gardel et Servier lui souriaient, comme si on allumait une lampe : Suzanne devenait visible. Servier l'avait même embrassée une fois sur la bouche lors d'une fête dans l'appartement, où il avait bu un verre de trop, juste avant de faire un trou de cigarette dans l'accoudoir du canapé bien-aimé de maman, source d'hilarité sur le moment, mais de panique le lendemain matin. Ils n'avaient pas imaginé, le rapiéçant tant bien que mal, que leurs parents ne reverraient pas ce canapé avant si longtemps que la question de l'origine du trou ne serait jamais posée. Seulement lors de leur arrivée à Paris sept ans plus tard, avec tout ce qui venait de l'appartement d'Alger (leurs bols de petit déjeuner ébréchés ; le trousseau de linge brodé de maman ; le buste de porcelaine bisque Art Déco, représentant une beauté en extase aux yeux mi-clos et à la chevelure couronnée de fleurs, naguère posé sur le manteau de la cheminée du séjour ; l'armoire de sa chambre, dont la poignée de la porte de droite pendait de travers ; le long tapis berbère du couloir avec ses touches de rose...) et personne sauf cousine Geneviève pour en prendre livraison...

Toute cette noirceur, année après année. Avait-elle vraiment fait une tentative de suicide, en août 1958 ? C'était ce que l'on avait dit ensuite – whisky, comprimés, après tant de jours de solitude totale. Elle était désespérée : elle avait quitté son emploi après le fiasco Rodier, la honte l'empêchant de s'y montrer à nouveau, puis François et Barbara étaient partis aux États-Unis, et toujours la honte, cette honte d'être pied-noir et de se sentir honnie… c'en était arrivé au point où elle n'arrivait plus à se nourrir, à dormir ni à se résoudre à sortir. Et après les comprimés, il y avait eu deux mois dans cette horrible maison de repos à l'extérieur de Paris – elle restait mortifiée d'avoir fait retraverser à ses parents la moitié du monde au galop, alors que maman, surtout, détestait presque autant l'avion qu'elle-même, et qu'en tout cas, ils ne pouvaient se permettre cette dépense.

Durant tout ce temps après son suicide manqué – la première étape de sa guérison à Buenos Aires, et sa tentative de courte durée pour se remettre à vivre à Paris, si seule à nouveau, époque où les médecins l'avaient mise sous lithium –, chaque journée lui faisait l'effet d'une morne plaine de lave qu'elle était condamnée à traverser péniblement, sans soleil, sans compagnie, sans arbre ni fleur ni chant d'oiseau. Oh, inexact : à Buenos Aires il y avait eu Fiamma, la chienne berger allemand qui lui léchait le visage avec son souffle chaud ; il y avait eu Chopin, Mozart et le piano ; il y avait eu le bras de maman si doux sur son épaule ou sa main tiède dans la sienne, et ces yeux perçants mais toujours compatissants, du même bleu ensoleillé que la Méditerranée, qui veillaient sur elle. Mais Suzanne avait si longtemps cessé de croire qu'il pourrait encore y avoir du plaisir, des rires insouciants, de l'espoir, en fait – tout semblait alors recouvert d'un linceul de cendres, vidé de la moindre couleur, la vie entière en suspens. Et puis, enfin, quand il avait été décidé qu'elle vivrait définitivement avec papa et maman à Buenos Aires, quel soulagement de savoir qu'elle n'aurait plus à partir, qu'elle pourrait simplement choisir de redevenir une enfant : elle n'avait pas *besoin* d'habiter Paris, ni de réussir professionnellement et de faire carrière, ni, le plus angoissant, de rencontrer un homme, de l'épouser et d'avoir une demi-douzaine d'enfants braillards. Sa maladie l'avait exemptée de toutes ces obligations de l'âge adulte. Le Christ souriait aux plus faibles, n'est-ce pas ? Contrairement à son frère, elle était quelqu'un ayant peu reçu, et dont on ne pouvait attendre grand-chose en retour. Tout ce que l'on attendait d'elle, apparemment, c'était qu'elle soit heureuse, d'une façon ou d'une autre. Elle pouvait lire des romans policiers l'après-midi, allongée sur le siège du bow-window dans la salle de séjour ; elle pouvait apprendre, auprès de la Señora López, à la fois à faire la cuisine et à parler espagnol ; elle pouvait aller, si l'envie l'en prenait, aux rencontres à la bibliothèque britannique pour améliorer son anglais ; elle pouvait se découvrir de nouvelles amies, et jouer au golf avec elles – et s'y employait.

Passer la journée au Jockey Club de San Isidro, comme elle le faisait en cet après-midi de janvier 1963, représentait, pour Suzanne, un idéal. Jusqu'à une date récente, et depuis deux ans et demi, elle travaillait à la librairie anglo-allemande du centre-ville, où elle avait pu garder, en plus du dimanche, quarante-huit heures pour elle, et au moins une fois par semaine elle allait jouer au golf. Elle s'était, un temps, décrite comme « folle du golf », et avait acheté une tenue en tweed pour homme avec béret assorti, s'habillant comme dans les années 1930 ; elle avait toutefois choisi le jeu de clubs le moins cher, dans un sac de toile – elle pouvait dépenser pour elle son salaire de la librairie, puisqu'elle avait peu de frais, mais il ne lui permettait pas l'achat d'un jeu de clubs comme celui de Fanchette. Avec le temps, elle abandonna son déguisement, prenant conscience de ne pas être vraiment folle du golf comme sport mais, plutôt, d'adorer la vision qu'il offrait d'un monde idéal : les greens vallonnés, vert émeraude, du Jockey, semés de bosquets d'arbres frémissants et de bunkers en forme d'amibes ; l'immense ciel bleu ponctué d'oiseaux dont les chants et cris flottaient dans l'air – merles à ventre roux, hirondelles et passereaux aux descentes en piqué, colombes au jabot rebondi. Sur le green, on n'entendait pas la circulation, seulement les voix des autres golfeurs à l'occasion, et, depuis certains trous, les bruits du club house où des groupes dînaient sur la terrasse dallée, à l'abri de la façade crénelée. Après leur tour, les jeunes femmes s'asseyaient souvent à l'une des tables métalliques à plateau de verre, pour boire sous un parasol claquant au vent des Campari, des sodas ou des Whiskey Sour, et fumer en bavardant tandis que le soleil de la fin de l'après-midi projetait des ombres toujours plus longues sur les greens immaculés.

Oui, la vie d'expatriée : pour Suzanne, c'était sa vie réelle, et en même temps pas tout à fait, comme si se déroulait parallèlement une seconde vie, française – plus sombre, humide, solitaire, éprouvante, qu'elle aurait autrement pu être condamnée à mener. Non que rien n'ait eu d'importance, à Buenos Aires, mais les choses importaient un peu moins, ou différemment : elle n'était plus entièrement *responsable* ; elle se contentait de vivre, comme sur une attraction de fête foraine, laissant libre cours aux desseins invisibles, implacables, de Dieu.

Deux ans et demi durant, elle avait considéré son emploi chez Pigmalion comme l'un de ces desseins divins au même titre que le Jockey Club ou la messe en français à San Pilar. Pigmalion : le nom même de la librairie lui semblait exprimer parfaitement sa situation en Argentine, celle d'une statue à qui l'on donnait soudain vie. Elle ne s'était pas vue comme une femme prête à se conformer à l'image voulue par un mentor, même si, bien sûr, elle se demandait à présent si tel n'avait pas été le but de Fräulein Lebach – Lili – dès le départ.

Aux premiers jours de sa nouvelle vie dans cette ville, alors qu'elle avait abdiqué et s'apprêtait à embrasser une existence plus facile, elle avait décidé qu'elle pourrait encore élargir son horizon en lisant ses romans policiers *en anglais* – afin de joindre l'utile à l'agréable. Quelqu'un – peut-être l'épouse américaine de Legrand, le collègue de son père ? – avait recommandé la petite librairie anglo-allemande du centre-ville, près du Luna Park, une salle de concerts sur l'Avenuda Corrientes, à quelques centaines de mètres de la Plaza de Mayo dans une direction et de l'université dans l'autre. Ce n'était pas la seule librairie anglophone de la ville, avait dit madame Legrand, mais c'était la meilleure, surtout grâce à sa formidable propriétaire, une émigrée juive allemande arrivée en Argentine juste avant la guerre.

Suzanne avait, d'emblée, trouvé à cette librairie un délicieux parfum de papier, d'encre, de sciure, de cèdre, de fumée de cigarette, voire d'une touche de moisissure, bien que Fräulein Lebach ait assuré qu'elle était impeccablement tenue. Suzanne adorait la pénombre fraîche du lieu, ses hauts et sombres rayonnages emplis de livres, leur dos scintillant tel un trésor, chacun promettant un monde à découvrir ; et les trois longues tables au centre de la boutique, sur lesquelles étaient disposées les nouveautés : une table anglaise, une table allemande, et une troisième mêlant les deux nationalités. Fräulein Lebach, même si Suzanne ne connaissait pas son nom au début, était assise, quasiment cachée derrière un bureau au fond de la librairie, entourée de piles de livres, de documents, de registres et de calepins, d'ordinaire occupée à lire, sa cigarette allumée tantôt à la main, tantôt se consumant dans le cendrier débordant devant elle. La quarantaine sans doute, elle était mince et vêtue avec élégance, toujours en jupe sombre et chemisier de couleur claire, souvent avec un foulard de soie noué sur sa gorge, sa chevelure souple, poivre et sel, tirée en arrière pour former un chignon soigné. Des bagues en or à ses doigts habiles, couverts de taches de rousseur, l'éclat d'une chaîne d'or à son cou, parfois de discrètes boucles d'oreilles, en or elles aussi. Jamais d'argent. Elle avait la voix rauque, un peu l'aspect d'un détective, les joues légèrement flasques, des yeux gris au regard mélancolique et des dents en mauvais état. Mais quand elle riait, les mucosités grasseyaient joyeusement dans sa gorge, et elle était prompte à rire. Elle adorait les livres, savait tout sur la littérature anglaise et connaissait personnellement tous les écrivains célèbres de Buenos Aires, qui venaient discuter avec elle à la librairie.

La première fois que Suzanne entra, parcourant les trois tables sans distinction ou presque, effleurant des doigts les rangées de livres aux couvertures lisses, Fräulein Lebach leva par-dessus ses lunettes demi-lunes les yeux de ce qu'elle lisait, et demanda bien fort, en allemand : « *Sind Sie auf der Such nach etwas bestimmten ?* » Et quand Suzanne, désarçonnée, secoua vaguement la tête, la libraire sourit et répéta dans un anglais précis, à l'accent marqué : « Recherchez-vous quelque chose de particulier ? »

Suzanne, ne voulant pas crier d'une extrémité de la boutique à l'autre – d'autres clients feuilletaient des ouvrages –, s'approcha du bureau de Fräulein Lebach – comme si cette dernière était institutrice, raconta-t-elle à ses parents en plaisantant ce soir-là – et expliqua son désir de lire des romans policiers en anglais pour accroître sa maîtrise de cette langue.

« Bon », dit Fräulein Lebach, se levant brusquement de sa chaise et rejoignant à grands pas la table anglaise. « Ça, ce n'est pas un vrai *roman policier.* » À ces deux derniers mots, Suzanne eut conscience que le français de la libraire était sans doute encore meilleur que son anglais. « C'est davantage un thriller psychologique. Mais parmi les meilleurs, c'est le plus récent. Vous connaissez les livres de Patricia Highsmith ? » Elle en saisit un à couverture cartonnée, illustrée d'un visage sur fond gris, recouvert de ce qui ressemblait aux éclats d'un miroir brisé, et le tendit à Suzanne. Il s'intitulait : *Ce mal étrange*. Lisant la quatrième de couverture, Suzanne reconnut le thème avec un sursaut : l'histoire d'un homme follement amoureux d'une femme qui l'avait rejeté ; le texte de présentation évoquait « un douloureux roman sur un amour imaginaire obsessionnel ». Comme si Highsmith avait pris l'histoire de Suzanne, son attachement à Rodier, avait inversé le sexe des personnages, et en avait fait un roman. Elle leva la tête vers Fräulein Lebach avec une expression presque craintive : Comment cette femme avait-elle pu, en quelques secondes, percer son âme à jour ?

Mais le regard de la libraire resta franc et détendu, la jubilation plissant ses yeux gris. « Moi je les aime tous, savez-vous. Vous avez dû lire *Le Talentueux M. Ripley ?* Il a dû être traduit en français… » Donc elle savait déjà que Suzanne était française ? « Et le premier, *L'Inconnu du Nord-Express*, adapté par Hitchcock au cinéma – vous l'avez peut-être vu ? »

Suzanne fit non de la tête. « J'en ai entendu parler.

— Eh bien cela fera l'affaire pour commencer. » Fräulein Lebach reprit le livre des mains de Suzanne et se dirigea avec lui vers les rayonnages à sa droite, qui abritaient la fiction de langue anglaise. « Mais si vous êtes comme moi, cela ne vous fera qu'une journée. Il vous en faudra sans doute deux de plus, non ? » Elle s'interrompit et se retourna. « *Vous préféreriez qu'on parle français ?* »

À nouveau Suzanne fit non de la tête : « J'essaie d'améliorer mon anglais, répondit-elle avec son accent français.

— Nous allons donc l'une et l'autre, contre toute attente, améliorer notre anglais dans ce pays hispanophone. Venez, permettez-moi de vous offrir un café. » Elle reconduisit Suzanne vers son bureau, fit apparaître, sous une pile de livres – aux titres allemands –, une chaise servant à l'occasion et sur laquelle Suzanne pourrait s'asseoir, puis ouvrit derrière son bureau ce qui ressemblait à un placard, où se trouvait une plaque électrique branchée dans le mur, ainsi que plusieurs tasses et soucoupes. Elle rapporta des WC au bout d'un petit couloir un pichet d'eau, emplit la cafetière octogonale, y ajouta du café moulu pris dans une boîte métallique, et la posa sur la plaque déjà rougeoyante. Elle fit glisser plusieurs gaufrettes sur une soucoupe et, alors qu'elle tendait celle-ci à Suzanne, l'une d'elles faillit atterrir sur le bureau encombré. Suzanne la retint d'un geste mais ne la prit pas.

« Je préférerais une cigarette, si ça ne vous ennuie pas ? »

Fräulein Lebach approuva avec joie, et proposa son propre paquet – des Winston – tandis qu'en retour Suzanne partagea celles du sien, les précieuses Marigny provenant d'une des cartouches apportées frauduleusement par tout Français en visite à Buenos Aires, y compris les parents de Suzanne et elle-même.

Ce premier après-midi, les deux femmes fumèrent et parlèrent près d'une heure, seulement interrompues par quelques clients faisant des achats. Observant ces transactions, Suzanne comprit que la libraire connaissait la plupart d'entre eux personnellement, savait ce qu'ils aimaient lire et avaient lu récemment, à quelle fréquence ils venaient, et même ce que choisiraient les autres membres de leur famille s'ils étaient présents. Elle semblait passer spontanément d'une langue à l'autre, anglais, allemand, français ou espagnol. Et quand Suzanne partit avec ses trois livres empaquetés – *The Crime at Black Dudley* de Margery Allingham, premier roman de la série Albert Campion, et *Spinsters in Jeopardy* de Ngaio Marsh, en plus du Highsmith –, Fräulein Lebach ne lui en fit payer que deux, précisant : « Il y en aura un qui vous plaira moins ; celui-là, vous pourrez me le rapporter.

— Comme dans une bibliothèque, s'étonna Suzanne.

— Exactement. On revient toujours à la *librairie*. C'est le mot qu'on emploie dans votre langue, non ? »

Ainsi commença un pèlerinage hebdomadaire qui devint vite une amitié – jamais encore Suzanne n'avait eu d'amie presque en âge d'être sa mère, si sa mère avait été une mère plus jeune qu'elle ne l'était, ce qui lui donnait l'impression d'avoir une tante chic et cosmopolite –, et cette amitié eut peu après pour résultat l'embauche de Suzanne à la librairie. L'assistant de Fräulein Lebach, un jeune homme au long nez, aux cheveux en bataille et au cou anormalement maigre, partit faire sa licence à Chicago – dont Suzanne ne connaissait l'université que comme celle où Mouret, l'ami de François, boursier Fulbright à Amherst, avait poursuivi ses études – et la libraire suggéra, entre deux Winston (impossible de ne fumer que des

Marigny, trop rares, elles en étaient d'accord), que Suzanne vienne l'aider à la librairie.

Au bout de quelques mois, Suzanne en savait un peu plus sur la vie de Lili Lebach. Cette femme d'âge mûr, enfant de la prospérité, avait fui Elberfeld, au centre de Wuppertal, pour Buenos Aires à la fin des années 1930, alors qu'elle approchait de la trentaine, et elle avait bientôt été rejointe par son frère Walter, déjà aux États-Unis, à Boston. Rescapée de justesse, elle était venue à Buenos Aires parce que les associés de Walter en affaires, arrivés avant eux, avaient pu tout organiser. Elle parlait de sa jeunesse allemande avec une nostalgie sereine, comme si elle racontait un rêve – les beaux jardins de la Villa Freytag à Elberfeld ; les chants avec la chorale des enfants sous les magnifiques voûtes de la Stadthalle ; les promenades à vélo entre amis le long des berges verdoyantes de la Wupper, enjambée par un spectaculaire pont suspendu –, mais elle n'exprimait aucun désir de retourner dans le pays de sa naissance, même pour une visite, même à présent qu'il lui aurait été facile de le faire. De sorte qu'elle représentait aux yeux de Suzanne un modèle pour s'en sortir en exil : elle avait préservé en elle et par miracle, tant d'années après, sans amertume, les splendeurs de sa jeunesse ; mais elle était allée de l'avant, et avait laissé ce passé derrière elle. C'était une émigrée cosmopolite, une citoyenne du monde, et elle gardait ses griefs – multiples, énormes – en son for intérieur. Elle était déterminée à vivre, pleinement. Elle avait ouvert sa librairie durant les jours les plus sombres, en 1942, lorsque rien ne disait que les Alliés pourraient triompher, et avait d'emblée insisté pour vendre aussi bien des titres allemands qu'anglais, par refus d'autoriser le mal à s'approprier la langue et la littérature de son pays natal, qu'elle aimait si profondément.

Pigmalion se trouvait en contrebas du Luna Park, où les fascistes argentins avaient tenu des meetings nazis avant la déclaration de guerre, même si du temps de Suzanne cette salle abritait surtout des matchs de boxe houleux, télévisés pour certains. Walter, le riche frère homme d'affaires dont Fräulein Lebach était proche, passait occasionnellement à la librairie pour inviter sa sœur à déjeuner. Laquelle demeurait aussi très liée avec sa nièce, Louise, étudiante en chimie, et avait initialement espéré qu'elle et Suzanne pourraient devenir amies, mais leurs conversations étaient restées de pure forme. Suzanne retrouvait chez Louise les aspects les plus austères de sa tante sans les agréments ; c'était une jeune femme pâle, diaphane, d'une minceur de roseau, aux superbes yeux en amande, mais sans joie. Ses bras et jambes maigres comme des baguettes et ses cheveux cassants rappelaient à Suzanne la pire période de son propre autodénigrement : un refus anorexique et inflexible non seulement de la nourriture mais de la vie même, précisément ce sur quoi, en choisissant Buenos Aires, elle avait décidé de tourner la page.

Fräulein Lebach, en revanche, la fascinait toujours davantage : elle présenta Suzanne au grand écrivain Borges, professeur d'anglais et conservateur de la Bibliothèque nationale, qui, même aveugle, venait s'asseoir – sur la fameuse chaise libérée par la libraire à l'intention de Suzanne, ce premier jour – pour prendre un café, manger des gaufrettes, et discuter avec son amie allemande des dernières parutions et des nouveaux courants de la littérature européenne. Un après-midi débarqua la prestigieuse et séduisante Victoria Ocampo, soixante-dix ans déjà, son imposante voiture et son chauffeur en livrée attendant sur le trottoir, et plus tard Fräulein Lebach décrivit à Suzanne les dîners et les soirées dans la propriété des Ocampo, la conversation étincelante des intellectuels. Ernesto Sabato et Matilde, son épouse, passaient eux aussi à la boutique, et la distinguée Matilde en particulier souriait toujours à Suzanne avec chaleur, comme pour communiquer le fait qu'elle savait ce qu'il en était de se sentir négligée tout en ayant conscience de sa valeur.

Il semblait à Suzanne être tombée dans un monde idyllique, que son éducation lui avait appris à vénérer et au sein duquel elle-même n'avait aucune importance, ou à peine, comme si elle était Céleste, la célèbre gouvernante de Proust. Elle observait les écrivains qui gravitaient autour de Fräulein Lebach – ou autour desquels celle-ci gravitait – et sentait leur lustre nimber, un peu, sa propre image. Papa et maman, toute leur vie de fervents lecteurs, écrivains en secret, attendaient avec impatience les anecdotes qu'elle rapportait de la librairie, et trouvaient apparemment son nouveau monde, cette société dont elle faisait marginalement partie, plus attirants que les leurs.

« Je préférerais de beaucoup dîner avec Jorge Luis Borges qu'avec l'amiral ou Hersant, avoua papa avec un rire narquois.

— Je ne dîne pas avec lui, papa », répondit Suzanne, non sans fierté. Un après-midi où il était passé sans prévenir en l'absence de Fräulein Lebach, elle, Suzanne, avait bavardé en anglais avec le Señor Borges à propos de romans nouvellement parus en Grande-Bretagne – l'un étant l'œuvre d'un Indien de Trinidad et s'intitulant *Une maison pour Monsieur Biswas* – dont l'expédition tardait à cause d'une grève des dockers à Southampton. Et il s'était souvenu de son nom ! Mademoiselle Cassar, avait-il dit, ajoutant de son chef la blague familiale, comme s'il venait de l'inventer : « Faites gaffe ! L'incassable Cassar, n'est-ce pas ? » Ce n'était pas un dîner, mais ce n'était pas rien non plus. Elle avait le sentiment qu'en prononçant à voix haute leur patronyme, il reconnaissait aussi papa, dont le roman non publié gisait dans une enveloppe en papier kraft au fond d'un tiroir de son bureau, et dont le génie, en lequel elle et sa mère avaient foi, étaient l'un comme l'autre occultés par les tâches triviales et rémunératrices qu'il devait effectuer.

Mais la vie était ainsi : Fräulein Lebach ne pouvait continuer à mener une existence littéraire idéale que grâce aux profits réalisés par la firme de son frère Walter, qui exportait autour du globe du cuir de vachette de première qualité. Il semblait injuste que le labeur de papa doive financer, au lieu de ses propres efforts littéraires, les robes élégantes de son épouse (même si, en réalité, c'était une première pour elle, or elle avait à présent soixante-dix ans), ou la liberté pour sa fille de lire des romans policiers anglais et d'aller jouer au golf au Jockey le jeudi après-midi. Suzanne n'oubliait pas, toutefois, que sa joie était elle-même source de joie pour ses parents et qu'après sa maladie, surtout, ils ne voulaient rien d'autre que son bonheur. Pour eux, fondamentalement, cela supposait mariage et enfants (pour des catholiques pratiquants, comment pouvait-il en être autrement ?), mais ils se montraient souples, eux-mêmes ne s'étant mariés que l'année des trente-six ans de maman, et gardaient l'espoir que Suzanne trouverait l'homme idéal.

Durant plus de deux ans, entre Pigmalion et ses amies golfeuses, la vie de Suzanne lui parut délicieuse, facilement autant que les deux années toujours plus lointaines avec François à Alger. Elle avalait sans faute son lithium quotidien et n'avait plus de sautes d'humeur, de hauts ni de bas ; elle ne regardait pas devant elle, ni, autant qu'elle le pouvait et suivant l'exemple de Fräulein Lebach, derrière elle. Elle invita la libraire – « S'il te plaît, appelle-moi Lili ! » – à dîner dans le jardin de la maison de Vicente López, où papa et maman tombèrent sous le charme de Lili qui les régala d'anecdotes sur Buenos Aires pendant la guerre, et les captiva en donnant des informations qu'ils ignoraient sur le kidnapping d'Eichmann par le Mossad au printemps 1960. Suzanne invita Estelle – mais pas Fanchette – à déjeuner dans un restaurant près de la librairie avec Lili, et celle-ci questionna Estelle avec un intérêt soutenu sur ses voyages dans les pampas, et à Ushuaia, en Terre de Feu, où elle-même n'était encore jamais allée. Elle conseillait Suzanne non seulement sur ce qu'elle devait lire mais sur sa coiffure – grâce à elle, Suzanne laissa légèrement pousser ses courts cheveux blonds et les assouplit avec un fer à friser –, et sur le choix de ses vêtements. Lili l'aidait, disait-elle, à trouver son style : « Il y a la mode, une absurdité éphémère à laquelle il ne faut pas prêter attention. Et puis il y a ton propre style, que tu dois découvrir et auquel tu dois te tenir. »

La libraire avait compris que Suzanne était une catholique fervente, donc elle n'insistait pas trop, mais partageait avec elle sa passion pour l'enseignement de feu Gurdjieff, le gourou russo-arménien à l'imposante moustache, qui avait encouragé ses disciples à ne pas rester en sommeil toute leur vie. Il les exhortait à chercher ce qu'il appelait la Quatrième Voie, qui unirait dans un sain équilibre les émotions, le corps et l'esprit. Lili pratiquait chaque matin ce que Gurdjieff nommait « Mouvements », et, à la demande de Suzanne, lui prêta un 33-tours de musique composée par Gurdjieff avec Thomas de Hartmann. Suzanne trouva ces mélodies charmantes et apaisantes, mais Lili les décrivait comme « sacrées », terme quasiment blasphématoire aux oreilles de Suzanne. Lili l'invita à l'accompagner à une conférence sur l'héritage de Gurdjieff et d'Ouspensky, mais Suzanne, gênée par les relents de sectarisme, déclina.

Le but de Gurdjieff, selon Lili, était la présence au monde et le développement de la conscience. Ne pas être passif ni mentalement absent, mais s'engager activement, à chaque instant, dans la vie. Suzanne – qui, ayant fait l'expérience de l'hostilité du monde, avait travaillé si dur pour se reconstruire – voyait mal comment cela n'engendrerait pas une grande souffrance. Parfois, souvent, elle avait le sentiment que se replier sur sa vie spirituelle était pour elle une immense et nécessaire protection ; d'ailleurs, en dehors de son propre esprit, de quoi, au fond pouvait-on être certain ?

Ah, objectait Lili, il te suffit de patienter un peu et ton esprit se modifie, tes perceptions changent ; être certain de son esprit n'est qu'un leurre, prétendait-elle.

Elles eurent différentes versions plaisantes de cet échange au fil des mois suivant le renversement de Frondizi par les militaires, où l'atmosphère autour d'elles semblait particulièrement précaire et où Suzanne désirait, plus que jamais, limiter la dispersion de son attention dans le vaste monde ingouvernable. En fait, elle se réjouissait d'être expatriée et de pouvoir se dire que le destin politique de l'Argentine, contrairement à celui de l'Algérie ou de la France, ne la concernait pas nécessairement : elle pouvait exister, ou essayer d'exister, en dehors, à côté, soulagée par cet état de semi-détachement. Elle avait l'impression, parfois, que Lili tentait de la sortir d'elle-même, de contester sa vision du monde.

« Es-tu si pieuse parce que tu as vraiment la foi ? » demanda un jour celle-ci, allumant la cigarette de Suzanne avec son briquet d'argent, alors qu'elles étaient assises selon une configuration familière de part et d'autre du bureau au fond de la librairie. « Ou bien as-tu simplement insisté pour croire parce que tes parents sont croyants, parce que la religion t'a été transmise telles les clés de la maison de tes ancêtres ?

— Et pourquoi je n'accepterais pas avec empressement les clés de la maison de mes ancêtres ? » répliqua Suzanne.

Lili eut un geste vif de la main, pareil à l'envol d'une hirondelle. « Parce que la religion a fait beaucoup de mal en ce monde. »

Suzanne accepta, avec solennité, cet argument indiscutable. « Mais aussi beaucoup de bien. »

Lily émit son rire grasseyant. « Peut-être. J'accepte que tu le croies. La littérature… » Elle poignarda l'air avec sa cigarette, soufflant par les narines un flot de fumée digne d'un dragon. « Voilà une religion en laquelle je peux croire. Voilà peut-être mon Dieu. »

Fin novembre 1962, Lili ouvrit littéralement sa porte à Suzanne. Initiative imprévue, elle invita sa précieuse employée à dîner dans son appartement de Recoleta. Elle habitait un bel immeuble Art Nouveau de l'Avenida del Libertador y Posadas, qui donna à Suzanne la sensation d'être à Paris : miroirs dans l'élégant hall d'entrée, cage d'escalier en marbre avec sa rampe ornementée qui s'enroulait comme un serpent autour du vieil ascenseur cliquetant derrière ses grilles, long et somptueux tapis cramoisi léchant les marches telle la langue d'un monstre. Lili Lebach vivait au troisième étage derrière une imposante porte laquée à double battant : quand elle en ouvrit un, elle parut minuscule dans cet environnement.

Suzanne vit que son hôtesse s'était mise en beauté pour l'occasion ; même si elle portait en principe son ensemble habituel, sa jupe droite était en soie sauvage noire, et son chemisier dans une autre soie, dense et satinée, à l'imprimé Hermès étourdissant – des éperons entrecroisés couleur caramel, chocolat et vanille –, qui tombait particulièrement bien. Ses escarpins familiers en cuir marron et à talons carrés avaient été remplacés pour la soirée par une paire en cuir verni noir, qui produisait des couinements sur les dalles de marbre. Un verre de whisky on the rocks à la main, elle fit demi-tour avec un sourire de conspiratrice pour devancer Suzanne dans un couloir exigu conduisant à la salle de séjour.

Tout était, aux yeux de Suzanne, d'un goût exquis. L'appartement, malgré la majesté de l'immeuble, semblait de taille relativement modeste, quoique de proportions équilibrées. Du jazz américain s'échappait d'un électrophone invisible vers les hauts plafonds à corniches moulurées, et un vase avec des arums ornait le manteau en marbre sculpté de la cheminée. La pièce était assez spacieuse pour le long canapé – tendu de velours bleu nuit à frange dorée – et les deux fauteuils tonneau de style 1930. La porte-fenêtre ouverte sur un petit balcon et sur le crépuscule bleuté, avec sa brise légère où flottaient par intermittence les sons de la ville au printemps, avait des doubles rideaux à motif bohème vert et marron qui rappela à Suzanne les artistes du groupe de Bloomsbury, Vanessa Bell et Duncan Grant, auxquels Lily s'intéressait beaucoup ; elle lui avait dit qu'ils avaient tout repeint eux-mêmes dans leur maison de campagne sur la côte sud de l'Angleterre : placards, baignoire, meubles... Les murs couverts de tableaux et de dessins encadrés, un damier d'œuvres d'art, certaines aux couleurs vives, d'autres à la plume, appelaient un regard plus attentif. La pièce était discrètement et habilement éclairée par des lampes aux lourds abat-jour, plusieurs à frange comme le canapé. De part et d'autre du manteau de la cheminée, des étagères peintes en blanc, au lieu du vert sombre de la librairie, contenaient la bibliothèque personnelle de Lili, attirante et *a priori* mystérieuse. Elle était décorée de bibelots fascinants : une assiette chinoise sur son support, représentant une scène au bord de l'eau ; une amphore miniature en albâtre ; un trio de netsukes sculptés – un buffle se cabrant, un moine bouddhiste tenant une tablette, une femme accroupie devant une marmite. Sur la table basse en rotin recouverte d'une plaque de verre, un plateau où étaient posés un verre, un seau à glace, un siphon, et une carafe emplie de whisky vers laquelle Lili porta son attention. Une cigarette, en équilibre instable au bord d'un cendrier, achevait de se consumer.

Suzanne éprouvait quelque chose comme de l'émerveillement, et sans doute un peu d'inquiétude, de se trouver dans l'espace personnel de son employeuse adorée. Ce n'était pas un dîner de soirée – bien sûr que non : Lili aurait difficilement pu l'inviter avec Ernesto Sabato et sa femme, même si Suzanne savait qu'ils étaient venus dîner chez elle dans le passé. Elle aurait pu inviter Suzanne avec, disons, Augusto, l'ancien assistant désormais à Chicago, s'il était revenu à Buenos Aires ; ou peut-être... mais non. Leur amitié était à part, et exclusive. Suzanne, malgré son emploi à la librairie, n'avait pas le niveau du réseau littéraire de Lili, et elle était trop jeune pour intéresser les autres amis de celle-ci, quels qu'ils fussent – probablement les peintres dont les œuvres couvraient les murs, ainsi que des musiciens, des designers et des architectes, voire, par l'entremise de son frère, une poignée d'hommes d'affaires philanthropes et leurs épouses. Lili habitait Buenos Aires depuis presque aussi longtemps que Suzanne était en vie ; elle pouvait connaître tout le monde et n'importe qui.

Dans les cercles intellectuels, elle était célèbre ; la librairie Pigmalion était connue des Français et des Espagnols aussi bien que des Allemands et des Anglais. Pourquoi se montrer aussi gentille avec elle, Suzanne, dont les seuls atouts étaient ses interprétations en privé des Nocturnes de Chopin, et ses scores médiocres sur le green du Jockey ? Buvant à petites gorgées son scotch aux arômes de tourbe, inspectant la bibliothèque pendant que Lili disparaissait dans la cuisine pour s'occuper de leur repas (Franz Kafka, Heinrich Mann, Thomas Mann, Zweig, Zweig, Zweig – et, de l'autre côté de la cheminée, Elizabeth Bowen près de Willa Cather, Jean Rhys près de Muriel Spark –), Suzanne se reprochait son manque d'assurance : Pourquoi Lili ne devrait-elle pas l'inviter à dîner ? Pourquoi elle-même ne devrait-elle pas converser avec cette femme d'un certain âge dans ce délicieux appartement aussi facilement qu'elle le faisait au fond de la librairie Pigmalion ? Pourquoi ce nouvel environnement suscitait-il tant d'anxiété chez elle ? En proie à ces incertitudes, elle vida son verre, et se resservit substantiellement avant le retour de Lili.

Servi dans une petite salle à manger jouxtant le salon, seulement éclairée par des appliques en laiton aux courbes féminines, sur une table ronde recouverte d'une nappe violette damassée, le repas, quoique simple, était remarquablement savoureux : agneau Argenteuil accompagné de riz et d'une salade verte, puis, selon les mots de son hôtesse, un seul fromage, mais puissant. En guise de dessert, Lili découpa une tarte aux pommes, disposa élégamment les parts en éventail sur une assiette raffinée, et leur prépara un café meilleur et plus fort qu'à la boutique. Quand Lili était avec elle dans la pièce, Suzanne se sentait pleinement elle-même, bien dans sa peau. Seulement quand elle s'absentait – ayant insisté pour que Suzanne n'aide pas à débarrasser ; la cuisine était-elle un désastre ? –, Suzanne ne tenait pas en place, presque submergée par ses émotions. Elle s'excusa pour aller aux toilettes, où elle humecta d'eau froide ses poignets et ses tempes, mais son cœur battait encore à tout rompre dans sa poitrine.

Après le dîner, alors qu'elles se resservaient un whisky au salon, Lili s'assit près d'elle sur le canapé et parla de Gurdjieff. « Chacun de nous a besoin d'être en éveil, conscient du présent », réitéra-t-elle, contemplant derrière Suzanne par la fenêtre ouverte la nuit à présent presque noire. « Avec tous nos sens, le corps et l'esprit ne faisant plus qu'un. Alors seulement, murmura-t-elle, nous sommes dans un état touchant au sacré. » Elle offrit une cigarette à Suzanne, en prit une et alluma les deux, inspirant profondément la fumée. « Prends le tabac par exemple, poursuivit-elle. Pour toi, comme pour moi, chaque cigarette est un plaisir mais également une douleur. Elle nous brûle la gorge, nous fait percevoir la forme et la limite de nos poumons. Nous savons, à cause de la toux ou de l'essoufflement, qu'elle ne peut pas être bonne pour nous. » Elle hocha la tête, songeuse. « Et pourtant la cigarette ralentit également le temps, elle ouvre dans la trame de nos journées un espace pour la contemplation ou la conversation. Elle repousse à plus tard ce qui nous attend – elle repousse même la mort, pourrait-on dire. »

Suzanne, qui avait eu le même genre de pensées sur cette habitude, écoutait en silence.

« Donc, vois-tu, une petite partie de notre journée, de nos mouvements corporels, peut, si nous y prêtons attention, prendre une signification profonde. Nous apprenons, ainsi, à prêter attention à nous-mêmes. » Lili, se penchant en avant, posa la main sur le genou de Suzanne. « Que peut vouloir nous dire notre corps ? demanda-t-elle.

— Comment ça ? » Suzanne sentait les battements de son cœur jusqu'au bout de ses doigts, au creux de son ventre, dans le lobe de ses oreilles.

Lili sourit, se redressa, tira sur sa cigarette. « Parfois, nous ne remarquons pas certaines choses sur nous-mêmes, et pourtant elles sont visibles, voire évidentes, pour ceux qui nous entourent. Parce que nous sommes des animaux, vois-tu, comme un chat, un chien, ou un enfant. Nous apprenons à nous dissimuler des choses à nous-mêmes si nous avons la conviction qu'elles sont inacceptables – mais comme un chat, un chien, ou un enfant, nous avons des besoins et des désirs innés.

— Je ne comprends pas ce que tu veux dire.

— Pour vivre sainement, il nous faut apprendre qui nous sommes, et nous accepter. »

Suzanne entendait à peine Lili à cause des battements de son cœur résonnant dans ses oreilles. Elle but une nouvelle rasade de whisky, mais c'était de l'eau qu'elle voulait. Elle éprouva soudain une soif insupportable. « Je peux avoir un verre d'eau ? Je vais aller le chercher…

— Non, reste assise. » Lili se leva aussitôt et revint avec un grand verre. L'eau était tiède, et Suzanne la but en deux gorgées. Reposant son verre sur le plateau, elle sentit la main de Lili, électrique, lui caresser l'arrière de la tête.

« Ma chère, reprit Lili, il n'y a pas de quoi avoir peur. Nous aimons les femmes. Nous désirons les femmes… »

Suzanne eut un mouvement de recul au contact de cette main et s'inclina en arrière, consciente, complication supplémentaire, de l'expression horrifiée de son visage. « Je ferais sans doute mieux de rentrer », répondit-elle, cherchant à tâtons son sac à main sur le sol.

Lili, imperturbable, se contenta de rire. « Calme-toi, ma chère. Rassieds-toi tranquillement et écoute ce que j'ai à te dire. Tu crois que je tente de te séduire ? Que je veux te faire mienne ici même sur ce canapé ? Absurde. J'ai de la tendresse pour toi – je t'apprécie énormément. Mais je n'ai aucun désir d'enlever mes vêtements – ni les tiens, d'ailleurs. Franchement, tu n'es pas mon type. C'est un simple privilège de l'âge que de prendre les choses suffisamment à cœur, et en même temps trop peu, pour dire la vérité. Or toi, Suzanne, je te connais maintenant depuis plus de deux ans. Nous avons passé beaucoup, beaucoup d'heures ensemble, et avons eu beaucoup de conversations. De merveilleuses conversations. Nous sommes bonnes amies, pas vrai ?

— Oui, mais…

— Nous nous connaissons bien. Et je t'observe, je sais quand tu es heureuse, ou pleine d'espoir, ou effrayée. Et je sais, de même qu'un chat ou un chien le sait, ce que tu veux. » Lili se releva, alluma une nouvelle cigarette, et s'approcha de la fenêtre où elle semblait voir quelque chose dans l'obscurité au-dehors. « Ton adorable amie – notre compagne au déjeuner – Estelle, non ? Avec ses drôles de dents, cette peau olivâtre, ces magnifiques yeux sombres. Tu ne te demandes pas ce qu'elle est pour toi ? Tu ne te demandes pas ce que veut ton corps ? »

Suzanne, à ces mots, se leva elle aussi, et plaqua son sac contre son ventre tel un bouclier. « Je ne veux pas… je ne peux pas…

— Considère-moi comme ton amie, ce que je suis. Je suis là pour te dire que "lesbienne" n'est pas une insulte, ni un péché, ni un crime. Tu es entourée de lesbiennes. En fait, tu aimes des lesbiennes : Virginia Woolf, Patricia Highsmith, même Marlene Dietrich, paraît-il – et moi, bien sûr. » Elle regarda Suzanne droit dans les yeux, avec une expression à la fois solennelle et amusée. « Tu ne peux pas m'aimer moins parce que tu sais cela ? Ça ne change rien. Au fond de ton cœur tu le sais depuis le début, n'est-ce pas ? »

Cette nuit-là, alors qu'elle était allongée sur son lit une place sous son crucifix et son chapelet, le long de sa fenêtre ouverte, le superbe jacaranda en fleurs irradiant dans le jardin, ses branches pareilles à des bras tendus parés d'un tulle luminescent, Suzanne entendait encore son cœur cogner dans ses oreilles. Elle maintenait ses mains entre ses cuisses, à la fois pour se calmer et s'exciter, tandis qu'en son for intérieur elle n'en finissait pas de revivre cette extraordinaire soirée. Lili aurait-elle pu l'embrasser, si elle n'avait pas eu ce mouvement de recul ? Qu'aurait-elle fait, elle, alors ? Savait-elle depuis le début, ainsi que Lili l'avait dit avec insistance ? Cela signifierait quoi, à présent, de savoir – et si tel était le cas, que savait-elle ? Et comment, après ça, pourrait-elle retourner à la librairie Pigmalion ?

Elle découvrit qu'elle ne pouvait pas y retourner. Elle ne supporterait pas d'affronter Fräulein Lebach – cette façon plus officielle de l'appeler lui était revenue spontanément. Elle fit téléphoner par sa mère à la librairie pour prévenir qu'elle était souffrante, et envoya la semaine suivante un mot par la poste pour dire qu'elle jugeait préférable de quitter son emploi. Fräulein Lebach lui adressa en retour une lettre formelle mais aimable, avec un dernier bulletin de salaire. Suzanne ne savait comment expliquer à ses parents ce qui s'était passé, et inventa un mensonge au sujet d'un client agressif qui la harcelait ; elle prétendit que Fräulein Lebach avait contre toute attente pris le parti du client, qu'elles s'étaient querellées à ce propos, et qu'il valait mieux en rester là. Elle eut conscience de proposer une version de l'agression sexuelle subie lors de son stage dans une salle de bains d'un hôtel bernois, restée secrète, pour couvrir une tout autre expérience, mais qui lui semblait encore plus inavouable que la première.

Dans l'intervalle, la librairie même, son mobilier et ses odeurs bien-aimées, cet espace source de tant de satisfactions, devint un lieu à éviter, et dont il lui fallait faire son deuil. Elle se félicita d'avoir peu de raisons de s'aventurer dans le centre-ville et, durant les semaines précédant Noël, elle insista auprès de maman pour qu'elles fassent leurs courses dans leur quartier de Vicente López ou à Recoleta, à des moments où elle avait la certitude de ne pas rencontrer Fräulein Lebach. Un jour, dans l'Avenida Alvear, en fin d'après-midi, elle crut reconnaître de dos sa veste d'été, blanc crème à liséré bleu marine, mais quand la propriétaire se retourna, elle n'avait rien de commun avec la libraire. Initialement, toutefois, la plus grande angoisse de Suzanne était que ses cruelles insinuations n'éclaboussent le reste de son existence, et qu'elle, Suzanne, ne se sente d'une façon ou d'une autre souillée dans son amitié avec Estelle, comme si elle avait fait – ne fût-ce qu'en pensée, voire en le révélant sans y penser – quelque chose de méprisable. Et si Fräulein Lebach avait raison, et que mystérieusement, à son insu, comme si elle avait mauvaise haleine, il émanait d'elle une désagréable aura désirante. C'était ridicule, se dit-elle. En outre, bien qu'elle n'eût jamais pu le reconnaître à voix haute, l'amour entre femmes n'était pas un crime – son ancienne amie avait raison de rappeler que nombre de grandes écrivaines que Suzanne admirait menaient des vies que le pape aurait sévèrement désapprouvées. Et pourquoi Fräulein Lebach, si sa morale et sa foi religieuse ne le lui interdisaient pas, ne prendrait-elle pas des amantes ? Ou n'en aurait-elle pas pris, vraisemblablement, dans le passé, puisqu'elle était maintenant d'âge mûr, ménopausée sans doute, et le fait même de penser à elle en termes de désir, toutes les formes de désir, semblait aussi inquiétant pour Suzanne que de penser à ses parents de la sorte.

Mais l'impossibilité pour elle de retourner à la librairie Pigmalion ne venait pas de ce qu'elle voyait différemment Fräulein Lebach, mais du fait qu'elle comprenait désormais comment la libraire (oh, ce qu'elle avait encore envie de penser à elle comme à son amie « Lili » !) la voyait elle, Suzanne : comme étant amoureuse d'Estelle. Ce qu'elle n'était sûrement pas, et ne serait jamais.

Finalement, après deux semaines d'atermoiements, elle trouva le courage de retourner au golf, à l'invitation répétée de Fanchette. Celle-ci ressemblait à un oiseau picorant le sol, avec persévérance, ce pour quoi Suzanne lui voua, en l'occurrence, de la gratitude ; mais ses amies connaissaient également son histoire, la savaient dépressive, imaginaient qu'elle avait subi un revers, et ne posèrent donc aucune question lorsqu'elle réapparut.

Elle avait le trac quand Fanchette et Estelle vinrent la chercher dans la petite Renault bleue de Fanchette : se comporterait-elle bizarrement ? Émanait-il d'elle, ainsi que l'avait sous-entendu Fräulein Lebach, quelque chose de malvenu ? Or, dès qu'elle se glissa sur la banquette arrière – en skaï noir matelassé qui lui brûlait la peau à travers le coton de sa jupe de golfeuse –, Estelle se retourna, lui saisit le poignet, le serra tendrement et fit une petite grimace joyeuse en tirant la langue : « Dieu merci te revoilà, déclara-t-elle. Fanchette me rendait *folle* ! »

Et Fanchette grommela de sa voix grave, sans quitter la route des yeux : « C'est ce qu'elle raconte, parce que son jeu sur le green est lamentable – mais la-men-table ! » Elle obliqua d'un coup de volant, qu'elle maniait avec l'aplomb d'un chauffeur professionnel. « Je l'ai obligée à m'offrir un verre pour chaque tour qu'elle perd, et voilà quinze jours que je bois des cocktails à ses frais. On ne me la fait pas. » Fanchette klaxonna une Mercedes qui lui avait coupé la route, et lâcha un juron.

« Arrête, arrête ! Pas la peine de te mettre en colère », gloussa Estelle, faisant un clin d'œil à Suzanne. « Son caractère ne s'arrange pas avec l'âge. » À nouveau elle saisit le poignet de Suzanne. Ses doigts, par cette chaleur, étaient un peu moites. « Tu nous as manqué, ma chère amie. C'est l'été. Tout ira bien, je te le dis. » Elle pivota sur elle-même pour se rasseoir face à la route et tendit le bras par la fenêtre, le laissant flotter au vent. « Regarde les arbres ! »

Certes, même si c'était la fin de la saison, elles longeaient un boulevard bordé de part et d'autre par des jacarandas, à la chaussée tapissée de fleurs tombées, somptueuse mer violette : son parfum musqué emplissait la voiture.

« Tout ira bien », répéta Suzanne, abaissant sa propre vitre et offrant son visage à la brise.

Elle raconta à ses amies le même mensonge qu'à ses parents, et elles passèrent à autre chose. Elle leur dit, et ses parents à leurs amis, qu'il allait lui falloir un nouvel emploi ; et quand les trois Cassar allèrent prendre un verre le soir de la Saint-Sylvestre chez les parents d'Estelle – une vaste et élégante villa pas très loin du Jockey Club –, Estelle était surexcitée.

« Devine ! » lança-t-elle, prenant Suzanne par l'épaule tandis qu'elles se dirigeaient vers la salle de séjour, ouvrant sur le magnifique jardin. « Je t'ai trouvé l'emploi idéal !

— Ne me dis rien... femme de chambre à l'ambassade de France ! » Estelle et Fanchette taquinaient souvent Suzanne sur son incapacité à ranger ses affaires, à laver une tasse ou à faire un lit.

« Absurde. Non. C'est un véritable emploi.

— Eh bien ?

— Jacques a besoin de quelqu'un à l'agence. Tu seras parfaite. Tiens, le voici. Vous pourrez en parler tous les deux. »

Jacques, que Suzanne rencontrait pour la première fois, était le plus jeune des frères aînés d'Estelle. Ils étaient six enfants dans la famille : Elizabeth, la première-née ; puis Julien, puis Jacques, puis Estelle, puis Antoinette, et enfin Yves, le bébé. Jacques, la trentaine, avec une ravissante épouse blonde et deux petites filles en robe à smocks dehors sur la pelouse, avait plusieurs années auparavant ouvert sa propre agence de voyages, qui se révélait une réussite. Apparemment, l'un de ses jeunes associés avait décidé de retourner à Paris, et un poste se trouvait donc vacant à l'agence.

Jamais Suzanne n'oublierait cette première rencontre – la danse des moucherons dans les rayons du soleil déclinant au son des jeux des enfants et du bavardage paisible des adultes. L'air était parfumé par le jasmin étoilé au pied du mur près d'eux et par la citronnelle des serpentins anti-moustiques, allumés le long de l'allée. Elle avait conscience, en lisière de son champ de vision, de l'éclat turquoise de la piscine. Son visage, quand il se tourna vers elle, si semblable à celui de sa sœur – cette abondance de cheveux noirs ; ces yeux bruns un peu écartés, frangés de cils épais et, pensa-t-elle, au regard plein d'humour et de bienveillance ; son sourire amusé ; sa barbe de fin de journée qui ombrait sa peau olivâtre. Sa cravate à rayures parfaitement conventionnelle, mais plaisamment nouée de travers ; sa main propre, hâlée, carrée, qui se tendit aussitôt pour serrer la sienne. Et puis, à l'insistance d'Estelle – « Mais enfin, on se fait la bise, ici ! » – l'embrassade obligatoire, et avec elle, un parfum de tabac, de vodka, d'huile capillaire.

Elle eut la certitude, dès leur rencontre et durant de nombreuses années à venir, que Dieu avait bel et bien un implacable dessein qu'elle ne pouvait entièrement voir. Elle n'avait à ce moment-là pas encore trente ans, soit plusieurs années de moins que maman lorsqu'elle avait épousé papa. Ses parents répétaient avoir été simultanément frappés par un coup de foudre, par la conviction que, comme dans *Le Banquet* de Platon, ils étaient en fait les deux moitiés de la même âme. Chacun avait miraculeusement eu l'intuition que l'autre éprouvait la même chose (pour une raison inconnue, Suzanne songeait toujours, à cet égard, aux « Romances sans paroles » de Mendelssohn, comme si leurs émotions partagées étaient une mélodie qui circulait à travers et entre eux, une musique qu'ils étaient seuls à pouvoir entendre). Et même si leur union avait paru impossible aux yeux du monde – maman avait treize ans de plus que papa ! –, ils l'avaient – avec l'aide de Dieu, disaient-ils – fait durer ; et à présent, presque trente-cinq ans plus tard, leur mariage semblait clairement avoir été écrit, être le chef-d'œuvre de leurs deux vies. Que Suzanne ait, ou non, pensé tout cela à l'instant précis où Jacques posa sa joue tiède sur la sienne, elle n'aurait pu l'affirmer ; mais elle eut le sentiment de l'avoir pensé, comme si elle avait su, d'emblée, qu'ils étaient *destinés* l'un à l'autre.

Oui, bien sûr, il avait une femme adorable, Maria Luisa – à l'épaisse chevelure blonde enroulée en un chignon au sommet de sa tête, à la robe trapèze rose pâle au niveau du genou rappelant celles de Jackie Kennedy –, et deux petites filles délicieuses : l'une blonde comme sa mère, l'autre brune comme son père, toutes deux dans des robes en liberty à manches ballon et à col de dentelle blanc, aux longs mi-bas également blancs et aux sandales Mary Jane : des enfants modèles menant des existences modèles. Elle n'entretint pas une seconde l'illusion qu'elles pouvaient disparaître par un coup de baguette magique. Que pensa-t-elle, quand il déclara, souriant et riant, qu'après avoir tellement entendu parler d'elle par sa sœur il avait déjà le sentiment qu'elle faisait partie de la famille ? Elle pensa : « *Destinés* l'un à l'autre » ; elle pensa : « le dessein de Dieu » ; elle pensa aussi : « Patience ».

Et lorsqu'il lui proposa cet emploi avant même qu'ils n'aient fini leur premier verre, et qu'Estelle cria si fort hourra que le reste des invités s'interrompirent pour apprendre la bonne nouvelle et l'applaudirent – ce qui empourpra les joues de Suzanne et la fit sourire jusqu'aux oreilles : c'était l'expression qui convenait, sa bouche s'étirant de joie au point qu'elle en avait mal à la mâchoire –, elle eut la sensation qu'enfin, pour la première fois, les différentes pièces de sa vie s'assembleraient peut-être, par miracle, si seulement elle continuait à y croire.

Et à nouveau, quelques jours plus tard sur le green du Jockey Club avec Fanchette, Estelle et Antoinette, quand Estelle fit l'éloge de Jean-Marc, le mari d'Antoinette, et sa blague sur le mari idéal, se demandant si elle le trouverait ou pas, Suzanne sentit son estomac faire un bond, comme si elle et Estelle détenaient toutes deux un secret ignoré des deux autres : que

Jacques était, pour Suzanne, sa moitié, celle qui lui manquait, et que quoi qu'il lui en coûte elle l'attendrait, jusqu'à ce que pour eux l'heure soit venue.

Dire que quelques semaines plus tôt le monde autour d'elle lui semblait précaire et inhospitalier – comme si Lili Lebach l'avait jetée hors du nid tel un oisillon. Elle était reconnaissante envers Lili, désormais : un nouveau chapitre, essentiel, était sur le point de s'ouvrir, et sans cette étrange, intense soirée et ses douloureuses retombées elle ne serait pas là, au seuil du reste de sa vraie vie. En éveil, pour citer le Gurdjieff de Lili, dans chaque cellule de son corps. Souviens-toi de ce moment, souviens-toi de cette journée, se dit-elle, tandis que Fanchette plaçait sa balle, agitant son ample postérieur comme une poule avant de se mettre à couver, qu'Antoinette chuchotait quelque chose à sa sœur et qu'Estelle gloussait, la bouche entrouverte, le bout de sa langue dépassant du fabuleux espace entre ses incisives, et que toutes les quatre se sentaient si heureuses d'être ensemble sans façon, si bien ensemble, encore jeunes, la vie devant elles, et qu'un avion au fuselage blanc étincelait au-dessus d'elles dans la lumière glauque, mordorée, de cet après-midi d'été, son vrombissement déchirant l'air à peine une seconde plus tard.

Janvier 1963

Genève, Suisse

François n'était de retour à Genève que depuis quelques jours quand le télégramme de Barbara apporta la nouvelle du décès de son père. Le facteur du service télégraphique vint à vélo peu après sept heures du matin, et François, occupé à se raser, lui ouvrit dans le peignoir à motif cachemire qu'il ne portait presque jamais, une serviette-éponge sur l'épaule et une seule moitié du visage rasée. Le facteur, menu dans son uniforme un peu graisseux, lui tendit la feuille bleue pliée en trois sans croiser son regard, comme avec déférence. Peut-être savait-il que c'était une mauvaise nouvelle. François lui donna un pourboire, mais de cinquante centimes seulement. Tout était si cher en Suisse.

Une semaine après avoir reçu l'information, il se demandait encore s'il n'aurait pas dû rester. En son for intérieur, et bien qu'ils aient tous refusé d'aborder le sujet, qu'ils aient insisté pour faire des projets de voyage – ce colloque à Ottawa dont ils parlaient sans cesse –, il avait su dès son entrée dans cette chambre d'hôpital que Terrence Harold Fisk ne pouvait que mourir bientôt. Le vieil homme – décharné, livide, le regard éteint – semblait à peine, comme par miracle, vivant, seulement retenu sur cette planète par les soins constants et aimants de son épouse et de sa fille.

Or, même quand ils étaient seuls – non pas seuls dans la chambre d'enfance de Barbara avec madame Fisk au rez-de-chaussée, mais seuls dans la maison entière, ou dehors pour promener le chien autour de Grenadier Pond, contemplant les patineurs emmitouflés qui glissaient comme ceux d'un tableau victorien –, Barbara ne concédait même pas cette éventualité, sans parler de probabilité ; et François, arrivé tard au chevet de son beau-père et certain de partir trop tôt, se sentait mal placé pour obliger sa femme ou sa belle-mère à accepter l'inévitable avant qu'elles n'y soient contraintes.

D'où le dilemme auquel il fut confronté alors qu'il se préparait à retourner en Suisse, juste avant le Nouvel An. Même si monsieur Fisk n'avait jamais été autorisé à quitter sa chambre d'un blanc éclatant au General Hospital, et même s'ils y avaient installé un petit sapin de Noël artificiel, avec guirlande lumineuse multicolore et cheveux d'ange, persistait l'illusion selon laquelle il serait prêt, quinze jours plus tard, pour Ottawa. François ignorait s'il devait proposer de rester plus longtemps, invoquant la désagréable vérité – et le fait que Barbara souhaiterait sûrement qu'il soit là le moment venu – ou plutôt l'absurde version mythique selon laquelle monsieur Fisk se lèverait tel Lazare, François étant dans ce cas le bienvenu pour porter sa canne, en quelque sorte. À moins qu'il vaille mieux, en fait, ne rien dire, accepter la fiction familiale voulant qu'il y ait peu de risque et rentrer, comme prévu, vers les montagnes de travail qui l'attendaient à Genève.

De ces trois possibilités, il avait choisi la dernière, en partie parce que madame Fisk se hérissait dès qu'il entrait dans une pièce, et que cela l'insupportait. Même si, lorsque Barbara le conduisit à l'aéroport et qu'ils s'étreignirent tels des enfants dans une tempête, il faillit rester – faillit seulement. Ils ne parlèrent pas de la Mort, présente avec eux dans la voiture, de même que personne n'en avait parlé dans la chambre blanche de monsieur Fisk à l'hôpital quand François était allé dire au revoir, à ceci près qu'au moment où les deux femmes s'interrogeaient sur ce qu'il fallait faire de l'arbre de Noël, le vieil homme avait murmuré, de sorte que seul François entende : « Prenez bien soin d'elle, je sais que c'est le cas. Parce que vous l'aimez comme je l'aime. Sa mère est un peu dure avec elle... » Il eut du mal à en dire autant d'une traite et dut s'interrompre pour rassembler sa salive dans sa bouche sèche : « ... et encore plus avec vous. Mais elle l'aime tout de même, vous savez. »

Hormis cela, ils firent semblant pour Ottawa, ils firent semblant pour le voyage des Fisk à Paris en mai, et peut-être iraient-ils tous voir les Cassar à Buenos Aires – après tout, pourquoi pas ?

Une fois à bord de l'avion, il regretta de ne pouvoir faire machine arrière, simplement pour dire ce qui n'avait pas été dit ; au lieu de quoi il commanda un scotch à l'hôtesse et laissa les choses suivre leur cours.

Seul avec son mélange de compassion et d'auto-apitoiement, il retrouva Genève, le petit appartement nu de la route de Malagnou (toujours pas de voisins dans celui d'en face), et les chrysanthèmes fanés qu'il avait laissés dans le vase sur la table, leur eau croupie et leurs feuilles en décomposition empuantissant l'air. Ils étaient un cadeau de Babs Riley, quand tous avaient cru, brièvement et à tort, que Barbara reviendrait pour Noël. Il se mit au travail, prêt à attendre le retour de sa femme, afin que la vie, leur vie à deux, puisse recommencer.

François était à mi-parcours de son diplôme de commerce au CEI (Centre d'études industrielles), cursus d'un an dirigé par le brillant idéaliste Paul-Marie Haenni, ingénieur chimiste suisse qui voyait son école comme le terrain d'expérimentation d'un capitalisme mondial bienveillant et holistique. Il croyait à un avenir où la prospérité serait partagée, où les pays en voie de développement auraient leur place, où la formation des chefs d'entreprise impliquerait l'acquisition d'une vaste culture générale – non seulement en économie mais en biologie, en littérature, en psychologie et en sociologie. Cette approche, insistait-il, était préférable à celle des MBA américains trop technocratiques, et il avait invité dans ce but tout un éventail d'intervenants inattendus, le dernier en date étant Raymond Aron, grand sociologue français qui donnerait une conférence la semaine suivante, le mardi 17 janvier. François, fou de joie, comptait parmi les trois étudiants conviés à prendre la parole après la conférence.

Il était autant surexcité que terrifié – il ne s'attendait certes pas à une telle opportunité. En réalité, jamais il n'avait voulu préparer un MBA, mais l'occasion lui en avait été donnée par son employeur, Pechiney, le producteur d'aluminium pour lequel il travaillait depuis son départ d'Harvard. Bien que Pechiney ait présenté ce cursus comme facultatif, François s'était dit qu'il n'avait pas le choix, car après un an ou presque à Gardanne, petite ville industrielle à la périphérie d'Aix-en-Provence, il leur tardait, à Barbara (particulièrement) et à lui, de partir ; et il était, surtout, impatient de décrocher une promotion. Le CEI représentait, bien sûr, un tremplin.

Avant d'arriver sur place, ses sentiments étaient mitigés. Sans doute l'étaient-ils encore, en vérité. Peu de temps auparavant, après tout, il avait entrepris une thèse de doctorat en études moyen-orientales à Harvard, et devait avoir comme directeur de thèse Sir Hamilton Gibb – une autorité dans son domaine. Même si Barbara et lui avaient décidé ensemble qu'il devait plutôt s'engager dans des études de commerce, prendre des notes sur une usine d'Eindhoven ou superviser la chaîne logistique du port de Rotterdam lui faisait l'effet d'une rétrogradation. Au début, il regardait de haut presque sans le vouloir ses camarades du CEI, promotion hétéroclite d'étudiants du monde entier – Tokyo, Port of Spain, Ottawa, Calcutta – mais tous dévoués à l'univers marchand, aspirant à devenir des industriels, des rouages de la machine en expansion du capitalisme planétaire.

Dans son appartement désert où, après plusieurs mois, les traces de Barbara étaient rares – sa brosse encore égayée par un enchevêtrement de cheveux soyeux sur l'étagère de la salle de bains ; ses escarpins marron glissés sous la commode ; ses amples robes d'été dans la penderie –, l'attendaient, piètre distraction, les études de cas à rédiger après son voyage aux Pays-Bas de la fin novembre et, à la fois stimulantes et intimidantes, diverses lectures pour préparer la visite de Raymond Aron au CEI.

Paul-Marie Haenni avait expliqué que la dernière visite de celui-ci remontait à une décennie, alors que l'établissement était tout neuf. Aron avait évoqué son soutien au plan Schuman pour la création d'une communauté européenne du charbon et de l'acier – et avait affirmé son engagement total en faveur de ce premier pas, capital, vers un Marché commun européen. Là, il revenait au moment où les Six, les pays signataires du traité créant le Marché commun, devaient décider du sort de la candidature de la Grande-Bretagne qui voulait se joindre à eux. Officiellement, toutefois, il serait là pour discuter de son dernier ouvrage, *Paix et guerre entre les nations*.

Aron, cet incroyable intellectuel dont François, adolescent, lisait les éditoriaux dans *Le Figaro* à la table de ses parents, dont son père lui avait durant toute sa vie d'adulte vanté l'intelligence, et qui était vénéré dans la famille Cassar. François avait du mal à y croire. « Si seulement, avait-on entendu dans la bouche de Gaston Cassar, si seulement c'était Raymond Aron qui avait prononcé cette allocution radiophonique en juin 1940, je me serais précipité sans hésiter à Londres… »

Pour François, cette possibilité d'un échange avec le grand homme représentait un enjeu de taille : Aron, contrairement à tant de ses pairs, n'était pas prisonnier de hiérarchies locales. Comme François, il aimait aussi les États-Unis, s'était lié avec des intellectuels américains et avait été nommé, pendant le séjour de François à Harvard, à l'American Academy of Arts and Sciences : ils auraient même pu se croiser à la Coop du campus ou sur Mass Avenue (encore que non, François le savait, puisqu'il aurait reconnu ce visage n'importe où). De tous les brillants intellectuels français, Aron serait peut-être le plus à même d'apprécier sa trajectoire inhabituelle, de reconnaître en lui un étudiant sérieux, un esprit de valeur, désormais embarqué dans cet étrange cursus commercial – à moins que ce ne soit pas le cas, une perspective terrifiante. Il pouvait aussi ignorer François et passer son chemin. À cause de l'énorme importance prise par la conférence du 17 janvier dans son imagination, François ne semblait plus capable que de procrastination.

Ce vendredi-là, en fin d'après-midi – un vendredi 13, sans doute une malheureuse coïncidence – il avait rangé l'appartement au lieu de travailler. Il avait plié et replié ses chemises dans les tiroirs, aligné les verres et les tasses dans le placard de la cuisine. Le minuscule deux-pièces de la route de Malagnou le désolait – il était à peine meublé, et la chambre donnait sur cette artère si fréquentée que malgré le double vitrage, elle restait bruyante du petit matin jusqu'à l'heure du dîner. Au début, quand Barbara était avec lui, ce dépouillement paraissait romantique, du temps où il pensait qu'ils construiraient leur nid ensemble, l'ornant de modestes cadeaux qu'ils se feraient l'un à l'autre. L'impression de célibat qui en émanait à présent – trop bien rangé, trop spartiate – le déprimait.

Le crépuscule à Genève signifiait qu'à Toronto la matinée se terminait. Délaissant les livres et les documents qui se brouillaient sous ses yeux, il se leva pour allumer. Il mit la radio, puis l'éteignit. Penché au-dessus du téléphone, il hésita – ils n'avaient pas les moyens ; ils s'étaient entendus pour économiser chaque penny ; ils n'étaient pas censés se parler avant dimanche soir… une fois par semaine seulement –, mais sa voix, rien que sa voix. Il avait besoin d'entendre sa voix.

Seulement quand la sonnerie du téléphone retentit à l'autre bout du fil, l'idée lui traversa l'esprit que sa belle-mère risquait de décrocher. C'était chez elle, après tout. Cette perspective lui noua l'estomac – ils ne s'étaient pas parlé depuis la mort de son mari, bien qu'il eût envoyé un télégramme de condoléances. Les obsèques auraient lieu le lendemain, samedi 14, et il avait envoyé des fleurs, mais elle ne les aurait pas encore reçues. Il raccrocha.

Un peu essoufflé, il alluma une cigarette. C'était ridicule. Comment pouvait-il avoir peur de sa belle-mère ? Une petite femme trop ronde aux cheveux comme la toison d'un caniche gris. Une petite femme qui ne connaissait rien au monde, une fois sortie de Toronto, Canada ! Qui se souciait de ce qu'elle pensait de lui ? Mais grands dieux, ce qu'il détestait parler à quelqu'un au téléphone. Surtout en anglais. Il se sentait si mal à l'aise, cherchant ses mots, inquiet à la pensée que son accent ressorte davantage quand on ne le voyait pas… et madame Fisk, bon, elle était déjà redoutable en chair et en os… Mais il ne détestait pas parler à Barbara – il avait besoin d'entendre sa voix. Il avait autant besoin de sa voix que de respirer. Il affronterait madame Fisk s'il le fallait – s'il fallait en passer par-là pour avoir accès à ce baume qu'était la voix de Barbara.

Or, quand il composa de nouveau le numéro, ce fut Barbara qui répondit.

« Chéri, roucoula-t-elle, quand elle comprit que c'était lui. Tout va bien ?

— Tout va bien. J'avais juste envie d'entendre ta voix. Te dire que je t'aime. »

Elle hésita une seconde. Ce dont il déduisit qu'elle lui répondait depuis le téléphone mural de la cuisine – l'autre se trouvait dans la chambre de sa mère – et que cette dernière était à proximité. Il voyait d'ici la scène : les reflets du soleil d'hiver sur la neige au dehors, le damier noir et blanc du lino, la façon dont Barb, en parlant, faisait machinalement pivoter l'ouvre-boîte jaune fixé au mur près du téléphone. « C'est tellement adorable. Moi aussi, tu sais.

— Mais tu n'arrives pas à le dire ?

— On est juste en train de vérifier le menu pour la réception après les obsèques. Tant de préparatifs.

— Désolé.

— Ne le sois pas. D'après Mère, c'est fait à dessein, pour donner à la famille de quoi s'occuper. Pour qu'on n'ait pas le temps de réfléchir.

— Je regrette de ne pas être là. Enfin, je regrette surtout que toi tu ne sois pas là. »

Barbara soupira. « Tu as reçu ma lettre ?

— Oui. Je comprends, bien sûr. » Le matin même, il avait reçu cette lettre disant qu'elle ignorait combien de temps sa mère aurait besoin d'elle, que même après les obsèques il lui faudrait peut-être une quinzaine de jours, voire une ou deux semaines de plus. Elle reculait, une fois encore. D'un côté, il comprenait ; de l'autre, il lui aurait bien répondu qu'il n'y aurait jamais de moment idéal pour quitter Toronto. Elle allait simplement devoir s'y résoudre. À moins qu'à la place, ce ne soit à lui qu'elle renonce. « Mais tu me manques.

— À moi aussi, idiot. » Elle eut un petit rire.

Il entendait vaguement la voix de sa belle-mère en bruit de fond. Il aurait voulu confier à Barbara son trac à l'approche de la conférence de Raymond Aron. Il aurait voulu lui confier que ses caresses lui manquaient. Et que parfois son cœur lui faisait mal dans sa poitrine, une douleur physique.

« Mieux vaut ne pas se parler trop longtemps, dit-elle. Il faut que j'appelle les traiteurs, et on va sortir chercher le vin. Est-ce que ce n'est pas bizarre de donner une réception à la mort de quelqu'un ? Mais papa aurait apprécié. Tu sais qu'il adorait faire la fête.

— En effet.

— Les Collyer vont venir de Londres, je crois. Et les Whitworth de Kitchener, et Eleanor d'Ottawa. Dieu merci Charley et Marnie sont là, elles ont assuré. » Ses amies du lycée – il se sentait toujours en concurrence avec elles, souvent avec l'impression qu'elles étaient les gagnantes.

« Entendu, je voulais juste que tu saches à quel point je t'aime.

— Moi aussi, chéri. On se reparle dimanche à l'heure habituelle, d'accord ?

— Bon courage pour les obsèques, Barb. Je t'aime.

— Au revoir ! » Il l'imagina faisant de la tête un petit signe d'acquiescement, alors même qu'elle retournait vers sa mère, une façon d'exprimer qu'elle aussi l'aimait, mais elle ne l'avait pas dit à voix haute. Sans doute nourrissait-il trop d'espoir.

Après avoir raccroché, il se sentit, si c'était possible, encore plus mal. Il se rassit à la table de la salle à manger, son calepin et les livres de Raymond Aron disposés devant lui, spectaculairement éclairés à présent par le plafonnier. Il détestait la pénombre hivernale. Il détestait être seul ; pourquoi était-il toujours seul ? Même si à son retour de Toronto après le Nouvel An, il avait été heureux de retrouver sa promotion, et les cours dans le manoir de la route de Florissant à Conches, près d'un méandre de l'Arve aux eaux paresseuses désormais gelées mais où, lors de leur arrivée l'été précédent, une bande de petits garçons pataugeaient dans la rivière, pantalon retroussé, occupés à chercher de l'or – ou, plutôt, à tamiser le sable avec de la mousseline de coton, une tradition locale depuis des générations, avait-on expliqué à François et à Barbara. Ils avaient dit pour plaisanter, en cet après-midi de fin d'été, qu'à sa manière le CEI enseignait aux adultes du monde entier à chercher de l'or, avec plus de succès que ces gamins, espérait-on ; mais la scène avait certes quelque chose d'utopique : la rivière limpide aux berges sablonneuses, ombragée par des arbres d'essences variées ; l'affairement à la fois joyeux et paisible des petits garçons ; et, à un jet de pierre, le manoir endormi sous ses tourelles (longues fenêtres sombres pareilles à des yeux tristes, pelouses vallonnées et allée gravillonnée d'une perfection suisse) qui abritait le CEI, retiré derrière sa façade en stuc et sa grille de fer forgé…

Quoique François ait pu imaginer à leur arrivée à Genève s'était révélé absurde, puisque cela aurait supposé qu'ils vivent ensemble comme un couple marié. La moitié du cursus était déjà derrière lui ; ils déménageraient fin mai, quand les chercheurs d'or reviendraient dans le lit de la rivière, même si ce qui les attendait, Barbara et lui, au-delà du mois de mai, restait incertain. Après la venue d'Aron, François se rendrait à Paris pour un entretien avec ses employeurs chez Pechiney. Une fois l'année au CEI terminée, ils l'enverraient où il leur plairait ; vers le Nouveau Monde, espéraient d'un commun accord François et Barbara.

Il se considérait – c'était essentiel pour l'estime de soi – comme différent des autres. Il espérait qu'au premier coup d'œil, Raymond Aron s'en rendrait compte : celui-ci était, après tout, un intellectuel, mais ne se jugeait pas au-dessus d'une visite au CEI… Les parents de François avaient élevé leur fils avant tout dans la foi en la vie de l'esprit, et dans le mépris de l'argent, ce mal nécessaire, dont ils avaient si longtemps eu si peu. Il faut s'en remettre au Seigneur, tels les oiseaux qui se laissent porter par le vent, disaient-ils. À Amherst, Rosie, son ancien camarade de chambre, lui reprochait en riant d'avoir le même état d'esprit que ses propres cousins juifs orthodoxes, aux yeux de qui l'étude de la Torah constituait le principal but de l'existence, la gestion du magasin au rez-de-chaussée n'étant qu'un à-côté détestable dont il fallait s'accommoder. Il n'était pas pratiquant comme ses parents catholiques, ni comme les cousins juifs orthodoxes de Rosie, mais il croyait bel et bien – une absurdité, il en prenait conscience – que l'argent n'était pas le véritable enjeu. Ou, plutôt, que l'argent en soi ne l'intéressait pas. Il se rendait compte que certains, voire beaucoup, s'y intéressaient, parfois passionnément, qu'autour de lui des hommes voulaient s'adonner au jeu et gagner, amasser une immense fortune, exercer sur autrui le pouvoir que leur conférerait cette richesse. Mais pour lui, foncièrement solitaire et peu intéressé par les *choses matérielles*, l'unique attrait de l'argent résidait dans ce que celui-ci pourrait lui permettre, ainsi qu'à Barbara, ou à leur future famille, de faire.

Il avait interrompu sa thèse de doctorat pour aller chez Pechiney non parce qu'il aspirait à diriger cette compagnie – peut-être même n'y resterait-il pas très longtemps, quelques années sans doute, s'en servant comme tremplin vers autre chose, éventuellement pour regagner l'université le moment venu –, mais parce qu'il était temps de ne plus emprunter d'argent à leurs parents. En outre, ils voulaient jouir d'une certaine liberté de mouvement, voyager, élever leurs enfants sans devoir, contrairement à leurs parents autrefois, se serrer la ceinture, s'inquiéter du lendemain, prendre des locataires, faire de la couture et compter sur la générosité de cousins à la campagne.

Non, malgré sa tristesse de ne pouvoir terminer son doctorat dans l'immédiat – il trouvait si *intéressante* sa thèse sur la politique en Turquie –, il ne ferait des études de commerce que pour s'assurer qu'aucun de ses descendants ne serait obligé d'enseigner, avait-il dit à Barbara. Parce que dès que ses ancêtres avaient eu de l'instruction – son grand-père maternel était illettré –, ils étaient devenus instituteurs : sa mère avait enseigné, les sœurs de sa mère aussi, ainsi que la mère de son père, et que Charles, le frère de son père. Même du côté de Barbara, son arrière-arrière-grand-mère qui avait quitté, enfant, Cromer dans la région de l'East Anglia pour immigrer au Canada avec ses cinq frères et sœurs et ses parents, tous deux morts pendant le voyage, la laissant, elle, l'aînée, chargée de sa fratrie – même *elle* était devenue institutrice et, finalement, comme la sœur aînée de la mère de François, directrice d'école, unique titre de gloire de la famille. Une profession de valeur, il va sans dire, mais peu reconnue et encore moins rémunératrice. Lui, François, voulait libérer la famille des revenus modestes et de la pauvreté discrète du passé, et en ces temps de changement, de nouvelles alliances, de bouleversement des structures de classe et des vies aux attentes limitées, où la valeur devait être déterminée non plus par le milieu de naissance ou la puissance des relations mais par la férocité de l'intelligence et de la volonté, par la capacité de travail et l'ingéniosité, pourquoi lui ne serait-il pas capable de *n'importe quoi* ?

Eh bien, oui et non. C'était ce qu'il avait ressenti des années durant, dès son premier séjour aux États-Unis, à Amherst, quand il avait voyagé jusqu'à Key West, le point le plus au sud du pays et au-delà, jusqu'à Cuba : pourquoi pas *n'importe quoi* ? Quand il avait obtenu cette bourse Fulbright, c'était à cause de son refus de se laisser définir par sa dépression et son abandon de la khâgne, ces deux années infernales préparant au concours d'entrée aux grandes écoles – il avait survécu à la première année, une horreur, et n'avait continué en seconde année que, comme son unique camarade de classe algérien Derrida, pour être contraint à mi-parcours de rentrer en lambeaux, ignominieusement, dans sa famille. Désespéré, malheureux, il avait renoncé, n'avait plus travaillé comme un chien que pour retrouver toute sa tête, et chacun était tombé d'accord pour ne jamais, au grand jamais revenir sur le sujet, même s'il avait entendu dire que le vaillant Derrida y était retourné l'année suivante, une troisième année, et avait, tel un combattant armé d'un chalumeau, anéanti la concurrence. Mais pas Cassar. Et si Cassar s'était vu refuser le triomphe par l'impitoyable système français – alors qu'il avait si longtemps brillé à Alger avec éclat –, ce qui lui permit entre autres de se remettre fut de croire en un univers dépassant les minables ronds de jambes institutionnels de la France et de prendre la direction du Nouveau Monde, d'abord Amherst, puis Harvard, symbole même de la réussite, à la réputation inégalée sur la planète – tout seul il avait fait cela, s'était embarqué avec intrépidité à bord de son propre bateau !

Ensuite, oui, ils avaient décidé, Barbara et lui (elle, si catégorique, et les Fisk lui lançant par-dessus l'épaule de leur fille des regards noirs, et lui-même voulant, par-dessus tout, la rendre heureuse, comme jamais encore il n'avait voulu rendre quiconque heureux, sauf sa mère), qu'il devait s'orienter vers des études de commerce. C'était d'une logique implacable, et pourtant, en son for intérieur, cela lui causait une profonde tristesse. Et l'avait aussi obligé à se tourner vers son père, satisfaisant enfin, chez Gaston, le désir de toute une vie d'avoir *raison*.

D'emblée, quand François avait quatorze ou quinze ans, son père avait dit : « Étudie les sciences et les mathématiques, fais comme moi, tente Polytechnique », mais il avait tenu bon : la philosophie ou rien. Il s'était battu, de toutes ses forces, pour entrer en khâgne. Et même après avoir fui Louis-le-Grand et Paris, il avait maintenu sans ciller que c'était le bon choix. Son père lui proposait sans cesse des recommandations et ses relations, d'anciens contacts dans la Marine qui dirigeaient désormais tel département ou cursus universitaires, telle entreprise improbable ou filiale d'une grande compagnie. « Voilà comment on s'y prend, répétait-il. Les gens veulent embaucher des candidats qu'ils comprennent ! » Et des années durant, François avait ironisé, derrière son dos, sur ces propositions – avec tendresse, certes, et non sans respect pour son père, mais avec le sentiment que Gaston ne comprenait pas la flamme qui l'incitait à réussir selon ses propres termes, à transcender le connu, ce qui lui avait été offert.

Il ne s'intéressait ni aux maths ni aux sciences, ni à Polytechnique, ni à la Marine, pas plus qu'il ne voulait travailler toute sa vie comme une brute simplement pour acquérir un bel appartement dans le 7e arrondissement ou dans le 16e – non, il voulait *conquérir le monde*. Pas comme Napoléon mais comme Humboldt ou Tocqueville : il voulait vivre toutes les expériences, depuis les éminences rocheuses, couvertes d'iguanes, des Galapagos jusqu'aux somptueux palais de Jaipur, en passant par un plat de concombres de mer gélatineux cuits à la vapeur dans un restaurant de Kuala Lumpur, un curry assez relevé pour vous faire venir les larmes aux yeux à Macao, ou par les ruines incas de la péninsule du Yucatán, les églises médiévales de Lalibela creusées dans le roc, le crépuscule sur le mont Olympe, un lever de soleil derrière le monolithe roux d'Ayers Rock dominant l'immense désert australien – tout cela, il voulait le voir, le sentir, le goûter, l'entendre, le toucher. Il voulait tout lire, tout apprendre sur tout – la gnose, Byzance, les Ouighours, les Tchétchènes, Hatshepsout, Shackleton, Geronimo, Süleyman le Magnifique, la poésie de Li Bai, les écrits d'Ibn Khaldoun, d'Ahmed Baba de Tombouctou –, absolument tout, un festin sans fin, il aspirait à se gorger de la vie même, infiniment curieux, voire vorace…

Or le voilà, à trente et un ans, en compagnie d'hommes sympathiques, intelligents et ambitieux à tous égards, mais qui ne voyaient nullement le festin à leur disposition, ne remarquaient ni n'évoquaient tout ce qu'il y avait à inventorier et à assimiler au-delà de l'ici-et-maintenant. À l'exception, peut-être, de Dufour, son camarade de promotion français, ils ne savaient sans doute même pas qui *était* Raymond Aron. Et il se trouvait dans cette situation parce qu'il avait admis, pour la première fois, que l'argent comptait et qu'il n'en avait pas, ni même la perspective d'en avoir, et qu'autant que tous les trésors du monde soient sur la lune s'il ne pouvait même pas s'offrir un billet d'avion pour rejoindre sa femme à Noël et devait s'en remettre aux largesses de son beau-père, lui-même un de ces individus sympathiques, mais sans intérêt, que le monde des affaires semblait destiné à créer.

Il n'avait, en premier lieu, obtenu cet entretien chez Pechiney qu'après avoir capitulé devant son propre père, et contacté l'une de ses connaissances au sein de la compagnie. Il avait interrompu son semestre et fait le voyage depuis Cambridge, Massachusetts, jusqu'à Paris pour rencontrer les dirigeants – son père lui avait offert le billet, bien sûr, à sa grande honte ; comme pour tant d'autres choses, il avait promis de rembourser – et les gens de Pechiney, impressionnés par sa personne (et sans doute aussi par Harvard ; en 1961, avec l'arrivée au pouvoir de JFK, le monde entier n'était-il pas impressionné par Harvard ?), lui avaient proposé un poste, il y avait réfléchi, Barbara et lui en avaient longuement discuté, et il y avait à nouveau réfléchi, pesant le pour et le contre, avant finalement d'accepter en proie à une certaine confusion.

L'affectation à Gardanne, bon : elle avait été ce qu'elle devait être, une introduction à l'entreprise, à cette usine qui depuis 1894, comme par alchimie, à partir de la bauxite rouge riche en fer – provenant à l'origine des mines locales, mais acheminée ensuite par bateau de la Guinée jusqu'au port de Marseille, puis transférée par le rail à Gardanne –, distillait, à l'aide d'hydroxyde de sodium, l'alumine qui entrerait à son tour dans la composition des aciers spécialisés ayant édifié le monde moderne. François s'était dit qu'en dépit des apparences, ce n'était pas intrinsèquement moins intéressant que ne l'aurait été une visite à la Grande Mosquée de Conakry. Non, c'était, dans sa profonde étrangeté, un domaine de fascination différent : l'alumine tirée de la bauxite deviendrait ensuite de l'aluminium, extraordinairement flexible et léger, et servirait, dans les usines d'autres villes et d'autres pays, sous les auspices de Pechiney ou d'autres compagnies, à produire des pièces détachées d'avions, des fûts de bière, des canettes de soda, des huisseries de fenêtres, des grille-pain, des réfrigérateurs et des câbles électriques. La vénérable bauxite rouge, alors extraite dans les mines de Fria en Guinée et traitée à l'usine de Gardanne, transforma et, au sens propre, *créa la modernité*, un mode de vie américain festif et optimiste à base de canettes de Coca, de soirées bières à la pression et de tribunes de stades.

En théorie, François était fasciné ; en pratique, hélas, beaucoup moins. C'était comme s'il se tenait trop près d'un tableau géant, n'en voyant que quelques centimètres carrés, pour se faire une idée ce que l'œuvre entière dépeignait sans doute, ou comment. Cette année à Gardanne le rendit humble, lui fit regretter de n'avoir pas étudié les sciences plus attentivement et plus longuement ; mais elle fut aussi pour lui source de frustration et de colère, puisque les problèmes qu'on lui demandait de s'appliquer à résoudre semblaient si éloignés de ses compétences et de ses talents naturels. Quoique d'un contact toujours agréable, il restait réservé en présence de ses collègues, principalement des ingénieurs et des chimistes, accompagnés d'une poignée de cadres commerciaux. C'était une formation, se répétait-il, et Barbara le lui disait également, un moyen au service d'une fin, plutôt que son destin.

Le cursus du CEI arriva comme un soulagement autant que comme une cause possible d'inquiétude. Initialement, la réalité renforça les *a priori* de François : ses ambitieux camarades de promotion, malgré leurs nationalités variées, parlaient de production et de bilans comptables plutôt que de philosophie, et se déplaçaient avec leurs familles encombrantes – enfants pleurnichards aux mères fatiguées, voire un chat ou un chien –, raison pour laquelle l'essentiel des conversations portait sur les nounous, les pédiatres et la dépression. Les séminaires et cours magistraux étaient inégaux, parfois aussi ennuyeux que de l'arithmétique, explorant méthodiquement les structures d'entreprise les plus productives. Mais avec un intérêt et un plaisir croissants, comme à la vue des premières fleurs pointant parmi les feuilles mortes, François découvrit que le directeur du CEI et ses associés les plus proches étaient des visionnaires pragmatiques, mus par un optimisme inébranlable – on pouvait aller jusqu'à parler de « foi » – et déterminés à créer une génération planétaire de capitalistes bienveillants qui rendrait le monde meilleur, réduirait les inégalités, favoriserait la croissance dans les lieux les plus reculés, et encouragerait, outre les échanges commerciaux, des idéaux de liberté, de souveraineté, de tolérance et de coopération, en même temps qu'une téléologie hégélienne à grande échelle, une croyance en la marche de l'humanité vers le bien. Haenni avait conçu le CEI comme un *laboratoire du futur*, et invitait ses étudiants à se prêter à une formidable expérience.

Étudiants et professeurs croyaient par-dessus tout au « jamais plus » – la Deuxième Guerre mondiale ne datait que d'un peu plus de quinze ans, la Guerre froide faisait rage autour d'eux. (La crise des missiles de Cuba avait d'ailleurs marqué leur premier semestre ; tandis que François écoutait, incrédule, les informations à la radio sur les avions de chasse Phantom alignés à Key West contre les missiles soviétiques, il revoyait ces journées intenses au soleil un verre à la main, l'hôtel rose à la piscine d'un bleu électrique, la nonchalance de Broussard, l'animation et les drapeaux de ce boulevard de La Havane, le sang aux relents puants versé lors des combats de coqs, le tout à jamais gravé dans sa mémoire : comment ces deux délicieux univers contigus pourraient-ils entrer violemment en conflit ? Ne représentaient-ils pas, simplement, le monde tel qu'il était ?) Mais plus que cela, dans le manoir du CEI à Conches, tous cherchaient à créer un monde *meilleur* : tous croyaient, avec ferveur, en sa possibilité ; le positif était un dogme aussi central que le négatif dans leur vision du monde.

D'où la visite imminente de Raymond Aron, aux oreilles décollées, au crâne chauve et aux bons yeux, au regard à la fois joyeux et triste, un penseur indubitablement brillant et, sur ces sujets planétaires, une voix importante. Anticommuniste,

Aron était en faveur du Marché commun européen, mais sceptique ; un partisan de de Gaulle, mais critique ; et aussi le nouveau directeur, secondé par le jeune Pierre Bourdieu, du Centre de sociologie européenne, financé par la Ford Foundation. François, dont le père l'avait élevé non seulement dans la vénération de Raymond Aron, mais avec la consigne stricte de n'émettre aucune opinion infondée, s'était attelé à la préparation d'une bibliographie complète de l'intéressé. La visite du 17 janvier comporterait une conférence en début de soirée, suivie d'un petit dîner, auquel Barbara et lui étaient conviés, mais dont François avait compris qu'il y assisterait seul.

Il voulait tellement impressionner ce grand homme. Il se savait trop distant, trop respectueux de l'autorité – défaut qu'il devait à son père militaire et imprévisible –, et comprenait que souvent les hommes de moindre valeur retenaient davantage l'attention. Mais comment pouvait-il agir à présent sur ce qu'il était, sur ce qu'il était devenu ? Lui, toujours l'élément extérieur, partant toujours du mauvais pied, il en voyait et en comprenait depuis sa place marginale davantage que les autres, sûrement ; mais il échouait si souvent à susciter l'intérêt nécessaire. Il ne supportait pas de parler pour ne rien dire ; il était incapable de raconter des salades ; il n'était pas un beau parleur et ne savait pas mentir. Surtout, désormais loin de Gardel et de Servier, de Mouret et de Broussard, n'ayant plus de pays, avec une famille partie s'installer de l'autre côté de la planète, et une femme apparemment peu présente, il n'avait pas de tribu : il était seul. À chaque homme sa nature et son sort, et il devait s'en accommoder.

Barbara reviendrait-elle enfin, à présent ? Dans sa lettre elle avait mentionné le choc émotionnel prolongé de sa mère, et la solitude de celle-ci quand sa fille partirait. Elle lui avait rappelé le travail nécessaire pour liquider la succession de son père, et le fait que Lenore aurait besoin de son aide. Mais au fond de son cœur, curieusement, il n'y voyait toujours qu'un prétexte ; il se sentait toujours abandonné.

Il avait déjà rejeté la voix pieuse du présentateur de la radio ; seule autre option, bien sûr, l'électrophone. Il n'était pas fou de musique comme certains, toutefois, et choisit à la place un disque de Tom Lehrer sur le présentoir. Barbara et lui étaient allés l'écouter à Harvard, où ses chansons satiriques, aux mélodies rythmées, entraînantes, faisaient un tabac. Au son de la voix de Lehrer, François fut gagné par la nostalgie et le regret. Il se versa un peu de scotch (Était-il trop tôt ? Il faisait presque nuit, après tout), alluma une cigarette et s'assit sur le petit canapé raide dans la pénombre du crépuscule, plein de tristesse.

Quand, quelques minutes plus tard, le téléphone sonna, il sursauta, et sa main tremblait un peu en décrochant. Assailli une fraction de seconde par un espoir fou, il pensa que Barbara rappelait sans doute.

Or c'était Riley au bout du fil, Riley et sa bonhomie, celui des étudiants de la promotion que François préférait, un Canadien toujours prêt à blaguer, de quelques années son aîné et qui travaillait chez Alcan, avec une très belle femme prénommée Barbara elle aussi (ils en avaient fait un sujet de plaisanterie, de leurs deux sacrées Barbara canadiennes, même si madame Riley était surnommée Babs), et déjà cinq enfants – autant que les doigts d'une main ! –, plus un sixième prévu pour l'été. (Inutile de le dire, ils étaient catholiques ; la taille de leur famille lui semblait parfaitement logique, mais quand ils avaient fait connaissance, Barb avait eu un commentaire acerbe. Elle tenait ses sarcasmes de sa mère, qui avait un préjugé contre les catholiques ainsi que contre tous les Européens sauf les Britanniques et peut-être les Suisses, ce qui le rendait doublement indésirable.) Riley l'invitait à dîner le soir même.

« On vient justement de parler de toi, Babs et moi, déclara-t-il. Les gosses nous rendent dingues – j'ai pris mon après-midi pour emmener les garçons en excursion, et ils se sont pratiquement battus dans la voiture. J'ai dit à Babs : "Si je n'ai pas une conversation avec un adulte, j'explose", et elle a répondu : "Appelle Frank". Elle assure qu'on a largement assez de gratin de poisson pour tout le monde, et il y a même de la glace à la vanille, et une bouteille de vin digne de ce nom dans la maison, pour une fois. Qu'est-ce que tu en dis ? Je peux passer te chercher dans une demi-heure. »

La petite maison des Riley, un pavillon moderne derrière une imposante haie à Chêne-Bougeries, avec l'école élémentaire des enfants au coin de la rue et le CEI à quelques centaines de mètres à pied, était tout le contraire de l'appartement de François et Barbara. Autant celui-ci était dépouillé et impersonnel, autant la maison des Riley débordait du bric-à-brac typique de la vie de famille : une poussette recouverte d'une bâche sous le porche (« Pas question de trouver une congère sur le siège de la petite Sally ! » disait Riley), et un monceau d'après-skis de toutes tailles dans le hall d'entrée. La penderie fermait à peine à cause de la quantité d'anoraks et de pantalons de ski, et Riley se contenta de suspendre le pardessus de François à une porte. Des relents de poisson flottaient dans l'air tiède ; les voix stridentes des garçons à la table du dîner rivalisaient avec la musique d'un orchestre de jazz – Ellington ? – provenant de la salle de séjour et tournaient à la cacophonie. Maryanne, l'aînée des filles, une brunette mince de dix ou onze ans aux yeux bleu vif de sa mère, portant un grand tablier rouge, sermonna ses petits frères depuis la porte de la cuisine : « Moins fort, les gosses. Notre invité est arrivé. » S'étant séché la main avec soin sur son tablier, elle s'avança le bras tendu. « Quel plaisir de vous voir, monsieur Cassar. Je finis de faire dîner la petite Sally et les garçons ont presque terminé. » Elle désigna la cuisine d'un mouvement de tête. « Maman sera là dans une minute. »

David, son frère aîné, à la voix sur le point de muer, apparut, dégingandé dans un pull jacquard, et il échangea lui aussi une poignée de main avant de se retirer dans sa chambre.

« On va laisser quelques instants aux filles pour préparer le deuxième service. » Riley sourit en devançant François, après un bref petit signe à l'intention des garçons, dans la salle de séjour au plafond bas, et d'où, mystérieusement, toute trace des enfants était bannie. Le jazz sembla soudain plus calme et civilisé. « Qu'est-ce que je te sers ? »

Babs les rejoignit quelques minutes plus tard, se recoiffant nerveusement d'un geste attendrissant, et embrassa François sur les deux joues : « Pourquoi pas ? Je veux bien passer pour française si ça me donne le droit de t'embrasser, *toi* ! » Mais elle resta à peine cinq minutes assise avec eux avant de repartir. « Je vais juste m'assurer que les deux plus jeunes des garçons sont prêts à se coucher. Ils sont très capables de chahuter pendant une heure, et ça finit toujours par des larmes chez le petit Gregory. Maryanne m'aide formidablement, mais c'est un peu comme ramener l'ordre entre chiens et chats, tu sais.

— Ou bien peut-être que tu n'en sais rien, déclara Riley après son départ. Parce que franchement, avant de vivre ça, tu ne peux pas l'imaginer. Tu n'as pas idée. Jamais plus un temps de réflexion, jamais plus un moment de tranquillité. Le chaos absolu, bon sang. » Mais il le disait avec un large sourire découvrant ses incisives, et François prit conscience que Riley adorait être père de famille, qu'il se plaisait dans ce chaos. « Il suffit juste de comprendre que plus de vie c'est… plus de vie ! » Riley leva son verre. « À ta santé ! »

Après cette première gorgée, il demanda à François ce qu'il devenait, et François haussa les épaules, ce haussement d'épaules d'autodénigrement mis au point voilà longtemps à Amherst. « Oh, il y a seulement la préparation de cette visite d'Aron le 17. Beaucoup de lectures. Son nouveau livre est aussi épais qu'un cale-porte.

— Nom d'un chien. » Larry leva les yeux au ciel. « Ne m'en parle pas… assez pour gâcher un week-end, non ? Comment t'es-tu laissé prendre ? Même si Haenni m'avait payé j'aurais refusé, mais toi, mon pauvre, tu t'es fait avoir. Désolé de l'apprendre, mon ami. C'est probablement une bonne chose que Barb soit encore là-bas, non ? »

En prononçant ces mots il se souvint du père de Barbara, et la gravité se lut un moment sur son visage, mais il ne put contenir longtemps son exubérance, et au retour de Babs les deux hommes, écroulés sur leur siège, pleuraient de rire les yeux fermés au souvenir d'un échange plus tôt dans la semaine, entre Harley Schultz et Bob Hawrylyshyn sur la qualité de la nourriture au Royal York de Toronto, où avait eu lieu la réception pour le mariage de François et Barbara en 1957. On y servait des mets copieux et traditionnels sans valeur gastronomique : salade de fruits et melon glacé en entrée ou, si l'on mettait le prix, un cocktail de crevettes noyé dans une sauce à base de mayonnaise et de ketchup. Ensuite, poulet ou steak, trop cuits et desséchés l'un comme l'autre, ou bien des coquilles Saint-Jacques caoutchouteuses dans une sauce au vin farineuse. Et une part de gâteau forêt-noire, avec sa méchante couche de confiture de cerises, emblème du luxe dans la province.

« À la façon dont Manley en parlait, on se serait cru à la Tour d'Argent… gloussait Riley en s'essuyant les yeux.

— Mes chéris, le dîner, si l'on peut dire, est servi. Notre poisson du vendredi, j'en ai peur, François. » Les excuses de Babs étaient de pure forme. « Il faudra que tu reviennes pour une soirée steak.

— Babs bat le Royal York sur toute la ligne, je te le promets. »

Elle embrassa son mari sur la bouche pour le remercier.

Les deux époux riaient beaucoup. Ils s'amusaient bien. Ils étaient visiblement submergés – François entendit la voix des petits garçons s'élever à l'autre bout du couloir longtemps après l'heure du coucher, la pauvre Maryanne leur demandant de se taire pour ne pas réveiller le bébé, et Babs tendant sans cesse l'oreille au cas où il lui faudrait se précipiter –, mais ça ne les dérangeait pas réellement. Ils avaient voulu tous ces enfants, et ils les adoraient. Ils avaient leur propre cirque itinérant, pour citer Riley – « On n'a pas besoin de nouveaux amis, blagua-t-il. On se les est faits nous-mêmes. Littéralement ! » Et Babs et lui éclatèrent de rire, comme s'il n'y avait pas plus drôle que sa repartie.

François s'amusait-il autant avec Barb ? Il pensait que oui ; autrefois, oui. Mais trop de temps avait peut-être passé – les deux dernières années n'avaient pas été faciles. Il avait parfois le sentiment qu'elle ne l'*aimait* tout simplement pas assez, le trouvait trop dépendant, trop exigeant, trop malodorant, trop mâle, ses mains pareilles aux pattes d'un animal, ses désirs envahissants, comme si elle attendait un chien de compagnie et avait reçu un Saint-Bernard. Et pourtant il savait qu'au sein de la gent masculine il était soigneux, maître de lui-même et discret, toujours propre, ne rotant pas, ne se curant pas le nez et ne jurant même pas, en particulier. N'était-il pas assez séduisant ? Pas assez drôle ?

De retour dans sa chambre solitaire aux volets fermés, où parvenait encore par intermittence le vrombissement de la circulation nocturne sur la route de Malagnou, et fumant une dernière cigarette, allongé en pyjama dans l'obscurité après s'être brossé les dents, il se concentra plutôt sur le positif : les Riley prouvaient que la parentalité n'était pas la fin de tout. Barbara avait toujours dit qu'ils ne feraient plus jamais rien d'intéressant une fois qu'ils auraient des enfants ; or les Riley avaient traversé la moitié du monde avec leurs cinq rejetons et restaient capables d'inviter un ami à dîner au dernier moment. Preuve que tout tenait à l'approche choisie. Sans doute Barbara n'était-elle pas aussi viscéralement maternelle que Babs ;

sans doute lui-même serait-il un père moins décontracté que Riley ; mais de toute façon ils n'auraient jamais six enfants. Ils avaient trop tardé pour cela. D'ailleurs, où trouveraient-ils les moyens ? Mais deux ou trois... seulement deux, même. Si elle voulait bien dire oui. Si elle revenait. Ne pourraient-ils avoir une famille aussi heureuse que celle des Riley ?

Il eut une autre pensée, avant de s'endormir, pour Riley lui-même, pour sa générosité et sa gentillesse. Lui et sa femme avaient appris la mort du père de Barb, ils savaient François seul à Genève ; ils étaient sûrement épuisés à la fin d'une longue semaine, avec tant d'enfants, tant de désordre et de bruit en permanence, le bébé à peine âgé d'un an et Babs à nouveau enceinte. Et pourtant ils avaient su lui donner l'impression qu'il leur faisait une faveur en leur rendant visite. Non seulement en le lui disant, mais par leur air sincèrement heureux d'être en sa compagnie. L'amitié, songea-t-il, ressemblait à un miroir ; l'autre personne vous renvoyait une image, une version de vous-même, en espérant qu'il s'agisse d'une version où ressortiraient vos traits les plus favorables. Avec les Riley, il s'était senti amusant et intéressant, capable d'écouter, d'apprécier, d'oublier sa timidité, totalement dénué de son mauvais caractère ou de ses insécurités. Il avait été quelqu'un qu'il aimait bien, une version de lui-même que Barbara aimait bien – en réalité, il avait été comme ses hôtes.

Larry Riley, se dit-il en s'endormant, ne le voyait peut-être pas dans son intégralité, avec son étrangeté, son isolement, et les nombreuses raisons pour lesquelles il ne se sentirait jamais chez lui nulle part. Il ne mesurait pas l'importance de Raymond Aron, pour le monde ou pour François. Et il ne comprendrait jamais combien François fut peiné, la semaine suivante, de ce qu'Aron, après avoir répondu sur l'estrade avec brio à ses questions, n'ait manifesté aucune envie de converser avec lui au dîner qui avait suivi. Comme si François n'était qu'un étudiant sans intérêt, un rien du tout, ce qui avait, inévitablement, amené ce dernier à envisager la possibilité qu'il en soit ainsi. Placé à table en face d'Aron, il avait tenté d'engager la conversation alors que les serveurs apportaient le foie gras, dans l'espoir de poursuivre la discussion sur l'annonce récente par de Gaulle de son opposition à l'entrée de la Grande-Bretagne dans la CEE ; mais Aron s'était contenté d'acquiescer poliment de la tête avant de se tourner vers Haenni, assis à côté de lui, pour reprendre tranquillement leur échange. François fit une nouvelle tentative au moment où l'on servit le pigeon, mais Aron, occupé à retirer discrètement des plombs de sa bouche et à les poser sur le rebord de son assiette, l'entendit peut-être mal, et ne leva même pas les yeux. La troisième tentative mérita à peine ce nom, en fait : François, honteux, bafouilla et battit en retraite, préférant garder pour lui sa remarque sur les conséquences potentielles de l'importance croissante de l'anglais comme langue planétaire.

Il retourna ce soir-là route de Malagnou découragé – Comment avait-il pu gâcher cette occasion de faire impression ? Comment pouvait-il être aussi nul ? – et descendit à toute vitesse trois whiskys avant de s'écrouler, ses plus belles chaussettes encore aux pieds, sur son lit vide. Il en aurait bien parlé à Barb, il se le serait permis – elle aurait dû être là avec lui ! –, mais savait qu'à présent il ne le ferait pas. Riley, qui ne le verrait jamais aussi abattu, n'aurait pas compris s'il l'avait fait (« Qu'est-ce qui t'a démoralisé, Frank ? Courage, la vie est belle ! » dirait-il), et François s'en félicitait, somme toute.

Mais ce que Riley voyait, il l'acceptait et l'appréciait. Tel quel. Il n'en demandait pas plus ; il n'était jamais déçu. Un véritable ami. Durant près de cinquante ans, à travers les continents et dans les joies comme dans les tragédies (oh, quand David, le fils aîné de Larry était mort en bateau accidentellement, Larry avait appelé, et François avait pris le premier avion pour y aller…), Larry Riley resterait son ami le plus proche et le plus sincère. Que pouvait valoir une conversation avec Raymond Aron comparée à l'une de celles avec Riley, auxquelles François avait eu droit en si grand nombre ?

Et comme si le divin devait les rapprocher toujours plus jusqu'à la fin, Riley partagerait avec Barb le sort horrible infligé par la maladie à corps de Lewy, ces deux êtres humains adorés devenant pratiquement pétrifiés, leur esprit encore vivant incapable de communiquer à l'intérieur des statues figées de leurs corps grabataires. François ne serait pas là – ne pourrait pas l'être – pour assister à ce processus jusqu'au bout ; il n'avait pu se résoudre à rendre visite à Larry à Ottawa lorsque celui-ci cessa de parler, alors que Babs, infirmière de profession, assise à son chevet, lui tenait la main et lui faisait la lecture plusieurs heures chaque après-midi (« Je sais qu'il est encore là à l'intérieur », chuchotait-elle au téléphone, comme si elle partageait un secret), mais il savait, il l'avait appris par le neurologue de Barb à Greenwich, à quoi il fallait s'attendre, pour son ami comme pour sa propre femme, et quelle perte insupportable cela représentait. Riley mourrait trois mois et dix jours exactement après François, et Barb, quoique encore consciente, ne put comprendre ce qui leur était arrivé à l'un et à l'autre, ni ce que cela signifiait, ces deux hommes, qui avaient depuis longtemps perdu la foi, suspendus entre le désir de croire et de ne pas croire, ayant gardé malgré tout l'espoir de partager quelques fous rires dans l'au-delà.

Partie IV

Juillet 1974

Sydney, Australie

Quand on est revenus de notre excursion du week-end avec papa et grand-maman, le petit frère de Michelle était mort. Mais ce n'est pas pour cette raison que j'ai dormi sur la terrasse. J'avais commencé beaucoup plus tôt à y dormir, alors qu'il faisait encore chaud, à cause du cambrioleur. Pas aussitôt après le cambriolage, mais assez vite, parce que c'était de toute évidence la chose la plus sûre à faire. Je n'en ai parlé ni à papa, ni à maman, ni même à Loulou, parce qu'ils se moqueraient de moi et me l'interdiraient ; et ça m'obligeait à me réveiller la première pour rentrer par la fenêtre avant que tout le monde se lève, mais puisque j'avais de toute façon pour tâche de réveiller maman le matin, ce n'était pas difficile.

Quand grand-maman est arrivée, je me suis sentie plus en sécurité, même si sa chambre était la plus éloignée, et pendant quelque temps j'ai pu dormir sans problème dans mon lit. Mais après notre excursion et le frère de Michelle, je suis retournée dehors. C'était l'hiver, presque les vacances, le dallage rouge de la terrasse devenait très froid et l'air nocturne encore plus, un air tout noir avec quelques papillons de nuit, des étoiles lointaines et parfois la lune, et le bruissement sourd, effrayant, des feuilles du bananier près de la fenêtre de grand-maman au rez-de-chaussée. Mais si quelqu'un escaladait la grille en métal à l'extérieur de sa fenêtre pour rejoindre la terrasse, je serais la première à l'entendre, et il était donc important que je sois là. J'étais la gardienne de nuit secrète. J'attendais que tout le monde aille se coucher, que la maison soit silencieuse – il fallait parfois attendre longtemps –, et j'emportais toutes mes couvertures, et mon ours Michka, avant de sortir par la fenêtre et de m'emmitoufler jusqu'à ressembler à un radis, avec seulement la tête et les cheveux qui dépassaient. Pas une seule fois je ne me suis fait prendre.

Je suis dans la classe de cours élémentaire de mademoiselle Clark, pour notre première année à la grande école de Rose Bay, près du couvent. Deux écoles de filles côte à côte : nos uniformes sont gris et dorés, les leurs d'un beau bleu turquoise. Mademoiselle Clark a la réputation d'être méchante, mais avec moi elle ne l'a jamais été. Et depuis ce qui est arrivé au frère de Michelle, elle fait un effort avec tout le monde. Elle a un visage carré à la peau grasse et boutonneuse, et des cheveux souvent gras eux aussi – elle n'est pas aussi jolie, propre et douce que mademoiselle Dixon ou mademoiselle Fields – et je pense que ça explique sa réputation. Mais en fait elle est assez gentille. Par exemple, quand c'est elle qui surveille la cour de récréation à l'heure du déjeuner elle ferme les yeux si on jette de la nourriture, pour qu'on n'ait pas d'ennuis.

Je me donne beaucoup de mal pour ne jamais avoir d'ennuis – je considère que ça fait partie de mon travail, au fond, parce qu'à la maison, mon travail, c'est de faire rire les autres et de bien m'entendre avec eux, ce qui sera impossible s'ils sont fâchés contre moi. J'ai peur de tellement de choses mais je fais des efforts pour ne pas le montrer, parce qu'alors je serais un problème, enfin, je causerais des ennuis, autrement qu'en étant vilaine mais avec le même résultat. J'essaie toujours d'être invisible et même mieux qu'invisible, si ça veut dire quelque chose. Ma maman, voyez-vous, est très occupée parce qu'elle va à la faculté de droit, et mon papa est souvent absent pour des affaires importantes, parfois pendant plusieurs semaines de suite. Le mois dernier, quand on a emmené grand-maman dans les Blue Mountains il s'est fait arrêter pour excès de vitesse et le policier lui a dit qu'il lui fallait un vrai permis de conduire australien au lieu d'un américain, et il a répondu au policier qu'il n'était là que depuis trois semaines. Quand le policier a été parti, il a déclaré avec un petit rire gêné : « Mais c'est vrai, vous savez, je n'ai pas menti – on vit peut-être ici depuis 1971 mais je ne suis jamais resté dans ce pays plus de trois semaines d'affilée. » On a ri nous aussi, mais grand-maman, qui était assise entre Loulou et moi sur la banquette arrière, a fait claquer sa langue contre ses dents d'un air mécontent et sorti de son sac à main un rouleau de bonbons Life Savers au caramel pour qu'on en prenne un chacune. C'est souvent ce qu'elle fait au lieu de dire ce qu'elle pense. « J'ai appris à sucer un bonbon pour tenir ma langue », précise-t-elle souvent avec un clin d'œil.

Quand papa rentre à la maison il est fatigué et il peut être grognon, comme dit maman, même si en fait le mot juste est « énervé ». Parfois, comme dit grand-maman, il est très amusant ; mais on a peur de son mauvais caractère, Loulou et moi, et on déteste quand maman et lui se disputent. J'ai peur d'autres choses, comme quand il me serre très fort la main pour plaisanter et que ça fait mal. Mais il nous a aussi appris à faire le poirier dans la salle à manger au dîner, il sait agiter les oreilles pour faire l'idiot, et il invente beaucoup de mauvais jeux de mots qui nous font à la fois rire et nous lamenter. Il dit qu'il est un champignon, « *fungus*, en latin : un *fun gus* » : un drôle de gus, vous comprenez ? Et il répond toujours, quand on se plaint que ses blagues sont nulles, qu'il nous manquera quand il sera parti. Vu comme ça, j'essaie d'être quelqu'un que vous ne remarquez pas vraiment quand je suis là, mais qui vous manquera quand je serai partie.

J'ai sept ans trois quarts et je suis au cours élémentaire, et Loulou, ma sœur, a neuf ans et demi, et elle est au cours moyen. Je lui dis parfois : « Ce n'est pas toi qui commandes », mais on sait toutes deux qu'en pratique c'est faux. Quand elle en a envie, c'est elle qui commande. Par exemple, c'est elle qui organise nos après-midi, puisque maman est à la faculté de droit trois jours par semaine et qu'on est maintenant assez grandes pour se passer de baby-sitter. L'an dernier, chaque fois que la baby-sitter nous faisait faux bond, on devait aller à l'université avec maman dans sa petite voiture, à des kilomètres d'ici, un gigantesque campus moderne avec des parkings en béton, où elle nous laissait seules pendant une heure et demie dans l'affreuse cafétéria jaune et orange. J'avais toujours peur que des inconnus nous adressent la parole, et ça arrivait (même s'ils n'étaient pas comme l'homme du parc où papa et maman jouaient au tennis, qui nous avait demandé de caresser la bestiole qui vivait dans son pantalon. Elle était tachetée et chauve avec des poils noirs. Loulou, toujours la plus courageuse, s'est dévouée, moi j'ai regardé ailleurs). Maman nous donnait des pièces de monnaie pour qu'on s'achète des chips ou une barre Violet Crumble au distributeur, mais c'est cent fois mieux d'être chez nous dans notre maison de Woollahra en brique rose qui tourne le dos au monde comme une forteresse semi-circulaire, dont les fenêtres n'ouvrent que sur le jardin et la piscine à l'arrière. Mais le cambrioleur est entré par le jardin, bien sûr, en escaladant le mur des voisins, et il a aussi cambriolé leur maison. J'ai surtout peur que quelqu'un sonne à notre porte d'entrée vert pomme, et alors on fait quoi ? Loulou me traite de poule mouillée, donc je ne lui dis pas que j'ai peur. Il est entendu qu'elle a la force d'un garçon et moi la faiblesse d'une fille. Je me suis fait couper les cheveux courts dans l'espoir que ça m'aiderait à avoir plus de courage, mais non, et maintenant je regrette mes nattes qui me rendaient plus jolie.

Cette année, jusqu'à l'arrivée de grand-maman, on prenait le bus jusqu'à Edgecliff Road pour rentrer à la maison, Loulou et moi, et on faisait le reste du chemin à pied. Si Loulou était fatiguée – elle est souvent fatiguée – elle me faisait porter son cartable en plus du mien, un dans chaque main, et le plastique dur battait contre mes jambes pendant que j'avançais péniblement, alors qu'elle gravissait devant moi la colline d'un bon pas. Mais quand grand-maman a vu ça, elle a dit à Loulou de ne pas recommencer. Avant sa venue, pour le goûter, Loulou faisait toujours des caramels russes, qu'on prépare en mélangeant à parts égales du sucre roux et du beurre dans une poêle sur le fourneau, jusqu'à obtenir une espèce de lave granuleuse et mordorée qu'on verse dans un plat carré et qu'on met au congélateur jusqu'à ce qu'elle devienne solide. Sauf que souvent on n'avait pas la patience d'attendre si longtemps et on la mangeait encore liquide, chacune avec une cuiller à café, en essayant de ne pas se brûler la langue. On n'avait pas le droit d'utiliser le fourneau en l'absence de maman, mais Loulou lavait toujours la poêle et la rangeait dans le placard avant son retour, et maman était trop fatiguée et distraite pour demander ce qu'on avait mangé au goûter. De même qu'on n'avait pas le droit de se baigner dans la piscine sans qu'un adulte soit là, mais quand il faisait chaud, de janvier à mai, on se baignait quand même, bien sûr. On partage la piscine avec les gosses de la maison voisine, la jolie Gretel, qui a mon âge et qui est plus mon amie que celle de Loulou, et son petit frère maigrichon, Jamie, et tous les quatre on jouait au Marco Polo ou on faisait des concours de plongeons. Même si elle était chez elle, leur mère ne nous surveillait pas elle non plus.

Grand-maman est mon ange gardien. Elle est arrivée début juin et repartira au Canada fin juillet, une semaine après l'arrivée de grand-père, de grand-mère et de tante Suzanne pour leur visite à eux. Je ne sais pas comment ils communiqueront tous parce que grand-maman ne parle pas un mot de français, et seule tante Suzanne parle anglais. Papa dit qu'en fait grand-père parle anglais lui aussi, il peut le lire et l'écrire, simplement il a un fort accent et les gens ne le comprennent pas. À quoi ça sert, je me le demande ? On n'écrit pas ce qu'on veut dire quand on est en présence quelqu'un.

En tout cas : grand-maman est arrivée à l'aéroport et on est allés la chercher. On a traversé en courant le sol glissant du terminal quand on l'a vue franchir les portes coulissantes, et j'ai enfoui mon visage dans son manteau bleu vif – son manteau de « demi-saison », comme elle l'appelle, parce que notre hiver n'a rien à voir avec un hiver canadien –, manteau qui avait l'odeur de son parfum et celle, biscuitée, des avions, et un peu celle de l'insecticide amer que le personnel vaporise dans la cabine avant de laisser descendre les passagers (on plaque toujours nos mains sur notre nez et notre bouche parce que d'après maman, cet insecticide risque autant de nous tuer, nous, que les insectes, mais on garde quand même l'odeur), et à partir de ce moment précis je crois que ma vie s'est arrangée.

Par exemple : dès le premier après-midi, en attendant à la grille de notre jardin pendant qu'on remontait Rosemont Avenue, grand-maman a vu que je devais porter le cartable de Loulou en plus du mien, et elle a demandé : « Qu'est-ce que ça signifie ? », puis elle a dit à Loulou d'« arrêter ça ». Ajoutant : « Elle fait la moitié de ta taille », ce qui n'est pas vrai, même si je suis plus petite sur tous les plans, même petite pour mon âge, alors que Loulou est grande, et si je suis brune alors qu'elle est blonde, « le jour et la nuit », a même déclaré grand-maman.

Et puis, lorsqu'on rentre à la maison quand grand-maman est là, elle prépare chaque fois un goûter différent ; contrairement à Loulou qui ne fait que du caramel russe, et à maman qui ne veut pas qu'on mange autre chose que des quartiers de pomme et des abricots secs, elle nous offre parfois des brownies Sara Lee, elle vient nous attendre à l'arrêt de bus et nous emmène manger une glace, et d'autres fois elle prépare des toasts à la cannelle, sa spécialité, avec un chocolat chaud bien crémeux. Il fait trop froid pour se baigner, mais elle sort du garage un fauteuil pliant à rayures et s'assied près de la vasque pour les oiseaux à l'ombre du bananier, pendant que Loulou et moi, on construit notre cabane et qu'on sert des cookies sur des feuilles de bananier en guise d'assiettes, ou qu'on joue au docteur avec nos poupées, à qui on fait de beaux pansements et qu'on soigne avec les échantillons de parfum du tiroir de maman dans la salle de bains. S'il pleut, grand-maman étend nos cirés dans la salle de bains, elle nous sèche les cheveux avec une serviette-éponge, et on grimpe dans son lit, une de chaque côté comme si on était en visite à Toronto, et elle nous lit les vieux magazines *Girl's Own* que madame Young nous a donnés.

C'est la seule personne sur qui je peux compter pour me défendre, raison pour laquelle je lui ai parlé de mon pull, qu'elle appelle un sweater. Je n'en avais pas eu besoin depuis une éternité mais en hiver mon blazer d'uniforme ne suffit pas à me tenir chaud. Le problème date d'il y a longtemps, peut-être du mois de mars, par une journée glaciale où j'avais emporté mon pull à l'école dans mon cartable. Pas une journée, de toute évidence, où c'était mademoiselle Clark qui nous surveillait à l'heure du déjeuner, parce que je n'ai pas réussi à jeter ma banane. Maman devrait savoir qu'il ne faut pas me donner de bananes, puisque je les déteste. Je ne pense pas être si difficile pour la nourriture mais les seuls sandwichs que je mange sont ceux à la salade de thon ou ceux au salami et au fromage, dans du pain de mie blanc tous les deux, et pourtant elle nous en donne au pâté de foie ou au jambon beurre, des mixtures dégoûtantes, grasses et avec un goût de lait, ou parfois même à la salade de crevettes, et je dois jeter toutes ces choses en secret.

Beaucoup de mères préparent des déjeuners horribles et beaucoup de filles les jettent. Je ne sais pas si c'est une institutrice qui l'a remarqué, ou si monsieur Robbins, l'homme qui vide les poubelles, nous a dénoncées, en tout cas il y a maintenant une institutrice postée près des poubelles chaque jour à l'heure du déjeuner. Ce qui est une catastrophe.

Le jour de la banane, de cette fameuse banane, je ne me souviens plus quelle institutrice était de service, mais elle devait nous surveiller de près. Elle avait dû surprendre une élève juste quand j'approchais, et je n'avais pas dû pouvoir me débarrasser de ma banane. Donc je l'ai remise dans mon cartable en me disant : Je m'en occuperai plus tard. Mais j'ai oublié.

Je n'ai pas eu besoin de mon pull, je n'ai pas non plus pensé à la banane, les deux sont restés ensemble au fond de mon cartable, et au fil des jours et même des semaines, plus d'une fois des objets lourds, comme des manuels scolaires et des tennis les ont écrasés. Trop tard, je me suis rendu compte que la banane, à présent toute noire, et le pull, autrefois gris, s'étaient mélangés, ne formant plus qu'une masse à la forte odeur sucrée. Puis l'odeur a diminué et le pull, cette nouvelle masse gluante que je n'osais pas sortir du cartable, est devenu par endroits raide comme du carton.

Maman allait se mettre en colère, je le savais, parce que nos uniformes coûtent cher, que j'avais été vilaine, puis négligente – j'avais commis deux péchés –, et j'aurais des ennuis en même temps que j'en serais un moi-même, ce qu'il est important pour moi d'éviter, comme je l'ai dit. (Loulou, qui est plus courageuse, se moque d'avoir des ennuis, mais pas moi.) Donc je n'ai rien fait. J'ai gardé le pull à la banane, mon unique pull d'uniforme, au fond de mon cartable.

Puis il s'est mis à faire vraiment froid. J'avais la chair de poule qui remontait le long de mes bras dans le bus après l'école, j'ai dit que j'avais froid, et Loulou a demandé : « Mais où est ton pull ? » Il était bien là dans mon cartable mais j'ai menti et répondu que je n'en savais rien. « Tu l'as perdu ? » a-t-elle dit, mais un peu sur le ton d'un détective – j'ai su qu'elle pensait pouvoir me dénoncer, et me causer des ennuis, alors j'ai continué à mentir : « Bien sûr que non. Il est à la maison. » Mais ensuite, coincée avec mes multiples péchés, je ne savais plus que faire pour me sortir de ce pétrin. Allongée dehors sur la terrasse en pleine nuit, ou avant, éveillée dans mon lit en attendant que tout le monde s'endorme, je m'inquiétais pour mon pull. J'avais tellement de sujets d'inquiétude.

Je crois vraiment en Dieu, même si c'est en secret. Je ne sais pas si papa ou maman sont croyants, et je le suis peut-être pour nous tous. Dieu voit dans nos cœurs et il connaît toutes nos mauvaises pensées, et toutes nos mauvaises actions présentes et passées. Mais si nous sommes bons et si nous faisons beaucoup d'efforts, nous pouvons espérer qu'Il nous protégera. Chaque soir je récite le Notre Père et une prière particulière pour que chaque membre de ma famille soit en sécurité. Rien ne me semble sûr si je ne monte pas la garde. Je me souviens d'une époque où je n'avais peur de rien ; puis soudain est arrivée celle où j'ai eu peur de tout, où je voyais la Mort et des Catastrophes cachées dans tous les coins. Je regrette l'époque où je me sentais libre ; elle me rappelle celle d'Adam et Ève dans la Bible, sauf que je ne sais pas quand j'ai croqué la pomme. Impossible de me souvenir de ce qui a changé pour moi, ou quand, je sais seulement que maintenant ce n'est plus pareil. Quand j'étais petite je pensais que, peut-être, c'était *moi* Dieu, ou une partie de Dieu, mais je sais à présent que c'est faux. Dieu est-Il en nous ? Au-dessus de nous ? Avec nous ? S'Il est tout-puissant, pourquoi des choses aussi épouvantables se produisent-elles ?

De toute évidence papa et maman ne sont pas Dieu, mais si avec moi c'est Loulou qui commande, alors c'est maman qui commande à nous deux, et papa qui commande à tout le monde. Ils peuvent se fâcher très fort tous les deux et ça fait l'effet d'un châtiment divin, comme quand maman m'avait fait mon gâteau d'anniversaire, mais il a brûlé, elle l'a jeté sur le sol de toutes ses forces – les miettes volaient partout comme des confettis, et le moule de verre s'est brisé en mille morceaux –, et elle a dit : « Jamais, jamais de ma vie je ne referai un gâteau », et c'était bien sûr ma faute parce que le gâteau était pour moi ; mon autre péché a été d'être secrètement et égoïstement triste de ne pas avoir de gâteau du tout. Ou bien, lorsque j'avais six ans et que papa s'est mis en colère parce qu'il rentrait d'un long voyage et que Loulou et moi, on a dévalé l'escalier à sa rencontre, surexcitées, et que la première chose que j'ai dite, c'était : « Qu'est-ce que tu as pour nous ? Qu'est-ce que tu nous rapportes ? » C'était le péché de l'enfant gâtée. Bien sûr que mon cadeau n'était pas réellement plus important pour moi que papa, mais je le tenais pour acquis, comme papa l'a dit lui-même plus tard quand il était moins en colère. Or il ne faut rien tenir pour acquis parce que tout peut disparaître. Comme le petit frère de Michelle. Il était là – si mignon, je le revois encore, avec ses boucles couleur de miel et ses grands yeux ambrés – et maintenant il est parti. Peut-être que Michelle le tenait pour acquis, et voilà pourquoi Dieu l'a emporté.

Mais mon pull… une catastrophe. Et puis, quand grand-maman est arrivée et a aussitôt vu comment ça se passait pour moi, j'ai su que je pouvais lui en parler et qu'elle ne me punirait pas. Je suis allée la voir dans sa chambre un samedi, alors qu'elle mettait ses bijoux, et j'ai dit : « Grand-maman, j'ai un problème. » Et sans me poser de question, elle a répondu : « Je vais t'aider. »

Il y avait plusieurs choses auxquelles je ne m'attendais pas : je ne m'attendais pas à ce que mon pull soit à nouveau propre un jour. Il ne l'a pas vraiment été, parce qu'il est maintenant plus sombre d'un côté ; mais lorsqu'elle l'a laissé tremper un certain temps dans une cuvette d'eau tiède et savonneuse, et qu'elle l'a étendu à plat sur le lave-linge recouvert d'une serviette-éponge, il est redevenu doux et laineux en séchant, et propre, presque partout.

En tout cas, je ne m'attendais pas à ce qu'il soit forcément trop petit pour moi désormais et à ce qu'il me faille un nouveau pull d'uniforme, non pas à cause de mes péchés mais parce que j'avais grandi pendant tout ce temps, sans que ça se voie.

Et surtout je ne m'attendais pas à ce que grand-maman, alors que pas une minute son immense tendresse pour moi ne faiblissait – elle adore me caresser les cheveux et la joue –, je ne m'attendais pas à ce qu'elle se mette à en vouloir à maman. Je me suis rendu compte en écoutant derrière la porte de la lingerie que maman, bien qu'adulte, était encore la fille de grand-maman de même que je suis la fille de maman. « Quelle sorte de parent es-tu, lui reprochait grand-maman, pour que ta propre fille, cette adorable gamine, ait peur de s'adresser à toi ? De quoi a-t-elle peur ? Tu devrais bien te poser cette question-*là*, Barbara. »

À la façon dont elle a prononcé le prénom de maman, je me suis sentie tellement coupable. J'aurais voulu débarquer dans la pièce pour expliquer que je n'avais jamais eu l'intention de causer des ennuis à maman. Je ne dénonçais pas maman en demandant à grand-maman son aide. Mais tous nos actes ont des conséquences, comme nous le répètent nos institutrices. En essayant de ne pas avoir d'ennuis, ou de ne pas être source d'ennuis, j'avais causé des ennuis. J'étais contente que Loulou n'entende pas leur conversation, car elle m'aurait aussitôt dit que tout était ma faute. Elle n'avait pas besoin de le dire ; au fond de mon cœur je le savais. Tout se serait mieux passé si seulement j'avais eu le courage d'affronter mon châtiment. Être lâche est aussi un péché, et je le suis tous les jours.

Je l'avais également été pendant notre excursion. On ne devait être absents que pour la journée, pas la nuit en plus, et quand on est partis je n'avais pas du tout peur. Maman était restée à la maison faire ses devoirs pour la faculté de droit. Debout en haut de l'allée, elle nous avait fait au revoir de la main, pendant que papa, grand-maman, Loulou et moi partions à l'aventure. L'idée m'est venue seulement plus tard que cette excursion n'avait été organisée que pour permettre à maman de faire son travail. Avant je ne m'étais jamais dit qu'on était dans ses jambes, qu'elle pouvait avoir envie qu'on ne soit pas là.

Papa adore aller se balader en voiture – la sienne, une Ford marron, est à quatre portes, contrairement à celle de maman, et la banquette arrière ressemble à un petit canapé. Grand-maman était assise sur le siège de maman, et Loulou et moi à l'arrière où, au début, on s'est comme toujours disputées pour déterminer la ligne du milieu. On a roulé vers l'ouest sur les routes larges et plates des banlieues, le long de maisons individuelles bien alignées, puis de clôtures, de petits immeubles cubiques, de magasins, de stations-service et d'entrepôts, jusque dans la campagne. On ne regardait pratiquement pas le paysage, Loulou et moi – « Vous voyagez comme des valises », dit toujours papa –, parce qu'on avait emporté nos livres. J'avais pris *Tintin au Tibet*, mon album préféré de Tintin, car il retrouve bien sûr son ami Tchang qui avait disparu même si tout le monde croit que c'est impossible, et *Le Temple du soleil*, que j'adore aussi, parce qu'ils sont tous sauvés à la fin par la lecture, par une coupure de journal qui leur annonce la date de l'éclipse, grâce à quoi les Incas les prennent pour des dieux.

Les aventures de Tintin étaient plus palpitantes que les nôtres. On a longtemps roulé avant de s'arrêter pour déjeuner dans le pub d'un village du nom de Berrima. Parce qu'on est des enfants, Loulou et moi, on n'a pu entrer que pour utiliser les toilettes qui sentaient mauvais ; la grande salle carrée, avec un faux plafond peint et des fenêtres sur les quatre côtés, mais peu de lumière à cause de la galerie couverte tout autour, était sinistre et froide. Il y avait une rangée de tables de part et d'autre, et une table de billard verte sur le dessus. Dans le pub je n'ai vu que des hommes, couverts de poussière, des grands costauds aux manches retroussées, avec des tatouages verdâtres sur leurs bras velus. Au bar deux d'entre eux portaient un chapeau Akubra relevé sur l'arrière du crâne, même si on n'est pas censé garder son chapeau à l'intérieur. L'un d'eux était aborigène – il s'est tourné vers Loulou et moi avec un sourire, la blancheur de ses dents ressortant sur sa peau noire – et tous les autres clients étaient blancs, ou, plutôt, rouges, car ils avaient l'air d'avoir travaillé une éternité en plein air et en plein soleil. J'imagine qu'ils avaient le cou sale. La seule femme qu'on a vue, debout derrière le bar, était à peine plus grande que Loulou, et décharnée avec des veines bleues saillantes sur les avant-bras, un nez aussi tranchant qu'une lame de couteau, et des yeux trop rapprochés comme ceux d'une belette. (Après, dans la voiture, grand-maman a hoché la tête et conclu : « Cette femme a eu une vie difficile », mais elle n'a pas expliqué ce qu'elle voulait dire.) La femme-belette nous a souri elle aussi, elle nous a servi à chacune de la limonade dans un verre à bière en forme de bulbe, et Loulou et moi, on a emporté nos boissons dehors et on s'est assises sur le rebord de la galerie couverte, les pieds dans la poussière. J'avais mon blouson en daim marron à fermeture Éclair, taché au bras par de la barbe-à-papa pendant le Sydney Royal Easter Show – c'était la faute de Loulou –, et mes tennis rouges qui sont devenues marron dans la poussière, et les bulles de la limonade se sont déposées sur ma lèvre supérieure comme celles d'une vague. Grand-maman et papa ont apporté un sachet de chips au parfum oignon-fromage pour qu'on se le partage, et des sandwichs au fromage et au pain complet beurré enveloppés dans du papier sulfurisé. Je n'aime pas le pain complet et je n'aime pas le beurre dans les sandwichs – à l'école, j'aurais sûrement jeté le mien à la poubelle – mais comme j'avais peur de me faire gronder je l'ai mangé en entier sauf la croûte. Papa a mangé le sien en allant et venant autour du parking, sans parler à personne, ne s'arrêtant que pour examiner les différentes voitures et les pick-up.

Pendant ce temps-là, les deux hommes avec un chapeau Akubra sont sortis en remontant leur pantalon et en riant, ont grimpé dans un pick-up Dodge de la couleur du dentifrice à la menthe, et l'Aborigène a pris le volant. Il a fait un signe de la main par la fenêtre et a klaxonné lorsqu'ils ont rejoint la route, nous envoyant un nuage de poussière rouge.

Une fois dans la voiture, en plus de sa remarque sur la dame derrière le bar, grand-maman a déclaré : « Ils ne sont pas très évolués, par ici », et : « Tous des descendants de bagnards, non ? », ce qui a fait rire papa.

J'ai protesté : « Ce n'est pas vrai. Les Aborigènes étaient déjà là il y a beaucoup, beaucoup plus longtemps que nous, des milliers d'années avant le capitaine Cook.

— Bien sûr, ma chérie. Mais on n'a vu que celui-là.

— Et à la façon dont les choses se passent par ici, a ajouté papa, ce n'était sans doute même pas son pick-up. Ce devait être un ouvrier agricole d'une exploitation locale. »

J'avais envie de parler à grand-maman du Temps du rêve, des mythes aborigènes sur lesquels mademoiselle Clark nous faisait cours, et du Serpent arc-en-ciel, de l'origine du rire du *kookaburra*, et des Mimi qui, comme les fées, vivent dans les crevasses des rochers de l'arrière-pays. Loulou m'a fait « non » de la tête : ça n'intéressait pas les adultes, et de toute façon il était difficile de parler depuis la banquette arrière vers l'avant de la voiture. Mais j'ai insisté.

Je me suis penchée entre les sièges avant et j'ai tapoté l'épaulette du manteau bleu vif de grand-maman : « Grand-maman, tu connais l'histoire du Serpent arc-en-ciel ? »

Elle m'a caressé la main. « Non, ma chérie. Cale-toi bien contre le dossier de la banquette, d'accord ? Et raconte-la-moi le plus fort possible. »

Le Serpent arc-en-ciel, qui est à la fois fille et garçon, est monté des profondeurs du globe et a créé le monde tel qu'il est. Avant, le monde était plat et désert, et, en rampant partout sur terre, le serpent a créé les montagnes et les vallées. Puis il a réuni les grenouilles et leur a chatouillé le ventre pour les faire rire – il y a une autre histoire sur une grenouille en particulier, du nom de Tiddalick, mais elle se passe plus tard –, et quand elles ont ri, de l'eau a jailli de leur bouche, formant toutes les rivières, tous les fleuves et les lacs. Vous voyez comme c'est beau ? a dit le Serpent arc-en-ciel. Et si vous m'obéissez, vous pourrez devenir une personne, sinon vous serez transformées en pierre.

« Je préfère de loin être une personne qu'une pierre, a fait observer grand-maman avec un petit rire.

— Mais il faut savoir, a rappelé Loulou, que l'histoire ne s'arrête pas là. Parce que dans le Temps du rêve aborigène, le Serpent arc-en-ciel nous commande à nous tous, comme le dieu grec Zeus, et aujourd'hui encore le Serpent se déplace d'un trou d'eau à l'autre à travers le bush, et si on le met en colère, lui ou elle, garçon ou fille, alors d'énormes tempêtes éclateront, et il y aura des inondations ou des sécheresses.

— N'est-ce pas que ces mythes sont fascinants ? a demandé grand-maman. Qui veut un bonbon Life Savers ?

— C'est une civilisation extraordinaire, est intervenu papa, sans quitter la route des yeux. Pendant que vous êtes là, il faut absolument qu'on vous fasse entendre leur instrument de musique – le *didgeridoo*. Regardez... » Il désignait sur la droite la plaine à perte de vue où, parmi les herbes sèches qui ondulaient au vent, un groupe de kangourous paissaient paresseusement. « La vie sauvage dans la nature sauvage. »

Grand-maman ouvrait des yeux ronds et a tourné la tête pour les suivre du regard. « Drôles de créatures, avec ces immenses pattes arrière, cette queue qui frappe le sol, et ces minuscules pattes avant, pareilles à des mains...

— Je me demande quels sont les mythes locaux... » Papa avait oublié les kangourous et pensait à nouveau au Serpent arc-en-ciel. « ... Parce que la vallée près d'ici était le lit d'un lac autrefois, voilà des centaines de milliers d'années, et autour de Wee Jasper il y a des chasseurs de fossiles. D'après le guide de voyage, on trouve en abondance d'extraordinaires fossiles marins.

— Qui s'intéresse aux fossiles ? a lancé Loulou. Ils sont morts, pas vrai ?

— Tout à fait morts. Même s'ils nous indiquent quelles formes de vie existaient ici.

— Comme si le Serpent arc-en-ciel les avait transformés en pierres, j'ai dit.

— Exactement, a approuvé grand-maman. Les fossiles, à la base, ce sont des pierres. »

Satisfaite, je suis retournée à mes lectures. Peu après, on s'est arrêtés à Goulburn pour visiter une vieille demeure. J'aime bien les musées qui sont des maisons restées comme au temps où des gens y vivaient – grand-maman nous a emmenées dans l'une d'elles à Toronto, où la visite se termine dans la cuisine, avec une dame en jupe longue, une coiffe sur la tête, qui présente des plateaux de pain au levain tartiné de beurre et de confiture de mûres, le tout préparé sur place à l'ancienne avec une baratte, et des mûres qu'on fait bouillir sur un poêle à bois, avec du sucre. On s'était interrogées : la dame avait-elle cette jupe pour baratter le beurre, ou bien est-ce qu'elle mentait et l'achetait au supermarché Loblaws ? J'avais adoré ce musée et j'espérais que celui-ci serait du même genre, mais non. Ce n'était qu'une vieille maison pleine de meubles et de bibelots poussiéreux, avec une grosse dame à la voix assourdissante, qui semblait vivre là et faisait des discours ennuyeux sur l'histoire de cette demeure – construite en 1857, elle avait d'abord été un pub, puis un internat de garçons, qui s'appelait Garroorigang. La dame nous a raconté que certains élèves étaient devenus célèbres, parmi lesquels un joueur de cricket et un peintre parti à Paris où il avait eu pour amis Van Gogh et Monet – dont nous avions vu, nous a rappelé papa, les tableaux aux jolies couleurs dans un musée parisien avec cousine Léone –, et un troisième qui s'était vaillamment battu à Gallipoli pendant la Première Guerre mondiale, raison pour laquelle nous avons maintenant les cérémonies commémoratives de l'ANZAC Day. Et tous, buvant du thé dans leurs vêtements élégants, avaient vécu comme s'ils étaient à Londres ou à Bristol dans cette curieuse maison sentant le moisi au milieu du bush. Elle a ensuite été habitée par une fille de l'explorateur Hamilton Hume. La grosse dame, qui n'était même pas en costume d'époque, nous a demandé si on nous avait parlé d'Hamilton Hume à l'école, et quand on a secoué la tête elle a paru scandalisée. Et il n'y avait rien pour goûter, même à vendre.

On est remontées en voiture, maussades, Loulou et moi, et affamées, mais en l'absence de maman, on n'avait pas envie de l'avouer. J'avais fini *Tintin au Tibet* et commencé *Le Temple du soleil* quand on est arrivés à Yass, où papa s'est arrêté pour qu'on marche un peu et qu'on trouve de quoi goûter. On a acheté des *lamingtons* au chocolat enrobés de noix de coco dans un emballage plastique à l'épicerie près de la station-service, où un jeune homme en salopette (« C'est un mécanicien ? a demandé grand-maman sur un ton réprobateur. – Probablement », a répondu papa, amusé) nous a indiqué le chemin jusqu'au parc de la ville, au bord de la rivière, pour que « les enfants puissent courir un peu », lui a expliqué papa. On avait été « enfermées dans la voiture », a-t-il ajouté, un verbe que maman et grand-maman employaient, et j'ai eu l'impression qu'il essayait de montrer à grand-maman qu'il savait s'occuper de nous, même si on ne faisait jamais rien avec lui tout seul, jamais.

Ce parc au bord de l'eau portait le nom de Banjo Paterson en mémoire du grand écrivain et poète australien, peut-être parce qu'il était originaire de la ville, mais Loulou, qui chante bien (« Quelle jolie voix », dit grand-maman à chaque fois, jamais à mon sujet parce que je chante faux, raison pour laquelle je ne chante plus du tout), a entonné « Waltzing Matilda » du premier couplet au dernier. Elle dansait sur l'herbe brunie par le soleil, tournoyant tout en chantant, alors je l'ai imitée, même si malgré la fermeture Éclair de mon blouson remontée jusqu'au menton je grelottais – le temps s'était refroidi et il faisait gris –, et si d'énormes gouttes de pluie se sont mises à tomber.

De retour dans la voiture, je me suis couchée de mon côté en chien de fusil – sans dépasser d'un doigt ou d'un cheveu la ligne imaginaire du milieu – et j'ai fermé les yeux, fatiguée par cette longue route, bercée par le ronronnement du moteur et les voix calmes de papa et de grand-maman, dont je distinguais à peine les paroles. Il était déjà tard quand on a quitté Yass, même si personne ne parlait de l'heure, et j'ai considéré qu'on rentrait à la maison. Mais plus tard j'ai compris que papa voulait essayer de voir le champ de fossiles, près de Careys Cave, a-t-il dit. Je suppose qu'il voulait y aller depuis le début, même s'il n'en avait pas encore parlé. Sauf à grand-maman, peut-être – Loulou et moi, on se contente de faire ce qu'on nous dit. Mais je suppose aussi qu'il ne se doutait pas de la vitesse à laquelle la nuit tombe en hiver, ni de la soudaineté et de la violence avec lesquelles la pluie s'abattrait ; quand j'ai rouvert les yeux, le monde était tout noir à l'extérieur, et au-dessus de moi, le D vert fluo de la position « marche avant » se reflétait comme dans le ciel sur le pare-brise entre les gouttes de pluie. Les essuie-glaces produisaient leur bruissement apaisant, mais il y avait un silence pesant dans la voiture : alors qu'on était dans une descente, on avançait à peine. Me redressant, j'ai vu Loulou assise bien droite de son côté de la banquette arrière, derrière grand-maman, et regardant droit devant elle, les yeux écarquillés. Même dans l'obscurité, je voyais à quel point ils étaient bleus.

« Qu'y a-t-il ? j'ai demandé.

— Rien, ma chérie, a répondu grand-maman à l'avant. Tu veux un Life Savers ? »

Loulou scrutait la route en hochant la tête. On n'a pas répondu à grand-maman. Je voyais la rangée des feux arrière, d'au moins quatre voitures, peut-être cinq, et d'autres encore qui rejoignaient la file depuis une route plus petite sur la droite. Des eucalyptus se dressaient sur les bas-côtés. La pluie tombait toujours aussi fort, mais c'est mieux de ne pas rouler vite quand il pleut ; ce n'était pas ça le problème. C'était le torrent qui recouvrait la route au pied de la colline. Grand-maman avait déployé une carte sur ses genoux mais elle ne servait à rien, il faisait trop sombre pour voir.

« Dieu merci, ce n'est pas la vraie rivière, a-t-elle dit. On a traversé le grand pont il y a un ou deux kilomètres.

— Elle est bien assez vraie, a répliqué papa, et au son de sa voix j'ai deviné qu'il avait les lèvres pincées.

— On appelle ça une crue éclair, a expliqué grand-maman, sans se retourner. C'est quand la pluie tombe trop vite pour que le sol l'absorbe. Surtout en période de sécheresse. »

J'ai pensé à la prairie d'herbes sèches et brunes sur laquelle, plus tôt, les kangourous paissaient avec tant d'insouciance. « On va s'en sortir ? » Je m'entendais parler d'une toute petite voix.

« Ne sois pas ridicule, trouillarde. Bien sûr qu'on va s'en sortir. » Mais Loulou continuait à scruter le pare-brise, et papa et grand-maman ne paraissaient pas m'avoir entendue.

Une par une, très lentement, chaque voiture s'est avancée jusqu'au fond de la rigole et a doucement traversé l'eau en formant des vagues perpendiculaires au courant. Chaque fois qu'une voiture sortait du torrent et remontait la pente, j'avais envie de crier « hourrah ». Ça n'avait pas l'air si difficile ; mais papa et grand-maman étaient tous deux à bout de nerfs. Encore une voiture, puis un pick-up, l'eau atteignant à peine le haut de ses gros pneus. La pluie tambourinait furieusement sur le toit de la voiture et autour de nous. Tellement d'eau.

« Surtout ne pas noyer le moteur, a marmonné papa, comme s'il parlait tout seul.

— Les autres traversent sans problème. » Grand-maman semblait un peu hésitante.

« Les trois derniers étaient des pick-up », a précisé papa.

J'ai compris que le moment était venu de prier. J'étais la gardienne de nuit, mais je n'avais pas monté correctement la garde. J'étais la conteuse, je m'arrangeais pour que mes histoires se terminent bien. Je m'étais permis de m'endormir, comme si on devait être en sécurité, or on ne l'était pas. Mais devais-je prier Jésus ou le Serpent arc-en-ciel, qui était sûrement – on le comprenait tous – le dieu qui commandait par ici ? Cette vallée avait été un lac et en redeviendrait peut-être un, si le Serpent arc-en-ciel en décidait ainsi. Avais-je l'autorisation de prier le Serpent arc-en-ciel, qui n'était pas mon dieu ? Quand j'avais fait le signe de croix avec de l'eau bénite dans l'église catholique de grand-père et grand-mère à Toulon, Loulou m'avait dit à l'oreille d'une voix sifflante : « Tu n'as pas le droit de faire ça ! Tu n'appartiens pas à cette religion ! » Parce qu'on est anglicans. Je devrais donc sans doute prier Jésus, qui aime les petits enfants ? Jésus et le Serpent arc-en-ciel pouvaient-ils se connaître ? Et s'entendre ? J'ai pensé à maman, chez nous à Sydney, assise dans le fauteuil du salon ou en train de se faire un thé dans la cuisine : elle ne savait pas qu'on était en danger. Jamais elle ne nous aurait laissé partir si elle avait su que papa et grand-maman ne pouvaient assurer notre sécurité. Et si elle-même n'était pas en sécurité, parce qu'on n'était pas avec elle ? Puisque je ne montais pas la garde, il pouvait lui arriver n'importe quoi, non ? Peut-être que j'assurais la sécurité de tout le monde ? Auquel cas j'étais bien là, je priais, et Dieu et le Serpent exauceraient mes prières ; mais qui s'occupait de maman ? Ma gorge se serrait.

Quand notre tour est venu de descendre dans l'eau noirâtre, papa a mis la vitesse la plus lente, la lettre L s'est alors reflétée sur le pare-brise comme si elle flottait dans le ciel, et papa a progressé tout doucement dans la rigole. La pluie tambourinait toujours sur le toit, la rivière grondait autour de nous, nos pneus faisaient de monstrueux bruits de succion qui s'ajoutaient aux chuintements des vagues qu'on créait, et le tout composait une intense symphonie aquatique comme si on se trouvait dans une station de lavage de voitures en Enfer. J'ai pensé au livre *Bébés-d'eau* et me suis demandé quel effet ça ferait de plonger sous la surface et de croiser toutes les créatures qui vivent là ; mais je me suis souvenue qu'à la fin on découvrait que le petit garçon de l'histoire était mort, et qu'il l'était depuis le début.

Lorsque j'ai pensé à ça, on remontait déjà de l'autre côté. Papa a mis le pied sur l'accélérateur et la Ford a fait un bond en avant à flanc de colline, projetant des gravillons derrière nous. La pluie battante ressemblait maintenant à des applaudissements.

« Bravo, François, a murmuré grand-maman.

— C'était assez effrayant. » Papa souriait à présent ; j'avais du mal à savoir s'il plaisantait.

« Comment ça ? Qu'est-ce qui a pu arriver ? »

Pendant quelques instants, aucun des deux adultes n'a répondu.

« Il faut juste éviter que le moteur soit noyé, a dit papa. Parce qu'alors la voiture cale.

— Et il se passe quoi ?

— Pour que la voiture roule, il faut que le moteur tourne. » J'ai eu le sentiment qu'il ne me répondait pas vraiment : qu'est-ce que ça signifiait ?

« Mais oui, crétine, sinon la voiture s'arrête dans l'eau trop profonde, la rivière l'emporte et on se noie tous », s'est exclamée Loulou. Puis, comme si j'étais la seule à avoir eu peur : « Mais on ne s'est pas noyés, n'est-ce pas ? »

Grâce à mes prières et au Serpent arc-en-ciel. « On est où, au fait ? » Par la vitre éclaboussée de pluie, je ne voyais que du noir, de l'humidité, et parfois le tronc pâle et noueux d'un eucalyptus qui surgissait dans la lumière des phares.

« On est sur la route de Wee Jasper, a déclaré papa.

— Il se passera quoi, quand on y arrivera ?

— Dieu seul le sait. » La voix de grand-maman donnait l'impression qu'elle levait les yeux au ciel.

« On cherchera un endroit où dormir », a répondu papa, comme si c'était évident. « Je ne pense pas qu'on peut refaire toute la route jusqu'à la maison par ce temps. Il y a plus de trois cents kilomètres.

— Mais maman ?

— Votre maman se débrouillera très bien. On l'appellera et on lui dira où on est. »

Une terrible erreur, une affreuse imprévoyance. On était censés être de retour pour le dîner. Qu'allait-elle faire sans nous ? J'ai gardé les yeux grand ouverts et le visage tourné vers la vitre pendant tout le trajet jusqu'à Wee Jasper, priant pour elle et pour nous aussi. Dès qu'on laisse quelqu'un s'échapper de nos pensées, dès qu'on n'est pas assez vigilant, c'est là que de mauvaises choses peuvent arriver. On aurait dit qu'un fil était tendu entre moi et Dieu, et entre Dieu et maman, et que si je lâchais mon extrémité du fil, eh bien... Tout dépendait de mon attention ; il était si important de garder chacun en vue, de l'avoir à l'esprit. C'était un effort épuisant.

À l'unique pub de Wee Jasper – appelé à juste titre Les Écuries, d'après papa, parce qu'on était fourbus comme des chevaux –, le propriétaire à barbe blanche a bien voulu nous ouvrir un chalet d'été pour la nuit. Derrière le bâtiment principal, quatre cabanes sombres étaient dispersées parmi les arbres. Avant qu'il nous montre la nôtre – une seule grande pièce pour nous quatre, avec un lino jaune plein d'éraflures, un tube au néon rempli de cadavres de papillons de nuit, un immense lit à sommier métallique où Loulou et moi dormirions de part et d'autre de grand-maman, un plus petit sous la fenêtre pour papa, un lit d'enfant en réalité, et partout une odeur de renfermé, même le radiateur sentait la poussière quand le vieil homme, la pluie dégoulinant de sa barbe et de son ciré de berger, le brancha pour nous –, avant qu'il nous montre cette pièce, donc, on voyait bien que ni papa ni grand-maman n'étaient contents, mais que pouvaient-ils faire ? C'était, affirmait le vieil homme, l'unique hébergement possible en ville, et au moins ce chalet avait une petite salle de bains verte et des toilettes, et quoi qu'il en soit, on garderait nos vêtements sauf nos chaussures pour dormir sous les couvertures « d'une propreté douteuse », comme l'a dit grand-maman en plissant le nez, ajoutant de sa voix la plus sinistre : « C'est *certainement* une aventure », et elle nous a donné, à Loulou et à moi, un Life Savers au caramel chacune, au moment où on aurait dû se brosser les dents. Mais avant tout ça, quand la femme du vieil homme a proposé de nous préparer des œufs brouillés, du pain frit et du bacon, un dîner d'ouvrier agricole, comme elle disait, papa a demandé si on pouvait téléphoner et dit qu'on paierait la communication, et le vieil homme nous a emmenés dans leur cuisine à eux et a désigné un gros téléphone noir fixé au mur, avec son combiné ressemblant à des oreilles, son cadran transparent pareil à une bouche ouverte, et son cordon entortillé.

On s'est regroupées autour de papa pendant qu'il composait le numéro, et il s'est interrompu pour nous éloigner d'un geste de sa grande main carrée. C'était son premier accès de mauvaise humeur de la journée, mais on savait, Loulou et moi, de même qu'on sait à quel point c'est difficile pour nous deux de bien se conduire, qu'il devait faire beaucoup d'efforts pour ne pas perdre son calme, et de temps en temps il fallait simplement que la colère sorte, c'était aussi impossible de l'en empêcher que de retenir un pet. On a donc reculé et on n'a pas vraiment pu entendre maman quand elle a décroché. J'avais si peur qu'elle ne décroche pas, si peur qu'il lui soit arrivé quelque chose, que j'ai failli pleurer quand ç'a été mon tour de parler. Sa voix semblait aiguë et faible, et endormie, pas inquiète du tout.

« Tu vas bien ? Est-ce que tout va bien, maman ?

— Bien sûr, ma chérie. Je suis à la maison en train de faire mon travail pour la faculté de droit. Quelle aventure pour vous tous ! Tu pourras peut-être l'écrire et en faire une nouvelle, quand vous rentrerez ? Tu dois avoir faim, maintenant ! »

J'avais envie de dire : « On a failli mourir », et d'ajouter : « Toi aussi, tu aurais pu mourir ! » Mais de même que je suis juste assez grande pour comprendre que tout est précaire – ce mot était dans le journal ; maman m'a expliqué ce qu'il signifie –, je suis également assez grande pour comprendre qu'on n'a pas le droit de dire ça, qu'on doit tous faire comme si on ne marchait pas, chaque jour, sur une corde raide tendue au-dessus d'un abîme de flammes qui risque d'un instant à l'autre de nous engloutir. J'ai donc gardé pour moi ma terreur, et ma lassitude de monter la garde, et j'ai répondu : « Oui, très faim, et la gentille dame d'ici nous prépare des œufs brouillés, avec du pain frit. » (Je n'ai pas parlé du bacon parce que je n'aime pas trop ça. Loulou adore le bacon mais déteste les œufs brouillés – à cause des bouts de blanc gluants.)

« N'en mange pas trop ma chérie, a recommandé maman. Le pain frit est très gras et tu risques d'avoir mal au ventre. »

Ensuite j'ai tendu le combiné à grand-maman, qui a raconté à maman que nous avions été des anges, et personne n'a jamais su que mes émotions étaient aussi violentes qu'un orage, et aussi énormes.

On n'a entendu parler du petit frère de Michelle que le lundi à l'école. Le Serpent arc-en-ciel était venu le chercher. C'est-à-dire qu'il s'était noyé. Pas pendant l'énorme tempête de cette fameuse soirée sur la route de Wee Jasper, le long de la Goodradigbee Valley, que la rivière Murrumbidgee suit du lac Burrinjuck jusqu'à Canberra, mais dans la piscine bleu vif en forme de haricot des grands-parents de Michelle, à Parramatta où la famille de Michelle était allée le samedi pour une grande réunion avec l'oncle et la tante de Michelle venus de Perth, ainsi que ses cousins Eric, Edwina et Joey, le plus jeune, qui a treize ans et que Michelle adore plus que n'importe qui d'autre.

C'est l'hiver, et quand il s'est mis à pleuvoir les enfants ont interrompu leur partie de Chat glacé – Michelle a une sœur et trois frères, même s'ils ne sont plus que deux maintenant, et c'est elle la plus jeune en dehors d'Andy, le petit dernier – et ils sont allés à l'intérieur jouer au ping-pong et écouter des disques au sous-sol. Les adultes pensaient qu'Andy était avec ses cousins, et eux pensaient qu'il était avec les adultes au salon, à l'étage. Mais Andy, à peine trois ans, était parti de son côté. Il n'était peut-être même jamais allé à l'intérieur. Il s'était peut-être penché pour attraper une feuille morte à la surface de la piscine, ou pour suivre les vaguelettes formées par les gouttes de pluie, à moins qu'il ait fait le tour de la piscine en courant et qu'il ait dérapé, ou… Ils n'ont même pas remarqué avant l'heure du dîner qu'il avait disparu, et c'est le père de Michelle qui l'a vu le premier, dans son blouson rouge et bleu gonflé d'eau.

J'aimerais inventer une histoire différente, qui se termine bien, tout comme la nôtre s'est bien terminée. J'imagine tout le temps des choses, mais je n'avais pas imaginé l'histoire du frère de Michelle, pas avant qu'elle ait lieu. Michelle n'est pas revenue à l'école, et puisqu'il ne reste qu'une semaine avant les vacances, ça m'étonnerait qu'elle revienne. Papa et maman disent tous les deux que j'ai une imagination débordante, mais je crois que si j'imagine le pire je peux l'empêcher de se produire, de même que je crois que si je remarque tout et si je pense à tout à l'avance – si je raconte l'histoire avant qu'elle arrive –, je peux tous nous maintenir en sécurité. Tout est précaire, le feu ou l'eau peuvent se réveiller et nous engloutir, l'avion peut tomber du ciel, un pays peut cesser d'exister, une guerre peut éclater, ou une personne peut partir et ne jamais revenir. Elle peut se transformer en pierre si je ne fais pas attention, ou bien le cambrioleur peut s'introduire par la fenêtre de derrière, et dans votre propre maison, depuis la chambre de vos parents, vous regarder rentrer de l'école et de la bibliothèque en riant, il peut être encore à l'intérieur quand vous poussez la porte d'entrée, à l'autre bout du long couloir, et il peut embarquer tous les bijoux de votre maman, y compris l'anneau d'or en forme de serpent aux écailles en émail vert et bleu et aux yeux en rubis, puis s'enfuir par la tonnelle et sauter par-dessus la clôture au fond du jardin avant que vous sachiez qu'il était là. C'est le plus vigilant qui gagne.

Tout est lié, si seulement vous pouviez vous élever assez haut dans l'espace pour le voir, ou si vous étiez Dieu ou le Serpent arc-en-ciel. Pendant qu'on était dans la voiture en pleine tempête j'ai su que quelque chose n'allait pas, j'ai su que je devais avoir peur, mais je pensais que c'était pour maman alors qu'en réalité c'était pour le frère de Michelle. Ce jeune peintre de l'internat de Goulburn ne savait pas encore, dans cette demeure, qu'en grandissant il irait enseigner la peinture en France et deviendrait l'ami des artistes dont mes cousins français m'emmènent voir les œuvres dans un musée à Paris, pas plus que mes cousins ne pouvaient savoir que par un pur hasard on se retrouverait, Loulou et moi, dans la salle de classe au milieu de nulle part où cet adolescent qui deviendrait peintre a peut-être fait son premier dessin. Quand il était *lui-même* adolescent, Banjo Paterson s'est peut-être trouvé à l'endroit précis au bord de l'eau où Loulou a dansé en chantant « Waltzing Matilda », sans savoir qu'il écrirait des poèmes et que l'un d'eux deviendrait une chanson que chaque Australien fredonnerait, et qu'au même endroit Loulou entonnerait cette chanson. Dans le même cours qu'elle, dit maman, il y a une étudiante qui sera la première Aborigène à obtenir sa licence de droit à l'université de Nouvelle-Galles du Sud, et sur une photo parue dans le journal, prise à l'aéroport, on voit à l'arrière-plan notre papa marcher derrière Liberace, la star américaine du show-business qui, d'après l'article, est la mieux payée au monde. Le père de mon amie Lizzie est venu, enfant, de Budapest en Hongrie jusqu'en Australie pendant la Deuxième Guerre mondiale, et mes grands-parents français sont allés en vacances à Budapest, et maintenant ils vont venir ici, et visiteront mon école, peut-être au même moment que les parents de Lizzie, sans qu'ils se rencontrent jamais. Tous ces liens que nous voyons et tous ceux que nous ne voyons pas. Parfois on se sent seul, mais on est toujours plus étroitement reliés qu'on le pense. Si vous comprenez tout cela, vous pouvez sans doute être comme Dieu, et protéger tout le monde.

Août 1974

Sydney, Australie

Barbara, avec sa coupe dégradée façon Suzi Quatro, son pantalon pattes d'éléphant en drap de laine à carreaux bleu marine, son collier de pierres d'ambre à pendentif en argent martelé et sa Mini Cooper stylée, qui acceptait en riant à pleine gorge une bouffée du joint tendu par une consœur féministe sur les marches de l'amphi, ne se sentait plus comme l'ancienne Barbara, coincée et soucieuse de faire plaisir, qu'elle avait si longtemps été. Depuis deux ans, elle effectuait les quinze minutes de trajet entre la maison de Rosemont Avenue et le campus de l'université de Nouvelle-Galles du Sud comme si la Mini Cooper était sa chrysalide – la transformation s'opérant alors qu'elle laissait derrière elle Centennial Park, où ils passaient tant de samedis après-midi avec les enfants, et le champ de courses Randwick où elle n'avait toujours pas mis les pieds (même si le père de la meilleure amie de Loulou possédait un haras plus au nord à Mudgee et élevait des pur-sang) –, et elle se métamorphosait en papillon, débarrassée des soucis et des rôles étouffants qui lui étaient imposés – par les enfants, par François, par sa *vie* –, si bien qu'au moment où elle dépliait ses longues jambes pour s'extirper de la minuscule voiture sur l'un des parkings toujours plus nombreux autour de la faculté – une institution qui dans son architecture même, ce hideux béton brutaliste, semblait s'être elle aussi débarrassée des attributs les plus désuets d'une éducation immuable et contraignante –, elle se sentait revivifiée, euphorique, libre.

Reprendre la route après les cours aurait pu lui donner l'impression d'un retour en prison, à ceci près qu'elle était d'ordinaire trop pressée et fatiguée, avec la conscience oppressante qu'à la maison les deux filles étaient livrées à elles-mêmes – Loulou avait le sens des responsabilités, mais à neuf ans ce n'était pas vraiment une grande –, et qu'il restait les courses à faire, et les contorsions nécessaires pour tenter de loger son travail universitaire, ces études de cas soporifiques dans leurs énormes volumes qui alourdissaient son sac de toile, entre ses rôles de maman, d'épouse et de maîtresse de maison. La visite de sa mère avait rendu certains aspects plus faciles, d'autres plus éprouvants – personne ne pouvait évoquer plus efficacement que cette dernière la Barbara débordée et manquant de confiance en elle, alors qu'elle avait quarante ans, bientôt quarante et un ! Mais les deux filles adoraient leur grand-mère, et elle le leur rendait bien, leur distribuant sans cesse des bonbons, les laissant se coucher tard après avoir regardé de vieux films à la télé, et pour Barbara le soulagement avait été immense. Elle n'avait même pas mesuré, avant qu'il ne se dissipe, le stress qui l'étreignait – le souci de savoir si les filles étaient bien rentrées de l'école, le souci de ce qu'elle ferait pour le dîner, que François soit là ou, la plupart du temps, non –, et voilà que soudain toutes ses angoisses s'envolaient ; de plus, elle avait de l'aide à l'heure du coucher des filles et une compagnie très appréciée, franchement, lors des soirées où François était absent.

Mère et François avaient fini, ces dernières années, par enterrer suffisamment la hache de guerre pour pouvoir rire ensemble, dans une relation douce-amère où ils s'agaçaient l'un l'autre, mais compensaient les piques mutuelles par de petites attentions : François rapportait à sa belle-mère du Chanel N° 5 ou des gants en chevreau achetés au duty free de Charles de

Gaulle, et de son côté elle arrivait à Sydney avec, dans sa valise, une grande boîte de réglisses Bassett's Liquorice All Sorts, la marque préférée de François.

Mère était une chose, mais le trio français, PaManSu, les trois à la fois, c'en était une autre. Au moins avaient-ils programmé leur arrivée après la fin de ses examens – mais à peine quarante-huit heures plus tard ils apparaissaient sur le pas de la porte, et elle dut ressortir son déguisement de « femme française » qui lui allait si mal, « avec ces maudites chaussures qui me serrent les pieds », comme elle le répétait à François. (C'était vrai : essayez d'acheter une paire en 41 dans ce fichu pays, où d'élégantes femmes toutes menues aux pieds menus eux aussi la regardaient de haut à cause de sa grande taille, de son accent quand elle parlait français, de son Canada natal qui leur inspirait d'ordinaire du dédain, et sur lequel la seule chose qu'elles trouvaient à dire était : « Il fait froid là-bas, n'est-ce pas ? ») Mais alors qu'elle était désormais à l'autre bout du monde, quand monsieur et madame Cassar arrivèrent – heureusement, grâce aux filles, elle aussi pouvait maintenant les appeler « grand-père et grand-mère » –, elle fut immédiatement ramenée à ses premières années de mariage. Repas avec entrée-plat-dessert, serviettes en lin, la bon sang de sieste, des rituels aussi incontournables que ceux d'une messe catholique. Quelle torture. Elle aurait voulu les nourrir de *fish and chips* dans un cornet en papier journal à quatre heures de l'après-midi ou, encore plus blasphématoire, leur faire carrément sauter un repas.

Et Suzanne avec son implacable bonhomie, toujours la cigarette aux lèvres, d'où ses interminables quintes de toux, et ses incisives saillantes aussi jaunes que celles d'un vieux cheval. Et cette manie de siffloter ! Sans cesse, sans mélodie reconnaissable, que Suzanne lise le journal, épluche des pommes de terre ou, comme si souvent, se contente de fumer, les yeux dans le vague... Cette fois-là seulement, Barbara remarqua son insupportable habitude de lire à voix haute chaque plaque indiquant un nom de rue, chaque enseigne de magasin ou chaque panneau publicitaire devant lesquels ils passaient en voiture : « Double Bay… Rose Bay… New South Head Road… La Traviata Italian Cuisine… Milk Bar… Agence de voyages Morrisons's : Avec nous, partez où vous voulez !… Cédez le passage… Du soleil et des vagues, à vous la belle vie dans le super État du Queensland… Quincaillerie Belton's… Stop… Pharmacie Kemeny : Schwartzkopf vous offre le monde en jaune citron ou bleu layette… Stop… Macleay Street… Stop… » Stop ! Grands dieux, elle en avait déjà assez !

Peut-être Suzanne réservait-elle cela aux pays anglophones pour perfectionner son anglais exaspérant, de même qu'elle ne lisait que des livres en anglais quand elle était avec eux, cette fois un best-seller récent, *Jaws*, qu'elle avait trimballé depuis la France (l'ayant commandé à Paris chez W.H. Smith après avoir vu une critique quelque part), puis à travers tout le continent australien, de Perth, où ils avaient atterri – son exemplaire de *Jaws* était allé à Ayers Rock, nom d'un chien –, jusqu'ici où il traînait, abandonné après le départ de Suzanne, sur la table basse du séjour, pas le genre de livre à laisser chaque jour à la vue des enfants (à moins que si, au contraire) dans une ville où des requins blancs sanguinaires s'approchaient régulièrement de la plage pour démembrer les baigneurs de Bondi et de Manly.

Barbara détestait même, chaque matin, le salut enjoué que lui réservait Suzanne : « Bonjour, ma beauté ! », parce qu'il lui rappelait à chaque fois le physique quelconque de sa belle-sœur, à laquelle on trouvait, au début de son âge mûr, peu de compliments sincères à faire sur son apparence ; alors que Barbara savait – espérait ? Non, savait – que sa beauté, en l'état (celle d'Ingrid Bergman, lui disait-on dans sa jeunesse), ne l'avait pas encore abandonnée. Encore quelques semaines plus tôt, Ben, le jeune don Juan barbu de son cours de droit civil, dans sa tunique teinte à la main, vingt-huit ans au plus, l'avait invitée à prendre un verre, et il avait sifflé entre ses dents quand elle avait ri – de ce rire à pleine gorge, la tête renversée en arrière, qu'elle ne s'autorisait qu'à l'université – avant de répondre qu'elle était tout à fait mariée, et mère de deux petites filles en prime.

« Oh je t'en prie, avait-il répliqué, ça ne veut plus rien dire, de nos jours. C'est l'époque de l'amour libre. L'amour n'est pas monogame ! »

Elle avait ri à nouveau, d'une façon qu'elle voulait aussi détendue que dissuasive ; il n'empêche qu'elle avait cent fois repensé à cet échange depuis, s'interrogeant... Mais Suzanne, oui, même quelconque, dévote et pleine d'un enthousiasme épuisant (chaque repas préparé par Barbara était « vraiment délicieux », chaque aire de jeux pour enfants « tellement agréable », chaque maudite allée de supermarché « une merveille »), Suzanne lui manquait à présent qu'elle et Mère étaient parties, et Barbara aurait voulu qu'elles reviennent. Avoir Suzanne dans la maison, si fatigante qu'elle ait pu être, était plus facile pour Barbara que se retrouver seule avec ses beaux-parents. Non seulement François n'avait pu obtenir que trois ou quatre jours de congé, mais il avait écopé d'un voyage inattendu et incontournable, pour inspecter avec l'un de ses supérieurs (français, mais en poste à New York) le projet Comalco à Weipa dans le golfe de Carpentarie, assorti d'une brève visite à Aurukun où ils avaient un nouveau contrat minier.

Maudit soit Pechiney et cet insatiable appétit pour la bauxite – l'année précédente, ç'avait été le mouvement social, autrement dit les grèves, à l'usine qui accaparait tellement François, et Barbara s'était demandé si moralement, en tant qu'étudiante en droit, elle n'aurait pas dû soutenir les ouvriers plutôt que son mari, le PDG de Pechiney Australie –, mais quoi qu'il en soit, elle avait décidé de maintenir séparées leurs existences, les seules traces qui franchissaient la ligne de partage étant sa coupe de cheveux et ses vêtements à la mode.

Aussi s'activait-elle dans la cuisine, le livre de recettes de Julia Child ouvert à la page, tachée de gras, de celle du bœuf bourguignon qu'elle aurait dû connaître par cœur, tranchant, mélangeant, tournant et assaisonnant, l'œil sur la pendule pour être sûre de faire cuire le riz à temps, se demandant s'il ne fallait pas déjà appeler les filles pour qu'elles mettent le couvert et préparent la salade (Loulou était très fière de sa vinaigrette). Elle avait acheté des crevettes cuites chez le poissonnier pour les demi-avocats aux crevettes en entrée, mais elle devait encore les préparer, l'un d'eux étant manifestement abîmé. Elle avait aussi des artichauts, pour un autre dîner – demain, peut-être ? –, et sans doute pouvait-elle les servir à la place en entrée ? Encore qu'il faille les préparer eux aussi – pourquoi, mais pourquoi ces fichus repas entrée-plat-dessert ?

Les filles étaient dans leurs chambres au fond du couloir, mais grand-père et grand-mère – jamais, au grand jamais elle ne se résoudrait à les appeler, comme ils l'auraient souhaité, papa et maman – étaient assis de l'autre côté du mur dans le séjour : de temps à autre elle entendait le murmure de leurs voix, entrecoupé de silences. Grand-mère tricotait à coup sûr – qu'est-ce qui lui avait pris d'arriver avec un châle tricoté pour Loulou et rien pour Chloe ? Raison pour laquelle, à titre de consolation (l'expression piteuse de Chloe comprenant qu'on l'avait oubliée !), grand-mère, telle la jeune fille du conte intitulé *Tracassin*, tricotait frénétiquement du matin au soir pour terminer le châle destiné à Chloe avant leur retour en France. Grand-père devait lire, bien entendu, ses lunettes salies par des traces de doigts presque sur le bout de son nez, par lequel il respirait bruyamment, son petit ventre se soulevant et s'abaissant sous son gilet carmin à boutons… Comment pouvait-elle s'agacer autant de les savoir assis à profiter du calme et des loisirs dont elle était privée ? (Lorsqu'elle finissait par s'asseoir avec un livre, manuels de droit compris, elle avait les paupières si lourdes qu'elle pouvait à peine garder les yeux ouverts, une des causes du fait qu'elle fumait au lit le soir, afin de rester éveillée assez longtemps pour *lire* quelque chose). Mais comment pouvait-elle leur en vouloir autant de leur tranquillité, tout en redoutant par-dessus tout que l'un d'eux ne vienne la rejoindre dans la cuisine pour lui parler, voire pour proposer de l'aider ?

Tout le monde ne percevait sûrement pas, au même âge qu'elle, les beaux-parents comme des étrangers absolus, n'ayant pas la moindre idée, pas la moindre *notion* de qui était Barbara ? Ils adoraient raconter l'histoire de la décision de grand-mère, à Nice, avant la guerre, d'apprendre à conduire, et de celle de grand-père de lui donner des leçons. Mais ils s'étaient disputés pendant la première leçon, puis à nouveau pendant la deuxième ; et grand-mère, que tous adoraient décrire comme une « sainte laïque » (avec une piété qui en soi hérissait Barbara), avait annoncé avec sagesse que, finalement, elle n'apprendrait pas à conduire, parce que jamais durant leur vie de couple elle et son mari ne s'étaient disputés, et qu'elle ne souhaitait pas créer une cause de mésentente. Sainte laïque ou fieffée idiote ? Honnêtement, à la façon dont ils parlaient tous d'elle, comme si elle était nimbée d'une auréole, telle cette fichue Vierge Marie, alors que depuis toutes ces années Barbara ne voyait en elle qu'un impénétrable personnage en carton-pâte… eh bien, pensait-elle, sa belle-mère était une fieffée idiote, le résultat étant que cette femme n'avait jamais appris à conduire une voiture et était restée dépendante toute sa vie. Comme l'avait dit Barbara à son amie Carol : « Elle est née au dix-neuvième siècle et n'en est jamais sortie. »

Ainsi qu'elle avait tenté de l'expliquer à Carol : « Ce sont des gens bien, tant mieux, mais ils sont tellement contents d'eux, avec leurs certitudes de catholiques et leurs convictions patriarcales – ils croient littéralement que les femmes sont sur Terre pour se marier et avoir des enfants. Voilà notre seul but dans l'existence ! Et on pourrait penser que la sœur de François

– elle est avocate, nom d'un chien, et célibataire, et sans enfant –, on pourrait penser qu'elle oserait l'ouvrir, qu'*elle*, au moins, ne serait pas aussi macho que son père. Mais non ! Elle reste dans la ligne, sa précieuse maman est la perfection même, il faut toujours respecter l'ordre établi et les maris font la loi. » Quelle chance avait-elle, elle, Barbara, dans un tel dispositif ? De plus, en tant que mère de deux filles, elle avait parfois la sensation que la vieille dame, aux yeux d'une clarté étincelante et au sourire radieux, la prenait en pitié, elle, presque autant qu'elle prenait en pitié Suzanne, sa propre fille, car même si avoir des enfants était en soi une bénédiction, les filles, hélas, n'étaient qu'un pis-aller.

Du couloir Barbara appela Loulou et Chloe le plus fort possible, entendit leur « On a-rrive ! » assourdi, passa la tête dans l'encadrement de la porte du séjour, où grand-père et grand-mère vaquaient en silence à leurs occupations, apparemment contents de leur sort dans la pénombre.

« Mais vous avez besoin de lumière, dit-elle, s'empressant d'allumer les lampes. Le dîner sera servi dans dix minutes. »

Tous deux levèrent les yeux, acquiescèrent d'un sourire, paisiblement – mais avec une touche de condescendance, pensa-t-elle, et elle sentit ses mâchoires se contracter, un peu, lorsqu'elle leur sourit en retour, avant de disparaître pour mettre les brocolis à cuire et trancher les avocats ; plutôt que d'avoir à s'occuper d'un avocat abîmé, elle avait opté pour une salade composée servie à l'assiette, de sorte qu'il y en ait assez pour tout le monde. Chloe en mangerait-elle ? Elle n'aimait plus les avocats depuis quelque temps.

Les filles étaient là, en jean et pull assortis, un bleu marine, un rouge, comme si même en vacances elles portaient un uniforme, juste légèrement différent, Chloe toujours avec le bouton du haut de son chemisier défait parce qu'elle semblait convaincue qu'ainsi on saurait qu'elle était une fille. Le saladier étant sorti pour faire la vinaigrette, Loulou envoya Chloe secouer la laitue dehors dans un torchon à vaisselle pendant qu'elle-même commençait à mettre le couvert. Elles débarrassaient également la table, et aidaient souvent à essuyer la vaisselle comme il se devait, enfin, s'agissant d'aider, et pourtant un sentiment d'indignation assaillit Barbara à l'idée que tout cela soit la tâche des femmes, à laquelle on les préparait dès le départ – François avait-il jamais essuyé une assiette ? Il ne le faisait certes pas actuellement.

Comment avait-elle pu unir son sort à celui de cette étrange famille française, pour commencer ? Mais si elle avait épousé l'ennuyeux Luke Whitworth, comme l'aurait souhaité sa mère – eh bien elle serait membre du Granite Club avec une maison à Rosedale, et Mère disait aussi qu'il avait grossi et qu'il était rougeaud parce qu'il buvait, un raseur bouffi d'orgueil, et Barbara n'aurait jamais rien vu plus loin que l'autoroute 401. Elle trouvait toujours François sexy, même leurs disputes lui semblaient parfois sexy, encore qu'avec les filles qui les observaient, les jugeaient, François en particulier, leurs querelles finissaient par ressembler moins à des préliminaires qu'à des matchs d'exhibition, truqués pour le public. Cela changeait la nature des choses. Qu'est-ce qui les éloignait l'un de l'autre, à ce stade ? La faculté de droit ; ses voyages d'affaires constants ; les filles elles-mêmes… la question était sans doute : qu'est-ce qui ne les éloignait *pas* ?

Alors qu'elle s'écriait : « À table ! » et entendait à travers le mur les marmonnements du vieux couple – elle les voyait d'ici s'extirper de leur fauteuil, une performance dans le cas de grand-mère, bien en chair et de moins en moins solide sur ses jambes, et boutonner leur gilet en se dirigeant avec détermination vers la salle à manger –, à cet instant précis le téléphone sonna et, bien sûr, c'était François.

« Bonsoir papa ! »

Apportant deux assiettes de salade composée avocat-crevettes pour les disposer devant ses beaux-parents qui, déjà assis, s'affairaient avec leurs comprimés et leurs ampoules, une véritable pharmacie à côté de leur verre d'eau, Barbara entendit Loulou se réjouir au son de la voix de son père : pour elle et sa sœur, c'était un dieu aux apparitions rares, un oiseau de feu, largement mythique, éblouissant et terrifiant à la fois.

« Pas grand-chose, disait Loulou, parlant vite, on a testé le skateboard au parc… Non, non, ils ne sont pas venus. Grand-mère était trop fatiguée. On y est allées pendant qu'ils faisaient la sieste… Je ne sais pas… Veux-tu… »

Chloe dansait sur place tout près d'elle, essayant de lui prendre le combiné, et Loulou l'éloigna du même geste de la main que François quand il était pareillement énervé.

« C'est l'heure du dîner… ils sont déjà à table », expliquait-elle à son père. Tous savaient qu'il était hors de question que grand-mère ou grand-père se lève pour venir jusqu'au téléphone. « … Oui, la voilà. »

Loulou tendit le combiné non à sa sœur mais à sa mère, qui eut pitié de Chloe. « Elle veut juste dire bonsoir, ensuite elles iront s'asseoir. Rien qu'une minute », déclara-t-elle à l'intention autant de François que de Chloe, à la mine déconfite.

« Bonsoir papa, dit la petite fille, faisant contre mauvaise fortune bon cœur. Loulou prétend que je n'ai pas le droit mais… Oui, on s'est bien amusées… Je ne sais pas encore. Quand reviens-tu à la maison ?… Je t'aime ! »

Barbara fit signe aux filles d'aller se mettre à table. « Demandez-leur de ne pas m'attendre », précisa-t-elle. Elle avait l'œil sur le riz, presque cuit, sur les brocolis à égoutter – le cordon pourrait se tendre suffisamment si elle calait le combiné entre son cou et son menton –, elle allait devoir sauter l'entrée.

« Pardon ? » Il avait sûrement dit quelque chose d'important ; elle venait d'égoutter les brocolis dans la passoire au-dessus de l'évier, le visage dans un nuage de vapeur, et le combiné avait légèrement glissé. Elle lâcha bruyamment la casserole et empoigna le combiné pour mieux entendre François.

« Il y a eu un accident, répéta-t-il.

— Comment ça ? Quelle sorte d'accident ?

— Une collision frontale, deux véhicules à un croisement sur le chantier.

— Tu vas bien ?

— J'étais en vol, dans l'avion qui me ramenait de Brisbane avec Morisot, quand ça s'est produit.

— Qu'est-ce qui est arrivé ?

— Un tracteur, en fait... enfin, un bulldozer. » Elle savait qu'il ne trouvait pas les mots en anglais ; pourquoi les connaîtrait-il ? « ... Il a percuté un camion-citerne. Plein de carburant. Un gars dans chaque véhicule.

— Mais toi, tu vas bien ?

— Il y a eu une explosion. Ils sont tous les deux morts, Barb. Ces deux gars sont morts. »

Barbara contempla son reflet sur la vitre de la fenêtre au-dessus de l'évier – il faisait noir dehors, elle ne voyait rien d'autre que les placards de la cuisine derrière elle et son propre visage, empourpré par la vapeur de l'eau de cuisson des brocolis.

« Oh, François, je suis navrée.

— C'est assez épouvantable. Il n'y a rien eu de pareil à Weipa... ni dans les environs, depuis des années...

— Où es-tu ?

— Dans ma chambre au motel. Je dois aller chercher Morisot dans vingt minutes pour sortir dîner... Borromeo, le directeur de l'usine, était censé nous recevoir chez lui, mais je crois qu'on va devoir se contenter d'aller dans l'unique restaurant de la ville. On ne peut pas l'inviter : il a perdu deux de ses hommes.

— Et probablement son poste », ajouta Barbara, songeuse.

François soupira. « Je voulais simplement... ç'a été une rude journée. Avec Morisot aussi. » Son patron français, venu de New York.

Elle avait mis François dans un taxi pour l'aéroport peu après six heures du matin, elle dans son peignoir bleu en velours, le cerveau encore embrumé par le sommeil ; lui, déjà distrait à cause des tâches qui l'attendaient, ayant avalé son café debout près de ce même évier et laissé intact l'œuf qu'elle lui avait préparé. L'avait-elle seulement embrassé pour lui dire au revoir ? Elle était irritée, vaguement, d'avoir dû se lever une heure plus tôt, et de se retrouver seule pour occuper ses parents.

« Je suis tellement navrée. Que va-t-il se passer maintenant ? »

Le riz ! Elle éteignit le brûleur, enleva la casserole du fourneau. Elle transféra les brocolis de la passoire dans le plat de service carré, pressa un citron au-dessus et sala, le tout avec le combiné à nouveau coincé au creux de son cou.

« Le médecin de la région est arrivé en avion, à peu près au même moment que nous, mais il n'a pu que constater chaque décès. Ils étaient gravement brûlés, tous les deux. Le chantier est… tout le monde est dévasté.

— Je suis tellement navrée, répéta-t-elle, mais Loulou était à présent près d'elle, rapportant deux assiettes vides, et chuchotant avec insistance : « Quand est-ce que tu viens ? Quand ? »

J'arrive, articula-t-elle en silence. Chloe s'attarda près de sa sœur, avec les deux autres assiettes. Elle avait également rapporté les fourchettes par erreur – il en faudrait des propres. Barbara avait-elle mis le vin sur la table ? Sûrement que oui. Elle désigna les brocolis et le riz. « François, mon chéri… j'ai peur que… simplement on est à table… tes parents, je n'ai pas encore… ils sont tout seuls… »

François soupira de nouveau. Il semblait désemparé comme un enfant, plus la moindre trace chez lui du farceur ou du pugiliste. Elle sentit monter en elle une vague d'amour protecteur, de plus en plus rare chez elle. « Je ferais mieux de te laisser y aller », dit-il.

Elle sentait qu'il n'en avait pas envie, mais qu'à cause de ses parents, il comprenait. Elle s'efforça de ne pas penser qu'il serait moins compréhensif si c'était Carol et Rob qu'elle avait invités à dîner, ou Laura et Pete. Cela n'avait plus d'importance – parce qu'il souffrait.

« Ce n'est pas ta faute, déclara-t-elle. Tu le sais, d'accord ? Ce n'est pas ta faute.

— Tout dépend de ce que tu entends par "faute". » Sa voix était calme. « C'est moi qui dirige la compagnie, ici ; c'est sur moi que ça retombe.

— Tu n'étais même pas là quand ça s'est produit... tu ne connais même pas ces employés...

— Là n'est pas la question. Il y a des protocoles de sécurité... tout ça n'aurait même pas dû être possible...

— Ça se révélera être la faute d'un seul homme, protesta-t-elle, impatiente de rejoindre la table du dîner. Un gars qui était fatigué, ou défoncé, ou qui a fait un infarctus. C'est un accident. Essaie de ne pas trop te laisser anéantir. Je t'aime. Il faut que j'y aille.

— Bien sûr. J'espère quand même pouvoir être à la maison demain soir. Je ne sais même pas si on ira à Aurukun demain matin. Je ne suis pas sûr de ce qui va suivre.

— Je t'aime très fort.

— Moi aussi. »

Elle emporta le bœuf bourguignon dans la soupière à couvercle du service en porcelaine reçu pour leur mariage. Elle ne l'utilisait que lors des visites de sa belle-famille ; curieusement, pour les dîners qu'elle et François organisaient, elle sortait plutôt l'argenterie qu'une soupière vieillotte. François semblait retourné, lui rappelant l'adjectif français *aplati*. Inutile d'informer les filles. Elle se représentait une boule de feu – il avait dû y avoir une boule de feu. Elle n'avait vu qu'en photo cette étrange presqu'île à l'extrême nord du Queensland, ces eaux bleues et ces terres rouges, une immense étendue poussiéreuse d'où l'on extrayait la bauxite, et l'énorme usine construite au milieu de la plaine qui semblait tout droit sortie d'un film de science-fiction, avec ses silos en métal, ses treuils et ses unités d'extraction eux-mêmes rougis par la poussière ; seuls les bassins de décantation alentour n'étaient pas rouges, emplis de ce que, dans le jargon minier, on qualifiait du terme inquiétant de « liqueur » – un arc-en-ciel huileux aux couleurs automnales, des irisations toxiques aux reflets blancs, or, fauve, noirs. Auparavant, qu'y avait-il ? Pas le néant. C'était le territoire d'une tribu aborigène : avant d'être transformé en un paysage infernal digne d'une dystopie, il était resté intact des milliers d'années, ses habitants vivant des ressources de la terre aussi frugalement que les animaux et les oiseaux.

Pechiney n'était pas propriétaire de l'usine, ne l'avait pas construite ; la compagnie possédait une filiale qui collaborait à ce projet avec plusieurs autres multinationales. Borromeo n'était même pas, au sens strict, le subordonné de François. Sans parler des deux hommes ayant trouvé la mort. Il s'agissait d'un terrible accident, vraiment, et quelle catastrophe qu'il se soit produit juste ce jour-là, lors d'une visite de François, avec Morisot en prime. Elle appellerait le lendemain matin Judith, la secrétaire de François, pour connaître son nouvel itinéraire.

Les filles mangèrent leur viande en un rien de temps, même si Chloe mâchait vigoureusement certains morceaux, puis, au lieu de les avaler, les déposait sur le rebord de son assiette, autant de petits tas de bouillie grisâtre.

« C'est trop filandreux, maman », se plaignit-elle, et Barbara n'eut pas l'énergie d'insister. Elles n'avaient plus faim pour le dessert. « On voudrait aller écouter mon nouveau disque, maman, d'accord ? supplia Loulou.

— Tu sais à qui t'adresser, répondit Barbara.

— Grand-mère, est-ce que je peux quitter la table, s'il te plaît ? » demanda Loulou avec une intonation chantante et une excellente prononciation. À l'époque, malgré de nombreux cours particuliers dans le séjour du minuscule appartement de madame Hiscock après l'école, c'était sans doute l'unique phrase un peu longue qu'elle pouvait énoncer en français.

Grand-mère se tourna vers elle avec ce sourire lumineux, ce regard limpide – mais peut-être aussi un peu dans le vague, non ?

« Bien sûr ma chérie. »

Chloe répéta la requête, moins parfaitement mais avec détermination ; les deux filles débarrassèrent la table, apportèrent les coupelles pour le dessert et la salade de fruits, embrassèrent les joues parcheminées de leurs grands-parents, puis disparurent prestement, laissant Barbara et leurs aïeuls, qui à coup sûr seraient bientôt fatigués.

« Et comment François allait-il ? » s'enquit grand-mère avec sa politesse presque désarmante. En l'absence des filles, la conversation avait repris entièrement en français.

Barbara expliqua qu'il y avait eu un accident – une tragédie, alla-t-elle jusqu'à dire – dans le Queensland, et que François allait bien mais était sous le choc.

Grand-père, sans cesser de plonger sa cuiller dans ses billes de melon glacé (orange et vertes, saupoudrées d'une pincée de gingembre et agrémentées de quelques feuilles de menthe), partagea un souvenir de sa propre vie professionnelle, un chapitre que Barbara ignorait, datant de vingt ans auparavant – un accident mortel également, au Sahara cette fois, où il dirigeait un site de forages pétroliers exploratoires.

« Je n'étais pas présent moi non plus. Je n'avais pas été témoin de l'accident. Je n'y étais pour rien, mais il est resté gravé dans ma mémoire. Et ce sentiment de culpabilité, comme si d'une façon ou d'une autre j'avais pu faire quelque chose. Il ne s'agissait même pas de mes employés – même si c'était l'un d'eux qui les avait percutés, en pleine tempête de sable. Le premier était un tout jeune homme – il est resté gravement handicapé. Le second avait un enfant en bas âge, et c'est lui qui est mort. » Il hocha la tête et avala une cuillerée supplémentaire de melon.

Son épouse, un demi-sourire digne de la Joconde aux lèvres, semblait se remémorer des jours plus heureux. « J'ai dû me battre pour y arriver, mais nous avons finalement pu dédommager quelque peu les familles financièrement, poursuivit-il. Pour moi, ce fut presque pire. Comme si on pouvait compenser la perte d'une vie, comme si l'argent suffisait à tout arranger.

— Je suis sûre que, malgré tout, cet argent a changé les choses, intervint Barbara. C'étaient des ouvriers… ils possédaient si peu de choses. » Comme tout cela semblait lointain et déprimant. « François s'inquiète à l'idée d'avoir une responsabilité dans cette tragédie. Mais non, bien entendu, comme je le lui ai dit.

— Si. » Grand-père posa sa cuiller avec une certaine véhémence, même s'il restait quelques billes de melon dans sa coupelle. « Il a tout à fait raison de se sentir responsable. En tant que président-directeur général pour l'Australie, il doit porter ce fardeau.

— Mais ce n'est même pas un projet de Pechiney : c'est une coopération entre plusieurs compagnies.

— Mieux vaut que chaque PDG assume ses responsabilités dans la mesure du possible. Et Morisot l'accompagne, donc lui aussi doit assumer les siennes. Encore plus, même ; c'est le supérieur de François. Le problème de notre siècle – voire tout bonnement celui de l'humanité –, c'est un refus d'assumer ses responsabilités, de diriger correctement. Prenez Pechiney : cette fusion avec Ugine Kuhlmann a lieu pour des raisons politiques. Ce n'est pas une décision économiquement saine, ça ne l'a jamais été – c'est un échec de la gouvernance. Pechiney était le navire amiral de l'industrie française, notre plus importante multinationale, et sa technologie de l'électrolyse fait l'envie du monde entier – celui de l'aluminium, du moins. Et Ugine Kuhlmann ? Ils représentent quoi ? Une compagnie en perdition dans le secteur de la chimie, avec des intérêts dans l'uranium, dans le nucléaire. »

Barbara essayait de ne pas regarder sa montre. Sa belle-mère tapota la commissure de ses lèvres avec sa serviette, avant d'enrouler celle-ci et de la glisser dans son rond de serviette en argent. Elle sourit aimablement à son mari, avec indulgence, mais ne fit aucun commentaire.

« Et maintenant, entre l'effondrement du marché de l'aluminium et cette crise pétrolière à grande échelle… » Grand-père eut un geste d'impuissance. « Vous pouvez me croire, si on ne trouve pas quelques alternatives, Pechiney sera en difficulté. »

Barbara était écartelée : elle ne voulait pas l'encourager davantage, mais se sentait étrangement flattée qu'il lui en dise plus que François ne le faisait d'ordinaire, et curieuse de savoir où il voulait en venir. « Comment ça, des alternatives ? »

Grand-père jeta un coup d'œil à sa femme, à son sourire indulgent. « Je ne veux pas vous ennuyer. Ce qu'apporte Ugine Kuhlmann avec le nucléaire, oui, c'est une alternative, ou ça pourrait l'être. Mais fondamentalement, cela signifiera investir dans des produits dérivés.

— Pardon ?

— Pechiney fabrique de l'aluminium et le vend. Si les prix de votre produit ne sont pas compétitifs, que faites-vous ? Si vous êtes une petite compagnie, vous pouvez quitter l'industrie en question, investir ailleurs – mais pour une compagnie de la taille de Pechiney, avec des milliers d'employés, des dizaines de milliards de francs de chiffre d'affaires annuel, c'est comme faire faire demi-tour à un paquebot. Ce sont des mastodontes. Il faut une stratégie mise en application sur des années, voire sur une décennie. Il faut une gouvernance, une vision. Le PDG que je connaissais, Marchandise, avait une vision, et Morisot aussi, sans doute, mais Ugine Kuhlmann n'en faisait pas partie. D'une façon ou d'une autre on leur a forcé la main.

« Et donc l'autre chose que vous pouvez faire, faute de pouvoir changer de secteur, c'est modifier votre relation au produit. Il est difficile à vendre ? Alors ne le vendez pas, ou bien vendez-le, si vous voulez, à vous-même : servez-vous-en, au lieu de le vendre. Ne vous arrêtez pas à la matière première ; fabriquez le produit fini. Voilà ce que fait la filiale Howmet à Greenwich : des turbines, une immense réussite. Achetez des compagnies qui fabriquent des choses – des matériaux de construction, peut-être, ou de l'électroménager, je ne sais pas, moi. Des produits transformés. »

Tandis qu'il parlait, Barbara se représentait, en tant qu'étudiante en droit, les effets de l'expansion sans limites des multinationales, aux liens avec leurs filiales sur différents continents régis par des contrats savamment rédigés, comme une plante grimpante se frayant insidieusement un passage dans les fissures des murs d'un pays. Après tout, les conseils d'administration et les présidents-directeurs généraux étaient tenus d'agir dans l'intérêt de leur multinationale, même si son intérêt allait contre le bien commun – telle l'industrie du tabac qui inondait encore le marché de cigarettes (d'ailleurs, Barbara elle-même en fumait une à cet instant précis) longtemps après le rapport remis en 1964 par le ministre de la Santé des États-Unis –, c'est-à-dire que même si la réussite de cette multinationale pouvait être fatale aux gens ordinaires, ses dirigeants étaient contraints d'agir pour assurer cette réussite. Barbara se revoyait au printemps précédent, stagiaire bénévole défendant devant la cour cette pauvre fille qui avait volé un flacon de shampoing au Woolworth's de la galerie marchande de Warringah – elle l'avait littéralement volé pour pouvoir *se laver les cheveux* sous les douches de la plage ; elle dormait dans la rue, dix-neuf ans seulement, héroïnomane et fugueuse. Innocente ou presque, jouant de malchance et seule dans la vie. Bien loin des multinationales, et pourtant le système favorisait ces dernières. Mais François accuserait Barbara de sentimentalisme, et même grand-père, s'il pouvait lire dans ses pensées, refuserait, malgré sa foi catholique, de prendre le parti de la charité chrétienne, lui disant à la place, avec une gentille petite tape sur la tête, que c'était le rôle des femmes de se soucier, maternellement, de chaque âme perdue, mais que le monde brutal du travail n'était pas fait pour elles.

Dans l'intervalle, grand-mère s'était mise à cligner des yeux – encore avec son sourire lumineux, comme plaqué sur son visage, mais elle était en train de s'endormir à table. Son mari prit dans les siennes sa main ridée et la porta à ses lèvres.

« Ma chérie », chuchota-t-il, la ramenant à elle. « C'est l'heure. » Et à l'intention de Barbara, il ajouta : « Pardonnez-moi d'avoir tenu de si longs discours. Mais je m'inquiète plutôt pour François. C'est moi qui l'ai encouragé à entrer chez Pechiney, il y a tant d'années. Et la direction a, certes, fait ce qu'il fallait pour lui, pour votre famille. Quant à ce que sera l'avenir, je n'en sais rien. Nous verrons. » Il sourit et serra la main de son épouse comme pour la saluer. « Ma chérie ! Nous avons dépassé l'heure du coucher. » Il se leva et l'aida à se mettre debout. Elle s'appuya sur son bras, très lourdement, sembla-t-il à Barbara. « Merci, comme toujours, pour ce délicieux dîner. » Il s'inclina légèrement. « Nous pardonnerez-vous de nous retirer ?

— Mais naturellement ». Elle se leva elle aussi, les embrassa sur la joue, ce qui faisait aussi partie des innombrables rituels de leur existence – elle avait sans doute embrassé sa belle-mère plus souvent que sa propre mère ! –, et attendit qu'ils ne soient plus là pour finir de débarrasser. Elle ne rappellerait pas les filles pour aider à faire la vaisselle – qu'elles profitent de leurs disques : la musique lui parvenait vaguement, son tempo régulier s'échappant dans le long couloir depuis la chambre de Loulou.

Elle était là, debout, en suspens au milieu de sa propre existence, entre l'ancienne génération et la nouvelle, au service des deux, à la fois dans l'impossibilité d'étreindre son mari (son corps familier, son odeur !) à cette heure où elle aurait eu besoin de lui – il devait finir de dîner avec son patron, où qu'ils aient pu aller, à moins qu'il n'ait regagné sa chambre dans ce motel au bord du golfe de Carpentarie, à plus de trois mille kilomètres de là, chambre dont il lui avait dit auparavant qu'elle avait une moquette orange à poils longs et un papier peint brunâtre, comme s'il était prisonnier, tout seul, d'un bassin de « liqueur » de bauxite –, et dans l'impossibilité d'être elle-même en toute liberté.

Elle pensa à la façon dont ses filles s'étaient cramponnées à elle quand elles étaient revenues, quelques semaines plus tôt, de leur aventure malheureuse à Wee Jasper, leurs petits bras lui enserrant la taille comme ceux d'un singe, la chaleur de leur tête à la chevelure soyeuse (Blanche-Neige, Rose-Rouge) contre sa cage thoracique : la chair de sa chair. Elle pensa à sa mère, de retour à Toronto sans personne pour lui tenir compagnie, à l'hémorragie oculaire survenue pendant son long vol, « dégénérescence maculaire », avait dit le médecin, « la forme humide », et à son incapacité définitive à voir clair de l'œil droit. Elle pensa aussi à ce vieux couple auquel elle en voulait si profondément – mais pourquoi ? Ils étaient l'un et l'autre la bonté même, ainsi que sa propre mère l'avait dit d'eux. Même avec leurs défauts, ils étaient simplement des gens qui aimaient son mari et que lui aimait – il adorait sa mère, elle le savait –, et ils vieillissaient : leur petit tas de médicaments à chaque repas, leur démarche hésitante, leurs efforts courageux, avoir fait ce long voyage, elle ayant plus de quatre-vingts ans, rien que pour être à table avec leurs petites-filles et embrasser leurs joues fraîches…

Non, même si la jeune étudiante en droit rieuse avec qui Ben dans sa tunique artisanale avait flirté avec désinvolture n'appartenait au passé que depuis quelques semaines, Ben lui faisait, elle se faisait l'effet d'un rêve, d'un produit de son imagination : comme Gulliver, en réalité, elle était immobilisée par une myriade de fils, les liens de l'amour et du devoir dont la vie adulte avait toujours été constituée. Pour Barbara, tout au moins, l'ère du Verseau était un mensonge : les voix rebelles suggérant un autre chemin racontaient n'importe quoi. L'amour *était* monogame, et ne se partageait pas.

Alors qu'elle rangeait les assiettes dans le lave-vaisselle, récurait les casseroles et mettait les restes au réfrigérateur, gardant pour la fin le lavage de la soupière offerte en cadeau de mariage, avec son couvercle à pommeau, réceptacle de la culture française au design inchangé depuis des siècles, Barbara reconnut un bref instant, en son for intérieur, que de même qu'elle avait été incapable de résister à ces liens – qu'elle avait capitulé devant le mariage et, finalement, devant la maternité –, et quoique luttant contre cette servitude, elle ne pouvait rien regretter vraiment, aucun de ces liens. Elle ne partirait jamais, ne voudrait pas, ne pourrait pas se libérer de tout ce qui la retenait. Il lui faudrait travailler à l'intérieur des limites du possible ; elle n'avait pas l'impitoyable détermination de faire autrement.

Avec le plus grand soin, elle sécha la soupière en porcelaine et son encombrant couvercle à l'aide d'un torchon à vaisselle en lin, et les posa délicatement sur leur étagère en hauteur avant de s'engager dans le couloir pour obtenir de ses filles chéries en train de danser qu'elles aillent se coucher.

Août 1974

Sydney, Australie

Il n'avait pas trouvé le sommeil – comment aurait-il pu dormir ? Tandis que Lucienne ronflait doucement dans la pénombre de la chambre, couchée sur le côté sous la couverture en mohair, la bouche entrouverte, laissant de temps à autre échapper un gémissement plaintif lorsqu'il regardait si elle allait bien, il s'était habillé sans allumer, entièrement sauf ses chaussettes et ses chaussures, et était sorti dans l'aube grise, pour marcher pieds nus sur la pelouse rêche. Tout se *sentait* : ses pieds, désormais si rarement au contact du sol, se déplaçaient tels de grands poissons pâles parmi les touffes et brins d'herbe, sa peau douce percevait chaque caillou et motte de terre, chaque fruit épineux de la bardane surnommé « œil de Shiva » par ses petites-filles. Malgré la douleur, l'appréciant même, il poursuivit son chemin jusqu'aux marches en pierre de la piscine. L'eau turquoise, brillante dans l'obscurité, émettait de légers bruits de succion, venant lécher les filtres comme un être vivant. Vivant !

Il se retourna pour regarder la maison, un demi-cercle de brique rose, tout en fenêtres, avec sa large terrasse à l'étage qui formait un auvent source d'ombre en contrebas. Hormis le bruissement d'un oiseau dans les feuillages le long du mur, tout était silencieux – ou presque. Soudain il sursauta, conscient d'un mouvement sur la terrasse, un peu comme une petite tente s'élevant au-dessus du sol – des couvertures, peut-être ? Puis une tête, des cheveux bruns et courts en bataille autour d'un minuscule visage pointu : la plus jeune des filles. Que faisait-elle là ? Enveloppée telle une momie, elle aussi l'avait vu et s'approcha de la rambarde, extrayant un bras blanc et grêle des couvertures sombres pour lui adresser un salut timide. Avec un sourire, elle porta son index à ses lèvres – chut ! –, alors lui aussi, tous deux faisant vœu de silence ; puis elle tourna les talons avec son amas de couvertures, rentra par la fenêtre de sa chambre, et disparut.

N'est-ce pas que les enfants étaient drôles. Avait-elle l'habitude de dormir dehors en hiver ? Le froid semblait décourageant – ses propres pieds blancs avaient rougi dans la rosée glaciale – mais avait peut-être quelque chose de magique pour une enfant. Ce petit jardin clos à l'écart du monde, avec les oiseaux et les papillons pour seuls visiteurs, et la présence apaisante de l'eau, donnait une telle impression de sécurité, celle d'un havre. Illusoire, bien sûr, mais pourquoi pas ? Si seulement les deux filles pouvaient, quelque temps encore, en profiter.

Lui-même n'avait pas eu cette chance – il se souvenait de la misérable maison mitoyenne près du boulevard Trumelet à Blida, où sa famille s'était installée après que son père les eut abandonnés, quand il avait environ l'âge de Chloe. Il y avait dormi dans le même lit que son frère Charles, de très loin son aîné, Yvonne dormant avec leur mère dans l'autre chambre – Marie-Louise était déjà partie à l'époque –, et l'unique fenêtre en façade donnait sur une rue animée où les charrettes tirées par des chevaux et les automobiles soulevaient des nuages de poussière, qui recouvraient les draps, les meubles et leurs vêtements. Lorsqu'il avait eu l'âge de Loulou, la guerre avait commencé, et tous les autres pères avaient disparu comme le sien, laissant les enfants dans un monde de femmes et de mort.

À nouveau, quand François et Suzanne étaient enfants, rien d'idyllique – déplacements et bouleversements constants, bombardements. Dieu merci, ses petites-filles pouvaient dormir en paix et s'ébattre dans l'herbe ou dans la jolie piscine. À quoi d'autre aurait-il servi, servirait-il encore, ce combat sans fin, sinon à offrir cela ?

De sa grande main pâle, il effleura son visage ; était-ce pour retenir ses larmes ? Qui les verrait, hormis le Seigneur Qui les voyait, qu'elles soient versées ou non. Nous croyons en Toi, dit-il à cette présence à laquelle il avait confié sa vie, tels les oiseaux dans le ciel. Nous ne pouvons connaître Tes desseins pour nous ; nous croyons en Ta sagesse. Mais accorde-moi force et courage. Voir sa petite-fille jeter un coup d'œil par-dessus la rambarde à l'aube, avec son visage espiègle et insouciant – voilà une preuve de Sa bonté.

Lui, en revanche, serait-il à la hauteur face aux défis qui l'attendaient ? Les yeux encore secs malgré tout, il retraversa le jardin jusqu'à la porte de la chambre où il réveillerait bientôt Lucienne, et ils prépareraient leur départ.

Étrange de penser qu'il ne reviendrait jamais dans cette maison, dans cette ville, ni même dans ce pays : la famille de son fils n'y resterait pas assez longtemps. Il était allé et avait vécu dans tant de lieux auxquels il s'était attaché – avec quelle joie il se remémorait le refuge de l'Escale, à Broummana dans les montagnes au-dessus de Beyrouth, par les chauds après-midi d'été, ou ces marches dans la fraîcheur matinale parmi les cèdres jusqu'à la petite chapelle pour entendre la messe en araméen... Il avait reçu peu de temps auparavant une lettre de l'aimable Charles Hélou, un ami de cette époque, plein de sagesse et de bienveillance, qui avait proposé dans la tempête de 1940 de l'aider à gagner clandestinement les montagnes pour quelque temps, afin d'échapper au conflit – mais qu'aurait-il fait de Lucienne et des enfants ? Cela paraissait impossible, de sembler se contenter de sauver sa peau – même si rétrospectivement, comme pour de Gaulle, il se demandait s'il ne s'était pas trompé. Mais en quoi les choses en auraient-elles été changées ? Et ces après-midi dans le jardin des frères Zannas à Salonique, un verre de retsina ou d'ouzo à la main, l'urgence dans les conversations et la crainte, due à l'ignorance de ce qui allait arriver… Où était Maliszewski à présent ? Gaston avait correspondu voilà peu de temps avec ce cher Zannas, qui avait perdu son frère, mort d'une affection pulmonaire dans un camp italien, mais était lui-même rentré chez lui après la guerre et avait repris la direction de la Croix-Rouge grecque. Et ces soirées à Dakar chez Guy, son demi-frère, la grande table de la salle à manger, le haut plafond où le ventilateur tournait paresseusement, la blonde épouse britannique de Guy si agréable à regarder à la lumière des chandelles ; ou encore le plaisir pour lui d'aller chaque matin au travail en voiture à Buenos Aires, de contempler à travers la brume dorée les magnifiques boulevards, comme à Paris mais en plus chaud et méridional – tous ces lieux désormais enfermés, en sûreté, dans sa seule mémoire ; avec bien sûr, chère à son cœur, son Algérie bien-aimée, à jamais perdue mais gravée en lui, non seulement l'immense Alger la Blanche qu'il chérissait tant, s'étirant à flanc de colline autour de la baie bleu azur, mais l'arrière-pays, la douceur des champs arables, les hauteurs vallonnées, les gorges rocheuses, Constantine pareille à une ville de conte de fées perchée sur son éperon, battue par les vents, le désert dans toute sa gloire, les ruines romaines de Tipasa en bord de mer ou la célèbre cité antique de Timgad, ses colonnes, le quadrillage de ses rues et ses mosaïques à l'infini quasiment intacts ; et, naturellement, son trésor à lui, le printemps à Tlemcen, les fleurs d'amandiers qui voltigeaient tels des flocons de neige le long de l'avenue, la main de Lucienne, tout à la fois fraîche et chaude dans la sienne, palpitant comme un oiseau – à présent encore il la sentait.

Il devait aller réveiller Lucienne, prendrait à nouveau dans sa main ses doigts si précieux, comme il l'avait fait durant toutes ces années dès qu'il le pouvait : sa plus grande consolation, le sens de sa vie. D'emblée il avait su que leur couple était à part – ainsi qu'il le lui avait dit, aux heures les plus sombres de la guerre, quand tout semblait perdu et qu'ils n'avaient rien : « Peut-être notre amour est-il le chef-d'œuvre de notre vie ? » Mais il lui avait fallu observer sa vie entière ceux qui l'entouraient pour finir par comprendre combien il était rare, en fait, de ne vouloir rien de plus que cela : sentir que cette personne et elle seule vous complétait, comme si elle et vous étiez des esprits platoniciens, ne faisant qu'un seulement une fois ensemble.

Et maintenant, à quoi s'attendre ? Il lui caressa les cheveux, longea de l'index le pavillon de son oreille. Elle ouvrit un œil étincelant, sourit, approcha la main pour lui tapoter le bras.

« On part aujourd'hui, rappela-t-il. Un long voyage. »

Elle s'assit, aussitôt, dans le lit. « J'avais oublié... devons-nous...

— Les valises sont prêtes. J'ai terminé hier soir. J'ai préparé tes vêtements pour aujourd'hui sur le fauteuil... » Il les désigna de la tête ; elle suivit son regard.

« Merci, mon très cher. Il faut que... » Non sans effort, elle fit pivoter ses jambes et posa fermement les pieds sur le sol.

« Appuie-toi sur moi. » Debout devant elle, il lui tenait les avant-bras. Baissant les yeux, il vit ses pieds tachetés de rouge, aux chevilles gonflées, et ses propres pieds pâles, le revers de son pantalon assombri par la rosée. Comme leurs pieds se ressemblaient ; et comme ils étaient différents. Se souvenait-elle du fait qu'ils partaient plus tôt que prévu ? Bien sûr, forcément... il ne put s'empêcher de soupirer, la voyant de dos aller d'un pas lourd vers la salle de bains. Il faisait jour à présent, mais gris, et la pièce portait le poids de sa tristesse. Assis au bout du lit, il mit ses chaussettes et ses chaussures, et entendit derrière la porte de la salle de bains l'eau couler, asperger les parois, les bruits précieux de sa toilette du matin.

Il avait bien entendu toujours *su* que leur différence d'âge poserait un jour problème ; il avait assumé ce fardeau dès le jour de leurs premières confessions timides sous la canopée des fleurs d'amandiers. Mais aujourd'hui, quarante-sept ans plus tard, le réel les rattrapait. Les malaises et les migraines de Lucienne avaient commencé bien des années plus tôt, avant qu'ils n'aient quitté Alger, peut-être même quand les enfants étaient petits, à Beyrouth ou à Salonique ; voilà si longtemps de toute façon que ces souffrances faisaient simplement partie d'elle. Et combien de temps s'était écoulé depuis la première fois qu'elle s'était plainte d'une lassitude constante – elle avait les jambes lourdes, manquait d'énergie… Chez eux à Toulon, pour lutter contre cet état, Odet, leur fidèle employée de maison – pareille à une seconde fille, ils en étaient d'accord, au grand agacement de Suzanne –, apportait chaque matin à onze heures un plateau où elle avait posé une madeleine à l'orange (pâtisserie préférée de Lucienne) et un petit verre de Coca-Cola dont celle-ci adorait le goût sucré, et dans lequel on versait en secret le sang d'un steak cru pour lui donner des protéines, et de la force. (Près d'une décennie plus tard, elle quitterait ce monde en mangeant sa madeleine du matin, dans son fauteuil surplombant le scintillement à perte de vue de leur Méditerranée ; lui, Suzanne et Odet conserveraient dans un bocal à sucre candi, au couvercle en forme de dôme, le reste de la madeleine, où les traces de ses dents étaient encore visibles. Ils mettraient le bocal à l'abri dans le placard de la cuisine au-dessus du lave-linge, près des paquets de céréales, des crackers et des petites boîtes métalliques de cacahuètes, et il y demeurerait de nombreuses années, jusqu'à ce que Gaston meure à son tour.) Mais depuis combien de temps avait-elle cessé d'écrire des lettres ? Quand leurs petites-filles savaient à peine lire, et sûrement pas en français, elle leur envoyait des mots affectueux ainsi que de longues missives, comme celle dans laquelle elle racontait l'histoire des saint-bernard, les chiens sauveteurs dans les massifs montagneux. Elle comprenait depuis toujours les enfants et savait leur faire plaisir – elle n'avait pas été institutrice dans sa jeunesse pour rien –, alors qu'à ses yeux à lui ces fillettes semblaient appartenir à une autre espèce, pareilles à des chiots, adorables mais lui restant parfaitement étrangères. Il attendait avec impatience le jour où elles seraient assez grandes et, Inch'Allah, s'exprimeraient suffisamment bien pour converser avec lui entre personnes de bonne compagnie. Mais quand Lucienne avait-elle cessé d'écrire ? Cela faisait déjà un an, voire deux. Elle se contentait désormais de signer, ajoutant « Affectueusement » au bas de ses lettres à lui – « J'ai la flemme, disait-elle avec un petit sourire contrit. J'en mettrai plus long la prochaine fois. »

Au moins, le tricot… preuve, sûrement, qu'elle avait encore toute sa tête, pouvait compter les rangs, les mailles, et suivre les modèles ? Il leur faudrait envoyer le châle de Chloe par la poste, à présent, quand ils seraient de retour en France. Si seulement ils avaient pu avoir cette dernière semaine, comme prévu – mais cela n'avait plus d'importance. Seule Suzanne comptait.

Lucienne émergeait de la salle de bains, le visage reposé, bien coiffée, portant le tailleur en tweed bleu marine et le chemisier crème qu'il lui avait préparés, et tous ses bijoux. Ne manquait que le rouge à lèvres. « Attends, dit-il, ton rouge à lèvres », et il chercha dans le sac à main de Lucienne, puis ouvrit le tube et le lui tendit. Avec son sourire béat, elle se farda les lèvres sans l'aide d'un miroir. Comment avait-elle pu oublier de le faire ?

« On monte prendre le petit déjeuner ? » demanda-t-il, lui proposant son bras. L'escalier lui donnait chaque jour du mal. Elle avait refusé une canne, de même qu'elle avait refusé les prothèses auditives, parce qu'elle ne voulait pas ressembler à une vieille dame. Il savait que c'était par orgueil, mais aussi que ces gestes – ces sacrifices –, elle les faisait pour lui, comme si après toutes ces années, la permanence de l'amour qu'il lui portait dépendait de sa jeunesse et de son élégance. Elle se vaporisait encore de l'eau de Cologne sur les poignets avant de se coucher.

Au milieu de l'escalier – il montait derrière elle, pour être sûr de pouvoir l'aider à garder l'équilibre si nécessaire – elle s'interrompit afin de reprendre son souffle, et se retourna :

« Nous devons croire en Lui.

— Bien sûr, approuva-t-il, se demandant sur quel plan.

— Elle va se rétablir. Les médecins s'occuperont d'elle jusqu'à notre arrivée, et, grâce à Dieu et à notre amour, elle ira mieux avec le temps. » Elle avait dit cela très calmement, comme s'il était un enfant ayant besoin d'être rassuré. Sa foi était depuis toujours plus fervente que la sienne. Donc elle n'avait pas oublié : simplement elle n'avait pas peur. Il eut, en outre, le sentiment qu'elle lui disait de ne pas avoir peur non plus pour leur avenir à eux deux : si vous croyiez en le Seigneur, Il vous protégerait. Il ne vous infligerait pas davantage que ce que pouviez supporter. Voilà peut-être la leçon de cette journée : perdre votre épouse – du moins telle que vous l'aviez connue, mais en pouvant toujours (pour combien de temps ?) tenir dans la vôtre sa main précieuse – était un deuil, mais ce n'était pas une tragédie. Perdre votre unique fille, à peine plus de quarante ans, seule dans la vie sans mari ni enfants, comme si sa vie n'avait pas vraiment commencé : voilà qui serait une tragédie. Qu'elle ait survécu, que les médecins croient qu'elle survivrait : déjà un signe que Dieu leur souriait.

« C'est un long voyage », déclara-t-il, faisant allusion à celui qui les attendait.

Or la rapidité de sa réaction montra qu'elle pensait non pas à eux mais à Suzanne. « Le Seigneur l'aidera à chaque pas », répondit-elle, posant le pied avec une assurance triomphante sur la dernière marche, puis sur le parquet à damier du hall d'entrée.

Il avait été prévu qu'ils rentreraient par bateau, une semaine plus tard, à bord du *SS France*, un luxe, au lieu de quoi ils s'envolaient en milieu de journée pour traverser le continent jusqu'à Perth, et y prendre le vol long-courrier par lequel ils étaient arrivés un mois auparavant, cette prétendue Kangaroo Route de la compagnie Qantas : destination Londres, avec escale technique à Singapour et à Bombay. Puis un vol Londres-Marignane, presque chez eux, plus l'heure de route jusqu'à Toulon. Suzanne était hospitalisée à Toulon, Dieu merci, et non à Marseille, ce qui leur permettrait de déposer leurs bagages et de se laver avant d'aller la voir. Mais c'était encore loin, aussi bien dans l'espace que dans le temps.

Barbara avait mis le couvert, comme elle l'avait fait chaque matin, et ajouté des yaourts, des fruits, des croissants, des toasts et de la confiture, ainsi que du beurre qu'elle-même aimait bien, et elle restait à proximité dans son peignoir douillet, prête à leur apporter, telle une serveuse, le café et le lait chaud dans les bols qui leur étaient réservés. Il savait que ce n'était pas dans les habitudes de la maison – il les avait vus debout près de l'évier de la cuisine avaler un toast avant de s'élancer vers la porte – et il appréciait cet effort.

François, pour faire plaisir à sa mère, portait une cravate sous son pull même s'il ne travaillait pas – on était mercredi, mais il avait pris sa journée. Il essayait de parler d'un ton enjoué, fit une blague stupide sur la Kangaroo Route, mais son visage à lui aussi était dévasté par l'inquiétude.

Quelle semaine ils avaient eue : les malheurs de la compagnie de François dans le Queensland, et maintenant, ça. Or, même sans ces drames, tout n'allait pas bien dans la famille de son fils, Gaston le savait, le sentait. Barbara était trop occupée par ses cours de droit, avec ce fantasme selon lequel elle pouvait faire abstraction de ses responsabilités familiales et redevenir la jeune femme de vingt-cinq ans qu'elle avait depuis longtemps cessé d'être. Non qu'il lui en veuille de cette stimulation intellectuelle – loin de là –, mais il jugeait ses priorités contestables. Pourquoi François s'échinait-il, sinon pour avoir la certitude que ses enfants pouvaient trouver leur mère à la maison en rentrant de l'école ? Au lieu de quoi les filles étaient livrées à elles-mêmes, comme lui presque soixante ans auparavant, sa mère toujours retenue à l'école bien après son retour à lui, un manque affectif dont François et Suzanne n'avaient jamais eu à souffrir, même quand Lucienne était seule.

Encore que, comme le lui rappelait Lucienne, ils n'étaient pas là pour juger ce qu'ils ne pouvaient comprendre. Il avait toujours cru qu'il fallait épouser quelqu'un d'un milieu et d'une culture semblables aux siens, pour se comprendre le mieux possible : la communication était déjà assez difficile, la langue si traîtresse (Que signifiait le mot « famille » pour Barbara ? Ou le mot « foi » ? Ou même « petit déjeuner » ? Comment savoir ?), que l'unique espoir était d'avoir un point de départ commun. Or François ne partageait pas ce point de vue, ne l'avait jamais partagé. Il avait hérité du besoin de bouger de Gaston, mais sans avoir les pieds sur terre comme son père. Il gardait les blessures non seulement de son déracinement pendant la guerre mais surtout de son sinistre séjour à Louis-le-Grand – « dépression » était le seul terme exact, même s'il n'avait jamais été prononcé en sa présence. Que s'était-il passé là-bas, au juste ? Nul ne le savait, ni n'en parlait ; nul ne trouvait les mots pour poser la question. Il restait que François en avait retiré l'impression d'être rejeté par la France, par le système éducatif français – et voyait Paris comme le chaudron du malheur –, avec le résultat sans doute prévisible qu'il s'était attaché à l'Amérique du Nord – enfin, pas au Canada qu'il trouvait provincial. Non, il adorait les États-Unis, ayant le sentiment, entre sa bourse Fulbright pour Amherst et son master à Harvard, d'avoir été accepté, voire reconnu, par le Nouveau Monde d'une façon que l'Ancien Monde lui avait refusée.

En 1969 encore, chez Pechiney à New York, avant son transfert à Sydney, il s'était plaint à son père qu'autour de lui tous ceux bénéficiant d'une promotion étaient soit des aristocrates avec des relations, soit d'anciens élèves d'une grande école, l'X en général. Ou les deux. Que pouvait faire Gaston, sinon soupirer ? Il avait conseillé à son fils, alors âgé de quatorze ans, de tenter l'X, mais non, François détestait les maths et la physique, il voulait étudier la philosophie et les langues. Comment convaincre un garçon en plein âge ingrat que lorsqu'on vient de nulle part, comme c'était leur cas – le père de Lucienne était un garçon de café illettré, sa mère à lui une institutrice trop pauvre pour prendre sa retraite malgré sa mauvaise santé –, et que si l'on avait, en prime, un patronyme aux consonances étrangères, on aurait beau évoquer avec insistance ses ancêtres chrétiens, il faudrait tout bonnement sauter plus haut, pousser plus fort, faire encore mieux, être encore meilleur ; Gaston, lui non plus, ne s'intéressait pas vraiment aux maths ni aux sciences : il voulait devenir *écrivain*, romancier – et pourtant cela ne l'avait pas empêché de voir clair sur la marche du monde, d'obtenir l'année du bac les meilleures notes en physique de toute l'Algérie, les deuxièmes meilleures de toute la France, non parce qu'il était doué pour les disciplines scientifiques, mais parce qu'il était un garçon intelligent qui travaillait plus dur que les autres, s'assurant ainsi un billet d'entrée à Polytechnique et une ascension spectaculaire de l'échelle sociale.

Ils n'avaient toujours pas d'argent en ce temps-là, pas avant que la guerre ne soit loin derrière eux, et au début Lucienne et lui sautaient des repas et payaient en retard leur loyer pour financer les uniformes de Gaston dans la Marine, afin qu'il présente aussi bien que tous ces fils d'amiraux, de médecins et de banquiers. Les gens comme nous, avait-il tenté de faire comprendre à son fils, tracent leur chemin par leur labeur et leurs stratégies judicieuses, et non en se berçant de chimères. Même s'il s'était fait quelques relations à l'époque, dont Marchandise, et s'il avait aidé François à mettre un pied chez Pechiney, il refusait encore l'idée que ç'aurait été une erreur. Cette maison, avec sa superbe piscine ; ces fillettes joueuses, avec leurs bonnes manières et leur insouciance – et François n'était même pas à mi-parcours de sa vie professionnelle : tout devait être possible, non ? Bon, tel était son espoir.

Gaston regardait son fils à la calvitie précoce mais élégante ; il s'enrobait, prenait un peu de ventre – trop de vin au dîner, un ou deux scotchs à l'apéritif, et pas assez de marche à pied, avec tous ces voyages en avion pour son travail. François buvait son café noir, avec un glaçon. Gaston l'aimait profondément, et pourtant il éprouvait aussi pour lui un agacement que Suzanne ne lui avait jamais inspiré, quelque chose planté dans son cœur comme le fruit épineux de la bardane dans la plante de son pied nu plus tôt ce matin-là. François adorait tellement sa mère ; avec lui, Gaston, il s'acquittait largement de ses devoirs, cherchait toujours à lui faire plaisir, mais se rebellait également, ou lui résistait. La relation père-fils : lui-même n'avait aucun exemple à suivre, n'ayant vu son père qu'une seule fois, à l'âge de huit ans, lors des obsèques de sa grand-mère.

Mais il avait eu Charles, son frère aîné – paix à son âme –, Charles dont les funérailles dataient d'à peine deux semaines avant leur départ pour l'Australie. Le voir, ces derniers mois, rongé par le cancer… On leur avait d'abord dit qu'il souffrait de rhumatismes, de raideurs, mais quand il avait fini par faire des radios, elles montrèrent que le cancer s'était généralisé, Charles était criblé de tumeurs, toujours plus émacié et recroquevillé au fil des semaines en chambre stérile – Gaston prit soudain conscience que c'était le même hôpital que celui où se trouvait Suzanne, dans une chambre similaire, au sol recouvert du même lino rose, aux lits isolés par les mêmes fins rideaux en tissu synthétique sur des tringles, aux mêmes infirmières sévères et harassées, allant à toute vitesse de chambre en chambre, souvent les lèvres pincées ; et ces récipients métalliques en forme de haricots pour les comprimés ou les expectorations, la puanteur de cette lanoline dont on enduisait la peau desséchée de Charles, les traces de doigts sur les vitres, la statue surhumaine de la Vierge Marie à l'entrée qui ne vous rassurait pas vraiment, servant plutôt en ce lieu à annoncer des souffrances, tant de souffrances. Quand Charles avait fini par mourir, ce fut une délivrance pour lui – mais la pauvre tata Paulette, sa veuve, avec sa couronne de nattes grisonnantes et ses énormes lunettes à verres épais, s'était effondrée devant la tombe au cimetière Lagoubran, sans la moindre trace d'ombre sous le brutal soleil de juin. Lui-même redoutait que Lucienne ne s'évanouisse... Ils étaient comme le jour et la nuit, Charles et lui, son frère aîné aussi résolument laïc que lui, Gaston, était croyant ; un communiste militant, d'ailleurs, et un instituteur méprisant toute ambition professionnelle – ils avaient au fond ressenti à plus d'un titre, aurait pu faire valoir Gaston, les frictions, et l'amour, d'un père et d'un fils, avec ces dix ans d'écart entre eux. Et son frère lui manquerait.

Et son fils, bien vivant devant lui : il lui manquerait lui aussi ; Gaston avait compté sur cette semaine supplémentaire, s'était (sûrement) imaginé qu'ils pourraient aller se promener, rien qu'eux deux, et que François, toute sa vie si secret, se confierait peut-être, sur son couple, son travail... Et même (une absurdité !) que lui, Gaston, parlerait à son fils de Lucienne, de ses absences plus nombreuses – François avait certainement remarqué, bien qu'il n'ait rien dit, sa tendance à poser la même question à dix minutes d'intervalle ou à répéter la même anecdote – encore que François ait passé si peu de temps avec eux après le départ de Suzanne (en la compagnie exubérante de laquelle ces absences se voyaient moins) qu'il n'avait sans doute pas fait attention – était-ce possible ? Peu importait, ils n'en parleraient pas désormais ; d'ailleurs cela n'avait peut-être pas d'importance, puisque ce qui devait se produire se produirait, qu'ils en parlent ou non.

« D'autres nouvelles ? » demandait Barbara. Elle avait disparu quelque temps pour s'habiller et était de retour, ayant remplacé son peignoir en velours par cet extraordinaire pantalon à carreaux. Voir des femmes en pantalon continuait à le sidérer.

François parut agacé. « Non, bien sûr qu'il n'y a pas de nouvelles. Pense au décalage horaire, Barb. Il est huit heures du matin ici, ça signifie qu'il est minuit là-bas. »

Barbara se mit à débarrasser la table. Gaston percevait de la nervosité dans ses gestes, mais sa voix resta posée et agréable.

« Bon, je suppose que c'est bon signe, non ? Parce que si son état s'était aggravé, l'hôpital aurait appelé cette nuit. Ou à un autre moment. »

François acquiesça de la tête, songeur, tapotant une cigarette sur la nappe avant de l'allumer. Gaston ne comprenait pas pourquoi ses deux enfants étaient de si grands fumeurs. Tous deux toussaient comme de vieux pots.

Lucienne, reposant délicatement son bol de café sur la soucoupe, prit la parole : « Nous savons qu'elle se rétablira. Il faut juste que nous allions la retrouver. »

À vingt-deux heures, le lundi précédent, le téléphone avait sonné. Ce n'était pas une heure habituelle pour appeler, sauf, parfois, quand François en déplacement donnait un coup de fil pour souhaiter bonne nuit à sa femme. Or les quatre adultes étaient assis ensemble dans la salle de séjour, évoquant vaguement la situation politique en Australie, la réélection deux mois plus tôt de Gough Whitlam (drôle de prénom que « Gough », non ?) pas vraiment une surprise, mais le résultat n'était pas garanti – la crise du pétrole, après tout –, et donc, le téléphone, et François s'était levé pour décrocher, même s'il aurait voulu que Barbara le fasse.

« C'est probablement pour toi, avait-il dit en anglais.

— Jamais, pas si tard. »

Il avait haussé les épaules. « Je *déteste* être importuné chez moi… » avait-il déclaré à ses parents en quittant la pièce.

Ils avaient ensuite entendu ses marmonnements indistincts dans la cuisine, son intonation qui changeait. Et un long silence, puis d'autres marmonnements, mais ce ton… tous, sauf peut-être Lucienne, un peu sourde, pouvaient détecter à son timbre qu'il était en alerte, sur ses gardes. Et à cause de cela, de cette appréhension tacite qui les gagnait, ils ne feignirent plus de converser mais restèrent immobiles et silencieux, attendant son retour.

« Papa, tu peux venir une minute ? », demanda-t-il calmement depuis l'encadrement de la porte, un frémissement dans sa voix. Ils restèrent debout dans la lumière blafarde du tube au néon de l'étroite cuisine toute blanche, Gaston conscient de l'ombre d'une barbe de fin de journée sur le visage de son fils, de l'odeur du tabac et du parfum de l'Eau Sauvage, de la petite fente dans son menton, héritée de Lucienne. Les deux hommes chuchotaient presque.

« Dis-moi. » Gaston fixait les yeux pleins de tristesse de son fils.

« Il y a eu un accident. » Les mots exacts, selon Barbara, qu'il avait employés la semaine précédente. « C'était Brieux. » Le gardien de leur copropriété. « Suzanne est à l'hôpital.

— Bien sûr. » Dès l'instant où son corps avait perçu le changement de ton de son fils, il avait su que ce serait Suzanne. Charles et Yvonne étaient déjà morts. Seule Suzanne n'était pas avec eux. « Que s'est-il passé ? Est-elle…

— En soins intensifs, pour le moment. Un accident de voiture, ce matin, alors qu'elle allait à Marseille. »

Le trajet prenait un peu plus d'une heure par l'autoroute. Elle le faisait plusieurs fois par semaine dans sa petite Renault, qu'elle surnommait « ma boîte à sardines ».

« Comment est-ce arrivé ?

— Brieux n'a pas été très clair. Je suppose que l'hôpital tentait de te joindre et l'a appelé lui, faute de réussir à te contacter. Il faut qu'on appelle nous-mêmes l'hôpital. Il m'a donné le numéro. »

Alors, seulement, Gaston prit conscience que François, depuis le début, tripotait un petit bout de papier. Il le récupéra dans la main de son fils : à lui de porter ce fardeau.

« Appelons de mon bureau. » François le devança dans le long couloir incurvé. Leurs pieds ne faisaient aucun bruit sur la moquette. « Et maman ?

— Je lui dirai que Suzanne a eu un accident. Inutile de mentionner les soins intensifs. Il faut juste qu'on rentre. »

Quand il appela le standard de l'hôpital, on lui passa l'infirmière responsable des soins intensifs ; son aide fut relativement précieuse. Suzanne était bien une patiente de son service, encore sous anesthésie. Elle avait été transportée en ambulance à huit heures et quart ce matin-là, avec de multiples fractures et une hémorragie interne ; elle avait aussitôt été opérée, s'en était bien sortie, mais ses blessures étaient graves. Oui, elle était consciente. Pour l'instant elle dormait. Elle resterait toute la nuit en soins intensifs, sous monitoring ; en l'absence de complications, elle serait mise sous télémétrie le lendemain matin. La nature de l'accident ? Non, non, un simple accident de voiture. Ce que ça voulait dire ? Une sortie de route. Elle était seule dans le véhicule. Sans trop s'avancer, on pouvait penser qu'elle s'était endormie au volant... ? Sa voiture avait quitté l'autoroute, oui, en direction de l'ouest, entre La Ciotat et Cassis, avant le tronçon en bordure de la falaise, juste après sept heures et demie du matin.

À l'heure du coucher ce soir-là, il avait appris à Lucienne qu'il y avait eu un accident de voiture, que Suzanne était hospitalisée ; qu'il espérait lui parler au téléphone le lendemain – et ce n'était pas faux –, mais que raisonnablement, compte tenu du décalage horaire et du fait que Suzanne ne s'éveillerait pas avant la fin de leur journée en Australie, ils devraient modifier sans tarder leurs projets et rentrer au plus tôt par avion. Lucienne avait pris la nouvelle assez posément, sa paume sur ses lèvres tremblantes, les yeux écarquillés, mais sans céder aux larmes. Même s'il eut conscience qu'en allant se coucher elle serrait son chapelet dans ses mains, priant jusqu'à son dernier souffle en état de veille. Cette première nuit il était resté allongé près d'elle, éveillé, ayant trop chaud sous les couvertures et froid sans elles, pensant à leur fille, pauvre Suzanne, à tout ce qu'elle avait surmonté, au courage qu'il lui fallait pour aller de l'avant et traverser chaque nouvelle journée, à la compréhension qu'il avait des tourments spirituels de sa fille – sa propre mère, sa propre sœur, ayant connu les mêmes. Il ne souhaitait à Suzanne que paix et amour. Et il était convaincu, mais ne l'aurait jamais dit à quiconque, qu'elle ne s'était pas endormie au volant – le soir, peut-être, cela aurait paru plausible ; le matin, jamais.

Le lendemain, avec l'aide de Judith, l'adorable secrétaire de François, il s'était occupé des billets d'avion et des détails logistiques, et avait prévenu la compagnie d'assurances de l'agence d'un changement imprévu dans leurs projets. Il n'y eut aucune promesse immédiate de remboursement de la cabine de luxe à bord du *SS France*, mais on lui affirma que sa requête serait examinée au plus vite. Il s'interrogea : exigerait-on des photos de l'épave de la Renault, ou du corps brisé, mis en traction, de Suzanne ? Lucienne et lui avaient rassemblé leurs affaires éparses et, pour l'essentiel, fait leurs valises, le tout, de son côté, en bavardant joyeusement pour convaincre Lucienne que la situation n'était pas aussi désespérée que leurs préparatifs pouvaient le suggérer ; mais elle le surprit en semblant ne pas oublier, ni dramatiser, le récit qu'il lui faisait, et en croyant, avec un calme presque troublant, que dès qu'ils pourraient serrer les mains de Suzanne dans les leurs, une chacun, leur fille se rétablirait.

Seize heures, c'est-à-dire huit heures à Toulon : une matinée estivale, chez eux, le chant des cigales, les jardiniers arrosant les massifs près des grilles de la résidence, Brieux déjà dans sa petite loge depuis au moins une heure, saluant de la main les résidents qui partaient au travail en voiture, les employées de maison et les agents d'entretien qui arrivaient. Huit heures – l'heure à laquelle lui-même partait d'ordinaire faire ses courses quotidiennes au centre commercial, les paniers vides sur la banquette arrière –, c'était aussi le pire moment où déranger le gardien, mais Gaston se sentait trop impatient pour attendre plus longtemps.

Brieux, qu'il voyait d'ici derrière son bureau, en bleu de chauffe, ses cheveux blancs clairsemés dansant au-dessus de ses tempes au moindre courant d'air, son épaisse moustache brossée avec soin, lui témoigna ses respects et sa tristesse. Gaston savait que sa femme – une poissonnière ! – étant une commère, toute la résidence serait déjà au courant de l'accident –, mais Brieux lui-même obéissait toujours aux règles de la bienséance. Il répéta ce qu'il savait, soit peu de choses.

Suzanne avait pris la route avant sept heures ce lundi matin, trop tôt pour qu'il la voie partir, mais il savait qu'elle emmenait son invitée – son amie Estelle Gabin. Le vendredi après-midi elles avaient papoté devant la grille, et à nouveau le samedi matin, près du petit rond-point alors qu'il livrait un colis à madame Aletti du bâtiment D, car elle s'était cassé la cheville, et les deux femmes avaient expliqué être de vieilles amies, depuis l'époque où Suzanne avait vécu en Argentine. « Mais vous parlez si bien français ! » avait-il fait observer, ce à quoi madame Gabin avait répondu : « Mais je *suis* française ! Nous sommes très nombreux, en Argentine ! »

Oui, donc, cette amie – celle aux incisives écartées ? avait demandé Gaston, même s'il en était déjà certain, bien entendu ; oui, celle avec les incisives écartées –, donc, cette amie prenait le Mistral pour remonter à Paris, et séjourner quelque temps chez sa sœur, et mademoiselle Cassar devait pour sa part continuer jusqu'à Marseille : elle s'était plainte d'avoir à y rester presque toute la semaine pour son travail ; elle avait dit que là-bas, la vue sur la mer et la brise du large lui manquaient, surtout lors des canicules de juillet, où il n'y avait pas un souffle de vent dans son petit appartement.

Donc, elle devait sûrement être heureuse d'avoir passé du temps avec Estelle – elles s'adoraient, riaient ensemble telles des adolescentes. Pourquoi un accident le jour du départ de son amie si chère ? Peut-être s'était-elle finalement endormie au volant, après avoir bavardé, fumé, et bu jusque tard dans la nuit comme si elles étaient plus jeunes qu'en réalité.

Il avait appelé l'hôpital pour faire le point, ce mardi matin, et appris qu'elle allait mieux, tous les signes étaient positifs, elle avait passé une bonne nuit en soins intensifs et on comptait la mettre, avant midi, sous télémétrie – oui, il y avait absolument une amélioration. Elle n'était pas encore hors de danger, mais… non, il ne pouvait pas lui parler… oui, on lui dirait que ses parents étaient en route.

À présent, le lendemain matin, une fois le petit déjeuner pris, les valises dans le coffre de la Ford, il était temps de partir. Cinq heures d'avion jusqu'à Perth. Trois heures d'attente avant le départ pour Bombay, avec escale technique à Singapour, soit seize heures et demie de vol ; puis deux heures d'attente supplémentaires avant les dix heures de vol jusqu'à Londres. Là, ils attendraient encore près de quatre heures leur avion pour Marseille – deux heures de plus. Et, enfin, le trajet en voiture jusque chez eux. La secrétaire de François avait eu la gentillesse de prévoir une voiture avec chauffeur de chez Pechiney, parce que tous reconnaissaient que ce serait trop de tracas pour Gaston d'en louer une après un si long voyage. François avait dit, d'une voix douce : « T'inquiète pas, papa. Je m'en occupe. »

En quelque chose comme quarante-trois ou quarante-quatre heures après le décollage à Sydney, et en remontant le temps, ils arriveraient devant leur immeuble de Toulon, Inch'Allah. (Si seulement ils pouvaient remonter plus vite le temps, assez vite pour empêcher cet accident de se produire !) Donc, en quarante-cinq ou quarante-six heures, ils seraient enfin, comme Lucienne l'anticipait avec tant de joie, au chevet de leur Poupette bien-aimée, un de chaque côté, lui tenant la main, lui caressant les cheveux, et elle leur dirait avec le sourire de ne pas s'inquiéter, de ne surtout pas s'inquiéter.

Enfant, elle avait si souvent été malade, et angoissée, toute pâle et osseuse, les doigts tremblants et ses longues nattes blondes raides comme des baguettes, ses yeux bleu pâle derrière leurs lunettes si facilement affolés et brillants de larmes. Elle avait autant besoin de protection aujourd'hui qu'à l'époque. À quel point ils avaient pu espérer qu'elle tomberait amoureuse, trouverait son propre protecteur, si bien qu'ils pourraient quitter cette Terre en paix. Sans un miracle, aucun doute là-dessus, elle était trop âgée pour avoir des enfants à elle – même si la solide Lucienne avait quarante et un ans à la naissance de Suzanne –, mais elle ne l'était sûrement pas trop pour se marier. Les hommes, veufs ou divorcés, cherchaient souvent une nouvelle compagne de vie... Charles, son frère aîné, ayant si tristement perdu très jeune sa Lucienne à lui, (oui, on l'oubliait facilement : prénommée Lucienne elle aussi, elle était morte trois mois avant le mariage de Gaston !), et avec des enfants à élever, avait trouvé pour la remplacer la vigoureuse Paulette au visage évoquant une grenouille. Et leur union avait été heureuse, à une exception près : la tragédie de l'affreux Jacky, unique fils qu'ils aient eu ensemble, qui n'avait même pas assisté aux obsèques de son père.

Non ! Ne pas penser à des obsèques. Les fillettes accoururent pour enlacer le torse de leurs grands-parents, puis repartirent aussi vite. Il était absurde que tout le monde s'aventure à l'aéroport : Barbara aurait dû emmener les deux filles dans sa Mini, puisqu'ils ne tenaient pas tous dans la Ford ; et si le terminal était bondé, et s'ils ne se retrouvaient pas à l'enregistrement ? Non, mieux valait se dire au revoir ici, dans la rue, raison pour laquelle Barbara et les deux filles restaient près de la grille, devant la maison rose qui montrait son moi fortifié côté route, son jardin verdoyant et ses terrasses étant dissimulés à la vue, comme dans la tradition orientale du *purdah*. Loulou avait certainement les larmes aux yeux – chère petite, elle lui semblait être des leurs, familière ; contrairement à la plus jeune, mignonne, certes, mais toujours en représentation, moins *sincère* – difficile de savoir, pourtant.

Et Barbara, de qui la plus jeune tenait à l'évidence, souriant et faisant signe de la main, avec cette étrange nouvelle coupe de cheveux peu seyante – elle faisait paraître son nez plus long – et ce pantalon bizarre... Mais combien il pouvait les aimer toutes les trois, et son fils, la chair de sa chair : oui, combien Lucienne et lui les aimaient, eux, leur avenir, les fillettes appartenant incroyablement à la génération qui perpétuerait la famille – à défaut du patronyme, hélas, étant des filles – jusqu'au siècle suivant, espace inimaginable, inévitable, que lui et encore moins Lucienne – il serra dans la sienne cette main si chère ; depuis combien de temps déjà avaient-ils uni leurs cœurs ? – ne verraient jamais de leur vivant ; espace où même François et Barbara, et, Inch'Allah, Suzanne – ce qu'à Dieu ne plaise –, ne se risqueraient qu'avec circonspection, la majeure partie de leur existence étant déjà derrière eux. Car François aurait, au printemps de l'an 2000, soixante-neuf ans, exactement l'âge qu'avait Gaston lui-même en ce jour d'août 1974, à l'orée du grand âge, laissant derrière lui la crête de la colline qu'il venait de gravir ; mais il lui resterait – ce qu'à Dieu ne plaise – une portion significative de vie à vivre.

Interlude

Août 1978

Toulon, France

Le 22 août à l'aube, un mardi de la fin de l'été, une brume laiteuse stagnait au-dessus de la mer indigo, caressant l'horizon et les promontoires sombres le long de la côte, pareils à des mains de géants tâtant les eaux du large. À l'heure du petit déjeuner, le soleil brûlant avait éclairci le ciel, d'un bleu impeccable plus pâle, plus brillant que son reflet sur les vagues, parfois blanchies par l'écume, constellées d'embarcations et de balises, avec au loin un sous-marin qui avait fait surface, les petites silhouettes de son équipage alignées sur le pont, tout l'univers visible devenu un camaïeu de bleus allant du bleu de Prusse au bleu ciel. Depuis la salle à manger, ce bleu à perte de vue était ponctué à mi-distance par les pignes allongées des cèdres et les cimes ondoyantes des pins maritimes, en forme de cerveau au sommet de leurs hauts troncs tenaces. La matinée avançant, une guêpe s'introduisait de temps à autre par la fenêtre avec les courants d'air imprégnés de la chaleur estivale, porteurs des bruits de baignade et de plongeons, des cris de joie des enfants dans la piscine en contrebas, tandis que du couloir parvenaient les cliquetis de l'ascenseur, le chuintement des pas, les coups de sonnette répétés (encore et encore), l'ouverture et la fermeture de la porte, le défilé des livraisons et des voix, puis, des profondeurs de l'appartement, de la cuisine, le tintamarre des casseroles et des couverts.

Le cocktail : cette soirée précédant le grand dîner, où seule la famille proche serait rassemblée sur l'immense terrasse à l'étage, eux huit, dont madame Fisk, et les amis les plus chers, et ceux des cousins qui étaient déjà arrivés. Le grand dîner aurait lieu le vingt-trois août, date de leur cinquantième anniversaire de mariage, dans la vaste salle à manger privatisée de l'hôtel trois étoiles à l'ombre du mont Faron : les invités, venant de près comme de loin, seraient cinquante, pour cinquante années.

Mardi après le déjeuner, dès sa réouverture à quatorze heures trente pour l'après-midi, Lucienne et Suzanne allèrent au salon de coiffure de Cap Brun, logé entre la pharmacie et le bar-tabac, faire faire leur mise en plis, et passèrent plus d'une heure assises côte à côte dans les fauteuils en skaï moite, se tenant par la main, la tête couverte de bigoudis sous les casques chauffants au bourdonnement incessant. Pendant ce temps-là, François et Barbara (qui dormaient dans un studio en sous-sol de l'immeuble voisin de celui des parents de François, qu'on leur prêtait) restèrent auprès de madame Fisk, laquelle, ne pouvant plus lire (ni tricoter ni coudre) à cause de sa dégénérescence maculaire avait besoin de compagnie. Gaston, même si Suzanne dormait cette semaine-là sur le canapé-lit défoncé, tendu de velours, de son bureau à lui situé à l'étage (la pièce généralement considérée comme la chambre de Suzanne ayant été attribuée à madame Fisk), réussissait à passer deux heures à sa table de travail où, comme quasi quotidiennement depuis cinq ans, il rédigeait les mémoires de la famille à l'intention de ses petites-filles. Ceux-ci, près de mille cinq cents pages de son écriture régulière, à l'encre bleue sur papier sans réglure, emplissaient cinq classeurs rouges sur l'étagère au-dessus du canapé. Touchant presque au but, il s'était au départ promis de terminer à temps pour son anniversaire de mariage. Il n'avait pas tenu ce délai artificiel – tant pis ; les deux filles ne liraient pas ses mémoires avant des années, voire des décennies –, mais un sentiment d'urgence l'incitait encore à s'efforcer de les achever.

« On peut faire confiance à mon père », avait dit à mi-voix François à Barbara, après que Gaston, sa sieste faite, se fut levé presque en douce pour monter l'escalier. « Il ne perd pas une minute. »

Au salon – à quelques marches en contrebas de la salle à manger juste au-dessus –, madame Fisk, hébétée par la chaleur, et agitant pour se rafraîchir un éventail violet de la Thaï Airways qui datait de Sydney, était confortablement assise dans le fauteuil moelleux en satin près de la fenêtre. Les stores en métal, baissés jusqu'au sol pour arrêter le soleil brutal, créaient une pénombre soporifique ; mais les baies vitrées restaient ouvertes et le son des jeux des enfants filtrait en même temps que les stridulations des cigales. Le chant d'un de ces insectes qui résidait apparemment dans une jardinière extérieure était assourdissant. Barbara, à côté de sa mère sur le canapé tout proche, se penchait vers elle pour lui faire la lecture, de sa voix claire et haut perchée, des contes gothiques d'Isak Dinesen, alias Karen Blixen. Lenore, qui ne souhaitait pas spécialement écouter, se demandait si un après-midi d'août se prêtait bien à ces contes, mais se concentrait et imaginait de son mieux les mondes lointains créés pour elle par le pouvoir des mots.

François, comme à son habitude, allait et venait. Il déambula dans la cuisine temporairement silencieuse, en théorie pour trouver un cendrier, mais jetant au passage un coup d'œil aux plateaux de hors-d'œuvre livrés par le traiteur pour le cocktail du soir : quiches miniatures et petits choux aux asperges et au fromage de chèvre ; minuscules carrés de pizza, chacun avec son olive noire ridée ; saumon fumé sur des toasts ronds de pain complet, agrémenté de brins d'aneth ; coupelles en bambou emplies de crudités ou de fruits ; imposant et odorant plateau de fromages déliquescents, entourés de raisins et de cerneaux de noix… Il subtilisa quelques réductions, puis se dirigea vers la chambre des filles, où le lit superposé du bas était jonché de leurs vêtements comme si elles y avaient renversé le contenu de leur valise, hormis leurs deux robes habillées, sur un cintre à l'intérieur de la penderie grand ouverte. En désordre sur le plateau de la commode, leurs bijoux et pinces à cheveux, bibelots de préadolescentes, étincelaient. Il s'arrêta devant la porte de la chambre de ses parents, aux stores baissés là aussi, les tons roux du papier peint donnant à la pièce l'apparence d'une matrice : le crucifix qu'il avait toujours connu, orné d'un chapelet et d'un rameau d'olivier, était fixé sur le mur au-dessus du lit bas ; unique concession à la frivolité, les coussins marron et turquoise tricotés par sa mère. Sur les autres murs, des tableaux à l'huile lui rappelant son enfance – une rose aux tons saumon, œuvre d'un amateur (peut-être sa mère dans sa jeunesse ?) ; une petite paysanne coiffée d'un foulard, de profil, qui semblait avoir un air de famille, mais dont le portrait avait été chiné sur un marché aux puces peu après le mariage de ses parents. Et les photos : lui à son bureau chez Pechiney, cliché réalisé par un professionnel et qu'il avait envoyé récemment ; Suzanne hilare, de profil elle aussi, devant un restaurant ; Barbara et les filles sur cette petite plage au pied de la falaise, souvenir d'une visite de ses parents à Sydney ; les photos de classe des filles à la Kambala School, un peu blanchies à présent, sans doute prises pendant leur dernière année en Australie, Loulou impeccable et faisant plus que son âge, Chloe aux cheveux courts, débraillée, sa cravate de travers, et avec une nouvelle canine, brillante comme un croc. Le costume d'été de son père pour cette soirée était suspendu à la porte de l'armoire, la robe de sa mère à plat sur le lit, sans doute mise là par Odet avant son départ, et ses chaussures noires vernies posées à même le sol, déformées par ses cors aux pieds. Une journée joyeuse, et triste à la fois. Il regagna la salle à manger, cendrier à la main, et alluma une cigarette. Barb faisait toujours la lecture à voix haute, même si madame Fisk avait fermé les yeux et dormait peut-être. Il s'attarda quelque temps près de la baie vitrée de la salle à manger, où, ayant bruyamment ouvert les stores assez haut pour voir la piscine (tandis qu'à ses pieds Big, le teckel vieillissant qui avait survécu à Small, son cousin de Toronto, était couché sur le marbre frais, la respiration sifflante et son flanc ambré se soulevant et s'abaissant lourdement en signe de protestation contre la chaleur), il regarda ses filles et leurs nouveaux amis s'ébattre avec enthousiasme.

Chloe était avec eux depuis plus de trois semaines déjà, Suzanne étant allée la chercher à Lyon après son mois en camp de vacances à Saint-Palais-sur-Mer, et elle avait pu se lier à la piscine avec Nathalie, du même âge qu'elle, parisienne en visite et petite-fille du commandant Dessault, sous les ordres duquel le père de François avait, à la fin de la guerre, servi rue Royale à Paris. Grâce à Nathalie, ou avec elle, les deux sœurs s'étaient jointes à la petite bande qui s'appropriait jour et nuit le parc de la résidence pour ses jeux. Au rez-de-chaussée de l'immeuble des Cassar, la famille Nicolet, dont les plus jeunes enfants, Arnaud et Florence, étaient l'âme du groupe, semblait pratiquer la politique de la porte ouverte, leur permettant à tous d'entrer et de sortir, d'écouter de la musique au sous-sol ou de dévorer le contenu de la cuisine : Jeanne Denis, l'aînée du groupe ; Louis et Alexandre, inséparables ; Mireille Colombo, voisine de palier et la benjamine des cousines de Jeanne ; José, Jorge et l'adorable Marisol, les magnifiques enfants Moreno ; puis le nouveau contingent : Yves, l'étrange garçon maigre des Invernizzi, et David et Benjamin, les petits-fils des Largent ; ainsi que, du même immeuble – le I, ou le H ? – l'autre Nathalie, et Adrien, petits-enfants du général Bourret… D'eux tous, seuls Arnaud et Florence Nicolet, et Louis et Yves, vivaient là toute l'année. Les autres arrivaient d'ailleurs, de Paris surtout, mais certains de Genève, et maintenant de Toronto également.

En bas dans la piscine, ils plongeaient et se poursuivaient, se mettant mutuellement la tête sous l'eau avec de grands hourrahs triomphants, s'attrapant l'un l'autre par une jambe, flirtant et gloussant, puis remontant d'un bond pour aller s'allonger au soleil sur le caillebotis en bois, l'immensité de la mer derrière eux en contrebas, leurs corps bruns et minces rapidement séchés par le vent du large ; et au moindre appel de l'un d'eux, ils retournaient dans l'eau, ou gravissaient les marches jusqu'à la passerelle qui enjambait la piscine, pour se mettre mutuellement au défi de plonger. Les deux filles étaient ravies de ce sentiment d'appartenance ; pendant ces précieuses journées, l'accueil réservé par ce groupe informel de jeunes Français devant qui elles passaient les étés précédents dans l'indifférence générale, baissant les yeux avec gêne : il ne pouvait y avoir plus grand honneur. Se pencher pour aider le petit Benjamin à attacher ses lacets, arbitrer un match de tennis acharné entre Yves et Louis, ramasser des pignons de pins dans l'allée en échangeant des potins avec les autres filles, ou se prélasser sur le canapé violet des Nicolet en écoutant Bob Marley ; se précipiter dehors au crépuscule après le dîner pour rejoindre les autres et jouer à cache-cache dans le parc des heures durant, courant le long des allées ou traversant les parkings, garages et halls d'entrée de la résidence jusqu'à la grille, au son des claquements de leurs semelles sur le sol, et s'aventurant parfois même sur le sentier tortueux à flanc de falaise jusqu'à la plage : chaque soir au dîner les deux filles avaient l'estomac noué par l'impatience, vérifiant subrepticement par la baie vitrée tout en débarrassant la table si les autres enfants avaient commencé à se rassembler au-dessus de la piscine illuminée, puis attendant, attendant, tandis que les adultes discouraient, se curaient les dents, buvaient et fumaient interminablement, et touchaient à peine à la nourriture qui refroidissait dans leur assiette. Pourraient-elles s'échapper avant le café ? Voire avant le dessert ? Et elles guettaient sur le visage de leur mère un signe d'assentiment avant d'aller, à présent comme elles l'avaient toujours fait depuis leur petite enfance, demander la permission à leur grand-mère. Laquelle ne la leur refusait jamais, même si elle semblait parfois garder un temps le silence pour réfléchir.

Ce soir-là et le suivant, il faudrait que Loulou et Chloe renoncent à leurs jeux nocturnes ; ce sacrifice les hérissait toutes deux, car comment une fête entre adultes pouvait-elle avoir autant d'importance que ces précieuses heures, et il ne leur restait que cinq soirées avant de partir pour le Canada – moins de deux semaines plus tard elles seraient de retour en classe à Toronto, Chloe en deuxième année à l'UTS, établissement secondaire rattaché à l'université, et Loulou dans son lycée français à l'uniforme gris et bleu marine. Cet après-midi-là, toutefois, elles pouvaient feindre de n'avoir à être nulle part ailleurs ; elles ne levèrent pas les yeux pour voir leur père debout derrière la baie vitrée au-dessus d'elles ; elles les levèrent seulement bien plus tard, alors que le soleil avait décliné dans le ciel, sa lumière rasante n'éclairant plus la piscine, et que tante Suzanne, avec son immuable chignon pareil à une pièce montée, les appela d'en haut en leur adressant un petit signe de la main : « Mes chéries, c'est l'heure ! » Prises d'un sentiment de culpabilité, elles rassemblèrent au plus vite leurs draps de bain, tee-shirts et tongs, parce que si leur tante les appelait, c'est qu'elles étaient en retard : le photographe devait être là à dix-huit heures, les invités à dix-huit heures trente. Dieu merci, la montre de Loulou indiquait un peu plus dix-sept heures, même si Odet était déjà de retour, en robe de cocktail et chaussures à hauts talons, son visage hâlé, rond et franc, exceptionnellement égayé par une touche de rouge à lèvres et ses oreilles par de minuscules boucles dorées.

Quand les deux sœurs eurent disparu dans la salle de bains pour se laver et se changer – ensemble afin de gagner du temps, mais malgré la taille de la pièce elles se bousculèrent et se chamaillèrent –, Odet alla aider grand-mère à mettre sa robe. Madame Fisk elle aussi s'habillait dans sa chambre, et Suzanne, à l'étage, avait enfilé en toute hâte des sous-vêtements propres, un chemisier et une jupe en soie, consciente que n'importe qui pouvait apparaître à tout moment. Gaston, toujours avec la prévoyance d'un militaire, s'était rasé une deuxième fois et avait mis bien avant l'heure son blazer – gardant son costume pour le grand dîner. À présent assis près de la baie vitrée de la salle à manger, dans le fauteuil à dossier dur et ressemblant à un trône, celui de Lucienne, il regardait les ombres de l'après-midi s'allonger tandis que la piscine se vidait pour la journée.

Très vite le photographe arriva, un homme de petite taille, bronzé, la quarantaine, dans une chemise à manches courtes d'une blancheur éclatante, muni d'un énorme sac de matériel. Durant le laps de temps non négligeable qu'il fallut pour hisser grand-mère en haut de l'étroit escalier partant de la terrasse – Odet devant elle et Gaston juste derrière, lui tenant le bras et l'encourageant dans les endroits inattendus où à chaque pas elle poussait de discrets gémissements de terreur, tel un chiot, faisant vibrer d'angoisse l'air autour d'eux –, le photographe disposa les chaises sur la terrasse et se représenta la forme que prendrait son portrait : les deux filles dans leurs robes habillées, de part et d'autre de leurs parents, avec Suzanne et madame Fisk au centre, derrière les heureux époux, d'âge vénérable mais trônant royalement dans leurs fauteuils. « Cinquante ans ! » s'émerveillait-il en s'affairant avec ses objectifs. « Ça, c'est quelque chose à fêter ! »

Et au moment où ils souriaient – « Ayez l'air naturel ! » s'exclama-t-il –, en bas, Odet, dans son tablier par-dessus ses vêtements élégants, mettait le four à chauffer pour les délicieuses réductions, alignait les verres de cristal sur un plateau orné d'un napperon, plaçait en éventail les serviettes brodées, emplissait les bols de noix salées et de chips, montait et descendait l'escalier de marbre si raide pour apporter les éléments nécessaires au cocktail imminent, les placer sur la table recouverte d'une nappe blanche, à côté du vase de lis parfumés, dont les pétales blancs s'ouvraient pour laisser voir de frémissantes étamines rouges encore humides.

Le photographe, ses clichés réalisés, ayant prestement disparu, on installa grand-mère sur les coussins roses de la balancelle avec, près d'elle sur un petit support, un verre de Perrier additionné d'un trait de Schweppes pour donner l'illusion d'un cocktail. Gaston bavarda brièvement avec madame Fisk dans son anglais exécrable, pendant que les invités commençaient à arriver : Paul et Catherine en premier, leurs plus vieux amis, avec Aurore mais sans ses petits garçons, trop jeunes et turbulents pour cette soirée ; puis Gaston et Léone, Christiane et Dominique, Louis Boileau et son épouse, suivis par les cousins Musset, et la fille de Guy et son mari, témoins de Jéhovah contre toute attente, dont les nombreux enfants seraient présents au dîner du lendemain. Et Xavier et Joëlle, et le fils de Charles, accompagné de la jolie Mireille, sa plus jeune fille, qui avait passé un mois au Canada avec François et Barbara, et s'était notoirement bien entendue avec Loulou et Chloe ; en revanche, ni Michel ni aucun de ses enfants, la Nouvelle-Calédonie étant trop éloignée pour qu'ils viennent ; ni aucun fils de Geneviève, en âge de voyager et se trouvant ailleurs sur la planète. Sans parler de Charles, le frère de Gaston, décédé, comme Yvonne, sa sœur ; comme Marie-Louise, son autre sœur, et Guy, son demi-frère ; comme les sœurs de Lucienne, et tata Baudry, et la mère de Gaston, et Sposito, le vieux père de Lucienne : tous, autant qu'ils étaient, depuis longtemps disparus…

Le bleu limpide du soir les enveloppa tous, leurs visages animés seulement éclairés par la lumière électrique à l'intérieur, le halo doré des lampes se reflétant sur les vitres ; et, couverte par le brouhaha de leurs conversations, la respiration apaisante de la mer qui, beaucoup plus bas, léchait inlassablement la plage de galets et la côte rocheuse, chantant l'éternité. Là, à la pointe du promontoire en contrebas, l'anse Méjean où, devant la petite chapelle, la blanche statue de la Vierge compatissante, paumes offertes, contemplait le large, transplantée depuis le cap Falcon d'Oran et installée sur ce site si proche, en mémoire de toutes les familles – la sienne et celle de Lucienne n'étant qu'une gouttelette – dont les sépultures terrestres sur l'autre rive de la mer ondoyante, en Afrique, restaient gravées, comme tant d'autres choses, dans leurs souvenirs.

Les disparus n'étaient donc pas oubliés, mais présents dans le rythme des vagues, dans l'air nocturne, avec les miracles tus de ceux dont on pouvait encore caresser la joue, tenir la main, ceux qui auraient pu sombrer dans le royaume des ombres mais avaient été retenus, pour un temps, par l'amour, ou par Dieu, ou par le destin. Rien que ces dernières années, la jeune Aurore avait perdu subitement et tragiquement son mari, et rayonnait pourtant plus que jamais dans son sillage ; Dominique, encore plus jeune, avait failli mourir de troubles intestinaux ; Suzanne, bien sûr, conservait les cicatrices de l'accident de la route près de Cassis, ce matin d'août voilà plusieurs années ; et François, l'hiver précédent, avait survécu de justesse à une angine de Ludwig, un abcès dentaire qui s'était si rapidement, du jour au lendemain, propagé à sa gorge et à sa poitrine, avec un gonflement si énorme qu'il en était méconnaissable, son épouse n'ayant réellement pris conscience de la gravité de son état que lorsqu'il avait eu des hallucinations. Elle l'avait aussitôt conduit aux urgences, à minuit un samedi, laissant les filles seules jusqu'au lendemain, même si elles étaient encore trop jeunes. Plus tard, quand il avait demandé au chirurgien ce qui aurait pu arriver s'ils avaient attendu jusqu'au matin, celui-ci avait répondu par une plaisanterie lugubre : « Vous n'auriez plus été en mesure de venir. » Et François, allergique à la pénicilline, avait passé trois semaines au General Hospital de Toronto, séparé par trois étages et un corridor de la chambre où le père de Barbara était mort, arpentant les couloirs dans son pyjama d'hôpital, traînant avec lui le pied de sa perfusion, attendant que cette infection massive régresse peu à peu... Certes, beaucoup avaient disparu, mais beaucoup restaient miraculeusement présents, *présents*, et pour Gaston, voire pour Lucienne, même si désormais elle ne pouvait pas toujours participer à une conversation au-delà du moment présent : Avez-vous fait bon voyage ? N'est-ce pas une magnifique soirée ? Que manque-t-il – désignant les plateaux, les bouteilles, les verres – à votre bonheur ? Toujours cette grâce, ce sourire lumineux, une telle gentillesse ; et bien que les filles, à l'approche de l'âge ingrat, aient parfois tendance à se moquer d'elle derrière son dos (pardonnez-leur, Seigneur, elles ne savent pas ce qu'elles font !), elle se souvenait, sûrement, dans son corps, dans son sang, comme lui-même s'en souvenait si nettement, de cette journée précise, cinquante ans auparavant, celle de leur mariage à la mairie d'El Biar, et de celle du lendemain, de leur mariage religieux dans l'église toute simple de Sainte-Croix au milieu de la casbah, église (à présent restaurée à neuf) qui avait autrefois été la Djama Berrani, mosquée des habitants de l'extérieur d'Alger, connue pour dater du dix-septième siècle au moins (son existence est mentionnée dès 1653), mais aussi, à diverses périodes, un café, une école chrétienne, une caserne française, et enfin une église, dont le tabernacle fut construit avec le bois du figuier qui poussait sur la place devant son portail, et aux branches duquel avaient été suspendues, en leur temps, les têtes d'esclaves chrétiens massacrés. Ce même jour, un 22 août, en 1928, après le mariage civil à la mairie, Sposito, le père de Lucienne, cuisinier et serveur illettré, et gérant, en retraite depuis peu, du restaurant des Sept Merveilles à Télemly (suite à sa ruine et à la perte, au début du siècle, de l'hôtel et du modeste vignoble à Castiglione que sa femme et lui avaient travaillé toute leur vie pour acquérir), alors devenu veuf, prépara de ses mains leur dîner de mariage et servit aux invités, ainsi qu'à Lucienne et à Gaston, ses deux dernières bouteilles de vin de terroir de Castiglione, datant d'avant la naissance de Gaston et bues en l'honneur du mariage de sa plus jeune fille. (La ruine des parents de Lucienne, causée par un prêt peu judicieux accordé au père infidèle de Gaston, ironiquement nommé Constant Cassar, ne fut pas évoquée alors, en 1928, pas plus qu'elle ne le serait, par quiconque, en 1978.)

Après le retard pris pour la délivrance des autorisations de la Marine, de la ville, et du Vatican – ces deux dernières obtenues très en avance, mais la première, envoyée par erreur dans un sac postal à destination de l'Indochine, se fit longtemps attendre et, sa trace ayant été retrouvée trop tard, elle fut reproduite à Paris à la dernière minute, comme si sans elle un officier ne pouvait se marier – après cela, donc, le 22, le prêtre âgé expliqua tardivement que sa surdité l'empêchait de recevoir les confessions prénuptiales du couple, et il les envoya en catastrophe voir le prêtre de l'église Saint-Augustin (combien il était pertinent, avaient-ils toujours pensé, que l'émissaire de saint Augustin, leur célèbre compatriote, ait entendu leurs confessions), qui rédigea pour chacun un billet de confession déposé à temps à l'église Sainte-Croix. Ainsi, le 23 août 1928 au matin, à dix heures, le vieux prêtre sourd bénit-il l'union de Lucienne Sposito dans sa robe blanche toute simple et de Gaston Cassar dans son uniforme de la Marine, blanc lui aussi, tous deux se tenant en cet humble lieu sacré, sans ornements, devant une assemblée réduite, sept personnes seulement, les futurs mariés compris, un chiffre portant chance – Sposito, le père de la mariée, coiffé du casque colonial qu'il portait toujours l'été ; Marie-Thérèse, la mère de Gaston, et sa sœur Yvonne, accompagnée de Léon, son mari (même s'il ne devait pas le rester très longtemps), et de leur petit garçon, prénommé Gaston lui aussi, cinq ans et demi à peine, avec ses jambes comme des baguettes, son long cou hâlé qui dépassait de son col blanc, ses oreilles décollées, ses bons yeux au regard mélancolique.

À midi le même jour, les nouveaux mariés embarquèrent à bord du *Général Chanzy* en partance pour Marseille – ils avaient réservé une cabine bien située, et le maître d'hôtel, mari d'une ancienne collègue de la mère de Gaston, veilla particulièrement sur eux, leur offrant un cognac aux frais de la compagnie. Ils passèrent la nuit du 24 à l'hôtel Victoria, boulevard de Strasbourg à Toulon – à quelques kilomètres de l'endroit où les invités au cocktail d'anniversaire étaient assemblés –, qui était alors le deuxième hôtel le plus prestigieux de la ville, un luxe pour eux ; et à huit heures du matin le 25, Gaston reprenait du service auprès de sa maîtresse la plus exigeante, la Marine française, pour travailler dans les transmissions à bord du *Provence* si bien nommé, sous les ordres d'un commandant – Ollive – surnommé par ses hommes « le gai Gaulois ». La Marine : elle fut si longtemps, après son épouse, et avec son pays bien-aimé, le second amour de Gaston ; bien qu'au fil du temps il lui ait fallu apprendre à aimer d'autres choses, à l'exception de son épouse, sa femme chérie, et même pendant son discours lors du grand dîner du 23 – certes un peu long, il était toujours passablement loquace, voire emphatique, mais charmant, tellement charmant –, il lut un extrait d'une lettre de Lucienne datant de l'époque où ils se faisaient la cour, et ce fut si attendrissant. Lucienne avait écrit : « Je t'en implore, sois toujours assuré de mon amour – quelles que soient les circonstances, ne doute jamais, au grand jamais, de mon amour, cet amour qui est ma splendeur et mon tourment, parce qu'un Grand Amour est toujours une chose sérieuse. » Et il déclara que jamais il n'en avait douté et elle non plus – pas un seul jour, ni quand ils furent séparés plusieurs mois durant la guerre ; jamais. Et Lucienne, cher trésor, même diminuée à présent, sourit du début à la fin de son discours et le dévora des yeux avec une telle adoration que tout le monde sut que malgré son gâtisme, malgré ses absences, elle n'en doutait point ni ne s'interrogeait, elle aimait et était aimée, pleinement, entièrement, voire avec dévotion, d'un amour presque sacré, chose magnifique.

Et des sept personnes présentes en ce jour de mariage de 1928, ne restait que son neveu Gaston pour se lever et porter un toast à son oncle et à sa tante cinquante ans plus tard sur cette terrasse surplombant la mer à Toulon : tant de vie, tant d'années (Marie-Thérèse, sa grand-mère, et Yvonne, sa mère, avaient fini leurs jours dans un établissement spécialisé à l'extérieur de Toulon, atteintes de folie de la persécution, avant d'être enterrées, à quelques années d'écart, comme les membres de la famille qui n'étaient pas morts sur le sol algérien, au cimetière Lagoubran à l'autre bout de la ville), vécues ensemble ou séparément, et seul ce petit garçon, devenu un homme, pouvait témoigner de la longue courbe qu'avait été le grand amour de ce couple.

Mais attendez : que contenait donc le discours bienheureux – voire enjoué – du plus âgé des deux Gaston, le lendemain soir à l'hôtel, devant tous les invités, les cinquante proches et amis dans cette salle de restaurant ? Repus après le carré d'agneau, les minuscules bottes de carottes et de haricots verts, la timbale de riz jaune sur chaque assiette, et le vin, un superbe rosé du vignoble voisin de Bandol, dans des bouteilles et des verres embués par la condensation, ils éloignaient leurs chaises dorées des tables aux nappes blanches souillées par les miettes et les taches de sauce, la ceinture et le col desserrés, les escarpins gisant sur le sol, abandonnés, les femmes agitant leurs doigts de pieds engourdis, les arrangements floraux se fanant déjà, les plus jeunes courant en tous sens sur la moquette du hall d'entrée, sous la surveillance des deux pères de corvée, aux yeux injectés de sang : la même atmosphère exactement que celle de la fin du mariage, un mélange d'épuisement et d'inertie chez les invités, qui souhaitaient à présent rentrer chez eux sans avoir tout à fait l'énergie de se lever de leur chaise, chacun se sentant à la fois mélancolique et soulagé que cet événement prévu de longue date, attendu avec tant d'impatience, soit soudain terminé, appartenant déjà au passé, déjà un souvenir, mais tout ne s'était-il pas bien déroulé, les plats du traiteur une réussite, le choix de l'hôtel aussi, et le gâteau – une splendide et succulente pièce montée, la pyramide en sucre caramélisé décorée de vraies fleurs, quelque chose dont à El Biar ils n'auraient pu que rêver – était délicieux, les choux frais et moelleux, la crème pâtissière divine, mais vraiment, nous n'aurions pas dû nous resservir, boire ce dernier verre…

Comment partir alors que nul ne savait quand ils seraient à nouveau réunis, les cousins de Pau, de Lyon, de Brest, dont certains ne s'étaient pas vus depuis vingt-cinq ans – la dernière fois, était-ce dans l'appartement des cousines Breloux près de la place du Gouvernement ? Ce devait être en 1959, non ? Elles avaient atterri en Alsace, figurez-vous, ces trois vieilles filles – la dernière, Laure, est-elle toujours vivante ? Gaston le saurait. Ce n'était pas leur mère qui condamnait le mariage ? C'est ce qu'on avait toujours dit. À moins que ça n'ait été encore plus tôt, pour les obsèques de tata Baudry, la sage-femme de L'Arba, qui avait vécu jusqu'à plus de quatre-vingt-dix ans, chère âme, que Dieu veille sur elle, vous savez que Gaston dit lui devoir son existence entière – c'est elle qui a payé son inscription au lycée, et l'internat aussi, après que sa mère les eut gardés à sa charge sans avoir un centime à son nom, cette folle, femme seule et simple institutrice remplaçante à l'époque, imaginez-vous, à l'école élémentaire de Blida – mais tata Baudry, cette petite vieille sèche comme une noix… elle avait économisé sou à sou, pour ses deux gosses à elle dont la vie a été un tel désastre : Émile, le fils qui avait eu des ennuis avec la justice et s'est enfui au Brésil, où il a changé de nom – pour s'appeler Édouard Garcin ! – et où il est mort jeune, en 1930… la lettre de tata Baudry lui est revenue, retournée par l'hôpital Villa Curupaity de Rio de Janeiro… et Auguste, la fille, cette malheureuse, jamais mariée, incapable de garder un emploi, vivant aux crochets de sa mère, elle aussi est morte jeune, d'une affection pulmonaire, pense-t-on… et pourquoi tata Baudry a-t-elle travaillé si dur à mettre des bébés au monde – dans les villages, à la campagne, des bébés musulmans, chrétiens, berbères, arabes, français, espagnols, italiens, maltais, tous des bébés aimés par ses mains à la peau brune, et quand elle était payée en espèces, elle les économisait afin de pouvoir les donner à ses proches… c'est elle qui a financé les études de Gaston, puis qui a aidé à payer leur mariage, à Lucienne et à lui, et qui encore plus tard les a aidés à acheter leurs premiers meubles pour l'appartement de Toulon, boulevard Léon-Bourgeois, où François est né, oui, ce type chauve plutôt corpulent, là-bas, en train de fumer – sans tata Baudry rien de tout ça n'aurait été possible, une sage femme, en effet, et elle a été honorée ce soir, Gaston a parlé d'elle et l'a remerciée ; et ils ont porté un toast, même sans tous les nommer, à ceux qui les avaient précédés : Fée, la sœur aînée de Lucienne, devenue directrice de l'école normale d'institutrices de Constantine, alors que son propre père ne savait pas lire ; et Joséphine Sébile, leur mère, qui avait épousé Sposito et acheté avec lui l'établissement de Castiglione, au vieux Malacamp, en viager, cet hôtel-restaurant connu sous le nom d'hôtel de l'Orient, avec ses vignobles, qu'ils perdraient en totalité plus tard à cause de la duplicité de Constant Cassar – lui aussi était présent, derrière ces toasts, invisible, et ils appartenaient tous à un monde désormais poussiéreux aux tons passés, les souvenirs usés des parents, voire des grands-parents de la plupart des invités, datant d'une époque depuis longtemps révolue. Ces deux-là sont les derniers d'une génération perdue, et elle, la pauvre, encore jolie, bien qu'allant sur ses quatre-vingt-dix ans… mais elle doit les avoir, elle est née au dix-neuvième siècle, vers 1892, oui, c'est vrai, une considérable différence d'âge entre eux, treize ans, non ? Ça a dû faire un sacré scandale sur le moment. Mais qu'a-t-il dit ? Qu'a-t-il dit ?

Parce qu'on n'écoutait pas trop attentivement nous-mêmes – nous, ces enfants épuisés, ces maris un peu ivres, ces mères qui massaient discrètement leurs pieds endoloris, s'enfilaient en douce une dernière gorgée de rosé, redoutaient l'arrivée soudaine de leurs règles et la nécessité de se lever en laissant voir une jupe tachée de sang, ou bien tendaient l'oreille pour comprendre les chuchotements de la vieille dame ou du vieil homme près d'eux, un second flot de verbiage, presque complémentaire, mais plus assourdi – qu'a-t-il donc dit qui ait incité Barbara, beaucoup plus tard dans la soirée, de retour dans leur studio en sous-sol aux stores métalliques baissés et aux petites lampes de chevet projetant sur le sol des ombres qu'un millepattes traversa précipitamment (elle le vit du coin de l'œil), qu'a-t-il dit qui l'ait incitée à demander à son mari en utilisant son fil dentaire, alors que François tournait et retournait le petit oreiller tout mou de son étroit lit une personne : « Pourquoi ne m'as-tu parlé de rien ? Je n'arrive pas à croire que tu ne m'en aies jamais parlé. Si tu l'avais fait, ajouta-t-elle, jamais je ne t'aurais épousé. »

Il leva les yeux, ses yeux vert et ambre si tristes, qui portaient désormais en eux une vie entière de blessures, de chagrin, et surtout ce terrible fardeau de la solitude, le fait de n'être chez soi nulle part et de ne se sentir ni compris ni regardé avec amour – leur mariage avait-il donc été, contrairement à celui de ses parents, une erreur ? Il refusait encore de l'envisager –, il leva les yeux, presque mortellement blessé par la froideur de sa femme, par cet esprit si provincial qui le jugeait comme irrémédiablement *inacceptable*, et répondit calmement : « Comment aurais-je pu te parler de ce que je ne savais pas moi-même ? »

Et lorsque Barbara en eut fini avec son fil dentaire, qu'elle se fut brossé les dents devant le lavabo miniature de la minuscule salle de bains, se fut débarbouillée avec le gant de toilette rêche pendu à un crochet en métal au-dessus du lavabo (le sien orné d'une rayure rouge, celui de François d'une bleue), et eut appliqué sur ses joues la crème parfumée à la verveine contenue dans le petit pot de verre sous le miroir, près du verre à dents qu'ils partageaient, enduisant le dos de ses mains encore élégantes d'un peu de crème en excès, elle alla directement jusqu'à son propre lit une personne, où elle ne fuma pas comme chaque soir sa cigarette du coucher en lisant, mais se tourna de l'autre côté – elle lui tournait tranquillement le dos –, puis éteignit sa lampe de chevet et murmura, si doucement qu'il ne l'entendit pas : « Eh bien bonne nuit, François. »

Partie V

Mars 1989

Connecticut, États-Unis

Assis au fond de son fauteuil en cuir noir craquelé dans son bureau en sous-sol, lisant – entre guillemets –, François ne pouvait s'empêcher de ressasser. Il y avait de quoi : ce malheureux David, fils du malheureux Larry, mort sur le lac Michigan l'été dernier, et le désespoir de Larry et Babs de l'avoir perdu. Ou son service qui volait en éclats autour de lui. Ou les radiations qui filtraient sans doute encore de Tchernobyl, même quelques années plus tard. Ou son propre confinement – n'avait-il pas le droit de s'en plaindre, de son confinement au sein de cette maison, de ce couple, de cette vie ? Qui d'autre que lui le ferait ?

Barbara était à la bibliothèque pour une réunion du Book Design Committee – en compagnie de cette femme pâle et osseuse dont elle s'était entichée, une héritière mineure de la bourgeoisie anglo-saxonne blanche qui rappelait à François l'Homme de fer-blanc dans *Le Magicien d'Oz*, et de cette ancienne étudiante de Bryn Mawr, une obèse aux robes d'une ampleur suffisante pour ne toucher qu'à peine son énorme corps –, après quoi elle irait sur le chemin du retour acheter au Food Emporium de quoi dîner (« Pas de poisson, s'il te plaît ! » avait-il supplié), le laissant seul des heures durant en ce samedi après-midi glauque. Seul avec Waffles, le Jack Russell à une seule oreille et à la queue coupée, obsédé par sa balle, et auquel, lorsque le chien et lui eurent déjeuné (pour

François d'un sandwich jambon-fromage avec de la mayonnaise, que Barbara avait laissé sur une assiette au milieu du plan de travail, enveloppé dans de l'alu, et pour Waffles de sept dés de gruyère auxquels le chien n'eut droit qu'après s'être assis sans bouger, puis couché, puis roulé par terre avant de revenir à la position assise, le tout en se faisant rabrouer par son maître), il avait lancé la balle de tennis plusieurs fois dans le couloir, quoique, au grand dépit de Waffles, avec moins d'enthousiasme que Barb.

Moins de dix minutes plus tard, François s'était retiré dans son repaire en sous-sol, sa lampe de bureau allumée à quatorze heures, le silence ponctué de temps à autre par le trottinement de Waffles sur le parquet à l'étage, puis seulement, une fois le chien lové sur le canapé du séjour pour dormir, par le ruissellement de l'eau dans la gouttière près de la fenêtre et le tambourinement syncopé des gouttes de pluie sur les dalles au-dehors.

Début mars : la pluie, diluant la neige, avait réduit les congères à de dérisoires monticules isolés, striés de noir par la suie. Et fait apparaître un fouillis détrempé d'herbes en décomposition, les touffes flottant dans le verglas fondu. Toutes les branches d'arbres encore à nu. Laddie, le robuste labrador des voisins, traversa soudain avec discrétion le jardin au petit trot, forme lumineuse et humide dans la boue, échappant par bonheur à la vue de Waffles à l'étage, qui le détestait.

François feignait de lire *La Muqaddima* – enfin, de relire cet ouvrage après trente ans, parce que Chloe avait quelque temps auparavant rapporté de l'université son exemplaire et l'avait laissé là, et que Barb, rangeant récemment le bazar aux quatre coins de la maison, s'apprêtait à l'emporter à la bourse aux livres près de la déchetterie de Greenwich, suscitant chez François un regain de nostalgie protectrice pour Ibn Khaldoun, savant nord-africain du quatorzième siècle et compagnon de sa jeunesse étudiante. Il détenait depuis dans son bureau l'épais livre de poche broché à la couverture jaune. Pour en faire quoi, sinon le lire ? Donc il le « lisait ». Avait-il toujours été aussi indigeste ? Quelle pouvait bien être la pertinence de ces fines pages si denses ? Et son esprit – son corps aussi, pour finir – s'évada vers la cuisine à l'étage où il avait posé son verre sur le plan de travail (en Corian, pas moins, dernière coqueluche en date ; Barb ne voulait rien d'autre quand ils avaient rénové la cuisine, et avait choisi un bleu pâle, sa couleur préférée). Le verre de François : les filles se moquaient de ce qu'elles assimilaient à un TOC, mais sûrement, dans cette maison où allait chaque penny qu'il gagnait (et pour laquelle, quand il y réfléchissait, il avait *sacrifié* sa vie, car combien de temps s'était écoulé depuis qu'il en avait profité un seul jour ?) et où il était pourtant consigné, tel un monstre ou un taré, tel le Minotaure, dans l'unique pièce en sous-sol, ne pouvait-il au minimum considérer ce verre-là comme le sien, et exiger que personne n'y touche ? Il y avait bu de l'eau au petit déjeuner, de l'eau au déjeuner, et maintenant à quatorze heures, quinze heures, quinze heures trente, les aiguilles de la pendule progressant avec une impossible lenteur, la pluie continuant à tomber, et la lumière à décliner, il ne pensait qu'à une chose, n'avait envie que d'une chose : une boisson alcoolisée. Pas de scotch, qu'il préférait après le dîner ; ni de gin, qui avait sa préférence, à sa grande honte ; non, juste une rasade, indétectable, de vodka. Il rincerait le verre, redescendrait au sous-sol, fumerait une ou deux cigarettes durant l'heure suivante, prendrait un bonbon à la menthe – une pastille Valda vert vif, dans cette boîte métallique rapportée de Paris au fond de sa valise –, et qui serait au courant ? Waffles ne dénonçait personne. Qu'est-ce que ça pouvait faire ? Rien qu'une rasade.

Mais il s'était promis de ne pas boire d'alcool avant l'heure de l'apéritif – rectificatif : il s'était fait cette promesse faute d'avoir pu tenir la précédente, de ne boire que raisonnablement, au restaurant ou lors de mondanités liées à son travail ; promesse qui venait elle-même après celle de janvier, de ne pas boire d'alcool du tout. Il avait tenu sept jours. Bien que cette escroquerie n'ait vraiment pas été de son fait, l'étendue de la catastrophe fut aussitôt évidente ; non, elle s'était même révélée plus désastreuse qu'il ne l'avait imaginé, les conséquences commençant seulement à apparaître – alors comment ne pas lui pardonner d'avoir besoin d'un peu d'aide pour s'en sortir ? Il monta l'escalier, entendit le chien bouger et le tintement de ses médailles tandis qu'il trottinait vers la cuisine, où François le traita de tous les noms, s'interrompant pour sortir du congélateur la bouteille de vodka Absolut – celle-ci devenait visqueuse au froid –, dévisser le bouchon métallique et verser un doigt du breuvage – non, s'il s'en accordait un, pourquoi pas deux, peut-être ? – dans son verre à lui, posé sur le plan de travail d'une propreté méticuleuse, aussi seul que lui-même avait le sentiment de l'être dans sa vie, puis il revissa avec soin le bouchon, rouvrit le congélateur et y coucha délicatement la bouteille, près des petits pois surgelés, et des croquettes de pommes de terre Tater Tots. (Quand ils étaient plus jeunes, et même quand les filles étaient encore à la maison, jamais Barb ne se serait abaissée à en acheter ; en ce temps-là elle préparait tout elle-même, à partir de ce qu'elle trouvait ; mais ce sachet dans le congélateur était une concession au fait d'atteindre le milieu de la vie, une liberté mineure, et à vrai dire tous deux aimaient bien les Tater Tots).

Waffles attendait patiemment depuis le début, sans quitter son maître des yeux, frémissant de tout son corps. Au premier regard de François, il s'assit sans qu'on le lui demande, plein d'espoir.

« Cesse de trembler, espèce de crampon. » Les invectives de François n'étaient pas méchantes. Près du bar, il secoua le bocal de cacahuètes pour en faire sortir quelques-unes et les lança l'une après l'autre, assez haut pour que Waffles les attrape au vol. (Quand Waffles n'interceptait pas la cacahuète avant qu'elle ne touche le sol, François le traitait d'animal pathétique et stupide, mais affectueusement.) Entre deux lancers de cacahuètes, il buvait une dose de sa vodka comme s'il s'agissait d'huile de foie de morue, fermant à chaque fois les yeux et grimaçant lorsque le liquide amer et froid descendait le long de son œsophage. Il calcula au plus juste la consommation de cacahuètes et de vodka afin que Waffles et lui finissent leurs gâteries au même moment. Il lava son verre dans l'évier avec de l'eau tiède et du liquide à vaisselle. Plutôt que de le laisser sur l'égouttoir, il le sécha avec un torchon et le remit à sa place sur le plan de travail. Waffles continuait à trembler d'impatience.

« Fini », dit François avec sévérité, tapant dans ses mains en un geste compréhensible pour le chien. « Fini. »

Waffles, dépité, tourna les talons et s'affala de nouveau sur le canapé.

Presque seize heures trente. Elle serait là dans moins d'une heure. Il aspirait à son retour et le redoutait tout à la fois. À Noël, alors qu'il se déchaînait sur un sujet quelconque, l'une des trois – était-ce Chloe ? – avait demandé : « Qu'est-ce qui ne va pas ? Mais qu'est-ce que tu *veux* ? » Et les mots avaient jailli sans hésitation – il se souvenait de s'être pris la tête à deux mains comme si son crâne risquait d'exploser : « Je veux qu'on me laisse *tranquille* ! »

Or ce n'était qu'à moitié vrai. Il voulait être vu, accepté à défaut d'être compris ; il voulait le compagnonnage vécu par ses parents – il l'avait toujours voulu, et ne l'avait jamais connu. Il voulait donc ne pas se sentir seul, mais comment était-ce possible, alors que sa famille semblait le rejeter en permanence ? Il voulait, si désespérément que c'était comme une irritation constante sous la peau, un besoin qui l'incitait à dévisser maintes et maintes fois le bouchon métallique de ses diverses boissons toxiques ; il voulait être soulagé de ce travail absurde, harassant, qui dévorait ses journées, les dévorait depuis plusieurs décennies, lui avait volé ses meilleures années – tant d'heures de vol, tant de chambres d'hôtel, tant de réunions, tant d'inspections d'usines et d'unités de production, tant de coups de fil, tant d'épais rapports reliés sous plastique, au contenu exponentiellement plus indigeste que *La Muqaddima*, tant de traîtres, de manipulateurs, de menteurs, de sales tricheurs, tant de magouilleurs voulant se faire bien voir, décrocher un poste, une promotion, un piston, ressemblant à des fourmis grouillant sur leur fourmilière, piétinant le voisin, ne pensant qu'à eux, insatiables mais sans foi ni loi – Camus, son âme sœur, avait raison –, annihilant ses propres capacités de réflexion et d'apprentissage, son envie d'approfondir ses centres d'intérêt, son désir de stimulation intellectuelle. Il avait autrefois été un esprit accompli, subtil, même ; sir Hamilton Gibb n'avait-il pas qualifié François, dans l'appréciation portée sur son mémoire, de cette écriture impeccable qu'il revoyait parfaitement, d'analyste le plus subtil de la Turquie contemporaine qu'il eût rencontré ? Et alors ? Il avait perdu cette vie intérieure, cette intelligence, désormais pareilles à une voiture de sport ayant irrémédiablement rouillé au fil des ans dans un garage, ou à un prisonnier enfermé sans lumière dans une minuscule cellule, et comment pouvait-il même savoir, à présent, ce qu'il voulait peut-être, sans avoir eu, depuis plus longtemps qu'il ne s'en souvenait, un iota d'espace mental où se poser la question ?

Et que lui avait apporté en retour ce sacrifice, sinon assez d'argent (encore que, jamais tout à fait assez) et le ressentiment récurrent de sa femme et de ses filles, qui semblaient le trouver inconvenant et rebutant, qui ne se demandaient jamais comment elles pouvaient bénéficier de leurs parcours universitaires ou profiter de leur agréable maison, et paraissaient plutôt n'avoir que des critiques à lui faire ?... Lors de leur emménagement, Barb avait fait imprimer des cartes de visite où la maison était baptisée « Tikki Takki House » – préférant cette orthographe à « Ticky-Tacky » parce qu'elle trouvait ce faux air polynésien plus amusant, y voyait en tout cas une référence à la chanson de Pete Seeger entendue dans leur jeunesse : « *And they're all made out of ticky-tacky / And they all look just the same* » (Et elles sont toutes en toc / Et elles se ressemblent toutes) –, parce qu'elle avait honte d'habiter une maison mitoyenne dans une impasse d'un lotissement de Greenwich, Connecticut, alors que ses amies de Toronto vivaient dans d'immenses villas victoriennes à Forest Hill ou à Rosedale, et que dans son monde, c'était seulement à cette aune que l'on mesurait la réussite. Qu'elle ait vu le soleil se lever sur les temples mayas du Yucatan ; qu'on l'ait prise en photo en maillot de bain, chapeau de paille sur la tête, près d'un cactus géant sur un épaulement rocheux des Galapagos, entourée de mille iguanes jaunes au regard las ; qu'elle puisse lire tous les livres qu'elle choisissait et s'acheter tout ce qu'elle avait envie de manger ; qu'elle possède une penderie pleine de vêtements à peine portés : rien de tout cela, semblait-il, ne suffisait. Dire qu'elle n'avait même pas idée de ce que ça lui avait coûté, à lui, et lui coûtait encore. Qu'apparemment elle ne s'en souciait même pas.

Il consulta sa montre. Pas le temps de boire un dernier verre, pas s'il voulait s'assurer qu'elle ne se rendrait compte de rien. Il tenait à ce qu'elle ne sache rien. Il ne pensait pas que Chloe lui ait parlé de ce qui s'était passé à Noël, mais comment en être sûr ? Barb n'y avait pas fait allusion, or elle cachait mal ses sentiments. À moins qu'elle ne s'efforce d'être plus compatissante, plus gentille avec lui, à cause de ce scandale dans son service.

À Noël, c'était lui le scandale : en janvier, ç'en était un dont lui seul, parmi ses collègues ayant la même ancienneté, semblait avoir une chance de sortir indemne. Deux scandales, dans son esprit, d'une indiscutable gravité. Peut-être lui restait-il, après tout, assez de temps pour cette dernière rasade de vodka – Barb rentrait toujours en retard. Mais il lui fallait la verser dans le verre – il avait promis à Chloe, plutôt qu'à lui-même, qu'il le ferait ; et il n'avait pas l'intention de la décevoir. Donc : un doigt supplémentaire de vodka, ouvrir et fermer la porte du réfrigérateur, ouvrir la bouteille, Waffles accourant, pas de cacahuètes cette fois, rien que le geste explicite – « Fini ! » – et la résignation triste de Waffles.

François descendit d'un trait cette deuxième vodka : de même que les robes de la dame du Book Design Committee touchaient à peine son corps obèse, l'alcool toucha à peine sa bouche et sa langue, directement catapulté dans son œsophage et provoquant des brûlures (de sorte que bien des années plus tard, vingt et une et quelques mois, pour être précis, la Mort viendrait le chercher sous la forme d'un cancer œsophagien). Il pleuvait toujours.

À Noël, ils s'étaient tous réunis dans l'appartement de grand-maman à Toronto – parce que celle-ci, désormais presque aveugle et allant sur ses quatre-vingt-dix ans, prenait contre son insuffisance cardiaque un traitement lui imposant d'avoir des toilettes à proximité et ne pouvait donc plus voyager ; parce que Loulou, dans sa faculté de droit en Nouvelle-Écosse, semblait à cette période, avec une ferveur canadienne familière (et même familiale) fuir toutes choses américaines, y compris la maison de Greenwich ; et parce qu'il était aussi facile pour Chloe, étudiante en Angleterre, de prendre l'avion pour Toronto que pour New York – et Dieu merci, car elle aurait sinon pu emprunter ce vol 103 de la Pan Am, qu'elle avait déjà pris plusieurs fois, et qui avait explosé au-dessus de Lockerbie, empli d'étudiants nord-américains comme elle rentrant dans leurs familles impatientes de les revoir. Et parce que, bien sûr, rien ne faisait plus plaisir à Barbara qu'être à Toronto, le plus souvent possible.

Il avait eu des réunions à New York jusque tard dans la soirée du vingt-trois, était descendu au Middletowne, cet hôtel abhorré près de son bureau, où il avait pour l'essentiel vécu à la fin des années 1970, seul chaque semaine du lundi au vendredi, Barb refusant de se réinstaller aux États-Unis parce que, disait-elle, ils ne pouvaient une fois de plus déraciner les filles, après le déménagement de l'Australie vers le Canada ; et parce qu'elle devait finir ses études de droit, puisque ses imbéciles de compatriotes avaient refusé de lui accorder la moindre équivalence pour sa licence australienne toute neuve, alors que les deux pays obéissaient au même droit coutumier ; et parce qu'elle ne pouvait abandonner sa pauvre mère aveugle – autant de raisons sûrement valables mais qui traduisaient son manque d'intérêt pour *lui, François*, son manque d'amour, au fond, sa réticence à lui donner la priorité comme il la lui avait donnée maintes et maintes fois, une disparité aussi vieille que leur couple : de Sydney il avait demandé à être muté au Canada uniquement pour lui faire plaisir, même s'il y perdait, même si c'était un « suicide professionnel » ainsi que Larry Riley l'avait dit, incrédule, quand François lui en avait parlé. Mais il l'avait fait, avait pris sur lui, se plaignant à peine quand ce maudit gouvernement canadien se fit prier pour lui accorder un visa – alors qu'il était marié depuis vingt ans à une Canadienne ! Et Pechiney avait réagi, assez rationnellement, en lui octroyant une promotion à New York, un marché beaucoup plus important, un poste radicalement plus intéressant, qu'il aurait dû occuper depuis toujours, mais où Barbara refusait avec une forme de perversité, depuis des années, de le rejoindre... Noël, pourtant : il avait travaillé le samedi 24 au matin, seul dans ce bureau sépulcral, mais il voulait en finir avec la paperasserie administrative avant de partir ; puis il avait pris l'avion l'après-midi, pour le réveillon – pas plus tôt ? Barbara lui avait demandé d'arriver le vendredi, mais une fois encore, cette même ambivalence : il avait envie d'être avec elles, bien que ne les supportant pas, elles le décevaient toutes, le blessaient, leur amour étant toujours conditionnel, plein de piques, comme si elles lui envoyaient mille minuscules fléchettes ; il le savait désormais et s'y attendait, de même qu'il détestait Noël parce qu'il aimait tant cette fête, que chaque fois il espérait que tout serait différent, chaque fois l'émerveillement et l'impatience de son enfance depuis longtemps refoulés montaient en lui – comment, pendant la guerre, alors qu'ils n'avaient *rien*, sa ravissante mère (morte depuis six ans, trois mois seulement avant Noël, d'ailleurs) était-elle mystérieusement parvenue à économiser de quoi lui acheter des crayons de couleur et un cahier, et des partitions pour Poupette ? Comment avait-elle mis de côté une lettre de son père qu'elle glissa la nuit dans l'une de ses chaussures, et une orange ronde et ferme, au jus d'autant plus parfumé que François mourait d'envie d'y goûter, que c'était pour lui un miracle ? Et, de la part de tata Baudry, un œuf ou deux, et, venant des cousines Breloux plus riches, de la farine, et pour Noël un gâteau à l'huile d'olive fourré avec des dattes, si moelleux et sucré – et la messe de minuit à la lueur des cierges, et à nouveau la messe le lendemain matin ; et la petite crèche installée sur la table dans l'entrée de l'appartement de la rue Guillaumet, à l'étable en carton-pâte décorée sur le côté, par Poupette et lui, avec du papier doré et, chaque année, don du fromager, un peu de paille sur laquelle était couché l'Enfant Jésus en plastique dont la peinture aux couleurs vives s'écaillait avec le temps, entouré de ses parents en prière, mais aussi du bœuf, des moutons, de l'âne ; tandis qu'à l'autre bout de la table, rapprochés chaque jour de quelques centimètres, patientaient les trois rois mages apportant leurs présents… et, l'année de son départ pour Amherst en tant que boursier Fulbright, encore un tout jeune homme à l'époque, sa mère lui avait glissé entre les mains une boîte en métal emplie de coton hydrophile où était nichée une version miniature de la crèche : « Afin que ce soit vraiment Noël, avait-elle dit, même si nous ne sommes pas ensemble. »

Tous ces souvenirs, cet afflux de gratitude et d'étonnement, oui, il était depuis toujours étonné, s'émerveillant que durant ces semaines, ces mois de ténèbres et de combats sans fin, on pût trouver une journée de lumière, le parfum d'une orange, le murmure consolateur d'une congrégation en prière, un cantique obsédant, le goût sucré des dattes. Or, dès le départ, à partir de la naissance des filles en tout cas, Barbara se faisait une idée différente de Noël – ce sapin couvert de guirlandes lumineuses et de cheveux d'ange clinquants, cette inondation de cadeaux absurdes, surtout symboles de dépenses inutiles, ce déjeuner de Noël à l'anglaise si riche, avec sa volaille desséchée, ses légumes détrempés et trop salés, toute l'opulence de l'Europe du Nord mariée à la camelote nord-américaine, l'émerveillement transformé en gloutonnerie et en consumérisme.

Alors oui, chaque année il redoutait Noël, pouvait chaque année prévoir – ils pouvaient tous le prévoir – que ces festivités dérailleraient, la question étant seulement quand et comment. Mais ce Noël-ci ressemblait à un traquenard, eux tous entassés dans l'appartement exigu, les deux filles dormant sur le canapé du salon de télévision, Barb et lui dans la chambre d'amis, où, entre le lit, la commode et le bureau de Barbara enfant, ils tenaient à peine debout tous les deux, et grand-maman dans la chambre principale légèrement plus grande à l'extrémité du couloir, avec sa propre salle de bains, et ses baies vitrées coulissantes donnant sur le balcon. Les corps à eux seuls – ceux des quatre femmes et le sien – saturaient l'espace, l'air ; il étouffait. Au-dehors il faisait un froid mordant, mais il ouvrait la petite fenêtre de leur chambre pour fumer, tenait sa cigarette près du rebord afin que son panache s'échappe dans la nuit au lieu de se répandre dans l'appartement, car grand-maman, depuis qu'elle était trop vieille et aveugle pour fumer, se plaignait de l'odeur. Sans parler des filles, bien sûr, dont les critiques étaient incessantes. Au fil du temps il revendiquait le droit, malgré les épuisantes quintes de toux qui s'ensuivaient, de se racler la gorge matin et soir au-dessus du lavabo de la salle de bains, comme s'il pelletait la neige de l'allée dans ses poumons. Et pourquoi pas après tout ? Pourquoi ne fumerait-il pas jusqu'à en mourir, si tel était son choix ? Pourquoi ne pouvait-on rien lui accorder sans jugement ni condamnations ?

Lors de ce dîner, serrés tous les cinq autour de la table qui, après avoir autrefois trôné avec élégance dans la salle à manger de la maison de Grenadier Heights, était à présent reléguée dans une alcôve du salon, si bien que les filles devaient pratiquement prendre une profonde inspiration pour se glisser sur leur chaise contre le mur – au dîner, donc, François avait été submergé par une grande lassitude de son âme, en même temps que les bavardages se fondaient en un brouhaha, une conversation qu'il ne pouvait pas davantage suivre qu'il n'aurait pu grimper au sommet de l'Everest, mais ces voix ne l'apaisaient pas, elles l'irritaient, il savait qu'elles n'auraient pas dû, mais c'était ainsi, des banalités, les courses de Noël à Yorkville, la maladie de madame Sims et la désinvolture de sa fille, la voisine du douzième étage prénommée Lyuba qui, elle, fêtait le Noël orthodoxe en janvier, et iraient-ils à la messe de minuit – à l'église de St. Martin-in-the-Fields, très probablement, dans Glenlake Avenue, juste après Keele Street, pas *leur* église, mais qui voudrait traverser toute la ville en voiture jusqu'à leur ancien quartier, jusqu'à Grace Church on-the-Hill ? –, or rien de tout cela n'a d'importance, pensa-t-il, parce qu'il ne s'agit même pas de religion, en réalité, seulement de cette pâle copie anglicane à laquelle Barbara avait renoncé lors de leur mariage, de même qu'il avait renoncé au catholicisme (à la messe en latin !), mais les choses n'avaient pas pris le tour prévu – et pendant tout ce temps, s'il était honnête, à cause de son irritation croissante, la bouteille de Tanqueray dans sa valise sous le lit l'attirait autant que la bouteille d'Absolut de cet après-midi, et tandis qu'elles papotaient et débarrassaient autour de lui les assiettes du plat principal avant de se remettre à papoter, les joues de Barb empourprées par le champagne, le bout de son nez un peu rouge, et Loulou, elle souvent si taciturne chez eux, plus loquace soudain, de quoi parlait-elle donc ? De son amie

Lisa, partie enseigner l'anglais au Japon – aurait-il reconnu cette jeune femme dans la foule ? Sûrement pas, il n'avait aucune idée de qui elle était, et comment pouvait-on attendre de lui que ça l'intéresse ?

« Excusez-moi, je reviens tout de suite », avait-il dit comme s'il allait aux toilettes, rien d'inhabituel hormis le fait qu'il se soit excusé, mais cela n'avait nullement troublé les bavardages autour de lui, cependant que Barb, qui se dérobait s'il osait ne fût-ce que l'embrasser sur la joue, grattait Waffles entre les oreilles tandis que, l'air béat, le chien faisait le beau près de sa chaise, jouissant d'une telle adoration de la part de sa maîtresse qu'il avait été introduit clandestinement dans l'immeuble de grand-maman, Interdit aux Animaux Domestiques, et qu'on le portait du haut en bas de l'escalier de secours, huit étages, chaque fois qu'il avait envie de faire pipi. Oh, être ce chien !

Il avait fermé la porte de la chambre mais pas entièrement. Et avait d'abord tenté de calmer cette infernale irritation à l'aide d'une cigarette, allumée de nouveau à la fenêtre – ne le faisait-il pas déjà voilà tant d'années à Amherst, se penchant pour souffler la fumée dans l'étroite ouverture entre l'huisserie et le rebord, alors pour ne pas incommoder Rosie, son compagnon de chambre, et à présent, là encore, pour ne pas déplaire à ces quatre femmes qui constituaient sa famille ? – mais inévitablement l'irritation était toujours là et il s'agenouilla, ouvrit le zip de sa valise en cuir, sortit la bouteille verte trapue à l'étiquette blanche et au nom en lettres noires sophistiquées, si familière, compagne de sa solitude, et, faute de verre ou de gobelet, pensant à peine à la durée de son absence, il dévissa le bouchon et s'enfila une rasade. Puis il fuma une deuxième cigarette ; et ensuite – comme aujourd'hui, impossible de résister – une rasade supplémentaire, assez généreuse. Hélas, à sa grande honte – ou non, même pas ? Peut-être la honte viendrait-elle plus tard, mais à son grand agacement et contre toute attente –, on toqua à la porte, et celle-ci s'ouvrit aussitôt sur sa plus jeune fille qui se figea, bouche bée, au moment même où il approchait la bouteille de Tanqueray de sa bouche.

L'espace d'un instant, elle ne dit rien et lui non plus. Il était incapable de croiser son regard et ne le fit pas.

« Oh papa », murmura-t-elle, du haut de ses vingt-deux ans, sur le ton d'un parent déçu. « Comment oses-tu ?

— Qu'y a-t-il ? » rétorqua-t-il – car il ne savait comment se comporter dans l'immédiat, et il lui paraissait capital d'affirmer qu'il n'avait rien fait de mal, rien qu'il n'ait entièrement le droit de faire.

« Même pas dans un verre ? Comme un clochard. Même pas dans un verre. » Elle semblait très triste plutôt qu'en colère. C'était pire. Elle se tut à nouveau ; il détourna les yeux ; elle soupira. « Promets-moi au moins une chose. Promets-moi que par dignité tu utiliseras un verre, la prochaine fois. »

À ces mots, pareil à un enfant qu'on sermonne, il acquiesça avec un hochement de tête : « Je te le promets. »

Elle tourna alors les talons, tirant la porte derrière elle sans la fermer, telle qu'elle était auparavant, et il se remit péniblement à genoux (comme en prière !) pour ranger la bouteille au fond de sa valise, enveloppée dans la serviette-éponge réservée à cet usage afin qu'il n'y ait pas de bruits de verre intempestifs, referma le zip et resta assis quelques minutes au bord du lit, caressant de ses doigts épais les coutures de la courtepointe, un patchwork rouge et blanc réalisé par la grand-mère de sa belle-mère à une époque lointaine du dix-neuvième siècle, comme s'il s'agissait d'un message crucial en braille qu'il ne pouvait déchiffrer, tout en laissant son désespoir – et sa honte, oui, une terrible honte, même si elle se dissipa rapidement – déferler sur lui telle une vague, avant d'adopter une expression d'indifférence absolue et de retourner à table.

Après cela, comment n'aurait-il pas pu s'engager à rester sobre ? Il éprouvait tant de compassion au souvenir de lui-même ce soir-là, épuisé, exténué, même, étranger à elles quatre, qui ne s'en rendaient même pas compte. Toujours il tenait sa langue, jamais il ne partageait son malheur, jamais il ne les importunait en l'évoquant. Il se félicitait, toutefois, que ç'ait été Chloe plutôt que Barb ou Loulou qui soit venue le chercher. Il ignorait encore – l'ignorerait toujours – ce qu'il y avait dans les yeux de sa fille.

Et de retour à Greenwich, après le Nouvel An, il avait pris la décision de repartir du bon pied. Il ne pouvait confier à Barb combien c'était difficile – foutrement impossible –, car à chaque fois qu'elle avait laissé entendre, ces dernières années, qu'il buvait trop, il avait déclaré qu'elle racontait n'importe quoi, qu'il pouvait arrêter du jour au lendemain, de même qu'il pouvait perdre ses dix kilos en trop s'il le voulait ou ressortir ses cassettes d'espagnol de chez Berlitz et réellement apprendre cette langue. Autrement dit, il ne pouvait parler de cette irritation et de son rôle – que Barb tentait régulièrement de qualifier d'« alcoolisme ».

Mais ensuite il y avait eu ce scandale public, qui aujourd'hui encore assombrissait leurs journées – Dieu merci il n'y était pas mêlé, mince consolation en pratique, puisqu'il perdait ses collègues les uns après les autres. La pluie semblait avoir cessé quelque temps ; François décida d'emmener Waffles faire un tour, pas plus loin que la passerelle couverte. Ainsi, quand Barb rentrerait, éreintée et en retard, au moins le remercierait-elle pour cela. Il mit son coupe-vent et sa casquette en tweed au cas où. Avoir la tête mouillée était encore plus désagréable en l'absence de cheveux. Waffles, qui n'aimait pas non plus la pluie, était peu enthousiaste – mais il entendait sûrement que le tambourinement avait cessé ? François prit la vieille laisse verte, pas la nouvelle à enrouleur qui se dévidait automatiquement, pour mieux entraîner le chien avec lui.

Aurait-il lui-même pu se laisser entraîner par le reste de son équipe ? Combien de fois depuis janvier s'était-il posé la question ? Les bons jours, il tentait de se convaincre que sa probité était depuis toujours manifeste aux yeux de ses collègues – Yves, Dominique, Franck, et même Eric –, et qu'ils l'avaient tenu dans l'ignorance au nom d'un sain mélange de crainte et de respect, parce qu'ils savaient qu'il les aurait dissuadés et aurait peut-être même dénoncé leurs infractions : le délit d'initiés, illégal aux États-Unis comme en France, avait récemment fait les gros titres. Mais les mauvais jours, quand son moral reflétait la météo de cet après-midi-là, il se disait qu'ils l'avaient exclu simplement car c'était ce qu'ils avaient toujours fait ; il ne s'était jamais intégré, donc ils avaient concocté et développé sans lui leurs plans tordus pour alimenter leurs comptes en banque parce qu'ils le trouvaient peu fiable, en dehors du coup. Non qu'ils aient choisi de ne pas lui en parler, ça ne leur était tout bonnement jamais venu à l'idée.

Ce scandale avait atteint les hautes sphères de Pechiney, mais aussi de la France. Dieu merci il y avait Aubert, le PDG, qui l'appréciait, et que lui aussi appréciait – quoique pas autant qu'il avait apprécié Besse, son supérieur préféré durant toutes ces années, un homme bienveillant, solide, brillant et, comme François, n'appartenant pas aux élites, même s'il avait fréquenté les bonnes écoles. Et qu'avait-il reçu en remerciement de son travail hormis la balle d'un terroriste sur le pas de sa porte, sa fille toute jeune regardant par la fenêtre, attendant son retour… cela après son départ de Pechiney, bien sûr, alors qu'il était PDG de Renault, en 1986 ; mais il n'était pas plus vieux, le malheureux, que lui-même ne l'était à présent, et en un instant, il avait disparu… Dieu merci, en tout cas, que la réputation d'Aubert n'ait pas été ternie ; combien de fois au cours de l'année écoulée François s'était-il rendu avec lui, à bord du jet privé de la compagnie, au Québec, à Chicago, ou plus au sud à Wichita Falls, Texas, dans l'usine Howmet en plein essor – raison pour laquelle, bien sûr, François en avait désormais la conviction, on l'avait choisi lui à chaque fois, parce qu'ils ne pouvaient faire fuiter des informations dont ils ne disposaient pas, ni lui ni Aubert – que Barb surnommait « le gros bonnet » –, pareils à deux comparses auxquels on aurait laissé les mains propres à dessein…

Oui, le scandale dépassait Pechiney ; il touchait toute la France. Ce Pelat, arrêté : le plus proche confident de Mitterrand, disait-on, d'abord arrêté et soudain retrouvé mort, son grand ami ancien prisonnier de guerre en Allemagne, ce type trapu au physique de boxeur présenté dans les médias comme un dirigeant réputé de la Résistance – François, incrédule, avait éclaté de rire, non pas de joie mais sous le choc. Qu'avait dit Pelat au journaliste, déjà ? Que la dernière fois qu'il avait été arrêté, c'était par la Gestapo ! Mais soudain tout le monde était éclaboussé – cette métaphore venait à l'esprit de François parce que, lors d'une inspection du rond-point de leur lotissement sous la pluie, il avait sans le vouloir marché dans une flaque, et l'eau s'était infiltrée par une fente dans ses mocassins de bateau (n'étaient-ils pas censés être imperméables ? N'était-ce pas là leur intérêt ?), mouillant sa chaussette gauche… Tout le monde était éclaboussé, mais c'était Pelat l'escroc, un escroc à l'américaine, façon Ivan Boesky, et le fait qu'il ait appartenu à la Résistance quarante-cinq ans plus tôt n'avait pu le sauver. Entraîné avec lui dans sa chute, le directeur de cabinet de Bérégovoy – le foutu directeur de cabinet du ministre des Finances, ce pauvre type de Boublil, surnommé par Barb « le Booby », le dingue –, et Max Théret, le banquier du Parti socialiste : ils n'étaient en aucun cas les seuls mais ceux dont on parlait le plus. Des seconds couteaux selon les critères américains, peut-être, et pourtant ce fut le plus grand scandale de délit d'initiés de l'histoire de France.

Le scoop datait de cette première semaine de janvier. Au bureau, ils n'avaient été prévenus que vingt-quatre heures avant. Tout venait de l'équipe de New York, de ce groupe d'hommes que François voyait chaque jour, près desquels il était assis lors des réunions, avec qui il déjeunait, voire dînait à l'occasion – quoique bien moins régulièrement qu'ils ne se croisaient. Au cœur du scandale, la société Triangle Industries, filiale d'American National Can, un triomphe venant couronner la décision de Pechiney à la fois de s'étendre au marché américain et de continuer à investir dans la fabrication de produits dérivés. Aubert prenant l'avion de Paris, ils avaient entamé les négociations en juin de l'année précédente et étaient arrivés à un accord en novembre, juste avant Thanksgiving : le troisième producteur mondial d'aluminium rachetait le plus grand fabricant américain de cannettes (« Une cannette dans chaque main, c'est ça l'Amérique ! » ironisait Barb, avec son sentiment de supériorité canadien) ; Michel Rocard, le Premier ministre d'alors, avait qualifié ce rachat de « grand pas en avant pour l'économie de la nation ! ».

Oui, bon. À ceci près que moins de trois semaines après l'accord, les services secrets américains avaient mené l'enquête ; un mois plus tard, ils en rendaient publics les résultats dans les deux pays ; et en février ils mettaient en examen les cadres supérieurs français impliqués dans l'affaire. Les faits étaient irréfutables : au cours de la semaine précédant l'annonce de l'accord, le prix des actions de Triangle Industries, aux ventes multipliées par dix, avait plus que quadruplé. Les trois derniers jours seulement, quelques acheteurs avaient trusté deux cent mille actions. Un banquier libanais du nom de Traboulsi entretenait des liens avec Boublil comme avec Pelat ; il fut lui aussi mis en examen. Les socialistes, Mitterrand compris, se couvrirent publiquement de honte, leur image de défenseurs du peuple irrémédiablement souillée par leur cupidité ; mais ce n'était pas une surprise pour François, qui avait depuis longtemps décidé que tous les hommes politiques, ou presque, étaient corrompus. Non, pour lui le choc venait de ses collègues, cinq hommes avec lesquels il pensait, après dix ans – ils avaient travaillé côte à côte plus d'une décennie depuis son retour de Sydney et son bref détour par Toronto –, avoir partagé les mêmes principes, une erreur de jugement née de toutes les choses concrètes qu'ils partageaient : ascenseurs, fauteuils, dossiers, et même des ordinateurs à présent. Mais quand il disait « Noël », avait-il appris, il s'en faisait une idée différente de celle de Barbara ; idem pour le « dévouement ». Et face à ces hommes, même s'ils parlaient de loyauté, d'honneur, et d'honnêteté, ses propres définitions tirées du dictionnaire provenaient de textes différents, d'un volume abandonné, des vestiges d'un siècle révolu, d'un autre monde, plus naïf. Il n'était pas fait pour celui d'aujourd'hui.

Il se remit à pleuvoir alors que Waffles et lui n'étaient qu'à mi-chemin de la maison en revenant de la passerelle. La pluie tombait à présent de biais, lui cinglant le visage – le mot « crachat » lui vint à l'esprit ; encore que, à qui pouvait-il le confier ? À qui pouvait-il confier quoi que ce soit ? Waffles, pourtant plus alerte au retour dans son impatience de rentrer, s'arrêta plusieurs fois pour s'ébrouer, soudain contrarié, ne comprenant visiblement pas que cette pluie qui le mouillait tombait pour de bon. François se sentait comme Waffles : un idiot s'obstinant à croire qu'il avait un pouvoir alors qu'en fait des forces supérieures déterminaient son destin.

Barb lui avait parlé d'un nouveau jeu de société, comme le Monopoly, mais s'appelant Corruption – « Le jeu pour les États-Unis des années 1980 », avait-elle dit avec un rire amer. Elle détestait la France, bien sûr, l'avait toujours détestée ; pour elle, ce fiasco semblait une fatalité. Mais, songea-t-il, fermant la porte pour échapper à ce déluge persistant, séchant Waffles des pieds à la tête avec la serviette usée qui restait pliée à cet usage sur la table de l'entrée, et suspendant ses propres vêtements humides dans les toilettes du rez-de-chaussée, ce n'était sans doute pas la France en soi que Barbara détestait, ni même les États-Unis en soi : elle les détestait parce que ces deux pays comptaient pour *lui*, parce que comme les collègues de François peut-être – dire qu'il s'était cru apprécié d'eux ! – elle éprouvait en son for intérieur du dédain pour lui. Tout ce qu'il avait toujours voulu, c'était aimer et être aimé, reproduire la perfection du couple formé par ses parents. Même après tant d'années, tant de disputes et de paroles blessantes, tant de récriminations, tant de déceptions, il essayait encore : Barb était l'amour de sa vie, il n'en avait jamais douté ; il ne pouvait croire, pas vraiment, qu'elle considérait leur vie ensemble comme une terrible erreur.

Le mois précédent, il l'avait emmenée en Floride, à Miami et à Key West, la première fois qu'il y retournait depuis sa visite entre étudiants avec Broussard et Mouret voilà longtemps, en ce Noël de 1952. Une vie entière dans l'intervalle. Il avait pensé qu'elle et lui se changeraient les idées – les filles étant devenues adultes, toutes deux parties préparer une licence ; les rigueurs de l'hiver dans le Connecticut, d'autant plus démoralisantes avec ce scandale au travail. À la dernière minute, mi-février, une sorte de voyage de la Saint-Valentin. Il avait même suggéré, quoique ne plaisantant qu'à moitié, qu'ils pourraient trouver en Floride une alternative agréable pour leur retraite, ayant gardé le souvenir des eaux azur, des chaudes journées lumineuses, de la longue route étroite jusqu'aux Keys avec ces étranges îlots et leurs touffes de végétation visibles parmi les vagues... Et, toujours dans ses souvenirs, le charme latin de Miami, avec ces hôtels Art Déco près de la plage, blancs ou aux couleurs de crème glacée, et ce centre-ville plutôt endormi... Mais quand ils y arrivèrent, la ville endormie avait fait place à d'imposants gratte-ciel de verre et d'acier : le Southeast Financial Center, la CenTrust Tower dessinée par I.M. Pei, la tour du Government Center, le Miami Center, le Lincoln Center, partout ce mot Center sauf pour le Palace, immeuble résidentiel du quartier Brickell, les rues en contrebas étouffantes et tristes tandis que les voitures défilaient sur les avenues. Puis la longue route vers Key West, pare-chocs contre pare-chocs, de part et d'autre à l'horizon des flots miroitant, ondulant comme enivrés par la brume des gaz d'échappement ; ils avaient dû choisir entre la climatisation glaciale vrombissant dans leur Buick LeSabre de location, et la chaleur oppressante des vapeurs d'hydrocarbures s'ils ouvraient les vitres. Ils s'étaient disputés au sujet du déjeuner – affamé, il avait fait halte devant un *fish and chips* crasseux, dont Barb s'était plainte qu'il lui donnerait une intoxication alimentaire ; il avait protesté, et plus d'une heure après ils mangeaient des Big Mac dans la voiture, lesquels, prétendit-il, risquaient tout autant de les rendre malades.

Ils avaient atteint Key West d'humeur maussade tous les deux. L'hôtel réservé par l'agent de voyages de Stamford était censé être un bon établissement, l'immeuble le plus élevé de Duval Street, d'après la brochure, et datant des années 1920. Or, comme le déplora Barb, depuis on ne semblait pas avoir déployé beaucoup d'efforts pour l'entretien. Leur chambre à l'arrière de l'hôtel était exiguë et dans la pénombre, son unique fenêtre avait vue sur des voitures en stationnement ou sur les toits, et le motif cachemire aux couleurs sombres de leur moquette poisseuse avait selon toute vraisemblance, toujours selon Barb, été choisi pour cacher une multitude de péchés. « J'en frémis rien que d'y penser », ajouta-t-elle, frémissant littéralement pour faire bonne mesure. La climatisation, trop puissante et bruyante comme dans la voiture, ne favorisait pas des échanges moins agressifs. Le miroir et le lavabo de la salle de bains étaient tous deux ébréchés, et le bouchon de la baignoire avait disparu. (« Encore que je ne grimperais nue là-dedans que si on me mettait un pistolet sur la tempe », dit Barb.) Principale source de contrariété, ils avaient demandé une chambre fumeurs (« Voilà ton erreur, s'exclama-t-elle. Qui fume encore, sauf toi ? On a de la chance qu'ils ne nous aient pas mis au sous-sol ! »), et des relents de tabac froid imprégnaient la literie et le revêtement des sièges, s'ajoutant à l'âcreté d'un produit désinfectant et à une odeur de moisi récurrente, typiquement floridienne. Barb n'en pouvait plus :

l'hôtel était épouvantable, mais pas moins que Duval Street, le long de laquelle, après la tombée de la nuit, se pressaient des hordes de gens allant de bar en bar. (« Des hommes nus de la taille jusqu'aux pieds », lut-elle sur une affiche à l'entrée d'un de ces derniers ; et quand ils tournèrent dans une rue adjacente pour échapper à la foule : « Oh, regarde : "À vendre, s'adresser à Onner". Qui est Onner, à ton avis ? Tu as déjà rencontré quelqu'un appelé Onner ? ») Ils mangèrent à l'extérieur, juchés sur des tabourets de bar devant de hautes tables, sous les lumières multicolores des guirlandes de Noël – les joues de Barb passaient du rose au bleu en fonction du côté où elle tournait la tête –, tandis que sur un podium près de l'entrée des cuisines, un petit orchestre de country music jouait trop fort et médiocrement « Stand by your man » (Debout aux côtés de votre homme...), leur épargnant l'effort de faire la conversation.

Pas plus que Barb il n'appréciait (dès leur retour il déposa une plainte auprès de l'agent de voyages : aucun client ne devait être envoyé, quelles que soient les circonstances, dans cet hôtel pour un prix pareil ! affirma-t-il catégoriquement), mais l'attitude de sa femme lui déplaisait plus encore. Il se sentait personnellement visé à un certain niveau, comme s'il avait lui-même décoré la chambre, invité toute cette foule et préparé les calamars caoutchouteux. Aussi faisait-il semblant, de son mieux, de trouver l'aventure acceptable, ou du moins anthropologiquement intéressante, ne réussissant qu'à les dresser encore plus l'un contre l'autre. Cela continua donc cinq jours d'affilée, et la rose qu'il lui offrit pour la Saint-Valentin (toujours une seule rose, emblématique, pour lui du moins, de la rose rouge achetée à cette gitane devant le Harry's Bar, près de l'opéra, le soir où il avait demandé Barb en mariage, où elle avait par magie dit oui et où ils avaient déambulé dehors durant cette nuit printanière, conscients de la supériorité de leur jeunesse – jeunes, amoureux, à Paris ! Même si cela aussi, vu avec le recul, avait alors sans nul doute une signification différente pour chacun d'eux), cette rose américaine de la Saint-Valentin, donc, sans parfum et, plus étrange encore, sans épines, resta à leur départ dans le verre à dents sur la coiffeuse couverte d'éraflures de leur chambre d'hôtel minable.

Voilà qu'elle était à présent de retour, sa bien-aimée, son épouse, se débattant avec ses sacs de courses dans le couloir entre le garage et la cuisine, l'énorme porte du garage se refermant avec fracas derrière elle, aux lèvres tellement pincées qu'elles ne laissaient de sa bouche qu'une ligne ou presque.

« Tiens, dit-il, s'apprêtant à prendre les sacs. Laisse-moi t'aider.

— Tout va bien. » Elle força le passage pour aller se débarrasser de son fardeau sur le plan de travail.

« Ça ne va pas te plaire, lança-t-elle, mais j'ai finalement pris du poisson. Enfin, des coquilles Saint-Jacques. » Elle se mit à déballer le contenu de ses sacs, sans enlever son manteau. « J'ai pensé qu'en réalité, tu *aimes bien* les coquilles Saint-Jacques, si je les prépare avec du vin blanc et du citron, servies sur du riz. Tu préfères ça à une côtelette, je le sais. »

Il se demanda s'il devait tenter de lui donner un coup de main, tandis qu'elle empilait à toute vitesse ses achats dans le réfrigérateur et les placards ; se ravisant, il battit en retraite de l'autre côté de l'îlot central et attendit là, avec Waffles. « Les coquilles Saint-Jacques, c'est très bien », concéda-t-il aimablement.

— Tu n'as pas idée du prix des choses, François. Celui du steak était absurde ! Trois dollars la livre ! On ne voit ça qu'à Greenwich, Connecticut. Un vol manifeste. Les coquilles Saint-Jacques étaient en promotion – à moitié prix. »

Il s'interrogea : cela signifiait-il qu'elles s'avariaient ? La radinerie de Barb pour les achats alimentaires le préoccupait. Elle lui rappelait celle de sa belle-mère. Chez ses parents, on mangeait toujours la meilleure nourriture qu'on pouvait s'offrir. Sous-entendait-elle qu'ils n'avaient pas *les moyens* de s'acheter un steak digne de ce nom ? Était-ce encore une critique voilée de sa personne, de sa capacité à subvenir à leurs besoins ? Ne pas relever. « Tu n'enlèves pas ton manteau ? »

Cessant de déballer ses achats, elle le fixa des yeux un instant, puis recommença à s'affairer. « J'ai encore ce maudit chien à sortir. Et sous la pluie, en plus.

— Je l'ai sorti.

— À l'heure du déjeuner ? C'était il y a trop longtemps...

— Non, on vient de rentrer... » Il jeta un coup d'œil à sa montre. « ... il y a moins d'une demi-heure.

— Eh bien, dit-elle, d'un ton plus enjoué. Merci. *Ça*, c'est une surprise. »

Et à nouveau, plus intensément, il se sentit irrité par cette réaction. Comme s'il était inimaginable qu'il fasse quelque chose pour aider. Il avait les nerfs en boule, dans tout le corps – le triste résultat de la disparition des effets de ses quelques gorgées de vodka, son cerveau l'incitant subtilement à en reprendre une dose pour calmer ses nerfs ; il résolut de ne rien laisser paraître.

« Bon, entendu. » Il se frotta les mains, affichant une expression bienveillante et placide. « Je ne vais pas rester dans tes jambes. Je serai en bas – j'ai un chapitre à finir.

— Très bien. » Elle alluma la radio comme s'il avait déjà quitté la pièce : WQXR, la station du *New York Times*. « Je n'en ai que pour une demi-heure, quarante minutes. »

Mais ils avaient sûrement reconnu l'un et l'autre cette imperceptible tension dans sa voix, et il savait, tous deux savaient, qu'une fois activée, l'irritation ne cédait presque jamais sans s'être exprimée, de même que l'envie d'une boisson alcoolisée ne cédait presque jamais sans la boisson en question ; autrement dit, tous deux savaient – soupçonnaient, redoutaient – que la soirée, si savoureuses que fussent les coquilles Saint-Jacques et si prompte leur préparation, se transformerait en ce spectacle familier où François allait et venait dans la pièce comme s'il était en cage, débitant un monologue toujours plus indigné, s'en prenant au monde entier – qu'il y soit ou non question de Barb importait peu, puisqu'il s'adressait à elle, comme une tempête prolongée tournoyant autour d'elle jusqu'à ce que les vents finissent par retomber –, tandis que Barb, du début à la fin, reculait sa chaise de plus en plus loin de la table, posait les mains sur ses genoux, et baissait la tête, muette, se réfugiant à l'intérieur d'elle-même, Dieu savait où, encaissant.

Appeler une des filles pouvait modifier cette inexorable trajectoire, surtout si la communication se passait bien. Les chances d'avoir une conversation spontanée avec Loulou étaient minces. Chloe, peut-être ? Était-elle encore à Cambridge, ou partie pour la France ? En allant fêter Pâques chez son grand-père et sa tante Suzanne à Toulon, elle projetait de rendre visite quelques jours à des amis à Paris. Elle ferait un pèlerinage sur les lieux favoris de leur jeunesse à eux, ceux dont ils lui avaient parlé, tous encore là plus de trente ans après, inconscients des précieux souvenirs qu'ils recelaient : la Rhumerie, le restaurant des Beaux-Arts, animé et bon marché, le Café de Flore… mais pas le Harry's Bar : de cet endroit à part, rien qu'à eux, ils ne lui avaient rien dit. D'une part il se trouvait sur la rive droite, trop cossue pour son budget d'étudiante. Peut-être même n'existait-il plus ; ils n'étaient pas allés vérifier depuis des années.

« On essaie Chloe ? demanda-t-il, une lueur d'espoir dans le regard.

— J'ignore si on pourra l'avoir », dit Barb, même s'il voyait qu'elle était tentée. « Elle partait aujourd'hui ou demain ? Si elle est à Paris, j'ignore dans quel hôtel… » Barb enlevait enfin son manteau ; elle longea le couloir pour le suspendre dans la penderie de l'entrée, et sa voix lui parvint : « Je ne sais pas. Là-bas il est plus de vingt-trois heures, de toute façon, même si elle est à Cambridge…

— Elle ne se couche jamais avant minuit. On pourrait quand même essayer.

— D'accord. » Barb était dubitative. Elle éteignit la radio, au cas où.

Même s'il voulait que Chloe décroche, et savait que Barb aussi, avec toute la volonté dont ils étaient l'un et l'autre capables, ils ne pouvaient par magie faire que leur fille soit dans sa chambre de Jesus Lane un samedi soir. Sans doute était-elle déjà partie, à moins qu'elle ne soit sortie avec son copain ou un groupe d'amis. Ils pouvaient tout imaginer à leur gré, source de joie ou d'anxiété, mais n'entendirent que l'écho de la double sonnerie britannique qui retentissait, stridente, à l'autre bout du fil. Lorsqu'il finit par raccrocher, il lut la déception sur le visage de Barb – il éprouvait la même – et s'arrêta pour lui caresser l'épaule.

« Bon, conclut-il, je suppose qu'on ne lui parlera pas ce soir. Je vais finir mon chapitre. Appelle-moi simplement quand ce sera l'heure. » Il restait une demi-heure avant l'apéritif, et il songea que peut-être, dans cette modeste épreuve partagée, leur compassion avait infléchi la trajectoire de leur soirée.

Mars 1989

Toulon, France

Elle était contente que Chloe et Oliver soient venus – comment ne pas l'être ? Elle considérait ses nièces comme ses propres filles, et leurs futurs maris (Oliver n'était-il pas un futur mari ? Sinon Chloe ne l'amènerait pas) devaient être accueillis à bras ouverts dans la famille. Bien sûr, elle blaguait sur les pièces rapportées – qui ne le faisait pas ? –, mais à tous égards Oliver était exactement ce que l'on pouvait souhaiter, y compris le fils de parents très pratiquants, bien qu'inévitablement, étant britanniques, ils soient aussi protestants. Le père, un professeur d'université d'une sorte ou d'une autre, avait en outre été ordonné pasteur récemment, même si elle ignorait ce qu'en pratique cela signifiait. Connaître ces détails concernant la famille d'Oliver lui avait rendu celui-ci encore plus sympathique ; et à présent qu'il était là, elle l'appréciait vraiment, malgré son français approximatif (le premier jour de sa visite, parlant d'une paire de jumelles il avait dit « une paire de juments », confusion immédiatement devenue un sujet de plaisanterie dans la famille) et le fait que papa, entre sa surdité et son anglais exécrable, ait du mal à suivre les conversations à table. Sans cesse elle devait lui répéter ou lui expliquer quelque chose. Mais elle était contente, bien sûr que oui. Il s'agissait simplement d'une période assez éprouvante.

Elle souffrait de troubles du sommeil depuis, disons quelques mois. Peut-être la ménopause, mais elle pensait que non. En ce moment elle dormait dans la petite chambre mal ventilée qui jouxtait la cuisine et avait souvent l'impression quand son réveil sonnait qu'elle venait de s'endormir. Elle prenait son café à la table de la cuisine vers six heures et demie, et d'ordinaire rien d'autre (elle manquait d'appétit comme de sommeil, ces derniers temps), seulement son grand bol de café noir avec du sucre, et une cigarette ou deux, alors que le jour se levait, avant de se dépêcher de faire sa toilette à l'aide d'un gant en éponge dans la salle de bains glaciale, de s'habiller et de sortir discrètement pour aller travailler.

Elle ne croisait pas Odet le matin – celle-ci arrivait à sept heures et demie. Elles s'insupportaient de plus en plus depuis que Suzanne avait à nouveau élu domicile dans l'appartement de son père, voilà un an au moins. Inutile pour Odet d'exprimer ouvertement sa réprobation ; Suzanne la percevait. Et pensait que cela ne regardait en rien Odet. Elle s'était réinstallée chez son père une fois auparavant, après tout, après la mort de maman en 1983, et y était alors restée plus d'un an également. Qu'y avait-il de mal à s'occuper de sa famille, lorsqu'elle aussi s'occupait de vous ? À quoi bon avoir une famille, sinon ? Papa, qui avait de mauvaises jambes, était tombé (une chute sans gravité, par bonheur) peu après leur retour d'un voyage aux États-Unis pour assister à la remise du diplôme de fin d'études secondaires de Chloe, et Suzanne, inquiète, avait estimé indispensable de rester auprès de lui. Il protestait, mais elle savait qu'il lui en était reconnaissant. Par ailleurs, seule dans son appartement elle avait peur et n'arrivait pas à s'endormir… bon, d'accord, voilà plutôt deux ans qu'elle était là, dans son perchoir, cette toute petite chambre où se trouvaient naguère les lits superposés de ses nièces. Depuis qu'elles étaient adultes et qu'on leur donnait la plus grande des deux chambres lors de leurs séjours, ça ne l'ennuyait pas de dormir là, même si les deux filles venaient rarement. Elle se sentait plus en sécurité dans cette petite chambre ; et, moins loin de celle de papa, elle pouvait l'entendre s'il appelait en pleine nuit, ou se levait pour aller aux toilettes.

Où était le problème, si elle trouvait impossible d'habiter son propre appartement dans l'immédiat ? Sans doute Odet, Barbara et tous les autres qui la jugeaient sévèrement lui donnaient-ils tort de le laisser si longtemps inoccupé. Mais pourquoi l'avait-elle acheté – enfin, en toute honnêteté, pourquoi François le lui avait-il acheté –, sinon pour qu'elle ait la liberté d'en faire ce qui lui plaisait ? Elle demandait très peu de choses dans cette vie. Elle subissait sans se plaindre beaucoup de petites humiliations, le fait d'être toujours la cinquième roue du carrosse, la vieille fille importune ; elle s'était dévouée toute sa vie pour sa mère et pour son père, avec joie, et à la mort de sa mère bien-aimée, quand elle avait douté du bien-fondé de toutes ses décisions – assaillie une fois encore par la futilité de son existence –, elle avait prié Dieu de lui dire à *quoi* servait sa vie. Et Il lui avait répondu qu'elle était la lueur dans la nuit, la petite compagne dans les ténèbres, là pour aider ceux qui étaient dans le besoin, pas pour attirer l'attention sur elle. Oui, Seigneur, avait-elle répondu, je peux faire cela, je peux être cela, et elle s'était à nouveau engagée sur la voie du sacrifice, mais si le Seigneur (et son frère François) lui avait accordé sur cette Terre un espace rien qu'à elle – elle ne pouvait dire à quel point elle l'adorait, à quel point il comptait pour elle, même si actuellement, tout comme elle avait du mal à dormir et à se nourrir, elle n'arrivait pas à y vivre –, alors n'était-ce pas à elle de choisir l'usage qu'elle en faisait ?

Parfois, parfois seulement, elle disait à son père qu'elle avait rendez-vous à l'heure du déjeuner et ne rentrerait pas à midi, ou inventait une réunion ou une course à faire, puis se garait sur sa propre place de parking devant le bâtiment H et empruntait discrètement l'escalier dans la pénombre jusqu'au deuxième étage, pénétrant dans son bel appartement silencieux, vide d'habitants et d'exigences, entendant ses pas résonner sur les dalles de marbre, le ronronnement du réfrigérateur, et le glouglou de la fontaine du bassin aux carpes koï à l'extérieur. Le cœur gros, elle s'asseyait sur le canapé dont elle avait choisi avec tant de soin l'étoffe, copie d'une chinoiserie moins chère que l'original, un imprimé bleu et rouge vu dans le magazine britannique *House & Garden*, et se contentait de respirer. Elle restait là sans bouger – ce qu'autrement elle ne faisait jamais, courant toujours à droite à gauche, pour son travail, pour son père, pour l'église, pour les invités – et contemplait pendant quelques minutes tous les plaisirs qu'offrait l'appartement, les tissus d'ameublement colorés, les tapis d'Orient, et les tableaux sur les murs, qui chacun à sa façon lui parlait, sa collection d'œufs en pierre, en porcelaine et en papier mâché sur la commode, à côté de sa collection de tortues, plus petite mais non moins adorée, tout ce bric-à-brac de souvenirs de différentes personnes, de divers endroits, emblématiques de ses réminiscences et goûts secrets. Elle arrosait ensuite les plantes, à l'intérieur (où elles étaient assemblées près de la fenêtre sur une table peinte à la main) et sur le balcon. Un vers de Baudelaire lui revenait toujours en ces moments de paix : « luxe, calme et volupté ». Comme elle s'estimait heureuse de posséder ce magnifique lieu à elle. Mais elle ne pouvait s'y attarder très longtemps, et quand, le soir après le travail, elle rentrait chez son père, elle éprouvait de la reconnaissance envers lui aussi d'être un compagnon pour qui elle devait trouver la détermination, la bonne humeur, et les raisons de vivre dont elle semblait incapable de faire preuve pour elle seule.

À les voir, Chloe et Oliver paraissaient si heureux ensemble – ils allaient sûrement se marier, non ? Tant de jeunes gens ne se mariaient plus – elle se demandait à quoi aurait ressemblé sa vie si elle avait rencontré quelqu'un. Non, regardons les choses en face : si ce quelqu'un avait répondu à son amour. Des années durant, plus de dix en somme, telle une araignée tissant une somptueuse toile scintillante seulement rattachée au monde en quelques endroits ténus, Suzanne avait créé son bien-aimé, et leur amour, à partir des plus minces des preuves – une rare lettre de Jacques envoyée de Buenos Aires, quelques rencontres avec lui à Paris chez sa sœur Antoinette, un seul dîner en tête à tête dans un élégant bistrot à Marseille, quand elle y travaillait encore, et en sa présence elle avait presque tremblé de joie à la vue de sa lèvre supérieure retroussée, couverte d'une barbe de la veille, de l'éclat de ses dents lorsqu'il souriait, de sa manière de gesticuler avec sa fourchette à la main, de l'intensité de son regard, de ses yeux attendrissants frangés d'épais cils noirs ; et il avait été si drôle, si gentil, s'était souvenu de tant de détails de l'époque où il l'employait dans son agence de voyages, de la journée en mer avec sa famille, où elle avait consolé Isabelle, sa plus jeune fille, qui avait trébuché et s'était cogné la tête en sortant de la petite cabine du bateau, et Suzanne avait pris sur ses genoux la fillette si menue, l'avait câlinée, lui avait embrassé le front plusieurs fois et fredonné quelques berceuses pour lui faire oublier la douleur – il s'était souvenu de tout cela ; ainsi que de leur première rencontre chez ses parents à lui, encore si présente à sa mémoire à elle ; et de cette photo noir et blanc de ses parents à elle, qu'elle gardait dans un cadre bleu sur son bureau à l'agence : qu'il ait conservé tous ces souvenirs était une preuve si évidente de son intérêt pour elle, de leur amour impossible mais toujours vivant… Elle le considérait comme son Tristan, elle-même étant son Iseut à jamais dévouée, même si le sens de l'honneur et du devoir les empêchait d'être ensemble. Elle n'avait parlé à personne de la passion qu'elle lui vouait, bien qu'elle ait tenu un journal intime dans lequel presque chaque jour elle s'adressait à lui, ou l'évoquait par écrit. Il vivait en permanence sur un continent lointain, dans un autre hémisphère ; il était l'époux d'une femme adorable que Suzanne admirait ; il avait eu trois filles, puis quatre ; mais elle écrivait et croyait que leur amour était voulu par Dieu – l'amour de papa et de maman n'avait-il pas été voulu par Dieu ? Toutes les Grandes Amours n'étaient-elles pas des dons de Dieu ? –, et que par conséquent peu importait qu'ils soient ou non physiquement unis un jour, car leur union spirituelle et potentiellement parfaite transcendait toutes les conventions terrestres. Il suffisait, se disait-elle, qu'il soit en vie sur la planète pour qu'elle puisse l'aimer comme elle aimait Dieu, avec une dévotion sacrificielle.

Et puis il y avait eu ce terrible été 1974, celui de la visite d'Estelle. Suzanne n'était pas encore propriétaire de son appartement et travaillait toujours à Marseille, où elle louait un studio déprimant dans une rue étroite et sans soleil. Les deux amies séjournèrent donc dans l'appartement des parents de Suzanne – lesquels étaient encore en Australie, elle-même ayant dû rentrer plus tôt, faute de pouvoir prendre plus de trois semaines de vacances. Et cette chère Estelle était venue la voir quelques jours lors d'une visite plus longue chez sa sœur à Paris. Estelle au teint hâlé, aux incisives écartées, qu'elle adorait, et à quarante ans elles avaient fait toutes sortes de choses que Suzanne ne s'offrait plus depuis des années : elles avaient paressé une journée entière à la plage, se baignant de temps à autre dans la mer fraîche et salée, et avaient mangé une pizza en maillot de bain sous le parasol exotique d'une terrasse au bord de l'eau ; elles étaient allées dîner dans un restaurant bondé sur le port et avaient bu un litre et demi de vin à elles deux – Estelle avait joyeusement engagé la conversation avec deux hommes à une table voisine, un échange badin, sorte de flirt, et ce fut seulement lorsqu'elles regagnèrent la voiture en titubant qu'Estelle, pliée en deux, s'exclama entre deux éclats de rire : « Il n'y a que moi, que nous, pour flirter avec les deux seuls types gays de ce restaurant ! Honnêtement, on est ridicules ! » Et Suzanne avait ri elle aussi – combien elle adorait son amie ! Mais plus tard le même soir, alors qu'elles sirotaient un scotch, fumaient cigarette sur cigarette, et laissaient leurs pieds aller et venir au rythme de la balancelle sur la terrasse de l'appartement, l'immense ciel étoilé au-dessus d'elles telle une canopée, le ressac loin en contrebas aussi régulier que leur respiration, Estelle lui avait fait une confidence. « Je n'en ai même pas parlé à Antoinette », chuchota-t-elle, comme si un espion fantôme rôdait à proximité dans l'air nocturne : elle avait découvert des preuves de la liaison de son frère Jacques avec la secrétaire de direction de l'agence, Blanca, liaison qui durait depuis des années, peut-être même depuis l'époque où Suzanne était à Buenos Aires voilà plus d'une décennie, pas très longtemps après en tout cas, parce que Blanca avait eu un petit garçon, né en 1966, non ? Il venait d'avoir huit ans, et Estelle avait toujours admiré Blanca d'être une si bonne mère célibataire, mais depuis qu'elle avait compris la situation, elle l'admirait beaucoup moins : cet enfant était le fils de Jacques, il lui ressemblait étrangement désormais – qui ne reconnaîtrait pas ces yeux, ces cils ? Elle avait questionné son frère, et il avait haussé les épaules, jouant de son charme – il exerçait un charme irrésistible, pas vrai ? Tout le monde l'adorait, et il le savait –, puis il avait répondu : « Qu'y puis-je, si on me voue un excès d'amour ? » Avant d'ajouter avec un clin d'œil : « Ne t'inquiète pas, je m'occupe bien d'eux », ce qui avait amené Estelle à se demander s'il n'avait pas d'autres maîtresses, voire, Dieu l'en préserve, d'autres enfants. « Quand je pense, reprit-elle, à ma pauvre belle-sœur qui a subi quatre grossesses – cinq, si on compte cette horrible fausse couche – pour tenter de donner à mon frère un fils et un héritier ! Et avec Blanca, il a eu le fils du premier coup, mais celui-ci ne pourra jamais être son héritier. C'est comme dans Shakespeare ! »

Certes. Et comme dans l'histoire trop familière du grand-père paternel de Suzanne, qu'elle n'avait jamais rencontré, l'infidèle Constant Cassar, qui avait abandonné sa femme et ses quatre enfants quand papa n'avait que huit ans, pour cette autre famille dans une autre ville, qu'il voyait en douce depuis des années. Papa ne l'avait revu qu'une fois après, lors des obsèques de sa grand-mère, et parmi tous les péchés de la mythologie familiale, celle de ce grand-père était la pire, la trahison absolue de son épouse et de ses enfants, de son devoir devant Dieu. Pour Suzanne, la révélation d'Estelle avait eu la violence d'un ouragan, détruisant en quelques minutes la toile scintillante délicatement tissée et préservée depuis si longtemps de leur histoire d'amour, à Jacques et à elle – oui, ainsi avait-elle considéré leur histoire durant toutes ces années, même s'ils ne s'étaient jamais tenus par la main, et encore moins embrassés ; mais chaque jour elle passait du temps à penser à lui, à prier pour lui, à imaginer sa vie à Buenos Aires… quelle idiote elle avait été, amoureuse d'une chimère, fabriquant de toutes pièces l'âme d'un homme qui n'avait jamais existé…

Impossible pour elle de s'attarder plus longtemps sur ce souvenir ; il la brûlait encore. Si tout – sa vie – s'était arrêté là, comme elle en avait eu l'intention… mais Dieu avait d'autres desseins pour elle. Debout sur le balcon de la salle à manger, elle observait sa nièce et le petit ami de celle-ci en contrebas, à la piscine, de dos, appuyés à la rambarde et contemplant la mer. Combien de cigarettes Suzanne avait-elle fumées, debout ici même ? Elle entendit son père, assis à son bureau dans la pièce au-dessus, reculer sa chaise, et bientôt lui parviendrait le bruit de ses pas lourds mais hésitants sur les marches étroites de l'escalier en marbre. À plus de quatre-vingts ans, il tenait mal sur ses jambes, et elle redoutait sans cesse qu'il ne tombe à nouveau. Elle avait lu qu'une simple chute était le catalyseur le plus probable du déclin fatal d'un vieillard ; et s'il lui restait un seul but sur cette terre, c'était de le protéger. Elle avait du mal à croire que quatre ans plus tôt encore, il s'était rendu seul à Buenos Aires, afin de revoir pour la première et la dernière fois cette ville et ces gens qui l'avaient rendu si heureux. Il avait fait ce projet un an à peine après la mort de maman, avait pris l'avion au début du printemps 1985, avec une détermination à ce que la vie continue qui avait impressionné, voire sidéré Suzanne. Il n'avait pas compris pourquoi elle refusait de l'accompagner – elle savait qu'il y avait sans doute vu une défaite de la volonté et du souci d'autrui –, mais elle en était incapable. Totalement incapable.

Chloe, au bord de la piscine, leva les yeux et fit un signe de la main, puis tapota le bras d'Oliver, si bien qu'il leva lui aussi les yeux et lui fit signe, clignant des paupières à cause du soleil. Elle portait un short ; chère petite, elle prenait du poids, depuis la puberté ses jambes avaient épaissi, alors qu'elle avait été une enfant si menue – Suzanne comprenait trop bien ce qu'elle pouvait ressentir. Et si elle se mettait à fumer ? Mais qui irait faire cette suggestion aux jeunes d'aujourd'hui ? Fallait-il qu'elle les appelle d'un geste pour le déjeuner ? Non, ils s'étaient retournés, savaient par sa seule présence qu'il était l'heure ; elle les voyait se diriger vers l'escalier.

Derrière elle, avec des bruits d'argenterie, Odet finissait de mettre le couvert. Suzanne aurait-elle dû l'aider ? Non, grands dieux, toute la matinée elle avait préparé les contrats de cession du nouveau terrain acquis par sa société : ils allaient pour la première fois construire un lotissement à l'intérieur des terres, même s'ils étaient connus pour leurs immeubles résidentiels avec vue sur mer – mais en ces périodes de vaches maigres, sa société avait légèrement revu ses calculs… Suzanne avait son travail, Odet le sien ; comme l'usage qu'elle faisait de son appartement, Suzanne percevait que cette distinction, logique et naturelle à ses yeux (Odet était, après tout, *payée* pour mettre le couvert, ainsi que pour préparer le déjeuner, faire le ménage et la lessive), était tacitement remise en question par sa belle-sœur et ses nièces, si typiquement nord-américaines. Peu habituées à payer quelqu'un pour se faire aider, elles se sentaient toujours obligées de donner un coup de main, au mépris de toute hiérarchie, comprenant mal que ce précédent auto-gratifiant (« Regardez comme je suis noble et généreuse ! ») perturbait l'ordre établi de longue date chez eux, et l'amenant, *elle*, à se demander si elle avait le droit de fumer une cigarette à la fenêtre lors de sa brève pause déjeuner, plutôt que d'assumer une partie des tâches de la femme de ménage. Une provocation. Elle entendit de l'autre côté du mur les cliquetis de l'ascenseur montant vers leur étage ; en prévision du retour des deux jeunes gens, elle déverrouilla la porte et l'ouvrit au moment où son père, qui était allé dans sa chambre, puis dans la salle de bains, apparaissait à son tour dans l'entrée.

Au cours du déjeuner – *prosciutto* et melon dont la magnifique chair orangée juteuse et odorante était presque trop mûre, suivis de quenelles dans une sauce armoricaine et d'une salade bien assaisonnée (maman avait enseigné à Odet comment faire une vinaigrette digne de ce nom) à propos de laquelle papa fit sa blague habituelle (« Je n'y touche pas… elle est pleine de microbes ! »), puis d'un yaourt et d'un fruit – ils parlèrent du projet de Chloe et d'Oliver d'aller à pied jusqu'au quartier du Mourillon dans l'après-midi, et le lendemain matin, peut-être, de faire un tour au marché du centre-ville ; ils pourraient prendre le bus devant la résidence – ils évoquèrent, ce qui ravit Oliver, le fait que le terminus, depuis le centre-ville, ait pour nom Terre promise – et déjeuner sur le port et, oui, papa viendrait : elle quitterait son travail plus tôt et irait le chercher. Pourraient-ils s'entendre pour que les deux jeunes gens les retrouvent en lisière du Port-Marchand, afin de se rendre à pied au restaurant avec lui – elle réserverait –, parce que depuis le parking c'était trop loin pour lui, et elle préférait ne pas le déposer et le laisser les rejoindre seul, ses jambes n'étant plus ce qu'elles avaient été. (Elle lut sur son visage souriant à la fois son léger agacement devant l'insistance de sa fille – il détestait toute allusion à son âge, ne se considérait pas comme vieux, pas encore, ayant toute sa vie été *jeune*, tellement plus jeune que son épouse – et son plaisir d'être l'objet de tant d'égards et d'attentions.) Oui, s'ils le souhaitaient, Chloe et Oliver pourraient rester sur place après le déjeuner, mais seuls, puisqu'il lui faudrait reconduire papa à l'appartement pour sa sieste, et tout en laissant entendre qu'ils seraient libres de faire un tour, elle pensa, comme toujours, au nombre de marches depuis le parking de l'appartement jusqu'à l'ascenseur, puis jusqu'à la porte d'entrée – soixante-douze, ils les avaient comptées voilà longtemps, avant même que ce soit trop pour maman, raison pour laquelle elle avait passé les deux dernières années de sa vie cloîtrée chez elle –, et sut que Chloe et Oliver ne pourraient s'attarder dans le centre-ville, à quoi bon, de toute façon, les magasins ayant encore leur rideau baissé à quatorze heures trente, voire quinze heures, car il lui faudrait vingt minutes supplémentaires pour accompagner laborieusement papa dans l'escalier et l'installer pour sa sieste… Là, il regimba : « Tu es ridicule ! Chaque matin je vais encore faire tout seul mes courses, souvent dans trois centres commerciaux différents. » Mais c'était en tout début de journée, rappela-t-elle, avant que ses jambes ne se fatiguent, et avait-il oublié l'automne dernier, avec madame Jolivet, lorsque Suzanne les avait laissés rejoindre le café à pied le temps qu'elle se gare, à deux cents mètres à peine, et qu'il s'était écroulé tel un immeuble lors d'un tremblement de terre ? Les bleus, les douleurs pendant plusieurs semaines… il ne s'en souvenait pas ? À présent, même en gardant le sourire, il était franchement contrarié : dans ses souvenirs, il faisait une chaleur exceptionnelle ce jour-là…

Ce que Suzanne ne dit pas, tripotant un bouton aussi rouge qu'une brûlure sous son menton, à peine consciente de son genou cognant fébrilement le pied de la table, c'était que son patron comme son généraliste l'avaient incitée à prendre un congé ces deux semaines-là – « épuisement nerveux », avait déclaré le médecin ; son patron s'était borné à faire observer qu'elle avait l'air « bien fatiguée », allusion au fait que la semaine précédente elle avait trop souvent perdu patience avec ses deux subordonnés incompétents et la maudite standardiste, cette petite fausse blonde prétentieuse, qui oubliait de transmettre à Suzanne les messages à son intention, ayant ainsi provoqué une crise mineure mais bien réelle... On aurait presque dit que Morel et le Dr Muli conspiraient pour tenter d'évincer Suzanne du service, alors que les contrats de cession entraient dans leur phase critique, et qu'approchait en prime l'audience pour la plainte déposée contre l'entreprise de bardage en béton chargée du complexe résidentiel de Cassis – non, impossible pour elle de se mettre en congé dans l'immédiat. Le Dr Muli avait beaucoup insisté : elle avait perdu trop de poids, fumait trop, dormait mal (c'était vrai, elle n'arrivait plus à s'endormir). Pourquoi, avait-il voulu savoir, était-elle tombée du lit, se fêlant une côte, voilà déjà deux mois, mais tout de même ? La réponse était, bien sûr, qu'elle avait pris un comprimé de somnifère, peut-être deux – et pourquoi pas, un vendredi soir, sans travail ni messe le lendemain ? Aucun d'eux ne comprenait donc (et certes pas ces enfants gâtés insouciants désormais adultes !) tout ce qu'elle, Suzanne, avait à organiser, quelle foi et quelle ténacité il lui fallait pour sourire, plaisanter et ajouter à sa charge, sans se plaindre et faisant mine de s'en réjouir, l'effort supplémentaire de les emmener tous déjeuner sur le port ? Elle sentait son cœur battre dans sa poitrine comme si elle avait couru, au lieu d'avoir simplement déjeuné.

Pendant ce temps-là, mystérieusement, la conversation s'était orientée vers l'Algérie – comment ce sujet avait-il pu surgir, alors qu'elle en avait déjà par-dessus la tête, que son corps semblait vibrer comme une ligne à haute tension ? Elle dut toutefois se rappeler que ces jeunes gens ne connaissaient pas l'Histoire, ne comprenaient rien au passé, ignoraient d'où ils venaient, tout cela car c'était ce que François avait voulu pour eux, en épousant Barbara et en élevant leurs filles dans une autre langue que la sienne, dans une religion différente – ou sans religion ! – et dans une culture incompréhensible, si bien que malgré leurs innombrables cours particuliers elles gardaient leur accent anglais et cherchaient leurs mots – si elles ne connaissaient pas le vocabulaire, comment pouvait-on attendre d'elles qu'elles sachent qui, par leur naissance, elles avaient la malédiction d'être ?

Tandis que Suzanne avait l'esprit ailleurs, Chloe avait à l'évidence défendu l'idée reçue selon laquelle la présence française en Algérie était fondamentalement une mauvaise chose, comme si, d'un vague trait de plume idéologique, on pouvait tout bonnement faire une croix sur plus d'un siècle de la vie des habitants – et de leur mort, d'ailleurs –, un peu à la façon dont on expliquerait à une enfant qu'elle était une erreur et que sa mère aurait dû avorter ! En soulignant qu'elle n'avait pas le droit d'exister, d'être qui elle était ! Suzanne sentit ses poings se serrer, cet étrange détachement plein de rage la traverser tel un vent fort. « Sais-tu seulement de quoi tu parles ? Bien sûr que non, explosa-t-elle. Quand nous sommes venus ici, près d'un million, personne ne voulait de nous. Toute notre vie, on nous avait répété : "Vous êtes des Français à part entière, vous faites partie de la France, c'est un département comme un autre". La France est la France, de Dunkerque à Tamanrasset, de Gaulle le disait encore en 1959 – mais ensuite il s'est débarrassé de nous et de notre histoire parce que c'était un *expédient*, à cause de l'opinion publique, de sondages réalisés en métropole par des gens arrogants qui n'auraient même pas pu situer l'Algérie sur une carte, qui ne savaient même pas que nous parlions *français*, nom d'un chien ! »

Elle reprit son souffle. Même emportée par sa tirade, elle vit l'expression inquiète sur le visage de Chloe, sur celui du sympathique Oliver, oui, et même sur celui de son père – ils la trouvaient excessive, non ? « Et ne me lancez pas sur le sujet des harkis, ces malheureux et nobles Algériens qui nous ont *soutenus*, qui ont soutenu la France dans ce conflit – à leurs risques et périls pour eux et leur famille, ajouterais-je, et il leur a fallu fuir, ils n'ont pas eu le choix, abandonnant leur terre et leur communauté, confiant leur sort à la nation française prétendument bienveillante… et comment ont-ils été traités ? » Elle marqua une pause pour ménager ses effets ; elle voyait toujours l'inquiétude sur les visages, mais persista : « Comme des *merdes*, voilà tout. Ils auraient dû être bien accueillis, et remerciés, au lieu de quoi on les a enfermés dans ce qui s'apparentait à des camps de concentration…

— Oui, c'est vrai, intervint son père. Ce pays devrait avoir honte du traitement réservé aux harkis. » Il émanait de lui un calme patriarcal absolu, qui le faisait ressembler au Bouddha ; elle sentait son souhait qu'elle surmonte sa rage, qu'elle soit de nouveau à table avec eux dans la douce chaleur de ce paisible après-midi de printemps, qu'elle laisse derrière elle les souvenirs de ces terribles mois à Paris, avant qu'elle n'ait rejoint ses parents à Buenos Aires, un épisode qui l'étreignait comme une fièvre. Il continuait à parler de la voix grave et posée d'un enseignant : « … la présence française en Algérie a-t-elle été une mauvaise chose ? Certes, elle reposait sur des motivations hautement discutables, justifiées par un raisonnement hautement douteux – au départ, la France devait beaucoup d'argent à Hussein Dey, le souverain algérien, et plutôt que de le rembourser, surtout après qu'il nous eut insultés en frappant notre consul avec un chasse-mouches, nous avons envahi le pays. Ce qui ne constitue pas vraiment une base saine pour des relations futures. Mais que dire des Espagnols en Amérique latine ? Ou, plus en rapport avec notre discussion, que dire de ton propre pays, Chloe, les États-Unis ? Ou de celui de ton enfance, l'Australie ?

— Comment ça ? » Chloe, mâchoires serrées, parut perplexe. Mais Suzanne, dont la fureur retombait (elle sentait le rouge à ses joues, avait conscience de son pied tapant nerveusement sur le sol, et posa la main sur son genou afin de calmer sa danse), éprouva une gratitude soudaine pour cette perplexité, comme pour le discours apaisé de son père ; d'elle-même, de cet incontrôlable débordement de son cœur, elle avait honte à présent, un accès de honte aussi soudain et inévitable que sa colère. Pourquoi fallait-il qu'elle soit elle-même ? Pourquoi était-ce si inacceptable d'être soi-même ?

Son père, avec son sourire d'une ironie exaspérante, poursuivit : « Les Américains aiment à se considérer comme irréprochables. Je ne t'accuse pas de ce travers, Chloe, mais il est de notre responsabilité de faire connaître l'Histoire. Il existe diverses formes de colonialisme, vois-tu, et plus ou moins intrusives. En Afrique de l'Ouest ou en Indochine, la France n'a jamais cherché à faire plus que gouverner et administrer les populations…

— Et exploiter leurs ressources, coupa Chloe.

— Oui, même si je pense qu'à l'époque on parlait de "développer leur économie". En tout cas, de même que les Britanniques en Inde ou au Kenya n'avaient aucune intention d'envahir ces deux pays, en Indochine, hormis un modeste contingent d'aventuriers entreprenants, nous visions principalement à gérer ces territoires.

« Alors que, le jour où la France a entrepris son aventure algérienne, ce fut exactement dans le même esprit que les Britanniques en Amérique ou en Australie. Autrement dit, en croyant à des possibilités nouvelles pour la population française, avec le désir de créer un avant-poste pour la France – ou la Grande-Bretagne – sur l'autre rive de la Méditerranée. Ce devait être un colonialisme de peuplement, plutôt qu'un colonialisme purement administratif…

— Et tu suggères en quelque sorte que c'est mieux ? » La colère de Chloe était audible. Suzanne, s'efforçant encore de se calmer, ferma brièvement les yeux.

« Je ne fais aucune suggestion, continua papa. J'expose simplement des faits. Une série de faits au nom desquels, logiquement, il faudrait restituer aussi bien l'Amérique que l'Australie à leurs habitants légitimes.

— Mais ce n'est pas la même…

— Ah bon ? Ne pourrions-nous pas reconnaître que l'Australie et les États-Unis sont simplement des exemples plus *réussis* d'un colonialisme de peuplement – ni moins injuste ni moins brutal, mais ayant simplement causé un anéantissement plus complet des civilisations d'origine ? Et cela bien sûr, sans prendre en compte l'esclavage, cette honte du pays de ta naissance, impossible à éradiquer.

— Mais rien de ce que tu dis ne justifie le colonialisme – ni son racisme brutal. On parle de l'Algérie : et Frantz Fanon, alors ? Tu as lu Frantz Fanon ? »

Il soupira. « J'avoue que non. Mais je ne cherche pas à justifier… ce n'est pas le sujet. Et c'est impossible, nous devons tous en convenir. Mais il faut regarder la réalité en face ; impossible de la faire disparaître par un simple effort de volonté. Nous sommes partis du postulat selon lequel, dans le cas de l'Algérie au moins, les décisions de 1830 ne peuvent se justifier autrement que par la perception qu'avait la France de son propre intérêt. Or agir dans son propre intérêt est ce qui motive en général l'humanité, non ? Je tente seulement de te faire comprendre que tes États-Unis d'Amérique si heureux et libres ne sont, à la base, pas différents de l'Algérie française – simplement, pour les colonisateurs, une version plus réussie. Après les Espagnols, les Britanniques et les Français sont arrivées des vagues successives de colons, en grand nombre, impatients de refaire leur vie au pays de la Liberté. Mais le pays de la Liberté n'était en réalité pas davantage une page blanche que ne l'était l'Algérie. La création de ce pays mythique exigeait elle aussi l'assujettissement des peuples.

— Donc tu es d'accord pour dire que l'Algérie a eu raison de conquérir son indépendance ? »

Suzanne observa attentivement le visage de son père ; son calme ne fut en rien troublé. « C'était… ou, plutôt, malheureusement, ça le devint – inévitable. Je dis "malheureusement" pour moi, pour notre famille, enracinée là-bas depuis plus d'un siècle. Nous aurions pu souhaiter un dénouement plus heureux, qui aurait permis à tous de vivre en harmonie, d'édifier une nation ensemble. Mais il ne suffit pas de souhaiter. » Il s'interrompit. « Je suis avant tout un homme de foi. Je crois en Dieu, je crois que Sa volonté sera faite. Nous ne sommes que des mortels, infiniment faillibles et mal inspirés. J'adorais l'Algérie – j'y ai grandi et vécu plus de la moitié de mon existence en la considérant comme ma patrie. J'adorais le pays même. Sans l'ombre d'un doute. Il nous a faits ce que nous sommes devenus, ta grand-mère et moi, notre amour y est né, et nous espérions y vieillir et y mourir. Nous sommes d'abord des Méditerranéens, et des catholiques, et c'est pour nous une bénédiction de vivre le restant de nos jours avec cette *Mare Nostrum* sous les yeux.

« Je ne dis pas cela pour argumenter en faveur des empires, bien que je sois né dans cette tradition et que j'aie passé une bonne partie de ma vie à son service – je suis, et tu l'es donc aussi, un produit du colonialisme. Non, d'innombrables atrocités ont été commises au nom des empires, et il ne faut pas l'oublier. Non, j'ai dit tout cela pour tenter de te montrer le danger de l'hypocrisie. Nous sommes toujours déjà coupables. Si nous ne connaissons pas l'Histoire, nous sommes condamnés. Que celui qui n'a jamais péché jette la première pierre. Si seulement nous vivions en restant réellement fidèles à nos principes. »

Suzanne tenta de deviner la réaction de sa nièce – à coup sûr elle ne pouvait que céder à l'irréfutable logique de son grand-père. Elle-même se sentait encore gênée de son propre accès de colère, et agacée de devoir se sentir gênée. Mais pour l'heure, il lui fallait surmonter cet agacement.

« À propos de l'Inde, lança Oliver, toujours paisible, regardant le grand-père de Chloe, j'ai vu sur l'étagère au-dessus de mon lit… » Il dormait à l'étage sur le canapé du bureau, un lit des moins confortables. « … un exemplaire de *Thy Hand, Great Anarch!*, en anglais… il est à vous ?

— Oh non, répondit grand-père. Il est à Suzanne. Mon anglais est insuffisant, j'en ai peur.

— Oui, il est à moi. » Suzanne saisit la balle au bond, reconnaissante envers ce merveilleux jeune homme d'avoir changé de sujet – plût à Dieu que sa nièce puisse l'épouser. « C'est Barbara qui me l'a envoyé. Vous savez qu'ils aimeraient visiter l'Inde, donc elle a fait quelques lectures. Et j'ai toujours rêvé d'y aller, moi aussi… »

Odet apparut soudain, venant du couloir, ayant enlevé son tablier et ses chaussons, et remis ses vêtements de ville et ses sandales qui claquaient sur le sol. Il fallait bien sûr qu'elle soit là, occupant le terrain dès que Suzanne avait pris la parole.

« Bon, au revoir tout le monde, je m'en vais », s'écria-t-elle joyeusement. Elle chercha sa carte de bus au fond de son sac à main. « À demain matin. »

Chloe recula sa chaise, la faisant crisser sur le marbre, et s'élança pour embrasser Odet sur les deux joues et la remercier, chaleureusement – quel étalage lassant de gratitude ! Lequel incita Suzanne à imiter sa nièce, serrant dans ses bras cette femme encore plus petite qu'elle (toutes deux étaient de petite taille, au fond) : « Ma beauté, merci, trois fois merci ! Tu vas chez madame Michel, cet après-midi ? Veille à ce qu'elle te reconduise chez toi en voiture, d'accord ?

— Au revoir ! Au revoir ! »

À quel point c'était épuisant, songea Suzanne en regagnant sa chaise, d'être simplement vivante, ayant largement dépassé le milieu de la vie, le cœur encore solitaire, le moindre échange lui coûtant un effort. Elle jeta un coup d'œil à sa montre. « J'ai peut-être dix minutes pour m'allonger avant d'y aller… » Même si elle ne dormirait pas – ne pourrait pas dormir.

« Tu as besoin d'un coup de main, papa ?

— Absolument pas.

— Alors je me repose juste dix minutes, dans le fauteuil. »

Tandis que le silence de la sieste envahissait l'appartement, elle s'efforça de réprimer les tourbillons de soucis et de déceptions qui la traversaient. Écoute le ressac de la mer sur la plage, se dit-elle. Écoute le chant des cigales. Écoute le shih tzu aboyer de désespoir dans son jardin au rez-de-chaussée, le moteur des tondeuses, les filets de voix montant des haies près de la piscine, la mouche prise au piège derrière la baie vitrée, volant de haut en bas et bourdonnant, de désespoir elle aussi. Essaie d'oublier. Essaie d'oublier. Il est temps à nouveau, toujours, d'y aller.

Avril 1989

Traversée de la Manche, Calais-Douvres

Ils avaient commencé à creuser l'année précédente, mais le tunnel sous la Manche ne serait pas terminé avant une éternité. On n'avait encore le choix qu'entre le bus et le ferry ou le train et le ferry, le premier recommandé uniquement pour la modicité du coût. La place Stalingrad, terminus d'où partaient chaque soir ces bus imposants, semblait sinistre à toute heure, et les toilettes à bord étaient dans un état indescriptible. Nous avions donc payé presque deux fois plus cher pour le train de nuit poussiéreux partant de la gare du Nord, duquel il nous faudrait descendre à Calais, tirés des profondeurs du sommeil – d'abord par les coups péremptoires des contrôleurs passant dans les wagons-couchettes, porteurs d'échos de la dernière guerre. Rien ne devait avoir changé en quarante-cinq ans – sûrement pas les wagons eux-mêmes, aux compartiments pour six personnes, aux deux banquettes tendues de velours crasseux se faisant face avec leurs accoudoirs élimés, aux vitres sales que recouvraient à moitié des rideaux en accordéon, et au-dehors la nuit noire, éclairée de temps à autre, fugitivement, par une gare déserte ou la lumière vacillante, jaune soufre, des lampadaires d'une ville endormie.

Nos bagages, qui tenaient à peine dans les filets en hauteur prévus à cet usage, oscillaient dangereusement au-dessus de nous, tandis que le manque de place nous amenait à faire sans le vouloir du pied aux autres voyageurs. Des odeurs plus ou moins récentes se mêlaient dans nos narines, des relents de transpiration et de tabac froid venant du couloir, suivis d'une puanteur à base de gras et d'ail quand l'adolescent longiligne au regard sournois près de la fenêtre sortit de son sac de voyage du cervelas empaqueté dans du papier sulfurisé, qu'il fourra entre deux énormes tranches de pain avant de mordre dedans, mastiquant bruyamment. Nous somnolions dans la pénombre, nos têtes dodelinant au rythme des bruits de roulement du train, sans jamais dormir tout à fait, guettant la plainte stridente des freins. Nous avions quitté Toulon dans la matinée par le TGV à destination de la gare de Lyon, escortés jusqu'au quai par tante Suzanne qui avait interrompu sa journée de travail pour nous. Nous avions organisé le trajet de retour de façon à éviter de passer une nuit coûteuse à Paris : de Toulon à Londres le voyage durerait près de vingt-quatre heures en tout, même si tante Suzanne et grand-père croyaient bien sûr que j'allais encore plus loin, jusqu'à Cambridge et à mon studio dans la résidence universitaire en brique ocre de Jesus Lane, au lieu de faire étape avec Oliver dans sa minuscule chambre de la maison mitoyenne de Herne Hill, au sud de Londres, où nous dormions serrés l'un contre l'autre dans un lit une personne sous la fenêtre glaciale, et où les cinq résidents inscrivaient leurs initiales sur les œufs mis au frigo.

Nous avions parfaitement conscience de voyager du soleil vers les ténèbres, du confort vers l'inconfort. Pendant notre séjour entre Pâques et le début d'avril, les lauriers-roses en pleine floraison et les bougainvillées aux tons électriques déferlaient par-dessus la pierre dorée des murs et le long des routes, les arbres s'emplissaient des chants d'un parlement d'oiseaux, et les abeilles dodues entamaient avec ténacité leurs tournées de pollinisation. Nous restions assis au soleil sur la terrasse jusqu'à ce que nos joues et nos épaules nous brûlent, alors qu'à Paris et à Londres prévalait encore un froid humide, malgré les fleurs des cerisiers et les massifs municipaux de tulipes aux couleurs vives.

Pâques : pour faire plaisir à mon grand-père et surtout à ma tante, nous les avions accompagnés le matin de Pâques à la messe dans l'église sombre au pied de la colline ; même Oliver, élevé au rythme d'interminables cérémonies religieuses, était dubitatif devant les rituels répétitifs de la messe catholique en français. Je me sentais mal à l'aise en restant sur mon banc lors de la communion, mais je savais que le fait d'avancer vers l'autel avec le reste de la congrégation aurait horrifié ma tante, pour qui notre protestantisme insipide n'était pas la foi et nos confirmations sans valeur. De même que les Britanniques méprisaient l'éducation américaine, les catholiques rejetaient toute tradition religieuse sauf la leur, et j'étais, en quelque sorte, considérée comme incompatible. Cela m'agaçait et m'amusait à la fois.

Mais je voulais qu'Oliver me connaisse et me comprenne, ce qui était impossible sans un séjour à Toulon. L'appartement de mes grands-parents demeurait l'unique constante géographique de ma vie nomade, de même que leurs routines inviolables, le calme et l'humour inébranlables de grand-père, ou la générosité et les sarcasmes de ma grand-mère canadienne, représentaient les fondements de mon existence jusqu'à présent. Ils pouvaient m'exaspérer – comme la désinvolture et l'aplomb avec lesquels mon grand-père m'avait, quelques jours plus tôt, pris des mains l'exemplaire d'*Éperons* de Derrida (« Ah, c'était un camarade de classe de ton père ! »), que je venais d'acheter, et, l'ouvrant sur la table de la salle à manger, en avait irrémédiablement aplati et brisé la reliure, le transformant d'un seul geste décidé en un livre qui n'était plus ni neuf ni à moi – mais je croyais en leur sagesse, en leur don pour le bonheur, ou du moins pour la joie, un don que n'avait pas reçu la génération suivante, celle de ma mère, de mon père, et de ma tante.

Mon grand-père, après tout, avait cinquante-cinq années durant vénéré et chéri sa femme. Avec un dévouement sans faille, il avait veillé sur elle en proie aux ravages de la démence sénile, s'assurant non seulement qu'elle bénéficiait de tout le confort et était entourée d'affection, mais qu'avec l'aide de Suzanne et d'Odet, elle était chaque jour coiffée et maquillée à la perfection, une élégante illusion que sa grâce et ses manières impeccables, inaliénables, contribuèrent à entretenir jusqu'à la fin. Et pourtant, après sa mort, il avait semblé (à mes yeux, du moins) placidement résigné à son absence. Plus que cela, il avait confié (à moi seule, à Paris où j'étais étudiante au printemps 1985, et dans un restaurant de caviar où il m'abandonna dix minutes pour bavarder avec notre jeune serveuse près du bar) que lorsqu'il était retourné à Buenos Aires plus tôt la même année, voyage représentant une sorte de chant du cygne, il avait demandé à Estelle, la vieille amie de Suzanne, celle au sourire contagieux avec ses incisives écartées, si, vivant seule elle aussi, elle n'accepterait pas de l'épouser. Il avait laissé entendre que ce pourrait être un heureux compagnonnage pour eux deux. Elle avait refusé d'un ton enjoué, me dit-il, son insouciance sauvant cet échange de la mièvrerie, mais tous deux avaient été d'accord, et voulais-je bien l'être moi aussi, pour ne pas révéler cette conversation à Suzanne. Au fond, ajouta-t-il – j'avais alors dix-neuf ans à peine –, si Estelle avait dit oui, il était convaincu qu'après une certaine gêne inévitable au début, Suzanne aurait vu les avantages de l'union entre sa chère amie et son père ; or les choses étant ce qu'elles étaient, mieux valait épargner à Suzanne de l'envisager.

J'acceptai de garder le silence. Je ne voyais pas comment Suzanne aurait pu se faire à cette idée. Mais je m'émerveillais de la fertilité de l'imagination de ce vieil homme, de sa certitude selon laquelle tout se serait bien passé. Il avait répliqué, à peu près à la même époque, quand j'avais annoncé que pour moi mes amis comptaient plus que tout, que je parlais avec l'ignorance de la jeunesse et découvrirais, au fil du temps, que la famille était tout ce qui comptait en dernier lieu. J'avais redressé la tête, moralement indignée, tout en me demandant ce qu'il pouvait bien savoir que j'ignorais ; j'avais conclu que sa demande en mariage, si déplacée à mes yeux – digne d'un roman victorien, cette union entre deux générations différentes ! –, aurait jadis été une stratégie pour consolider la place de la meilleure amie de Suzanne dans la famille, pour s'assurer que même après sa mort à lui – il avait alors quatre-vingts ans, et c'était un réaliste – les deux femmes seraient pour toujours officiellement liées. Mystérieusement – peut-être grâce à sa religion, ou simplement par tempérament, par une sorte de confiance supérieure (même si on nous avait dit que son mauvais caractère dépassait de loin celui de notre père, sous-entendant que celui-ci tenait ses accès de rage d'un maître en la matière) –, il semblait traverser l'existence tel un optimiste à l'état pur, sage, compatissant, avec une foi invétérée en les plaisirs de la vie et, surtout, en l'amour.

Combien mes grands-parents et ma tante avaient mené une existence différente de la mienne, façonnée et mue par leurs croyances – en Dieu, en une hiérarchie patriotique, en des convenances sociales d'un autre âge –, et par un ordre mondial désormais perdu. Le leur était une petite survivance du passé, qui influait plus ou moins sur ma vie présente. Alors que mon père, qui ne soufflait jamais mot de son enfance devant nous, qui ne prononçait jamais le nom de l'Algérie (tout ce que nous savions, nous l'avions appris de tante Suzanne ou de grand-père), qui semblait avoir surgi, tout fait, dans sa vie de faux adulte américain, avait choisi de laisser le passé derrière lui. De « tourner la page », comme on disait. Il avait renoncé au catholicisme (bien que je l'aie un jour surpris les joues ruisselant de larmes quand le pape avait célébré la messe de minuit à la télévision ; lorsque j'avais demandé pourquoi, il avait expliqué que la dernière fois qu'il avait entendu la messe en latin, il croyait encore avoir une religion, et un pays – son unique allusion devant moi à ces deux pertes primordiales) ; et il avait en grande partie renoncé à la France. Las du monde, il n'avait pas d'opinions politiques connues, pas d'amis datant d'avant l'âge de trente ans, aucun passé discernable avant sa rencontre avec ma mère.

Je réfléchissais à tout cela dans l'obscurité, pendant que le train pour Calais fonçait dans un grondement vers la côte : au bonheur surprenant de mon grand-père et au malheur tout aussi inattendu de sa progéniture. Je pensais à tante Suzanne dont le menton, peut-être à cause du stress d'avoir à nous accueillir, s'était couvert d'une éruption rouge vif, et à qui – elle ne l'avait confié qu'à moi et, comme son père, m'avait demandé de ne le révéler à personne – aussi bien son patron que son médecin avaient déclaré sans équivoque qu'elle *devait* prendre un congé pour ses nerfs, de plusieurs semaines sans doute, et commençant aussitôt après notre départ. Mais, hélas, pas avant qu'elle n'ait de manière catastrophique perdu son calme, l'avant-dernier jour de notre visite, avec Odet, de longue date son souffre-douleur.

Les deux femmes se détestaient, se disputant l'amour du vieil homme. Oliver et moi déjeunions en ville ce jour-là, en tête à tête, privilège réservé aux amoureux, et avions donc raté cet éclat. Toutes les deux, nous apprit-on, en avaient pleuré. Odet, sous le coup de l'émotion, avait traité Suzanne de « garce », et Suzanne – bien qu'outrepassant au sens strict ses droits – avait dit à Odet qu'elle était renvoyée, après dix-sept ans de service. Odet avait rétorqué que malgré son affection pour Monsieur, et sa vénération pour le souvenir de Madame (qui lui avait appris tout ce qu'elle savait, paix à son âme), elle refusait de travailler plus longtemps pour cette famille si cela signifiait travailler pour Suzanne. Elle avait mis son tablier et ses chaussons dans un sac plastique fripé venant du placard à linge où ils étaient suspendus et avait quitté l'appartement en trombe, hoquetant entre deux sanglots. À notre retour après un couscous indigeste et un peu de lèche-vitrines – en bus à destination, pas moins, de la « Terre promise » –, nous avions découvert que Suzanne avait disparu elle aussi, et que grand-père semblait anormalement solennel et lugubre.

Impensable, bien sûr, qu'Odet s'en aille – la vie entière de grand-père dépendait de son aide dévouée –, et il allait à présent devoir se sortir du pétrin où l'avait mis sa fille. Certes, Suzanne n'était pas heureuse dans la vie ; pas plus que, malgré ses efforts pour voir ses souvenirs en rose, elle ne paraissait avoir beaucoup connu le bonheur – la dose de lithium quotidien près de son verre à eau, les réminiscences de ses dépressions au fil des ans évoquées à mi-voix par ma mère, le dédain de celle-ci pour la vie de Suzanne auprès de ses parents : une enfant jusqu'à la fin, faisait observer ma mère, avec un mélange acide de dérision et de pitié.

Je revoyais mon père si distant, muré dans son stoïcisme farouche – il parlait très peu dans la journée, quasiment pas – et dont le seul soulagement était apporté par ses excès de boisson ; je pensai à quel point son âme furieuse, meurtrie, nous oppressait et nous peinait. Contrairement à son propre père placide, aimant plaisanter, le mien, bien que faisant le pitre lui aussi, était tourmenté (Boirait-il du Tanqueray au goulot s'il était heureux ?), comme ma mère, et leur malheur à tous deux me faisait l'effet d'un aimant qui m'aurait à la fois attirée (Et si j'avais la capacité de les soulager de leurs tourments ?) et repoussée (La fuite était-elle mon seul espoir ? Jusqu'où pouvais-je raisonnablement aller ?). Mes deux années en Angleterre, ainsi que mes examens de licence, touchaient à leur fin – j'aurais ma licence en juin – et j'avais, la semaine précédente, depuis le petit bureau de poste de La Serinette, au bout de la rue où se trouvait l'appartement de mon grand-père, envoyé mon formulaire d'admission au Master of Fine Arts de Syracuse University aux États-Unis.

J'étais déterminée à devenir écrivaine. Mon père blêmissait devant un rêve aussi naïf : grand-père avait lui aussi voulu écrire, il avait dans les années 1930 terminé un roman et un recueil de nouvelles poliment refusés par plusieurs éditeurs parisiens, comme « ayant peu de chances de se vendre », et il avait renoncé sans bruit à ses espoirs. Une fois en retraite seulement, il s'était assis à sa table, avec la discipline militaire de toute une vie, pour faire par écrit à l'intention de ses petites-filles le récit de sa vie de jeune époux. François ne s'était pas autorisé de telles chimères : à partir du moment où, à trente ans, il avait avec regret abandonné son doctorat, il avait compris que son rôle était de subvenir aux besoins de sa famille. Je savais qu'il voulait m'épargner ses propres déceptions. « Mais CloClo, m'avait-il dit tristement, quand à seize ans j'avais à nouveau annoncé mes ambitions, seuls les génies peuvent être écrivains. »

Ma mère, aux propres ambitions littéraires converties en des pages et des pages d'une correspondance pleine d'esprit, détaillée, et compulsive, m'encourageait en silence. C'était elle qui avait reçu et ouvert les lettres des départements de création littéraire, s'était entretenue au téléphone avec chaque directeur d'études – charmée par certains, dubitative au sujet de certains autres. Le choix de Syracuse était une évidence, pour son équipe d'enseignants, ses financements, sa situation géographique (mes parents passaient désormais beaucoup de temps sur la route entre le Connecticut et Toronto pour s'occuper de grand-maman, presque aveugle et approchant de quatre-vingt-dix ans, et Syracuse se trouvait sur leur chemin). Ainsi que pour son patrimoine.

Raymond Carver, qui avait enseigné à Syracuse, était mort en août de l'année précédente. Six semaines à peine avant notre voyage à Toulon, en février, le jour de la Saint-Valentin (notre deuxième Saint-Valentin ensemble : la première, nous l'avions passée à la librairie Waterstones, lors d'une lecture par Toni Morrison de *Beloved*), Oliver et moi avions pris le train pour Londres afin d'assister à une lecture en mémoire de Carver. Étudiants, nous étions serrés l'un contre l'autre, bouche bée, au fond d'un auditorium constellé d'écrivains vivants dont nous lisions les livres – Amis, Hitchens, McEwan… Et là, était-ce Richard Ford ? –, beaucoup se levant pour rendre hommage à Carver par une citation ou un discours. L'un d'eux était Salman Rushdie en personne, l'auteur des récents *Versets sataniques* cause de tant d'émoi, et qui le lendemain matin, objet d'une *fatwa* de l'ayatollah iranien, fut caché quelque part au plus vite par Scotland Yard.

Ma mère me parlait au téléphone des différents Masters of Fine Arts, mais dans ses longues lettres elle évoquait Salman Rushdie. Tandis que le train continuait sa course bruyante, et qu'Oliver s'agitait dans son sommeil, demandant d'une voix indistincte où nous étions avant de se rendormir, je tentais d'imaginer les journées de Rushdie, sans doute terré dans une demeure, tenue secrète, de la brumeuse campagne anglaise (Pouvait-il se promener dans le jardin ? Randonner à travers champs parmi les moutons ?), ou se déplaçant en voiture blindée, derrière des vitres teintées, d'un refuge à l'autre, sa vie détruite, sa famille et ses amis n'étant plus, au mieux, que des voix à l'autre bout du fil, et avec ses gardes du corps pour seuls compagnons, comme s'il avait été enlevé à sa propre vie – il s'agissait bien d'un *kidnapping* –, châtié de loin pour *blasphème*, tout ça à cause d'un roman, d'une *fiction*… cela paraissait impossible, moyenâgeux. L'idée ne m'avait jamais effleurée, de même qu'elle ne l'avait sûrement jamais effleuré lui non plus, que de simples mots, une histoire inventée, pouvaient à notre époque produire un tel effet, provoquer des émeutes et des attentats à la bombe dans des villes sur toute la planète. Auden avait insisté sur le fait que « la poésie ne fait rien advenir » et, tous, est-ce qu'on ne le croyait pas ? Or cela, pourtant, prouvait le contraire ; prouvait, aussi, que dans notre monde unique, sur Terre à un moment donné, des gens habitaient des siècles différents, la culture de la *fatwa* de cet ayatollah rappelant un univers révolu en Europe ou en Amérique du Nord, une période où les histoires avaient des pouvoirs maléfiques ou magiques, où un énoncé gardait une valeur performative et où dire c'était faire – j'avais étudié Austin à l'université ; je me souvenais de bribes de sa pensée, tout comme j'avais en tête des bribes de Saussure : le signifiant, avais-je dit à Oliver, au sujet des *Versets sataniques*, s'était confondu avec le signifié.

Rushdie n'aurait pu à présent traverser la gare du Nord sac au dos ou faire du pied sans le vouloir à un vieillard endormi dans le compartiment vétuste d'un train pour Calais. Il ne flânerait peut-être jamais plus en public. Il risquait de vivre caché pendant des décennies. À moins qu'ils le trouvent – quelques membres de la British Muslim Students Association réclamaient même sa tête, se portaient volontaires pour ce massacre – et qu'il finisse ses jours en martyr des arts et du libéralisme, de la liberté d'expression... Il n'avait sans doute pas envisagé de devenir un martyr. Rares étaient ceux qui l'envisageaient.

Mon estomac gargouillait et j'appuyai dessus dans l'espoir de le faire taire, comme s'il était une voix. Nous étions incarnés, des animaux, encore et toujours ; nos mots émanaient puis se séparaient de nous – n'était-ce pas précisément là toute la magie de l'écriture ? Envoyer dans le monde une construction de mots, partager une abstraction comme si elle était, ou était devenue, réalité, une expérience concrète, de même qu'un compositeur et un orchestre créaient de la musique, ou un architecte et des maçons une tour ? Mais seulement dans le cas d'histoires, expressément destinées à être retraduites dans l'esprit d'autrui, dé-concrétisées, rendues nomades, afin que nous puissions tous partager (et pourtant créer individuellement) une expérience aussi réelle que si elle avait été vécue... c'était *ça*, la communication, la communion de ma religion, un partage rendu impossible quand le tribalisme exerçait son emprise (que ce soit celui des catholiques à la messe ou celui de l'ayatollah et de sa *fatwa*), un partage laïc et nécessairement tolérant où le moi se fondait avec l'invention, où la métaphore et l'irréel se comprenaient *comme si* – une réalité qui n'était pas réelle, d'où une tension délicieuse et vitale. Mais ce partage reposait, également, sur un contrat sophistiqué, un pacte avec l'abstraction. Rushdie avait cru écrire sur ces bases-là, et pourtant cet événement avait prouvé, plus que le livre lui-même, tellement pris au pied de la lettre, qu'il s'agissait d'une illusion. Un écrivain et son lecteur, dans des royaumes différents.

Après l'arrêt par à-coups de notre train, nous avions rassemblé nos bagages (les sacs à dos tombant tels de lourds fruits mûrs des filets au-dessus de nous), et suivi d'un pas traînant la foule des passagers ensommeillés – jeunes et démunis pour la plupart, puisque le voyage pouvait être moins pénible de jour, mais plus coûteux – dans les couloirs à l'odeur de désinfectant et les files d'attente aux guichets des services d'immigration, pour finir par accéder au ferry. Le bateau brillait de mille feux, ceux des spots des faux plafonds. Le pont sur lequel nous étions installés offrait des banquettes tendues de skaï bordeaux se faisant face et des fauteuils pivotants dispersés autour d'un snack-bar et de ses néons, dans la vitrine duquel divers feuilletés à la saucisse peu engageants luisaient de graisse, surveillés par un jeune homme décharné au teint blafard sous un calot en carton, et au nœud-papillon de travers. La moquette imprimée de mauvaise qualité collait sous nos pieds et mes tennis produisaient de petits couinements à chaque pas. Par les baies vitrées, on voyait le port éclairé comme en plein jour d'un côté ; de l'autre, tout était dans le noir. Nous nous étions approprié une table, Oliver et moi, hissant nos sacs sur deux fauteuils pivotants – lesquels tanguaient vaguement sous le poids, telles des autos tamponneuses –, et nous tentions tant bien que mal, pareils à un chien se tournant et se retournant sur lui-même dans son panier, de replier nos jambes encombrantes afin de pouvoir dormir.

Le ferry, avais-je vu, était « correct », même si ses boutiques duty free restaient fermées et si le snack-bar ne proposait, outre les feuilletés à la saucisse, qu'un stock de Kit Kat et du thé Tetley ou du Nescafé. Faisant le même voyage mais en bus, je m'étais un jour trouvée à bord d'un bateau beaucoup plus petit et « non stabilisé », alertée dès l'embarquement sur les risques de traversée agitée par l'abondance de sacs en papier blanc sur chaque surface plane et par une odeur aigre et persistante de vomi. Lors de ce voyage datant du printemps où j'étais étudiante en France, le printemps où mon grand-père m'avait fait des confidences dans un restaurant parisien, je m'étais rendue à Londres en compagnie de deux autres jeunes Américaines, l'une suivant le même cours que moi, la seconde avec laquelle je m'étais liée dans le Connecticut et travaillant comme au-pair dans le seizième arrondissement. Mal assorties à tant d'égards, toutes deux avaient verdi quelques minutes après le départ et disparu durant toute la traversée dans les toilettes malodorantes au sol glissant, me laissant seule pour veiller sur notre pyramide de bagages et pour ravaler la bile qui montait dans ma gorge – ce à quoi je parvenais à force de concentration, malgré le roulis et le tangage du bateau sur les eaux noires et féroces de la Manche, qui renversaient les boissons et projetaient à grand bruit sur le sol tout objet resté sur les tables. Cette fois-ci, j'avais deviné à la seule vue de la moquette, des tables propres (sans traces de sacs en papier), et du jeune homme aux feuilletés à la saucisse et au regard impassible, que nous ferions une meilleure traversée ; pourtant, incapable de fermer l'œil (Oliver, lui, s'était endormi avant même les annonces diffusées par les haut-parleurs concernant les gilets de sauvetage et les points de rassemblement), je surveillais le personnel de bord et les autres passagers, prête à surprendre la moindre inquiétude qu'ils pourraient trahir.

Ça aussi, c'était la vie : si le train transportait en lui les sons et textures de l'Histoire, nous tous anonymes dans l'obscurité, nous tous otages du grondement des rails, entendant même dans les gares européennes les cris déchirants des familles séparées ou le pas martial des soldats, dont l'écho flottait sous les voûtes caverneuses avec les pigeons aux ailes grasses – *Nous sommes tous pareils*, chuchotaient ces échos, *l'Histoire est toujours autour de nous et en nous* –, ou les vociférations des autorités se frayant un passage d'un wagon à l'autre dans les couloirs, la plainte des freins sur une voie de garage à minuit, tous ces signes extérieurs du chagrin et de la peur nous étant connus comme par osmose ; et si, à bord du train, nous nous fondions dans une invisibilité générale et le sentiment de l'inévitable, de l'Histoire, alors ce bateau pouvait, sûrement, se prêter à une analogie avec l'avenir.

Voilà donc que j'approchais de ma vraie vie, m'étant engagée à laisser derrière moi, dans deux mois environ et pour une durée indéterminée, cet homme bien-aimé qui dormait tout près, et à occuper un studio d'une tour, avec vue sur l'autoroute, de la ville glaciale de Syracuse au nord de l'État de New York, afin de pouvoir persévérer, m'enchaîner, presque littéralement, à mon rêve d'écriture, me forcer à habiter un lieu où je ne connaissais rien ni personne, sorte de monastère entre les centres commerciaux, à vivre sans distraction (pas même la télévision !), faisant le pari fou que ça pouvait valoir la peine, et qu'un jour, par miracle, dans quelques décennies peut-être, j'écrirais quelque chose justifiant cette prise de risque ? Dans quelle mesure cette traversée serait-elle agitée ? Chacun de nous ayant été transporté jusqu'à la côte par tout ce qui avait précédé, puis lancé sur l'immensité noire de la mer.

Regarde bien, pensais-je, observant un couple mince, chacun coiffé d'une capuche de couleur vive et mangeant une à une les cacahuètes contenues dans un petit sac plastique ; puis une mère fatiguée, portant son jeune enfant qui pesait de tout son poids dans ses bras, son petit corps souple enserrant le sien, ses beaux cheveux bruns à elle ébouriffés, avec quelques mèches plaquées sur sa joue ; ou encore ces trois sportifs américains, étudiants comme moi (en short malgré le froid) et reconnaissables au volume de leurs mollets velus et musclés ainsi qu'à la blancheur de leurs dents, même s'ils n'arboraient pas de sweat shirts au nom de leur université : Hamilton, Colgate, Union…

Je les regardais avec un sentiment à la fois de parenté et d'étrangeté : ils n'étudiaient pas à Syracuse, mais venant du nord de l'État de New York, ils auraient pu. Mon lien le plus fort avec Syracuse jusqu'à présent – hormis les trajets vers le poste-frontière du Thousand Islands Bridge juste après Alexandria Bay (ville où vivait, je le savais, Fred Exley, auteur du *Dernier Stade de la soif*, alcoolique désormais victime d'un déclin sinistre) – avait été la tragédie de Lockerbie, de ce vol Pan Am 103, que j'aurais pu prendre, que j'avais d'ailleurs pris en plusieurs occasions, et qui était en l'occurrence celui durant lequel trente-cinq étudiants de Syracuse, rentrant de leur semestre à l'étranger, avaient péri. Nous étions à l'époque spirituellement liés, Syracuse et moi, par ce fil ténu, par la juxtaposition de ma propre chance et de la malchance tragique de ces nombreux étudiants qui auraient facilement pu être moi, ou ces trois jeunes Américains : nous étions d'un côté interchangeables, et de l'autre uniques.

Regarde bien tous ceux avec qui tu partages ce ferry. Outre tes proches, tu ne choisis pas tes compagnons de traversée ou de génération. Tu ne peux pas savoir quel temps il fera, quelle sera la hauteur des vagues. Tout dans l'étrange tumulte de nos vies est incertain.

Cette saison, tout bougeait, toujours plus vite et avec toujours plus de gîte comme si le bateau même risquait de sombrer. Notre ferry à nous avait peut-être effectué une traversée peu mouvementée – nous avions somnolé inconfortablement et débarqué l'œil vague, barbouillés, désorientés, cheveux et vêtements en désordre, pour la dernière étape jusqu'à Londres, aperçue à travers des vitres sales, prés vert émeraude et villages en miniature, puis les banlieues noirâtres et tentaculaires au sud de l'immense ville, laissant derrière nous, parmi les milliers de pavillons semblables, la maison mitoyenne d'Herne Hill dont nous finirions par retrouver la plus minuscule des chambres –, mais des bouleversements passionnants étaient déjà en marche.

Au cours des brèves semaines d'avril que nous avions passées reclus dans l'appartement de mon grand-père, concentrant l'essentiel de notre attention sur la mer, la lumière, les hauts et les bas des tensions domestiques, le monde explosait, déferlant comme les fleurs des bougainvillées. Nous suivions chaque soir les informations sur le petit téléviseur installé dans la chambre de mon grand-père, le volume poussé à fond. Le dimanche de Pâques, les Soviétiques organisèrent sous Gorbatchev le premier tour de leurs premières élections législatives libres – ou partiellement libres –, et lors du second tour, le 9 avril, Boris Eltsine triompha à Moscou. Parmi d'autres nouveaux députés, le physicien dissident Andreï Sakharov, l'acrobate de cirque Valentin Dikul, et l'haltérophile Iouri Vlassov – chacun pareil à un personnage d'une pièce de théâtre surréaliste, avec un rôle à jouer pour conduire l'URSS d'une période de *glasnost* et de *perestroïka* à l'euphorie de la démocratie. Le 9 avril, le même jour que le second tour des élections russes – celui où Oliver et moi avions renoncé à la messe pour bronzer sur la terrasse, et où, après avoir feint de lire *Éperons* de Derrida malgré sa reliure brisée, je m'étais endormie –, l'armée soviétique avait réprimé les manifestations populaires des démocrates géorgiens à Tbilissi, faisant vingt et un morts et des centaines de blessés, fiasco tragique qui entraîna la chute du communisme dans cette république soviétique. Le 17 avril – le lundi suivant, où tante Suzanne avait pris son après-midi pour nous conduire à Aix-en-Provence, où grand-père lut les journaux à la terrasse de la brasserie Les Deux Garçons pendant qu'on gravissait la colline pour visiter l'atelier de Cézanne –, les Polonais légalisèrent Solidarnosc, le syndicat de Lech Walesa en lutte pour la démocratie, alors que seulement deux jours plus tôt, le 15, d'importantes manifestations populaires commençaient sur la place Tian'anmen.

À la fin de l'année et de la décennie, de retour dans la chambre de mon grand-père en décembre, rassemblés avec ma tante et lui autour du téléviseur assourdissant à l'image granuleuse (Odet ayant désormais réintégré le cercle familial, grâce à la diplomatie affectueuse de mon grand-père), nous suivions au fil des jours la chute, puis le meurtre de Nicolae Ceauşescu, nous émerveillant que chaque Roumain abordé par les reporters de TF1 dans les rues de Bucarest parle parfaitement français. Lorsque je quittai ma famille pour aller retrouver Oliver à Londres, juste avant le Nouvel An, Václav Havel, le grand dramaturge tchèque, venait d'être élu président de la Tchécoslovaquie. La chute du Mur de Berlin avait eu lieu un mois auparavant, le 9 novembre, un jeudi, et je l'avais apprise à la radio le soir même après mon dernier cours, dans mon studio de Syracuse où, comme chaque semaine, je ne voyais alors aucun visage familier, hormis celui du livreur de Store 24, avant mon cours suivant, le lundi à 19 heures, discutant à la place avec enthousiasme des événements historiques dans le monde lors de communications internationales au-dessus de mes moyens.

En quelques années, peu après la retraite anticipée de mon père en 1992, les oligarques russes de création récente domineraient de force le marché de l'aluminium, baissant les prix de manière spectaculaire jusqu'à provoquer la disparition de Pechiney, ce navire amiral depuis un siècle et demi de l'industrie française, symbole de sa puissance, absorbé par Alcan, son rival canadien (l'équipe nationale de ma mère, si longtemps méprisée par mon père, et désormais triomphante), lequel serait à son tour absorbé, quelques années plus tard à peine, par le mastodonte Rio Tinto, qui déciderait de ralentir l'extraction de la bauxite à Weipa, dans le Queensland, avec l'objectif avoué de confier la gestion du site aux peuples aborigènes de l'État.

Le bateau, durant sa traversée de cette fin de vingtième siècle, semblait loin d'être stabilisé, et beaucoup de choses étaient mises à bas. Mais, Inch'Allah, il y aurait un prochain voyage, et un autre encore, vers un avenir invisible. Aucun de nous ne pouvait prévoir où ces choses, ni nous-mêmes, atterririons.

Partie VI

Novembre 1998

La Napoule et Cannes, France

Quel soulagement de s'éloigner quarante-huit heures de cette veillée. Lorsqu'ils arrivèrent à La Napoule, juste avant midi, et que Chloe et Oliver vinrent de leur résidence d'artistes les rejoindre pour déjeuner dans ce café sous les platanes de la place du village, Chloe demanda sans réfléchir si leur séjour à Toulon se passait bien.

« C'est quoi, cette question ? dit Barbara sans pouvoir contenir son irritation. On veille un mourant. »

Chloe, confuse, bredouilla des excuses. Mais, honnêtement, elle avait plus de trente ans ; et sûrement assez de bon sens pour comprendre que la vie n'était pas un chemin bordé de roses.

Barbara et François étaient arrivés trois semaines plus tôt, quinze jours seulement après le début du séjour des enfants dans cette résidence d'artistes – située à une heure et demie de route au plus de l'appartement de Toulon, mais on se serait cru dans un autre monde –, et ils devaient rester jusqu'à, jusqu'à... Rien n'avait été précisé entre eux, mais il était entendu tacitement pour tous qu'elle et François (des retraités – imaginez !) resteraient jusqu'à la fin. Oui, ils veillaient un mourant.

Gaston ne pouvait plus quitter son lit. Ce stade avait été atteint au cours de la semaine écoulée. À leur arrivée, il longeait encore laborieusement, d'un pas traînant, le couloir jusqu'à la salle à manger, des mains secourables le prenant par les coudes pour l'aider à s'asseoir, calé contre des coussins à cause de ses os saillants, en peignoir et ses mules aux pieds, dans le fauteuil en bois que tous considéraient comme celui de sa femme, même quinze ans après la mort de celle-ci ; il contemplait toujours longuement la mer, suivant des yeux les derniers voiliers et ferrys de l'automne, les sous-marins et les lourds porte-avions, ce trafic maritime animé qui avait longtemps été toute sa vie et qu'il continuait d'aimer malgré cette sénescence tardive et embrumée. Qui aurait cru qu'il pourrait être ainsi réduit, lui surtout, à l'état de loque aux gestes approximatifs, aux grosses mains pataudes, aux yeux pleins de tristesse ?

Désormais, toutefois, il dormait la majeure partie de la journée, et à son réveil on le redressait en position assise malgré ses petits cris, de douleur ou de terreur pure et simple, nul n'en savait trop rien. Fatima, l'actuelle employée de maison, et Suzanne se relayaient pour approcher de sa bouche tremblante de grandes cuillerées de bouillon de bœuf nourrissant – dont la moitié coulait inévitablement sur son menton, autant de ruisselets étincelants entre les plis de son cou maigre, qui tachaient sa veste de pyjama. Il portait des couches, comme un bébé, et pourtant Fatima s'appliquait à changer inlassablement les draps et à les faire bouillir, afin qu'il reste propre et sente bon. Même en novembre – presque l'anniversaire de Barbara : ils étaient venus à La Napoule pour fêter ensemble le sien et celui d'Oliver, ainsi que la Toussaint et la nuit de Guy Fawkes, deux traditions très différentes, avait fait observer Chloe –, le froid n'était pas encore là dans la journée (sur la petite plage près du château de La Napoule on voyait des gens se baigner) et Fatima laissait ouvertes les fenêtres de grand-père orientées à l'est tout le temps qu'elle restait là, de huit à seize heures, la chambre s'emplissant d'air marin vivifiant. Parfois, cependant, le vent se levait et s'engouffrait dans le vieux rideau, qui claquait telle une voile mal bordée, et le bruit faisait pousser à grand-père les mêmes cris de peur que lorsqu'on le déplaçait dans son lit.

Barbara allait matin et soir embrasser son front brillant, bien hydraté, mais se tenait sinon à distance, s'attardant tout au plus à la porte derrière François, pendant que Suzanne couvrait leur père de baisers sonores et enchaînait les blagues à un rythme épuisant pour tenter de lui remonter le moral, ou de remonter le sien. Barbara savait qu'elle n'aurait pas dû, mais se surprenait à éprouver de la répulsion pour son menton couvert d'une barbe de deux jours, pour son haleine fétide, pour les fins poils blancs qui dépassaient de sa veste de pyjama, pour la pénombre de la chambre, cet antre de la mort, pour le chapelet ornant le crucifix au-dessus de sa tête, et pour ses deux paires de chaussures de ville déformées, alignées au pied de la commode, comme s'il pouvait à un moment donné, le malheureux, les enfiler et se diriger une fois de plus vers le centre commercial avec ses paniers.

Non, la mort était effroyable, demeurer assis à l'attendre était effroyable, et plus encore quand, la soixantaine passée, on avait soi-même déjà un cancer du sein à son passif. Suzanne, qui fumait comme un incinérateur et n'avait pratiquement plus de voix, n'avait curieusement jamais eu le moindre problème de santé – hormis sa folie pure, bien sûr, ces phases dépressives lassantes qui angoissaient tout le monde. Elle croyait visiblement, telle une enfant, que ses démonstrations d'affection et ses pitreries changeraient quelque chose, amélioreraient le sort du mourant ; or Barbara avait désormais assisté à suffisamment de décès – y compris à celui de sa mère, expédié avec une telle efficacité par la vaillante et indomptable Lenore Fisk, qui avait tout bonnement décidé, quand sa dégénérescence maculaire eut évolué au point qu'elle ne distinguait plus le jour de la nuit, que « rien ne l'amusait plus », et qui, ayant interrompu son traitement contre l'insuffisance cardiaque, était morte dans la semaine – pour savoir qu'un sentimentalisme mièvre ne servait à rien. La seule réaction qui convenait était de se cramponner encore plus fort à la vie. Bien sûr que Gaston avait besoin d'amour et d'attention, mais à ce stade il dormait dix-huit heures sur vingt-quatre, un corps en souffrance. Il s'était manifestement embarqué pour son ultime voyage qui le séparerait d'eux, et les tentatives de Suzanne pour le retenir, le garder *présent* et *dans cette chambre* semblait à Barbara, eh bien, effroyable. Complaisant. Dans sa famille à elle on choisissait de rester stoïque, et d'en finir au plus vite. Son propre père avait toujours voulu qu'elle et sa mère, quand elles quittaient l'hôpital, aillent dîner dans un bon restaurant et mangent quelque chose de délicieux en pensant à lui. Il ne voulait pas qu'elles s'attardent à son chevet – il voulait qu'elles *vivent*. Bon, grand-père n'était plus capable de tenir ce genre de propos, et avait de toute façon, malgré son charme, toujours été quelqu'un d'orgueilleux – ravi d'être au centre des préoccupations.

Elle n'avait rien dit de tout cela à François, pour qui, en dépit de son caractère impossible, voire épouvantable, elle éprouvait à présent de la tendresse et de la compassion. Elle aurait bien suggéré qu'ils fassent de longues promenades pour s'évader de l'immobilité de l'appartement où ils étaient comme englués, or il avait de si mauvaises jambes – il souffrait constamment ; sténose lombaire, avait-on diagnostiqué, avec pour seul remède possible une lourde intervention qui le terrifiait – qu'emprunter le sentier ombragé mais sinueux pour descendre de la falaise jusqu'à la plage était devenu impensable, sans parler d'aller à pied à Cap Brun, ou au fort, ou à Sainte-Marguerite. Ils passaient donc le plus clair de leur temps à l'appartement, sauf pour sortir faire les courses, et puisque Suzanne, du moins jusqu'alors, travaillait encore, cela signifiait rester avec la taciturne Fatima et maintenant, également, avec l'horrible Angéline.

Barbara ne savait pas avec certitude depuis combien de temps Fatima travaillait pour leur famille. Un an, certainement – c'était elle l'employée de maison au retour de grand-père du centre de rééducation, après sa fracture de la hanche suite à une chute l'hiver précédent. Mais elle était la troisième ou la quatrième depuis qu'Odet et son bon à rien de mari, Francisco, avaient finalement fait leurs valises pour rentrer au Portugal.

Barbara regrettait Odet ; elle avait toujours eu le sentiment de partager avec elle, pour l'essentiel, la même relation avec cette famille – c'est-à-dire un accueil chaleureux, mais une certaine condescendance et, de fait, une forme d'exploitation – et au fil des ans elle avait apprécié leur mélange d'affection et de désaffection mutuelles, les coups d'œil discrets qu'elles pouvaient échanger devant les crises d'hystérie de Suzanne, voire leurs récriminations de devoir vider ses cendriers qui débordaient... Mais un jour Odet avait simplement été trop excédée et trop fatiguée, et Francisco avait sans nul doute contribué à provoquer ce départ. Il avait vécu *des années* de ses indemnités après un accident du travail, et ensuite, environ une décennie auparavant et contre toute attente, avait pris une maîtresse, ce qui rendait Odet folle, jusqu'au moment où elle comprit qu'elle payait toutes les factures et que son paresseux de mari était entièrement à sa charge, et où elle déclara qu'il pouvait partir avec sa poule et gagner sa vie, mais que s'il voulait qu'elle, Odet, continue à subvenir à ses besoins, il devait quitter cette femme. Et aussitôt, docile comme un agneau, il avait laissé tomber sa maîtresse. Mais peut-être avaient-ils aussi perdu le goût de la France, le sentiment que c'était un pays riche de possibilités – car à partir de là, de leur réconciliation, ils avaient secrètement préparé leur départ. Odet était partie depuis plus de trois ans, et tous lui téléphonaient souvent – elle parlant dans son drôle de français mâtiné de portugais ! –, mais elle leur manquait beaucoup, et rien n'était plus pareil.

Fatima, entre deux âges, mince, le teint olivâtre, avec des cheveux noirs et rêches comme un tampon Jex, et le regard souligné par un trait d'eye-liner, parlait peu et ne souriait pas davantage. Elle était d'une efficacité impressionnante, mais ne souhaitait pas se mêler à leur vie familiale démonstrative.

Jamais Suzanne ne la serrait dans ses bras, ni ne la touchait, d'ailleurs, se tenant à distance, lui parlant poliment et respectueusement, et quand elle lui demandait un service, c'était avec une certaine appréhension. Contrairement à Odet, Fatima n'avait aucun mal à dire non si quelque chose lui déplaisait. Grand-père, de son côté, aussi longtemps qu'il en avait été capable, s'était montré particulièrement attentif aux s'il vous plaît et aux mercis dus à Fatima, aux compliments pour un plat bien préparé ou un arrangement floral réussi, mais il ne restait nulle trace de l'affection débordante prodiguée des années durant à Odet. Fatima acceptait ces marques de gratitude en silence, sans afficher sa satisfaction.

Rien de tel avec Angéline : Barbara avait tenté de parler à François de cet étrange et insondable ajout à la maisonnée, et qui se comportait, malgré une arrivée récente, comme si François et Barbara étaient des intrus. Elle avait été envoyée par une agence, apparemment en tant qu'auxiliaire de vie, quand Suzanne s'était rendu compte, à la fin du mois d'août, que son père allait trop mal pour rester seul après seize heures, lorsque Fatima partait, jusqu'à dix-neuf heures trente, où elle-même rentrait. Et que, d'ailleurs, il avait besoin presque pour tout de l'aide de deux personnes, restant, malgré le poids qu'il avait perdu, d'une taille et d'une carrure imposantes.

On aurait cru, avait murmuré Barbara à François dans leur chambre – celle des filles, avec ses lits jumeaux virginaux –, une fois la porte fermée, que n'importe quelle agence digne de ce nom aurait choisi une jeune femme robuste (voire un homme), capable de soulever à elle seule grand-père en cas de besoin, de lui faire prendre son bain et de l'habiller afin que ces tâches pénibles n'incombent pas toujours à Suzanne et à Fatima, ni l'une ni l'autre ne pesant beaucoup plus de cinquante kilos. Au lieu de quoi on leur avait envoyé une enfant âgée, une créature déjà fanée qui, sans être plus grande que Suzanne et Fatima, était bien plus corpulente, et s'habillait comme si elle se produisait dans un cirque, avec des robes virevoltantes à volants et à motifs floraux de couleurs vives. Bien qu'ayant la soixantaine – et un double menton couvert de taches de rousseur –, elle portait ses cheveux pour moitié en chignon, pour moitié sur les épaules, ornés de rubans et de petits nœuds, telle une fillette lors d'une fête d'anniversaire. Ses sourcils peints lui donnaient en permanence l'air surpris, sa bouche fardée était un minuscule arc de Cupidon. Elle avait une démarche maniérée et parlait d'une voix douce de bébé, comme un personnage de dessin animé. Sur un plan pratique, cette femme était une nullité – elle ne pouvait ni soulever ni porter grand-père, ne savait faire ni la cuisine ni le ménage – mais elle avait, mystérieusement, séduit le père et la fille, laissant Suzanne donner libre cours à son tourbillon d'angoisses et, les premiers jours de son entrée en fonction, écoutant avec une attention soutenue tout ce que disait grand-père, flattant sa vanité, si bien que désormais, alors qu'il remarquait à peine les personnes présentes dans la pièce, et que Barbara s'offusquait de ce babillage de clown de cirque, Suzanne, le soir, leur rappelait avec le plus grand sérieux : « Elle est absolument merveilleuse. Papa l'adore. Il l'a dit plusieurs fois » – façon de dire qu'Angéline faisait partie de la famille.

Quand, au déjeuner quelques jours plus tôt, Suzanne avait abordé le sujet des obsèques – « Il faut être pragmatique... avait-elle affirmé, lorsque son frère eut fait la grimace et fermé les yeux, ... et nous savons tous que c'est pour bientôt » –, Angéline, sous le regard horrifié de Barbara, s'était jointe avec aplomb à la conversation. Elle avait un avis sur les entrepreneurs des pompes funèbres, sur le genre de messe qui conviendrait – pour un patriarche si pieux, il fallait une messe d'enterrement, avait-elle insisté – et Suzanne s'était penchée en avant, tout ouïe, comme si cette voix de bébé valait celle d'un oracle. Après, de retour dans leur chambre, Barbara avait à nouveau protesté : « Méfie-toi de cette créature, François. Elle pense peut-être qu'il y a de l'argent à gagner. Sinon, je ne vois pas ce qu'elle veut. Mais elle est très bizarre. Et elle exploite la vulnérabilité de ta sœur. »

François haussa ses lourdes épaules avec une résignation sinistre. « Qu'est-ce que j'y peux ?

— Eh bien le moment viendra où tu devras taper du poing sur la table. Sinon c'est elle qui prononcera l'éloge funèbre aux obsèques et elle prétendra que l'argenterie lui revient.

— Ne sois pas ridicule.

— Je ne suis pas ridicule – pose-toi la question : Si ce n'est pas une intrigante, à *quoi* joue-t-elle ? C'est un très drôle d'oiseau. »

François soupira. « Je suppose que c'est une célibataire qui vieillit dans la solitude, comme ma sœur. En plus excentrique, avec moins de sens pratique, mais c'est tout. Et on lui a fait sentir qu'elle était ici chez elle. Mon père va nous quitter. Ma sœur se retrouvera seule. Cette femme s'engouffre dans la brèche.

— Ta sœur ne sera pas seule. Tu as toujours été pour elle le meilleur frère au monde. Je pourrais dire que tu t'es mieux occupé d'elle que de moi.

— Arrête, répondit-il, sans agressivité mais d'une voix plaintive.

— Méfie-toi, répéta-t-elle, revenant à Angéline. Je n'ai rien à ajouter. Méfie-toi. »

Cela s'était passé le lundi ; on était mercredi ; le lendemain, ce serait véritablement l'anniversaire de Barbara. Le docteur Muli, qui venait presque chaque soir dans la semaine à la fin de sa tournée de visites, avec ses lunettes démodées et son élégante sacoche noire, leur avait assuré qu'ils pouvaient sans inquiétude s'absenter deux nuits. Et qu'il restait encore au moins une semaine. Qu'en savait-il ? se demandait Barbara. Était-ce comme jouer au tiercé, ou plutôt comme savoir *d'instinct*, tel un boucher ou un poissonnier après des années de métier, le poids de ce vous aviez dans la main ? Le médecin pouvait-il mesurer le temps qui restait, au teint du visage, ou à l'éclat du regard ? Au pouls, ou à la respiration ? Ou bien se bornait-il à deviner ?

Ces dernières semaines lui était revenu avec force le souvenir de la mort de son propre père, qu'elle avait adoré. Près de quarante ans auparavant – une vie entière. Qui était-elle au juste, alors ? Elle revit le moment tardif où elle avait pris conscience de ce à quoi il ressemblait *réellement*, de son visage devenu aussi émacié qu'une tête de mort sans qu'elle ait rien vu, puisque des semaines ou même des mois durant son amour pour lui avait projeté sur ce visage une capacité à garder la santé depuis longtemps perdue. Elle n'avait littéralement rien vu venir.

Dans le cas présent, bien sûr, avec son beau-père, la situation était tout à fait différente. Celui-ci avait toujours été fier de sa lucidité, du fait qu'il ne se berçait pas d'illusions (ce qui lui permettait, bien entendu, de se cramponner à celles qu'il chérissait) ; en conséquence de quoi il répétait depuis plusieurs années : « Maintenant que je deviens vraiment très vieux », ou : « Maintenant que mes forces diminuent », et depuis sa chute de l'année précédente et sa fracture de la hanche, il disait aussi : « Maintenant que je n'en ai plus pour très longtemps », ou même, à leur arrivée : « Étant donné que mon heure viendra bientôt. » Il ne disait pas ces choses avec crainte ; plutôt avec le calme supérieur des fidèles, comme s'il observait le déclin de quelqu'un d'autre.

À ceci près que la vie – ou la mort – l'avait finalement rattrapé, et que son moi animal triomphait à présent. Peu après leur arrivée, il avait hurlé une nuit, aux prises avec un cauchemar : « Ne m'enterrez pas ! Vous voyez bien que je ne suis pas mort ! L'heure n'est pas venue ! Non, ne m'enterrez… non ! »

Barbara et François, tirés du lit par sa détresse, avaient depuis le couloir aperçu, à la lueur d'une veilleuse, Suzanne en chemise de nuit à son chevet, lui parlant d'une voix douce, apaisante, sa Florence Nightingale. Elle leur avait expliqué le lendemain qu'il semblait ne se souvenir de rien, ce qui était un soulagement. Mais depuis, il s'était mis à gémir quand on le changeait de position, à laisser échapper ces petits cris de terreur. Il n'observait plus lui-même son propre déclin, sa propre agonie ; il déclinait, il agonisait.

Cela rappelait à Barbara la naissance d'un enfant, cet autre moment où le portail entre la vie et la mort s'ouvre tout grand. Cela lui rappelait, tant d'années auparavant, son ironie et son autodérision à propos de sa grossesse et, avant la naissance de Loulou, sur sa peur de l'accouchement – quelle femme n'avait pas peur, avant ? –, et ensuite, la soudaineté avec laquelle les forces de la Nature s'étaient emparées de son corps. Son cerveau, sa volonté, sa dignité soudain inutiles, elle-même une misérable bouée ballottée sur l'océan tempétueux des impératifs animaux. Elle avait été assujettie à l'énorme vague de la vie désireuse de se perpétuer, avait été secouée en tous sens, éviscérée, dévastée, déchirée – et ensuite gratifiée d'abord d'un, puis, à peine deux ans plus tard, d'un second, parfait être humain en miniature. Elle se remémorait la douceur de cette peau de nouveau-né, l'étreinte fervente de ces mains minuscules autour de son index, l'éclat nacré de ces tout petits ongles qu'elle avait mordillés pendant des mois, l'odeur de ce cou, la tiédeur et le poids de ces bras et jambes – oui, après cette sujétion laborieuse, mémorable, il y avait eu une nouvelle vie. Et au terme de celle-ci, seulement la mort. Or, tout comme elle-même avait été entre les mains de la Nature, grand-père peinait à son tour, mais pour une fin différente. Mourir était un long et dur travail.

Dieu soit loué pour la présence d'Oliver et de Chloe, même en ces circonstances. Dieu soit loué pour le répit accordé au cours de cette veillée. Les enfants en étaient à la moitié de leur séjour en résidence dans cet étrange château à l'extérieur de

Cannes – ils dormaient dans une tourelle surplombant la mer bleue, et dînaient avec les autres (écrivains, peintres, potiers, même un compositeur) sous les poutres d'une salle à manger monumentale, entourés des sculptures grotesques du riche Américain qui s'était, près d'un siècle auparavant, installé là. Mais ils se réjouissaient d'abandonner un jour ou deux leur bureau pour s'asseoir et bavarder, ou flâner sur le front de mer à Cannes. En guise de cadeau d'anniversaire pour elle, François avait réservé deux nuits dans le petit hôtel près du château, bien que gravir l'escalier sur un seul étage jusqu'à leur chambre lui ait été extrêmement pénible. Quand elle avait demandé aux enfants ce qu'ils diraient d'aller à pied de La Napoule à Cannes, il avait paru si découragé – il n'aurait littéralement pas pu, son mari *ne pouvait pas marcher* – qu'elle avait laissé tomber l'idée et accepté qu'ils fassent tous le trajet en voiture. Mais en même temps, peut-être n'avait-elle fait cette suggestion que parce qu'elle savait qu'il ne pourrait pas ; elle avait conscience d'être simultanément capable de compassion et de sadisme. Elle savait qu'elle pouvait simultanément l'aimer et le détester.

Ils étaient donc assis, sans avoir quitté leur veste mais n'ayant pas froid, devant leurs tasses d'expresso posées sur la table, le soleil automnal tendant ses doigts chauds à travers le feuillage pour qu'ils baignent tous dans une lumière ondoyante. François fumait l'une des cigarettes auxquelles il avait droit – il s'en autorisait désormais cinq par jour, même si les quintes de toux, au bruit pareil à celui d'un meuble raclant le sol, n'étaient pas soulagées par son abstinence partielle ; l'une des nombreuses raisons pour lesquelles il repoussait son opération du dos était que les médecins insistaient sur le fait qu'il lui faudrait arrêter complètement de fumer au moins trois mois avant, ce qui équivalait à lui demander de ne plus être lui-même. Elle l'observait tandis qu'il regardait placidement passer telle voiture ou tel piéton. La saison était finie en bord de mer et les boutiques de souvenirs fermées. Le café n'avait plus que quelques clients, dont une octogénaire soigneusement maquillée qui rappelait Catherine Deneuve à Barbara, avec à ses pieds un chien pelucheux et grelottant. Ces Françaises élégantes, même en offrant une caricature de la vieillesse.

Le garçon – si toutefois on pouvait appeler « garçon » un homme de quarante ans – apporta l'addition sur un petit plateau et déposa celui-ci avec panache devant François qui le prit à deux mains, sa cigarette à la commissure des lèvres. Quelle nostalgie ce simple geste suscita chez elle – combien il lui avait semblé séduisant et sexy des années durant, presque depuis sa première rencontre avec ce beau Français aux habitudes typiques de ses compatriotes, à l'insouciance prometteuse d'une existence enchanteresse, chimérique – et d'ailleurs ne menait-elle pas ici, au bord de la Méditerranée en novembre, une vie qu'à Toronto, jeune fille, elle aurait considérée digne d'un rêve ? Elle revoyait son premier séjour à Londres, en 1955, grisée dans un bus Routemaster qui faisait une embardée à l'angle de Trafalgar Square, sidérée d'être, *elle*, Barbara, physiquement *en Europe* ! Et, peu après, Paris – oui, bon. Autant de rêves ; et une réalité bien différente. Quel était donc ce verset de la Bible, où l'on renonce à son droit d'aînesse pour un plat de lentilles ? Sa vie n'avait-elle donc été qu'un vulgaire plat de lentilles ?

Celle-ci n'était pas encore terminée, bien sûr ; même si l'essentiel appartenait au passé. Cet homme impossible, impatient, autoritaire – pas une chimère, par trop réel, ces chaussettes puantes dans le panier à linge, ces colères, cette imprévisibilité (sans doute un trouble de la personnalité, pensait-elle, et le lui avait dit, chez quelqu'un par ailleurs adorable et drôle), cette bouteille de vodka sous l'évier dont elle n'avait jamais parlé et celle de gin dans sa valise quand il était en déplacement ; son moi surdimensionné, tourmenté, insatiable. Il l'avait dévorée, engloutie, rabaissée et critiquée, avait également pleuré et juré sa dévotion – et elle-même avait gardé un cœur de glace plusieurs décennies durant, l'avait torturé comme il l'avait torturée ; à sa manière, aurait-elle dit, en se contenant elle rendait coup pour coup. Pourtant, à moins que ce ne soit à cause de cela, ils avaient vieilli ensemble comme Philémon et Baucis ; peu importait l'amertume, ils étaient inséparables. Elle avait pensé pendant des années le quitter un jour, de même qu'il avait sûrement pensé arrêter de boire un jour, mais le temps des illusions était à présent révolu. Au cours de leurs études universitaires et ensuite, les filles lui avaient répété, sans relâche : « Quitte-le ! Quitte-le ! Il n'est pas trop tard pour refaire ta vie ! » Mais c'était plus d'une décennie auparavant, et à l'époque il lui semblait déjà avoir trop attendu.

Les filles avaient cessé de revenir à la charge. Au plus, toutes deux mariées désormais, semblaient-elles la voir différemment, presque la juger – non qu'elles lui aient retiré leur amour ; elle savait qu'elles l'aimaient spontanément, facilement ; elle était, avait toujours été, facile à aimer ; mais elles la trouvaient puérile ou superficielle. « On dirait que tu penses que quelqu'un devrait venir te sauver », avait déclaré l'une d'elles, lors d'une mauvaise passe. C'était peut-être vrai. Sa mère, la féroce Lenore, levait les yeux au ciel et lançait : « Dieu te vienne en aide, Barbara, si jamais tu dois remplir toi-même ta déclaration de revenus.

— Évidemment, je ne suis que Barbara la nigaude, l'idiote », répliquait-elle – mais elle-même n'aurait pu dire combien elle le croyait, combien elle avait intériorisé ce sentiment d'inadaptation, combien elle s'en servait comme d'un bouclier.

« C'est une forme d'abus », avait affirmé l'une des filles, voilà longtemps, même si François n'avait jamais levé la main sur elle. Lui reprocher d'avoir une cervelle de moineau, des opinions ne méritant pas d'être écoutées – oui, c'était sûrement une forme d'abus, bien qu'elle ait toujours eu le sentiment, quand il tenait ce genre de propos, que c'était en réalité à lui-même qu'il s'adressait, lui-même qu'il critiquait. Ce qui le contrariait le plus, c'étaient ces parties d'elle-même qu'elle gardait pour elle. L'enfant unique qu'elle était, chérissant son intimité. Elle savait que François n'avait aucun sens des limites, qu'il la considérait comme, et voulait qu'elle le soit, inséparable de lui. Tel était le combat qu'elle menait depuis toujours : ses parents, ce mourant impressionnant et son épouse d'une sainteté lassante, avaient toujours tout fait de concert. Des années durant, elle les avait surnommés les jumeaux Bobbsey – ces héros d'un classique de la littérature enfantine –, demandant plus d'une fois : « Pourquoi faut-il qu'on ressemble aux jumeaux Bobbsey, à tes parents ? » Or c'était le rêve de François, son idéal, tout comme celui de Suzanne, une sorte d'amour courtois tiré d'un roman médiéval – condamné, mythique, énorme. Et ce fantasme-*là*, encore plus que celui d'épouser Jean-Paul Belmondo, ne pouvait qu'être déçu. Elle avait donc été une source de déception constante, simplement parce qu'elle restait elle-même. Mais il l'aimait encore, ou prétendait l'aimer ; alors qu'elle – bon. Elle dirait que certes elle l'aimait encore, quoi que cela signifie – enfin, presque. Elle s'occupait de lui, s'inquiétait pour lui, compatissait à ses souffrances, et aurait souhaité pouvoir le soulager. Mais elle croyait, sans réserve, que tout cela avait été une erreur, que si elle pouvait remonter le temps jusqu'à la jeune fille qu'elle était, éblouie par un séduisant Français dans le bus sous la pluie lors de ce cours d'été à Oxford, elle lui crierait : « Non ! Ne fais pas ça ! Va-t'en. Rentre chez toi. Et plaque aussi Luke Whitworth, accepte cet emploi au *Globe and Mail*, et conserve-le par tous les moyens. Mais quoi qu'il en soit, *ne l'épouse pas.* »

« Avec des si on mettrait Toronto en bouteille », rappelait toujours sa mère, la reine des proverbes. Inutile d'imaginer une vie qui n'existait pas. Il y avait beaucoup de bon dans ce proverbe, même si le verre était à moitié vide. Et les deux filles – elle ne pouvait imaginer sa vie sans elles.

Dans la voiture sur la route de Cannes – un trajet rapide, la circulation étant réduite en cet après-midi de fin d'automne, et toute la corniche endormie, comme La Napoule, en hibernation pour des mois avant la saison des stars de cinéma et des nouveaux oligarques russes avec leurs yachts –, Oliver et Chloe leur parlèrent des autres artistes en résidence, et en particulier d'Ilya, russe et réalisateur de films, et de Tanya, sa femme.

Fils d'un célèbre réalisateur soviétique, Ilya baignait depuis l'enfance dans l'industrie du cinéma et, deux ans plus tôt seulement, ayant tout juste la cinquantaine, il avait connu un succès international : son dernier film avait été nominé pour un Academy Award. Mais il avait eu, à la même période, un infarctus assez grave, et à présent, convalescent, il séjournait dans ce château avec sa femme – aussi charismatique et bavarde qu'il était réservé – pour travailler avec elle à son prochain scénario.

Le château était, s'avéra-t-il, aussi empli de personnages fascinants que des œuvres d'art hideuses de son ancien propriétaire ; mais l'anecdote qui retenait surtout l'attention d'Oliver, et celle de Barbara quand il la raconta, concernait Ilya et Tanya. Pour financer les résidences d'artistes, l'administration louait le grand hall à des sociétés de production cinématographique pour des soirées lors du Festival de Cannes, et parfois hors saison. Raison pour laquelle tous les artistes avaient été envoyés le temps d'un week-end dans un charmant hôtel d'Aix-en-Provence. Là, on avait attribué à Ilya, compte tenu de sa nomination et de ses problèmes cardiaques, de loin la plus belle chambre, mais elle se trouvait au dernier étage, sans ascenseur. Ilya, qui souffrait de douleurs thoraciques, avait compris en l'atteignant qu'il serait incapable d'en sortir avant le retour à La Napoule.

L'expression désabusée d'Ilya, expliqua Oliver, rappelait le personnage d'Astrov dans *Oncle Vania* ; l'opulente Tanya, sa deuxième épouse, de dix ans sa cadette, consacrait son énergie et sa passion à le ragaillardir. En outre, ce samedi d'octobre était le jour du cinquante-troisième anniversaire d'Ilya. Aussi, alors qu'il était allongé sur son lit les yeux fermés, les portes-fenêtres ouvertes laissant entrer le vent de l'après-midi, Tanya descendit-elle discrètement l'escalier jusqu'à la réception pour exiger, dans son meilleur français, que l'on trouve un médecin pouvant venir examiner Ilya dans sa chambre d'hôtel. Plus important, elle commanda, dans un café à proximité, un grand plateau d'huîtres et une bouteille de Veuve Clicquot, pour fêter l'anniversaire d'Ilya.

Oliver décrivit avec jubilation la vue qu'avait eue Tanya depuis le balcon de leur chambre : un serveur en pantalon à rayures, en veste et gilet noirs, les cheveux brillantinés (elle apercevait le haut de sa tête), brandissant l'imposant plateau métallique couvert de glace et d'huîtres tout en slalomant avec grâce – comme un danseur, avait-elle dit – entre les promeneurs du samedi soir jusqu'à l'entrée de l'hôtel, tandis qu'à quelques pas derrière lui, son collègue, dans une chorégraphie à peine moins parfaite, se faufilait de son côté, portant un plateau plus petit avcc un seau à glace contenant le champagne, et deux flûtes.

« Je n'ai pu m'empêcher de penser à Tchekhov, ajouta Oliver. Enfin, non seulement à cause d'une *certaine* ressemblance d'Ilya avec Tchekhov, mais aussi parce qu'il était là, dans cette chambre d'hôtel à l'étranger, et qu'il n'était pas *réellement* mourant – à cette minute il travaille dans le château –, or Tanya redoutait qu'il le soit – le médecin était en route –, et n'oubliez pas que la dernière chose qu'ait faite Tchekhov alors qu'il mourait de la tuberculose dans une chambre d'hôtel à Badenweiler, ç'a été de commander du champagne.

— Et ensuite il a déclaré, en allemand, "*Ich sterbe*", précisa Chloe. Tels ont été ses derniers mots, non ?

— Mais heureusement pas ceux d'Ilya ! s'esclaffa Oliver. Apparemment, il a été bien revigoré par les huîtres et le champagne.

— Et il a retrouvé le moral car leur fille vient leur rendre visite. Elle va se marier ici, annonça Chloe. À Cannes, ou peut-être à Nice ? Voire avec un oligarque ?

— Je n'en sais rien. Le fiancé a sûrement beaucoup d'argent. Ils vont descendre dans un hôtel de la Croisette – Tanya est surexcitée ; le fiancé leur a réservé une suite avec vue sur la mer.

— Quelle chance pour eux tous », se réjouit Barbara. François, à la recherche d'une place de parking, ne réagit pas. Barbara avait conscience qu'il pouvait, à tout moment, exploser : les rues étaient étroites, et les autres conducteurs, dans leur élément, irascibles et agressifs.

« Voilà une place, dit-elle. À droite. »

Exaspéré, il fit claquer sa langue mais tourna aussitôt dans ce qui s'apparentait à une impasse. L'astuce était de se garer à moitié au bord du trottoir, mais les voitures en stationnement de part et d'autre de cette petite rue en sens unique lui laissaient peu de marge de manœuvre.

« Pourquoi on ne descendrait pas t'attendre au coin de la rue ? proposa Barbara. Tu pourras alors te rapprocher le plus possible du mur. »

L'air maussade, il acquiesça sans répondre. Comme ils se connaissaient bien. Si elle pouvait éloigner les enfants le temps qu'il se gare, il se sentirait mieux et l'après-midi se passerait au mieux ; mais s'il devait se garer avec eux tous dans la voiture, son stress se verrait, il risquait de parler sèchement, et Chloe de prendre elle aussi la mouche. La vie de famille, telle une partie d'échecs, impliquait de toujours avoir quelques coups d'avance. Ils sortirent ensemble et le laissèrent, se postant au coin d'une rue un peu plus importante, qui donnait en contrebas sur la mer. Ils ne la voyaient pas, et pourtant, malgré la longueur de la rue, celle-ci était illuminée à son extrémité, une marée de lumière dorée.

La lumière du bord de mer : Barbara y puisait de l'espoir, toujours. Mais une arrière-pensée lui vint : peut-être le contraire était-il vrai. Les villes du bord de mer, la fin de la terre ferme, ce havre de prédilection pour les gens âgés, les retraités : le bout du chemin. Peut-être même Cannes, malgré toutes ses paillettes, était-elle secrètement lugubre ? Barbara allait avoir soixante-cinq ans ; Oliver venait d'en avoir trente-trois. Elle avait presque deux fois son âge. Et le nouveau millénaire n'était pas loin – à quel point elle le redoutait, *lui*, en lequel elle voyait non pas un début mais une fin. Un seuil, comme le rivage, mais vers quoi ?

Elle se retourna pour chercher des yeux François, qui avait réussi, en montant sur le trottoir, à insérer leur voiture dans un espace exigu. Toujours méticuleux, il rentra le rétroviseur, et elle le vit vérifier sa montre, bien qu'ils n'aient ni rendez-vous, ni délais à tenir. Il était obsédé par le temps et par la météo, surveillant celle-ci de près. Et par l'endroit où se trouvaient les choses, jusqu'à l'emplacement d'un stylo-bille sur son bureau. Aujourd'hui on parlerait sans doute de trouble du comportement – de TOC ou quelque chose comme ça. Il allait probablement allumer une cigarette, s'il pensait qu'ils ne le voyaient pas – non ? Non. Mais elle le regarda marcher – ou, plutôt, boiter – le long de l'impasse. Combien il était raide, ployant sous la charge, comme s'il portait tout le poids du monde. Et grimaçant ; elle voyait, chaque fois qu'il mettait un pied devant l'autre, un frisson de douleur lui traverser le visage, avec la régularité d'un essuie-glace. Il leva les yeux et l'aperçut, sourit, mais son sourire, à la fois courageux et triste, donna à Barbara envie de pleurer.

« On veut que tu te choisisses un cadeau d'anniversaire, maman », dit Chloe derrière son épaule. Elle regardait non pas son père, mais la vitrine de l'élégante boutique au coin de la rue où ils se trouvaient. À l'intérieur de la vitrine, sur fond blanc, étaient exposés – d'une marque italienne – des lainages de couleur camel et des jupes sombres, neutres et chics, d'une classe enviable. Mais un rapide coup d'œil au carton sur lequel les prix étaient inscrits à la main lui indiqua que de toute évidence ce magasin n'était pas une option.

« Pas ici, dit-elle en riant.

— Pourquoi pas ? Entrons…

— Ne sois pas ridicule. Je n'aime *même pas* ce genre de choses.

— Voyons, maman, pas question d'aller dans un magasin d'une chaîne de prêt-à-porter ! C'est ton soixante-cinquième anniversaire ! »

François les rejoignit ; elle le savait reconnaissant envers ces bavardages qui détournaient leur attention de sa claudication.

« Papa est d'accord, pas vrai ? Hein qu'on trouvera quelque chose de bien pour maman dans cette boutique ? »

Lui aussi s'inquiéterait du prix. Elle vit qu'il remarquait le carton. Les enfants n'avaient pas un sou. Et eux-mêmes pas d'argent à dépenser pour ce type d'achat. C'était délicat, toutefois, parce qu'il ne fallait pas avoir l'air de repousser ou de mépriser leur générosité.

« Je vais vous dire, déclara François. Ces rues sont pleines de boutiques. Pourquoi ne pas faire un petit tour, et votre mère verra s'il y en a une qui lui plaît particulièrement. Les vendeuses peuvent être insistantes. Comme ça, elle sera plus sûre d'elle avant d'entrer. »

Barbara éprouva de la gratitude. Elle lui effleura le bras pour le remercier. Mais elle savait aussi qu'il ne pourrait marcher plus de trois ou quatre cents mètres sans souffrir le martyre. Elle ferait pour lui ce qu'il venait de faire pour elle, lui ménagerait une porte de sortie. Combien il était étrange et inimaginable qu'à ce stade de l'existence, même les bons moments semblent si compliqués.

« Vous je ne sais pas, mais moi je meurs d'envie de prendre un autre café », lança-t-elle. François pourrait alors s'asseoir et les attendre, de même que des années durant, et il y avait encore un an ou deux, Gaston, son propre père restait assis à les attendre – la vie entière et les générations soudain rapprochées comme dans le soufflet d'un accordéon. Oh ce qu'elle avait encore envie d'être jeune ! À quel point, en cet instant, elle aurait voulu tout retrouver, avoir la même insouciance que sa fille dont la priorité était de dénicher un cadeau pour l'anniversaire de sa mère, et le récit qu'elle et Oliver avaient fait sur leur réalisateur russe et sur Tchekhov comme si la mort n'était qu'un récit, tiré d'un beau livre, alors qu'à cette minute même l'agonie ardue et laborieuse de grand-père – avec ses odeurs et ses effluves, son insistance impitoyable et son issue inéluctable – suivait son cours, à l'autre extrémité de la route. Avoir soixante-cinq ans, c'était savoir que ce déjeuner paresseux sous les platanes et ce lèche-vitrines le long de la Croisette n'étaient qu'un rêve, et que la mort était la réalité ; avoir trente-deux ans, comme Chloe, signifiait pouvoir faire comme si l'inverse était vrai. Mais pourquoi, le temps d'un après-midi, ne pas rêver ?

« Trouvons une terrasse d'où on pourra voir le monde défiler », suggéra-t-elle joyeusement, avançant vers la lumière, consciente du fait que sa fille devait échanger un regard avec Oliver en levant les yeux au ciel.

« Le café coûtera deux fois plus cher, fit doucement observer François.

— C'est notre sortie d'anniversaire, non ? répondit-elle avec signe de tête à l'intention d'Oliver – c'était également le sien à lui.

— Bien sûr que oui. On vous invite, dit Chloe.

— Absurde. » François avait parlé gentiment mais fermement.

En fin de compte, ils l'abandonnèrent avec le dernier numéro du *Nouvel Observateur* acheté dans un kiosque à journaux, et son deuxième café. Pendant qu'ils déambulaient, il s'autoriserait sûrement une cigarette. Même si elle le sermonnait pour qu'il arrête, elle espérait qu'il en fumerait une.

Elle finit par capituler et les laisser lui acheter un foulard en soie. Même Oliver insista. Il n'était pas *trop* cher – moins que leur déjeuner – et lui plaisait énormément. À motif géométrique dans des tons caramel et crème sur fond noir, fait d'une soie lisse et lourde, il s'enroulait élégamment autour de son cou. Elle ne le fit pas emballer, préférant sortir de la boutique en le gardant autour du cou – une boutique tout en longueur, qui ne vendait que des foulards dont les rayonnages et les tiroirs étaient emplis, avec une seule vitrine donnant sur la rue et, au fond, un comptoir derrière lequel la vendeuse, à peu près du même âge que Barbara, aux cheveux cuivrés et souriante, semblait prise au piège. Mais un abattant avait étonnamment pivoté sur ses gonds pour la laisser sortir et elle avait avec bonne humeur déplié une douzaine de foulards, avait noué une moitié d'entre eux au cou de Barbara devant le miroir ovale fixé sur le mur de droite. Elle avait assez mauvaise haleine (Chloe plaisantait depuis toujours sur ce thème : la France, pays des beaux paysages et des mauvaises odeurs), mais elle était si agréable que Barbara ne s'en formalisa pas.

Quand le trio, mère, fille et gendre, ressortirent en pleine lumière, et reprirent le boulevard en sens inverse jusqu'au café, Barbara, la main à sa gorge, effleurait doucement la soie. Apercevant de loin son mari – sa veste à présent reboutonnée, ses lunettes demi-lune presque au bout de son nez, penché sur son magazine, absorbé, indifférent à ce qui l'entourait, vivant –, elle fut étreinte par l'émotion. Était-ce purement de la joie ou y avait-il du soulagement ? À l'idée qu'ils soient encore riches de minutes, et, Inch'Allah, d'années, que l'air qui avait soudain fraîchi puisse encore les caresser, qu'ils puissent encore se disputer, hésiter, blaguer, lire, rire, se plaindre, être. Sa propre mère avait vécu jusqu'à près de quatre-vingt-treize ans, grand-mère jusqu'à plus de quatre-vingt-onze ; tandis que grand-père, à l'âge qu'elle-même avait actuellement, venait de rentrer d'Argentine et d'emménager dans l'appartement de Toulon, où il semblait avoir toujours vécu. Non, pas question d'avoir la larme à l'œil – c'était presque son anniversaire.

« François, regarde ! s'écria-t-elle lorsqu'ils approchèrent de sa table. Tu vois quel beau cadeau ils m'ont fait ! »

Il se retourna et regarda par-dessus ses lunettes. Quand il les vit, il leur sourit, sans réserve et avec les yeux, ces yeux noisette qu'elle connaissait aussi bien que les siens. « Montre », dit-il.

Novembre 1998

Toulon, France

Se réveiller dans le lit de sa sœur, à côté de la place que sa femme avait occupée : l'étrangeté de la vie. La pièce était encore dans la pénombre, les reflets de la lumière du couloir ondulaient sur le mur blanc en face de lui tandis que Barbara ouvrait et refermait une porte, comme dans un énigmatique film muet projeté par une galerie d'art. L'appartement de Suzanne – que pour l'essentiel il lui avait offert ; et où pour l'essentiel elle ne vivait pas depuis des années – lui semblait paisible, nu, en ces instants où il se réveillait.

Exceptionnellement, il ne souffrait pas. Il leva les bras pour les étirer et ils heurtèrent quelque chose sur le mur. Un objet à la fois souple et dur lui tomba sur la tête et lui glissa dans le cou. Le chapelet de Suzanne, bien sûr. Ornant le crucifix au-dessus du lit. Jamais nu, en fait.

Ils avaient quitté le grand appartement pour descendre s'installer dans celui-ci à l'arrivée des autres. Loulou et Pavel occupaient à présent ce qui avait longtemps été la chambre des filles, avec un lit pliant de bébé pour la petite Ines. Barbara avait demandé, en pénétrant dans la chambre de Suzanne, s'ils ne pourraient enlever du mur au-dessus d'eux le corps du Christ le temps de leur séjour.

« Il me donne le frisson, avait-elle dit.

— C'est sa chambre à elle. Nous sommes ses invités. Essaie de ne pas y penser.

— Ç'a été ta stratégie pour beaucoup de choses », avait répondu Barb. Il n'avait pas mordu à l'appât.

Il l'entendait dans la cuisine. Une journée de plus à traverser. Tant de sensations – étaient-ce des émotions ? Il s'efforçait, désormais, de ne pas enregistrer ses émotions, non seulement durant la phase terminale de la maladie de son père et maintenant lors de sa mort, mais à ce stade de son existence. Car si rares étaient les émotions bienvenues. Il avait parfois le sentiment que vieillir, c'était comme habiter un manoir sans en avoir les moyens, de sorte que l'on était obligé de condamner une pièce après l'autre, et finalement des ailes entières, jusqu'à se replier dans la cuisine, cassant les meubles pour faire du bois de chauffage. Comment énumérer tout ce qui avait été perdu, avant même cette grave chute dont son père avait été victime, à peine un an plus tôt ? Comment passer en revue ces souvenirs douloureux ?

Non, mieux valait aller de l'avant, même en souffrant le martyre (marcher était bel et bien devenu ce *martyre* – la sciatique, imprévisible et invalidante, telle une Némésis invisible lui injectant du mercure dans les veines de sa jambe), que ressasser le passé. Quelle était donc cette expression, autrefois – sa propre famille avait depuis longtemps disparu, mais les pieds-noirs disaient : « la valise ou le cercueil » –, oui c'était bien ça. Et il avait choisi, maintes et maintes fois, la valise. La faire et aller de l'avant. La garder faite, d'ailleurs, afin d'être prêt à tout moment. Et au fil des ans, s'assurer d'avoir en permanence une bouteille de quelque chose dedans.

Elles pensaient qu'il buvait trop – lui rebattaient les oreilles avec ça, surtout les filles. Barbara moins souvent, désormais, et pourtant même Suzanne avait fait des commentaires ; l'autre soir encore, elle avait demandé, après dîner : « Tu es sûr d'avoir besoin d'un autre verre ? » – or elle pouvait parler, elle. Non, ce qu'aucun d'eux ne comprenait, c'était à quel point il ne buvait *pas*, cette maîtrise phénoménale de lui-même qui rythmait ses journées. Il s'éveillait le matin et il *ne buvait pas*. Son corps endolori réclamait un soulagement, mais il le lui refusait. Tout au long du jour, il attendait le coucher du soleil. Il se punissait, son esprit aspirant au repos et à l'ivresse, à l'*oubli*, simplement – oublier que tout lui faisait mal ; que sa mère bien-aimée, la seule âme dont il ait toujours eu le sentiment qu'elle l'aimait d'un amour inconditionnel, était morte depuis longtemps ; que sa femme et souvent ses filles semblaient le mépriser, que ses efforts de toute une vie n'avaient pas sauvé sa sœur du malheur, ni d'elle-même… sans compter l'aspect professionnel : la retraite était souvent difficile, il en avait entendu parler avant. Se sentir dépouillé de son identité, de tout respect, sous-employé, en proie à l'ennui – il avait lu les articles. Cela ne l'avait pas arrêté : dès qu'il en avait eu financièrement la possibilité, il avait sauté le pas, peut-être même trop tôt, mais il ne pouvait plus attendre, malheureux au bureau ces dernières années après le scandale du délit d'initiés, puis assistant à l'effondrement de la compagnie autour de lui, à celui du monde entier, semblait-il – non seulement le commerce de l'aluminium, accaparé par les bandits russes de ce Far West qu'était devenu l'Est post-soviétique, mais tout ce qui avait eu du sens pour lui. Mammon était indiscutablement devenu roi – et non pas le savoir, le génie, ou l'innovation, et encore moins l'honneur ou la sagesse. Rien à voir avec le rêve d'un capitalisme utopique de Paul Marie Haenni à Conches, en 1962. Et, le plus déconcertant, cette absence de respect pour les choses *concrètes*, l'industrie ou l'ingénierie, l'exploitation minière ou le bâtiment – non, les fortunes de l'avenir, du présent, étaient abstraites, virtuelles, des codes numériques clignotant dans les airs. Tout ce qu'il avait connu et fait : apparemment superflu… C'était l'essor du *dot.com*, cette folie autour d'eux – Dieu merci, il y avait ce fonds de pension Fidelity –, mais que se passait-il, et où tout cela s'arrêterait-il ?

Alors qu'il se rasait, il s'efforça de ne pas *se* regarder, se concentrant plutôt sur la fente de son menton, sur sa mâchoire empâtée, sur son rasoir au contact de sa peau couverte de mousse ; puis donnant un coup de peigne aux cheveux qui lui restaient, courts et tout blancs désormais, s'enduisant les joues d'un soin hydratant, Givenchy Homme, si familier qu'il ne le sentait pas, c'était son odeur *à lui* – mais sans jamais autoriser ses yeux à croiser leur reflet dans le miroir, sans jamais se permettre de faire vraiment le point, par crainte, oui, de ce qu'il pourrait découvrir, un espace abyssal pour lequel n'existait aucun mot, le plus proche étant « chagrin »...

Non, comment se faisait-il que toute sa détermination et son courage, toute la vaillance du jeune garçon qu'il avait été (la douce main au parfum de verveine de sa mère contre sa joue tandis qu'elle lui embrassait le haut de la tête, en cette lointaine journée à L'Arba au début de la guerre, quand il avait porté Suzanne si longtemps sur son dos, ses jambes se dérobant sous lui lorsqu'ils avaient fini par regagner l'appartement de tata Baudry, et que leur mère, au lieu de le gronder sous l'effet de l'inquiétude, l'avait serré dans ses bras et appelé « mon brave garçon », « mon fils chéri », ajoutant qu'il était formidable d'avoir si affectueusement pris soin de sa sœur) paraissent à présent, aux yeux du monde – à ses propres yeux, soyons honnêtes – se résumer à si peu de choses. Il avait travaillé si dur, enfant – une seule fois, à l'école primaire, un autre élève l'avait détrôné de la première place, un élève qui mourut ensuite de la grippe –, et il avait réussi, malgré les bombes, les abris, les mois où il n'y avait pas classe. Parti dès dix-sept ans à Louis-le-Grand – et là, fallait-il le rappeler, sa première rencontre avec un authentique désespoir, son premier échec. Tant d'années plus tard, Paris lui inspirait toujours le même sentiment, une peur viscérale – ce froid, cette humidité, cet isolement, la brutalité du lycée et de son esprit de compétition, pas même assez à manger, et les miaulements des chats dans l'impasse la nuit, mais, surtout, la *pénombre*. Telle une plante, il ne pouvait vivre sans lumière, sans sa Méditerranée, son soleil africain, qui équivalaient pour lui à *être vivant*. « C'est l'enfer... avait-il écrit à sa mère, lui demandant de ne pas montrer la lettre à son père, qui le trouverait irrémédiablement faible. « ... Ici je me sens mort. » Et sa mère, jamais il ne saurait comment, avait convaincu son père qu'il devait rentrer, que c'était la seule solution, que sinon il risquait de mourir, de vraiment mourir, ce qui était l'impression qu'il avait ; et il était donc rentré. Au cours des cinquante années écoulées, personne n'en avait plus parlé. La page était tournée ; la porte de cette pièce là restait fermée.

Il s'était juré, avec détermination, que ce ne serait pas sa ruine et n'influerait pas sur sa trajectoire, que cela ne limiterait pas ses ambitions, malgré la rigidité de la France, l'étroitesse de ses voies vers la réussite. Celles-ci lui avaient été inculquées par son père dès sa plus tendre enfance, son père qui lui avait non seulement dit qu'il devait toujours travailler le plus dur possible mais atteindre le *sommet*, ainsi qu'il l'avait atteint lui-même, que ne pas le faire serait un échec. François n'avait jamais oublié cette lettre de 1940, dans laquelle son père lui expliquait que la victoire des nazis sur la France venait de ce que les Français n'avaient pas travaillé assez dur, ni individuellement ni collectivement, et que l'enjeu, même quand sa sœur et lui se sentaient trop jeunes, ce qui pouvait être le cas pour un écolier de neuf ans, était toujours de viser le plus haut possible, car l'accumulation de petits échecs pouvait conduire, comme cela avait eu lieu en 1940, à la fin du monde telle qu'ils l'avaient connue.

Aussi s'était-il alors tourné vers les États-Unis, avait de son propre chef posé sa candidature pour cette bourse Fulbright dont personne à Alger n'avait jamais entendu parler. Il avait été en son temps, pour ses camarades de classe, un intrépide aventurier, impressionnant, voire téméraire, en route vers une vie inimaginable, et en anglais alors que ses pairs, prisonniers du passé, refusaient d'apprendre cette langue, en route vers Amherst, Oxford, puis finalement Harvard – et il avait fait carrière, mieux que beaucoup, mieux que la plupart, à cheval sur l'Atlantique, un pied en France, l'autre en Amérique du Nord. Il avait été, jusqu'à son départ bâclé de Sydney, une étoile montante de sa multinationale, peut-être même destiné à atteindre le sommet, ou presque.

Cette terrible initiative, il l'avait prise pour elle, Barbara, parce qu'elle le lui avait demandé ; et il ne lui avait fait aucun reproche. Jamais elle ne comprit ce que cela lui avait coûté, car malgré plusieurs promotions les années suivantes, il avait bradé ses chances – certains ne lui faisaient plus confiance, le jugeaient imprévisible, instable, ou faible, à cause de cette incompréhensible décision autodestructrice de partir au Canada… Au contraire elle lui avait reproché d'accepter une promotion à New York si tôt après leur installation avec les filles à Toronto.

Ces longues et pénibles années ponctuées d'allers et retours, à New York du lundi au vendredi, avec tant de dîners et de soirées solitaires, et ce lit vide, désespérant – comme à Paris, mais avec plus de lumière, plaisantait-il –, pour arriver chez lui exténué le vendredi soir et se dire qu'aucune d'elles n'avait réellement envie de le voir, que leur visage se fermait quand il franchissait le tourniquet à l'aéroport, qu'elles étaient plus heureuses sans lui. Même pas le bienvenu dans sa propre maison, seulement le bœuf pour tirer la charrue dans le champ, la bête de somme.

Au moins, pensa-t-il – alors qu'il boutonnait sa chemise blanche, nouait la cravate sombre qu'il avait mise dans sa valise avant de quitter le Connecticut des semaines plus tôt, sachant que le jour où il la sortirait et la déroulerait, son père serait mort –, au moins les choses n'étaient plus comme ça désormais. Barbara et lui avaient essuyé la tempête – ces terribles premières années dans le Connecticut, ces épouvantables disputes –, le tout n'étant plus qu'un flou obscur. Probablement, certainement, il avait trop bu, seul dans ce sinistre Middletowne Hotel de la 50e Rue durant ces longues années entre New York et leur maison de Greenwich. Et ensuite il avait trop compté sur l'aide de son vieil ami Johnny Walker pour surmonter les débuts de sa retraite dans le Connecticut. Barbara et lui y avaient été si heureux quand les filles étaient petites, avant l'Australie, et il n'avait jamais tout à fait compris les effets sur eux de ce retour lui rappelant *Qui a peur de Virginia Woolf ?* ou la pièce de Sartre, *Huis Clos*, comme s'ils étaient tous deux prisonniers d'un horrible combat. Elle, si malheureuse, et rien de ce qu'il pouvait faire, dire ou lui offrir ne suffisait, rien n'y changeait quoi que ce soit. Comme si pour être digne d'amour, de pardon, d'être accepté, il lui aurait fallu accomplir une série de travaux d'Hercule, dont la nature exacte ne lui était jamais révélée et semblait changer sans cesse : je veux rester au Canada, je veux voyager davantage, pourquoi n'avons-nous pas davantage d'amis ici, toutes ces épouses françaises snobinardes sont insupportables, quand est-ce qu'on part, quand est-ce qu'on retourne chez ma mère, qui est toute seule, ou à Londres, j'aimerais bien Londres, quand est-ce qu'on part ?

Ça allait mieux à beaucoup d'égards, depuis six ans qu'il était en retraite – et pourtant. À son travail des années durant, jamais il n'avait ressenti cette douleur qui ne le quittait pas depuis. Jamais il ne s'était éveillé en pensant à la bouteille dans sa valise. Toujours surmené, passant d'un aéroport à son bureau, de Grand Central à Greenwich, de la remise de diplôme d'une des filles à une visite due à des parents âgés, payant les factures, cirant ses chaussures, refaisant sa valise, toujours épuisé, toujours responsable. Jamais il n'avait pensé, toutes ces années, à ces autres pièces dans lesquelles il n'entrerait plus, ne pourrait plus entrer, dont l'accès n'était même plus imaginable – dire qu'il aurait pu être universitaire, et même artiste… (Pourquoi pas ? Enfant, il adorait peindre et dessiner ; il se souvenait de sa mère, de ce Noël particulièrement modeste en temps de guerre où elle lui avait trouvé une boîte de crayons de couleur et un cahier, alors que le papier était si rare ! Rendez-vous compte !… Et plus tard il adorait aussi faire des photos, s'était imaginé pendant plusieurs années qu'un jour, à sa retraite, mais non)… dire qu'il aurait pu se sentir chez lui quelque part, n'importe où, même si se sentir chez soi, bien sûr, comme l'aurait dit son père, ne tenait pas à la géographie mais à la famille, et sa sœur aurait ajouté qu'*avec eux*, il se sentait toujours chez lui – mais comment formuler, pour eux ou pour lui-même, la terreur et le doute qui avaient, presque toute sa vie, accompagné son amour pour eux, si profond qu'il eût été ? Comment leur faire comprendre que malgré son sentiment d'appartenance en leur compagnie, il lui fallait autre chose ; ou, plutôt, il lui fallait trouver un autre lieu ou quelqu'un d'autre pour éprouver ce sentiment ; et que là, bien entendu, était la source de son plus grand chagrin : le fait que Barbara ne voulait pas, ne pouvait pas lui ouvrir ses bras. Elle ne pouvait lui donner le sentiment d'être chez lui.

À la mort de sa mère, devenue si douce et parcheminée, perdue depuis tant d'années dans sa démence sénile avant que son corps ne lâche, il avait dit à Barbara : « C'est le jour le plus triste de ma vie jusqu'à aujourd'hui. » Pourtant elle avait à peine paru l'entendre, et encore moins le comprendre. Elle avait, durant tout ce temps, témoigné du respect à sa belle-mère mais l'avait toujours crainte. Peut-être enviait-elle l'amour tout simple qu'il vouait à sa propre mère, n'ayant elle-même pas connu cet amour donnant beaucoup et ne punissant jamais. Peut-être y percevait-elle un reproche. La mère de Barbara avait toute sa vie puni sa fille, et Barbara le punissait lui à son tour. Quelque chose de protestant. Mais elle voyait combien l'amour de la mère de François était spontané, sans limites, et combien ça lui était étranger ; en tout cas, elle rejetait cela. Au père de François, plus compliqué, elle avait toujours été plus attachée. Elle était sincèrement triste, à présent, qu'il soit mort.

François l'entendait dans la salle de bains, sûrement occupée à se maquiller. Alors que sa sœur ne sortait jamais de chez elle sans s'être fardée avec soin, Barbara se maquillait rarement, et quand cela arrivait il lui trouvait l'air un peu bizarre, les traits marqués de son visage étant curieusement estompés. Debout dans la salle de séjour de sa sœur, écoutant le ruissellement de la fontaine au-dehors, il mit ses boutons de manchettes et rajusta sa cravate. Il n'avait allumé aucune lampe. Il avait grossi et son col le serrait. Ses doigts, toujours épais, lui paraissaient maladroits, de pâles chipolatas dans l'obscurité.

« Tu es bientôt prête ? » demanda-t-il. Il était presque huit heures. Plus haut, dans le grand appartement, l'entrepreneur des pompes funèbres arriverait bientôt pour emmener le père de François. Il voulait être là, faire ses ultimes adieux, embrasser, une dernière fois, ce grand front bombé. Il redoutait la montée jusque-là, puis toutes ces marches, une torture pour ses jambes. Il allait reprendre un Doliprane. Barbara ne lui avait pas répondu. « Barb, tu es bientôt prête ? »

Il entendait presque sa propre irritation, même si elle atteignait ses oreilles assourdies par l'irritation même ; il en était pour l'essentiel partie *intégrante* plutôt qu'*observateur*. Mais il avait fini par comprendre au fil des ans que Barbara percevait son anxiété comme de la mauvaise humeur, qu'alors elle réagissait elle aussi avec mauvaise humeur, et qu'il devait s'efforcer de creuser un fossé plus profond entre ses impulsions et son comportement. Il l'appela de nouveau, plus doucement : « Barb ? Je ne veux pas être en retard.

— Tu veux partir devant ? » suggéra-t-elle derrière la porte.

Non. Il voulait qu'ils gravissent ensemble la pente abrupte. Dans ses rêves, peut-être même lui tiendrait-elle la main. Il faisait cette ascension, après tout, pour assister à la mise en bière de son père. Lui, qui pouvait à peine marcher. Il n'allait tout de même pas devoir y aller seul ? Il fallait littéralement la cavalerie. Pourquoi lui refuserait-elle son aide ? Comment pourrait-il ne même pas mériter cette petite consolation ?

« Tout va bien », dit-il. Il alla chercher le Doliprane dans la cuisine. Il avait également mal au cou et à l'épaule, du côté gauche. Pas seulement à la jambe et au dos. Il toussa. Toujours cette toux. Il avait envie d'une cigarette mais ne céderait pas – cinq par jour, et ce jour-là, exigerait un sérieux effort de discipline. Un débris. Soixante-sept ans et déjà un débris. Il refusait de se plaindre. Depuis longtemps il savait se maîtriser. Il avait beau être indigné par le monde, les politiciens merdiques, les escrocs, et la bêtise ambiante, il ne se plaignait pas de son sort. Barbara le faisait pour deux.

Ils étaient, ils avaient toujours été, si différents. Sans doute avait-il pensé qu'en l'épousant, il pourrait échapper à celui qu'il était, se transformer en, disons, son père à elle, un homme direct, irréfléchi, inintelligent, joueur de cartes et intéressé par l'argent. À moins qu'il n'ait rien pensé, qu'il n'ait simplement pas résisté à sa beauté à elle, à sa grande bouche et à ses longues jambes, à son rire un peu timide, et à sa façon de baisser les yeux en prenant la parole… Ou qu'il ait surtout répondu à ce à quoi il n'aurait pas dû répondre, à son désir tout neuf, insatiable, pour le Nouveau Monde, à son envie de fuir définitivement ce conformisme hideux, asservissant, que son père désirait pour lui, ces définitions contraignantes de la réussite qui lui faisaient alors penser à la mort. Après la période qu'il avait passée à Paris, il voulait *tout* sauf Paris, or son père insistait : il n'y avait d'autre voie pour réussir que Paris, et la destination vers laquelle cette voie conduisait, c'était… Paris. Aussi était-il tombé amoureux d'une femme qui était l'anti-Paris, aussi éloignée de Paris qu'elle pouvait l'être, et qui détestait Paris encore plus qu'il ne détestait cette ville, ou qui détestait du moins « les Français », quoi qu'ils aient été.

Mais son père, ce redoutable vieillard auquel il s'était longtemps opposé (au sujet de l'Histoire, de la nationalité, de la politique, de la religion, de tout) et que pourtant il aimait farouchement, dont l'opinion avait toujours compté pour lui plus qu'elle ne l'aurait dû, il le savait – pendant des années il lui avait envoyé les bulletins scolaires des filles, bon sang, il n'en revenait pas, mais il l'avait fait –, ce père, né dans la pauvreté, s'était toute sa vie assigné pour tâche de devenir, puis d'être, un Français, un gentleman français, pas moins – un gentleman français des colonies, des plus fervents peut-être, de même qu'un converti est plus zélé qu'un catholique de naissance. Il avait décrété que rien ne lui barrerait la route, ni ses origines modestes, ni la disparition de son propre père quand il était enfant – un père de nationalité malte, d'ailleurs, dont aucun critère de l'époque ne faisait de lui un blanc, ou un gentleman plausible –, ni son éloignement de la métropole, ni sa décision inattendue et délicate de prendre Lucienne pour épouse, ni le fait qu'au début il leur avait fallu choisir entre financer son uniforme blanc de la Marine et avoir assez à manger : il n'avait laissé rien de tout cela lui barrer la route. Mais lui aussi avait échoué, en son temps : sa candidature à des responsabilités politiques à Alger n'avait rien donné, ni ses explorations pétrolières au Sahara. Tout autant que son fils, il avait été malmené par l'Histoire. Mais il avait fini par choisir de rester un gentleman français, de croire joyeusement, inébranlablement, en son pays et en lui-même. Il avait fait corps avec le personnage créé par sa propre volonté, et son épouse avait toujours cru en lui ; sans doute ne fallait-il que cela, une secte à deux membres, et lui, eux deux, avaient été heureux. Envers et contre tout, ils avaient été heureux. Lui et son épouse bien-aimée s'étaient tenus par la main à travers toutes les épreuves, ce qui avait, peut-être, très certainement, fait leur bonheur.

La voilà enfin, sa femme à lui, Barbara. Ils allaient devoir se presser, bien qu'il ne marche pas vite même quand il le voulait. Elle portait sa robe de soie noire, un rouge à lèvres pâle. Aujourd'hui encore, elle lui coupait le souffle – elle ne vieillissait pas, aussi grande et mince qu'elle l'était dans le bus en cette journée pluvieuse à Oxford, quarante-trois ans plus tôt. Elle lui sourit, tendrement, ajustant son foulard neuf d'anniversaire autour de son cou, le fond noir du motif adapté aux circonstances.

« Ça te va ?

— Parfaitement. Ça m'a l'air très bien. »

Même si elle ne chercha ni sa main ni à le comprendre – de même qu'il n'arrivait pas non plus à la comprendre, après toutes ces années –, en cet instant, encore, elle marchait dehors à côté de lui, dans le matin froid. Ce qui n'était pas rien, ce qui était quelque chose. Ils avaient sûrement accompli quelque chose.

Décembre 1998

Toulon, France

Tellement étrange, d'être toute seule dans le grand appartement. Possible qu'en mes trente-deux ans d'existence ça ne me soit jamais arrivé, certainement pas en hiver, la nuit, avec le vent qui ébranle et fait vibrer les immenses baies vitrées de tous côtés. J'aurais bien baissé les stores métalliques pour oublier l'immensité nocturne et tempétueuse, mais j'avais peur de me sentir prise au piège – voire enterrée – plus que je ne détestais ces claquements et coups de boutoir. Je décidai de m'en remettre à la tempête ; épuisée, je trouverais malgré tout le sommeil, bien qu'ayant choisi de dormir sous une couverture à même le vaste canapé du séjour plutôt que de me réfugier dans une des chambres. Il n'y avait personne pour m'en dissuader.

À peine quelques jours auparavant, ces chambres étaient pleines de monde et animées en dépit du deuil : Loulou, son mari, et Ines leur petite fille, un an à peine, qui faisait ses premiers pas en poussant des cris de joie ; plus Oliver et moi, bien sûr – nous avions abandonné notre tourelle puisqu'il nous restait seulement quelques jours en résidence, et on nous avait attribué le vieux canapé défoncé du bureau de grand-père ; sans oublier papa et maman qui, paradoxalement, dormaient dans l'appartement désert de Suzanne, elle-même installée dans l'alcôve en hauteur, son perchoir, disait-elle, comme des années durant, comme si elle restait prête à se lever d'un bond en pleine nuit pour aider son père.

Personne n'occupait la chambre de grand-père, bien entendu. Ou, plus exactement, à notre arrivée à tous, *lui* y était encore. Fatima et Suzanne l'avaient baigné, parfumé et habillé dans son plus beau costume, et il reposait de son côté du lit, près de la porte, la tête appuyée à deux oreillers et les mains jointes sur le drap blanc. Autour de lui les couronnes aux couleurs vives et les bouquets enrubannés envoyés en son honneur s'ajoutaient, si bien qu'il semblait être allongé sur un lit de fleurs, et on laissait la fenêtre grande ouverte pour éviter toute odeur éventuelle. On aurait pu fermer la porte afin de garder la chaleur dans l'appartement (le chauffage était dérisoire dans le meilleur des cas), mais tante Suzanne se disait persuadée que ça équivaudrait à l'enfermer loin de nous, comme s'il ne comptait plus, alors qu'il restait spirituellement autant que physiquement, bien sûr, avec nous, raison pour laquelle, d'ailleurs, nous étions réunis autour de lui.

La première fois que j'avais tourné dans le couloir pour le découvrir là – était-ce lui ? Ou bien ce pronom ne convenait-il plus pour décrire son visage cireux, décharné, presque mythique, au nez osseux, et dont quelques touffes de duvet blanc lui effleuraient doucement les oreilles au moindre souffle d'air froid ?… Quand je le vis alors, j'eus du mal à croire que c'était le même homme, qu'il était mort. « N'est-ce pas qu'on dirait qu'il bouge ? murmurai-je à Oliver, qui refusa de regarder.

Cela donnait une impression très non américaine, très non protestante, de nous voir marcher, jouer et bavarder à quelques mètres de cette effigie, cette réduction immobile et en décomposition de ce qu'il avait été, lui notre noyau central à tous. Je savais que ma mère devait sans conteste être horrifiée, révulsée, comme elle l'avait été tant d'années auparavant lorsqu'à la même saison, dans la même pièce, grand-mère était morte elle aussi, et qu'ils avaient fait la même chose. En Amérique du Nord, vous appeliez l'entrepreneur des pompes funèbres et ses employés faisaient disparaître le corps, puis vous retournaient un étrange mannequin de cire à la mâchoire tenue fermée par du fil de fer, empestant le liquide d'embaumement, installé tel un bijou sur le satin d'un écrin, et seulement visible dans ce curieux établissement, le Salon Funéraire, où tout est fait pour que vous soyez *comme* chez vous, mais en plus laid, avec une moquette bleu ciel, des tentures empesées, et çà et là des conseillers en costume sombre et aux mains jointes qui chuchotent entre eux. Une farce en soi, évidemment.

Je comprenais donc le raisonnement de ma tante : en quoi était-il différent d'être mourant, d'être mort ? Chacun de nous vivait au sein d'une famille et en était aimé, et de même qu'on aimait ses proches, leur restant loyal malgré leur mauvais caractère, leurs choix malvenus, leur mauvaise haleine ou leurs tocs, on les aimait autant dans la mort que dans la vie. On ressentait comme un calvaire cette ultime séparation – ce moment, le matin des funérailles, où les hommes en noir venaient pourtant mettre le défunt dans son cercueil tendu de satin – et on aurait voulu la repousser le plus longtemps possible. Et de même qu'une maman singe dont le bébé est mort lui lèche le corps et le serre contre elle parfois plusieurs jours, que les éléphantes portent enroulé dans leur trompe, parfois plusieurs semaines, leur enfant sans vie, ou que les femelles orques portent également leur baleineau mort, je comprenais donc que les humains, eux aussi des animaux, fassent logiquement, dans les sociétés traditionnelles, leur deuil en présence du corps de leurs défunts.

Au lycée, lors de ma brève période théâtrale, j'avais joué dans *L'Ombre de la vallée*, une pièce de l'écrivain irlandais J.M. Synge, où j'incarnais Nora, une veuve qui veille le corps de son mari acariâtre dans sa maison isolée en pleine campagne. C'était avant même la disparition de grand-mère, et je n'avais encore ni vu ni connu la mort de près. J'avais à l'époque considéré cette veillée comme une ancienne coutume très loin de mon propre monde moderne. Dans la pièce, bien sûr, le mari feignait seulement d'être mort et ressuscitait dans une fureur tragicomique. Mais grand-père ne faisait pas semblant d'être mort. Il avait quatre-vingt-treize ans, après tout. Nous savions qu'il devait nous quitter. On pourrait même dire qu'il nous y avait préparés, en devenant de plus en plus frêle sans perdre son humour ni sa sagesse. Encore qu'aucune préparation ne soit vraiment possible.

Mes parents avaient demandé si je pouvais rester une semaine avec tante Suzanne, qui devait subir une biopsie à l'hôpital, la première de sa vie d'adulte – un problème de polypes –, et qui redoutait de l'affronter seule. J'avais dit oui, naturellement – comment aurais-je pu refuser ? –, mais quand mon père avait quitté la pièce j'avais questionné ma mère : « C'est la même chose que pour toi il y a quelques années ?

— À peu près, je pense. Il faut retirer les polypes, s'assurer qu'ils ne sont pas cancéreux.

— Donc ce n'est qu'une *intervention*, non ? Enfin, ce n'est pas une vraie opération, d'accord ?

— Ça se fait sous anesthésie. Ce que Suzanne appréhende.

— Sédation ou anesthésie générale ?

— Je n'en sais rien. Ce n'est pas le même système de santé, ni la même culture. Je ne sais pas laquelle des deux. C'est important ?

— Eh bien la seconde comporte beaucoup plus de risques. Si c'est l'anesthésie générale qu'elle redoute, je comprends.

— Sinon tu ne comprends pas ? Je ne suis pas sûre que ce soit une peur rationnelle, pas vraiment.

— Exact. » J'avais répondu d'un ton assuré et critique, comme si on pouvait a priori s'entendre sur la folie de tante Suzanne. C'était une opinion partagée, par Loulou aussi, mais pas par mon père qui ne médisait jamais, et surtout pas de sa sœur.

Cette fois, ma mère me surprit. « Fiche un peu la paix à ta tante », déclara-t-elle. C'était la veille des obsèques. « Elle s'apprête à enterrer son père, dont elle s'est occupée ces quinze dernières années. Sans doute qu'elle n'a juste pas envie d'être seule, d'accord ?

— J'ai *dit* que je resterais.

— Oui, et je t'en remercie. Mais essaie de le faire avec gentillesse, peut-être ? »

Je soupirai et mordillai ma lèvre inférieure. Avec la génération précédente, j'avais toujours du mal à suivre les renversements d'alliances. Ceux de ma mère, du moins.

Ce soir-là néanmoins, seule avec tous ces meubles familiers, ces tableaux et bibelots – que ma tante ne voulait pas revoir : elle m'avait confié avant de partir pour la clinique son refus de ne plus passer là une seule nuit, et son impatience de retrouver son petit appartement à elle –, j'éprouvai pour Suzanne de la compassion et de la gêne après avoir lu, l'après-midi même, un journal intime que je n'aurais jamais dû voir.

La journée des obsèques de grand-père avait été lumineuse et froide. La mer d'un bleu profond scintillait, les promontoires sombres se détachaient sur le ciel dégagé. Les hommes en noir étaient venus tôt pour mettre le corps en bière et l'emmener à l'église – « pour le mettre en boîte », dis-je à ma sœur, essayant d'être drôle, dans un effort désespéré pour rire un peu. (Dieu merci, il y avait sa toute petite fille, dont les pitreries nous permirent plus d'une fois de pouffer de rire : Ines croyait que les réunions d'adultes servaient à l'admirer.) Le cercueil ne tenait pas dans l'ascenseur, et les employés des pompes funèbres durent le descendre par l'escalier. Au premier tournant, dans leur précipitation, ils heurtèrent le mur, écaillant le stuc. Tante Suzanne, déjà sur les nerfs, laissa échapper une plainte aiguë depuis le palier, une version plus sonore des petits cris de grand-père à la fin, comme si c'était elle qui avait reçu le coup. L'écho résonna jusqu'en bas de la cage d'escalier et s'entendit sûrement dans le hall d'entrée, plusieurs étages en contrebas.

« Ne t'inquiète pas, tout va bien se passer », la rassura à voix basse mon père près d'elle dans son costume sombre.

Mais elle leva les bras au ciel et marmonna entre ses dents, indignée. Puis l'horrible Angéline, déjà là dans une cape en feutrine cramoisie sur sa robe noire à froufrous, et coiffée d'un chapeau orné d'une plume, enlaça Suzanne, lui chuchotant des paroles apaisantes à l'oreille : « Allons, allons mademoiselle, ne pleurez pas ! Il est avec le Seigneur ! C'est un grand jour – il est au paradis ! »

Mal à l'aise, on reflua dans l'appartement, entendant encore la descente bruyante des employés des pompes funèbres.

« Honnêtement… », dit ma mère, debout près de la baie vitrée de la salle à manger, à Oliver et à moi, tandis que ma sœur poursuivait dans l'escalier menant à la salle de séjour sa fille qui poussait des couinements. Elle n'eut pas un mot de plus, mais nous savions qu'elle faisait allusion à Angéline, à la scène dans son ensemble, à l'accent mis sur la religion qui rassurait tellement notre tante. Comme ses parents, Suzanne dormait toujours sous le Christ en croix – littéralement. Nous n'en parlions presque jamais, pourtant notre agnosticisme était source d'une grande tristesse pour elle. « Il n'y a pas d'athées dans les tranchées », aimait-elle à répéter.

La veille au soir, ma mère avait demandé à mon père de ne pas inviter Angéline au déjeuner suivant les obsèques. Ceci après qu'il fut évident qu'elle se rendrait à l'église, et de là au cimetière, dans le minibus que mon père avait prévu pour simplifier les déplacements. Celui-ci, aux opinions si tranchées d'habitude, avait en ces instants, face à sa sœur, l'air hypnotisé, doux comme un agneau : il voulait seulement que ses souhaits soient exaucés, qu'elle sente que ces obsèques avaient été organisées dans l'honneur et le respect, à ses yeux à elle et à ceux de cette communauté à laquelle lui, et nous, n'appartenions pas. Comme s'il lui avait délégué son chagrin. Or elle semblait vouloir Angéline auprès d'elle.

« Après tout, me fit observer Oliver, tu m'as, moi ; Loulou a Pavel, et ton père a ta mère ; mais ta tante est seule.

— Je ne peux pas dire que j'ai très envie qu'Angéline fasse partie de la famille. L'habit fait le moine ! » répondis-je.

Mais nous comprenions tous : tante Suzanne risquait de se retrouver sans attaches, désormais.

Finalement, toutefois, Angéline accompagna notre petit groupe et quelques très vieux amis de la famille jusqu'à la tombe – et ne passa pas inaperçue dans sa cape, avec aux pieds ce qui ressemblait à des chaussures de flamenco, et la plume vermillon de son chapeau oscillant au-dessus de sa tête. Elle avait elle-même annoncé qu'elle ne viendrait pas au déjeuner. « Vous me pardonnerez, mais j'ai un engagement antérieur », avait-elle expliqué de sa voix de bébé, sur le ton de la confidence, avant que nous quittions l'appartement. Elle avait ajouté à l'intention de Suzanne : « Je n'aurais *pour rien au monde* manqué les obsèques de votre père », ignorant mon père *à moi* comme s'il n'était pas de la famille, « mais aussitôt après il faudra que je parte. Je me suis organisée pour qu'un taxi m'attende devant le cimetière. »

Et à l'heure dite, une Mercedes noire aux vitres teintées, toutes lumières éteintes, l'attendait à l'entrée du cimetière Lagoubran. Nous la vîmes se glisser sur la banquette arrière, refermer la portière, et disparaître en effet. Au cours des jours suivants, tandis que ma sœur et sa famille regagnaient leur logement à Moscou, qu'Oliver et moi retournions brièvement au château récupérer nos énormes valises avant que je le raccompagne à l'aéroport de Nice, et que mes parents, plus nonchalants mais non moins déterminés, remballaient un mois de vêtements, de livres, de documents, et repartaient vers leur maison, leur chien Waffles, et leur vie habituelle dans le Connecticut, durant tout ce temps, près d'une semaine, Angéline ne donna pas signe de vie. Elle avait *bel et bien* disparu. Ma mère, toujours méfiante, conseilla à mon père de recompter l'argenterie. Celui-ci, imperturbable, laissa entendre que contrairement aux soupçons de ma mère, Angéline n'était rien d'autre qu'une employée efficace, apportant un soutien plus moral que physique. Même si elle était incapable de faire la cuisine et le ménage, ou de porter grand-père, il fallait reconnaître la vérité, si déplaisante fût-elle : elle avait été une présence remarquable pour Suzanne et grand-père ces derniers mois. Sa tâche accomplie, elle avait sans nul doute tourné la page et accepté un nouvel emploi. Elle n'avait pas été payée pour assister aux obsèques, souligna-t-il ; elle avait pris sur son temps pour cela. Mais il fallait bien qu'elle continue à gagner sa vie. Pour ma tante, Angéline avait été une bénédiction, et son prénom un indice sur ses origines et sa mission.

Deux jours avant son entrée en clinique, ma tante se retrouva seule avec moi. Elle dormait encore dans l'alcôve. Entre-temps, après le départ de ma sœur et de sa famille, j'étais descendue du bureau à l'étage, où il faisait très froid la nuit, pour dormir dans notre ancienne chambre à toutes les deux. Dans celle de mon grand-père, ma tante avait posé sur le couvre-lit le cadre avec la vieille photo noir et blanc de ses parents de profil à Buenos Aires, ensemble, endimanchés, entre deux âges, atteignant joyeusement la fin du milieu de leur vie, et celle du milieu du siècle, où il semblait qu'enfin le pire de la tempête était passé. Elle laissait allumée nuit et jour de son côté de la pièce la petite lampe de chevet, et l'abat-jour rouge diffusait une chaude lumière tamisée : l'antre de la mort était devenu celui du souvenir. Tout l'appartement était devenu, avec le départ de chacun, un antre du souvenir.

Ce premier soir toutes les deux – ni l'une ni l'autre bonnes cuisinières, nous nous étions entendues pour qu'elle prépare une omelette et moi une salade, ce qui nous ferait un repas – la clinique envoya un infirmier l'ausculter et s'assurer qu'elle était prête pour l'intervention. L'idée était qu'elle aille à la clinique

– nous irions ensemble – le lendemain après-midi, et y passe la nuit avant d'être emmenée au bloc tôt le matin suivant. L'intervention serait terminée à l'heure du déjeuner, mais on la garderait une nuit de plus afin d'avoir la certitude qu'elle récupérait bien. Je pourrais la raccompagner chez elle le matin du troisième jour.

Le jeune homme qui vint lui prendre la tension et le pouls, un blond hirsute d'à peu près mon âge qui avait longé le couloir en sifflotant, fut visiblement perturbé par la forte odeur de tabac dans l'appartement. Alors qu'il ouvrait sa mallette sur la table de la salle à manger, il admira la vue – même s'il faisait déjà nuit, on voyait çà et là des lumières clignoter, et entre elles on devinait la présence de l'immense mer –, puis il demanda : « Qu'est-ce qui est arrivé à votre voix ? »

Personne n'évoquait devant elle sa voix – ou, plutôt, son manque de voix. Deux ans auparavant, lorsque je m'étais tordu la cheville et que j'étais allée voir son kinésithérapeute, je l'avais entendu m'appeler « la nièce de Louis Armstrong ». Honteux que j'aie surpris cette répartie, il expliqua que c'était le surnom de ma tante dans le cabinet, à cause de ses cordes vocales si abîmées par le tabac. Sa voix n'était plus qu'un grondement rauque, un son rarement produit par une femme de cet âge menue comme un oiseau. Bien que j'aie raconté l'épisode à Oliver et à mes parents, je n'en avais jamais parlé à Suzanne. Sa voix était quelque chose dont nous avions tous conscience mais que nous ignorions poliment.

« Pardon ? » Elle ne savait pas si elle devait se formaliser ou non. Fondamentalement, elle était trop effrayée pour se mettre en colère.

« Je vous ai demandé ce qui était arrivé à votre voix. »

Elle eut un rire gêné, encore un grondement, qui déclencha une quinte de toux, de celles qu'elle partageait avec mon père. « La cigarette, répondit-elle. Mes cordes vocales sont… fichues, en fait. »

Il fronça les sourcils. « Ce n'est pas normal, vous savez. »

Elle sourit d'un air contrit.

« Vous avez fait faire des examens ?

— Eh bien, on m'a examinée sous toutes les coutures pour cette opération, donc j'imagine que s'il y avait des raisons de s'inquiéter, on m'aurait fait passer des radios.

— Vous devriez tout de même faire vérifier ça. » Il hocha vaguement la tête en gonflant le brassard du tensiomètre. Il se tut jusqu'à ce que l'appareil donne la valeur maximale et nota les chiffres sur son bloc. « Ce n'est pas réellement une opération, à vrai dire. Plutôt une biopsie. Moins éprouvant, heureusement. Mais on ne vous a pas demandé d'arrêter de fumer avant ? »

Elle eut un geste d'impuissance, ennuyée. « J'ai fait de mon mieux. J'ai moitié moins fumé au cours de la semaine écoulée... ça m'a été difficile.

— Mon grand-père vient de mourir, expliquai-je. Les obsèques ont eu lieu il y a deux jours.

— Mes condoléances. » Il plaqua son stéthoscope sur son poignet tourné vers le haut, qui paraissait pâle, nu et vulnérable. À nouveau il se tut, à nouveau il nota des chiffres sur son bloc. « Et vous consommez de l'alcool régulièrement ? » Il sortit un autre petit gadget, qu'il lui referma sur l'index.

« Presque jamais. » C'était le genre de mensonge que racontait mon père ; nier, le symptôme d'un buveur. Quand nous étions plus jeunes, elle ne buvait presque jamais ; ces derniers temps, en revanche, elle s'offrait des scotchs – deux, parfois trois – avec une régularité presque militaire. Personne ne lui en tenait rigueur. « Elle a eu une vie difficile », répétions-nous, ce qui était vrai – peut-être pas forcément, comparée à tant d'autres vies, mais il était à l'évidence difficile de vivre dans sa peau. Or le fait pour elle de dire à ce jeune homme qu'elle ne buvait presque jamais – surtout compte tenu du lithium, qu'elle avait pris pratiquement toute sa vie – semblait une feinte révélatrice.

Je le regardai pour voir s'il était sceptique, mais il avait l'air soucieux à la vue de l'oxymètre : « Votre taux d'oxygène n'est pas extraordinaire. »

Elle parut inquiète. « Ça signifie quoi ?

— Il est simplement... Il faut arrêter de fumer, décréta-t-il. Réellement arrêter.

— Mais pour l'opération ?

— Ça va bien se passer. Ils vérifieront tout soigneusement avant, ne vous en faites pas. » Il jeta un coup d'œil à sa montre, se dépêcha de tout remettre dans sa mallette bien rangée. Il n'avait pas fini de fermer le zip qu'il se dirigeait déjà vers la porte. « Ça va bien se passer », redit-il, s'engageant dans le couloir sombre et appuyant sur la minuterie. « Mais il faut faire vérifier votre voix. Et il faut vraiment arrêter de fumer. »

Aussitôt après son départ, elle alluma une cigarette et se servit un grand whisky dans son verre préféré en cristal taillé. « Comme si je n'avais pas déjà assez de soucis, s'exclama-t-elle. Tchin-tchin ! »

Au moment de remplir les formulaires d'admission, à la clinique le lendemain après-midi, ses fanfaronnades s'étaient évaporées. Elle se cramponnait à mon bras comme une enfant dans une gare bondée, terrifiée à l'idée d'être séparée de sa mère. Elle était si petite (jamais très grande, elle rétrécissait avec l'âge : « L'ostéoporose ! grommelait-elle. On me dit que fumer l'aggrave... »), et toute menue. Elle écouta attentivement, les yeux écarquillés, toutes les consignes. Elle demanda où il serait possible de fumer pendant son séjour, ce à quoi on lui répondit qu'il lui faudrait sortir de l'établissement : nous étions passées devant plusieurs patients dans leur pyjama d'hôpital, l'un d'eux tirant son pied à perfusion, et plusieurs infirmières à l'air fatigué, tous fumant à l'entrée. À l'étage dans sa chambre – individuelle, mon père ayant payé le supplément – on lui demanda d'enfiler la tenue réglementaire et de se mettre au lit, alors qu'il n'était pas encore dix-huit heures. Quand l'infirmière nous eut quittées, ayant pris la commande de tante Suzanne pour le dîner, celle-ci laissa échapper son rire tonitruant : « Tu crois que ce genre de cirque est censé t'empêcher d'appréhender ? Quel stupide parcours du combattant !

— Ça doit leur simplifier la tâche », suggérai-je, dubitative. Tout cela semblait en effet très complexe. J'avais dû subir une intervention mineure chez moi aux États-Unis quelques années plus tôt, pour laquelle je m'étais présentée à l'hôpital à l'aube et avais été libérée, à peine consciente, à midi ; j'avais dormi le reste de la journée dans l'immense lit de mes parents et ne m'étais réveillée qu'à l'heure du dîner, souffrant atrocement, pour me faire administrer par ma mère les antidouleurs prescrits. Il n'y avait eu ni lit d'hôpital, ni infirmière, ni tenue spéciale. Je me demandai si l'entretien était une procédure de routine – envoyer sur place ce jeune infirmier ! – et si la fragilité de Suzanne souciait particulièrement les médecins.

L'infirmière apporta aimablement un plateau-repas à mon intention. Tandis que ma tante réglait sans fin son lit sophistiqué pour trouver une position confortable, je restai assise sur le fauteuil rebondi en skaï, de ce bleu pâle typique des hôpitaux, et après avoir mangé, en principe nous lisions. Nous avions sélectionné quelques magazines récents – elle adorait ceux consacrés à la décoration intérieure, et nous avions pris *Paris Match* pour nous distraire. Moi qui lisais *Guerre et Paix*, j'en étais à l'épisode inconfortable de la mort du prince Andrei Bolkonsky. Nos « lectures » étaient, toutefois, une farce, la sienne parce que Suzanne avait si peur qu'elle tremblait et paraissait claquer des dents, et la mienne parce que ses souffrances et mon incapacité à les atténuer me déconcentraient.

Je pris conscience qu'elle avait la certitude, une certitude déraisonnable, de mourir le lendemain matin. Que ce soit sur la table d'opération ou en salle de réveil, elle se laisserait simplement mourir, comme le prince Andrei, chez Tolstoï, se laisse mourir. Ce n'était pas une pensée rationnelle mais une expérience viscérale, et imaginaire. Elle ne voulait pas en parler, mais elle mit rapidement ses magazines de côté, contemplant à la place les murs, le plafond, le couloir à l'extérieur, comme si elle attendait quelqu'un. On aurait *vraiment* dit une enfant, pensai-je : elle obéissait à une logique associative. Son père était mort ; en cette période, immédiatement après, où elle ne pouvait encore envisager son avenir, il lui semblait évident qu'elle aussi pouvait mourir, risquait de mourir, allait mourir.

L'avenir, avoir foi en lui, était forcément, selon moi, le fil rouge pouvant l'aider à s'en sortir. Sous mes yeux, noir sur blanc, le prince Andrei avait perdu ce fil-là. « Tu viendras chez nous cet été, dis-je alors, plus une affirmation qu'une question. Tu viendras voir notre appartement à Washington, D.C. et on t'emmènera visiter tous les monuments.

— Je vois mal comment faire ça. » Elle eut son sourire triste.

« Pourquoi pas ? Tu n'as pas pu venir depuis une éternité à cause de grand-père, mais maintenant, tu dois le faire.

— Depuis le début de l'année, Air France interdit de fumer sur les vols à destination de New York. Je ne vois pas comment retourner aux États-Unis. À cause de ma peur de l'avion, pour commencer...

— Mais regarde, insistai-je, il est presque vingt et une heures, et tu es arrivée dans cette clinique à dix-sept heures ; tu vas bientôt t'endormir, tu ne fumeras pas dans ton sommeil : une durée facilement plus longue qu'un vol pour les États-Unis...

— Ce maudit océan, marmonna-t-elle. Je n'ai jamais compris pourquoi nous vivons de part et d'autre. »

Parce que, pensai-je, mon père avait voulu – en avait éprouvé le besoin – partir. Ou parce qu'il ne s'était pas rendu compte au moment de son départ qu'il partait – mais c'était absurde. Maintes et maintes fois il avait choisi : cette bourse, cette licence, ma mère, ces postes hors de France... Aujourd'hui encore, à la retraite, et bien que sa pension vienne de France, il répétait qu'il ne pourrait plus y vivre : les impôts étaient trop élevés, prétendait-il. Mais au fond il ne le souhaitait tout simplement pas, ne l'avait jamais souhaité. Toute sa vie il avait été écartelé entre son devoir filial et son désir de fuir, d'être à la fois libre et lui-même. Ce ne fut pas ce que je répondis, bien entendu, mais : « Tu as traversé l'océan tellement de fois. Je vais moi-même le retraverser dans quelques jours à peine, et tu verras, j'arriverai saine et sauve sur l'autre rive. Je le crois en tout cas. Et toi aussi, l'été venu. »

Elle soupira, eut une quinte de toux. « Bon, peut-être. Mais une chose à la fois. Il faut d'abord que je survive aux prochaines vingt-quatre heures.

— Tu survivras. »

À nouveau, ce sourire triste. « Espérons-le.

— Tout comme je sais que je rentrerai sans encombre à Washington par avion, je sais que tu sortiras saine et sauve de cette intervention. Ça va bien se passer. » J'espérais, en disant cela, ne pas me tromper : les certitudes m'inquiétaient toujours. Mais ma tante était apaisée, au moins un peu. « Aimerais-tu que je reste ici cette nuit ? » demandai-je.

Son visage s'éclaira de soulagement. « Tu ferais ça ?

— Si on m'y autorise. Je crois que ce fauteuil est inclinable.

— On posera la question quand elle reviendra. Mais elle n'irait pas te mettre dehors... »

Suzanne parlait bien sûr de l'infirmière, si gentille : « Elle verra dans quel état je suis... Tu descendras dehors avec moi le temps que je fume une cigarette ? Rien qu'une. »

Je pensai à l'insistance de l'infirmier la veille au soir, à mon manque d'envie de rester dehors avec elle dans le froid de l'hiver, ainsi qu'à son manque d'envie à elle, en réalité, de rester debout à se geler. Mais elle faisait tant d'efforts. « D'accord. Laisse-moi t'apporter ton peignoir. »

Le lendemain matin, je quittai la clinique après que ma tante eut été emmenée sur son brancard – mais pas avant qu'elle ait reçu une injection de sédatif qui la rendit somnolente et calme, au point qu'elle souriait en serrant ma main dans la sienne avant de partir :

« Prie pour moi. »

J'acquiesçai de la tête, même si je ne priai pas. Son : « Il n'y a pas d'athées dans les tranchées » me revint en mémoire.

Je conduisis pour la première fois sa petite voiture qui faisait un bruit de ferraille – le cendrier débordait de mégots, et le levier de vitesse était gris à cause des cendres, accumulées entre les plis du PVC comme si un volcan miniature était entré en éruption à proximité. Quand j'arrivai à l'appartement, j'ouvris la porte avec la clé d'un lourd trousseau – clé de la cave, clé de la grille, clé du portillon de la plage... –, trousseau que j'avais connu ma vie entière mais qui ne m'avait jamais encore été confié.

Il était tôt le matin, et il faisait gris. Mes pas résonnaient sur le marbre. J'entendis depuis l'entrée le goutte-à-goutte du robinet de la cuisine. J'avais mal dormi, et peu – ma tante si menue, à qui on avait administré un calmant, ayant ronflé comme un moteur de moto –, mais lorsque je m'allongeai brièvement, je restai les yeux ouverts. À cause de l'anxiété contagieuse de tante Suzanne, j'avais besoin d'entendre qu'elle était sortie saine et sauve du bloc opératoire. On m'avait donné un numéro à appeler en fin de matinée.

Je me préparai du café dans l'antique cafetière bégayante, fis chauffer du lait UHT sur le puissant brûleur de la gazinière – le lait grésilla contre les parois de la casserole quand je le versai – et déambulai dans l'appartement froid, tenant à deux mains un grand bol de café au lait. Les pièces paraissaient presque trembler d'impatience, anticipant le retour de tout le monde : Où était la petite Ines, avec ses cris de joie ? Où était Odet dans son tablier, un seau d'eau savonneuse et une serpillière à la main ? Où était mon grand-père qui longeait le couloir à petits pas, son gilet boutonné de travers, un châle mité sur les épaules ? Et où était ma grand-mère bien-aimée, depuis longtemps disparue, qui marchait elle aussi à petits pas, ses cheveux teints aplatis à l'arrière de sa tête par l'oreiller, ses yeux d'un bleu limpide dans le vague ? Où étions-nous ma sœur et moi, petites, l'une blonde et l'autre brune, en barboteuses et en sandales, serrées l'une contre l'autre sur le minuscule balcon de la salle à manger, dont la balustrade était si proche qu'il n'y avait pas assez de place pour les adultes ? Où était Big le teckel, qui traversait lourdement le hall en faisant tinter ses médailles et cliqueter ses griffes, pour aller s'affaler au soleil ? Seul le silence régnait, tout semblant attendre que la vie reprenne, cette vie qui retenait son souffle.

L'idée me vint de monter dans le bureau de mon grand-père chercher les traces de nos vies, les preuves de notre présence à tous encore peu de temps auparavant. Vitrée sur deux côtés, la pièce recevait tant de soleil qu'à l'intérieur tout était décoloré : le rideau autrefois pourpre devenu rose pâle ; le vert foncé du jeté de lit en velours ras comme délavé lui aussi ; les quelques photos sur la table de travail de grand-père cornées et presque blanches, les personnages réduits à des silhouettes fantomatiques. Je connaissais si bien les objets de cette pièce, qui n'avaient ni bougé ni changé durant toute la durée de mon existence : enfants, nous avions joué avec ces maracas desséchées peintes à la main, avec cette petite poupée indienne à la robe brodée de perles, dont le visage s'était effacé depuis longtemps. Nous avions brandi, dans son fourreau, l'épée de polytechnicien de mon grand-père, et gribouillé avec ses crayons d'édition, bleus d'un côté, rouges de l'autre, sur du papier ministre. Nous avions feuilleté distraitement le vieil album-photo avec tous les bâtiments opérationnels de la Marine française, apprenant leur nom et l'oubliant aussitôt, mais, plus souvent, les piles d'albums de photos de famille à la couverture tendue de tissu, dans l'espoir avant tout d'y trouver des clichés de nous. Nous adorions aussi le plus ancien de ces albums, couvert de cuir craquelé et aux pages retenues par un ruban noir élimé, celui avec les photos de notre père et de notre tante, bébés, puis enfants. Sur l'une d'elles, notre père, aux yeux énormes, âgé d'un an peut-être, était confortablement installé sur un tapis de fourrure blanche, et portait en tout et pour tout une médaille qui étincelait sur la chaîne à son cou. Même en noir et blanc on percevait la texture poudreuse de sa peau. Dans cet album notre grand-père devenu adulte avait les cheveux bruns et portait d'amples costumes flottant au vent, tandis que notre grand-mère, ses cheveux noués en chignon sur la nuque, souriait timidement devant l'objectif.

Plus âgée, j'avais découvert, sur l'étagère du bas derrière un empilement de tableaux, la première édition de Proust, en plusieurs volumes, de mon grand-père, jaunie et dont certaines pages se détachaient, mais intacte ; et, bien entendu, sur un rayonnage au-dessus du canapé, les cinq grands classeurs rouges contenant l'histoire de la famille qu'il avait passé des années à rédiger pour nous, ma sœur et moi, mille cinq cents pages de son écriture à l'encre bleue, régulière, lisible et sans ratures, où étaient intercalés des photos, des lettres, des reçus et des télégrammes – un trésor alors inaccessible pour moi, mais dont je savais qu'un jour je le lirais en entier ; c'était notre héritage après tout, il nous était adressé. (À l'époque, je ne m'attendais pas à ce qu'il me faille presque vingt ans.) Là, entre les boîtes à chaussures pleines de vieilles cartes postales de lieux désormais perdus – Constantine, Oran, L'Arba, Blida, Bougie, Tizi Ouzou, Sidi Bel Abbès, Tipasa, Tlemcen –, étaient rangés dans de minces pochettes marron les essais de mon grand-père, presque tous non publiés (ainsi que ses séries d'articles sur le Maghreb que *Le Monde* avait fait paraître autour des années 1950), plusieurs années de travail sur l'Europe, l'Afrique du Nord et le Moyen-Orient, le tout manuscrit, puis tapé sur du papier pelure, accompagné de la liste de ceux à qui il avait envoyé des copies. Puis, dans d'autres pochettes, sa correspondance privée – avec de vieux amis de Grèce et de Beyrouth, qu'il avait recontactés dans les années 1970 ; avec des hommes politiques régionaux et nationaux, dont certains lui répondaient par de longues lettres personnelles, et d'autres (parmi lesquels Valéry Giscard d'Estaing !) envoyaient des mots de pure forme signés par leurs conseillers. Il avait gardé son épaisse correspondance avec une historienne du nom d'Annie Kriegel, à qui il avait parlé plus d'une fois ; ainsi qu'une liasse encore plus épaisse des copies carbonées de lettres qu'il avait adressées aux journaux – *Le Monde*, *Le Figaro*, *Var-Matin* –, et auxquelles, lors d'une publication occasionnelle, il avait joint à l'aide d'un trombone, désormais rouillé, la coupure de presse correspondante. Tout était poussiéreux : les piles de magazines (d'art, de politique, d'histoire), les rayonnages de livres de poche en espagnol et en italien, où figuraient quelques titres en anglais (*Thy Hand, Great Anarch!*).

Je découvris, glissé parmi eux comme si c'était un roman étranger, un mince et vénérable cahier à spirales, à la couverture ornée d'un blason espagnol, avec à l'intérieur des pages de papier millimétré sur lesquelles je reconnus, plus ou moins relâchée selon le degré de précipitation, l'écriture familière, à l'encre bleue et au stylo-plume, de toutes les lettres que tante Suzanne nous avait envoyées au fil des ans.

La première entrée était B.A., dont je compris, étant donné la date – mars 1962 – qu'il s'agissait de Buenos Aires. Je ne connaissais pas en détail la vie de mes grands-parents et de ma tante avant notre naissance, mais nous avions toujours eu conscience de la décennie heureuse passée en Argentine, avant même de savoir trouver ce pays sur une carte. Quand nous étions adolescentes, la radio passait une chanson à succès de Dalida, que ma tante sifflotait ou fredonnait sans cesse : « *Hey, j'ai dansé un soir de carnaval, / Dans l'enfer de la nuit tropicale...* » Les vers suivants étaient : « *À Rio, do Brasil, à Rio de Janeiro* », puis : « *J'ai laissé mon cœur auprès de toi...*[1] » Souvent elle disait : « Mais j'ai *vraiment* dansé à Buenos Aires », et nous comprenions qu'elle avait été heureuse là-bas.

Or je comprenais à présent qu'elle y avait aussi laissé son cœur, car au fil de plus d'une décennie c'était le journal de ses sentiments pour un homme anonyme qu'elle avait tenu. Au début il n'était qu'un collègue de travail, son patron, en fait, et dans ce cahier elle relatait les deux ou trois fois par mois où ils déjeunaient ensemble, souvent avec d'autres, ou bien les soirs où elle était invitée à dîner dans sa famille, ou encore telle ou telle blague qu'il avait faite au bureau. Souvent les entrées s'adressaient directement à lui, surtout durant ces premières années – une série de lettres d'amour jamais envoyées.

Assise sur le canapé du bureau froid et gris, je lus intégralement ce journal. Elle y écrivait que des gens – en particulier ses parents – lui organisaient constamment des rencontres avec d'autres hommes, mais après chaque sortie elle ne pensait qu'à la déception inspirée par l'individu en question, au fait qu'il n'était pas « toi », et que la même promenade, le même repas, la même conversation auraient été infiniment plus délicieux et exaltants « avec toi », son bien-aimé, à qui elle était destinée, croyait-elle, par Dieu. Mais il lui suffisait, poursuivait-elle, de savoir que « tu » existais en ce monde ; elle n'avait pas besoin de te posséder. Une nonne ne possède pas le Seigneur : elle se donne à lui spirituellement et mentalement. Le corps est éphémère, vil, sans importance.

Je fis le calcul : en 1965-1966, au summum de cette passion inassouvie, Suzanne avait mon âge. Elle avait intensément vécu une histoire d'amour inavouée, unilatérale, qui lui avait remonté le moral, l'avait égayée, comblée, dévorée, mais contrairement à ma sœur ou à moi, elle ne la vivait qu'intérieurement : ni

1. Dalida, « Rio do Brasil ». © Claude Carrère Éditions et Emi Songs France.

main à tenir, ni chaleur d'un corps. Une histoire imaginaire, cela semblait inimaginable – et pourtant je n'avais rien à imaginer puisque là, sur mes genoux, se trouvait la preuve, ces lettres d'amour jamais envoyées, dignes d'un roman courtois médiéval. Notre tante célibataire, catholique fervente, avait *aimé* – elle avait gardé pour elle tous ses secrets mais les avait écrits, et elle avait conservé son cahier tout ce temps, plus de trente-cinq ans… Je ne pus m'empêcher de penser à la phrase bouleversante de Flaubert sur Félicité dans *Un cœur simple*, un conte auquel, dans la tourelle du château, j'avais récemment rendu hommage : « Elle avait eu, comme une autre, son histoire d'amour. » Je ne pus retenir les larmes qui me montaient aux yeux.

Durant la seconde moitié de cette décennie, après 1968, quand elle était retournée vivre à Paris avec mes grands-parents, les entrées de son journal se firent plus rares : une soirée avec lui à Paris chez sa sœur mariée, Antoinette, l'amie de Suzanne ; le résumé d'une lettre de lui sur un livre qu'elle lui avait envoyé, et à laquelle étaient jointes des photos de ses filles qui grandissaient ; quelques souvenirs d'un dîner qu'ils avaient partagé, en tête à tête, à Marseille, à une époque où elle y vivait : la façon qu'il avait de parler avec les mains, de gesticuler en brandissant sa fourchette ; l'intensité de son regard, ses yeux bordés de longs cils, son rire.

Et puis soudain, après un long silence, une attaque rageuse qui avait presque déchiré le papier, d'une écriture démente et à peine reconnaissable : *RIEN QUE DES MENSONGES ! TOUT EST EN CENDRES ! JE SUIS UNE IDIOTE ! C'EST FINI !*

Qu'avait-il pu arriver ? Quelle révélation ? Cette page me choqua par sa radicalité et son désordre. Je refermai le cahier et le posai sur le jeté de lit en velours. À mes pieds, mon café était froid. Je vérifiai l'heure : près de onze heures, moment où je devais appeler la clinique. J'avais la peur au ventre. Jamais elle n'aurait voulu que je lise ces pages. C'était comme si j'avais lu dans ses pensées. Or elle avait sûrement caché ce cahier là pour que quelqu'un le trouve. Digne d'un roman : si elle avait voulu qu'il ne soit *jamais* découvert, alors elle l'aurait jeté. À quoi bon écrire, sinon pour communiquer ? Il n'existait tout simplement pas d'écrits dépourvus de signification. Si le sort avait voulu que je découvre son journal ce matin-là précisément, cela impliquait-il – comme dans un grand récit fictionnel, tel *Tristan et Iseut*, ou *Le Roman de la rose* – qu'elle n'aurait pas survécu à son anesthésie ? Ses poumons, on le savait, étaient dans un terrible état ; lui avoir affirmé dans mon insouciance que tout se passerait bien semblait soudain de mauvais augure, un mauvais présage.

Je réussis à m'effrayer moi-même.

Ma main tremblait lorsque je composai le numéro de la clinique sur le téléphone à cadran dans le renfoncement de l'entrée. L'opératrice me passa le service où était tante Suzanne, et où la sonnerie retentit dans le vide jusqu'à ce que je retombe sur l'opératrice. Elle essaya un autre poste. J'entendais à mes oreilles ma respiration assourdissante et rapide. Un homme finit par décrocher : le nom de ma tante ne lui disait rien ; il s'adressa à une collègue, qui alla vérifier. Celle-ci revint après ce qui me parut une éternité pour m'assurer que ma tante, même si elle n'était pas encore de retour dans sa chambre, avait bien supporté l'intervention et se reposait en salle de réveil.

« Je vous suggère de ne pas venir avant quinze heures ou seize heures, ajouta-t-elle. Elle sera endormie. Il faut quelque temps pour se réveiller totalement. L'heure des visites dure jusqu'à vingt heures. »

La vie, me rassurai-je en reposant le combiné, n'était pas une fiction. Quand je lisais un livre ou regardais un film, je pouvais très souvent prédire ce qui allait se passer. La suite de l'intrigue me semblait inévitable. Or le tour pris par l'existence ne se programmait pas, ne se décidait pas, et nous ne maîtrisions que certains aspects mineurs de notre histoire. Un hasard implacable régnait. En tant que passagers, impossible de déterminer si l'avion s'écraserait ou non ; ou bien si, en tant que patients, l'opération nous serait fatale. Imaginer ne faisait rien advenir – Dieu merci. Mais quelle part de notre vie notre esprit contrôlait-il ? Et qu'en était-il de l'amour ? De ce qui avait constitué la longue histoire d'amour de ma tante ? Était-elle moins réelle de n'avoir existé que dans sa tête ? Ou bien les années où Suzanne était amoureuse avaient-elles en fait été aussi merveilleuses, pour elle, que si elle avait été payée de retour ? Et qu'en était-il de l'amour de mes parents, si amour il y avait eu ? Ils avaient connu une longue vie commune bien réelle, des heures, des semaines et des années partagées, mais cela rendait-il leur amour plus réel que celui de ma tante, ou était-ce simplement que leur vie commune souvent malheureuse avait plus de réalité ?

Tante Suzanne, cet après-midi là, bien qu'à peine réveillée, était de bonne humeur. L'intervention avait eu lieu, et le médecin était venu l'informer que même s'il faudrait attendre les résultats officiels, il pouvait lui affirmer qu'il n'avait rien trouvé de préoccupant. Elle fut ravie de ce sursis : elle avait survécu ! Elle survivrait ! De mon côté, me souvenant à nouveau de l'insistance de l'infirmier quant à la voix de ma tante (il me faisait l'effet de notre chœur grec), je me demandai s'il ne faudrait pas demander au médecin de prévoir une radio de ses cordes vocales ; mais je ne pouvais me résoudre à aborder le sujet. Ma tante, lorsqu'il partit, s'endormit en me tenant par la main. Je m'attardai, pour vérifier qu'elle mangeait, et l'ayant prévenue que je retournerais à l'appartement ce soir-là, je la quittai quand elle fut à nouveau endormie.

D'où cette soirée de vent et de tempête, et moi bien seule avec tous nos fantômes. Dans l'obscurité, je me couchai recroquevillée en position fœtale sur le canapé du séjour, sous une couverture en mohair, rassurée au contact de sa laine un peu rêche qui m'était familier depuis l'enfance, et je regardai par la baie vitrée les branches noires se tordre, les nuages faire la course. Le fracas – non seulement les vibrations mais aussi le bruit du ressac et les longues plaintes de la bourrasque – semblait paradoxalement m'offrir une protection.

Qu'était désormais ce lieu, me demandai-je. Aussi loin que remontaient mes souvenirs, il avait représenté l'unique et inébranlable foyer de notre famille : nous avions vécu en beaucoup d'endroits et n'étions chez nous nulle part, sauf avec nos grands-parents à Toronto et à Toulon. Mais quand nous étions encore enfants, notre grand-mère canadienne avait vendu sa maison pour emménager au neuvième étage d'une tour d'habitation près de la station de métro High Park – et dès lors, même si nous nous sentions toujours chez nous *avec elle*, nous ne l'étions plus de la même façon *chez elle*. Alors que cet appartement… il contenait des fragments de ma vie entière, aussi loin que remontaient mes souvenirs. J'en connaissais chaque objet : les photos de nous bébés, ou adolescentes ; l'antique pomme de douche dans la salle de bains de la chambre que ma sœur et moi partagions, qui avait projeté un filet d'eau dans tous les coins pendant plus d'une décennie ; les taies d'oreiller de forme carrée et bordées de dentelle par ma grand-mère pour son trousseau ; la minuscule cuiller d'argent dans le tiroir de l'argenterie, qu'elle avait reçue, enfant, au dix-neuvième siècle – chaque trou de mite, chaque tapis usé, chaque abat-jour prêt à tomber, chaque charnière qui grinçait, je les connaissais. Et l'odeur de la cuisine le matin, le courant d'air à nos pieds qui s'insinuait par la fenêtre de notre chambre, le cliquetis que produisait l'ascenseur en montant, montant, tout en haut jusqu'à notre étage… Dans les jardins de la résidence, je connaissais aussi chaque dalle bancale, chaque buisson de lavande sauvage, chaque cyprès, chaque latte fendillée du caillebotis de la piscine et, le long du sentier menant à la plage, chaque banc de pierre caché, même noyé sous le feuillage, chaque sentier secondaire interrompu par des chutes de pierres, et, à mi-chemin dans la descente sur la droite, l'aloès géant fatigué mais gagnant toujours du terrain, dans la chair cireuse duquel nous avions gravé nos initiales vingt ans auparavant.

Que deviendrait à présent tout cela ? Que représentaient ces choses, sans nous tous rassemblés autour d'elles ? Ayant été les dépositaires de l'Histoire, de la famille, d'une sorte de magie privée, redeviendraient-elles simplement des *choses*, les misérables détritus cassés d'un passé anonyme ? Si personne ne vivait là, si personne n'ouvrait ces livres, n'allumait ces lampes, ne mangeait dans ces assiettes ébréchées, ne s'asseyait dans ce fauteuil de bois près de la fenêtre pour observer nuit et jour la mer aller et venir à son rythme incessant – alors qu'était ce lieu ? Et, de manière plus pressante, sans *lui* sur place – lui qui m'avait assuré, quand j'étais jeune, que seule la famille comptait, que la famille était, pour les nomades certainement, pour ceux dépourvus de pays, un *chez-soi* –, qui étions-nous ?

Partie VII

Avril-juillet 2010

Rye Brook, État de New York

Longtemps elle le reconnut aux taches rouges sur son crâne chauve, celles qui étaient des cancers de la peau et celles qui auraient pu l'être, et aux cicatrices là où certains avaient été enlevés. Depuis la fois où il avait failli mourir, où ils avaient repris leur vie commune, ils n'étaient plus qu'une seule et même personne ou presque. Il avait besoin d'une canne et ne pouvait pratiquement plus aller nulle part à pied, et de son côté elle ne pouvait plus les conduire nulle part (on lui disait que c'était à cause de la dégénérescence maculaire, mais en réalité elle oubliait souvent comment se rendre où elle était censée aller, quand elle n'oubliait pas où elle était censée aller), donc à eux deux ils se débrouillaient ; ils allaient à pied de la porte de l'appartement à l'ascenseur, de l'ascenseur à la voiture dans le parking souterrain, ensuite il connaissait le chemin et restait dans la voiture le temps qu'elle fasse les courses à l'intérieur du supermarché. Il lui reprochait parfois de s'y éterniser, mais elle pouvait avoir du mal à trouver ce qu'elle voulait ; apparemment les gérants déplaçaient les articles à chaque fois – Où était le beurre ? Y avait-il toujours des muffins anglais ? –, et il lui arrivait bien sûr de ne se souvenir qu'à mi-parcours que des invités venaient dîner – Comment avait-elle pu oublier ? –, alors elle devait repasser dans tous les rayons pour prendre des quantités supérieures. Tout ça pour qu'il finisse par se moquer d'elle – quel caractère épouvantable ; elle l'aurait reconnu à cause de ça, même sans les carcinomes comme indices – et qu'il lui assure que personne ne devait venir, personne.

Mais alors comment expliquait-il ces voix dans l'autre pièce, ces gens qui se cachaient dans les placards ou derrière les portes quand elle allait voir ? À coup sûr, des gens de sa famille *à lui*, elle n'était pas certaine du degré de parenté – des francophones, en tout cas, ça elle pouvait le dire. S'il ne voulait pas leur offrir à dîner, c'était son affaire. Jamais elle n'aurait traité des invités si impoliment – dès qu'elle les entendait parler, elle ajoutait des couverts, opération un peu délicate, car combien étaient-ils au juste ? Mais à chaque fois il s'emportait – tantôt François, tantôt un vieil homme qu'elle ne connaissait pas et qui était assis à table, celle-ci maintenant branlante, ils n'auraient pas dû acheter une si petite table si bon marché – et il la sermonnait jusqu'à ce qu'elle remporte les couverts en trop. Bon, ça la perturbait, bien sûr que oui, mais ensuite il lui parlait toujours d'une voix apaisante, bienveillante, et lui caressait le bras. Comme s'il avait peur des invités dans l'autre pièce, et sans doute à juste raison ; ils refusaient de se montrer, et ils étaient de *sa* famille. Ainsi soit-il. Ils allaient et venaient selon leur bon vouloir. Elle ne savait jamais quand elle devait les attendre.

Durant ces mois-là, Chloe et Oliver descendaient parfois de Boston en voiture avec les enfants et ils séjournaient à l'hôtel Hyatt plus loin sur la route. Parce que les petits en adoraient la piscine intérieure, avec sa vapeur et son affreuse odeur de chlore, mais aussi parce que c'était trop de les avoir plus de quelques heures dans l'appartement exigu. Quand la jeune génération venait, ils allaient tous dîner au restaurant – il y en avait deux ou trois près de Post Road où la présence des enfants ne semblait pas trop compliquer les choses, et François payait toujours. Il trouvait agréable de changer de décor – « Ça te manque, de ne pas prendre un verre ? » demanda un soir

Chloe, ce à quoi il répondit avec une sincérité absolue que ça ne lui manquait pas du tout, mais en réalité tout dépendait du moment – et lorsqu'ils étaient assis face à face sur les deux banquettes, Barb cherchait sa main sous la table et entrelaçait leurs doigts. Quand elle faisait cela, elle lui adressait un petit sourire en secret, à lui seul, comme s'ils étaient de jeunes amoureux bravant un interdit. À chaque fois son cœur faisait un bond. Toute sa vie il avait voulu cela, un amour comme celui de ses parents, et à présent qu'il la perdait – qui pouvait lui reprocher d'avoir envie, à l'occasion, d'un petit remontant, puisqu'il la perdait, et qu'il perdait, peut-être, sa propre bataille ? – cet amour lui était enfin accordé. Comme si Dieu, en admettant qu'il y eut un dieu, disait : Tu as travaillé dur toutes ces années, envers et contre tout, et tu mérites avant de t'endormir ce plaisir longtemps désiré. Dieu – cette Corée du Nord de l'esprit !

Quand Chloe venait seule, elle dormait sur le canapé du bureau, mais cela ne dérangeait pas François. Après tout ce qu'ils avaient traversé, tout ce que lui avait traversé, il essayait de ne pas dramatiser la moindre perturbation. Il pouvait s'asseoir à la table de la salle à manger pour lire lorsque Chloe était dans son bureau ; et apparemment, lorsqu'elle était là, une invitée bien réelle, Barb n'entendait pas de voix dans la chambre : comme si son cerveau avait décidé qu'il leur fallait de la compagnie, qu'ils étaient trop souvent seuls, ce qui était vrai ; et comme si à chaque fois qu'ils avaient de la compagnie, son esprit se détendait quelque temps. Pour être une bonne maîtresse de maison, une mère aimante, elle n'avait pas besoin de réfléchir – ces choses-là faisaient simplement *partie d'elle*. Le neurologue avait exprimé sa surprise lors de la dernière consultation – Chloe les avait accompagnés – quand ils avaient énuméré tout ce que Barb faisait dans la maison. Grands dieux, il était même impressionné d'apprendre qu'elle s'habillait sans aide.

« Il ne sait tout bonnement pas à quel point tu es extraordinaire », avait dit Chloe à sa mère dans la voiture sur le chemin du retour, et Barb avait souri, vaguement. Toute amertume avait disparu, de même que dans les bananes flambées l'alcool se dissipe en brûlant avec les flammes. Elle n'était que douceur, désormais, certes en proie au chagrin à l'occasion, mais toujours avec douceur.

Quand l'homme tomba dans la salle de bains en pleine nuit, il appela au secours. Il tomba d'un coup suivi de quelques chocs plus sourds, dans l'obscurité de la salle de bains jouxtant la chambre. Elle en connaissait l'exiguïté – elle-même refusait de s'en servir ; elle préférait l'autre, celle avec la baignoire, de l'autre côté de la salle de séjour ; celle-ci ne disposait que d'une minuscule cabine de douche avec un mélangeur aussi vieux qu'elle, et le genre de carrelage au sol qu'avait autrefois papa dans les toilettes de son bureau de King Street, du temps où il le partageait avec oncle Edward –, et quand l'homme tomba ce fut à grand bruit, d'abord une sorte de cri aigu, puis un gémissement – « Aïeaïeaïeaïe… », et un silence, puis à nouveau « Aïeaïeaïeaïe… » et un silence, et aussi, très vite : « Au secours, Barb, aide-moi ! » – ce qui emplit son corps de terreur, une terreur glacée, à couper le souffle, parce que comment cet homme connaissait-il son prénom ?

Si seulement François était là, mais il partait toujours en voyage, la laissant seule avec les filles – Où étaient-elles *donc*, les filles ? Étaient-elles en sécurité ? Mais elle avait trop peur pour sortir du lit et aller voir –, et que faisait *cet* homme dans sa chambre au milieu de la nuit ? Assise, genoux repliés contre la poitrine, couvertures remontées jusqu'au menton, elle avait froid ; par la fenêtre entrouverte un souffle d'air sombre et glacial pénétrait ; voilà sans doute comment cet homme était entré ? À moins que ce ne soit un des invités de François, ceux avec une cagoule, qu'elle n'apercevait qu'à l'angle d'une pièce dans la journée, ou surtout au crépuscule, ces invités qui se cachaient à sa vue de même que les scolopendres se cachent à la vue de la lumière, marmonnant sans se montrer, mais elle savait qu'il les invitait, même s'il niait toujours. Et peut-être que cet homme dans la salle de bains – sur le sol, à en juger aux bruits – était l'un des nombreux invités de François ? Elle plaqua les mains sur ses oreilles, ferma les yeux et fredonna une mélodie le plus fort possible, pour ne pas l'entendre gémir. Car il pouvait être innocent, mais pouvait tout aussi facilement avoir tendu un piège, et si elle allait à son secours, eux tous risquaient de l'attraper par une cheville, et alors, qui savait ? Elle continuait à fermer les yeux de son mieux, or même les paupières closes elle voyait ces silhouettes cagoulées, vraisemblablement des hommes, rassemblés dans leurs longs habits sombres aux quatre coins de la pièce : ils dissimulaient leur visage. Pourquoi ? Il devait y avoir une raison. Impossible de faire confiance à quelqu'un que l'on ne voit pas. Regarde les gens droit dans les yeux, lui répétait papa, et serre-leur franchement la main. Mais malgré son fredonnement elle entendait cet homme gémir – cela lui brisait le cœur et la terrifiait à la fois, et oui, sans enlever ses mains de ses oreilles pour toucher son visage, elle sentait ses joues humides de larmes, elle sanglotait en silence, hoquetant en même temps qu'elle respirait et fredonnait, car elle était plus effrayée que jamais, et toute seule – Et les filles ? Où étaient les filles ? Il fallait qu'elle les sauve ; mais comment ?

Quand retentit ce coup de sonnette terrifiant – la sonnette de leur appartement, aussi vieille que le carrelage de la salle de bains, était un redoutable signal d'alarme ; on ne les fait plus comme ça maintenant –, le jour filtrait par les fenêtres : l'aube. Au cadran lumineux de son réveil, il était six heures. La salle de bains était désormais silencieuse. Tout cela n'avait-il été qu'un rêve ? Était-ce la sonnette ou son réveil ? Non, à nouveau ce son strident comme une alerte incendie, mais bref – certainement la sonnette. Et une troisième fois. Son peignoir gisait en travers de son lit et elle l'enfila, nouant la ceinture en se précipitant vers la porte. À qui appartenait cette veste sur le dossier d'une chaise de la salle à manger ? À qui étaient ces énormes chaussures ? Elle prit soudain conscience d'être elle-même pieds nus – devait-elle retourner chercher des pantoufles ? Mais encore cette sonnette, et là elle entendit : « Barbara ? Barbara ! » Une voix de femme, rêche et sèche comme une feuille morte. Connaissait-elle cette voix ? Lui jouait-on un tour ? Et si sur le pas de la porte se tenait l'un de ces hommes, avec sa cagoule, et s'il venait la chercher ?

Or Barbara était courageuse. Mère disait toujours avec son sens critique que non, pas vraiment, mais papa rappelait le jour où le moteur du Chris-Craft avait lâché sur les eaux de Lake of Bays alors que le vent se levait, et où elle avait gardé son sang-froid, bien qu'il ait fallu pagayer longuement à la tombée de la nuit pour atteindre le ponton de madame Schmoll, à huit kilomètres de route du chalet. Mère avait dû venir les chercher en voiture. Pendant qu'ils attendaient, la vieille madame Schmoll leur avait servi un scotch à chacun, ignorant visiblement que Barb n'avait que seize ans.

Derrière la porte ce n'était pas madame Schmoll mais Bernardine Murphy, bien sûr que c'était elle, quatre-vingt-cinq ans bien sonnés, une vraie personne âgée, une de ces minuscules têtes blanches, n'arrivant même pas à l'épaule de Barb.

« Je sais qu'il est tôt, expliqua-t-elle, vêtue comme pour aller faire les courses, mais j'ai patienté jusqu'au lever du jour et je ne pouvais pas attendre plus longtemps. Je peux entrer ? »

Barbara se sentit soudain gênée dans son peignoir. « Je n'ai pas encore fait de café.

— Ne vous souciez pas de ça. Je veux juste m'assurer que tout le monde va bien. Comment allez-vous ?

— Très bien.

— J'ai entendu un gros bruit cette nuit, puis la voix de votre mari – les sons montent par la tuyauterie, je n'ai pu m'empêcher d'entendre. »

Barbara se souvint de cet homme inconnu. « Oh, mon mari, il n'est pas là. Mais il y a eu… il y a…

— Je peux juste aller voir ? On va y aller ensemble. Je connais le chemin. Mon appartement ressemble exactement au vôtre. »

Petite mais déterminée, madame Murphy bouscula presque Barbara pour passer, laquelle se sentait dans son peignoir comme ces araignées à longues pattes : inconsistante et inefficace. Elle ne s'était même pas donné un coup de peigne ! Le lit n'était pas fait !

Mais madame Murphy était déjà à l'entrée de la salle de bains, pliée en deux, son postérieur moulé dans sa jupe bleue, la voix aiguë et autoritaire. « Où est le téléphone, Barbara ? Où est le téléphone ? On va appeler les urgences. Il n'y a rien d'autre à faire, ils seront là en un rien de temps. Ne vous inquiétez pas, il respire ; son pouls est… bon, je n'en sais rien. Mais il respire normalement. Mieux vaut ne pas tenter de le déplacer. C'est un sacré costaud, non ?

— J'ignore qui il est et comment il est arrivé là, répondit Barbara. Je ne sais rien de ce qui s'est passé. »

Madame Murphy se redressa et se retourna. Elle déclara d'un ton ferme, comme si Barbara était irresponsable : « Ne soyez pas ridicule. C'est bien monsieur Cassar, vous êtes bien madame Cassar, et il est votre mari depuis plus de cinquante ans. Je m'en souviens, parce que nos anniversaires de mariage sont à la même date – une coïncidence, non ? Encore qu'avec mon Brendan, on aurait fêté nos soixante ans de mariage. Vous êtes encore sous le choc et vous avez les idées un peu confuses, mais on va arranger ça. Voulez-vous bien me passer ce téléphone ? Juste me le donner ? Voilà. »

À l'hôpital le samedi après-midi, deux ans exactement après l'opération de la dernière chance qui avait failli le tuer, François était assis dans son lit, en proie à une certaine confusion. Barbara allait et venait autour de lui sur la pointe des pieds, voûtée et osseuse comme un personnage d'une gravure de Hogarth, remettait ses oreillers d'aplomb, lui apportait un gobelet d'eau, lui nettoyait laborieusement ses lunettes, soufflant dessus et les frottant avec l'ourlet de son chemisier de lin. On était à la mi-avril : de l'autre côté de la vitre, comme deux ans auparavant, les cerisiers d'un rose presque vulgaire fleurissaient à profusion. À l'angle de la chambre, assise dans un fauteuil, Chloe lisait ou faisait semblant – quel livre était-ce ? Il voulut lui poser la question, mais ce ne furent pas les bons mots qui sortirent de sa bouche. Il le vit à l'expression de sa fille. Elle lui répondit quelque chose, mais ses paroles se mélangèrent dans ses oreilles et il ne put les démêler, ne comprit rien. Il se rendait compte qu'elle fronçait les sourcils, plissait le front, et que sa voix, un babillage sans queue ni tête, l'apaisait néanmoins : voilà ce qu'on ressentait sans doute, si l'on était un bébé ou un animal, ne saisissant que les intonations, la mélodie, mais pas le contenu… Chloe fouillait soudain dans le sac à dos posé à ses pieds, disant avec vivacité quelque chose d'important à Barb qui eut l'air perplexe, la chère femme, elle désormais si souvent dans le vague – où était-elle partie ? Comme si quelqu'un muni d'une gomme avait peu à peu estompé ses aspérités et fait disparaître ses contours, mais en laissant son sourire, ses beaux yeux – où allait-on, dans cet étrange déclin neurologique ? Au moins n'était-elle pas seule, imaginant toujours – autant d'hallucinations – des gens qui n'étaient pas là ; le symptôme caractéristique de sa maladie, avait précisé le médecin à propos de ces hallucinations. Ce qui distinguait celle-ci d'autres démences. Qu'avait dit Barb, elle ? « Des éclats de mémoire, et la découverte de mondes nouveaux » – comme si elle était le capitaine Cook s'embarquant pour un grand voyage, envoyant quelques dépêches limitées, indéchiffrables : l'Australie – la Tasmanie – la Nouvelle-Guinée – Tahiti !

Et lui ? Était-il à son tour destiné à dériver sur une immense mer dans une isolation indicible, tel un homme ramant seul sur un esquif ? De quoi souffrait-il ? Que lui était-il arrivé ? Il se souvenait encore ou presque du carrelage froid de la salle de bains contre sa joue, et de cette douleur pareille à un filament électrique sur le côté, enroulé sur lui-même comme il l'était entre le siège des toilettes et le mur, dans le noir, la porcelaine lui appuyant sur la cuisse. Cela lui avait semblé une éternité, comme s'il ne devait jamais refaire surface, un alpiniste pris au piège dans une crevasse. Où était Barb ? Pourquoi n'était-elle pas venue quand il l'appelait ? On vit seul et on meurt seul, s'était-il rappelé dans les brumes des réminiscences, mais il se souvenait d'avoir pensé à la précision avec laquelle son esprit fonctionnait, même réduit à cette extrémité sinistre, voire fatale, à la clarté avec laquelle il voyait tout, comme gravé à la pointe sèche…

À présent, Chloe, qui avait entrepris d'aligner, de son écriture appliquée, des majuscules à l'encre noire au dos d'une grande enveloppe blanche, brandit le résultat de son travail pour qu'il le voie, mais pas avant de lui avoir tendu les lunettes si méticuleusement nettoyées par Barb.

TU AS EU UN PETIT AVC. TU SOUFFRES D'APHASIE. AVEC UN PEU DE CHANCE TOUT S'ARRANGERA BIENTÔT. AS-TU FAIM ? AU MENU TU AS LE CHOIX ENTRE DES PÂTES OU DE LA SALADE DE THON. N'ESSAIE PAS DE PARLER – SI TU AS COMPRIS DÉSIGNE JUSTE UN PLAT.

« Bien sûr que j'ai compris, dit François à voix haute. J'aimerais bien la salade de thon. »

Le langage revint. François fut d'accord avec son médecin et sa fille pour trouver que le cerveau, dans sa résilience, était une chose remarquable, plus remarquable que toute invention humaine. Ce qui tombait sous le sens. Qu'il puisse couvrir le monde, la vie entière, tout depuis l'odeur d'une salle de classe de l'école primaire française de Salonique – mélange de craie, de sandwichs, et de pieds sales – jusqu'au nom du labrador – Laddie ! – qui vivait dans la maison voisine vingt ans auparavant et dévastait leur jardin en déterrant tous les os, sans oublier le contact contre sa paume du cuir chevelu de ses quatre petits-enfants nouveau-nés, chacun aussi tiède et souple, mais distinct par le contact et la texture de ce tapis duveteux ; ni le foisonnement d'émotions, une fontaine bouillonnante, qu'il avait ressenti dans son corps à chaque naissance – un miracle ! Un miracle ! Le tout dans une seule masse flottant à l'intérieur de son crâne avec, niché quelque part entre les plis de ce cerveau en forme de chou-fleur, chaque instant de chaque journée – ainsi que chaque pensée sans doute, dont celle-ci, bien qu'elle risque fort d'être oubliée – et plus que cela, l'imaginaire, des royaumes de rêves et de merveilles, d'inventions et de possibles, et, dans l'étrange cas de Barbara, ces nouveaux départs, ces voyages qu'elle ne pouvait partager, pour lesquels elle ne trouvait pas les mots, ne les trouverait jamais plus – les mots eux-mêmes lui échappant, se désintégrant –, et pourtant, elle l'avait dit elle-même, la découverte de mondes nouveaux. Mais des mondes tout simplement impossibles à partager.

Tout cela, le cerveau, le cerveau et le corps ne faisant qu'un, qu'une personne, chacun de nous étant unique, totalement unique, sans équivalent – regardez-le, lui, François, autrefois ce bébé nu et potelé au regard de saurien, photographié avec sa seule médaille de saint Christophe autour du cou, posé sur un tapis de fourrure blanche dans le studio d'une rue étroite près de l'opéra de Toulon, la chère main carrée de sa mère à l'extérieur du cadre, prête à le retenir s'il basculait : combien de miles avait-il parcourus depuis (il bénéficiait du programme fidélité d'American Airlines), durant plus de trois quarts de siècle ? Ce n'était pas pour rien qu'à son cou de bébé ses parents avaient mis saint Christophe, le saint patron des voyageurs ; pas pour rien qu'ils l'avaient prénommé François : François le Français, l'homme libre. Ils avaient voulu tant de choses pour lui, et il les avait sûrement déçus. Mais sa vie avait été sans équivalent, une vie d'errance – tel le juif errant, disait-il pour faire de l'humour, même s'il n'était pas juif. Un exemple de cet humour sincère, comme « Je te manquerai quand je ne serai plus là », auquel il croyait de tout son cœur. Et pourtant il continuait d'espérer, envers et contre tout, ayant déjà ressuscité deux ans auparavant – tout n'était pas encore fini.

Il n'y aurait pas de retour chez eux, pas même à cet appartement qu'ils avaient habité avec de l'agacement et des doutes, regardant par ses fenêtres qui n'ouvraient sur rien que des murs de brique et des toits miteux, et plaçant leurs espoirs dans l'étape suivante, dans un meilleur mouillage. À cause de la maladie de Barbara, pas même ce modeste répit ne lui serait accordé. Nomade jusqu'à la fin.

Ce ne fut, en fait, pas l'AVC qui eut raison de lui : la résilience de son cerveau était remarquable ; celle de son corps, moins. Il fit une rechute de son cancer de l'œsophage. Les médecins mirent plusieurs jours à l'informer. Chloe le lui révéla brusquement alors qu'il se montrait impatient de rentrer chez lui – « Mais il est revenu, papa, le cancer est revenu ! », gémit-elle comme un chœur grec –, or c'était justement le silence des médecins qui lui faisait craindre de mauvaises nouvelles. Dans le doute, pourtant, il espérait ; le doute et l'espoir : une seule et même chose. Jusqu'à ce qu'on lui dise la vérité en face – par la voix de cet oncologue moustachu et suffisant avec un nœud de cravate à pois, dans son cabinet ensoleillé, deux semaines plus tard. Alors il encaissa.

On le renvoya à Elm Street, dans ce centre de convalescence qui avait deux ans auparavant été le décor de son triomphe sur la mort, le lieu où lui, dont nul ne s'attendait à ce qu'il mange, marche ou pense de nouveau, s'était avéré être un phénix. Si brièvement un phénix, deux courtes années depuis ce diagnostic de cancer, mais que n'aurait-il donné pour conduire une fois de plus la Mazda jusqu'au Food Emporium, et attendre sur le parking avec la climatisation et radio WQXR, pendant que Barbara disparaissait dans le supermarché deux fois plus longtemps qu'elle ne l'avait promis et revenait avec de quoi nourrir une famille de huit ? À quelle vitesse la vie s'était envolée ! Que ne donnerait-il pour emmener les enfants au restaurant Beach House et s'asseoir sur l'une des deux banquettes près de la porte, pas très confortables mais une distraction, avec le carrelage noir et blanc et la jolie serveuse aux yeux verts, et Barb et lui se tenant par la main sous la table comme des lycéens amoureux – ce fantasme du lycée américain qu'il ne connaissait que par le cinéma –, tandis que les enfants, superbes dans toute leur jeunesse sans le savoir, Ines récemment plus silencieuse, aux interminables jambes dignes d'une pouliche, aux bras croisés sur ses minuscules seins, observant tout de ces yeux d'un bleu byzantin ; Lev encore potelé, aux boucles blondes, à la peau d'une blancheur de porcelaine et au gloussement aigu, sur le visage duquel François revoyait le sien, en plus blond ; Aude, des paillettes sur ses petits ongles, ses longs doigts maigres ondulant telles des algues sous l'effet du courant, fredonnant des chansons à succès ; et son robuste petit frère qui devait son prénom à la mère bien-aimée de François depuis longtemps disparue, un autre miroir, mais différent, de lui-même jeune, faisant toujours le clown… que n'aurait-il donné pour régler encore une fois ces additions faramineuses, pour commander le *ceviche* – pas très bon – dont la chair froide lui glissait dans la gorge, et pour casser en deux les gressins insipides, dont les graines de sésame éparses étaient la seule source de goût… Tout ce qu'il y avait de plus banal lui révélait, à nouveau, sa beauté, chaque sensation physique étant une infime explosion de vie, d'amour..., mais peut-être valait-il mieux n'avoir pas su laquelle de ces visites était la dernière. Quel était ce dicton ? Il est toujours plus tard qu'on ne pense. Il avait espéré – lui, l'éternel optimiste, contre vents et marées – davantage.

Elm Street, qui avait semblé la première fois lui offrir une convalescence idyllique, voire luxueuse, avec son mobilier en osier et ses couloirs aux murs blancs laqués, son joyeux perroquet lissant ses plumes, discrètement enchaîné à son perchoir près du distributeur d'eau fraîche aromatisée au concombre du hall d'entrée, comme dans un spa en Floride plutôt que dans une antichambre de la Mort... (Quelle différence y avait-il ? pourrait encore demander son moi farceur.) La dernière fois, il avait gobé ces foutaises sur la guérison, elles avaient marché pour lui : un mois de salade de thon et de petits pots de crème glacée (pas de frites, hélas, à cause des risques de fausse route), et il était à nouveau sur pied, comme neuf, un miraculé, lui qu'on avait donné pour mort. Il y avait eu des hourrahs et des applaudissements, et même un ballon rouge quand il était passé debout, sur ses jambes, bien qu'avec une canne, devant le perroquet bavard et Jocelyn à la réception, pour rejoindre la fidèle Mazda bleue qui attendait sous la porte cochère en cet après-midi caniculaire de juillet ; la statue du Bouddha près des bosquets avait même paru lui sourire et lui faire un clin d'œil *à lui*, François, tandis qu'un avion de ligne argenté au soleil laissait dans le ciel une traînée blanche. Il gardait de tout cela un souvenir si vif, ce sentiment soudain de triomphe, d'avoir gagné, cette certitude qu'il ne laisserait plus jamais ne fût-ce qu'une seule journée s'éclipser sans en avoir conscience, même les mauvais jours. Et il avait tenu parole.

Tout ce qui lui avait paru triomphal flottait à présent devant lui, teinté d'amertume : oui, il reconnaissait ces couvre-lits en polyester matelassé, à motifs couleur pêche et vert menthe ou rouge brique et bleu saphir selon la semaine ; ces fleurs en soie sans odeur, éternelles, des lis blancs unisexes aux pistils peints d'un jaune criard, dans leur horrible vase rose saumon ; cette salle de bains en angle avec sa porte d'une largeur suffisante pour un fauteuil roulant. Oui, il reconnaissait aussi cette infirmière souriante à la tenue bleu marine bien repassée, aux sabots en plastique couinant sur le lino, à la grosse croix en or étincelant à son cou – Vicky, non ? Amodeo. L'amour de Dieu. Ses parents à lui auraient été contents. Mais elle semblait désormais l'incarnation de Charon, avec son sourire lugubre et impatient, tandis que lui redoutait et désirait à la fois son petit gobelet de comprimés. Cette chambre était à présent sa salle d'attente : jardin aux colibris, lits jumeaux à sommier métallique, double commode en rotin, trois tiroirs de chaque côté, contenant l'équivalent d'une simple valise à roulettes de leurs vêtements, à Barbara et à lui (Parce qu'où irait-elle, sinon ? Impossible qu'elle reste seule chez eux. Et même là, même en ces circonstances, il pouvait – il le ferait – s'occuper d'elle), comme s'ils venaient d'arriver pour de brèves vacances plutôt que pour la Fin. Il revoyait leur séjour en Floride, vingt ans plus tôt – cet hôtel épouvantable, l'échec de ce voyage durant lequel il espérait lui montrer comment il était tombé amoureux, si longtemps auparavant, des États-Unis. Aujourd'hui encore, cette pièce aurait fait une chambre d'hôtel plus agréable, si l'on pouvait parler de chambre d'hôtel.

Il avait tout le temps froid. Les enfants avaient apporté, pour qu'il en recouvre ses épaules, un châle de fin cachemire couleur chocolat qu'il avait offert à Barbara voilà une éternité lors de leur voyage en Inde, et qu'elle avait gardé toutes ces années dans son tiroir du bas, sans le porter ni défaire l'emballage d'origine – et quand il s'en enveloppa il vit, dans le miroir, son père, qui avait porté un châle – couleur camel, à franges – le plus clair de son temps pendant ses dernières années, et auquel il ressemblait tant à présent. Mais son père, qui avait vécu jusqu'à plus de quatre-vingt-dix ans – quatre-vingt-treize ans et deux mois – ne paraissait avoir quitté la pièce qu'un instant auparavant, et comment son tour à lui pouvait-il déjà venir ? Il n'était pas vieux – à peine soixante-dix-neuf ans, encore un jeune homme de nos jours. Se pouvait-il vraiment qu'il doive tout quitter, même cela ? Même ce couvre-lit, il l'accepterait – même cette infirmière de nuit et ses braiments – même cette farce qu'était la kinésithérapie un matin sur deux…

Il n'était pas insensible aux ironies du sort, aux étranges coïncidences. La Mort était venue le chercher deux ans plus tôt, et il avait déjoué ses avances. *Ils* les avaient déjouées, sa famille, ses femmes – Barbara, Suzanne, Loulou, Chloe, par leur vigilance constante, leurs batailles pour sa vie. S'il avait survécu ces deux dernières années, c'était grâce à leur présence – aux prières, disait Suzanne, mais la vérité était plus concrète, plus physique que cela. Elles avaient humecté ses lèvres avec ces éponges vertes pour le désaltérer, quand il ne pouvait rien avaler ; elles avaient aidé les infirmières à retourner son corps nu sur le lit pour éviter les escarres ; elles étaient restées à son chevet toute la nuit pour s'assurer que, dans son délire, il n'arrachait pas de ses narines la canule nasale à oxygène ou ne tentait pas de se lever d'un bond ; elles avaient questionné les médecins et les infirmières, étaient restées là quand les kinésithérapeutes venaient pour les tests de déglutition, s'étaient réunies dans la salle d'attente pour se soutenir lors des baisses de moral ; des semaines durant, Loulou avait télé-travaillé, téléphonant à quatre heures du matin à ses collègues en Europe, et Chloe fonçait de nuit sur l'autoroute, faisant la navette entre les enfants et son chevet. Toutes l'avaient acclamé quand, ce fameux dimanche après-midi, le week-end du Memorial Day, après plus d'un mois de délire, l'incapacité de se nourrir par la bouche, deux intubations en soins intensifs, une infection MRSA, trente-six heures d'insuffisance respiratoire et de tachycardie, lui, ce vieil alcoolique en surpoids et aux poumons délabrés, mais fort comme un taureau, oui, un taureau, était redevenu lui-même, revenu à la vie – et elles l'avaient entouré, et son arrivée à Elm Street avait ressemblé à celle d'un vieux général jubilant après la bataille...

Il avait eu droit à deux ans de sursis, deux ans jour pour jour jusqu'à ce qu'il retourne à l'hôpital, sept cent trente jours de vie – il avait *vécu* chacun d'eux, mais ils avaient également vu la diminution de sa femme à l'esprit telle une lumière déclinante, et de sa sœur, voûtée et brisée, confite dans son Label 5. La vie continuait, là était l'enjeu, quand on déjouait les avances de la Mort : rien à voir avec un dénouement heureux. Et deux ans plus tard, comme si la boucle était bouclée, le voilà revenu, Barbara auprès de lui le reconnaissant à peine – cinquante-cinq ans ensemble, dont cinquante-trois ans de mariage, et la moitié du temps elle le prenait pour un inconnu. Plus bizarre encore, à Ottawa en cet instant, son vieil ami Larry Riley grabataire et muet, l'homme avec lequel il avait blagué, conversé, éclaté de rire, et pleuré – à la mort de David, le fils de Larry, ils avaient pleuré dans les bras l'un de l'autre – désormais réduit au silence, dans le coma, au stade terminal de la même maladie que celle dont souffrait Barb, son corps une simple coquille, soigné par la tendre Babs, d'ailleurs infirmière de profession et ayant exercé avant sa ribambelle d'enfants. Lui et son vieil ami, son meilleur ami en près de cinquante ans, même s'ils ne pouvaient plus s'étreindre ni se parler, physiquement si loin l'un de l'autre, voilà qu'ils affrontaient la fin en même temps, aussi proches qu'ils avaient pu l'être, des frères dans une époque plus heureuse et dans le chagrin aussi, et dans ce voyage, quoi qu'il leur réserve, pour lequel il n'existait pas de mots et qui serait sans retour.

Malgré le stent, avaler devenait de plus en plus difficile. Et la douleur. Cette douleur indicible – Vicky une bénédiction, avec ses gobelets de comprimés. Il envoyait parfois Barbara la chercher, elle ou sa remplaçante, pour demander : « Est-ce que c'est l'heure ? Non ? Pas encore ? » Parce que ces comprimés se prenaient toutes les quatre heures, et sur ces quatre heures, seules les deux du milieu étaient supportables – deux sur quatre, cinquante pour cent, sans doute ne devrait-il pas se plaindre, ça pourrait être pire – mais la première et la dernière heure représentaient à chaque fois une bataille, il luttait pour nager dans l'océan de la douleur, la première heure au moins avec la marée descendante et la promesse d'un soulagement, la dernière en souffrant non seulement le martyre, mais en proie à un désespoir existentiel, puisque cette douleur devenait lui, devenait tout ce qu'il était. Dans la seconde moitié de cette dernière heure, il ne pouvait rien faire d'autre que rester assis dans son fauteuil roulant – il préférait, toujours, être habillé et rasé, dans l'une de ses chemises Brooks Brothers, n'ayant pas d'excuse pour se négliger –, au jardin tôt le matin ou au crépuscule, mais dans la journée à l'intérieur avec la climatisation, près de la fenêtre, les yeux fermés, inspirant, expirant, essayant de se remémorer une vie, un moment, hors d'ici, avant la douleur.

Durant les deux bonnes heures, pourtant, de quoi n'était-il pas capable ? Il ébouriffait les cheveux de ses petits-fils, admirait les dessins de ses petites-filles, incitait Barbara à manger de la crème glacée avec lui autour de la table pliante sur la terrasse de leur chambre, autorisait sa sœur qui avait fait le voyage depuis la France, malgré toutes ses terreurs, à prier pour lui, et tentait de manger le gingembre enrobé de chocolat qu'elle avait apporté. Il s'efforçait de ne pas se montrer irascible ; il voulait que tous se souviennent de lui sous son meilleur jour. Il lisait le *Times Literary Supplement*, *Le Nouvel Observateur*, le livre de Mazower sur Salonique, qu'il avait acheté lors de sa publication en 2004 mais dont il avait sans cesse remis la lecture à plus tard. Il tenait sa femme par la main. Il laissait les filles pousser son fauteuil roulant dans le parc magnifiquement paysagé, même si, à la moindre bosse ou motte de terre, la douleur jaillissait malgré le soulagement apporté par les médicaments. Il tenait sa femme par la main et humait son parfum bien-aimé. Il leur disait à tous combien il les aimait, qu'il n'existait aucun mot pouvant exprimer son amour pour eux – il s'était longtemps considéré comme un monstre né d'une erreur sans nom, condamné à être puni ; mais ces dernières années il s'était enfin su sincèrement aimé, voire chéri, de même qu'il les aimait tous, et toute vie – tiens, un colibri se posait ; tiens, le rire de sa petite-fille, pareil au tintement d'un ruisselet ; tiens, le large sourire de Barbara, sa bouche toujours un peu de travers. Durant ces deux bonnes heures, qui perdaient quotidiennement deux minutes comme la lumière du jour à la fin de l'automne, il exhortait à tout moment son formidable cerveau résilient (ç'avait été un cerveau fait pour de grandes choses ; les avait-il tous déçus ? Trop tard pour s'en inquiéter désormais…) : Souviens-toi de ça – souviens-toi de ça – souviens-toi de ça…

Quand sa fille appelait – Laquelle ? Elles avaient la même voix au téléphone –, elle demandait à parler à son père, et Barbara ne pouvait que dire qu'il n'était pas là. Mais sa fille disait alors : Y a-t-il dans la pièce un homme chauve en fauteuil roulant, et il y en avait un, près de la fenêtre, et sa fille demandait à parler à cet homme, donc elle l'amenait à côté du téléphone. Avec quelle tendresse, avec quelle tristesse il souriait en lui prenant le combiné.

Toutefois l'homme était souvent endormi, ou paraissait l'être. Alors elle allait se promener. C'était un étrange rêve, ce dédale de longs couloirs blancs, le long desquels claquaient les pas de diverses femmes de tous âges, de toutes tailles, toujours des femmes, vêtues de tenues d'hôpital aux couleurs vives, poussant parfois des chariots. Toutes levaient les yeux et souriaient quand elle les saluait, mais quand elle demandait où était la sortie, elles ne répondaient pas. Un secret, de toute évidence. Quelqu'un la gardait prisonnière ; ces hommes cagoulés étaient sans doute responsables. Derrière n'importe laquelle de ces portes fermées le long des couloirs, elle en aurait peut-être trouvé tout un groupe, cachés. Il fallait se méfier des hommes. Il fallait ouvrir les portes avec prudence. Tout pouvait être un piège.

Pendant ses promenades, elle s'inquiétait de l'endroit où elle devait se rendre. Elle était attendue, elle avait l'impression d'être en retard, mais ne pouvait se rappeler à cette minute comment y aller. Tous ceux qui auraient pu l'aider semblaient avoir disparu. Mère serait fâchée contre elle, certainement. Avait-elle besoin de son passeport ? Mieux valait toujours l'avoir, au cas où, mais elle n'avait même pas son sac à main – où avait-elle pu le laisser ? Comment retrouver son point de départ, dans ce labyrinthe ?

Un perroquet, oui, qui ressemblait à celui d'un dessin, avec toutes ces couleurs vives – peut-être son messager déguisé ? Parce qu'il savait parler, ce perroquet – « Salut, beauté », disait-il, une sorte de code ; si seulement elle savait que répondre, il l'aiderait à s'évader… Il hochait la tête, pivotait sur lui-même et sautillait, sortant cette épaisse langue noire comme la mort entre les deux moitiés de son bec crochu. Bien sûr elle pouvait se tromper, il pouvait être un envoyé de l'ennemi. Quoi qu'il en soit, vit-elle soudain, il se tordait le cou, enchaîné à son perchoir, un lourd anneau d'or lui enserrant la patte, relié à la barre de bois par une chaîne assez longue. De la tête il désigna sa patte, observant Barbara de son œil accusateur sans paupière, faisant claquer sa langue noire et produisant des sons :

« Oh non, oh non, semblait-il dire. Quoi encore ? Oh non !

— Ce n'est pas ma faute, insista-t-elle auprès de cet agent déguisé en perroquet. Ce n'est pas ma faute ! J'essaie juste de sortir d'ici. Je suis très en retard. Ma mère m'attend.

— Bien sûr qu'elle t'attend, mon cœur. » Une voix apaisante s'éleva près de son coude, une main douce mais ferme se posa sur ce coude. Barbara se retourna pour voir une élégante femme d'un certain âge, visage ridé mais bronzé et boucles d'oreilles, des perles entourées d'or – elle l'avait déjà vue, savait qui elle était, mais ne pouvait tout à fait…

« Je suis Jocelyn, mon cœur, ajouta cette femme de sa voix à la fois grave et douce. Et vous me connaissez, nous nous connaissons bien. » Elle sourit aimablement et tendit à Barbara un gobelet d'eau fraîche, couvert de condensation. Barbara but à petites gorgées, docilement. Un vague goût de concombre. « Buvez cela, vous vous sentirez mieux… »

Seulement quand elle en eut bu la moitié – c'était si rafraîchissant – prit-elle conscience qu'il pouvait s'agir d'un poison.

« Oh non ! Quoi encore ? Oh non ! Salut, beauté ! »

Mais Jocelyn marchait à côté d'elle, l'aidant à revenir sur ses pas dans ce dédale blanc, dépassant des portes et encore des portes, des chariots et des femmes souriantes, lui parlant de son ton apaisant (« Oh non ! Quoi encore ? » Mais cette voix-là était maintenant très loin), disant : « Monsieur Cassar va s'inquiéter pour vous. Essayons simplement de vous reconduire dans votre chambre pour le rassurer…

— Mère m'attend, pourtant… Il faut que je prenne la voiture…

— Absolument. Dans une petite minute. » Jocelyn avait un sourire rayonnant, des dents d'une blancheur immaculée. Peut-être n'était-elle pas si vieille qu'elle en avait l'air ? « Mais passons d'abord voir votre mari… » Jocelyn ralentit au milieu du couloir que rien ne distinguait de tous ces couloirs, et, sans lâcher le coude de Barbara, elle tourna de l'autre main la poignée d'une porte sur la gauche, une porte blanche dans ce couloir blanc avec tant d'autres portes identiques, l'ouvrit et guida Barbara, doucement, oui, mais fermement, à l'intérieur de la pièce fraîche, ombragée, si bien rangée, deux lits soigneusement faits avec leur couvre-lit matelassé couleur pêche et vert menthe, la double commode blanche en rotin, au mur quelques dessins multicolores faits par des enfants, une agréable lumière verte, puisque la grande fenêtre aux vitres sans tain donnait sur le jardin ensoleillé, une pelouse, une haie, un massif de fleurs, le tout d'un vert lumineux. Et devant la fenêtre, dans la pénombre, l'homme chauve sous son châle au fond d'un fauteuil roulant – elle le reconnut aussitôt, le reconnaîtrait n'importe où. Il commandait aux hommes cagoulés, et aux cavaliers qui longeaient au crépuscule l'enceinte de la propriété ; il commandait à ces femmes souriantes dans leurs tenues repassées de frais, bien sûr que oui ; le plan venait de lui, il avait tout manigancé ; c'était lui, le responsable ; c'était lui, son geôlier.

Et cette expression sur son visage las, dans ses yeux vert et ambre si tristes, quand il se tourna vers elle – une expression infiniment tendre, peinée, aimante, une expression qui comprenait tout, qui la connaissait et l'acceptait entièrement ; qui connaissait, aussi, la Mort ; qui était, aussi, la Mort –, rien ne lui avait jamais fait plus peur. Barbara saisit la main de Jocelyn posée sur son coude et s'y cramponna avec ses deux mains à elle. « Mais il faut que vous compreniez, reprit-elle, l'urgence étant perceptible dans sa voix, je ne peux pas m'arrêter là. Je suis en retard, et Mère m'attend. »

Juillet 2010

Toulon, France

Suzanne s'efforça de tout préparer au mieux pour la visite de Magi. Celle-ci devait passer à dix-huit heures trente, en sortant du travail, et elles s'offriraient ce qu'elles surnommaient avec humour une « séance », deux heures de potins agrémentées d'un apéritif et de biscuits salés, avant que Magi ne reprenne le bus sur le boulevard pour rentrer chez elle.

Elle se reprochait plus ou moins ces préparatifs, le fait de prendre ne fût-ce qu'une heure de bon temps, ou une heure un peu moins tragique, alors qu'elle revenait à peine de plusieurs semaines au chevet de son frère mourant – personne ne prononçait le mot, mais quand, au bout de six semaines, elle avait compris qu'elle devait reprendre le fil de son existence et lui avait dit au revoir, tout le monde dans la pièce (sauf Barbara, peut-être) savait que c'était l'ultime adieu. Elle lui avait fait promettre de recevoir l'extrême-onction, et Chloe l'avait informée la veille que le prêtre était passé dans ce but – elle avait trouvé cela plutôt étrange, ce prêtre vêtu d'une chemise à manches courtes, avec l'hostie enveloppée dans un mouchoir au fond de sa poche de poitrine, mais c'était fait, l'âme de François était sauvée, même si son corps mortel respirait et souffrait encore, pleinement conscient et présent aux dernières nouvelles, et même si ce jour-là on le transportait à l'hôpital pour lui poser une perfusion, avant de l'installer dans un établissement de soins palliatifs où il pourrait enfin être mis sous morphine et soulagé de ces terribles douleurs.

François était donc avec elle, mais sans l'être. Elle ne voulait pas lui parler au téléphone – il en aurait encore été capable, ce jour-là, bien qu'au prix de gros efforts, mais ils s'étaient fait leurs adieux, et il avait bien droit à un peu de repos. Comme elle, d'ailleurs. Ce qu'elles lui avaient coûté, physiquement, émotionnellement, ces dernières semaines aux États-Unis loin de chez elle – c'était presque insoutenable. Elle se demanda jusqu'à quel point elle pouvait se confier à Magi – son amie avait la langue plutôt bien pendue, ça se savait –, mais elle lui parlerait forcément, tant elle avait le cœur gros.

Qu'elle ait dit au revoir à François pour la dernière fois lui semblait impossible. Ce maudit océan. La première fois qu'il était parti aux États-Unis, toute une vie auparavant, elle avait pleuré pendant trois jours. Il avait fait la traversée par bateau, depuis Le Havre, à la mi-août ; toute la famille avait pris le ferry jusqu'à Marseille, puis loué une voiture pour le long trajet vers le nord. Après une nuit à Marseille, ils avaient couvert la distance d'un seul tenant, près de neuf heures de route, et ils étaient descendus dans un petit hôtel de cette ville portuaire encore en reconstruction, près de l'avenue Foch et de l'église Saint-Joseph. La journée du lendemain avait curieusement traîné en longueur, tous les quatre s'attardant à l'heure du déjeuner dans le bistrot en face de l'hôtel, maman déjà la larme à l'œil, papa prodiguant des conseils de dernière minute. La malle de François l'avait précédé, et ils montèrent tous à bord du paquebot avec lui en fin d'après-midi pour voir sa minuscule cabine – on lui avait attribué la couchette du bas, et celle du haut à un autre boursier Fulbright, un certain Broussard, en partance pour une université différente –, après quoi ils l'avaient laissé à bord, avec ce Broussard, entamer son aventure, tandis qu'ils retournaient à quai, vers leur première soirée à trois, sans lui. Or le navire n'appareilla pas avant le milieu de la nuit, une terrible nuit de tempête, et quelle étrange soirée cela avait été pour papa, pour maman et pour elle, avec un seul parapluie d'emprunt pour trois, et un dîner dans le même restaurant que celui où ils avaient déjeuné quelques heures plus tôt, mais où, sans François, tout paraissait plus triste et la nourriture moins appétissante.

Suzanne, elle, s'était ingéniée à faire la conversation – « La cabine n'était pas si mal, non ? Et ce Broussard semble bien… » –, ce à quoi papa avait réagi avec la même bonne humeur assumée, comme s'ils jouaient avec acharnement au tennis par grand vent, alors que maman, pensive, les entendant apparemment à peine, regardait la pluie éclabousser la fenêtre assombrie du restaurant, et le halo des lampadaires dans la brume humide au-delà. Ce même soir tous pensaient, mais sans le dire, que si seulement ils s'étaient rués vers le front de mer, ils auraient encore pu, à coup sûr, grimper à bord du paquebot, retrouver François, le serrer dans leurs bras et le supplier de ne pas partir. Il était là sans l'être, pas tout à fait irrémédiablement perdu mais presque. Ils le savaient mais n'en parlaient pas, car à quoi bon ? Il fallait qu'il parte – il le voulait. Et il leur fallait se faire à son départ.

Aujourd'hui encore : son frère bien-aimé, adoré malgré son caractère impossible, son roc, et, depuis la mort de leur père, sa raison de vivre – elle lui avait parlé presque chaque jour durant toutes ces années depuis la disparition de papa –, semblait bel et bien sur le point d'être irrémédiablement perdu. Elle connaissait trop le deuil, savait que les êtres chers ne vous quittent jamais, restent auprès de vous, vous parlent, tentent de vous consoler, mais que ces fantômes n'ont pas de bras pour vous étreindre, que personne d'autre n'entend leurs blagues. Leur amour ne suffit pas. Et à mesure que ces proches s'éteignent toujours plus nombreux, le monde autour de vous devient de moins en moins intéressant, de moins en moins réel. La plupart du temps, quand elle était seule, Suzanne conversait avec ses morts, et depuis plusieurs années elle parlait ainsi avec François, non pas au bout du fil mais dans son appartement, se remémorant leurs aventures, leurs soucis, les bêtises des deux filles, petites…

Être vivant, ou non – au bout d'un moment la différence était mince. Magi serait là d'une minute à l'autre. Suzanne vida la boîte de bretzels Belin dans le bol bleu en émail cloisonné ; elle sortit du congélateur le seau à glace – dans lequel elle avait déjà vidé deux bacs à glaçons – et le posa sur le plateau laqué au centre de la table basse, près des deux verres en cristal taillé auxquels elle tenait tant (pris dans le grand appartement en haut de la colline, désert et plein de reproches, un musée en mémoire de la vie de ses parents et ne recevant pas de visites, ou pas assez, de ces nièces sans cœur et de leur famille), avec la bouteille de whisky prête à être ouverte, son sceau intact.

Elle savait que les voisins trouvaient bizarre qu'elle en fasse tant pour Magi. Sans doute Solange, la concierge, avait-elle échangé des racontars – même si Dieu savait combien de fois Suzanne avait également invité Solange à prendre l'apéritif. Mais le fait que Magi soit une femme de ménage travaillant à la résidence, pour deux familles que Suzanne connaissait depuis quarante ans : voilà qui était honteux et gênant. À moins que ce ne soit le fait que Magi était musulmane, marocaine, immigrée, et qu'en prime elle ait vingt ans de moins que Suzanne ? Était-ce la cause de tous ces commérages ? Avec ses fausses dents – qu'elle se soit fait arracher toutes celles du devant, et arbore une denture d'un éclat et d'une régularité éveillant les soupçons, n'arrangeait rien. Ces dents paraissaient fausses, et là où Magi voyait une amélioration, « la classe », comme elle disait, Suzanne savait que pour les habitants BCBG de la résidence, elles la désignaient comme appartenant, irrémédiablement, à la classe ouvrière. Et alors ? Tous trouvaient très bien que vous en fassiez partie si vous lessiviez les sols en marbre du bâtiment F, mais pas si vous étiez assise pour boire un verre et fumer une cigarette dans le bâtiment H en fin de journée ? Quelle hypocrisie. La moitié d'entre eux les croyaient peut-être amantes, deux vieilles lesbiennes – quelle autre raison auraient-elles de passer du temps ensemble ? –, à moins que Magi ne soit prise pour une croqueuse de diamants. Ça les avait bien fait rire, toutes les deux – « Une croqueuse de diamants sans rien à croquer », avaient-elles dit pour plaisanter –, Suzanne, pauvre comme Job, n'ayant pratiquement plus rien à se mettre. Boirait-elle du Label 5 si elle pouvait s'offrir mieux ?

Elle regarda sa montre (celle en or offerte par ses parents pour son quarantième anniversaire ; l'une de ses deux nièces imaginait probablement qu'elle lui reviendrait, or elle l'avait promise à Magi – elle n'oublierait pas). Magi était en retard, sans nul doute retenue par une tâche supplémentaire de dernière minute (« Vous pourriez juste mettre le couvert ? Et finir de repasser ces chemises ? Il part en voyage d'affaires ; il les lui faudra toutes ») – serait-ce incorrect de commencer sans l'attendre ? Rien qu'un petit verre, ça irait. Et une cigarette en vitesse, sur le balcon, le tintement des glaçons contre la paroi du verre, le chant assourdissant des cigales, l'air de juillet brûlant et immobile autour d'elle. Elle vit Simone Bléhaut remonter le sentier vers son jardin avec son attaché-case, et, dans la direction opposée, le docteur Bertrand en tenue de tennis, sa raquette dans une main, sa boîte de balles dans l'autre. Elle les aimait bien, autrefois. Simone et elle avaient été de grandes amies, des années durant. Difficilement imaginable, à présent. Ils étaient si nombreux à l'avoir déçue – tout ça, tant d'années, sourire à des gens qui faisaient semblant d'avoir quelque chose à faire de vous, elle-même faisant semblant d'avoir quelque chose à faire d'eux… Non, elle avait tort, elle s'était souciée d'eux, mon Dieu oui ; mais qui lui avait rendu la pareille ? Qui s'était soucié d'elle ?

Ces dernières années, l'une après l'autre, ses vieilles amies s'étaient éclipsées. Parfois il y avait eu des mots – elle avait fait une scène à Sophie Blondeau, son ancienne voisine qui vivait désormais à l'autre bout de la ville, lorsque celle-ci avait annulé pour la troisième fois une invitation à la dernière minute – « Je crois que tu ne mesures pas à quel point j'ai une vie difficile », avait dit Sophie, ce à quoi Suzanne avait répondu : « Et la mienne ? Et la mienne ? Tu as la moindre idée de la vie que je mène ? » Mais ç'avait été fini. Pour l'essentiel, toutefois, elle n'exprimait pas son indignation – elle s'était contentée de ne plus rappeler personne, et cela avait suffi. Les amies de toute une vie comme Aurore, qu'elle tenait dans ses bras, bébé, alors qu'elle-même avait dix ans, et les amies d'un demi-siècle, Antoinette par exemple, s'étaient détachées telles des feuilles mortes en automne. Toutes se servaient d'un ordinateur à présent, envoyaient des e-mails, ce qui n'était pas son cas. Laisser le téléphone sonner dans le vide suffisait donc. Aucune d'elles ne s'intéressait apparemment assez à elle pour lui écrire – même si en toute vraisemblance elle n'aurait pas non plus répondu à leurs lettres – ou pour venir frapper à sa porte. Il n'y avait que la jeune Maït, sa filleule, quarante-quatre ans déjà et célibataire comme elle, une « femme carriériste » – ce qui semblait enfin être accepté ou, pour une large part, enfin compter aux yeux du monde comme une vie valant la peine d'être vécue, au lieu d'une vie de soumission –, il n'y avait donc que Maït qu'elle voyait régulièrement, à l'heure du déjeuner afin d'être dans un état normal ; et bien sûr, le soir, cette chère Magi.

Mais voilà qu'elle arrivait, trois coups de sonnette rituels et elle était sur le pas de la porte, les bras grand ouverts, avec son large sourire de porcelaine trop blanche.

« Ma chérie », s'exclama Suzanne, veillant à ne pas mettre le feu avec sa cigarette à la chevelure de Magi en la serrant dans ses bras. « Entre, pose tes affaires, assieds-toi. » Puis, agitant son verre d'un air faussement contrit : « Je ne pouvais plus attendre. J'ai commencé sans toi.

— Contente de l'entendre. » Magi, s'étant débarrassée à la porte de ses sandales, s'installa en tailleur sur le canapé, à l'orientale, comme il convenait selon Suzanne, et attendit, aux anges, que celle-ci lui emplisse son verre. « On a tellement de choses à se raconter – ton voyage. Je ne voudrais pas t'avoir gâché la soirée par mon retard. » Elle leva les yeux au ciel. « Mais tu sais comment madame Améry peut être – elle a poussé les hauts cris en découvrant sa nappe bleue à fleurs encore dans l'armoire de séchage alors que j'avais rangé la table à repasser. J'avais déjà enlevé ma blouse – tu te rends compte ?

— Comme si elle ne pouvait pas utiliser une autre nappe », compatit Suzanne, se servant un deuxième whisky pour accompagner le premier de Magi. Le soleil projetait de longues ombres en travers du mur. Elle savait avoir souvent été comme madame Améry ; elle s'en voulait à présent. Pour se racheter, elle appelait Odet à Cascais une semaine sur deux. Francisco était atteint de démence sénile. Odet avait pleuré en apprenant que Barbara aussi, et pleurait chaque fois qu'elles parlaient de François. Elle éclaterait sans doute même en sanglots le jour où Suzanne lui annoncerait sa mort ; elle était très sensible. Oui, Suzanne comprenait ce que ressentait quelqu'un comme Magi, exploitée par autrui…

Magi, pourtant, prenait tout cela avec tant d'humour. Suzanne adorait se trouver en sa présence. Magi riait encore en racontant l'anecdote du petit-fils Améry qui avait touché l'arrière du crâne de son grand-père avec une bille de pistolet Nerf. « Monsieur était à son bureau, le dos tourné, et tout à coup, *bam* ! Plus de peur que de mal pour lui – il ne savait pas ce qu'il avait reçu ! Et tu le connais : de la vieille école, pas commode, et Madame qui essayait de le faire taire en répétant : « Enfin, chéri, ça vaut tellement mieux que Jules s'amuse avec ce pistolet, sinon il serait tout le temps devant son ordinateur, avec ses jeux vidéo…

— Je te ressers ? » Le deuxième pour Magi, le troisième pour Suzanne. Ce qu'elles riaient. Tous les soucis s'estompaient. Ils reviendraient dès le matin, mais dans l'immédiat…

Jusqu'au moment où Magi questionna Suzanne sur son voyage aux États-Unis. Et où la gravité et la compassion se lurent aussitôt sur son visage : elle savait que François était mourant. Elle cacha son espièglerie en même temps que ses dents blanches.

« Mais c'est la famille, dut expliquer Suzanne. Ma propre famille !

— Raconte », lui enjoignit Magi, apitoyée. Elle tendit même le bras en travers de la table basse. Suzanne ne prit pas sa main, mais apprécia le geste. Elle se sentit aimée.

« D'abord, on m'a interdit de fumer dans l'appartement. Pas Barbara – elle est à l'ouest, tu le sais. Ça empire chaque semaine. La moitié du temps, je n'étais même pas sûre qu'elle me reconnaisse. Non, ce sont les deux filles, tu te rends compte ? Comme si c'était *leur* appartement ! Elles y étaient invitées comme moi, mais on ne l'aurait pas cru. “Il y a un balcon, répétaient-elles. Et c'est l'été !” Comme si ça me facilitait les choses…

— Au moins il ne faisait pas froid, dit Magi. Parce qu'en hiver on gèle, là-bas, paraît-il. »

Suzanne haussa les épaules. « L'idée est que personne n'a fumé dans cet appartement depuis des années, que François et Barbara ont tous deux arrêté – alors quoi, je suis censée arrêter moi aussi ? Alors que mon frère est mourant ?

— Inhumain, renchérit Magi.

— Et puis une fois, rien qu'une fois, je me suis offert une petite cigarette à l'heure du coucher – je dormais sur le divan dans le bureau de François, la porte fermée, je précise –, et j'avais à peine tiré quelques bouffées que Loulou – elle dormait dans le séjour, sur un de ces matelas pneumatiques, parce que sa sœur était dans la chambre avec leur mère –, en tout cas Loulou fait irruption après avoir à peine frappé – j'étais en chemise de nuit, mais j'aurais aussi bien pu être toute nue, tu imagines ? –, et elle déclare que tout l'appartement empeste, et est-ce que je pourrais éteindre cette cigarette ! Après une ou deux bouffées… je me suis sentie comme une écolière qu'on réprimande !

— Lamentable. Un manque de respect.

— C'est bien ça le problème, non ? Le respect. Je suis leur tante. J'appartiens à une autre génération. Tu honoreras ton père et ta mère – dans notre religion, et peut-être dans la tienne, c'est un commandement. Depuis Moïse. Et j'ai été comme une seconde mère pour elles. Mais est-ce qu'elles me traitent avec dignité ? Est-ce que ça les effleure ? »

Suzanne n'avait pas vraiment prévu de se lancer dans une litanie de plaintes, mais elle trouvait chez Magi une oreille attentive. Celle-ci semblait tout ouïe. Et après son départ, l'appartement serait à nouveau silencieux, et Suzanne toute seule. Les souvenirs reviendraient.

Elle fit donc part à Magie de tous ses griefs, accumulés pendant des semaines. Le fait que ses nièces aient résisté à ses interventions religieuses, et paru presque amusées, déclarant : « Mais maman n'apprécierait pas », comme si Barbara, avec son éternel demi-sourire, le regard vague au fond de la pièce, pensait quoi que ce soit. Franchement, il fallait aussi prier pour elle. Et pour les deux filles. Et puis il y avait Loulou, avec ses interminables appels professionnels ; à partir de quatre heures du matin, on l'entendait à travers la cloison, et si on pénétrait dans la salle de séjour dans l'espoir d'attirer son attention, elle vous tournait le dos ou sortait sur le balcon, quand elle ne quittait pas carrément l'appartement pour descendre arpenter le trottoir avec ces fils électriques dans les oreilles, parlant et gesticulant dans le vide comme une folle. Une seule d'entre elles se souciait-elle de ce qu'elle ressentait, elle, Suzanne ? Or elles insistaient toujours pour qu'elle prolonge son séjour, disant : « Mais tu ne veux donc pas rester ici avec nous ? Avec lui ? Qu'est-ce qui pourrait t'obliger à rentrer ? Rien ne presse, sûrement ? » – comme si son existence, son monde, ses habitudes, sa vie à Toulon, ne comptaient pour rien du tout : son courrier, ses livres, ses amies, ses activités bénévoles au sein de la paroisse, ses déjeuners mensuels avec sa filleule, l'aquarelle qu'elle avait commencée, et laissée en plan sur la table de la salle à manger quand elle avait fait ses bagages pour partir immédiatement au chevet de son frère – ce n'était d'ailleurs pas la première fois –, n'ayant jamais imaginé qu'elle resterait si longtemps, qu'il lui faudrait s'acheter deux tenues d'été, qu'elle avait difficilement les moyens de s'offrir, juste pour ne pas rôtir dans le tailleur en tweed vieux de trente ans qu'elle avait apporté... mais elle s'égarait. Le problème était que son existence n'avait aucune réalité pour ses nièces, prisonnières de leurs vies respectives comme elles l'étaient – elles pensaient de toute évidence que Suzanne n'avait rien d'autre à faire que de les soutenir dans cette épreuve, comme si elle-même ne souffrait pas assez, de perdre son frère et la femme de celui-ci en même temps, le premier physiquement, la seconde mentalement, disparaissant tous les deux ensemble, ces êtres si chers à son cœur... Mais ces deux représentantes de la jeune génération, si américaines, avec leur absence de foi en Dieu et leur manque de respect, leur égocentrisme, leur échec – enfin, leur incapacité – à se mettre à sa place à elle, car elles perdaient leurs parents, certes, et Dieu savait qu'elle comprenait leur douleur, mais elles avaient un mari, des enfants, une famille à elles, et en ce sens-là, ce qu'elles perdaient, la génération précédente, était dans l'ordre des choses, elles poursuivraient leur existence tournée vers l'avenir, comme il se devait ; or elles ne semblaient ni voir ni comprendre qu'elle, Suzanne, perdait tout. Tout.

Elle n'avait pas eu l'intention d'en révéler autant, pas tout à fait, ni de donner libre cours à son dépit. Cette chère Magi n'était pas une femme discrète. Et pourtant. Où se trouvait sa vraie vie, à présent ? Qu'était sa vraie vie ? Elle n'allait pas dire à Magi qu'après la mort de son frère, elle n'en aurait plus, que tout son passé, tous ceux qu'elle aimait et en qui elle avait confiance auraient disparu de la face de la Terre – ce serait une insulte envers Magi dont la bonne humeur la réconfortait et dont les avant-bras couverts de bracelets tintaient joyeusement à chacun de ses mouvements, Magi qui léchait les grains de sel des bretzels sur ses doigts à la peau brune et aux ongles vernis en rose, avec la délicatesse et l'application d'un chat faisant sa toilette – la belle, la gentille Magi.

Alors que la lumière du soleil déclinait dans la pièce et que Suzanne se levait pour allumer la lampe (la bouteille de Label 5 étant presque vidée de son contenu, le reste des glaçons une simple flaque au fond du seau à glace), Magi se leva elle aussi, tira sur sa jupe – une petite jupe ample et pas chère à motif cachemire couleur moutarde, qui venait du marché du Mourillon ; Suzanne les avait vues sur un portant à l'angle du parking – et sur son corsage bordé de dentelle – même à l'approche de la soixantaine, Magi soignait son apparence, le haut de ses seins hâlés paraissant aussi ferme que chez une jeune femme –, et elle recoiffa d'un geste son nuage de cheveux frisottés et colorés au henné, Suzanne admirant à nouveau sa beauté, et son élégance tant que son sourire ne laissait pas voir ces fausses dents vulgaires. Mais si Suzanne avait eu l'argent, elle aussi se serait offert de fausses dents.

« Merci, ma chérie. » Magi tituba un peu devant la porte, se redressant après voir remis ses sandales à semelles compensées. Soudain plus grande que Suzanne, elle se pencha pour l'embrasser sur la joue dans des relents de whisky, de tabac, et de son parfum citronné. Elle l'achetait également au marché, à la vendeuse de savons provençaux.

« Bonne nuit, ma beauté. » Suzanne appuya sur la minuterie du palier et attendit l'ascenseur avec Magi. Puis elle resta à écouter sa descente, le tic-tac de la minuterie, le bruit des pas de Magi dans le hall d'entrée trois étages en contrebas. Le claquement de la porte en verre. La lumière du couloir s'éteignit. Suzanne s'attarda encore quelques instants dans l'obscurité, puis regagna son appartement et donna un tour de clé.

Elle jeta un coup d'œil à sa montre, cette montre qui serait le moment venu celle de Magi. À peine vingt heures trente. Là-haut dans le grand appartement, au sommet de la colline, il y aurait encore les derniers rayons du soleil, les magnifiques lueurs du couchant à l'horizon, au-dessus de l'océan. Mais le grand appartement était désert et fermé à clé. Pour François aux États-Unis, c'était seulement le début de l'après-midi, la sieste, quatorze heures trente. Avec un peu de chance, il se reposait. En son for intérieur, elle le voyait, non pas tel qu'il était désormais, mais à tous les âges de sa vie. Faute de mieux, sur cette planète, ils avaient été les témoins aimants de leurs existences mutuelles, de leurs journées et de leurs voyages, du poids des émotions, de l'épanouissement et du déclin de leur moi animal. Beaucoup de chagrin et de fureur, mais, plus encore, des rires, de la joie, et de l'émerveillement. Comment, à présent que les ombres s'allongeaient tant, se cramponner à la lumière ? Être un témoin, un accompagnant, avoir simplement vécu ces temps étranges, magnifiques, affligeants, avoir été une lueur dans la nuit, un miroir, un soutien – cela aussi, c'était l'œuvre de Dieu, même dédaignée par ses ambitieuses nièces américaines sans foi, et peut-être sans âme. Ce n'était pas rien.

Cet étrange tumulte qui constituait une vie. Ni bonne ni mauvaise – ou, plutôt, à la fois bonne et mauvaise –, mais là n'était pas la question. Par-dessus tout, ils avaient été, si longtemps, follement curieux. De voir, de faire toutes les expériences possibles, de s'aventurer n'importe où, de parler à n'importe qui, de goûter à tout, d'apprendre, de savoir.

Elle vida le seau à glace, mit les verres dans l'évier. Elle contempla la bouteille de whisky – il en restait si peu. Mais ce soir, elle prendrait sur elle. Son frère était mourant. Elle n'était plus curieuse : une grande partie de ce qu'elle savait désormais la faisait souffrir, et elle s'efforçait, pour l'essentiel, d'endormir cette souffrance quand elle le pouvait.

Elle ouvrit le réfrigérateur. Pratiquement rien : quelques œufs, une aubergine, abîmée. Un pot, vide aux deux tiers, de confiture de prune. Du beurre. Et dans le placard, la moitié d'un sachet de macaronis, une rangée de biscottes. Elle n'avait pas assez faim pour dîner. Elle irait simplement se coucher, s'allonger les yeux fermés sous son crucifix. Où était Dieu quand on avait le plus besoin de Lui ? Avec François, Inch'Allah, à son chevet, pour l'accompagner.

Toute sa vie elle avait senti François près d'elle. Il l'avait portée quand elle en avait eu besoin. Elle aurait souhaité faire la même chose pour lui à présent, mais elle n'en avait pas la force. Je suis désolée, lui dit-elle. Cela ne veut pas dire que je ne t'aime pas. Mais je suis faible, tu as toujours su que je l'étais. Que Dieu soit avec lui, son frère, en ces heures. Il fallait qu'elle dorme, il fallait, en cet instant, qu'elle oublie, et rêve à la place aux jolis doigts de Magi, au voyage en montagne qu'elles feraient sans doute ensemble en septembre, une fois les fortes chaleurs passées, un petit week-end loin de chez elle, un peu de bon temps, elle conduirait et paierait l'hôtel – Magi était partante, elle l'avait dit.

Trouverait-elle le sommeil, sans se faire de souci, maintenant ? Peut-être en finissant cette bouteille, après tout. Lequel des verres dans l'évier était-il le sien ? Cela avait-il de l'importance ? Si c'était celui de Magi, cela ne ressemblait-il pas, en un sens, à un baiser, à un lien ? Si le hasard faisait qu'elle buvait dans le verre de Magi, n'était-elle pas alors moins seule ?

Juillet 2010

Connecticut, États-Unis

Dans la voiture, en route vers le restaurant Beach House – au volant de la précieuse berline Mazda de mon père, dix ans d'âge et parfaitement entretenue – je rappelai à ma mère que nous nous rendions à une fête d'anniversaire. Aussi ironique que cela ait pu paraître. Elle se tourna à moitié vers moi, le visage indéchiffrable. Si l'on m'avait demandé d'expliquer son expression, j'aurais dit : « Elle essaie de tout enregistrer. » Même si j'aurais aussi bien pu penser qu'elle perdait totalement pied.

Je me concentrai avant tout sur la route, l'étroitesse des voies de l'I-95, le souffle de la circulation qui nous frôlait d'assez près pour bousculer la vieille auto ; puis sur la sortie, pas celle que nous empruntions d'habitude, et sur la direction à prendre en quittant la bretelle ; et enfin sur la recherche d'une place de stationnement à proximité du restaurant. La grisaille moite de la journée avait été remplacée en début de soirée par une légère pluie, qui n'obligeait pas à courir en quittant la voiture, mais je préférais que ma mère n'ait pas à marcher trop longtemps. Je me réjouissais pourtant de sentir ces gouttelettes sur mes bras nus : je percevais chacune d'elles. Et par la grande baie vitrée du restaurant, je les aperçus tous, rassemblés sur les deux banquettes près de l'entrée, celles où on s'asseyait souvent, avec une table supplémentaire et au-dessus cette fresque colorée représentant des mouettes qui tournoyaient : Oliver et notre amie Becca, nos deux enfants et les siens, chaque famille ayant une fille aînée et un fils cadet.

Lorsque je jetai un coup d'œil à l'intérieur, la serveuse apportait des milk-shakes dans de hauts verres et le surplus dans un pichet, comme quand j'étais gosse, le tout sur un plateau rond. Des milk-shakes au chocolat, pour celle dont on fêtait l'anniversaire : notre Aude, neuf ans ce jour-là. Tous venaient de passer l'après-midi au multiplexe de Port Chester, où ils avaient vu *Moi, moche et méchant*. Becca et ses enfants avaient pris le train depuis New York par gentillesse, pour tenter de donner un caractère festif à la journée.

« Tu es prête ? »

Ma mère sourit avec lassitude. Peut-être avait-elle déjà oublié.

« C'est le neuvième anniversaire d'Aude, d'accord ? C'est la fête d'anniversaire de ta petite-fille.

— Bien sûr que oui », répondit ma mère d'une voix enjouée, mais je n'étais pas sûre qu'elle ait totalement compris. Nous nous en sortirions. Il le fallait. Je lui ouvris la portière, puis lui emboîtai le pas. Une rafale de vent froid sur mes bras couverts de gouttes de pluie me donna la chair de poule.

« Bienvenue ! Bonjour ! » Des exclamations joyeuses. Oliver et Becca se levèrent, par respect pour ma mère. « Venez vous asseoir ! Venez ! On n'a commandé que les boissons, pour l'instant.

— Heureux anniversaire, ma chérie. » Passant devant mon mari, je me penchai pour embrasser le haut de la tête soyeuse de notre fille, évitant son diadème en plastique rose à paillettes avec les mots *BIRTHDAY GIRL*.

« On n'a pas encore ouvert les cadeaux, maman, déclara-t-elle d'un ton faussement sévère, comme pour me sermonner. Papa a dit qu'il fallait vous attendre.

— Quand on sera de retour à l'appartement, ma chérie. » Je me tournai vers Oliver. « Tu es allé chercher le gâteau ?

— Bien sûr que oui. Maintenant assieds-toi, et commande-nous un verre de vin.

— Je conduis.

— Tu as droit à *un* verre. »

Je m'assis près de lui, ma mère près de Becca, en face de moi. Installés à l'extrémité de la table supplémentaire, nous nous sentions loin du bavardage animé des enfants. L'épuisement me gagna soudain.

« Ça va ? L'après-midi s'est bien passé ? »

Peut-être valait-il mieux ne rien lui dire maintenant ? En tout cas je ne voulais pas que les enfants sachent. Je ne voulais pas gâcher la fête. J'avais conscience que si, comme je le soupçonnais, ma mère avait déjà oublié, j'étais donc la seule à savoir, la seule pour qui il s'agissait d'une réalité, laquelle me sembla subitement trop lourde pour moi.

« Garde le sourire, murmurai-je, mais il est mort.

— Quoi ? Quand ça ?

— Il y a quelques heures. À notre retour après déjeuner, il s'était éteint. On nous a dit qu'il était mort dans son sommeil, mais je ne crois pas que les aides-soignantes aient vraiment fait attention. Ça a pu arriver n'importe quand entre midi et treize heures.

— Je suis navré. » Toujours avec le sourire, mais un sourire plus crispé, il adressa un petit signe de tête à ma mère.

« Comment allez-vous, Barbara ? Longue journée ?

— Je suis un peu fatiguée, pour être honnête, répondit-elle poliment. En tout cas je suis contente d'être là.

— Je ne crois pas qu'elle s'en souvienne », dis-je à Oliver, avant de rectifier : « Ça m'étonnerait que son cerveau ait vraiment enregistré. Ça fait beaucoup. »

Oliver soupira. Becca, lancée dans une discussion passionnée avec les enfants sur le film, n'avait rien remarqué. « Et nous on était devant *Moi, moche et méchant*, lâcha-t-il.

— Une bonne chose. C'est l'anniversaire d'Aude. Il faut se tourner vers la vie, vers la lumière.

— Et vous, à cette table, vous boirez quoi ? » Notre serveuse s'approcha, stylo et bloc-notes à la main. Sans doute une étudiante ayant un petit boulot pour l'été, une jeune femme parée de la beauté insouciante de la jeunesse, ses cheveux blonds un peu gras noués en un chignon approximatif, une minuscule chaîne d'or autour du cou, sa peau dorée comme du miel mise en valeur par le blanc de son chemisier. Le restaurant sentait fortement la viande grillée, l'air était empli de voix humaines impatientes, de rires, de bribes de conversations se détachant de cette cacophonie et flottant jusqu'à moi. J'entendais presque le cri des mouettes peintes sur la fresque derrière la tête des enfants. En vie – autour de nous, tout était en vie.

La journée avait en effet été longue. Je m'étais éveillée dans l'aube grise de ce lundi, sur le divan défoncé du bureau de mon père. Personne d'autre ne bougeait. Oliver dormait à côté de moi, le drap entortillé autour des jambes. Je rejoignis à pas de loup la pièce principale, où les enfants étaient couchés à plat ventre sur le matelas pneumatique près du canapé, notre teckel vieillissant enroulé sur lui-même entre eux. Le chien ouvrit un œil, me lança un regard sinistre, puis bougea légèrement avant de se lover encore plus et de se rendormir. La porte de la chambre de ma mère était fermée.

Je pris les clés de voiture accrochées près du téléphone, laissai la porte d'entrée fermée, mais pas à clé, et descendis sans bruit par l'escalier de secours. J'avais dit à Oliver la veille au soir que j'irais chercher à la pâtisserie du quartier un gâteau danois des Sept Sœurs, celui qu'Aude préférait, et moi aussi, depuis toujours. Cinq ans plus tôt, il avait été le premier indice de la maladie à venir de ma mère : elle en avait acheté un en prévision de notre visite, et l'avait mis sur la table au petit déjeuner.

« Tu ne le mets pas à chauffer ? avais-je demandé.

— À chauffer ? On le met à chauffer ?

— Toujours. Depuis vingt-cinq ans. »

J'étais passée pour une Cassandre ; personne ne m'avait crue. Mais depuis, impossible pour moi de penser à ce gâteau autrement qu'avec de la tristesse. Il était à peine six heures du matin ; la pâtisserie n'ouvrirait pas avant une heure et demie. Je pris l'autoroute dans la direction opposée jusqu'à Stamford, puis la route sinueuse qui conduisait le long des lotissements vers le centre de soins palliatifs. Seulement quelques voitures sur le parking – sans doute le personnel de nuit – et quand je pénétrai dans le grand hall, il régnait un silence absolu.

L'établissement, de construction récente, était censé vous aider à vous sentir comme chez vous. Au lieu de quoi il faisait l'effet d'une sorte de palais des congrès sans âme, où auraient pu se tenir des colloques, des assemblées de fidèles, des rendez-vous d'écrivains. Sous un plafond voûté avec des solives et sur des mètres de parquet acajou, d'immenses canapés et fauteuils tendus d'un robuste textile rêche de couleur marron étaient disposés autour d'une imposante cheminée, vraisemblablement inutilisable. Dans la cuisine américaine spartiate aux placards acajou eux aussi, des plans de travail mélaminés d'un gris chiné, un petit distributeur de boissons gazeuses, une machine à café Keurig, et un compotier empli de pommes granny et de bananes par des mains invisibles – le tout n'étant qu'un ersatz, une version parfaitement impersonnelle d'un « chez-soi ». Mieux que l'hôpital, toutefois. Seuls de rares résidents étaient encore valides, après tout, et sur ceux-là, à ma connaissance, seuls un ou deux s'aventuraient, décharnés et pleins d'appréhension, dans les parties communes. La plupart, comme mon père, étaient grabataires ; beaucoup, comme mon père, étaient sous morphine, et ne reprenaient conscience que brièvement, par intermittence.

Je ne croisai personne en allant le voir. Le couloir était dans l'obscurité. Sa chambre, à la fenêtre ouvrant sur une clôture grise, était aussi lugubre que la journée. La veille au soir il semblait agité, la respiration sifflante, mais il dormait à présent calmement, sur le côté, recroquevillé tel un enfant. À l'approche de la mort, sa peau était devenue plus douce, presque diaphane, comme s'il était purifié. Je voyais le petit garçon en lui, son esprit apparaissant à la surface de son corps, prêt à prendre son envol. Je tenais sa main dans la mienne – ses doigts gonflés si tièdes, leur contact si familier, et j'eus la sensation que c'était lui, mon père, qui me tenait par la main comme il l'avait toujours fait. Sa main toujours dans la mienne, je lui parlai, parce que l'ouïe est le sens qui disparaît en dernier, paraît-il. Je lui dis que nous prendrions soin de lui, de notre mère, qu'il ne devait pas s'inquiéter. Je lui dis que nous l'aimions, que nous l'aimerions toujours, qu'il était libre à présent, il pouvait lâcher prise.

Alors que nous restions ainsi, main dans la main en silence, j'entendis une aide-soignante à la porte mais ne me retournai pas, et elle s'éclipsa sans un mot. Je finis par me lever, je l'embrassai sur le front, puis je repris la route de la pâtisserie, et regagnai l'appartement avant que quiconque ne soit éveillé.

Après un petit déjeuner d'anniversaire festif – Ce n'était pas formidable d'avoir neuf ans ? Le meilleur âge ! –, ma mère et moi étions retournées au centre pendant qu'Oliver et les enfants allaient en voiture chercher Becca et ses propres enfants à la gare. *Moi, moche et méchant* était déjà le film choisi, les billets en matinée avaient été achetés en ligne. La table au restaurant Beach House était réservée.

Il était seul, mon père nomade, quand il mourut, mais par choix. Toujours secret, jusqu'à la fin. Nous étions sorties pour déjeuner, de sandwichs d'épicerie fine, thon et pain de seigle, enveloppés dans du papier sulfurisé, que nous avions mangés dans la voiture sur le parking du centre de soins, ne souhaitant pas nous donner en spectacle dans la salle commune silencieuse comme une église. Lorsque nous avions à nouveau franchi la porte à deux battants, une des aides-soignantes qui bavardaient sur un canapé se leva d'un bond et s'élança dans le couloir, s'écriant : « Attendez une seconde. » Elle revint d'un pas lourd un moment plus tard, essoufflée, pour annoncer : « Il s'est éteint. À l'instant. Il est parti. »

Et il gisait en effet immobile, encore que dans la chambre sa poitrine ait encore paru se soulever et s'abaisser. Prenant conscience que ma mère ne m'avait pas suivie, je retournai dans le couloir, où l'aide-soignante lui parlait doucement : « Vous n'êtes pas obligée, si ça vous fait peur. Venez avec moi, on a un salon très calme juste à côté... » – elle la conduisit vers une porte ouverte, celle d'une chambre comme les autres mais peinte en brun clair, de la couleur de certains collants de ma jeunesse, où trônait, au lieu d'un lit d'hôpital, l'un de ces énormes canapés marron, et sur le mur un dessin d'enfant représentant un arc-en-ciel.

Assise près d'elle, l'aide-soignante – avec le prénom Kara sur son badge – lui massait le dos en décrivant de grands cercles réguliers. Ma mère n'avait d'yeux que pour elle, comme si je n'étais pas là.

« Kara, dis-je, je vais passer quelques minutes avec mon père.

— Mmm, très bien. Je suis là. » Elle ne quittait pas ma mère du regard, un demi-sourire apaisant sur le visage. « Nous avons appelé le médecin, qui va établir le certificat – il arrive de l'hôpital – et l'entrepreneur des pompes funèbres que vous avez indiqué dans le dossier à l'arrivée de votre père. Il sera là dans une heure environ. Vous avez un peu de temps pour dire adieu. »

Ma mère laissa échapper un son entre un sanglot et un petit cri, mais sans verser une larme. Kara redoubla ses massages circulaires.

« Maman, veux-tu m'accompagner pour dire adieu à papa ?

— Non, merci, pas tout de suite. » Comme si je lui avais offert un cognac après le repas.

« Et le pasteur est en route, ajouta Kara. Je ne sais pas si vous êtes tous pratiquants, mais les gens trouvent souvent une aide dans ce soutien spirituel.

— Merci », dis-je. Ma mère se taisait.

J'appelai ma sœur sur mon portable, debout près des pieds de mon père. Ils étaient encore dressés, deux monticules sous le drap blanc. Elle avait dû, finalement, rejoindre son lieu de travail, et avait regagné Paris par avion le vendredi, trois jours auparavant. Son mari et leurs enfants étaient retournés en Angleterre, dans leur maison. Apprendre la nouvelle, seule dans une chambre d'hôtel, était apparemment difficile pour elle, même si elle s'y attendait. Je lui dis que j'étais debout près de notre père, et qu'il avait l'air paisiblement endormi, ce qui était vrai. Elle proposa courageusement d'appeler notre tante. Je vérifiai l'heure. Il n'était pas loin de vingt heures à Toulon. « Tu es sûre de ne pas vouloir attendre demain matin ?

— Elle ne sera pas contrariée, si on ne la prévient pas tout de suite ?

— Peut-être. Mais si elle est seule, et déjà alcoolisée – ça peut la ménager.

— Elle ne reviendra pas pour les obsèques, tu sais.

— Je sais. » Je m'interrompis. « Je suis navrée que vous deviez refaire tous les quatre le voyage si vite.

— On savait qu'il le faudrait. Tu as prévenu Oliver ?

— Il est au cinéma avec les enfants. Ce qui pouvait se rapprocher le plus d'une fête d'anniversaire.

— Bien sûr. J'avais oublié. J'avais dit que j'appellerais après, pour souhaiter bon anniversaire à ta fille.

— Jour de la naissance, jour de la mort. Maintenant, ils sont à jamais liés.

— Tous deux sont du signe du Cancer, dit-elle. Ils étaient déjà liés. »

Après avoir raccroché, je pris une ultime fois sa chère main qui, solide et tiède, avait tenu la mienne si peu d'heures auparavant. Elle était à présent marmoréenne, lisse et froide, sans vie.

Ma mère entra dans la chambre au bras d'une femme élégante à la peau ébène, qui avait revêtu une étole aux broderies multicolores – justement nommée, je l'appris ensuite, « étole d'immortalité » : « Seigneur, restitue l'étole d'immortalité perdue par la collusion de nos premiers parents, et, si indigne que je sois d'approcher Tes mystères sacrés, fais que j'aie encore droit à la joie éternelle. »

Joyeuse, le pasteur Wright l'était. Son bras enserrant fermement les épaules osseuses de ma mère, elle arborait un large sourire, et quand elle prit la parole sa voix sonna haut et clair : « Il n'y a rien à craindre, Barbara. Cet homme reste votre mari, et il vous aime encore, tout comme le Seigneur vous aime. Il a quitté son corps mortel – vieux et fatigué, après avoir été si malade –, mais nous nous réjouissons car son esprit est vivant, vivant dans le Christ, et immortel. Nous sommes tous les enfants de Dieu, affirma-t-elle avec enthousiasme, et vous devez savoir que votre mari est *toujours* avec vous, pour le restant de vos jours sur cette Terre comme au ciel. N'ayez pas peur ! Le seul fait qu'à partir d'aujourd'hui vous ne puissiez plus le voir sous sa forme corporelle familière ne signifie pas qu'il n'est plus avec vous. Bien au contraire ! Il l'est plus que jamais. Vous ne serez jamais seule, parce que vous le gardez dans votre cœur. »

Ma mère paraissait frappée de stupeur.

« Aimeriez-vous lui tenir la main une dernière fois, ou embrasser sa joue ? Ce n'est plus pareil, parce que son esprit a déjà quitté son corps, mais il est avec nous dans cette pièce. »

Ma mère hésitait.

« Certains aiment dire adieu ainsi, suggéra le pasteur, plus doucement – mais d'autres préfèrent ne pas le faire.

— Merci », répondit poliment ma mère. La terreur se lisait dans ses yeux. « Je préfère ne pas le faire. »

Le pasteur Wright la guida hors de la chambre. « Prenez votre temps, précisa-t-elle à mon intention. Le médecin est là, mais il attendra.

— J'arrive tout de suite. » Je n'avais rien de plus à dire à mon père – tout ce qu'il y avait à dire l'avait été –, mais je ne voulais pas que l'énergie du pasteur Wright, malgré sa bonne volonté et sa ferveur, soit la dernière présence dans la pièce. Lui, ce père toute sa vie dans l'errance, invisible, si peu connu, se sentant si souvent seul et mal-aimé, je voulais qu'il sache, que son esprit en partance sache que nous étions avec lui, que nous l'accompagnions, pleins d'amour, jusqu'aux portes de l'au-delà. Nous ne pouvons rien faire de plus, en tant qu'humains.

Je restai debout en silence, momentanément soulagée par l'illusion que sa poitrine se soulevait et s'abaissait. « Que penses-tu de ce qu'elle a dit ? lui demandai-je. Ne me réponds pas. Je le sais. »

Oh, il aurait ri et ironisé à la fois. Ma mère et lui avaient à leur mariage passé un pacte pour laisser la religion en dehors de leur couple. Lui qui avait échappé au catholicisme étouffant de sa famille, il ne nous avait parlé de la foi qu'à la fin, où, dans le jardin ombragé d'Elm Street, du fond de son fauteuil roulant, les mains et les pieds gonflés à cause de la chaleur, il s'était qualifié d'agnostique, ajoutant qu'il ne croyait pas aux religions instituées, en lesquelles il voyait si souvent des faux-semblants, mais qu'il sentait la présence de Dieu, qu'à plusieurs reprises au fil des ans, quand il en avait eu le plus besoin, il avait senti la présence de Dieu. Peut-être ce pasteur n'avait-elle rien dit d'autre à ma mère et, par extension, à moi : que nous sentirions la présence de mon père quand nous en aurions le plus besoin.

Quand il mourut mon père était seul, mais sans l'être. Lors de son ultime voyage, des anges étaient apparus à ses côtés pour l'escorter. Durant le trajet en ambulance jusqu'au centre de soins, un soignant et lui avaient évoqué Toulon, où ce dernier avait séjourné un temps pendant son service militaire.

Oui, il connaissait Cap Brun, le fort construit par Napoléon ; oui, il connaissait la petite chapelle en contrebas sur le promontoire, la silhouette de Notre-Dame d'un blanc lumineux sur le cap Falcon, et à jamais tournée, les paumes offertes, vers la mer infinie. Lorsqu'il fut installé dans sa chambre, l'infirmier en chef vint le voir, un natif de Belleville, Ontario, à trente minutes en voiture de la maison que mes parents avaient achetée dans la campagne canadienne pour leur retraite, et où ils avaient passé leurs années les plus heureuses de ce dernier quart de siècle. Oui, il connaissait la petite route longeant Hay Bay, il l'avait connue toute sa vie, et bien sûr qu'il revoyait la maison, cette vieille demeure victorienne en brique au ras de la route – on y avait fait beaucoup de travaux, au début des années 1990, et planté ce magnifique bosquet de lilas exubérants. Elle appartenait à sa famille ? Ça alors. Et durant cet ultime week-end, alors que mon père était déjà dans les bras profonds de Morphée, ne refaisant surface, l'air ensommeillé, que quelques instants à la fois pour nous envoyer des baisers, durant ces ultimes heures l'infirmière qui s'occupait de lui, une femme douce et généreuse, originaire de Haïti, partagea même son prénom – elle s'appelait Françoise – et lui parla, jusqu'à la fin, dans sa langue maternelle, la langue de sa vie perdue, le français.

Épilogue

Février 1927

Tlemcen, Algérie

Tlemcen, perle du Maghreb, saint des saints, refuge au fil des siècles pour le mystique soufi Abou Madyane, pour l'historien et savant Ibn Khaldoun, pour le grand combattant de la liberté Abdelkader ; fondée sous le nom de Pomaria par les Romains, et capitale où les sultans de la dynastie Zianide édifièrent leur magnifique palais El Mechouar ; ville abritée par les monts de Tlemcen, devant laquelle s'étendent les plaines fertiles de Hennaya et de Maghnia. La tour ouvragée, rouge et carrée, du minaret de Sidi Boumediene, dédié à Abou Madyane, domine le panorama immédiat ; la casbah de la ville est un dédale de rues étroites aux murs blanchis à la chaux, son quartier européen disposé autour de places accueillantes. L'hôtel de France, central et relativement confortable – un établissement provincial avec un restaurant, et l'eau courante dans presque toutes les chambres –, donne sur l'une de ces places à l'ombre des arbres, avec un kiosque à musique en fer forgé attendant un orchestre, et qu'éclaire le soir la lumière vacillante des becs de gaz de style Art Déco.

En ce troisième week-end de février 1927, le printemps approche dans un murmure d'excitation, réveillant le paysage aride de l'hiver. Les plaines reverdissent, un voile couleur émeraude recouvre la terre brune. Les amandiers sont autant de nuages de fleurs d'un blanc neigeux, au cœur teinté de rose, accompagnés çà et là d'un pêcher déjà en boutons, eux aussi d'un rose délicat, promesse d'un été à la chaleur ardente.

Le long des avenues, puis à flanc de colline, en route vers le sommet et la vue, un jeune couple marche main dans la main. L'un et l'autre ne conversent que rarement, mais le balancement de leur corps, cette danse des courtes distances, parle pour eux – d'espoir, d'impatience, de désir à peine contenu. Au sein de la foule – Français et Algériens mêlés – qui jouit de sa promenade du samedi matin, ce couple passe inaperçu. Tous deux paraissent mariés depuis peu, peut-être sans enfants, dans cette phase fervente de lune de miel avant le véritable début de la vie de famille...

En fait, ce n'est pas tout à fait un couple, pas encore, et cette proximité entre eux revêt une importance particulière. Gaston, de retour de Paris (ce Paris gris acier, où il rêve de lumière, de ciel immense, de littoral blanchi par le sel et le soleil) pour de brèves vacances, est en deuxième année à Polytechnique, à l'« X », comme on dit, où il a été admis à l'automne 1925 au vingt-septième rang, classement respectable, et performance impressionnante compte tenu de son milieu modeste. Vingt et un ans, de son propre avis un beau jeune homme, avec son nez droit et ses superbes cheveux noirs, et de l'avis de l'*Écho d'Alger* une célébrité locale – son prix national de physique à dix-sept ans fit l'objet d'un article en première page, entre la présence d'Ismet Pacha à la conférence de Lausanne ; le vol, en Italie, des bijoux du prince Giustiniani ; et la tentative héroïque d'un professeur de l'université américaine de Beyrouth pour sauver de la noyade un comte français. Gaston, le plus jeune fils d'une mère élevant seule ses enfants (son père ayant abandonné leur famille quand il avait huit ans), une institutrice qui avait remué ciel et terre pour qu'il aille en pension au lycée, récompensa celle-ci par sa réussite.

Malgré la modestie de ses origines, le prestige de Paris n'a entamé en rien son assurance, loin de là. Il se considère comme l'égal des autres, destiné à une grande carrière dans la Marine ; rien ne l'arrêtera. Il rêve également d'être un homme de lettres, un romancier peut-être, comme Proust. À Paris, il a appris à boire avec les meilleurs, à pratiquer l'escrime, à jouer (un peu), et à gagner. Mais jusqu'à ce Noël passé, il n'était pas tombé amoureux.

À présent, en secret – ayant prétexté auprès de sa mère un déplacement pour des recherches sur Abdelkader, feu le chef militaire et spirituel du peuple algérien –, il a pris le train à la rencontre de sa bien-aimée. Il l'a retrouvée sur le quai de la gare de Sidi Bel Abbès, et ils ont continué ensemble vers Tlemcen où il avait, par courrier, réservé deux chambres à l'hôtel de France, dont l'une (celle de la jeune femme) avec salle de bains.

Lucienne, chaste presque jusqu'à l'excès, n'a encore reçu de ses intentions aucune indication dans les formes. Officiellement, ils visitent ensemble la mosquée de Sidi Boumediene, du quatorzième siècle, demeure spirituelle d'Abou Madyane, et les ruines du treizième siècle du palais El Mechouar. Elle enseigne au lycée de filles de Sidi Bel Abbès, à moins de cent kilomètres de Tlemcen, mais elle n'y est encore jamais allée. Ce n'est pas facile pour une femme de voyager non accompagnée ; Gaston, qu'elle connaît et en qui elle a confiance, lui a offert ses services. À Sidi Bel Abbès, elle loge depuis trois ans chez la famille Sultana dans un immeuble d'habitation près du lycée. La benjamine de quatre sœurs, dont deux sont mariées depuis longtemps, elle se considère à près de trente-cinq ans (se considérait !) condamnée à une existence de vieille fille ; Jeanne, plus âgée qu'elle, la quarantaine déjà, de santé fragile, vit à Constantine avec Fée, leur sœur aînée, et le mari de celle-ci, et les aide à tenir la maison. Ce n'est pas ce que Lucienne veut pour elle-même, et pourtant, depuis ses trente ans, elle s'y résigne de plus en plus.

Or à présent, soudain, ceci – la possibilité d'une idylle inimaginable, imprévue et imprévisible. Est-ce le produit de son imagination ? Et lui, l'est-il ? Aucune parole suggestive n'a été échangée entre eux. Mais ils ont leur moi animal ; leurs corps parlent.

Qui pourrait leur dénier le droit à un bonheur qui semble voulu par Dieu ? Que cela doive déplaire, voire choquer, ils y sont préparés. Expliquant leur situation à l'Église, ils demanderont, et se verront accorder, la bénédiction du Vatican, après laquelle il n'y aura plus rien à dire. Qu'ils soient heureux ensemble, qu'ils soient faits l'un pour l'autre, que ce soit le monde tel qu'il devrait être – deux amoureux éternels, mythiques, dans le pays de leur avenir commun, et la certitude que cet amour est le chef-d'œuvre de leur vie –, de ce souvenir Gaston écrira, des années plus tard : « Depuis lors, le printemps est pour moi un paysage fleuri, au milieu duquel se dresse un minaret, et le bonheur est de marcher dans ce paysage, ou anonymement au sein d'une foule, parmi des gens en burnous, avec Lucienne à mon bras, comme elle l'était ce jour-là où tout le monde la prenait pour ma femme. »

La félicité est anonyme dans la foule ; la félicité est bénie par Dieu. Là où ils sont connus, la noblesse de leur pureté paraît moins sûre. Certainement parce que Lucienne a au moins dix ans de plus que lui, bien qu'elle n'ait pas tout à fait l'âge d'être sa mère. Mais pas uniquement pour cette raison. Plutôt parce qu'elle est presque sa mère, parce qu'elle aurait pu être sa mère : parce qu'elle est la plus jeune sœur de sa mère, le bébé choyé de la famille, la plus jolie, mystérieusement sans mari à la trentaine. (Au cas où quiconque serait enclin à se voiler la face, elle était sa tante, et leur relation incestueuse.) Et alors que ni l'un ni l'autre ne remettra jamais leur union en question – ils la considèrent comme d'essence divine, et a fortiori une fois que le Vatican aura délivré, en leur nom, une dispense écrite validant leur amour –, ils finissent par comprendre qu'il vaut mieux taire leur lien familial. « Nous sommes cousins », diront-ils vaguement, à l'occasion ; mais Lucienne ne révélera jamais à quiconque, pas même à ses enfants, que, fillette, elle a tenu Gaston, bébé, sur ses genoux.

Ils croient autant en leur pays qu'en leur amour. Avec ferveur. Et ils rêvent non seulement de se construire une vie, mais de le faire *en ce lieu*, en Algérie, et plus précisément à Alger, leur belle cité en bord de mer, où ils sont chez eux – à Bab El Oued, à Frais-Vallon, à Bouzareah, à Mustapha, à El Biar, à Telemly sur le chemin des Sept Merveilles, où les parents de Lucienne tenaient ce restaurant… et jusqu'à Blida où il est né, jusqu'à L'Arba où tata Baudry, leur tante à eux, est la sage-femme de tous. Jusqu'à Constantine, ville de Fée et de Jeanne, les sœurs de Lucienne ; jusqu'à Oran, ville d'Yvonne, sœur de Gaston, et du mari de celle-ci, Léon ; jusqu'à Tlemcen, la belle Tlemcen. Ils s'appellent l'un l'autre, tendrement, « Aïni » – « mes yeux », « ma source », « ma fleur », « mon choix » –, évoquant non seulement, par ce petit nom, leurs sentiments mutuels, mais aussi le lieu même où ces sentiments ont été exprimés pour la première fois, sous les amandiers en fleurs des hauteurs de Tlemcen. Pour eux, comme pour Abou Madyane, Maître des maîtres, tout est Dieu, et Dieu est tout : eux-mêmes, leur amour, leur pays, leur lumière.

Un dernier mot, pourtant : cette ville sainte ne leur appartient pas plus qu'ils ne lui appartiennent ; elle ne leur a jamais appartenu. De même que leur amour est une abomination aux yeux d'autrui, ce pays ne leur appartient pas, ne leur a jamais appartenu – même s'ils échoueront, si longtemps, à le comprendre. L'Histoire se déploie au-delà de leurs modestes existences, avant, autour, et après eux, implacable, tenace. Et le coût de leur amour illicite, le coût des péchés de leurs ancêtres, sera pour eux et leurs enfants d'être chassés de ce paradis illusoire, d'errer sur Terre, de ne se sentir chez eux nulle part.

« Nous pourrions mourir de chagrin et de nostalgie après notre séparation d'avec Toi / Alors qu'en réalité Ton essence est en nous », chantait Abou Madyane à la gloire de Dieu, voilà près de mille ans. Eux aussi, ils portent la source en eux. Mais pour leurs enfants, précipités sans Dieu dans un siècle tempétueux, qu'y a-t-il d'autre que la solitude et l'invisibilité, quel autre ailleurs que l'anonymat de la foule ? Qui nous ramènera en un lieu n'ayant d'autre vie que dans le vaste imaginaire ? « Ne voyez-vous pas, ô jeunes gens, qu'un oiseau en cage / Se met à chanter au souvenir de ses terres ancestrales ? »

Remerciements

Il faut toute une vie pour écrire certains livres et ils n'auraient pu être achevés sans un soutien et une aide venus de toutes parts, y compris d'autres livres. Durant sa retraite, dans les années 1970, mon grand-père Gaston Messud écrivit, pour ma sœur et moi, des mémoires de sa vie et de celle de ma grand-mère entre 1927 et 1946. La lecture de certaines parties de ces mémoires il y a vingt ans a marqué, pour moi, le début de ce projet. (Je ne les ai lus en entier, bien plus de mille pages manuscrites, qu'en 2017.)

De 2009 à 2015, j'ai eu le formidable privilège – grâce à Peter Carey – d'enseigner au sein du Master of Fine Arts de Hunter College à la City University of New York, et j'ai reçu au fil des ans une aide généreuse de quelques-uns des écrivains les plus remarquables de ce cursus (en tant que membres de la Fondation Hertog Research), parmi lesquels Fatin Abbas, Rebekah Barnett, Nora Lewontin-Rojas et Alex Richardson. À Harvard, l'incroyable Marie Emmanuelle Thomas Hartness m'a offert un concours inappréciable dans mes recherches historiques, en même temps que sa gentillesse, sa sagesse et une amitié précieuse. (Je ne m'en suis pas tenue strictement aux données historiques ; toute lacune ou erreur historique est de mon fait.)

Toujours à Harvard, le professeur James Engell et le doyen Robin Kelsey m'ont permis en 2022 de prendre un congé sans solde pour travailler à ce livre, alors que je désespérais de pouvoir le terminer un jour. Je remercie en particulier Jorie Graham et les collègues, passés et présents, du département d'écriture créative, Lauren Bimmler et Case Kearns, et tous mes étudiants de la décennie écoulée, ainsi que le personnel des bibliothèques de Harvard. Je remercie tout particulièrement Daphna Shohamy et le Zuckerman Institute de Columbia University, où j'ai été écrivaine en résidence en 2022.

Je suis immensément reconnaissante à mes éditeurs aux États-Unis et au Royaume-Uni – j'ai beaucoup de chance de travailler avec Jill Bialosky, Drew Weitman, Louise Brockett et l'équipe de Norton ; ainsi qu'avec Ursula Doyle, Zoe Hood et l'équipe de Fleet. Je remercie particulièrement Michael Taeckens. Il n'existe pas de mots pour exprimer ma gratitude envers Sarah Chalfant, Andrew Wylie, Rebecca Nagel et Luke Ingram de la Wylie Agency.

Remerciements sincères aux nombreux amis pour leurs cadeaux inestimables, comme s'engager dans de longues conversations, réaliser des œuvres d'art jubilatoires, écrire des lettres, lire des premiers jets, provoquer des fous rires, et offrir du répit et de la lumière dans les heures sombres – parmi eux : Shefali Malhoutra, Sheila Gallagher, Mark Gevisser, Ira Sachs, Homi Bhabha, Mary Bing, Itamar Kubovy, Melissa Franklin, Susanna Kaysen, John Daniels, Jill Abramson, Diana Weymar, Sylvia Brownrigg, Susan Dackerman, feu la très regrettée Louise Glück, Barbara Hoogeweegen Prideaux et Charles Prideaux, Bob et Peg Boyers, Leah Stewart, et Amitava Kumar.

Je dois tout à ma famille – à ceux qui sont partis et pourtant m'accompagnent dans ce voyage, et à ceux dont la vie rend au quotidien la mienne vivable : Elizabeth, Vasya, Beatrice, Sasha, Max – et Livia, Lucian, et James, toujours. « *tu n'es pas seule*, / dit le poème, / dans le tunnel sombre. »[1]

1. Tiré du poème « Octobre », de Louise Glück, dans *Averno*, trad. Marie Olivier, éd. Gallimard, 2022.

Table

Composition et mise en pages
Nord Compo à Villeneuve-d'Ascq

Impression : CPI Bussière en septembre 2025
Dépôt légal : septembre 2025
Premier dépôt légal : août 2025
N° d'édition : 681732 – N° d'impression : 2086585
magasin@gallimard.fr
Imprimé en France